19세기 경상우도 학자들 中

최석기 · 김현진 · 구경아
강현진 · 강지옥 · 구진성

보고사

책머리에

이 책은 19세기 중반 경상우도 출신 학자들의 생애를 기록한 전기 자료 중 하나를 택하여 번역하고 간단한 해제를 붙여 편찬한 것이다.

경상우도 남명학파는 인조반정 이후 정치적으로 몰락함으로써 17세기 후반부터 극도로 침체되었다. 그중에 일부는 남인이나 서인에 속하였으며, 학맥 상으로도 율곡학파와 퇴계학파에 귀속되어 자기 정체성을 찾지 못하였다. 이런 분위기는 약 2세기 가까이 지속되었다. 그러다 19세기 후반 한주(寒洲) 이진상(李震相)의 문하에 한주학단이 형성되고, 성호학통을 계승한 성재(性齋) 허전(許傳)이 김해 부사로 내려오자 대거 그의 문하에 나아가 성재학단이 형성되었다. 한편 노론계 학자들은 전라도 장성 출신 노사(蘆沙) 기정진(奇正鎭)의 문하에 나아가 수학하여 이 지역에 노사학단이 형성되었다. 그 외에도 퇴계학맥, 기호학맥 등에 속한 다양한 성향의 학자들이 배출되었다. 그런데 이들은 모두 이 지역에 뿌리를 내린 남명사상을 기반으로 하여 당색이나 학맥에 크게 구애받지 않고 상호 교유하였다.

이들 중에는 자기 학파의 설을 고수하는 학자도 있었지만, 종래의 설에서 진일보하여 새로운 설을 제기하기도 하여 학술이 그 어느 지역보다 활발하게 일어났다. 그리하여 자기 학통의 설만을 고수하는 타 지역 학자들과는 달리 매우 활발하게 학술토론을 하였으며, 일부에서는 종래의 사상을 융합하고 통섭하는 분위기도 나타났다. 예컨대 이 지역 남인계 학자들은 남명학과 퇴계학을 접목하여 남명과 퇴계를 동등하게 존숭하는 학풍을 전개하기도 하였다. 이러한 현상은 우리 학술사에서 주목해 볼 만한 사안이다. 이 지역 학자들이 비록 실학사상이나 개화사상으로까지 나아가지는 못했지만, 성리학적 내부에서 현실세계의 변화에 대응하여 사상체계를 새롭게 구축하려 한 측면이 있기 때문이다. 이 책은 이러한 점에 착안하여 19세기 경상우도 지역 학자들을 발굴하는 데 일차적 목적을 두었다.

또한 경상대학교 남명학연구소에서는 한국고전번역원 권역별거점연구소 협동번역사업을 수행하고 있는데, 장기적 안목으로 볼 때 곽종석(郭鍾錫)의 『면우집(俛宇集)』 등을 번역하기 위해서는 19세기 학자들의 생애를 미리 정리해둘 필요가 있기 때문에 2011년부터 고전강독클러스터에서 강독을 진행하였다. 그 결과물로 2012년 『남명 조식의 문인들』이라는 책을 처음 출간하였고, 그 해 말 두 번째로 『19세기 경상우도 학자들(上)』을 출간하였다.

2012년부터 한국고전번역원 강독클러스터 사업이 중단되어 지원이 끊어졌지만, 강독팀에 속한 젊은 연구자들이 계속하길 원하여 다시 강독을 진행하였다. 강독자료는 『19세기 경상우도 학자들(上)』에 수록된 인물 바로 뒤에 출생한 학자들을 대상으로 하였다. 강독팀은 약 1년 반 동안 매주 강독을 하면서 틀린 부분을 수정하고, 다시 고쳐 수정발표를 하면서 문제점을 보완하였다. 그리고 연구자들끼리 몇 차례 교정을 하여 마침내 이 책을 출간하게 되었다.

이 책에 수록된 인물은 본래 1846년에 출생한 곽종석(郭鍾錫)부터 1863년에 출생한 송호완(宋鎬完)까지 43명을 선정했었는데, 상권에 빠진 강지호(姜趾皥, 1834-1903)를 추가하여 모두 44명을 수록하게 되었다. 여기에 수록된 학자들은 곽종석·이승희(李承熙)·이도추(李道樞) 등 19세기 말부터 20세기 초까지 경상우도에서 활동한 주요 인물들이다. 이 책은 이러한 인물들의 생애와 사상을 개괄적으로 이해하는 데 도움을 줄 것이며, 지방 문화를 창달하고 지방학을 연구하는 데도 활용가치가 높을 것이다. 또한 이 지역 학자들의 생애를 한눈에 볼 수 있기 때문에 동시대를 살면서 어떤 지향을 했는지를 비교 고찰할 수 있을 것이다.

아쉽게도 한국고전번역원 고전강독클러스터 사업이 2년 만에 중단된 뒤로 지금까지 회생할 기미가 보이지 않고 있다. 강독클러스터는 한국고전을 번역하는 젊은 연구자들을 양성하는 데 그 어떤 제도보다 좋다. 필자가 정책과제를 수행할 적에 몇 사람이 심사숙고하여 큰 희망을 품고 만든 제도인데, 시행한 지 2년 만에 몇 사람의 자의적 판단으로 없애 버린 것은 이 나라 학문발전을 위해 매우 잘못된 결정이라고 생각한다. 한국고전번역원에서는 강독클러스터를 다시 되살려 거점연구소만이라도 이 제도를 운영할 수 있도록 적극적인 배려가 있어야 한다. 그 지역 출신 문집을 그 지역 후학들이 계속해서 번역해 나갈 수 있도록 지방에서도 번역자를 양성하는 것이 중요하다는 사실을, 당국자는 넓은 마음으로 살펴 주시길 바란다.

어려운 여건 속에서도 묵묵히 강독에 임해준 김현진 · 강현진 · 구경아 · 강지옥 · 구진성 동학의 학문적 열의에 그저 감사할 따름이다. 아무쪼록 꾸준히 정진하여 훌륭한 번역가로 성장하길 바란다. 또한 어려운 출판환경 속에서도 이 책을 내 주신 보고사 김흥국 사장님과 직원 여러분께 깊이 감사를 드린다.

2014년 12월 1일

경상대학교 남명학관 산해실에서

최석기가 삼가 쓰다

19세기 慶尚右道 학자들(中) 傳記資料 目錄

【 범례 】

1. 이 표는 19세기 경상우도 학자들의 전기 자료이다.
2. 해당 항목에 저자명을 기록하되 경우에 따라 제목도 함께 기록했다.
3. 번역 대상은 **진하게** 표시하였다.

연번	저자(년도)	문집명	墓碣銘	行狀	墓誌銘	기타
1	姜趾皡 (1834-1903)	鳳菴遺稿	**郭鍾錫**			家狀(姜起八)
2	郭鍾錫 (1846-1919)	俛宇集		河謙鎭		**神道碑銘(金昌淑)**
3	趙昺奎 (1846-1931)	一山集		**李秉株**		
4	李承熙 (1847-1916)	韓溪集			**金昌淑**	
5	河應魯 (1848-1916)	尼谷集	盧相稷	河鳳壽	**趙昺奎**	家狀(河禹善)
6	李道樞 (1848-1922)	月淵集	金　榥	**李炳和**		
7	曺垣淳 (1850-1903)	復菴集	**郭鍾錫**	曺兢燮		
8	安益濟 (1850-1909)	西岡遺稿	**安孝濟**			遺事(安邦老)
9	安孝濟 (1850-1916)	守坡集	**曺兢燮**	李建昇	李建芳 盧相稷	家狀(安昌濟)
10	鄭冕圭 (1850-1916)	農山集	**權載奎**	南廷瑀		
11	許　巑 (1850-1932)	素窩集	**金在華**	鄭宗鎬	鄭鳳時	家狀(許堉)

12	鄭誾教 (1850-1933)	竹醒集	**權龍鉉**	李永鉉	鄭道鉉	家狀(鄭泰泓)
13	李準九 (1851-1924)	信菴集		**李鍾弘**		言行錄(李弼胄) 侍病記聞(李弼厚)
14	張錫英 (1851-1926)	晦堂集	**河謙鎭**			
15	鄭宅中 (1851-1927)	菊圃遺稿	**權昌鉉**	河寓		家狀(鄭益均)
16	河啓龍 (1851-1932)	丹坡遺稿		**河祐植**		
17	權雲煥 (1853-1918)	明湖集		權載奎	**李教宇**	
18	趙貞奎 (1853-1920)	西川集	**盧相稷**	趙亨奎	宋鎬坤	傳(金榥)
19	安彦浩 (1853-1934)	禮岡集	**河謙鎭**			
20	金宗宇 (1854-1900)	正齋遺稿	河龍煥	**河謙鎭**	成煥赫	家狀(金進東)
21	河龍濟 (1854-1919)	約軒集		**張錫英**		事狀(河弘逵)
22	趙鎬來 (1854-1920)	霞峯集	**曺兢燮**	趙顯珪		
23	李宅煥 (1854-1924)	晦山集				**哀辭(李道復)**
24	金基堯 (1854-1933)	小塘集	**金相頊**	金在洙	柳遠重	家狀(金漢鍾) 墓表(金在植)
25	李之榮 (1855-1931)	訥菴集	**權道溶**	李冀洙		
26	盧相稷 (1855-1931)	小訥集	**安朋彦**			遺事(盧根容)
27	鄭敦均 (1855-1941)	海史集	**金　榥**	李一海		家狀(鄭乙永) 遺事(河禹善)
28	姜永祉 (1857-1916)	南湖遺稿	**曺兢燮**	崔濟敦	權雲煥	墓表(李宅煥)
29	權相纘 (1857-1929)	于石遺稿		**權宅容**		家狀(權泰珽)
30	安有商 (1857-1929)	陶川集	**曺兢燮**	李秉株	安鼎呂	家狀(安商正) 遺事(趙正來)

31	姜起八 (1858－1920)	稽黎遺稿	金在植	金在洙	**金　榥**	
32	李鎬根 (1859－1902)	某堂集	**曺兢燮**	金　榥		家狀(李炳和)
33	河憲鎭 (1859－1921)	克齋遺集	**河謙鎭**	河泳台	權載奎	
34	李熏浩 (1859－1932)	芋山集	李義國	李秉株	**金柄璘**	行錄(趙學來) 遺事(安商正)
35	文晉鎬 (1860－1901)	石田遺稿	**權載奎**	權相淵	崔瓊秉	
36	鄭奎榮 (1860－1921)	韓齋集	**宋浚弼**	鄭載星		家狀(鄭海榮)
37	盧應奎 (1861－1907)	愼菴遺稿				**年譜**
38	文　鏞 (1861－1926)	謙山集	**河謙鎭**	宋鎬坤	柳遠重	家狀(文存浩)
39	金柄璘 (1861－1940)	訥齋集	**安朋彦**	金鍾河	金鍾河	
40	曺在學 (1861－1943)	迂堂集	**權載奎**	李敎宇		
41	宋鎬文 (1862－1907)	受齋集	**郭鍾錫**	宋鎬完		
42	李道復 (1862－1938)	厚山集	**宋鍾國**	金潤東		遺事(朴熙純)
43	南廷燮 (1863－1913)	素窩集	**鄭冕圭**	權載奎	權雲煥	家狀(南廷瑀)
44	宋鎬完 (1863－1919)	毅齋集		宋鎬坤	**金在植**	

차 례

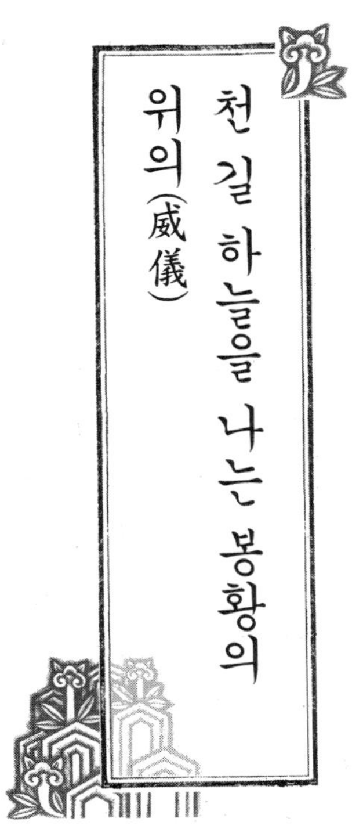

천 길 하늘을 나는 봉황의 위의(威儀)

강지호(姜趾皥) : 1834-1903. 자는 양여(揚汝), 호는 봉암(鳳菴), 본관은 진양(晉陽)이다. 현 경상남도 산청군 단성면 묵곡에서 태어나 산청읍 정곡리에 거주하였다. 천성이 강직하고 기절이 있었으며, 언행이 구차하지 않아 허전(許傳)과 강로(姜浽)의 칭찬을 받았다. 1866년 용묵재(容默齋)를 지어 자제들을 가르쳤으며, 마을에 향약을 시행하여 풍속을 교화시켰다. 1890년 『성재집(性齋集)』 간행에 참여하였다. 1896년 근방의 인사들과 오건(吳健)의 신도비각을 세웠다. 만년에 음직으로 중추원 의관에 보임 되었고, 가선대부에 이르렀다. 교유인물로 박치복(朴致馥)·최숙민(崔琡民)·강병주(姜柄周) 등이 있다.

저술로 『봉암유고』가 있는데, 『호상지미록(湖上趾美錄)』 권4에 있다.

봉암(鳳菴) 강지호(姜趾皞)의 묘갈명 병서

곽종석(郭鍾錫)[1] 지음

강기팔(姜起八) 군이 그의 부친 봉암공(鳳菴公)의 행적을 기록해 나를 찾아와 묘갈명을 청하였다. 나는 일찍이 객사(客舍)로 공을 한 번 찾아뵌 적이 있었는데, 풍모가 훤칠하며 도량이 크고 공평한 것을 보고서 그가 훌륭한 인물임을 확신하였다. 내가 지금 공의 행장을 살펴보니, 공이 일생 동안 행한 것은 대체로 사리에 어긋나지 않은 점이 많았다.

공의 휘는 지호(趾皞), 자는 양여(揚汝), 본관은 진양(晉陽)이다. 고려 태자태사(太子太師) 은열공(殷烈公) 민첨(民瞻)이 시조이다. 우리 조정에 들어와서는 진천군(晉川君) 위상(渭祥), 좌찬성 거호(居好)가 있다. 이로부터 5대를 내려와 휘 익문(翼文), 호 당암(戇菴)은 광해군 때 사간으로서 진언한 소가 임금의 마음을 거슬러 9년 동안 의금부 감옥에 있었으며, 훗날 예조 판서에 추증되었다. 이분의 막내아들 대연(大延)이 사호(思湖) 오장(吳長)[2]의 딸에게 장가들어 산음(山陰)에 살게 되었다. 이분이 공의 6대조이다. 고조부는 명기(命基)이고, 증조부는 성망(聖望)이며, 조부는 복(鍢)이고, 부친은 필택(必宅)인데 대대로 유행(儒行)이 이어졌다. 모친

1 곽종석(郭鍾錫) : 1846-1919. 자는 명원(鳴遠), 호는 면우(俛宇), 본관은 현풍(玄風)이다. 현 경상남도 산청군 단성(丹城) 출신이다. 이진상(李震相)에게 수학하였다. 저술로 177권 63책의 『면우집』 등이 있다.

2 오장(吳長) : 1565-1617. 자는 익승(翼承), 호는 사호이다. 임진왜란 때 의병으로 활약하였고, 1610년 문과에 급제한 후 사간원 정언 등을 지냈다. 저술로 8권 4책의 『사호집』이 있다.

밀양 박씨는 사인(士人) 재권(在權)의 딸이다.

공은 순조(純祖) 갑오년(1834)에 태어났다. 외모는 훤칠하고, 성품과 기상은 호매하여 길들일 수 없을 것 같았다. 얼마 뒤 마음을 다잡고 독서하여 『소학』·『대학』 두 책에 종사하였는데, 선배를 종유하며 난해한 곳을 질정하고 가슴에 새겨 실천하였다.

공은 인륜에 독실하고, 부귀공명에 담담하여 일찍 과거공부를 그만두었다. 거처하는 집을 '용묵재(容默齋)'라 편액하고, 오로지 몸을 삼가고 가정을 바르게 하는 것으로써 임무를 삼았다. 마을에 향약을 설치하여 예속을 홍기시켰고, 살림이 군색한데도 재물을 희사하여 의지할 데 없는 사람들을 구제하였다.

공은 일찍이 한양에서 성재(性齋) 허 문헌공(許文憲公)[3]을 배알하였는데, 허공이 칭찬하기를 "이 사람은 장중하고, 세속에 물들지 않았네."라고 하였다. 안음(安陰)으로 유배 와 있던 좌의정 정와(貞窩) 강로(姜㳣)[4]를 방문하였는데, 강공이 시를 지어주기를 "언덕 위 천 길 하늘에서 봉황이 나는데, 우리 집안[5]에서 비로소 그런 사람 보았네.[岡頭千仞鳳翔儀 花樹吾

---

3 허 문헌공(許文憲公) : 허전(許傳, 1797-1886)을 가리킨다. 자는 이로(而老), 호는 성재, 시호는 문헌, 본관은 양천(陽川)이며, 현 경기도 포천 출신이다. 기호 남인학자로 퇴계학파를 계승한 류치명(柳致明)과 학문적 쌍벽을 이루었다. 1864년 김해 부사에 부임하여 영남 지역의 학풍을 진작시켰다. 저술로 45권 23책의 『성재집』 및 『사의(士儀)』 등이 있다.

4 강로(姜㳣) : 1809-1887. 자는 기중(期中), 호는 표운(豹雲)·정은(貞隱), 시호는 익헌(翼憲)이다. 1848년 문과에 급제한 뒤 사간원 대사간, 병조 판서, 좌의정 등을 역임하였다. 1883년 대원군파로 몰려 임오군란 때 난도(亂徒)와 작당하였다는 탄핵을 받아 경상도 안의로 유배되었다.

5 우리 집안 : 원문의 '화수(花樹)'는 친족끼리의 모임을 뜻한다. 당(唐)나라 잠삼(岑參)의 「위원외화수가(韋員外花樹歌)」에 "그대의 집 형제를 당할 수 없나니, 경과 어사와 상서랑이 즐비하구나. 조회에서 돌아와서는 늘 꽃나무 아래 모이나니, 꽃이 옥 항아리에 떨어져 봄 술이 향기로워라.[唐家兄弟不可當, 列卿御使尙書郎. 朝回花底恒會客, 花撲玉缸春酒香.]"라고 한 데서 유래하였다.

門始見之]"라고 하였다.

갑오년(1894) 동학군들이 난을 일으켰는데, 공은 동지들을 창도하고 의병을 규합하여 토벌하였다. 동학군들은 경내로 감히 진입하지 못하였고, 향리는 그에 힘입어 편안하였다.

공은 평소 우스갯소리를 하거나 희희덕거리지 않았고, 식사할 적에는 진미를 곁들이지 않았으며, 몸에는 서양의 물건을 가까이 하지 않았고, 어진 사우(士友)들을 종유하며 절차탁마하기를 기뻐하였다.

공이 예전에 말씀하기를 "리기(理氣)의 이론(異論), 동서의 분당, 글짓기의 허튼 과장이 유가의 가장 큰 고질병이다."라고 하였다. 아! 이는 식견이 있는 말이로다. 내 지금 공에게 또 어찌 감히 한마디 말을 덧붙여 허튼 과장을 하는 글을 짓겠는가.

공은 경자년(1900) 중추원 의관(中樞院議官)에 보임되었고, 오래지 않아 품계가 통정대부에 올랐으며 가선대부에까지 이르렀다. 계묘년(1903) 가을 질병으로 정침에서 세상을 떠났다. 애초 유정(楡亭)[6] 선영에 장사지냈다가, 나중에 군 북쪽 백현(白峴) 갑좌 경향(甲坐庚向)의 언덕에 이장하였다.

부인 하양 허씨(河陽許氏)는 허경(許㯳)의 딸이다. 아들 넷을 낳았는데, 기팔(起八)·기홍(起洪)·기향(起香)·기해(起海)이다. 손자 손녀는 아직 어리다.

명은 다음과 같다.

행실은 집안을 다스리기에 충분하고	行足以政家
의리는 향리에 모범되기에 충분하네	義足以式鄕

6 유정(楡亭) : 현 경상남도 진주시 수곡면 유정리를 가리킨다.

자손들에게 복을 내려줌이 있으니　　惟胤祚有錫
대대로 그 공렬 광영이 있으리라　　惟世烈有光

포산(苞山)[7] 곽종석(郭鍾錫)이 지음.

墓碣銘 幷序

郭鍾錫 撰

姜君 起八狀其先大夫鳳菴公之行, 來請余以銘于墓者。余嘗一候公於逆旅, 見風裁磊落、襟量宏夷, 信其爲偉人也。今按狀, 其生平做爲, 大抵多不爽也。

公諱趾皐, 字揚汝, 晉陽人。以高麗太子太師殷烈公 民瞻爲上祖。入我朝, 有晉川君 渭祥, 左贊成居好。五世而有諱翼文, 號戇菴, 光海時, 以司諫陳疏見忤, 九年于王獄, 後贈禮曹判書。其季子大延, 娶吳思湖 長之女, 仍家于山陰。公之六世祖也。高祖命基, 曾祖聖望, 祖鎾, 考必宅, 世襲儒行。妣密陽 朴氏士人在權女。

公以純廟甲午生。狀貌魁梧, 性氣豪邁, 若不可馴者。已而折節讀書, 從事於≪小學≫、≪大學≫二書, 從先進質難而服行之。篤於人倫, 澹於外慕, 早廢擧業。扁其齋曰 "容默", 專以飭躬正家爲務。設鄕約于里中, 以興禮俗, 捐貲拮据, 以濟惸瘼。嘗謁性齋 許文憲公於京師, 許公稱之曰: "此人莊重, 不染於俗。" 訪貞窩 姜相國 渷于安陰匪所, 姜公贈以詩曰: "岡頭千仞鳳翔儀, 花樹吾門始見之。"

甲午有東匪構亂, 公倡同志糾義旅以討之。匪類不敢入境, 鄕里賴安。

---

7 포산(苞山) : 현 경상북도 현풍의 옛 이름이다.

平居無戱言戱笑, 食不兼味, 身不近外洋之物, 喜從賢士友, 切磋交修。嘗曰 : "理氣之異論、東西之分門、文字之虛奬, 最是儒家之痼疾。" 嗚呼! 此知言也。今於公亦何敢一辭增衍, 以陷於虛奬之科耶。

公以庚子補議官, 已而進階通政至嘉善。癸卯秋, 以疾終于寢。始葬于楡亭先兆, 後遷于郡北白峴甲庚之原。配河陽 許檁之女。生四男 : 起八、起洪、起香、起海。孫男女尙幼。

銘曰 : "行足以政家, 義足以式鄕。惟胤祚有錫, 惟世烈有光。"

苞山 郭鍾錫撰。

❖ 원문출전

『湖上世稿』 卷4 『鳳菴遺稿』 附錄, 郭鍾錫 撰, 「墓碣銘幷序」(경상대학교 문천각 古(복제) D2B H강19ㅎ)

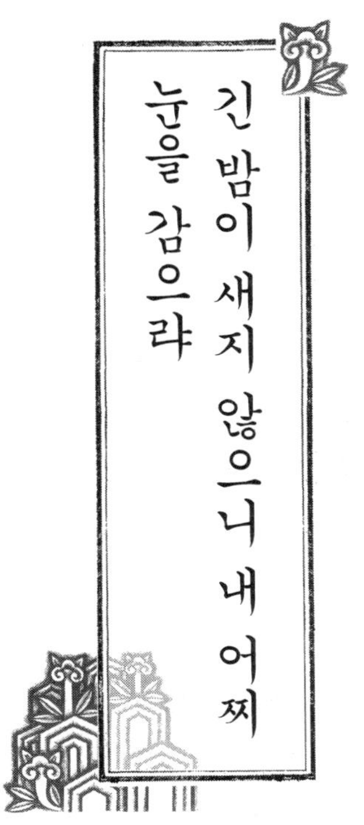

긴 밤이 새지 않으니 내 어찌 눈을 감으랴

곽종석(郭鍾錫) : 1846-1919. 자는 명원(鳴遠)·연길(淵吉), 호는 면우(俛宇), 본관은 현풍(玄風)이다. 현 경상남도 산청군 단성면 사월리에서 태어났다. 25세 때 이진상(李震相)의 문인이 되었다.

을미사변이 일어나자 각국 공관에 열국의 각축과 일본의 침략을 규탄하는 글을 보냈다. 1903년 비서원 승(秘書院丞)에 오르고, 이어서 참찬(參贊)으로 시독관(侍讀官)을 겸했으나 곧 사퇴했다. 1905년 을사늑약이 체결되자 늑약 폐기를 주장하며, 체결에 참여한 오적(五賊)을 처단하라고 상소했다. 1910년 일제에 합병이 되자 거창(居昌)에 은거하면서 후진양성에 힘썼다.

1919년 3·1운동 뒤 영남과 호서 유생들의 연서(連書)를 받아 파리강화회의에 대한제국의 독립을 호소하는 장서를 작성하여 김창숙(金昌淑)을 통해 발송케 했다. 이 때문에 대구에서 재판을 받고 2년형의 옥고를 겪던 중 6월에 병보석으로 나왔으나, 8월에 세상을 떠났다.

저술로 177권 63책의 『면우집』이 있다.

면우(俛宇) 곽종석(郭鍾錫)의 신도비명 병서

김창숙(金昌淑)[1] 지음

대한제국이 망한 지 10년째인 기미년(1919) 봄에 면우 곽 선생이 전국의 유림들을 창도하여 만국평화회의에 장서를 보내어 우리 대한제국은 독립국임을 공인해 달라고 요청하였다. 얼마 뒤 선생은 구성(句城 : 대구)의 왜경 감옥에 갇혀 있다가 풀려난 뒤 곧 순절하였다. 온 세계 사람들이 놀라며 "천하의 선비가 죽었구나."라고 하였다. 왜국이 패망하게 되자, 우리나라 사람들이 일제히 한 목소리로 말하기를 "비석에 선생의 성대한 덕행을 드러내어 무궁한 후세에 전해야 한다."라고 하며, 나에게 신도비명을 지어달라고 하였다.

내가 탄식하며 말하기를 "선생의 학덕은 하늘처럼 높고 바다처럼 깊어서 대통 구멍 같고 소라 껍데기 같은 나의 좁은 소견으로는 헤아릴 수 없다."라고 하면서 정중하게 사양하며 감히 글을 짓지 못한 지가 오래되었다. 그러자 선생 문하의 제공들이 자주 편지를 보내 나를 질책하며 말하기를 "그대는 지금 나이도 많은 데다 병까지 들었으니, 이 일을 늦춰서는 안 됩니다."라고 하였다. 내가 비록 늙고 추하지만 의리상 끝까지 사양할 수 없는 점이 있었다.

---

1 김창숙(金昌淑) : 1879-1962. 자는 문좌(文佐), 호는 심산(心山)·벽옹(躄翁), 본관은 의성(義城)이며, 경상북도 성주(星州) 출신이다. '김우(金愚)'란 이름을 사용하기도 하였다. 일제강점기 유림 대표로 독립운동을 주관하였고, 대한민국임시정부 부의장으로 활동하였다. 1946년 유도회(儒道會)를 조직하였으며, 성균관대학교를 창립하였다. 저술로 5권 1책의 『심산유고』가 있다.

삼가 살펴보건대 선생의 휘는 종석(鍾錫), 자는 명원(鳴遠)이었는데, 나중에 휘를 도(鍋), 자를 연길(淵吉)로 바꾸었다. 자호는 회와(晦窩)·면우(俛宇)이다. 곽씨(郭氏)의 본관은 포산(苞山)[2]이고, 정의공(正懿公) 경(鏡)이 시조이다. 증조부 일덕(一德)은 통훈대부 장례원 장례에 추증되었고, 조부 수익(守翊)은 통정대부 비서원 승에 추증되었다. 부친 원조(源兆)는 가선대부 의정부 참찬에 추증되었으며 호는 도암(道菴)이고 문학과 청렴하다는 명망이 있었다. 모친 진양 강씨(晉陽姜氏)는 강주환(姜周煥)의 딸이고, 해주 정씨(海州鄭氏)는 정광로(鄭匡魯)의 딸인데, 모두 정부인(貞夫人)에 추증되었다. 정씨가 두 아들을 낳았는데, 선생이 둘째이다. 헌종성황제(憲宗成皇帝) 병오년(1846) 6월 24일에 선생은 단성현(丹城縣) 사월리(沙月里) 초포(草浦)[3]에서 태어났다.

선생의 외모는 빼어나고 기이하여 눈빛이 별빛처럼 초롱초롱 했으며 정신의 광채가 남들에게 비추었다. 겨우 말을 할 수 있을 나이에 부친 참찬공의 곁에 있으면서 마을 안의 배우러 온 사람들이 소리 내어 읽는 구절을 가만히 듣고 다 기억하였다. 입학한 뒤에는 눈에 보이는 것마다 신통하게 이해하여 마치 태어나면서부터 아는 사람인 듯하였다. 그래서 선생을 본 사람들이 신동이라 일컬었다. 8, 9세에 이미 사서를 두루 읽고 『시경』과 『서경』까지 미쳤는데, 기윤(朞閏)의 수[4]를 미루어 풀이할 적에도 모두 계산하여 어긋남이 없었다. 12세 때 부친상을 당하여 슬프게 울부짖다가 거의 죽을 지경에 이르렀다. 상을 치르면서 예제를 극진히 하여 남을 감동시키는 점이 있었다.

2 포산(苞山): 현 대구광역시 달성군 현풍면·논공면·구지면·유가면 일대를 말한다.

3 초포(草浦): 현 경상남도 산청군 단성면 사월리 초포촌이다.

4 기윤(朞閏)의 수: 기삼백(朞三百), 즉 일 년의 날수를 가리키는 말이다. 『서경』「요전」, "朞三百六旬有六日"에서 유래하였다.

경오년(1870) 한주(寒洲) 이 선생(李先生)[5]을 배알하고 심학(心學)의 주리(主理)의 지결을 들었다. 선생은 직접 지은 『지의록(贄疑錄)』[6]을 올려 질정하였는데, 이 선생께서 대단히 칭찬해 주었다. 경진년(1880) 모친상을 당하였을 때 상제를 지키는 것이 몹시 엄격하여 밤에도 수질과 요질을 벗지 않았고, 거처할 적에는 따뜻한 방에 처하지 않으면서 삼년상을 마쳤다.

계미년(1883) 금강산을 유람하고서, 굽이굽이 돌아 태백산(太白山) 아래의 학산(鶴山)[7]에 이르러 깊고 그윽하여 은거할 만한 것을 보고 흔쾌히 풀을 베어 집을 짓고 서식할 의지를 품었다. 이듬해(1884) 온 가족을 이끌고 학산으로 들어가 초옥 한 채를 지었는데, 겨우 비바람을 막을 정도였다. 선생은 직접 쟁기질을 하고 호미질을 하며 감자를 심고 도토리를 주워 생활하면서 깊은 산 속의 야인으로 자처하였다. 이는 대개 세도가 날로 무너지는 것을 보고 은거하고자 한 것이었다.

갑오년(1894) 조정의 신하 중에 선생이 나라를 경영할 재주가 있다고 하여 천거한 사람이 있었는데, 임금이 명하여 초사(初仕)[8]를 내리도록 하였다. 이듬해(1895) 정월 비안 현감(比安縣監)에 제수되었지만 부임하지 않았다. 8월 왜병이 궁궐에 침입하여 국모가 시해당하고 고종은 러시아 공관으로 피신하였다. 겨울 고을의 사림들이 의병을 창도하여 왜적을 토벌하자고 큰 소리로 외치면서 선생에게 이 일을 함께하자고 요청

---

5 이 선생(李先生) : 이진상(李震相, 1818-1886)이다. 자는 여뢰(汝雷), 호는 한주, 본관은 성산(星山)이다. 현 경상북도 성주군 월항면 한개[大浦] 마을 출신이다. 1849년 소과에 합격하였다. 문인으로 곽종석 · 허유(許愈) 등 주문팔현(洲門八賢)이 있다. 저술로 49권 25책의 『한주집』과 22편 10책의 『이학종요(理學綜要)』가 있다.

6 지의록(贄疑錄) : 곽종석이 의심나는 것을 적어 모은 책으로, 스승을 만날 때 드리는 폐백으로 삼는다는 뜻에서 이름을 붙인 것이다.

7 학산(鶴山) : 현 경상북도 봉화군 춘양면 학산촌이다.

8 초사(初仕) : 처음으로 하는 벼슬로 종9품직을 말한다.

하였다. 선생은 시대의 의리를 헤아려보고 할 수 있는 일이 없다는 것을 알고서 편지를 보내 사양하였다. 선생은 드디어 뜻을 같이 하는 몇몇 공들과 한양에 가서 글을 지어 열국의 공관에 포고하여 천하에 대의를 밝혔으니, 바로 병신년(1896) 봄이었다. 그해 겨울 남쪽으로 내려와 거창(居昌)의 다전(茶田)[9]에 우거하였다.

광무(光武) 3년(1899) 기해년에 고종황제가 조서를 내려 효유를 돈독히 하고 부르기를 재촉하였다. 선생은 소장을 써서 올려 사양하였다. 그러나 곧바로 중추원 의관(中樞院議官)에 제수되었는데, 선생은 나아가지 않았다. 임인년(1902) 겨울 참정 신기선(申箕善)[10]이 예를 갖추고 소명을 돈독히 하기를 주청하였다.

계묘년(1903) 7월 황제가 선생의 품계를 올리라고 명하여 통정대부가 되었고 비서원 승에 제수되었다. 황제가 특별히 돈독한 유지를 내리고 비단 2필을 갖추어 지방관으로 하여금 가서 내려주도록 하였다. 선생은 임금의 넉넉한 예우를 받은 것이 이와 같은데 시종 명을 어기고 거절하는 것은 공손하지 못한 듯하다고 생각하여, 이에 부지런히 길을 재촉하였다. 수원에 이르러 상소하여 직명을 삭직하고 내린 비단을 환수하기를 청하였는데, 황제는 온화한 비답을 내리면서 윤허하지 않았다. 곧장 칙임 의관(勅任議官)에 제수되고 또 칙임 비서원 승에 제수되었는데, 선생은 모두 소를 올려 사양하였다. 황제는 비서랑을 보내 비답을 내렸는데, 그 안에 '비서랑과 함께 올라오라.'라는 교지가 있었다. 선생은 부주(附奏)[11]를 올려 직명을 사양하고 초야에 사는 포의의 신분으로 나아가

9 다전(茶田) : 현 경상남도 거창군 가조면 다전리이다.

10 신기선(申箕善) : 1851-1909. 자는 언여(言汝), 호는 양원(陽園), 본관은 평산(平山)이다. 1877년 문과에 급제하여 의정부 참정에까지 이르렀다. 저술로 18권 9책의 『양원집』이 있다.

11 부주(附奏) : 임금이 내린 유지(諭旨)에 대해 정승이 올리는 답서이다.

황제를 뵙기를 원하였다. 부주를 모두 세 번 올리자 황제께서 비로소 윤허하였다.

8월 28일 선생은 유건을 쓰고 도포를 입고서 함녕전(咸寧殿)[12]에 나아가 황제를 알현하였다. 황제가 정치를 하는 도리에 대해서 묻자, 선생은 "무릇 요순의 정치를 가지고 보면 서로 전해온 도는 '인심은 오직 위태롭고 도심은 오직 미미하니, 오직 앎을 정밀하게 하고 마음을 정일하게 해야 진실로 그 중도를 잡을 수 있다.'라는 말에 불과합니다. 대개 마음은 하나입니다. 인의예지(仁義禮智)·충효경자(忠孝敬慈)의 공정함에서 나온 것은 도심이고, 음식과 의복, 목소리와 안색, 재물과 이익의 사사로움에서 나온 것은 인심입니다. 폐하께서는 한 생각이 싹트는 사이에서 그것이 인심인지 도심인지, 공정함인지 사사로움인지의 기미를 반드시 살피셔야 합니다. 생각이 도심의 공정함이 되는 줄 알면 반드시 확충하여 미루어 실천하셔야 하며, 그 생각이 인심의 사사로움이 되는 줄 알면 반드시 극복하고 절제하여 막고 끊으셔야 합니다. 그러면 요순의 정치를 말할 수 있을 것입니다."라고 대답하였다. 황제께서 말씀하기를 "말한 바가 절실하고 합당하오. 짐은 마땅히 가슴 속에 간직하겠소."라고 하였다.

선생이 물러나 합문(閤門) 밖에 이르렀을 때 황제가 사알(司謁)[13]을 시켜 명을 전하기를 "비서원에서 기다리도록 하라."라고 하고서, 음식을 내렸다. 또 사알로 하여금 사모(紗帽)·관복(官服)·각대(角帶)·탕건(宕巾)·망건(網巾)을 받들고 옥권(玉圈)[14]을 갖추어서 가져다주게 하였다.

12 함녕전(咸寧殿) : 덕수궁에 있는 건물로 고종황제가 거처하던 생활공간[침전]이다. 1897년에 지었는데, 1904년 수리 공사 중 불에 타 그해 12월에 다시 지은 건물이다.

13 사알(司謁) : 액정서(掖庭署)에 소속된 정6품 잡직의 하나로, 임금의 명령을 전하는 일을 담당한다.

14 옥권(玉圈) : 옥관자(玉冠子)로, 망건에 달고 다니는 옥이다. 정3품 당상관 이상이라야

비서승 정승모(鄭承謨)에게 명하여 선생으로 하여금 내려준 의관을 착용하고서 편전에서 독대하도록 하였다.

비서승이 명을 전달하자, 선생이 말씀하기를 "조금 전 포의의 차림으로 알현하는 것에 대해 이미 성은의 허가를 받았는데, 잠깐 사이에 이러한 강요가 있을 줄 어찌 생각했겠습니까? 조금 전 포의 차림으로 알현하기를 허락하신 것은 한때 사람을 묶어두려는 술책에 지나지 않으니, 임금과 신하가 만나는 처음에 어찌 이런 술책을 바로 쓸 수 있겠습니까? 의리상 불가하니 감히 명을 받들 수 없습니다."라고 하였다. 비서승이 대궐에 나아가 선생의 의사를 전달한 것이 모두 세 번이었지만, 황제는 견고히 허락하지 않으면서 말씀하기를 "짐이 바야흐로 난간에 기대서서 그대를 기다리며 감히 앉지 못하고 있소."라고 하였다. 또 사알을 시켜 선생에게 속히 달려오라고 명을 전한 것이 세 번이었다. 선생은 마지못해 관복을 입고 종종걸음으로 나아갔다.

황제는 서서 선생이 들어오는 것을 보고 있다가 앉아서 말씀하기를 "지금 그대의 거동을 보니 기뻐서 말을 할 수가 없소."라고 하였다. 선생이 대답하기를 "신은 적임자가 아닙니다. 성상께서 현자를 등용하여 장차 어떤 일을 하시고자 하는지 모르겠습니다."라고 하였다. 황제가 말씀하기를 "장차 짐을 돕게 하여 나라의 복을 연장하려는 것이오."라고 하였다. 선생께서 대답하기를 "신이 지난번 성상의 유지를 읽어보니, '제갈공명(諸葛孔明)은 염한(炎漢)[15]의 복을 보전하였고, 정이천(程伊川)은 원우(元祐) 연간의 지치[16]를 보좌하였다.'라고 하셨는데, 이 두 현자는 신이

사용할 수 있다.

15 염한(炎漢) : 불의 덕을 가지고 일어난 한(漢)나라를 이른다.

16 원우(元祐) 연간의 지치 : 송나라 철종(哲宗)의 연호(1086-1094)로, 사마광(司馬光)·문언박(文彦博)·정이(程頤) 등 제현을 등용하여 태평성대를 이루었던 시기를 말한다.

참으로 비견할 수 없는 사람들입니다. 그러나 신이 듣건대, 제갈공명은 자기 임금에게 고하기를 '어진 신하를 가까이 하고 소인배를 멀리한 것이 전한(前漢)의 정치가 홍성하게 된 까닭이고, 소인배를 가까이 하고 어진 신하를 멀리한 것이 후한(後漢)의 정사가 무너진 까닭입니다.'라고 하였고, 정이천은 조정에서 말하기를 '임금이 어진 사대부를 만나는 일이 많고 환관·궁녀들을 가까이 하는 때가 적으면, 임금의 기질을 함양하고 덕성을 훈도할 수 있습니다.'라고 하였습니다. 대개 이 두 현자가 임금에게 충성하고 국사를 보좌한 것이 이와 같은 데 지나지 않았을 뿐이니, 신묘한 계획과 은밀한 계책으로 귀신을 두렵게 하고 사람들을 놀라게 할 만한 것이 있었던 것이 아닙니다. 폐하께서 경연에 나가지 않으신 지가 이미 수십 년이 되었고, 아침저녁으로 더불어 가까이 지내는 자들은 단지 궁녀와 환관 등 용렬하고 천한 부류들일 뿐입니다. 이와 같이 하시면서도 현자가 폐하에게 등용되어 덕성을 훈도해 주는 유익함과 나라를 융성하게 하는 공업을 이룩하기를 바라신다면 또한 잘못이지 않겠습니까?"라고 하였다.

황제가 말씀하기를 "짐이 실로 과실이 있으니, 거리끼지 말고 하나하나 지목해서 말해보시오."라고 하니, 선생이 대답하기를 "신이 듣건대 폐하께서 매우 신임하는 사람은 바로 도덕을 갖추고 충성스럽고 선량한 사람이거나 아름다운 지모와 원대한 계략을 갖춘 사람들에게 있지 않고, 기예와 술수를 갖추거나 점을 치는 부류에 있다고 합니다. 모르겠습니다만, 예로부터 지금까지 이런 부류들에 의지하여 지치를 이룩한 경우가 과연 있었습니까? 또 듣건대, 폐하께서 내외의 관리들을 임용하거나 서용하실 적에 그들의 재능이 마땅한지 여부를 따지지 않고 오직 뇌물의 많고 적음을 보신다고 합니다. 그리하여 용렬한 부류나 천한 품계의 사람들과 거간꾼·백정·장사치의 무리들이 연줄을 대고 다투어 관직에 나아가 선량한 백성들을 착취합니다. 무고한 백성들은 가산을 기울이고 재물을 다 털어 꾸러미로 싸고 수레에 실어서 권세가의 집에 보내지 않으면 폐하의 개인 저장고에 들어갑니다. 그래서 그곳에는 돈 냄새가 낭자하지만 백성들의 고혈은 이미 다 말라버렸습니다. 이와 같이 하면서도 오히려 임금에게 충성하고 상관을 위해 죽을 자를 바랄 수 있겠습니까?"라고 하니, 황제가 흠칫 놀라며 말씀하기를 "이런 지경에 이르렀단 말이오?"라고 하였다.

황제가 왜적을 토벌하고 원수에게 복수하는 대책을 물었는데, 선생이 대답하기를 "엎드려 생각건대, 오늘날의 형세는 강약이 서로 현격히 다르니, 성급하게 대책을 마련할 수 있는 일이 아닙니다. 만약 경솔히 움직여서 함부로 발설하면 단지 화를 부를 뿐입니다. 신은 원컨대 폐하께서는 반드시 국내 정사를 돌보는 일에 급급히 하여 국력을 충분히 기른 뒤에 외적 물리치는 일을 도모하신다면, 왜적을 토벌하고 원수에게 복수하는 공을 거의 거둘 수 있을 것입니다."라고 하였다. 다음 날 의정부 참찬에 제수되었는데, 두 번 사직소를 올렸으나 윤허를 받지 못하였다.

9월 3일 다시 소명을 받고 입대(入對)하였는데, 황제께서 말씀하기를 "오늘날의 급선무를 그대는 빠짐없이 낱낱이 말해 주시오."라고 하니, 선생은 정학을 숭상하고[崇正學], 민심을 결집하고[結民心], 군제를 확정하고[定軍制], 재용을 절약하는[節財用] 네 가지 조목을 거론하여 대답하였다. 3일 뒤 황제가 궁내부(宮內府)[17]에 명하여 선생이 거처할 집 한 채를 내려주게 하고, 또 지난밤에 말한 네 조목을 부연하고 윤색하여 글을 지어 올려 황제가 연역할 수 있는 내용을 갖추어 달라고 하였다. 선생은 명을 듣고 곧장 차자를 갖추어 올렸다. 그 나라를 경영하고 세상을 구제

17 궁내부(宮內府) : 1894년(고종31) 갑오개혁 때의 관제개편으로 왕실에 관한 모든 업무를 일괄적으로 담당하기 위해 창설되어 1910년 일제에 합병될 때까지 존속한 관청이다.

하는 급선무를 논한 것이 다 갖추어져 있었는데, 대략 1만여 자나 되었다. 차자의 말미에 다음과 같이 끝맺었다.

> "이상의 네 조목은 모두 급선무에 관계되지만 그 큰 근본은 폐하의 한 마음에 달려 있습니다. 대개 임금의 마음은 천하·만사의 근본이 됩니다. 마음이 발현할 적에는 공과 사, 의(義)와 리(利)의 분별이 있어야 합니다. 마음이 공정하고 의리를 따르면 요 임금과 순 임금처럼 되어 천하의 일이 잘 다스려지지 않음이 없을 것입니다. 마음이 사사롭고 이익을 따르면 걸(桀)과 주(紂)처럼 되어 천하의 일이 어지럽지 않음이 없을 것입니다. 이는 다만 한 생각의 차이에 달려 있을 뿐이니, 폐하께서는 이에 대해 맹렬히 성찰하십시오."

이윽고 홍문관 경연관, 시강원 서연관에 특별히 제수되었으니, 이는 대체로 스승과 같은 유학자를 넉넉히 예우하는 뜻이었다. 선생은 소를 올려 사직하고 아울러 집을 내려주신다는 명을 거두어 줄 것을 청하였다. 다시 두 번 차자를 올려 왜적을 토벌하고 원수에게 복수하는 대책을 진언하였으나, 황제는 모두 살피지 않았다. 선생은 황제의 타고난 자질이 선을 행하기에는 충분하다는 것을 알고 있었지만 외세의 침략에 겁을 먹고 있어 그 형세상 의지를 강건하게 갖기 어려운 점이 있다는 것을 보고서 드디어 고향으로 돌아갈 생각을 결단하였다. 「경연잠(經筵箴)」[18]과 「서연잠(書筵箴)」[19] 두 편을 올리고, 스스로 탄핵하는 소를 바치고는 비답을 기다리지 않고 돌아왔다.

갑진년(1904) 일본 조정에서 사신을 파견하여 적신(賊臣)을 꾀어 조약을 체결하고, '한일의정서(韓日議定書)'라고 명명하였다. 선생은 소를 올

18 경연잠(經筵箴) : 『면우집(俛宇集)』 권144에 수록된 「경연잠 계묘(經筵箴癸卯)」를 말한다.

19 서연잠(書筵箴) : 『면우집(俛宇集)』 권144에 실려 있다.

려 그것을 배척하였는데, 그 대략은 다음과 같다.

"국가의 존망은 오직 대의가 드러나는가 드러나지 않는가에 달려 있습니다. 이웃 나라와 우호관계를 맺을 적에는 마땅히 큰 신의를 바탕으로 해야 하니, 어찌 신의를 생각하지 않고 강제로 승낙할 수 있겠습니까? 저 미우라 고로[三浦梧樓][20] 무리들은 우리나라 역신(逆臣)과 한 통속이 되어 감히 을미년(1895)의 변란을 저질렀다는 것이 히로시마[廣島]의 재판[21]에서 그 정황이 모조리 드러났는데, 일본 정부는 왜곡하여 그들의 죄를 덮어주고 또 다시 우리 역적들을 감싸주어 우리나라의 왕법을 시행할 수 없게 하였습니다. 우리나라를 위한 오늘날의 계책은 먼저 대의로 일본 사신을 깨우쳐서 그들로 하여금 미우라 고로 및 범래(範來)[22]·두황(斗璜)[23] 등 적들을 결박해 우리나라로 보내게 하여 공개적으로 처형을 한 뒤에야 원한을 풀고 평화의 국면에 대해 논의할 수 있을 것입니다. 그렇게 하지 않고서도 천하에 망하지 않은 나라는 있지 않았습니다. 저들에게 아첨하면서 없어질 나라를 보존하느니 차라리 의리를 지켜 망하는 것이 편안하고 통쾌한 일이 될 것입니다. 엎드려 바라건대, 소신의 이 글을 왜노(倭奴)에게 보이고 만국에 선포하여 천하의 공의(公議)를 들으십시오. 만약 이 글로 인해 저들의 분노를 만난다면 청컨대 신의 몸을 죽여 재로 만드십시오. 그래도 신은 원망하거나 후회하는 바가 없을 것입니다."

20 미우라 고로[三浦梧樓] : 1846-1926. 일본의 조선공사(朝鮮公使)로 있으면서 을미사변을 일으켜 명성황후를 시해(弑害)한 주동자이다.

21 히로시마[廣島]의 재판 : 광도재판소(廣島裁判所)의 '조선사건예심종결결정서(朝鮮事件豫審終決決定書)'를 말한다. (이민원, 『명성황후 시해와 아관파천』, 국학자료원) 일본은 황후 시해 사건에 개입한 47명을 소환하여 광도재판소에 회부했으나, 예심판사(豫審判事) 길강미수(吉岡美秀)는 증거 불충분의 이유로 1896년 1월 20일에 모두 석방했다. (한영우, 『명성황후와 대한제국』, 효형출판)

22 범래(範來) : 이범래(李範來)로 역적이기 때문에 성을 쓰지 않았다. 1895년 명성황후 시해사건에 가담한 훈련대 중대장으로, 1896년 아관파천 이후 일본에 망명하였다.

23 두황(斗璜) : 이두황(李斗璜)으로 역적이기 때문에 성을 쓰지 않았다. 명성황후 시해사건에 가담한 훈련대 대대장이다. 아관파천 이후 일본에 망명하였다.

10월 재촉하여 부르는 유지가 있었다. 선생은 소를 올려 사양하며 국내 정사를 돌보고 외부의 적을 물리치는 의리를 거듭 밝혔다. 상소의 말이 매우 절실하였지만 비답을 받지 못하였다.

을사년(1905) 10월 일본 조정에서 장차 사신을 보내 보호조약을 확정하려고 하여 역신들이 재앙을 선동해서 그 기미가 매우 절박하다는 소식을 들었다. 선생은 곧장 차자를 갖추어 올렸는데, 그 대의는 다음과 같다. "나라를 보호한다는 명분을 강력히 거부하고 대등한 나라로서의 체모를 분명히 바로잡아서 강경한 태도와 필사의 의지를 보이십시오. 겁을 내어 어쩔 줄 몰라 하여 만국의 주목을 받지 못하는 일을 하지 마십시오."

이달 일본 사신 이토 히로부미[伊藤博文]가 과연 와서 역신 완용(完用) 등을 회유하고 협박하여 보호조약을 긴급하게 체결하였다. 선생은 임금이나 부모에게 급박한 일이 있을 적에는 달려가 위문하는 것이 의리라고 생각하였다. 그래서 당일 길을 나섰는데, 사람을 시켜 소장을 가지고 먼저 가게 하였다. 소장의 내용을 요약하면 다음과 같다.

> "어리석은 신의 소견으로 생각건대, 폐하께서는 지금 용단을 빨리 내리고 명령을 분명히 발해야 합니다. 그리고 이완용(李完用)·박제순(朴齊純)·이지용(李址鎔)·이근택(李根澤)·권중현(權重顯)[24] 등 역적의 머리를 베어 한양 저자에 매달아서 나라를 팔아먹은 자에 대한 떳떳한 형벌을 바르게 하고, 열국의 공관에 분명히 알려서 담판하는 회담을 크게 열어 천하의 공법으로 결단하게 하십시오. 이는 한시도 지체할 수 없는 사안입니다. 만

24 이완용(李完用)……권중현(權重顯) : 1905년 일제가 한국의 외교권을 박탈하기 위해 강제로 체결한 을사조약에 찬성하여 승인한 5명의 대한제국 대신으로, '을사오적(乙巳五賊)'으로 불린다. 당시 이완용은 학부대신, 이지용은 내부대신, 박제순은 외부대신, 이근택은 군부대신, 권중현은 농상공부대신이었다.

약 혹 머뭇거리고 주저하면서 잠시의 틈을 바란다면 폐하께서 스스로 온전하고자 하더라도 장차 그 높은 지위는 안남왕(安南王)[25]이 되는 데 불과할 뿐이며, 청성(青城) · 오국(五國)[26]의 일도 차례대로 목전에 닥칠 것입니다. 엎드려 원하건대, 폐하께서는 우리 이천만 백성들과 함께 종묘사직을 위해 죽고 천지의 기강과 의리를 위해 살아서, 왜노의 신하나 포로가 되지 마십시오."

11월 선생은 도성에 들어가 소를 올리고 입대를 요청하였으나 비답을 받지 못하였다. 옛 관례에 경연신이 입대를 청하였다가 3일 안에 명을 받지 못하면 예법 상 성을 나가 죄를 기다려야 했다. 그래서 선생은 마지못해 물러나 강가 교외에서 기다리다가 소를 올려 돌아가겠다고 고하였다. 충청도 옥천(沃川)에 이르렀을 때 비로소 비답에 도성으로 들어오라는 전교가 있었다는 말을 들었다. 즉시 소장을 지어 올렸는데, 그 내용을 요약하면 다음과 같다.

"삼가 엎드려 생각건대 오늘날의 사세는 비록 신으로 하여금 폐하 앞에서 모두 말할 수 있게 하더라도 그 내용은 바로 지난번 소장에서 아뢴 것과 같으니, 매국의 도적을 참수하여 왕법을 엄숙히 하고, 협박으로 체결된 조약을 폐지하여 정치 주도권을 되찾고, 열국에 분명히 알려 천하의 공법을 시행하게 하는 데 불과합니다. 이러한데도 그 일을 할 수 없다면 곧 유심(劉諶)[27]이 '부자 · 군신이 성을 등지고 한 번 싸워 함께 종묘사직을 위해

---

25 안남왕(安南王) : 청(淸)나라 말기 인도차이나반도에서는 완씨(阮氏)가 중국의 도움을 얻어 분열된 안남(安南)을 통일하고, 청조로부터 안남왕(安南王)에 봉해져서 중국의 조공국, 즉 속국이 되었다. 여기서는 비록 보호라는 명분으로 조약이 체결되었다고 하지만 조선은 결국 일본의 속국이 되는 수모를 겪게 될 것이라는 뜻이다.

26 청성(青城) · 오국(五國) : 청성은 북송(北宋)의 휘종(徽宗)과 흠종(欽宗)이 금(金)나라에 사로잡혀 어의(御衣)가 벗겨지는 수치를 당한 곳이다. 오국은 만주 길림성(吉林省)에 있는 오국성(吳國城) 또는 오국두성(五國頭城)이라고도 하는 곳으로 휘종과 흠종이 구금되었다가 죽은 곳이다.

> 죽어야 한다.'라고 말한 것과 같이 할 따름입니다. 무릇 이는 모두 폐하께서 스스로 주재를 세우고 호령을 드러내어 위엄과 신령스러움이 드러나는 곳마다 귀신조차 안색을 바꾸게 하는 데 달려 있습니다. 그렇게 하여 나라가 보존되면 참으로 지극히 다행이고, 나라가 망하더라도 크게 영광스러울 것입니다. 만약 '새로 맺은 조약이 이미 협정되었으니 따르지 않을 수 없고, 황실의 존엄은 아직 그런대로 편안하다. 그대는 조정에 나와 우선 나라를 팔아먹은 자들과 더불어 조정의 반열에서 일을 주선하고, 저들이 통감(統監)이라고 부르는 자 밑에서 분주히 복역하라.'라고 하신다면, 신은 비록 기력도 없는 늙은이지만 결코 폐하의 명을 받들지 않겠습니다."

경술년(1910) 나라가 망하였다. 선생은 변고를 듣고는 통곡하며 문을 닫고 객을 사절한 채 시사를 듣지 않았다. 오직 후생 가운데 학업을 청하는 영재가 있으면 그들만은 거절하지 않았다. 기미년(1919) 3월 손병희(孫秉熙) 등이 대한독립선언서를 발표하였다. 당시 세계 여러 나라들이 바야흐로 파리에서 평화회의를 개최하고 있었다. 선생이 말씀하기를 "기회를 놓쳐서는 안 된다."라고 하고, 곧장 장서를 써서 파리로 보냈다. 얼마 뒤 일이 발각되어 왜경이 대구 감옥에 선생을 구금하고 핍박하며 심문하였다. 그러나 선생은 이치에 근거하여 그들을 질타하면서 "내 죽을 곳을 얻었으니, 심문해도 소용없다."라고 하였다. 왜경은 선생에게 징역 2년형을 확정하였다. 6월 병이 심해 감옥을 나왔다. 8월 장차 임종할 적에 집안일을 한 마디도 언급하지 않았고, 다만 "긴 밤이 새지 않으니, 내 눈을 감을 수 있겠는가."라고 하였다. 문인들을 돌아보며 말씀하

27 유심(劉諶) : 촉한(蜀漢)의 후주(後主) 유선(劉禪)의 아들이다. 후주가 위(魏)나라에 패하여 항복하려 하자 유심은 노하면서 "만일 꾀가 없고 힘이 없어 화패(禍敗)가 반드시 미친다 하더라도 부자·군신이 성을 등지고 끝까지 싸워서 사직을 위해 함께 죽어야 합니다."라고 하였다. 후주가 듣지 않자 그는 먼저 처자를 죽인 다음 자신도 따라 죽었다. (『三國志』 卷33 「後主傳列」)

기를 "군자는 마땅히 만세 뒤를 위해 일을 도모해야지 한 때의 계책만을 생각해서는 안 된다."라고 하였다. 자리를 바르게 해줄 것을 명하고는 이윽고 세상을 떠났으니, 향년 74세였다.

문인들이 상례를 집행하면서 염을 할 적에는 유복(儒服)을 입혀드렸고, 명정(銘旌)에는 '징사(徵士)'라고 쓰고 관직을 쓰지 않았으니, 선생의 유명을 따른 것이었다. 처음에는 가조(加祚) 문재산(文載山)[28] 선영 곁에 장사지냈다. 6년 뒤 겨울 가조 서쪽 율리(栗里) 모덕산(慕德山) 유좌(酉坐) 언덕에 이장하였다.

부인 삭녕 최씨(朔寧崔氏)는 최익상(崔益祥)의 딸로 숙부인에 추증되었다. 딸 하나를 두었는데 노정용(盧正容)에게 시집갔다. 재취 부인 진성 이씨(眞城李氏)는 이호문(李虎文)의 딸로 숙부인에 봉해졌다. 2남 1녀를 두었는데 장남은 전(澶), 차남은 정(濎), 사위는 임유량(林有樑)이다. 손자와 손녀가 몇 명 있다.

아! 선생은 하늘이 내린 생이지지의 자질로 말귀를 알아들을 나이부터 신동이라는 칭호가 있었다. 15, 6세에 문득 분발하여 천하의 일에는 모두 궁구할 수 없는 이치란 없다고 생각하고서, 드디어 폭넓게 독서하여 제자백가를 두루 궁구하였다. 그리고 패사(稗史)·이서(異書)·음양(陰陽)·방기(方技)·의약(醫藥)·복서(卜筮) 등의 책에 대해서도 그 근원과 귀결, 이익과 병폐를 탐색하지 않음이 없었다. 이윽고 말씀하기를 "어찌 이런 성인이 아닌 사람들의 서적을 공부하겠는가."라고 하고, 날마다 공자·맹자·정자·주자의 책을 가져다가 오뚝하게 단정히 앉아서 읽었다. 몇 년이 지나자 환히 크게 깨닫고 말씀하기를 "도가 여기에 있도다."라고 하고는 드디어 예전에 보던 책들을 모조리 버리고 내면을 향한 학문

28 문재산(文載山): 현 경상남도 거창군 가조면 광성리에 있다.

에 마음을 오로지 쏟았다.

곧장 요순 이후로 공자·맹자·주자·퇴계 등 성현들이 서로 전한 심법의 참된 지결에 나아가 힘써 연구하여, 비로소 우리 유학의 심학이 오로지 리(理)를 주로 하고 리를 밝히는 데 있으며, 만세의 치란이 여기에서 말미암는다는 것을 확신하였다. 드디어 마음속으로 자득한 것을 한주(寒洲) 이 선생(李先生)에게 나아가 질정하였는데, 이 선생이 놀라며 말씀하기를 "천하가 매우 어지럽고 기학(氣學)이 날뛰는 때에 그대를 얻었으니, 우리 유학의 다행이다."라고 하였다.

선생은 세속의 유자들이 본원을 깊이 연구하지 않고 구이지학(口耳之學)만을 널리 일삼아 끝내 실용이 없는 것을 병통으로 생각하였다. 일찍이 말씀하기를 "우리 유학의 이치를 밝히는 학문은 고원한 데 있지 않으니, 마땅히 평이한 곳에서부터 찾아야 한다."라고 하였다. 대개 선생이 학문을 한 것은 젊어서부터 노년에 이르기까지 항상 전전긍긍하며 계신공구(戒愼恐懼)하는 것에서 공부를 하여, 가까운 것으로는 심신(心身)·성정(性情)의 미묘함과 밖으로 드러난 것으로는 이륜(彝倫)·예악의 명교(名敎)와 미루어 나가 천지·귀신의 정상(情狀)과 변화, 고금·인물의 치란과 득실에 이르기까지 깊이 연구하고 체득하여 이해하지 않은 것이 없었다. 특히 치지(致知)·궁리(窮理), 거경(居敬)·역행(力行)에 대해 이 이치를 보존하고 이 이치를 따르는 실제의 일을 잠시라도 해이하게 한 적이 없었다.

선생은 평소 거처할 적에 단정히 손을 잡고 꼿꼿하게 앉아 있었다. 멀리서 바라보면 소나무 한 그루가 절벽에 있는 것 같아 우뚝하여 범할 수 없을 듯하였으며, 가까이 다가가 보면 술을 마신 것 같아 얼굴빛과 웃음에 화색이 넘쳐 친할 만하였다. 자신을 단속하고 집안을 다스리는 것은 자로 잰 듯 반듯하였는데, 엄격하면서도 사납지 않았고, 화합하면서도 치우치지 않았다. 거적을 친 문은 비바람을 가리지 못하였고, 거친 밥은 아침저녁을 잇지 못하였지만 처자식들은 그것을 근심하지 않았다. 남을 대접할 적에는 귀천·현우(賢愚)를 가리지 않고 한결같이 충신(忠信)으로 대하였다. 자기를 수양하고 남을 다스리는 데 독실하고 신중한 절도에 이와 같은 점이 있었다.

선생은 젊었을 적부터 정승이 되리라는 중망을 받아, 선생이 한 번 출사하면 백성들의 안위를 결정할 수 있을 것이라고 생각하지 않은 사람이 없었다. 그러나 눈으로는 국가의 형세가 이미 기울어진 것을 보고, 한 손으로는 넘어가는 나라를 붙들 수 없다는 것을 알고서 초야에 덕을 숨기고 지낼 것을 맹세하였다. 임금의 돈독한 유지가 여러 번 내려지고 폐백이 선생의 집 문에 이르자 마지못해 한 번 조정에 나가 명에 응했다. 좋은 관작을 주었지만 받지 않았고, 살 집을 내려주었지만 거처하지 않았으니, 조정에 나아가고 물러남과 물건을 사양하고 받는 데 있어서 오직 의리만을 본 것에 이와 같은 점이 있었다.

소매 속에 넣어가 올린 네 조목의 차자를 보면 나라를 경영하고 세상을 구제하는 바른 법도가 갖추어져 있고, 「경연잠」과 「서연잠」을 보면 마음을 보존하고 정치를 하는 큰 도가 다 들어 있다. 국가가 이미 망하자 나라의 수치를 씻을 것을 맹세하고는 단지 한 마음으로 나라에 보답할 것만을 알았기에 형틀 보기를 이부자리처럼 여겼다. 경륜과 충의를 온축한 것이 일월처럼 밝은 것에 이와 같은 점이 있었다. 식견과 국량은 만물에 두루 미칠 만했고, 재능과 기량은 나라를 고르게 다스릴 만하였으며, 덕행과 학문은 백세에 모범이 될 만하였고, 풍도와 절개는 천하 사람들을 진작시킬 만하였다. 오직 그 누추한 집에서 궁벽하게 지낸 것은 안연(顔淵)과 같았고, 위학(僞學)으로 몰려 재앙을 당한 것은 회암(晦菴)과 같았으며,[29] 강학하는 일에 은둔한 것은 금화(金華)[30]와 같았고, 포로로 잡혔다가 죽은 것은 문산(文山)[31]과 같았다. 그 천명을 즐기고 편안히 여겨 어디를 간들 자득하지 않음이 없었던 것에 이와 같은 점이 있었다.

아! 하늘이 선생을 태어나게 한 것은 애초에 무슨 의도였는가? 마침내 선생을 궁하게 하였으니, 또 무슨 의도인가? 우리 유학의 도가 그릇된 것인가? 하늘에 물을 수 있는가? 이제 선생이 남긴 문집 1백여 권이 세상에 전해지고 있으니, 선생의 도는 백세를 기다려도 미혹되지 않을 것이다. 또 어찌 도가 행해지지 않음을 원망하겠는가.

나는 선생의 문하에서 직접 가르침을 받았으나, 자질이 노둔하여 배우고서도 능하지 못한 것을 부끄러워한다. 선생의 명을 받들어 유림의 장서를 가지고 해외로 갈 적에 선생이 말씀하기를 "이는 천하에 우리 도를 크게 알릴 기회이다. 그대가 이미 천하의 일을 자임하였으니 힘쓸지어다."라고 하였는데, 지금도 선생의 말씀이 아직 귀에 쟁쟁하다. 지업(志業)을 이룬 것이 없는 팔순의 쓸모없는 사람이 장차 어떻게 지하에서 선생을 뵙겠는가. 지금 선생의 학덕을 드러내고 찬송하는 일에 나는 식견도 얕고 글재주도 없어서 우리 선생의 성대한 덕을 드러내어 영원한 후세에 드리워 없어지지 않게 할 수 없을까 더욱 두렵다.

감히 명을 짓는다.

---

29 위학(僞學)으로……같았으며 : 회암은 주희(朱熹)의 호이다. 성리학을 집대성하였는데, 한탁주(韓侂胄)에게 위학(僞學)으로 몰려 핍박을 받았다. 여기서는 곽종석이 이진상의 심즉리설을 계승하여 배척받은 것을 가리킨다.

30 금화(金華) : 허겸(許謙, 1270-1337)을 가리킨다. 자는 익지(益之), 호는 백운(白雲)이며, 무주(婺州) 금화(金華) 사람으로, 천문, 지리, 전장 제도(典章制度), 식화(食貨), 형법, 음운(音韻), 의경(醫經), 술수(術數) 등을 두루 통달하고 불가와 노장에도 조예가 깊었다. 동양(東陽) 팔화산(八華山)에 머물며 후학들에게 주희의 이학(理學)을 가르쳤다. (『元史』 卷189 「儒學列傳」 許謙·陳櫟)

31 문산(文山) : 문천상(文天祥, 1236-1282)의 호이다. 문천상은 남송(南宋) 공제(恭帝) 때 원(元)나라 군대가 침입하자 임지에서 군사를 거느리고 상경하여 싸웠다. 뒤에 붙잡혀서 대도(大都)에 호송되고, 투항을 거부하다가 처형되었다. (『宋史』 卷418 「文天祥列傳」)

우리나라의 성리학은	東方理學
퇴계 선생이 종주인데	退陶爲宗
뒤에 한주 선생 있었네	後有洲翁
깨달음 있는 선생께서	有覺先生
그 적전을 이으셨으니	嫡承其傳
주리로 심학의 지결 삼았네	主理心詮
세상의 주기를 말하는 자는	世主氣者
리를 보는 것이 분명치 않아	見理不明
저마다 다투어 주장하네	喙喙爭鳴
이러한 때 우리 선생은	于時先生
리를 밝히리라 맹세하시고	尸盟明理
주자와 퇴계로 귀의하였네	歸宿朱李
여러 학자들 다양한 논의가	百家岐論
비로소 하나로 통일되었으니	始統于一
성현에게 질정할 만하였네	聖賢可質
진실하도다 우리 선생이시여	允矣先生
우리 정학을 부지하였으니	扶我正學
그 공로가 진실로 넓도다	其功寔博
훌륭하도다 우리 선생이시여	猗我先生
도가 이루어지고 덕이 높아	道成德隆
명성이 궁궐에까지 통했네	聲徹九重
황제께서 유일을 찾아내어	帝訪遺逸
여러 차례 교지를 내리고	屢降絲綸
폐백이 문 앞에 당도했네	束帛臨門
선생은 부지런히 길을 떠나	先生黽勉
포의를 그대로 입고 가서	乃摳布衣
대궐 섬돌에 머리 조아렸네	頓首螭墀
간절하게 계책을 아뢰었는데	懇懇敷奏
황당하지도 장황하지도 않아	不謊不譊
요순의 심법을 전할 뿐이네	堯舜心法

황제께서 말씀하시길 “종석	帝曰鍾錫
그대의 말은 전고[32]와 같도다	爾言如誥
마땅히 급선무를 아뢰라.” 하니	宜陳急務
선생은 일어나 절하고 아뢰기를	先生起拜
“신은 정성스럽고 간절하게	臣愚肫肫
성인의 일 아니면 아뢰지 않습니다.” 하였네	非堯不陳
전후로 선생이 아뢴 말씀에	前後啓沃
나라 경영하고 세상 구하는 도리가	經國濟世
모두 다 갖추어져 있었네	靡不畢備
시사가 크게 잘못 되어서	時事大謬
종묘사직 드디어 망했으니	廟社遂屋
우리는 망국의 신하 되었네	我其罔僕
기미년 파리로 장서를 보내는 일에	己未之役
크게 떨쳐 일어나 투옥됐으나	大奮投圄
죽을 곳을 얻었다 말씀하셨네	曰得死所
파리로 보낸 한 통의 장서는	巴里一書
대낮에 우레 치듯 격렬하여	白日雷鳴
온 세상 사람들 모두 놀랐네	萬國皆驚
온 나라 사람들 일제히 말하길	闔域齊呼
“선생은 우리 유림의 태산북두요	吾林山斗
우리들의 부모님이다.” 하였네	吾民父母
오랑캐 되는 것을 면했으니	免爲漆齒
이는 누구의 힘이었던가	伊誰之力
영원토록 전해질 공적이네	萬世之勳
선생의 학문은	先生之學
하늘과 사람의 이치 꿰뚫어 보아	洞見天人
아무리 은미해도 모르는 것 없었네	無微不臻

32 전고(典誥) : 『서경』 우서(虞書)의 「요전(堯典)」과 「순전(舜典)」, 상서(商書)의 「중훼지고(仲虺之誥)」와 「탕고(湯誥)」, 주서(周書)의 「강고(康誥)」와 「대고(大誥)」 등을 이른 말이다.

선생의 도는	先生之道
일이관지의 충서였으니	一貫忠恕
누구나 모두 볼 수 있었네	賢愚咸覿
선생의 덕은	先生之德
모든 생명체에 온기를 불어넣어	無物不煦
봄바람이나 단비 같았네	春風時雨
선생의 업적 가운데	先生之業
그 큰 것만 모았으니	綜其大者
나머지는 생략해도 괜찮으리	餘可略也
내가 생각하기에 선생은	我思先生
하늘처럼 높고 바다같이 깊어	如天如海
헤아릴 수 있는 분이 아니네	非所可揣
바라보고 우러러보니	瞻之仰之
높고 높은 니구산처럼	尼邱喬嶽
만고에 우뚝하도다	萬古卓哉

선생이 세상을 떠나신 지 40년 뒤 무술년(1958) 하지(夏至)에 문인 김창숙이 삼가 지음.

神道碑銘 幷序

金昌淑 撰

韓社屋十年己未春, 俛宇 郭先生, 倡率全國儒林, 馳書于萬國公會, 請公認我韓獨立。俄而, 先生繫句城 倭狴, 而身且殉焉。萬國驚曰 : "天下士亡。" 及倭殲, 國人齊聲曰 : "宜顯頌先生之盛德於樂石, 傳之無窮。", 徵銘於昌淑。

昌淑歎息而曰："先生天海也, 非管蠡所能窺測。", 鄭重而不敢屬筆, 久矣。及門諸公, 屢以書責之曰："子今耋而病矣, 是不可緩也。" 昌淑雖老廢醜差, 義有所不容終辭者。

謹按, 先生諱鍾錫, 字鳴遠, 後改諱鋾, 字淵吉。自號晦窩, 又俛宇。郭姓苞山氏, 正懿公 鏡, 其初祖也。曾祖曰"一德", 贈通訓大夫掌禮院掌禮, 祖曰"守翊", 贈通政大夫秘書院丞。考曰"源兆", 贈嘉善大夫議政府參贊。號道菴, 有文學淸望。妣晉陽 姜氏, 周煥女, 海州 鄭氏, 匡魯女, 俱贈貞夫人。鄭氏擧二子, 先生其季也。憲宗 成皇帝丙午六月二十四日, 先生生于丹城縣 沙月里之草浦。

先生儀表秀異, 目如曙星, 神采映人。甫能言, 在參贊公側, 竊聽里中來學者所讀音句而識之。及上學, 觸類神解, 若生知然。見者稱之爲神童。八九歲, 已徧讀四子, 以及≪詩≫、≪書≫, 至朞閏推步, 亦皆布算無差。十二歲, 宅參贊公憂, 哀號幾殊。居喪盡禮, 有感動人者。

庚午, 謁寒州 李先生, 聞心學主理之旨。以所作≪贅疑錄≫進質, 李先生大加賞歎。庚辰, 丁內艱, 守制甚嚴, 夜不脫絰帶、居不就溫突, 以終三年。

癸未, 遊金剛, 逶迤至太白之鶴山, 見其幽邃可隱, 欣然有誅茅棲息之志。明年, 拔宅入鶴山, 構一茇舍, 僅庇風雨。躬執犁鋤, 種藷拾橡, 自居以深山之野人。蓋見世道日敗而欲肥遯也。

甲午, 廷臣有薦先生以經國才者, 命付初仕。明年正月, 除比安縣監, 不赴。八月, 倭兵犯闕, 母后被弑, 大駕遷俄營。冬鄕人士倡義旅, 聲言討賊, 要先生共事。先生度時義, 知不可以有爲, 以書遜謝。遂與同志數公, 往漢師, 爲文布告列國公館, 以明大義於天下, 是丙申春也。其冬, 南下寓居昌 茶田。

光武三年己亥, 帝下詔敦諭趣召。先生治疏呈辭。旋除中樞院議官, 不就。壬寅冬, 參政申箕善, 奏請備禮敦召。癸卯七月, 帝命進秩, 爲通政, 除秘書院丞。特降敦諭, 備束帛四段, 令地方官來宣。先生以爲被君上優禮如此, 終始違拒, 似涉不恭, 乃黽勉登道。至水原, 上疏乞削職名, 還輸幣筐, 帝溫批不允。旋除勅任議官, 又除勅任秘丞, 先生皆上疏辭。帝遣秘書郎宣批, 有'仍與偕來'之敎。先生上附奏, 辭職名, 願以山野本色進, 覲天陛。附奏凡三上, 帝始許之。

八月二十八日, 先生以儒巾道袍, 進對咸寧殿。帝問爲治之道, 先生對曰:"夫以堯、舜之治, 而其相傳之道, 不過'人心惟危, 道心惟微, 惟精惟一, 允執厥中。'而已。蓋心一也。發於仁義禮智、忠孝敬慈之公者, 道心也; 發於飮食衣服、聲色貨利之私者, 人心也。陛下於一念之間, 必審其人道、公私之幾。知其爲道心之公也, 則必擴充而推行之; 知其爲人心之私也, 則必克制而遏絶之。則堯、舜之治, 可得以言也。" 帝曰:"所言切當。朕當佩服。"

先生退至閤門外, 帝令司謁傳命曰:"可待于秘書院。", 命賜饌。又令司謁, 奉紗帽、章服、角帶、宕巾、綱巾, 具玉圈而至。命秘丞鄭承謨, 使之穿戴, 獨對于便殿。丞治命, 先生曰:"俄者野服, 已蒙聖恩許可, 豈意須臾之頃, 有此相强? 俄許野服, 不過爲一時牢籠之術, 君臣相遇之初, 豈可便用此術? 義所不可, 不敢奉命。" 丞詣闕致命者, 凡三, 帝堅不許曰:"朕方臨軒立待, 不敢坐。" 又令司謁, 傳趣者三。先生不得已加章服而趨進。

帝方立見先生而坐曰:"今見爾儀, 喜不可言。" 先生對曰:"臣非其人。未知欲用賢將何爲也。" 帝曰:"將以輔朕躬, 而延國祚也。" 對曰:"臣頃讀聖諭曰:'孔明存炎漢之祚、伊川佐元祐之治。', 是兩賢者, 固不可望。然臣聞孔明之告其君曰:'親賢臣遠小人, 此先漢所以興隆也; 親小人遠賢臣, 此後漢所以傾頹也。', 伊川之言于朝曰:'人主接賢士大夫之時多、親宦官宮妾之時少, 則可以涵養氣質而薰陶德性。' 蓋兩賢所以忠君佐國者, 不過如是而已, 非有神謀秘策, 可以慴鬼而驚人者也。陛下不御經筵, 已數十年, 朝夕所與褻狎者, 只掖庭閹尹庸賤之流而已。如此而欲望賢者之爲陛下用, 致薰陶之益、興隆之功, 不亦左乎?"

帝曰:"朕實有過, 勿憚一一指陳。", 對曰:"臣聞, 陛下之所崇信, 不在於道德忠良、嘉謨遠略之儔, 而在於方技術數、巫瞽卜筮之流。不審, 自古及今, 果有賴此而致治者乎? 又聞, 陛下任敍內外諸官, 不問其才之當否, 惟視賄賂之多寡。庸流賤品、駔儈屠沽之輩, 夤緣競進, 以之剝割良民。良民無辜者, 傾其產而竭其貲, 苞輸輦載, 不入於權門, 則入于陛下之私藏, 銅臭狼藉, 生靈之膏血已盡。如此而尙可望其忠君而死長乎?", 帝瞿然曰:"其至是乎?"

帝問討賊復讐之策, 對曰:"伏念, 今日之勢, 强弱相懸, 非可以卒卒辦此。如或輕動而妄泄, 適足以速禍。臣願陛下必先汲汲乎內修, 充養國力, 然後次圖攘外, 庶可收討復之功。" 明日, 除議政府參贊, 再疏辭, 不許。

九月三日, 復被召入對, 帝曰:"當今急務, 爾其枚陳無遺。", 先生擧崇正學、結民心、定軍制、節財用四條以對。後三日, 帝令宮內府, 賜先生居第一區, 又命頃夕所言四條, 敷潤成文以進, 備繹思。先生聞命, 卽具箚上之。其論經國濟世之急務, 靡不畢備, 概萬餘言。其末結之曰:"右項四條, 俱係急務, 而其大本, 則在於陛下之一心。蓋人主之心, 爲天下萬事之本。心之所發, 有公私義利之分。公而義, 則爲堯爲舜, 而天下事, 無不治; 私而利, 則爲桀爲紂, 而天下事, 無不亂。此只在一念之差, 惟陛下猛省焉。"

俄而, 特授弘文館經筵官、侍講院書筵官, 蓋優禮師儒之意也。先生上疏辭, 兼請還收賜第之命。復再上箚, 陳討復之策, 帝皆不省。先生知帝之天資, 足用爲善, 而見方怵於外禍, 其勢有難强者, 遂決意還山。製進《經筵》、《書筵》二箴, 仍具疏自劾, 不待批而還。

甲辰, 倭廷遣使, 誘賊臣締約, 名以"韓、日議定書"。先生上疏斥之, 略曰:"國家存亡, 惟在大義之顯晦。隣邦交好, 亦當以大信相仗, 豈可不念信義而强相唯諾哉? 彼三浦梧樓輩, 符同我逆臣, 敢逞乙未之變, 廣島裁判, 情形畢露, 而倭廷曲爲周遮, 又復容庇我逆臣, 使我韓王章, 不得行。爲我韓今日計者, 先以大義諭倭使, 使之縛送梧樓及範來、斗璜等諸賊, 加以顯戮, 然後庶可釋怨而議和局矣。不者, 天下未有不亡之國。與其媚讐而存無, 寧秉義而亡之, 爲安且快也。伏乞, 下臣此章示之倭奴、宣之萬國, 以聽天下之公議。如或因此而逢彼之怒, 則請以臣身充其虀粉, 臣無所怨悔焉。" 十月, 有旨趣召。先生上疏辭, 復申明內修、外攘之義。言甚剴切, 不報。

乙巳十月, 聞倭廷將遣使, 定保護條約, 賊臣煽禍, 其機甚迫。先生卽具箚急進, 其大意, 以爲"牢拒保護之名、明正敵國之體, 示以强硬之態、必死之志。勿恇怯失措, 以懈萬國之瞻聆。"

是月, 倭使伊藤博文果來, 誘脅逆臣完用等, 急締保護之約。先生以爲君父有急奔問義也。卽日登程, 使人齎疏先往。其略曰:"臣愚以爲陛下當今, 亟揮乾斷, 明發渙號。幷將完用、齊純、址容、根澤、重顯諸賤之首, 竿之藁街, 以正賣國之常刑, 聲明于列國公館, 大開談判, 斷之以天下之公法。此爲晷刻之不可緩者。如或逡巡蹙縮, 苟冀須臾, 則陛下雖欲自全, 將高不過爲安南王, 靑城、五國, 亦次第迫在目前矣。伏願, 陛下與我二千萬生靈, 爲宗廟社稷死、爲天經地義生, 不爲倭奴之臣僕俘囚而已。"

十一月, 入城陳疏, 請入對, 不報。舊例筵臣請對, 三日不得命, 禮當出城待罪。先生不得已退待江郊, 因陳疏告歸。到沃川, 始聞批下有入來之敎。卽裁疏以進, 略曰:"竊伏念, 今日事勢, 縱使臣得盡言於陛下之前, 卽不過如前疏所陳, 斬賣國之賊, 以肅王章; 銷脅締之約, 以攬政柄; 聲明列國, 以恢公法而已。此而不得, 則便可如劉諶所謂'父子君臣, 背城一戰, 同死社稷爾.' 凡此皆只在陛下之自立主宰, 發爲號令, 威靈所動, 神鬼變色。存固至幸, 亡亦大榮。如曰:'新約之已協, 不可不遵, 皇室之尊嚴, 猶可苟安。爾之來斯, 姑與賣國者周旋於同朝之列, 奔走服役於彼所謂統監者之下.', 則臣雖疲軟, 決不承陛下之命矣。"

庚戌, 國亡。先生聞變, 痛哭杜門, 謝人客, 不與聞時事。惟後生英秀有請業者, 不拒也。己未三月, 孫秉熙等, 發表我韓獨立宣言書。時世界列國, 方開平和會於巴里。先生曰:"機不可失。", 卽爲書送巴里。未幾事發, 倭拘先生於大邱獄, 而迫訊之。先生據理叱之曰:"吾得死所, 無用盤詰也。" 倭定先生懲役二年。六月, 疾甚出獄。八月纊且屬, 無一語及家事, 但曰 : "長夜不曙, 吾目可瞑。" 顧謂門人輩曰 : "君子當爲萬歲謀, 不可爲一時計。" 命正席, 俄頃而逝, 享年七十四。

門人治喪, 斂用儒服, 銘旌書徵士, 不以爵, 從遺命也。始葬加祚 文載山先塋側, 粤六年冬, 移厝加西坊 栗里 慕德山酉坡。配朔寧 崔氏, 益祥女, 贈淑夫人。一女歸盧正容。繼配眞城 李氏, 虎文女, 封淑夫人。二男 : 澶、漄, 一女行林有樑。孫男女若干人。

嗚呼! 先生以天降生知之資, 甫解語, 已有神童之稱。及年十五六, 便自奮以爲天下事皆無不可窮之理, 遂汎濫博極於諸子百家。旁及於稗乘、異書、陰陽、方技、醫藥、卜筮之類, 無不探索其源委利病。旣而曰 : "安用此非聖之書爲哉。", 日取洙、泗、洛、建之書, 兀然端坐讀之。有年, 乃悅然大悟曰 : "道在是矣。", 遂盡棄其舊, 而專意於向裏之學。

直就堯、舜以來孔、孟、朱、李群聖賢相傳心法之眞詮而力究之, 始信吾儒心學, 亶在乎主理而明理, 萬世之治亂, 寔由之。遂以其所自得於心者, 就正於李先生, 李先生驚曰 : "得子於天下大亂氣學搶攘之會, 吾道之幸也。"

先生病世儒不探究本源, 徒博口耳而終無實用。嘗曰 : "吾儒明理之學, 不在高遠, 當從平易處求之。" 蓋先生之爲學, 自少至老, 常從兢兢戒懼上用工, 近而身心性情之微妙、顯而彝倫禮樂之名敎, 推而至於天地鬼神之情狀變化、古今人物之治亂得失, 靡不洞究而體會之。 特於致知窮理、居敬力行, 存此理、循此理之實, 未或少須臾懈焉。

先生平居, 端拱危坐。望之如孤松在絶壑, 挺然若不可犯; 卽之如飮醇醪, 藹藹乎其色笑, 可親。其律身刑家, 尺度截然, 嚴而不厲、和而不流。席門不庇風雨、疏糲不繼朝脯, 而妻孥不戚戚焉。其待人接物, 無貴賤賢愚, 一以忠信臨之。其篤愼於修己治人之節, 有如是者。

先生自早歲, 負公輔之望, 人莫不以一出卜蒼生之安危。而目見國勢已去, 知隻手不可以扶傾, 矢韜晦於林下。及夫敦諭屢降, 束帛臨門, 不得已一出而應命。 授以好爵而不受、賜以居第而不處, 其出處辭受之惟義是視, 有如是者。

觀於其袖進四條之箚, 則經國濟世之正法, 備矣; 觀於其≪經筵≫、≪書筵≫之箴, 則存心出治之大道, 盡矣。逮宗祖已亡, 誓雪國恥, 只知一心報國, 視桁楊如衽席。其蘊蓄經綸忠義之貫乎日月, 有如是者。

識量, 可以周萬物; 才器, 可以均邦國; 德學, 可以範百世; 風節, 可以聳天下。惟其窮於陋巷, 似顏淵; 阨於僞學, 似晦菴; 隱於講學, 似金華; 死於俘囚, 似文山。其樂天安命, 無入而不自得, 有如是者。

嗚呼! 天之降先生, 始何意也? 卒之窮先生, 又何意也? 吾道非耶? 天可問耶? 今有先生遺文集百餘卷行于世, 先生之道, 可竢百世而不惑矣。又何怨乎道之不行耶。

昌淑薰炙門下, 姿質鈍滯, 竊愧夫學而未能矣。其奉先生之命, 携儒林長書而赴海外也, 先生曰:"此大宣吾道於天下之會。汝旣以天下事自任, 勉乎哉。", 至今先生之言, 猶在於耳。八耋廢物, 志業無成, 將何以拜先生於泉下也。今玆顯頌之役, 尤懼夫淺陋不文, 不能發揮我先生之盛德垂千億而不朽也。敢爲之銘曰:

"東方理學, 退陶爲宗, 後有洲翁。有覺先生, 嫡承其傳, 主理心詮。世主氣者, 見理不明, 喙喙爭鳴。于時先生, 尸盟明理, 歸宿朱、李。百家岐論, 始統于一, 聖賢可質。允矣先生, 扶我正學, 其功寔博。猗我先生, 道成德隆, 聲徹九重。帝訪遺逸, 屢降綵綸, 束帛臨門。先生黽勉, 乃摳布衣, 頓首螭墀。懇懇敷奏, 不謊不譎, 堯、舜心法。帝曰:'鍾錫, 爾言如誥。宜陳急務。', 先生起拜, '臣愚肫肫, 非堯不陳。' 前後啓沃, 經國濟世, 靡不畢備。時事大謬, 廟社遂屋, 我其罔僕。己未之役, 大奮投圜, 曰:'得死所。' 巴里一書, 白日雷鳴, 萬國皆驚。闔域齊呼, '吾林山斗, 吾民父母。' 免爲漆齒, 伊誰之力, 萬世之勳。先生之學, 洞見天人, 無微不臻。先生之道, 一貫忠恕, 賢愚咸覰。先生之德, 無物不煦, 春風時雨。先生之業, 綜其大者, 餘可略也。我思先生, 如天如海, 非所可揣。瞻之仰之, 尼邱喬嶽, 萬古卓哉。"

先生易簀後四十年戊戌夏至節, 門人金昌淑謹撰。

❖ 원문출전

崔兢敏,『俛門承敎錄』附錄, 金昌淑 撰,「神道碑銘幷序」(경상대학교 문천각 古(물천) B9C 최18ㅁ)

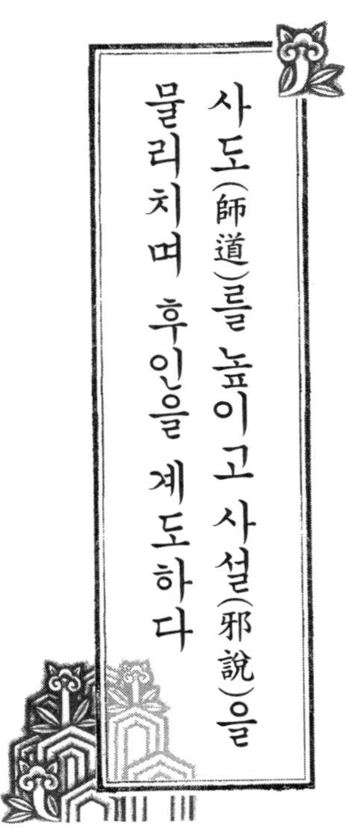

사도(師道)를 높이고 사설(邪說)을 물리치며 후인을 계도하다

조병규(趙昺奎) : 1846-1931. 자는 응장(應章), 호는 일산(一山), 본관은 함안(咸安)이다. 현 경상남도 함안군 산인면 입곡리(入谷里)에서 태어났다. 조려(趙旅)의 후손이다. 허전(許傳)에게 수학하였다. 박치복(朴致馥)·김인섭(金麟燮)·김진호(金鎭祜)·노상직(盧相稷) 등과 교유하였다. 일산정(一山亭)과 한천재(寒泉齋)를 중심으로 강학활동을 하였고, 1896년 덕산에서 『남명집』 교정에 참여하였다.
저술로 16권 9책의 『일산집』이 있다.

일산(一山) 조병규(趙昺奎)의 행장

이병주(李秉株)[1] 지음

선생의 휘는 병규(昺奎), 자는 응장(應章), 호는 일산(一山)이다. 헌종 병오년(1846) 2월 4일 입곡리(入谷里) 집에서 태어났다. 조씨(趙氏)는 함안(咸安)을 본관으로 하는데 선조 중에는 금은 선생(琴隱先生) 휘 열(悅), 정절공(貞節公) 어계 선생(漁溪先生) 휘 려(旅), 무진정 선생(無盡亭先生) 휘 삼(參)이 있다. 5대조 영휘(永輝)는 호가 청희당(淸羲堂)인데, 학행이 있었고 동몽교관에 추증되었다. 증조는 진욱(鎭旭)이다. 조부는 득호(得浩)이며 호는 별암(別嵒)이다. 부친은 성각(性覺)이며 호는 여음(廬陰)이다. 모친은 순흥 안씨(順興安氏) 안철순(安哲淳)의 딸과 전의 이씨(全義李氏) 이남주(李南柱)의 딸과 재령 이씨(載寧李氏) 이유묵(李由默)의 딸인데, 공은 전의 이씨가 낳았다.

공은 어려서부터 장중하여 법도가 있었고 여러 아이들과 어울려 장난치고 놀지 않았다. 8세 때 숙부 정재공(正齋公)[2]에게 『효경』을 배웠는데, 가르침을 듣고 게을리하지 않았으며 총명과 슬기가 날로 더해갔다.

을묘년(1855) 모친상을 당하였다. 곡하고 조문을 받는 것이 성인과 같아 향리의 사람들이 감탄하지 않음이 없었다. 부친 여음공(廬陰公)이 집 뒤에 서숙을 짓고 스승을 모셔다가 학문을 권장하였는데, 공은 스스로

1 이병주(李秉株) : 1874-1946. 자는 근부(根夫), 호는 미파(薇坡)이다. 현 경상남도 함안군 모곡에 거주하였다. 저술로 『미파집』이 있다.

2 정재공(正齋公) : 조성간(趙性簡)이다.

더욱 권면하여 몇 년 만에 경서와 역사서를 두루 읽었다.

갑자년(1864) 김해로 가서 성재(性齋) 허 선생(許先生)에게 폐백을 올리고 배알을 한 뒤, 심오한 경전의 뜻과 경례(經禮)·곡례(曲禮)의 예서와 천인(天人)·성명(性命)의 이치에 이르기까지 강구하고 질의하지 않음이 없었다.

정묘년(1867) 성재 허 선생이 무고를 입어 의금부에 나아가 심리를 받았다. 공은 유신(儒紳)들과 한 목소리로 피를 토하며 함께 소를 올려 무고를 변론하였는데,[3] 끝내 억울하고 원통한 죄가 밝혀지게 되었다.

성재 허 선생이 일찍이 자신이 저술한 『사의(士儀)』 10책을 꺼내 보여 주셨는데, 공은 편지를 써서 질의하기를 "상복을 바깥으로 향하여 솔기를 낸다면 소매는 둥글게 할 수가 없습니다."라고 하자, 허 선생이 답하기를 "그대의 견해가 바로 경전의 본지에 합치되니, 솔기 1촌(寸)을 줄여 함께 안으로 향하는 것이 좋겠다."라고 하였다. 후에 동지들과 함께 재물을 모아 『사의』를 간행하여 반포하였다.

병자년(1876) 생원시에 합격하였다. 기묘년(1879) 부친 여음공의 상을 당하였는데, 예제는 한결같이 『사의』를 따랐다. 지극한 효성으로 계모를 섬겼고, 두 아우와의 우애는 늙어서도 쇠함이 없었다.

기축년(1889) 공은 만성(晩醒) 박치복(朴致馥)[4] 및 김진호(金鎭祜)[5]·노

3 공은……변론하였는데 : 허전이 김해 부사로 있을 때, 부랑한 무리를 모아 놓고 거짓 학문을 했으며, 제자들이 들고 오는 선물을 챙겼다는 이유로 의금부에 나아가 심리를 받았다. 이때 영남 선비들이 조정에 소를 올려 허전의 억울함을 호소했는데, 조병규가 이 일에 앞장서 허전의 무고함을 강변했다.

4 박치복(朴致馥) : 1824-1894. 자는 동경(董卿), 호는 만성, 본관은 밀양이다. 현 경상남도 함안군 안인(安仁)에서 태어났다. 류치명·허전의 문인이다. 저술로 16권 9책의 『만성집』이 있다.

5 김진호(金鎭祜) : 1845-1908. 자는 치수(致受), 호는 물천(勿川), 본관은 상산(商山)이다. 허전과 이진상(李震相)에게 배웠다. 저술로 16권 9책의 『물천집』이 있다.

상직(盧相稷)[6] 제공과 원근의 유자들을 창도하여 단성(丹城)의 이택당(麗澤堂)[7]에서 『성재집』을 간행하였고, 그 곁에다 장판각을 세웠다.

병신년(1896) 공은 덕산(德山)으로 들어가 구본 『남명집』을 교정하였고, 이준구(李準九)[8]·조긍섭(曺兢燮)[9]과 함께 천왕봉에 올랐다. 취수정(取水亭)[10]으로 가서 조성가(趙性家)[11]를 방문하여 태극동정(太極動靜)의 이치에 대해 토론하였다.

경술년(1910) 나라가 망하자 공은 괴산재(槐山齋)[12]에서 통곡하는 시를 지어 비분한 감정을 드러내었다. 이후로는 인사를 사절하고 문을 닫고서 고요히 거처하며, 오직 고도(古道)를 닦고 밝히며 후학을 장려하고 가르쳤다. 공이 만년에 학문할 수 있도록 문생과 자제들이 마을 뒤에 정자를 세웠다.[13] 공은 날마다 그곳에 머물렀는데 잠명(箴銘)을 지어 문설주에 걸어두고 스스로 경계하였으며, 또 찾아오는 문도들을 받아들였다.

공은 항상 제생들에게 말씀하기를 "도는 육경에 들어 있고 리(理)는 자신의 마음속에 갖추어졌으니, 그 이치를 구하면 터득하지 못할 것이

6 노상직(盧相稷) : 1855-1931. 자는 치팔(致八), 호는 소눌(小訥), 본관은 광주(光州)이며, 현 경상남도 창녕에 거주하였다. 허전에게 수학하였으며, 저술로 48권 25책의 『소눌집』이 있다.

7 이택당(麗澤堂) : 허전의 영정을 모시기 위해 세운 사당으로, 현 경상남도 산청군 신등면 법물리에 있다.

8 이준구(李準九) : 1851-1924. 자는 성오(聖五), 호는 신암(信庵), 본관은 여주(驪州)이다. 현 경상남도 함안에 거주하였다. 저술로 10권 5책의 『신암집』이 있다.

9 조긍섭(曺兢燮) : 1873-1933. 자는 중근(仲謹), 호는 심재(深齋), 본관은 창녕(昌寧)이다. 저술로 『심재집』이 있다.

10 취수정(取水亭) : 경상남도 하동군 옥종면 월횡리의 조성가 집 근처에 있던 정자이다.

11 조성가(趙性家) : 1824-1904. 자는 직교(直敎), 호는 월고(月皐), 본관은 함안이며, 현 경상남도 하동 출신이다. 저술로 20권 10책의 『월고집』이 있다.

12 괴산재(槐山齋) : 현 경상남도 함안군 함안면 괴산리에 있는 재실로 무진정(無盡亭) 조삼(趙參)의 묘각이다.

13 학문하는……세웠다 : 일산정(一山亭)으로, 현 경상남도 함안군 산인면 입곡 마을에 있다.

없고, 그 이치를 궁구하면 밝히지 못할 것이 없다. 오늘날 사람들은 입을 열면 바로 성리(性理)를 말하며, 고경(古經)을 깊이 탐구하지 않고 각자 자기의 견해만을 고수하고 있으므로 그들의 논의가 여러 갈래로 나누어지는 것이다."라고 하셨다. 또 말씀하기를 "심성·리기의 설은 오늘날까지 정해지지 않은 사안이니, 실로 세대가 멀어지고 문장이 번잡해진 데서 연유한 것이다. 주자 이후 여러 설을 절충한 분이 퇴계(退溪)이다. 진실로 퇴계의 설을 종주로 삼으면 여러 설의 혼란스러운 점은 또한 난만하더라도 귀추점을 같이할 것이다."라고 하였다.

또 말씀하기를 "주자 이후로 선배들이 예를 논한 것은 한정이 없다. 그러나 예가(禮家)에서 의심하고 어렵게 여기는 점은 한두 가지가 아니다. 선사께서 일찍이 의복제도가 더욱 그 참모습을 잃은 것을 개탄하여 중설(衆說)의 모순에 빠지지 않고, 예경(禮經)의 간결하고 깊은 뜻을 찾아 전인이 아직 발명하지 못한 것을 드러내셨으니, 참으로 이 세상에 뛰어난 글이다."라고 하였다. 이 책의 분량이 방대하기 때문에 줄여서 『사례요의(士禮要儀)』 한 권으로 만들어 참고하는 데 편리하도록 하였다. 이단의 가르침이 날로 성해지는 것을 근심하여 『척사론(斥邪論)』을 지어 학자들을 깨우쳤다. 선조의 아름다운 덕행을 드러내는 데 이르러서는 바쁜 와중에도 온 힘을 다해 여력이 없었다.

신미년(1931) 5월 병세가 깊어졌는데, 27일 온수를 올리라 명하고서 얼굴과 손을 씻고 바르게 누워 돌아가셨으니, 향년 86세였다. 다음 달 적성산(積城山)[14] 선영 아래 임좌 언덕에 장사지냈다. 복을 입은 자가 백여 명이고, 만사와 제문으로 곡하는 자들이 수천 명이었다.

부인 청송 심씨(青松沈氏)는 심이학(沈履鶴)의 딸로 부녀자의 도리가

14 적성산(積城山) : 경상남도 함안군 함안면 괴산리에 있다.

있었다. 자식은 1남 2녀를 두었는데 아들은 용혁(鏞爀)이고, 딸은 이관기(李寬基)·안종훈(安鍾勳)에게 시집갔다. 용혁은 후사가 없어 재종질 열제(說濟)를 후사로 삼았다. 이관기의 아들은 종학(鍾學)이고, 안종훈의 아들은 영수(璟洙)이다.

아! 선생은 강건한 기질을 타고났으며, 참되고 바른 학문에 힘썼다. 일찍 과거공부를 그만두고서 큰 선생에게 훈도되어 오래도록 함양하여, 광휘가 날로 새로워졌는데도 오히려 성찰하는 공부를 더했다. 비록 홀로 고요히 거처하였지만 항상 전전긍긍하며 계신(戒愼)하는 마음을 간직하였고, 비록 아흔이 다 된 나이였지만 지쳐 피곤하여 해이한 모습을 보이지 않았다. 풍채는 당당하였고, 흉금은 탁 트여 한 점 얽매임이 없었다. 오직 사도(師道)를 높이고, 사설(邪說)을 물리치며, 후인을 계도하는 것을 자신의 임무로 삼았다. 그 실천이 독실하고 조예가 정심(精深)하여 후생말학이 감히 짐작할 수 없는 점이 있었다. 공이 남긴 글 수십 편이 이미 세상에 간행되었는데, 학자들이 이것을 궁구하면 선생의 평소 행실의 대략을 충분히 볼 수 있을 것이다. 삼가 행장을 지음.

一山 先生 趙公 行狀

李秉株 撰

先生諱昺奎, 字應章, 一山號也。憲廟丙午二月四日, 生于入谷里第。趙氏籍咸安, 其世曰：琴隱先生諱悅、貞節公 漁溪先生諱旅、無盡亭先生諱參。五世祖永輝, 號淸義堂, 學行, 贈童蒙教官。曾祖曰“鎭旭”。祖曰“得浩”, 號別邑, 考曰“性覺”, 號廬陰。妣順興 安氏 哲淳女、全義 李氏南杜女、載寧 李氏 由默女, 公仲妣出也。

自幼莊重有度, 不逐群兒嬉戲。八歲, 受≪孝經≫于叔父正齋公, 聽訓不倦, 聰慧日開。乙卯, 遭母喪。哭泣受弔, 如成人, 鄕里莫不歎賞。蘆陰公於家後築一塾, 延師勸學, 公益自勉勵, 不數年, 貫通經史。

甲子, 贄謁性齋 許先生于金官, 經義蘊奧, 禮文經曲, 以至天人性命之理, 靡不講究質疑。丁卯, 性翁被誣就理。公與儒紳, 瀝血同聲, 聯章辨誣, 竟蒙昭析。性翁嘗出示所述≪士儀≫十冊, 公以書質疑曰:“喪服向外縫, 則袂不可圓矣。”, 答曰:“君之所見, 正合經旨, 縫殺一并向內, 可也。”後與同志鳩財, 刊≪士儀≫頒行。

丙子, 中生員。己卯, 丁蘆陰公憂, 禮制一遵≪士儀≫。事繼母甚孝, 友于二弟, 至老不衰。己丑, 與晩醒 朴公 致馥, 及金公 鎭祜、盧公 相稷, 倡遠近章甫, 刊性翁文集于丹城 麗澤堂, 立藏板閣于其傍。丙申, 入德山, 校 ≪南冥舊集≫, 與李準九、曺兢燮, 登天王峰。訪趙性家于取水亭, 論太極動靜之理。

庚戌, 屋社, 作槐山痛哭詩, 以洩悲憤。自後, 謝絶人事, 廢門靜居, 惟修明古道、奬迪後學焉。門生子弟, 爲晩年藏修之所, 築亭於村後。公日處其中, 作箴銘, 揭楣以自警, 且容來徒。

常謂諸生曰:“道在六經、理具吾心, 求之無不得、窮之無不明。今人開口, 便說性說理, 不深究古經, 各守株見, 故其論多歧貳。” 又曰:“心性、理氣之說, 爲今日未勘之案者, 實由世遠文繁也。後朱子而折衷群言者, 退陶也。苟能宗主退陶, 則諸說之紛紜, 亦將爛漫而同歸矣。”

又曰:“自朱子以後, 先輩之論禮者, 何限。而禮家疑難不一。先師嘗慨然于衣制之尤失其眞, 乃不泥衆說之矛盾, 索禮經之簡奧, 發前人所未發, 眞天地間有數文字。” 以其篇帙浩穰, 乃節略 ≪要儀≫ 一卷, 以便考閱。憂異敎之日熾, 作 ≪斥邪論≫, 以諭學者。至於闡揚先徽, 日不暇給, 靡有遺蘊。

辛未五月, 寢疾, 二十七日, 命進溫水, 頮面澡手, 正席以終, 享年八十六。踰月葬于積城山先墓下負壬原。加麻者，百餘人，挽誄而哭者，數千人。配青松 沈氏，履鶴女，有範壼。一男二女，男鏞爀，女適李寬基、安鍾勳。鏞爀無嗣，以再從姪說濟爲後。李男鍾學，安男璟洙。

嗚呼！先生稟陽剛之氣、懋眞正之學。早辭功令，薰炙大方，涵養旣久，光輝日新，猶加省察之工。雖處幽獨之中，常存兢愼之心；雖在耄期之年，不見疲弛之容。儀表軒昂、胸襟灑落，無一點些累。而惟以尊師道、闢邪說、牖後人，爲己任焉。其踐履之篤實、造詣之精深，有非晩生末學所敢擬度。而惟遺文數十篇，已刊行于世，學者於此究之，則足以見先生平日行治之大略云爾。謹狀。

❖ 원문출전

李秉株,『薇坡集』卷4 行狀,「一山先生趙公行狀」(국립중앙도서관 청구기호 BA3648-62-755)

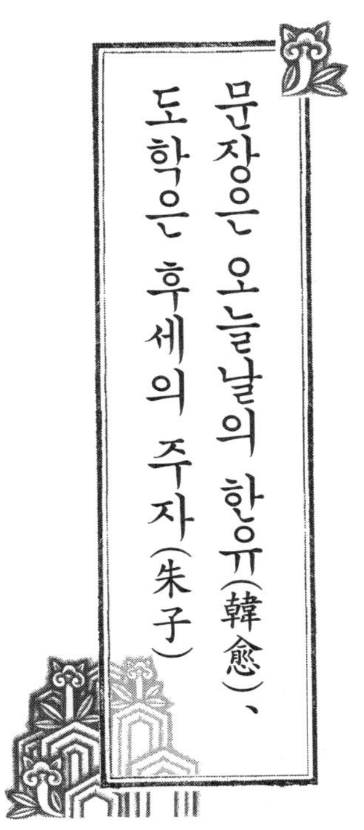

문장은 오늘날의 한유(韓愈)、 도학은 후세의 주자(朱子)

이승희(李承熙) : 1847-1916. 자는 계도(啓道), 호는 강재(剛齋)·대계(大溪)·한계(韓溪), 본관은 성주(星州)이다. 현 경상북도 성주군 월항면 대산리 한개 마을[大浦]에서 태어났다.

1905년 을사늑약이 체결되자 을사오적을 참수하고 조약을 파기하라는 소를 올렸다. 1907년 헤이그 만국평화회의에 서한을 보내어 일본의 침략만행을 규탄하였다. 1908년 블라디보스토크로 망명하여 이상설(李相卨)·류인석(柳麟錫)·김학만(金學滿)·장지연(張志淵) 등과 함께 독립운동을 전개하였다. 1909년 중국 길림성 밀산현 봉밀산(峰密山)에 한인을 정착시켜 한흥동(韓興洞)이라 하고, 한민학교(韓民學校)를 세워 민족교육을 실시하였다. 1913년 한인공교회(韓人孔教會)를 창설하여 강유위(康有爲)·이문치(李文治) 등 중국공교회 간부들과 친선을 도모하며 유교 진흥을 도모하였다. 1916년 2월 28일 중국 요녕성 심양 소북관(小北關) 일승점(日昇店)에서 세상을 떠났다

저술로 42권 20책의 『대계문집』이 있다.

한계(韓溪) 이승희(李承熙)의 묘지명 병서

김창숙(金昌淑)[1] 지음

한계(韓溪) 이 선생(李先生)이 중국 심양(瀋陽)에서 후학을 버리고 돌아가신 지 4년 만에, 문인인 나는 출국하여 선생이 운명하신 곳으로 찾아가 통곡하였다. 그로부터 16년 뒤 나는 금주(錦州)의 감옥에 있다가 병이 들어 집으로 돌아왔다.[2] 선생의 장남 기원(基元) 군이 눈물을 흘리며 선생의 묘지명을 부탁하였다. 내가 공경히 대답하기를 "선생의 도덕은 중화와 이적의 사람들이 모두 흠모하고, 선생의 충의(忠義)는 일월과 더불어 빛을 다투듯 빛나며, 선생의 문장은 천지와 더불어 쇠락을 함께할 것입니다. 그러니 제가 어찌 감히 함부로 기술할 수 있겠습니까. 그만두지 말라시면 선생의 세계(世系)와 이력을 대략 서술하여 급변하는 세상에 남겨 두는 것이 옳을 것입니다."라고 하였다.

선생의 휘는 승희(承熙), 자는 계도(啓道)이다. 처음에 강재(剛齋)라고 자호하였다가 나중에 대계(大溪)로 고쳤으며, 만년에 '한계(韓溪)'라고 하

1 김창숙(金昌淑) : 1879-1962. 자는 문좌(文佐), 호는 심산(心山)・벽옹(躄翁)・직강(直岡), 본관은 의성(義城)이며, 경상북도 성주(星州) 출신이다. '김우(金愚)'란 이름을 사용하기도 하였다. 일제강점기 유림 대표로 독립운동을 주관하였고, 대한민국임시정부 부의장으로 활동하였다. 1946년 유도회(儒道會)를 조직하였으며, 성균관대학교를 창립하였다. 저술로 5권 1책의 『심산유고』가 있다.

2 금주(錦州)의……돌아왔다 : 금주(錦州)는 현 충청남도 금산군인데, 여기서는 대전(大田)을 가리키는 듯하다. 김창숙은 1927년 중국 상해에서 일본군에 체포되어 대구로 압송되었고, 1928년 14년형을 선도 받고 대전형무소로 이감되어 복역하던 중 일본 경찰의 고문으로 두 다리가 마비되었으며, 1934년 형집행정지로 출옥하였다.

였다. 그 선대는 성산(星山)을 본관으로 하며 국조에 정자(正字)를 지낸 정현(廷賢)의 후손이다. 4대를 내려와 주부를 지내고 참판에 추증된 석문(碩文)은 융릉(隆陵)의 참화에 절조를 굳게 지켰다.[3] 이분의 아들로 승지에 추증된 민검(敏儉)은 출계하여 사복시 정(司僕寺正)에 추증된 중부 석유(碩儒)의 후사가 되었다. 또 판서에 추증된 형 민겸(敏謙)의 아들 형진(亨鎭)을 데려다 양자로 삼았다. 생원 형진이 참판에 추증된 것은 아들 정헌공(定憲公) 원조(源祚)[4]의 지위가 높았기 때문이다. 이분이 진사 원호(源祜)를 낳았고, 이분이 생원으로서 유일로 천거되어 의금부 도사에 제수된 진상(震相)을 낳았다. 세상 사람들이 '한주(寒洲) 선생'이라 일컫는데, 이분이 선생의 부친이다. 모친 단인(端人)[5] 순천 박씨(順天朴氏)는 충정공(忠正公) 팽년(彭年)의 후손으로 사인 기진(基晉)의 딸이다. 단인 흥양 이씨(興陽李氏)는 문간공(文簡公) 준(埈)의 후손으로 호군 기항(起恒)의 딸이다. 단인 이씨가 헌종(憲宗) 정미년(1847) 2월 19일 성주(星州) 대포(大浦)[6]의 세거하던 집에서 선생을 낳았다.

선생은 태어나면서 골상이 빼어나고 총명함이 남들보다 뛰어났다. 5세 때 글을 배우기 시작했는데, 하루에 백 줄을 배우고서 온종일 놀아도

---

3 석문(碩文)은……지켰다 : 융릉의 참화는 영조(英祖)의 둘째 아들 사도세자(思悼世子)가 1762년 뒤주에 갇혀 죽은 일을 가리킨다. 당시 사도세자의 호위무관이었던 이석문은 왕명을 어기고 왕의 부당함을 간하다가 파직되자 고향으로 돌아가 평생 은거하였다.

4 원조(源祚) : 이원조(李源祚, 1792-1871)이다. 자는 주현(周賢), 호는 응와(凝窩), 시호는 정헌이다. 정종로(鄭宗魯)에게 수학하였다. 1809년 문과에 급제한 이후 제주 목사, 경주 부윤 등을 역임하였다. 1869년 정헌대부 교지를 받았다. 저술로 22권의 『응와집』 및 『탐라록』 등이 있다.

5 단인(端人) : 조선시대 8품 문무관 아내의 품계를 가리킨다. 『경세유표』 「외명부」에 의하면 1품은 정경부인(貞敬夫人), 2품은 정부인(貞夫人), 3품은 숙인(淑人), 4품은 영인(令人), 5품은 공인(恭人), 6품은 의인(宜人), 7품은 안인(安人), 8품은 단인(端人), 9품은 유인(孺人)이라 하였다.

6 대포(大浦) : 현 경상북도 성주군 월항면 대산리 한개 마을을 가리킨다.

다음 날 아침 막힘없이 다 외웠다. 겨우 15세 때에 여러 서적을 두루 보았고 글을 짓는 것도 크게 성취하여, 아름다운 명성이 떠들썩하였다. 당시 선생의 부친 한주 선생이 가르침을 크게 펼쳐 동남 지역의 사인들을 가르쳤다. 선생은 가정에서 부친에게 훈도되어 오로지 성리학을 정밀히 연구하니, 사람들이 '서산 채씨(西山蔡氏) 부자[7]를 다시 보는 듯하다.'고 하였다.

선생은 일찍이 숭고하고 심원한 지향을 가져 성인은 배워서 이를 수 있고, 천하의 일은 못할 것이 없다고 여겼다. 매양 천지를 위해 마음을 세우고, 부모를 위해 자신을 세우고, 우리의 삶을 위해 도를 세우고, 백성을 위해 법도를 세우고, 만세(萬世)를 위해 규범을 세운다는 다섯 구절을 외우며 스스로 맹세하였다.

정묘년(1867) 어린 임금[高宗]이 처음으로 정사를 펼쳤다. 선생은 홍선대원군(興宣大院君)[8]에게 글을 올려 당시의 급무로 성학(聖學)·호적(戶籍)·전제(田制)·선거(選擧)[9]·병제(兵制) 다섯 가지 일을 논하였다. 그 말이 매우 간절하였지만 받아들여지지 않았다.

임오년(1882) 이후 선생은 세도가 크게 무너지는 것을 보고 탄식하여 말씀하기를 "사인(士人)으로서 벼슬에 뜻을 두는 것은 부끄러운 일이다."라고 하고서 마침내 과거공부를 그만두었다. 영재(寧齋) 이건창(李建昌)[10]

7 서산 채씨(西山蔡氏) 부자 : 서산(西山)은 채원정(蔡元定, 1135-1198)의 호이다. 그는 주희(朱熹)의 이학(理學) 사상을 계승 발전시킨 인물이다. 그의 아들 채침(蔡沈)은 가학을 계승하였고, 스승 주희의 뜻을 받들어 『서집전(書集傳)』을 저술하였다.

8 홍선대원군(興宣大院君) : 이하응(李昰應, 1820-1898)으로, 자는 시백(時伯), 호는 석파(石坡), 시호는 헌의(獻懿)이며, 고종의 부친이다. 1863년 고종 즉위부터 10년간 섭정하였다. 서원을 철폐하였고, 쇄국정책을 추진하였다.

9 선거(選擧) : 중국 한(漢)대에 지방관이 여론을 참작하여 덕망 있는 인재를 중앙에 추천하여 관료를 선발하는 향거리선제(鄕擧里選制)에서 유래한 것으로, 인재를 선택하여 천거하는 것을 말한다.

은 평소 선생에게 세상을 경륜할 만한 재주가 있음을 알고 누차 편지로 벼슬할 것을 권면했지만, 선생은 응하지 않았다.

병술년(1886) 겨울 모친 홍양 이씨가 세상을 떠났다. 아직 빈소를 차리지도 않았는데, 부친 한주 선생마저 돌아가셨다. 선생의 피눈물 나는 슬픔과 상례를 치르는 엄숙함에 대해 조문하는 사람들마다 감동하지 않음이 없었다.

을미년(1895) 부친의 문집을 정리하여 인쇄해 반포하였다. 이해 가을 왜구는 청나라를 꺾은 기세를 타고서 우리의 강토를 짓밟고, 우리의 국모를 시해[11]하고, 우리에게 단발령을 내렸다. 선생은 면우(俛宇) 곽종석(郭鍾錫),[12] 홍와(弘窩) 이두훈(李斗勳)[13] 등 여러 공들과 글을 지어 각국의 공관(公館)에 널리 알리고 함께 토벌할 것을 청하였다.

임인년(1902) 가을 한 부류의 사람들이 상산(商山)[14]에 모여 부친 한주 선생의 문집을 불태웠다.[15] 선생은 그 소식을 듣고 흰 갓과 소복을 입고 사흘 동안 사당에 곡하였다.

---

10 이건창(李建昌) : 1852-1898. 어릴적 이름은 송열(松悅), 자는 봉조(鳳朝, 鳳藻), 호는 영재(寧齋), 본관은 전주(全州)이다. 1867년 15세로 문과에 급제하였고, 한성부 소윤 등을 역임하였다. 저술로 20권 8책의 『명미당집(明美唐集)』 및 『당의통략(黨議通略)』 등이 있다.

11 국모를 시해 : 조선 말기 고종의 비(妃) 명성황후(明聖皇后, 1851-1895)를 일본 공사가 이끄는 낭인이 시해한 일을 말한다.

12 곽종석(郭鍾錫) : 1846-1919. 자는 명원(鳴遠), 호는 면우, 본관은 현풍(玄風)이다. 이진상에게 수학하였다. 저술로 177권 63책의 『면우집』 등이 있다.

13 이두훈(李斗勳) : 1856-1918. 초명은 중훈(中勳), 자는 대형(大衡), 호는 홍와이며, 본관은 성산이다. 고령(高靈)에 세거하였다. 주문팔현(洲門八賢)의 한 사람이다.

14 상산(商山) : 현 경상북도 상주시의 옛 이름이다.

15 임인년……불태웠다 : 도산서원(陶山書院)은 1897년 3월 『한주집(寒洲集)』 한 질을 받았는데 그해 8월에 성주향교로 반송하고, 이진상의 심즉리설(心卽理說)이 퇴계와 상반된다고 배척하는 패자(牌子)까지 보냈다. 그리하여 도산서원과 상주(尙州)의 도남서원(道南書院)에서 이진상을 배척하는 통문이 나왔고, 1902년 임해령(林海齡) 등이 상주향교에서 『한주집』을 불태우는 사건이 발생하였다.

계묘년(1903) 겨울 조정에서 유일로 천거하여 환구단 참봉(圜丘壇參奉)[16]에 제수하였고, 얼마 뒤 장릉 참봉(章陵參奉)[17]으로 옮겼으며, 이듬해 봄 조경묘 참봉(肇慶廟參奉)[18]으로 옮겼는데 모두 사직하고 나아가지 않았다. 나라의 은혜를 두텁게 입었기 때문에 진심어린 충성을 한 번 드러내지 않을 수 없어서 만언소를 지었으나, 결국 올리지 못하였다.

을사년(1905) 겨울 왜의 사신 이등박문(伊藤博文)이 군대를 거느리고 대궐을 침범하여, 적신(賊臣) 이완용(李完用) 등과 강제로 보호조약을 체결하였다. 선생은 그 소식을 듣고 통곡하며 말씀하기를 "종묘사직이 망했으니, 왕손가(王孫賈)가 시장에서 외쳤던 것[19]과 같은 일을 우리가 유독 할 수 없겠는가."라고 하였다. 드디어 앞장서서 고을의 사대부들을 거느리고 한양으로 가서 소를 올려 오랑캐 이등박문이 몰래 역신과 결탁하여 황제를 협박한 죄를 성토하고, 이완용·박제순(朴齊純)·이지용(李址鎔)·권중현(權重顯)·이근택(李根澤) 등 역적들을 참수하여 천하 사람들에게 사죄할 것을 청하였다. 며칠을 머물며 다시 소를 올렸지만 모두 비답이 없었다.

얼마 뒤 왜놈들이 대구 감옥에 선생을 감금하고 소를 올린 일을 취조하며 문책하였다. 선생은 협박에 의한 조약은 폐지되어야 하고, 역적들

16 환구단 참봉(圜丘壇參奉) : 환구단은 조선 고종(高宗) 때 조성되어 하늘에 제사를 드리던 제단으로, 원구단(圓丘壇)이라고도 한다.

17 장릉 참봉(章陵參奉) : 장릉은 원종(元宗)과 비 인헌왕후(仁獻王后) 구씨(具氏)의 능으로, 경기도 김포시 김포읍 풍무리(豊舞里)에 있다.

18 조경묘 참봉(肇慶廟參奉) : 조경묘는 전주 이씨의 시조 사공(司空) 이한(李翰)의 위패를 봉안한 사당이다. 전라북도 전주시 풍남동에 있는 경기전(慶基殿) 북쪽에 인접해 있다.

19 왕손가(王孫賈)……것 : 왕손가는 전국시대 제(齊)나라 사람이다. 그는 시장에 들어가 말하기를 "요치(淖齒)가 제나라에 난을 일으켜 민왕을 살해하였다. 나와 함께 주벌하고자 하는 자는 오른쪽 어깨 옷을 벗어라."라고 하였다. 시장 사람들 중 따르는 자가 400명이었고, 그들과 함께 요치를 찔러 죽였다(『戰國策』 卷13 齊六). 여기서는 뜻을 같이하는 사람들을 모아 을사오적을 처단하는 것을 말한다.

은 참수해야한다는 의리로써 통렬히 변론하였다. 그리고 "담암(澹菴)이 진회(秦檜)를 참수하라 청하던 일[20]을 망령되이 본뜨다가, 연(燕)의 옥에서 원 세조(元世祖)에게 공초 받을 줄[21] 어찌 기약했으리. 마음과 발자취 분명하여 물어볼 것도 없으니, 대한의 신하는 대한사람이 알아주리.[妄擬澹菴斬檜擧 那期燕獄供元辭 心跡昭昭無用問 大韓臣子大韓知]"라는 시를 한 수 지어 보여 주었다. 저들은 선생을 죽여 분풀이를 하려 했지만 끝내 위엄과 무력으로 굴복시킬 수 없음을 알게 되자, 이듬해 여름 비로소 석방하여 돌려보냈다. 선생은 돌아와서 네덜란드 헤이그[海牙]에서 만국평화회의가 있다는 소식을 듣고, 회의에 글을 보내 왜놈이 강한 힘을 믿고 포악한 짓을 마구하며 남의 나라를 산 채로 삼킨 죄상을 낱낱이 진술하고, 만국평화회의 석상에서 왜놈과 대질할 것을 청하였다.

선생은 머지않아 나라가 망할 것을 알고서 자신은 사로잡혀 포로가 되지 않으리라 맹세하고, 항상 공자(孔子)께서 뗏목을 타고 바다를 건너가려 하신 의지[22]를 품었다. 무신년(1908) 여름 드디어 고유문을 지어 사당과 선영에 하직인사를 고하고, 부산(釜山)에서 배를 타고 블라디보스토크[海蔘威][23]로 갔다.

---

20 담암(澹菴)이……일 : 담암은 남송(南宋) 고종(高宗) 때의 명신 호전(胡銓)의 호이다. 호전은 금(金)나라와의 화의(和議)를 적극 반대하여, 당시 화의를 주장하던 진회(秦檜)·손근(孫近)·왕윤(王倫) 등의 목을 베라고 주청하였다(『宋史』 卷374 「胡銓傳」). 여기서는 이승희가 을사오적 참수를 주장한 것을 가리킨다.

21 연(燕)의……받을 줄 : 송(宋)나라 충신 문천상(文天祥)이 원(元)나라와 전쟁에서 패한 다음 3년 동안 연(燕)의 옥에 갇혀 있으면서 원 세조(元世祖)에게 끝내 굴복하지 않고 죽었다. 여기서는 이승희가 왜옥에 갇혀 공초 받은 일을 가리킨다.

22 공자(孔子)께서……의지 : 공자는 "도가 행해지지 않으니, 나는 뗏목을 타고 바다를 향해 하려 한다. 이때 나를 따라올 사람은 아마 중유(仲由)일 것이다.[子曰 : "道不行, 乘桴, 浮于海. 從我者, 其由與."]"라고 하였다.(『논어』 「공야장」) 여기서는 이승희가 해외로 망명해서라도 도를 지키고자 하는 의지를 말한 것이다.

23 블라디보스토크[海蔘威] : 러시아 시베리아 남동부 동해 연안에 있는 항구 도시이다.

이로부터 헐벗으며 온갖 고초를 겪는 것은 노령의 몸으로 견딜 수 있는 바가 전혀 아니었지만, 선생은 담담하게 개의치 않았다. 매일 새벽마다 북극을 향해 절하며 우리 백성들을 살리고, 우리의 유교를 숭상하고, 우리나라를 위대하게 해달라는 세 가지 큰 소원을 묵묵히 염원하였다. 또 초하루와 보름에는 생도들을 거느리고 남쪽을 바라보며 멀리 황상께 절하였는데, 문득 탄식을 하며 눈물을 흘렸다.

때마침 보재(溥齋) 이상설(李相卨)[24]이 헤이그에서 돌아와 선생을 한 번 뵙고 스승의 예로 섬겼다. 선생은 보재 및 의암(毅庵) 류인석(柳麟錫)[25] 등 여러 공들과 앞뒤로 망명하여 그곳에 온 고국사람들을 규합하여 나라를 되찾는 일을 계획하였다. 당시 왜놈 조정에서는 선생과 보재 등 여러 사람들이 해외에서 일을 꾸미는 것을 두려워하여 러시아 총독에게 체포하여 축출하기를 요청하였다. 그러나 러시아 총독은 "이들은 모두 천하사람들이 그 이름을 아는 훌륭한 사람들이니, 내가 감히 그 청을 받아들일 수 없다."라고 하였다. 몇 년 뒤 선생은 중국 길림성(吉林省) 밀산현(密山縣) 봉밀산(蜂蜜山)으로 이주하였다. 보재 및 여러 공들과 약속하여 묵은 땅을 널리 사들이고, 떠도는 한인(韓人)들을 불러 모아 모여 살게 하고서 그들을 교육하였다.[26]

---

24 이상설(李相卨) : 1870-1917. 자는 순오(舜五), 호는 보재(溥齋), 충청북도 진천(鎭川) 출신이다. 1904년 문과에 급제하였다. 1906년 블라디보스토크로 망명하였다. 이듬해 고종의 밀서를 가지고 만국평화회의 의장을 방문했지만, 회의석상에 참여하지 못했다. 1910년 국권침탈 규탄 성명서를 세계 각국에 보내는 등 독립운동 활동을 하였다.

25 류인석(柳麟錫) : 1842-1915. 자는 여성(汝聖), 호는 의암, 강원도 춘천 출신이다. 이항로(李恒老)의 문하에서 수학하였고, 이항로-김평묵-유중교로 이어지는 화서학파를 계승하였다. 1895년 충청북도 제천 장담(長潭)에서 의병항전을 개시하였다. 1908년 7월 블라디보스토크로 망명하여 이상설·이범윤 등과 항일세력 통합에 노력하였다.

26 선생은……교육하였다 : 이주한 곳을 한인동(韓人洞)이라 하고, 한민학교(韓民學校)를 세워 민족교육을 실시하였다.

경술년(1910) 선생은 나라가 망했다는 소식을 듣고 통곡하며 말씀하기를 "세상 모든 일이 끝났구나. 나는 길에서 죽어 까마귀나 솔개의 밥이 될 것이다."라 하고, 치아와 머리카락을 동봉해 집으로 보내고, 시를 지어 장남 기원(基元)에게 주어 다시 돌아갈 의사가 없음을 보였는데, 그 시에 "동서로 정처 없는 지금의 내 발길, 고향 산천에 뼈 묻기가 어찌 쉬운 소망이랴. 그 때문에 치아와 머리카락을 싸서 보내니, 선영 가까운 곳에 묻어주면 좋겠구나.[西登東蹈我今行 歸骨鄕山詎易望 爲將齒髮偕封去 埋近先阡自不妨]"라는 구절이 있었다. 기원이 일찍이 선생을 찾아와 문안한 적이 있었는데, 선생이 명하기를 "나라를 되찾으면 내 곧 돌아가겠다. 그렇지 않다면 내가 죽는 날 너희들이 반드시 내 시신을 데려가고자 할 것인데, 시신은 데려 갈 수 있겠지만 혼은 데려갈 수 없을 것이다."라고 하였다.

신해년(1911) 청(淸)나라가 망하고 중국이 공화정치(共和政治)를 한다는 소식을 듣고 총통 원세개(袁世凱)[27]와 중산(中山) 손문(孫文)[28]에게 편지를 보내 공화정치는 공자와 맹자의 가르침에 어긋나고, 오랑캐의 습속에 빠진 것임을 논하여 질책하였다. 또 중국 동북삼성(東北三省)[29]의 총독 조이손(趙爾巽)[30]에게 편지를 보냈는데, 동북삼성의 시급한 업무와

27 원세개(袁世凱) : 1859-1916. 자는 위정(慰亭). 호는 용암(容庵)이며, 중국의 정치가이다. 조선의 임오군란·갑신정변, 중국의 무술정변에 관여하였다. 의화단 사건 후 총독, 북양(北洋) 대신이 되었다. 신해혁명 때 전권을 장악하여 선통제를 퇴위시키고, 1913년에 대총통에 취임하였으며, 1916년에 제위에 오르겠다고 선언하였으나 반대에 부딪쳐 실각하였다.

28 손문(孫文) : 1866-1925. 자는 일선(逸仙), 호는 중산이다. 1911년 신해혁명에서 임시대통령에 추대되었고, 이듬해 중화민국 대통령이 되었다. 1918년 중국 국민당을 창설하였다. 사상적으로 민족·민권·민생의 삼민주의(三民主義)를 제창하였다.

29 동북삼성(東北三省) : 중국 북동쪽의 길림성(吉林省)·요녕성(遼寧省)·흑룡강성(黑龍江省)을 말한다.

30 조이손(趙爾巽) : 1844-1927. 자는 공양(公鑲), 호는 차산(次珊), 요녕성(遼寧省) 철령(鐵

한인(韓人)들을 안집(安集)하는 방책을 갖추어 기술하였다. 또 헤이그 만국평화회의에 글을 보내 천하대세를 극언하면서 대동(大同)의 정치를 할 것을 요청하였다. 이는 대개 전세계를 하나로 통일하고서 요임금과 순임금이 어진 이에게 선양(禪讓)한 일을 본받기를 바란 것이다.

계축년(1913) 겨울 선생은 북경(北京)으로 달려가 중국 사대부들과 함께 공자교(孔子敎)의 결사[31]에 참석하여 중화 문명이 크게 쇠퇴하고 외적이 침범한 것은 모두 공자·맹자의 학문이 어두워지고 육상산(陸象山)·왕양명(王陽明)의 학설이 어지럽힌 데서 근원했음을 통렬히 논하였다. 이문치(李文治)·설정청(薛正淸)·용택후(龍澤厚)·진환장(陳煥章) 등이 일어나 절하며 말하기를 "선생은 참으로 천하를 경륜할 만한 선비입니다."라고 하며 마음을 기울여 스승으로 존숭하였다. 마침내 공자교에 소속된 여러 사람들과 동북삼성에 공자교 지회를 설치할 것을 의논하고, 선교 사업을 크게 확장하여 한인들을 인도할 바를 도모하였다.

「중화정치사사(中華政治四事)」를 지어 이문치 등의 소개로 총통 원세개(袁世凱) 및 부총통 여원홍(黎元洪)[32]에게 올렸다. 또 우리나라 한글의 깨우치기 쉽고 쓰기 편한 점이 전 세계 소리글자 중 최고라고 여겨, 총통 원세개에게 중국에서 채택해 쓰기를 청하였다.

갑인년(1914) 봄 선생은 산동성 곡부(曲阜)에 갔는데, 소사(少師) 공상림(孔祥霖)[33]이 관사를 비워놓고 영접하였다. 공자(孔子)의 사당에 참배

嶺) 출신이다. 청(淸)나라 말기 동삼성총독(東三省總督)으로 동북지방 안정에 공을 세웠으며, 1914년 청사관(淸史館) 관장(館長)이 되어 『청사고(淸史稿)』 편찬을 주도하였다.

31 공자교(孔子敎)의 결사 : 이승희가 창설한 한인공교회(韓人孔敎會)와 강유위(康有爲)·이문치(李文治)가 주축인 중국공교회(中國孔敎會)를 가리킨다.

32 여원홍(黎元洪) : 1864-1928. 자는 송경(宋卿), 호북성 황피(黃陂) 출신으로, 중화민국의 군인이자 정치가이다. 신해혁명 때 호북성(湖北省)의 군도독(軍都督)으로 취임하였고, 난징(南京) 임시정부의 부총통을 지냈다. 원세개 이후 대총통이 되었으나 복벽사건으로 쫓겨났다.

하고 선생의 부친이 저술한 『춘추집전(春秋集傳)』·『이학종요(理學綜要)』·『사례집요(四禮輯要)』 세 종류의 책을 기증해 보관하게 하였다. 또 주공(周公)의 사당, 공자·자사(子思)의 묘소, 안자(顔子)·자공(子貢)의 소상에 참배하며 모두 제문을 지어 고유하였는데, 성인이 이 세상에 다시 태어나지 않음을 슬퍼하는 내용이었다. 그리고 공상림과 함께 공부(孔府)에 도서관을 크게 세워 성인의 가르침을 제창할 것을 의논하니, 공상림이 선생의 위대한 의논에 깊이 동조하였다. 또 곡부로 집을 옮겨 몸소 노(魯)나라 사람이 될 것을 약속하였다. 얼마 뒤 심양(瀋陽)으로 나와 포하(蒲河)의 작은 마을에 땅을 사고, 차남 기인(基仁)에게 명하여 한인 동지들을 모아 개간하고 경작하여 곡부로 옮겨갈 자금을 마련하게 하였다.

병진년(1916) 1월 선생은 갑자기 피로에 지쳐 병이 났는데 점점 심해졌다. 장남 기원이 뒷일을 여쭈자, 선생이 말씀하기를 "중국에도 공동묘지가 있을 것이니, 죽으면 그곳에 묻어라."라고 하였다. 또 선생이 탄식하며 말씀하기를 "내가 일찍이 천하의 일을 경영하였는데, 이제야 그만두는구나."라고 하였다. 2월 28일 봉천(奉天)[34] 소북관(小北關) 일승점(日昇店)에서 세상을 떠났다.

기원은 결국 모친의 명을 받들어 운구를 모시고 고향으로 돌아왔다. 4월 나라의 인사들이 고을 동쪽 마율(馬栗)[35]의 선영 아래에 예를 갖춰 장사지냈다. 7년 뒤 성주군 선남면(船南面) 소학동(巢鶴洞) 모좌 언덕에 이장하고, 두 부인도 합장하였다.

33 공상림(孔祥霖) : 1852-1917. 자는 소첨(少沾), 호는 통민(恫民), 중국 산동성 곡부시 성내(城內) 출신이다. 1914년 곡부공교총회 총리(曲阜孔教總會總理)로 선발되었다. 저술로 『강자관재유고(强自寬齋遺稿)』·『사서대의집요(四書大義輯要)』 등이 있다.

34 봉천(奉天) : 중국 요녕성 심양(瀋陽)을 가리킨다.

35 마율(馬栗) : 경상북도 성주읍과 월항면을 경계로 하는 백천(白川) 서쪽에 자리한 마을이다.

초취 부인 여강 이씨(驪江李氏)는 회재(晦齋) 선생의 후손 진사 이재효(李在斅)의 딸인데, 자식이 없었다. 후취 부인 전의 이씨(全義李氏)는 사인 이언회(李彦會)의 딸이다. 아들은 기원·기인이고, 딸은 장시원(張是遠)에게 시집갔다. 기원의 아들은 해석(海錫)·중석(中錫)이고, 그 다음은 어리며, 딸은 유시철(柳時澈)·하영순(河泳舜)·김명호(金鳴鎬)에게 시집갔다. 기인의 아들은 방석(邦錫)이고, 그 다음은 어리며, 딸은 조대제(趙大濟)에게 시집갔다. 사위 장시원의 아들은 일상(一相)·희상(熺相)이고, 딸은 김건영(金建永)·김홍묵(金洪默)에게 시집갔다.

아! 선생은 세상에 드문 호걸의 자질로 학문과 예법이 있는 한주(寒洲) 선생의 가정에서 태어나, 뛰어나고 특출한 재주로 독실하게 절차탁마하는 공부를 더하였다. 거경(居敬)과 궁리(窮理)로 그 기초를 확립하고, 집의(集義)와 양기(養氣)로 그 온축을 돈후하게 하였다. 한 가지 기예로 이름을 이루려 하지 않았고, 또 하나의 선으로 명예를 넓히려 하지 않았다.

우주 안의 일은 모두 자기 직분 안의 일이고, 직분 안의 일은 모두 본성 안의 일로 여겼다. 무릇 천지·귀신의 조화·유행의 근원, 황제들의 왕도·패도와 고금 치란의 단서, 심성(心性)·리기(理氣)의 천(天)과 인(人)이 서로 관여하는 묘리, 초목·금수·조류·어류·동물·식물의 미미한 이치를 포괄하고 헤아리지 않음이 없었다.

사서(四書)와 육경을 근본으로 삼고 제자백가를 참고하여 그 핵심을 밝혀 절충했는데, 박학을 말미암아 요약함에 이르고 조략(粗略)을 말미암아 정치(精緻)함에 들어갔다. 지식이 날로 넓어졌지만 수양을 더욱 돈독히 하고, 식견이 날로 적확해졌지만 실천을 더욱 힘썼다. 요약컨대 천하제일의 사람이 되어 천하제일의 사업을 하는 것으로 궁극의 목표를 삼았다.

의리를 강론할 적에는 누에가 실을 뽑아내듯 끊임없이 분석해 내었고,

공리(功利)를 피할 적에는 뱀이나 전갈을 보듯 달아났다. 자신을 단속하는 것이 근엄함은 마치 처녀가 정조를 지키는 것과 같았고, 일처리가 주밀하고 상세함은 마치 사졸을 거느린 장수의 신중함과 같았고, 마음을 보존한 것이 밝고 명랑함은 마치 태양이 바야흐로 떠오를 때의 찬란한 빛과 같았고, 의리를 보고 용감하게 결단하는 것은 마치 적을 향해 곧장 달려가는 군사와 같았다.

나라를 근심하여 나라를 구원할 계획을 강구하였고, 도를 걱정하여 도를 행할 의지를 품었다. 사변(事變)이 손끝에서 교차되고 화복(禍福)이 눈앞에서 판결나는 상황일지라도 곧장 천리와 인욕의 큰 경계에 나아가 정면으로 돌파하려 하였다. 온 세상 사람들이 자신을 비난해도 머리카락 한 올도 움직이지 않았고, 만 마리 소가 자신을 끌어당겨도 태산(泰山)처럼 흔들리지 않았다.

그 비방과 명예, 이득과 상실, 영광과 오욕, 삶과 죽음에 대해서는 모두 도외시하고 한결같이 광명정대함을 따라 의리를 얻는 편안한 바를 성취할 따름이었다. 덕과 나이가 높아지고 도와 명성이 융성해지자, 내면의 강직하고 엄격함은 변화하여 순후하게 되었고, 밖으로 드러나는 풍모는 변화하여 침중해졌다. 얼굴빛이 순수해지고 뒷모습도 덕스러워졌으며, 안색이 장엄하면서도 기상은 누그러졌다. 그래서 멀리서 바라보면 늠름하여 천인벽립(千仞壁立)의 기상이 있었고, 가까이 다가가보면 화락하여 마치 따스한 봄볕처럼 온화하였다. 그러므로 어진 사람들은 선생을 존모하며, 불초한 사람들은 선생을 두려워하고 꺼려하였다. 평소 시기하고 질투하는 무리일지라도 감히 선생의 풍도에 굴복하여 선생의 도덕과 의리를 우러르지 않는 자가 없었다. 마침내 선생의 명성과 문물이 멀리 중국과 이민족에게까지 이르렀으니, 아! 지극하도다.

이를테면 어버이를 섬길 적에는 하늘을 근본으로 하는 효도를 극진히 하고, 선조를 받들 적에는 근본에 보답하는 정성을 지극히 하며, 집안을 다스릴 적에는 조정을 다스리는 것처럼 하고, 벗을 사귈 적에는 충신(忠信)을 주로 하며, 사람들을 가르칠 적에는 효제(孝悌)를 우선시하였고, 그 외 일상에서 볼 수 있는 미세한 언행들은 모두 『소학』과 『논어』의 가르침대로 하였다.

문장의 언사는 간결하지만 웅건하고 이치는 주도면밀하지만 전아하고 장중하여, 한유(韓愈)[36]·구양수(歐陽脩)[37]를 앞지르고 창명(滄溟)[38]·엄주산인(弇州山人)[39]을 압도하는 것과 같은 경우는 선생에게 대수롭지 않은 일이었다.

대개 선생의 학문은 존심양성(存心養性)과 주리어기(主理御氣)로써 두뇌를 삼고, 치지명리(致知名理)와 역행천리(力行踐理)로써 귀결점을 삼았다. 한 번 말하고 한 번 침묵하는 일, 한차례 동(動)하고 한차례 정(靜)하는 것, 한 가지 일과 한 가지 행실이 모두 이 마음과 이치로부터 체인해 나오지 않음이 없었다.

일찍이 말씀하기를 "리(理)가 주인이 되고 기(氣)가 부림을 받아 쓰이는 것이다. 이 둘은 비록 서로 떨어진 적도 없고 서로 뒤섞인 적도 없지만 리와 기는 결단코 두 가지 물(物)이며, 또한 선후(先後)가 된 적이 없지

36 한유(韓愈) : 768-824. 당(唐)대의 문장가로, 자는 퇴지(退之), 호는 창려(昌黎), 시호는 문공(文公)이다. 고문운동을 제창하여 복고명도(復古明道)를 주장하였다.

37 구양수(歐陽脩) : 1007-1072. 자는 영숙(永叔), 호는 취옹(醉翁)·육일거사(六一居士), 시호는 문충(文忠)이다. 당(唐)나라의 한유를 모범으로 하는 시문을 지었다. 당송팔대가(唐宋八大家)에 속한다.

38 창명(滄溟) : 명(明)나라 이반룡(李攀龍, 1514-1570)을 가리킨다. 자는 우린(于鱗), 호는 창명, 산동성 역성(歷城) 출신이다. 명나라 전반기 의고문체의 맹주로서 고문사설(古文辭說)을 제창하였다

39 엄주산인(弇州山人) : 명나라 왕세정(王世貞, 1526-1590)을 가리킨다. 자는 원미(元美), 호는 봉주(鳳州)·엄주산인, 강소성 태창(太倉) 출신이다. 명나라 전반기 후칠자(後七子)의 한 사람이다.

만 필경 먼저 리가 있고 그 뒤에 기가 있다."라고 하였다. 또 말씀하기를 "심(心)이 주재가 되는데, 주재하는 것은 리이다. 주재와 도구를 통틀어 말하면 심은 참으로 리와 기를 겸하지만, 그 본체를 가리키면 리이다. 성(性)과 정(情)은 하나의 리일 뿐이고, 비(費)와 은(隱)도 하나의 리일 뿐이며, 대본(大本)과 달도(達道)도 하나의 리일 뿐이다."라고 하였다. 이는 선생이 큰 근원을 꿰뚫어 보고서 평생 동안 수용한 것이다.

애초 선생의 부친 한주 선생은 세상의 학문이 기(氣)를 위주로 하는 병폐를 구원하고자 하여 여러 성현들의 주리(主理)의 지결(旨訣)을 발명하여 심학(心學)의 바른 길을 크게 열어 놓았다. 선생이 능히 그것을 계승하고 드러내어, 우리 유가의 공자·맹자·정자·주자·도산 선생이 서로 이어온 종지로 하여금 중천에 뜬 해와 같이 밝게 하여 백세(百世)를 지나도 의혹되지 않을 수 있게 하였다. 그러니 선생이 우리 유가에 끼친 공덕은 이런 데서 더욱 성대해진다.

생각건대 옛날 내가 중국에서 나그네 생활을 할 적에 이문치·진환장·용택후 등과 서로 교유하였다. 이 세 사람은 매양 선생이 중국을 유람할 때의 옛 일을 말하였는데, 선생의 문장을 성대하게 칭송할 경우에는 '오늘날의 한유(韓愈)'라고 하였고, 도학을 말할 경우에는 '후세의 주자(朱子)'라고 하였다. 중국 문단의 우두머리이며 유림의 맹주인 사람들이 모두 이처럼 앙모하고 찬탄했으니, 선생이 한 번 중국을 유람하여 마침내 우리나라로 하여금 천하에 중시되게 하였다.

내가 삼가 생각건대 우리나라의 근세의 학자 중에 학술이 순후하여 심법이 바르며, 역량이 굉박하여 경륜이 원대해져서, 옛것을 통찰하여 오늘날의 일에 통달하며, 본체를 밝혀 실용에 알맞게 하여 우뚝하게 세상을 구제할 진유(眞儒)가 될 사람을 찾는다면 오직 우리 선생이실 뿐이다.

가령 선생으로 하여금 그 때를 만나 그 도를 행하게 하였다면 그 도덕으로 오랑캐의 세상에서 우리 백성을 구원하고, 천하에 우리나라를 위대하게 하며, 전세계에 우리의 유교를 넓혀서 가는 곳마다 적의(適宜)하지 않음이 없었을 것이다. 불행히도 천하가 크게 혼란하여 오랑캐가 나라를 빼앗은 때를 만나, 그 원대하게 품은 뜻을 조금도 시험해 볼 수 없었고, 머나먼 남의 나라에서 10년 동안 떠돌며 공자가 주유천하한 것처럼 부질없이 떠돌다가 끝내 길에서 생을 마쳤으니, 우리의 도가 그릇된 것인가. 아! 애통하다.

선생은 평소 저술한 것이 매우 많았다. 지금 세상에 간행되어 유통되는 것은 문집 20책이다. 또 『전례내칙장구(典禮內則章句)』·『예운집주(禮運集註)』·『제자직집해(弟子職集解)』·『공자세기(孔子世紀)』·『중사가범(中史家範)』·『여범규의(女範閨儀)』·『음문류표(音文類表)』·『몽어류훈(蒙語類訓)』·『정몽류어(正蒙類語)』 등의 책이 집에 소장되어 있다. 이 글을 읽는 사람은 선생의 큰 덕과 깊은 학문이 주리(主理)의 심법에서 근본했음을 보고서 흥기할 바를 알 수 있을 것이다.

보잘것없는 나는 외람되이 선생의 문하에 나아가 가르쳐주시는 은혜를 입은 것이 남들보다 많았다. 그러나 학문이 거칠고 어긋나 선생의 기대를 저버리고 말았다. 지금 백발로 붙잡힌 신세가 되어 죽을 날이 멀지 않았으니, 장차 지하에 계신 선생께 무엇을 가지고 가서 보답하겠는가. 지금 유택에 묘지(墓誌)를 쓰는 일은 의리상 감히 사양할 수 없다. 선생의 학문은 하늘처럼 높고 바다처럼 깊으니, 어찌 감히 나의 좁은 식견으로 그 경지를 엿보고 짐작할 수 있을까 두렵다. 삼가 선생께서 날마다 외던 다섯 강령의 말에 그 의미를 부연하여 명을 짓는다.

명은 다음과 같다.

천지를 위해 마음을 세우셨으니 爲天地立心
지향이 넓도다 志之弘也
부모를 위해 몸을 세우셨으니 爲父母立身
실천이 융성하도다 行之隆也
우리의 삶을 위해 도를 세우셨으니 爲吾生立道
학문이 숭고하도다 學之崇也
백성을 위해 법도를 세우셨으니 爲斯民立極
덕이 중정(中正)하도다 德之中也
만세를 위해 규범을 세우셨으니 爲萬世立範
사업이 크도다 業之洪也
인심이 없어지지 않고 人心不泯
천리가 곤궁해지지 않아 天理不窮
그것이 함께 보존되게 한 것은 與之同存
바로 선생의 공이라네 先生之功

韓溪 李先生 墓誌銘 幷序

金昌淑 撰

韓溪 李先生, 棄後學于瀋陽之四年, 門人金愚, 去國痛哭於先生易簀之墟。後十有六年, 自錦猂舁病而歸。先生子基元君, 泣屬以誌先生阡者。愚敬復之曰 : "先生之道德, 華夷咸慕矣; 先生之忠義, 日月爭光矣; 先生之文章, 天壤同獘矣。愚惡敢妄述也。無已則略叙其系緖履歷, 以備陵谷之遷, 可乎。"

先生諱承熙, 字啓道。自號剛齋, 後改大溪, 晩曰"韓溪"。其先星山人, 國朝正字廷賢之世也。四傳而有主簿贈參判碩文, 抗節隆陵之禍。其子贈承旨敏儉, 出爲仲父贈僕正碩儒后。又取兄贈判書敏謙子亨鎭, 子之。

生員贈參判, 以子定憲公 源祚貴也。是生進士源祜, 是生生員逸義禁府都事震相。世稱"寒洲先生", 寔先生考也。妣曰"朴端人 順天氏", 忠正公彭年后士人基晉女。曰"李端人 興陽氏", 文簡公 埈后護軍起恒女。李端人以哲孝王丁未二月十九日, 擧先生于星州之大浦世第。

先生生而骨相英秀, 聰悟絶人。五歲上學, 日受百行文, 竟日遊嬉, 朝而背誦無滯。甫志學, 淹博群書, 詞藻大就, 令聞噪如也。時先先生振教鐸, 以詔東南之士。先生擩染庭訓, 遂專精於性理之學, 人謂復見西山氏父子也。

先生嘗慨然有崇高弘遠之志, 以爲聖人可學而至、天下事無不可爲。每誦爲天地立心、爲父母立身、爲吾生立道、爲斯民立極、爲萬世立範五句, 以自誓焉。丁卯, 沖王初服。上書興宣大院君, 論時務五事, 曰"聖學"、曰"戶籍"、曰"田制"、曰"選擧"、曰"兵制"。言甚剴切而不報。壬午以後, 見世道大壞, 歎曰: "士而志於穀, 恥也。", 遂謝跡場屋。李寧齋 建昌, 素知先生有經世才, 屢書勸之仕, 不應。

丙戌冬, 李端人歿。未殯, 先先生又易簀。血泣之哀、執禮之嚴, 弔者無不感動焉。乙未, 梳洗先先生文集而印布之。是秋, 倭寇乘摧清之勢, 擾我疆埸、弑我母后、劫我薙髮。先生與郭俛宇 鍾錫、李弘窩 斗勳諸公, 爲文布告于各國公館, 請共討之。

壬寅秋, 一種人, 會于商山, 火先先生文集。聞報, 素冠服, 哭廟三日。癸卯冬, 朝廷擧遺逸, 除圜丘壇參奉, 俄移章陵參奉, 明年春, 遷肇慶廟參奉, 皆呈辭不就。以厚蒙國恩, 不可無一暴血忱, 作萬言疏, 不果上。

乙巳冬, 倭使伊藤博文, 率兵犯闕, 與賊臣完用等, 勒締保護之約。先生聞之痛哭曰: "宗社亡矣, 吾等獨不可爲王孫賈之呼市乎。" 遂倡率鄉道儒紳, 赴漢師陳疏, 討藤虜潛結逆臣, 迫脅皇上之罪, 請斬完用、齊純、址鎔、重顯、根澤等諸賊, 以謝天下。居數日再疏, 皆不報。頃之, 倭幽先生于大邱獄, 盤詰上疏事。先生以勒約當廢、賊臣當斬之義, 痛辨之。作一絶詩以示曰: "妄擬澹菴斬檜擧, 那期燕獄供元辭。心跡昭昭無用問,大韓臣子大韓知。" 彼雖欲殺先生以甘心, 而知終不可以威武屈之, 則至明年夏, 始釋而歸之。先生旣歸, 聞歐西海牙有萬國平和之會, 投書會中, 歷陳倭恃强逞暴、活呑人國之狀, 請與倭對質于萬國公會之席。

先生知國亡無日, 矢不欲身爲俘虜, 常懷聖人桴海之志。戊申夏, 遂爲文告辭於先廟先壟, 由釜山舟行至海蔘威。自是飢寒辛苦, 萬非老齡可堪, 而先生泊然不以爲意。每晨拜北極, 默念生吾民、宗吾教、大吾邦三大願。又於朔望, 率諸生南望遙拜上皇, 輒嘘唏而隕涙焉。會李溥齋 相卨來自海牙, 一見先生, 以師禮事之。先生乃與溥齋及柳毅庵 麟錫諸公, 糾合故國人之後先亡命而至其地者, 籌謀復國之事。時倭廷, 怕先生與溥齋諸人在外生事, 請俄總督捕逐之。總督曰:"此屬皆天下知名之賢人, 吾不敢許也。" 居數年, 移吉林之蜂蜜山中。約溥齋諸公, 廣買荒田, 募韓人之流離者, 生聚而教育之。

庚戌, 聞國亡痛哭曰:"天下事去矣。吾其死於道路爲烏鳶之食乎。", 封落齒髮, 送之家, 作詩遺基元, 以示不復還之意, 有"西登東蹈我今行, 歸骨鄕山詎易望。爲將齒髮偕封去, 埋近先阡自不妨。"之句。基元嘗來省, 命之曰:"國復吾乃返。否者, 吾死之日, 爾曹必欲還尸, 尸可返, 魂不必返。" 辛亥, 聞淸室旣覆, 中華行共和之政, 乃抵書于袁總統 世凱及孫中山 文, 論共和政術之悖於孔·孟、淪於夷狄者以責之。又書于東三省總督趙爾巽, 備述三省時務之急、綏輯韓人之方。又書于海牙萬國之會, 極言天下大勢, 請爲大同之治。蓋欲使萬國爲一統, 而法堯、舜之禪讓也。

癸丑冬, 走北京, 與中華士大夫, 會于孔教之社, 痛論中華之大衰、外夷之侵陵, 皆原於孔、孟之學晦, 而陸、王之說亂之也。有李文治、薛正淸、龍澤厚、陳煥章等, 起而拜曰:"先生眞天下士也。", 傾心而師尊之。遂與孔社諸人, 議設支會于東省, 圖所以大張教事、導率韓人。著≪中華政治四事≫, 介李文治等, 投進于袁總統及副總統黎元洪。又以我韓國文之易曉而適用, 爲萬國音文之最, 請袁總統, 採行于中華。

甲寅春, 赴曲阜, 孔少師 祥霖虛館而迎之。謁夫子之廟, 取先先生所著

≪春秋集傳≫、≪理學綜要≫、≪四禮輯要≫三書藏之。又謁周公之廟、夫子·子思之墓、顔子·子貢之像, 皆爲文以告, 悲聖人之不復作於斯世。因與少師議大建圖書館於聖府, 以之提倡聖敎, 少師深許其偉論。又約以移家曲阜, 身爲魯人。俄而出瀋中, 買田於蒲河之曲, 命子基仁, 攬韓人同志耕墾之, 以備搬就曲阜之資。

丙辰正月, 忽示㦄疾漸革。基元問後事, 曰:“華中自有共同墓, 纊且屬。” 歎曰:“吾嘗經營天下事, 今休矣。” 二月二十八日, 皐復于奉天 小北關 日昇店。基元竟以母命, 奉柩歸。四月, 國人士禮葬于州東馬栗先兆之下。後七年, 改厝于船南面 巢鶴洞某坐之原, 二夫人祔焉。前配驪江 李氏 晦齋先生后進士在敎女, 無育。後配全義 李氏士人彦會女。男: 基元、基仁, 女適張是遠。基元男: 海錫、中錫, 次幼, 女適柳時澈、河泳舜、金鳴鎬。基仁男邦錫, 次幼, 女適趙大濟。是遠男: 一相、熺相, 女適金建永、金洪默。

嗚呼! 先生以間世豪傑之姿, 生洲翁詩禮之庭; 以絶倫特達之才, 加篤實淬礪之工。居敬窮理, 以立其基; 集義養氣, 以厚其蓄。不欲以一藝成名、亦不欲以一善博譽。以爲宇宙內事, 皆職分內事; 職分內事, 皆性分內事。凡天地鬼神造化流行之原、皇帝王覇古今治亂之端、心性理氣天人相與之妙、草木禽獸飛潛動植之微, 靡不包羅商量。本之以四子、六經, 參之以九流百家, 覈其歸而折其衷, 由博而致約、由粗而入精。知日廣而修之益篤、見日的而行之益力。要之以爲天下第一等人、做第一等事業, 爲究竟法。

講義理則析以蠶絲、避功利則視以蛇蝎。律身謹嚴, 如處女之貞; 臨事周詳, 如士帥之愼; 宅心炳朗, 如方昇之旭; 見義勇決, 如直赴之軍。憂國而講救國之謨、憂道而懷行道之志。雖事變交錯於手頭、禍福立判於目前, 而直就天理人欲大界頭, 劈將去。擧世非之, 而一髮不動; 萬牛挽之, 而泰山莫撼。其於毁譽、得喪、榮辱、死生, 都付膜外, 一從光明正大上, 成就得義之所安而已。 迨其德與年卲、道與名隆, 剛厲者化爲醇厚、發越者變爲沈重。面粹而背盎、色莊而氣舒。望之也凜乎有壁立之像、卽之也藹乎如春煦之和。是以賢者愛慕之、不肖者畏憚焉。雖素所媢嫉之輩, 亦不敢不伏於下風, 仰其德義。卒之聲名文物, 遂遠及於華夷, 於乎! 至哉。

若夫事親而盡根天之孝、奉先而極報本之誠、刑家而猶朝廷、交友而主忠信、誨人而先孝弟, 其餘微言細行之日可見者, 皆≪小學≫也、≪論語≫也。至如文章之言簡而雄偉、理到而典重, 軼韓、歐而倒滄、弇者, 亦先生之餘事也。蓋先生之學, 以存心養性·主理御氣爲頭腦、以致知名理·力行踐理爲歸宿。一語一默、一動一靜、一事一行, 無非從此心此理中體認得來。

嘗曰:“理爲主而氣爲使用。雖未嘗離未嘗雜, 而理氣決是二物; 亦未嘗有先後, 而畢竟是先有理, 而後有氣。” 又曰:“心爲主宰, 而主宰者, 理也。通主宰與資具, 則心固兼理氣, 而指其本體, 則理也。性情只是一理也、費隱只是一理也、大本達道只是一理也。” 此先生之洞見大原, 而畢生受用者也。始先先生, 欲救世學主氣之病, 發明千聖主理之訣、大開心學之正路。而先生能繼闡之, 俾我孔、孟、程、朱、陶山夫子相承之宗旨, 如大明中天, 可以竢百世而不惑。先生之有功於聖門, 於是乎爲尤盛矣。

記昔愚之客中華也, 得與李文治、陳煥章、龍澤厚等相徵逐。三人者, 每述先生遊華時古事, 盛稱先生之文章則曰“今韓愈”、道學則曰“後朱子”。夫以中華之詞垣司命、儒門主盟者, 咸景仰而贊歎, 有如是焉, 則先生一遊禹域, 而遂使吾國重於天下也。愚竊謂求之東方近世學術醇而心法正、力量宏而經綸遠; 通古而達今、明體而適用, 卓然爲命世眞儒者, 惟我先生而已。向使先生, 苟遇其時而行其道, 則以之救吾民於左袵、大吾邦於天下、廣吾教於萬國, 無適不宜也。不幸值天下大亂、夷狄竊據之會, 不得少試其大有爲之志, 漂泊於天涯異域者十年, 聖轍徒環, 而竟死於道路, 吾道非耶。嗚呼! 痛哉。

先生平日著述甚富。今其已公于世者, 二十冊。又有≪典禮內則章句≫、

≪禮運集註≫、≪弟子職集解≫、≪孔子世紀≫、≪中史家範≫、≪女範閨儀≫、≪音文類表≫、≪蒙語類訓≫、≪正蒙類語≫等編, 藏于家。讀是書者, 尙可以見先生之盛德邃學, 本於主理心法, 而知所以興起也。小子無狀, 猥託灑掃之列, 謬蒙涵育之恩, 逈出餘子。而鹵莽醜差, 辜負期待之意。白首爲俘, 行且死矣, 將何以歸報先生於泉下也。今於誌幽之役, 義不敢辭。竊懼夫先生天海也, 曷敢以愚之管蠡, 是窺是酌哉。謹就先生日誦五綱之語, 演其義而爲之銘曰:

"爲天地立心, 志之弘也。爲父母立身, 行之隆也。爲吾生立道, 學之崇也。爲斯民立極, 德之中也。爲萬世立範, 業之洪也。人心不泯, 天理不窮, 與之同存, 先生之功。"

❖ **원문출전**

金昌淑, 『心山遺稿』 卷4, 「韓溪李先生墓誌銘幷序」(경상대학교 문천각 古(아천) B5B 김811ㅅ)

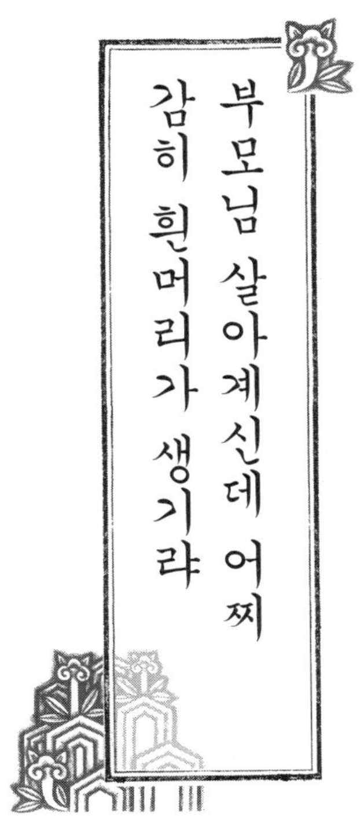

하응로(河應魯) : 1848~1916. 초명은 성로(性魯), 자는 학부(學夫), 호는 니곡(尼谷), 본관은 진양이다. 현 경상남도 하동군 옥종면 안계리에 거주하였다. 어려서는 하달홍(河達弘)에게 배웠고, 후에 한양으로 가서 허전(許傳)에게 수학하였다. 『남명집』·『겸재집(謙齋集)』 중간에 참여하였다. 조성주(趙性宙)·하조헌(河祖憲)·하봉수(河鳳壽) 등과 종천서원(宗川書院)에서 강학하고, 고을에 향약을 실시하였다.
저술로 4권 2책의 『니곡집』이 있다.

니곡(尼谷) 하응로(河應魯)의 묘지명 병서

조병규(趙昺奎)[1] 지음

공의 휘는 응로(應魯), 자는 학부(學夫), 초명은 성로(性魯), 호는 니곡(尼谷)이다. 진양 하씨(晉陽河氏)는 고려 때 사직을 지낸 휘 진(珍)을 시조로 삼는다. 공훈을 이어받아 봉호를 받은 이가 2명인데, 진천군(晉川君)[2]과 진산군(晉山君)[3]이다. 본조에 들어와 영의정을 지낸 연(演)[4]은 문효공(文孝公) 경재 선생(敬齋先生)이다. 문효공의 아우는 대사간 결(潔)이고, 그의 아들 금(襟)은 유일(遺逸)로 참의가 되었으나 나아가지 않았다. 낙와(樂窩) 홍달(弘達)[5]과 그의 형 겸재(謙齋)[6] 선생은 형제이자 사우간이다. 1대를 내려와 설창(雪牕) 철(澈)[7]은 대사헌에 추증되었는데, 세상 사람들

1 조병규(趙昺奎) : 1846-1931. 자는 응장(應章), 호는 일산(一山), 본관은 함안이다. 허전(許傳)에게 수학하였다. 저술로 16권 9책의 『일산집』이 있다.

2 진천군(晉川君) : 하집(河楫, 1303-1380)이다. 자는 득제(得濟), 호는 송헌(松軒), 본관은 진양이다. 충숙왕 때 문과에 급제한 후 좌리공신(佐理功臣)에 녹훈되었으며, 진천부원군(晉川府院君)에 봉해졌다.

3 진산군(晉山君) : 하윤원(河允源, 1322-1376)이다. 충혜왕 때 과거에 급제하여 벼슬에 나아갔다. 우왕 초에는 대사헌에 오르고 진산부원군(晉山府院君)에 봉해졌다.

4 연(演) : 하연(河演, 1376-1453)이다. 자는 연량(淵亮), 호는 경재(敬齋)·신희(新稀), 본관은 진양이다. 1396년 문과에 급제하여 여러 관직을 역임한 뒤, 1449년 영의정에 올랐다. 저술로 5권 3책의 『경재집』 및 『경상도지리지』가 있다.

5 홍달(弘達) : 하홍달(1603-1651)이다. 자는 치원(致遠), 호는 낙와이다. 백형 하홍도에게 수학하였고, 모한재(慕寒齋)에서 강학하였다.

6 겸재(謙齋) : 하홍도(河弘度, 1593-1666)이다. 자는 중원(重遠), 호는 겸재이다. 하수일에게 수학하였다. 저술로 12권 6책의 『겸재집』이 있다.

7 철(澈) : 하철(1635-1704)이다. 자는 백응(伯應), 호는 설창이며, 하홍달의 아들이다. 백부 하홍도에게 수학하였다. 저술로 2권 1책의 『설창실기』가 있다.

이 '하씨문학(河氏文學)'이라고 일컬었다.

공의 고조부 달성(達聖)은 호가 국헌(菊軒)으로, 종천서원(宗川書院)의 치욕[8]을 깨끗이 씻었다. 증조부 석봉(錫鳳), 조부 재원(在源), 부친 상호(相灝)는 모두 드러나지 않은 덕이 있었으나 현달하지 못하였다. 모친 재령 이씨(載寧李氏)는 모촌(茅村) 이정(李瀞)[9]의 후손 이천묵(李天默)의 딸로, 이분이 공을 낳았다.

공은 태어나면서부터 기이한 자질이 있었는데, 말을 배우기 시작할 때부터 입을 열면 사람들을 놀라게 하였다. 공부를 시작하여 월촌(月村) 하공(河公)[10]에게 사서(四書)를 배웠는데, 하공이 자주 칭찬하여 말하기를 "하씨 가문을 크게 할 사람은 반드시 이 아이일 것이다."라고 하였다. 집안이 본디 가난하여 학문에만 전념할 수 없어 동소남(董召南)의 일[11]을

8 종천서원(宗川書院)의 치욕 : 종천서원(宗川書院) 원변(院變)을 말한다. 종천서원은 1676년 겸재 하홍도의 학덕을 기리기 위해 지방 유림에 의해 창건되었다. 1759년 노론인 진주 목사 조덕상(趙德常)이 '하홍도가 율곡과 우계를 비방하고 윤선도와 허목을 존경하였다'고 경상 감사 조엄(趙曮)에 보고하여 하홍도의 위패를 종천서원에서 출향시키고 『겸재집』의 판본과 인본(印本)을 불살랐다. 이에 하달성은 하홍도의 신원(伸寃)을 위해 온 힘을 기울였고, 이 일로 수감된 하홍도의 증손 하대관의 석방을 위해 백방으로 일을 도모하였다. 결국 1778년 정조가 조엄과 조덕상의 관직을 삭직하고 원변의 주동자 3인을 엄형에 처하였으며, 기타 관련자를 유배시켰다. 하달성은 20여 년간 이 일을 주선하였으며, 『종천서원화변록(宗川書院禍變錄)』 3책을 편찬하였다.

9 이정(李瀞) : 1541-1613. 자는 여함(汝涵), 호는 모촌, 본관은 재령이다. 조식에게 수학하였으며, 임진왜란 때 많은 공을 세웠다. 저술로 5권 1책의 『모촌집』이 있다.

10 하공(河公) : 하달홍(河達弘, 1809-1877)이다. 자는 윤여(潤汝), 호는 월촌·무명정(無名亭), 본관은 진양이다. 하홍도(河弘度)를 사숙하였고, 그의 문집 발간을 주도하였다. 모한재(慕寒齋)에서 하재문(河載文)·조성가(趙性家)·강병주(姜柄周) 등 인근 선비들과 학문에 정진하였다. 저술로 9권 5책의 『월촌집』이 있다.

11 동소남(董召南)의 일 : 주경야독하는 것을 말한다. 당(唐)나라 안풍(安豐) 사람인 동소남은 일찍이 진사(進士)가 되었으나 뜻을 얻지 못했으며, 특히 효성스럽기로 이름났었다. 한유(韓愈)가 지은 「동생행(董生行)」에 "아, 동생(董生)이여, 낮에는 밭을 갈고 밤에는 고인(古人)의 글을 읽는도다. 하루종일 쉴 새 없이 산에 가서 나무도 하고 물에 가서 고기도 잡으며, 부엌에 들어가서 맛있는 음식을 만들고 당(堂)에 올라가서 부모에게 문안

함께 하였는데, 부모를 봉양하는 물품은 갖추지 않음이 없었다. 일찍이 양 귀밑에 흰머리가 나자 그것을 뽑으며 말하기를 "흰머리가 어찌 감히 벌써 생기는가."라고 하였다. 그 후 다시는 흰머리가 나지 않다가 부모님이 돌아가신 후에야 자라나니, 사람들이 공의 효성을 칭송하였다.

어버이의 명으로 일찍부터 과거공부를 하여 크게 이름이 났다. 그러나 얼마 후 탄식하여 말하기를 "벼슬길에 나아가는 것은 천명에 달렸다. 또한 과거공부는 심성(心性)을 어지럽힐 뿐이로다."라고 하며, 마침내 위기지학(爲己之學)에 전념하였다.

기축년(1889) 부친상과 모친상을 한꺼번에 당하자, 몹시 슬퍼하여 몸이 상해 목숨이 위태로울 지경이었다. 삼년상을 지내는 동안 맛있는 음식을 입에 대지 않았고, 비바람이 불어도 날마다 성묘를 그만두지 않았다. 시묘살이 할 적에 여막에 흰 제비가 둥지를 트는 상서로운 일[12]이 있자, 사람들이 모두 기이하게 여겼다.

공은 젊어서부터 중망을 받아 유림의 모든 큰일은 반드시 공을 기다려서야 이루어졌다. 이 때문에 남명 선생의 문집을 중간(重刊)하는 일을 도모할 때는 공이 주도하여 논의하였고, 진주의 유궁(儒宮)에서 장이(長貳)로 추대되었을 때[13]는 예의(禮儀)가 아름답게 빛났다. 일찍이 방조(傍祖) 겸재 선생의 유집이 아직 정리되지 않아 널리 배포하지 못함을 한스럽게 여겼다. 마침 곽면우(郭俛宇)[14]가 진주 여사리(餘沙里)[15]에서 향음주

을 드리니, 부모는 근심하지 않고, 처자는 탄식하지 않네."라고 하였다.

12 흰 제비가……일 : 흰 제비는 꼬리가 하얀 제비로, 예로부터 상서로운 새로 여겼다. 또한 흰 깃털이 상복을 입은 듯하다 하여, 흰 제비가 여막에 둥지를 트는 일을 효자의 지극한 효성에 하늘이 감응한 것으로 보았다.

13 진주의……때 : 하응로가 하동의 옥산서원(玉山書院), 의령의 이의정(二宜亭), 산청의 이택당(麗澤堂)의 당장(堂長)이 되었던 것을 말한다.

14 곽면우(郭俛宇) : 곽종석(郭鍾錫, 1846-1919)이다. 자는 명원(鳴遠), 호는 면우, 본관은 현풍이며, 단성(丹城) 출신이다. 이진상(李震相)의 문하에서 수학하였다. 저술로 177권

례를 행하였는데, 공이 빈(賓)을 맡았다. 향음주례가 끝난 뒤 사우들과 논의하여 모한재계(慕寒齋契)를 맺었다. 겸재 선생 유집 정리를 시작한 지 십수 년 후에야 문집이 비로소 간행되었다.

공은 기억력이 남들보다 뛰어나 보았던 글은 평생 잊어버리지 않았다. 무릇 선대의 행적이나 다른 좋은 구절은 반드시 기억하였다가 자손들에게 알려주었다.

중년에는 니방(尼坊)의 산 밑으로 이거하였는데,[16] 집을 '니곡정사(尼谷精舍)'라고 이름하였다. 갑오년(1894) 동학의 무리가 난을 일으켜 온 나라가 시끄러웠지만 니곡 한 지역만은 안정되었다. 난이 평정된 후 고을의 사우들과 한 마을의 재숙(齋塾)에서 향음주례와 상읍례(相揖禮)를 돌아가며 시행하였으니, 대개 여씨향약(呂氏鄕約)을 본뜬 것이자 『주례』의 "향삼물(鄕三物)로써 〈모든 백성을 가르쳐서〉 우수한 자를 빈객으로 천거한다."[17]는 뜻을 실천한 것이다.

만년에는 주자서(朱子書)를 구해 손에서 놓지 않았다. 병진년(1916) 겨울 우연히 감기에 걸렸는데, 자손들에게 명하여 모두 모이게 하였다. 자리를 바르게 하고서 잠시 후 편안히 돌아가셨으니, 천명을 아신 것이다. 무신년(1848)에 태어났으니, 향년 69세였다.

부인 문화 류씨(文化柳氏)는 찬성 류자미(柳自湄)의 후손 류춘영(柳春永)의 딸로, 4남 2녀를 두었다. 아들은 재도(載圖)·재청(載淸), 출계한 재

63책의 『면우집』이 있다.

15 여사리(餘沙里) : 현 경상남도 산청군 단성면 남사리이다.

16 중년에는……이거하였는데 : 「가장(家狀)」에 "중년에 사림산(士林山) 아래 심방리(尋芳里)로 옮겼는데, 일명 니방(尼坊)이라 한다."라고 되어 있다. 현 경상남도 하동군 옥종면 안계리 심방골이다.

17 향삼물(鄕三物)로써……천거한다 : '향삼물'은 옛날 향학(鄕學)의 교과로, 육덕(六德 : 知·仁·聖·義·忠·和), 육행(六行 : 孝·友·睦·婣·任·恤), 육예(六藝 : 禮·樂·射·御·書·數)를 가리킨다. (『주례』 지관(地官) 「대사도(大司徒)」)

형(載泂), 재현(載玄)이며, 이운화(李雲華)·이정하(李貞夏)는 사위이다. 재도의 아들은 우선(禹善)·겸선(謙善)이고, 재청의 양자는 원선(元善), 재현의 아들은 구선(九善)이다. 증손·현손 이하는 기록하지 않는다.

우선(禹善)이 장차 공을 도통산(道通山)[18] 건좌(乾坐) 언덕으로 이장하려 하였는데, 먼 길을 찾아와 말하기를 "조부의 벗은 모두 돌아가시고, 홀로 우뚝하게 빛나는 분은 오직 선생뿐이니, 감히 영원히 전할 묘지명을 부탁드립니다."라고 하였다. 생각건대 공은 진양의 이름난 인물이다. 일찍이 공과 함께 이택당(麗澤堂)에서 일을 주선하면서[19] 그분께 아름다운 장자의 풍모가 있는 것을 보고, 마음속으로 훌륭하다고 생각하였다. 지금 내가 아직 죽지 않았으니, 효성스런 자손의 청을 감히 승낙하지 않을 수 있겠는가.

명은 다음과 같다.

진양 하씨 가학을 이어받고	晉康家學
남명 선생 가르침을 사숙했네	山海風旨
신령이 감동하여 사물에 감응하니	神感物應
효성이 아니라면 어찌 그리하였으랴	非孝曷以
동학도 타일러서 주민을 안정시키니	匪徒屛戢
고을에서 군자라고 칭송을 하였네	鄕稱君子
비석에다 공의 명을 새기는데	銘于玄石
아, 나는 아직도 살아있구나	嗟我後死

아직 살아있는 벗 파산(巴山:咸安) 조병규(趙昺奎)가 지음.

---

18 도통산(道通山): 경상남도 하동군 옥종면 안계리에 있는 산인 듯하다.

19 일찍이……주선하면서: 이택당에서 허전(許傳)의 문집인 『성재집』을 간행한 일을 말한다. 이택당은 경상남도 산청군 신등면 평지리에 있는 사당으로, 1891년 문집 본판이 완성된 후 허전의 업적을 기리기 위해 세웠다.

墓誌銘 幷序

趙昺奎 撰

公諱應魯, 字學夫, 初諱性魯, 號尼谷。河本晉陽氏, 肇於麗朝司直諱珍。襲勳業封君者二, 晉川也、晉山也。入本朝, 賢相曰“演”, 文孝公 敬齋先生, 是也。文孝之弟, 大司諫潔, 有子曰“襟”, 以遺逸徵參議, 不就。至樂窩 弘達, 與其兄謙齋先生, 爲伯仲師友。一傳, 至雪牕 澈, 贈大司憲, 世稱“河氏文學”。

高祖達聖, 號菊軒, 快雪宗川之恥。曾祖錫鳳、祖在源、考相灝, 俱潛德不顯。妣載寧 李氏, 茅村 瀞后天默女, 是生公。生有異質, 始學語, 語出驚人。上學, 受四子書於月村 河公, 河公亟稱曰 : “大河氏者, 必此人也。” 家素淸貧, 不能專於學, 兼治董召南之業, 便親之物, 無有不備。嘗有白毛生兩鬢, 鑷之曰 : “烏敢生乎。” 自後不復生, 親歿乃生, 人稱其孝。以親命, 早業功令, 蔚有名聲。旣而歎曰 : “有命。且徒亂心性。”, 遂專專於爲己之學。己丑, 俱遭外內艱, 柴毁幾滅性。終三年, 不近珍醬, 日拜墓, 風雨不廢。堊次有白燕之瑞, 人皆異之。

公少負重望, 凡於儒藪大事, 必待公而成。是以, 山海遺文之謀重刊也, 公居首論, 南州儒宮之薦長貳也, 禮儀有彬彬焉。嘗恨謙翁遺文未盡梳洗, 而且不能廣布。適郭俛宇行鄕飮禮于州之餘沙里, 公實爲賓。禮畢, 與士友謀修寒齋契。事旣十數年, 文始印行。公記性過人, 看文字, 平生不忘。凡先世事行及他好文字, 必記念以示子孫。

中歲, 卜居于尼坊山下, 名其室曰“尼谷精舍”。甲午, 東匪作亂, 擧國騷然, 而尼谷一區, 獨安淨。亂定後, 與鄕隣士友, 輪行鄕飮、相揖禮于一坊齋塾, 蓋倣呂氏鄕約, 而實≪周禮≫ “鄕三物賓興” 之義也。晩年得朱子書, 手不停披。丙辰冬, 偶得寒疾, 命子姪孫輩皆集。正席, 少頃怡然而逝, 蓋知命也。距其生戊申, 享年六十九。

夫人文化 柳氏, 贊成自湄后春永女, 生四男二女。男 : 載圖、載淸、載泂出后、載玄, 李雲華、李貞夏, 其壻也。載圖男 : 禹善、謙善, 載淸系子元善, 載玄男九善。曾玄以下, 不錄。禹善將改葬公道通山負乾之原, 跋涉而來曰 : “祖考之友, 無在者, 巋然如靈光者, 惟先生是已, 敢以不朽爲託。” 竊惟公晉之望也。嘗與公周旋於麗澤堂中, 而見其有休休長者風, 心竊韙之。今吾後死, 而其於慈孫之請, 敢不爲之諾。

銘曰 : “晉康家學, 山海風旨。神感物應, 非孝曷以。匪徒屏戢, 鄕稱君子。銘于玄石, 嗟我後死。”

在世友 巴山 趙昺奎撰。

❖ **원문출전**

河應魯, 『尼谷集』 卷4 附錄, 趙昺奎 撰, 「墓誌銘幷序」(경상대학교 문천각 古(아천) D3B 하68ㄴ)

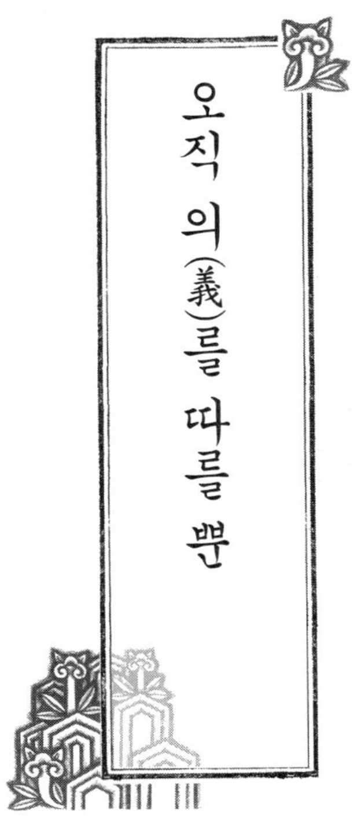

오직 의(義)를 따를 뿐

이도추(李道樞) : 1848-1922. 자는 경유(擎維), 호는 월연(月淵), 본관은 성주(星州)이며, 현 경상남도 산청군 단성면 남사리 남사(南沙) 마을에 거주하였다. 형 이도묵(李道默)과 절차탁마하니, 사람들이 이정자(二程子)에 견주었다.
1870년 한양으로 허전(許傳)을 찾아가 집지하였다. 1883년 대원사에서 『남명집』 중간(重刊)을 위한 교정을 하였다. 이때 허유(許愈)와 함께 조식의 「신명사도(神明舍圖)」에 대해 논변하였다. 1904년 여러 벗들과 사천(泗川) 대관대(大觀臺)에서 계모임을 하였다. 1905년 『기언(記言)』 중간에 간여하였다. 1914년 공자·주자·안향을 봉안하는 도통사(道統祠) 창건에 참여하였다. 1919년 『일두집』 중간을 위해 남계서원에 갔다가 안의삼동(安義三洞)을 유람하고, 정온(鄭蘊)의 사당에 참배하였다.
교유인물로 허유·문진영(文鎭英)·김진호(金鎭祜)·곽종석(郭鍾錫)·이승희(李承熙)·기우만(奇宇萬)·정의림(鄭義林) 등이 있다.
저술로 9권 5책의 『월연집』이 있다.

월연(月淵) 이도추(李道樞)의 행장

이병화(李炳和)[1] 지음

임술년(1922)[2] 월연(月淵) 선생이 거처하던 혼돈서실(混沌書室)에서 운명하였다. 14년 뒤 문집이 완성되었는데, 선생의 장손 익상(翊相)과 차손 정상(靖相)이 내가 선생에게 가장 오래도록 친히 배웠다는 이유로 선생의 행적을 기록해 달라고 청하였다. 내가 허락하였지만 그 일을 중히 여긴 데다 중간에 상을 당하고 난리가 이어져 지체하며 겨를 없이 보낸 것이 거의 20년이나 되었다.

익상이 지난날의 부탁을 거듭 청하며 말하기를 "우리 조부의 묘소에 나무가 한아름이나 자랐는데 아직 묘비문을 기술하지 못하고 있습니다. 장차 당대의 문장가에게 묘비문을 부탁하고자 하는데, 다만 형께서 아직 행장을 짓지 않으셨습니다."라고 하였다. 내가 깜짝 놀라 불민함을 사과하였다. 그리고서 삼가 생각건대 문하의 제자들이 가지고 있던 문헌 중에 선생의 아름다운 행적을 드러낼 만한 것은 모두 영락하여 거의 다 없어졌고, 오늘날 선생을 상세히 아는 사람은 나만한 이가 없을 듯하니 어찌 참람하게 분수에 넘친다는 이유로 끝내 사양할 수 있겠는가.

선생의 휘는 도추(道樞), 자는 경유(擎維), 호는 월연(月淵)이다. 이씨(李氏)는 성주(星州)를 관향으로 하는데 고려 농서군공(隴西郡公) 휘 장경(長

1 이병화(李炳和) : 1889-1955. 초명은 병립(炳立), 자는 탁여(卓汝), 호는 이당(頤堂)이다. 현 경상남도 산청군 단성면 남사리 남사 마을에서 태어났다.

2 임술년 : 원문의 '현익(玄黓)'은 고갑자로 천간(天干)의 임(壬)을 가리키고, '엄무(閹茂)'는 고갑자로 지지(地支)의 술(戌)을 가리킨다.

庚)이 시조이다. 문렬공(文烈公) 매운당(梅雲堂) 선생 휘 조년(兆年), 시중 경원공(敬元公) 휘 포(褒), 대제학 모은공(慕隱公) 휘 인립(仁立)을 거쳐 흥안부원군(興安府院君) 경무공(景武公) 휘 제(濟)에 이르기까지 대대로 이름난 공경들이 역사에 끊임없이 기록되어 있다. 경무공은 후사가 없어서 아우 병조 판서 평간공(平簡公) 휘 발(潑)의 차남 휘 윤(潤)을 후사로 삼았는데, 이분이 봉정대부(奉靖大夫) 행 결성 현감(行結成縣監)을 지냈다. 이분이 휘 숙순(叔淳)을 낳았는데 부사직을 지냈다. 이분이 아우 어모공(禦侮公) 휘 의순(義淳)과 함께 남쪽으로 내려와 단성(丹城)에 거주하였다.

이로부터 3대를 내려와 휘 하생(賀生)은 덕계(德溪) 오건(吳健)[3]과 수우당(守愚堂) 최영경(崔永慶)[4] 두 선생의 문하에서 종유하며 경의(敬義)의 지결을 사숙하였는데, 세상에서 '매월당 선생(梅月堂先生)'이라 일컬었다. 양자로 들인 휘 규(奎)는 동곡(桐谷)[5] 선생의 손자이고, 어모공의 현손이다. 이로부터 2대를 내려와 휘 윤현(胤玄)은 아버지를 해치려는 화적의 칼을 자신의 몸으로 막아내었고, 또 줄곧 병석을 지키다 죽음에 이르렀다. 효성으로 정려가 내려졌고, 호는 영모당(永慕堂)이며, 선생의 6대조이다. 증조부 휘 백렬(伯烈)은 문학과 풍유(風猷)로 세상에 저명하였고, 호는 역락재(亦樂齋)이다. 조부의 휘는 우진(佑震)이다. 부친의 휘는 성범(聖範)이고, 호는 괴헌(槐軒)이다. 모친 진양 강씨(晉陽姜氏)는 기영(基榮)의 딸로, 충렬공(忠烈公) 수남(壽男)의 후손이며, 여사(女士)로 불렸다. 헌

3 오건(吳健) : 1521-1574. 자는 자강(子强), 호는 덕계, 본관은 함양이다. 조식에게 수학하였으며, 저술로 10권 5책의 『덕계집』이 있다.

4 최영경(崔永慶) : 1529-1590. 자는 효원(孝元), 호는 수우당, 본관은 화순(和順)으로, 한양 출신이다. 조식에게 수학하였다. 저술로 2권 1책의 『수우당실기』가 있다.

5 동곡(桐谷) : 이조(李晁, 1530-1580)를 가리킨다. 자는 경승(景升), 호는 동곡, 본관은 성주이며, 현 경상남도 산청에 거주하였다. 조식에게 수학하였고, 오건 · 최영경 · 김우옹 · 하항 등과 교유하였다. 저술로 1권 1책의 『동곡실기』가 있다.

종(憲宗) 무신년(1848) 1월 11일 남사리(南沙里) 집에서 선생을 낳았다.

선생은 어려서부터 총기 있고 민첩하여 겨우 문자를 이해하자마자 능히 문구를 지었다. 여러 아이들과 어울리기를 즐거워하지 않고 항상 부형을 곁에서 모셨다. 글 읽기를 좋아하여 부지런히 독서했는데, 밤에도 등불을 밝혀 새벽까지 책을 읽었다. 빈한하여 기름을 댈 수 없으면 몸소 산의 과실을 따다가 기름을 짜서 사용하였다. 일찍이 여름의 일과로 서안을 잡고 생각에 잠겨 있었는데 큰형수 문씨(文氏)가 앵두 한 사발을 주며 "사색은 참으로 괴로운 일이니, 이 앵두로 목이라도 축이세요."라고 하였다. 선생은 쳐다보지도 않고 멍하니 산만 바라보고 있었다. 얼마 뒤 앵두를 보고서 그 연유를 들어 알고는 형수에게 겸손히 사과하였다. 그 정신을 전일하게 하여 각고의 노력을 기울인 것이 이와 같았다. 15세 때 이미 여러 경서에 두루 관통하고 제자백가를 섭렵하여 명성이 크게 떠들썩하였다.

병인년(1866) 성재(性齋) 허전(許傳)[6] 선생이 김해의 치소로부터 종종형(宗從兄) 경매헌공(景梅軒公)[7]을 내방하였다. 선생은 당시 어린 나이로 곁에서 모시며 주선하였는데 행동거지에 법도가 있었다. 허 선생이 마음속으로 기특하게 여겨 매우 은근하게 장려하고 칭찬하였다.

경오년(1870) 모친이 세상을 떠났다. 당시 역병이 크게 성하여 상사(喪事)가 겹치니, 온 집안사람들이 놀라고 당황하여 달아나 피하였다. 선생은 백형[8]과 더불어 차마 여막을 떠나지 못했는데, 부친 괴헌공(槐軒公)이

---

6 허전(許傳) : 1797-1886. 자는 이로(而老), 호는 성재, 본관은 양천이다. 1866년 김해 부사로 있을 때 덕천서원에 참배하러 왔다가 남사 마을의 경매헌을 찾아왔다. 저술로 45권 23책의 성재집과 사의(士儀) 등이 있다.

7 경매헌공(景梅軒公) : 이도연(李道淵)이다. 자는 희안(希顏)이다. 이제(李濟)의 후손이며, 매월당(梅月堂) 이하생(李賀生)의 9세손이다. 이도묵의 종형(從兄)으로 종손이었다.

8 백형 : 이도묵(李道默, 1843-1916)을 가리킨다. 자는 치유(致維), 호는 남천(南川), 본관

꾸짖으며 나갈 것을 명하였다. 선생은 어쩔 수 없이 조금 떨어진 노비집 헛간으로 옮겨가서 밤낮으로 끊임없이 울부짖으며 통곡하였는데 애달픈 곡성이 이웃에까지 들렸다.

상을 마치고 한양에 과거시험을 보러 갔다. 성재 선생에게 집지하여 뵙고, 방향을 바꾸어 서쪽으로 가서 개성(開城)을 지나며 선죽교(善竹橋)에서 충신[9]의 혼백을 조문하였다. 평양(平壤)에 이르러서는 기자묘(箕子廟)에 참배하고 전해 오는 정전(井田) 제도를 둘러보고 집으로 돌아왔다.

정축년(1877) 맏형 남천 선생 및 효효재(囂囂齋) 문진영(文鎭英),[10] 후산(后山) 허유(許愈),[11] 물천(勿川) 김진호(金鎭祜),[12] 면우(俛宇) 곽종석(郭鍾錫)[13]과 함께 두류산을 유람하고 천왕봉에 올라 일출을 보았다. 집에 돌아오니 한주(寒洲) 이진상(李震相),[14] 만성(晩醒) 박치복(朴致馥),[15] 단계(端

은 성주(星州)이다. 현 경상남도 산청군 단성면 남사리 남사(南沙) 마을에 거주하였다.

9 충신 : 선죽교에서 이방원에게 죽임을 당한 정몽주(鄭夢周)를 가리킨다.

10 문진영(文鎭英) : 1826~1879. 자는 성중(聖仲), 호는 효효재, 본관은 남평(南平)이다. 세거지인 현 경상남도 합천군 대병면 역평리에서 살았다. 류치명(柳致明)과 허전(許傳)의 문인이다. 이진상(李震相)·박치복(朴致馥)·김인섭(金麟燮)·허유(許愈) 등과 교유하였다. 저술로 3권 1책의 『효효재집』이 있다.

11 허유(許愈) : 1833~1904. 자는 퇴이(退而), 호는 후산·남려(南黎), 본관은 김해(金海)이다. 현 경상남도 합천군 삼가면 오도리(吾道里)에 출생하였다. 이진상에게 수학하였다. 저술로 21권 10책의 『후산집』이 있다.

12 김진호(金鎭祜) : 1845~1908. 자는 치수(致受), 호는 물천(勿川), 본관은 상산(商山)이다. 현 경상남도 산청군 신등면 평지리 법물 마을에서 태어나 그곳에 거주하였다. 18세 때 박치복에게 배웠고, 21세 때 허전에게 예학을 전수받았으며, 34세 때 이진상에게 수학하였다. 저술로 16권 9책의 『물천집』이 있다.

13 곽종석(郭鍾錫) : 1846~1919. 자는 명원(鳴遠), 호는 면우, 본관은 현풍(玄風)이며, 현 경상남도 산청군 단성(丹城) 출신이다. 이진상의 문하에서 수학하였다. 저술로 177권 63책의 『면우집』이 있다.

14 이진상(李震相) : 1818~1886. 자는 여뢰(汝雷), 호는 한주, 본관은 성산(星山)이다. 현 경상북도 성주군 월항면 대산리 한개 마을에서 출생하였다. 숙부 이원조(李源祚)에게 수학하였다. 저술로 45권 22책의 『한주집』이 있다.

15 박치복(朴致馥) : 1824~1894. 자는 훈경(薰卿), 호는 만성, 본관은 밀양이며, 현 경상남도

磎) 김인섭(金麟燮),[16] 유계(幼溪) 권철성(權轍成)[17] 등 여러 공들이 또한 두류산 유람을 가다가 곽면우를 방문하였다. 이틀을 머물며 향음주례를 행하였는데, 한주 선생이 빈(賓)이 되고, 선생이 찬(贊)이 되었다. 향음주례를 끝내고 「태극도설」을 강론하였는데 따져 묻고 질의한 것이 많았다. 여러 장로들은 모두 선생이 사고와 변석에 정밀하다고 칭찬하였다. 또 운자를 나누어 시를 지었는데 온 좌중이 번갈아가며 보고서는 한목소리로 찬탄하였다.

기묘년(1879) 남쪽을 유람하였는데, 노량(鷺梁)을 건너 충무사(忠武祠)[18]에 참배하고 금산(錦山)에 올랐다. 바다를 따라 동쪽으로 가서 통영과 마산을 거쳐 부산까지 갔다가 되돌아왔다.

계미년(1883) 곽면우, 사촌(沙村) 박규호(朴圭浩), 약헌(約軒) 하용제(河龍濟)와 금강산 유람을 약속하고서 관동지방의 여러 명승지를 두루 찾아보고 석 달 만에 돌아왔다. 두루 다닌 길이 모두 삼천리였는데, 기행록 한 권이 있다.

갑신년(1884) 또 한양에 가서 성재 선생께 문후를 드렸는데 십 수 일 동안 가르침을 받아 지결을 전수받은 것이 많았다. 허 선생이 손수 저술한 법복편(法服篇)[19]을 꺼내 보여주며 말씀하기를 "나는 여기에 심력을

함안에 거주하였다. 류치명과 허전에게 수학하였으며, 저술로 16권 9책의 『만성집』이 있다.

16 김인섭(金麟燮) : 1827-1903. 자는 성부(聖夫), 호는 단계(端磎), 본관은 상산(商山)이다. 허전의 수제자로 『성재집』을 교정하였으며, 현 경상남도 진주시 집현면에 대암정사(大嵒精舍)를 짓고 후학을 양성하였다. 저술로 18권 10책의 『단계집』 등이 있다.

17 권철성(權轍成) : 권인택(權仁擇, 1831-1896)을 가리킨다. 철성(轍成)은 초명이다. 자는 성거(聖擧), 호는 유계, 본관은 안동(安東)이다.

18 충무사(忠武祠) : 이순신 장군의 위패를 모시기 위해 현 경상남도 남해군 설천면(雪川面) 노량리(露梁里)에 세운 사당으로, 지금의 명칭은 충렬사(忠烈祠)이다.

19 법복편(法服篇) : 허전이 지은 『사의(士儀)』의 편명이다. 『사의』는 『의례』와 『주자가례』의 불비한 점이나 변례(變禮)·의례(疑禮)에 대해 경전(經傳)과 자사(子史) 및 고금 제가

극도로 써서 주소(註疏)를 버리고 옛날의 제도를 스스로 터득하였으니 그대도 유의할 만하다."라고 하며, 심의(深衣) 한 벌을 제작해 주었다. 겨울에 괴헌공(槐軒公)의 상을 당했는데 예제와 슬픈 마음을 모두 지극히 하여 상을 잘 치른다고 소문이 났다.

기축년(1889) 사곡(士谷)[20]의 낙수암(落水庵)[21]에서 김물천을 만나 『근사록』을 강론하고 태극과 음양의 구분을 논의하였다. 경인년(1890) 성주로 가서 여러 대를 모신 선영에 참배하고 안산영당(安山影堂)[22]에 배알한 뒤 가야산의 여러 고적을 두루 완상하고서 돌아왔다.

임진년(1892) 문중의 일로 달성(達城) 감영에 가서 경상 감사 이헌영(李𨯶永)을 뵈었다. 당시 위농(渭農) 하재구(河在九)[23]가 감영에서 이공을 보좌하고 있었는데, 선생의 「우중술회(雨中述懷)」를 보고서 가져다 이공에게 보여주었다. 이공이 "근세에 보기 드문 고시(古詩)이다."라고 격찬하며 매우 융숭하게 예우하였다. 선생이 하공을 찾아가 말씀하기를 "감영에서 호조를 담당한 비장 정재빈(鄭在贇) 또한 문장이 전아한 인사입니다."라고 하였다. 그와 더불어 셋이 앉아 역사를 고찰하고 문장을 품평하였는데, 이공이 또한 마침 와서 보고는 술과 음식을 보내주었다. 아전들이 모두 감영의 성대한 일이라고 일컬었다. 일을 마치고서 돌아오니,

---

의 요언(要言) 등을 인용하여 보충·고증하고 자신의 의견도 덧붙인 것으로, 친친(親親)·성인(成人)·정시(正始)·이척(易戚)·여재(如在)·방상(方喪)·법복(法服)·논례(論禮) 8편으로 되어 있다.

20 사곡(士谷) : 현 경상남도 진주시 수곡면 사곡리를 가리킨다.

21 낙수암(落水庵) : 현 경상남도 진주시 사곡면 사곡리 대우 마을에 있다.

22 안산영당(安山影堂) : 경상북도 성주군 벽진면 자산리에 있다. 이장경을 주향으로 그의 아들 5형제 및 여러 선형을 배향하였다. 1680년 안산서원으로 사액되었다가, 서원철폐령으로 훼철되어 안산영당으로 개칭하였다.

23 하재구(河在九) : 1832-1911. 자는 치백(致伯)이고, 호는 위수(渭叟)이다. 본관은 진양(晉陽)이다. 1861년 과거에 급제하였다. 천거로 효력부위(效力副尉)가 되었으며, 친군영군사마(親軍營軍司馬)를 거쳐 통훈대부 용양위부사과로 승직하였다

문중의 의론이 흡족해하였다.

계사년(1893) 대원사(大源寺)[24] 선방에서 『남명집(南冥集)』[25]을 교정하였는데, 중간(重刊)을 도모하기 위해서였다. 이윽고 경상좌도에 가서 용산(龍山) 이만인(李晩寅)[26]을 뵙고서 발문을 청하고 퇴계 선생의 사당에 참배하였는데, 개연히 늦게 태어나 선현을 따르고자 하지만 말미암을 길이 없음을 탄식[27]함이 있었다. 이어서 돌아오는 길에 여러 명인석학들을 방문하였는데 동정(東亭) 이정호(李正鎬),[28] 계약(繼若) 권유연(權有淵),[29] 국경(國卿) 강빈(姜鑌),[30] 대계(大溪) 이승희(李承熙)[31] 등 여러 공들

24 대원사(大源寺) : 현 경상남도 산청군 삼장면 유평리에 있다. 해인사(海印寺)의 말사이다.

25 남명집(南冥集) : 원문의 '산해(山海)'는 남명(南冥) 조식(曺植)이 김해에 있을 때 학문하던 곳의 이름을 산해정(山海亭)이라 한 데서 따온 것이다.

26 이만인(李晩寅) : 1834-1897. 초명은 만호(晩濩), 자는 군택(君宅), 호는 용산, 본관은 진보(眞寶)이며, 안동 출신이다. 이황(李滉)의 11세손이다. 1893년 영주향교에서 『소학』을 강하였다.

27 선현을……탄식 : 안회(顔回)가 탄식하며 "선생님의 도는 우러러볼수록 더욱 높고, 뚫을수록 더욱 견고하며, 바라봄에 앞에 있더니 홀연히 뒤에 있도다. 선생님께서 차근차근 사람을 잘 이끌어 문(文)으로써 나의 지식을 넓혀주시고 예(禮)로써 나의 행동을 요약하게 해주셨다. 공부를 그만두고자 해도 그만둘 수 없어 이미 나의 재주를 다하니, 선생님의 도가 내 앞에 우뚝 서있는 듯하다. 선생님을 따르고자 하지만 어디로부터 시작해야 할지 모르겠다.[仰之彌高, 鑽之彌堅. 瞻之在前, 忽焉在後. 夫子循循然善誘人, 博我以文, 約我以禮, 欲罷不能. 旣竭吾才, 如有所立卓爾. 雖欲從之, 末由也已.]"라고 한 데서 나온 말이다.

28 이정호(李正鎬) : 이병호(李炳鎬, 1851-1908)를 가리킨다. 자는 자익(子翼), 호는 동정, 초명이 정호(正鎬)이다. 이진상에게 수학하였다. 곽종석과 편지로 심즉리설(心卽理說)을 논하였다. 저술로 『동정유고』가 있다.

29 권유연(權有淵) : 1852-1896. 자는 계약이며, 안동에 거주하였다. 이병호·곽종석과 교유하였다.

30 강빈(姜鑌) : 강윤(姜錞, 1858-1911)을 가리킨다. 자는 국경, 호는 의재(毅齋), 본관은 진산(晉山)이다. 초명이 빈(鑌)이다.

31 이승희(李承熙) : 1847-1916. 자는 계도(啓道), 호는 대계·한계(韓溪), 본관은 성산이며, 현 경상북도 성주 출신이다. 1905년 을사조약이 체결되자 유림의 서명을 받아 매국 5적신의 참형과 조약의 파기를 상소하고, 일본군 사령부에 항의문을 보냈다. 1908년 블라디보스토크에서 동포자녀의 교육 및 독립운동에 전념했다. 저술로 42권 20책의 『대계집』이

이 모두 시를 지어주며 전송하였다.

을미년(1895) 선조 경무공의 사당에 일이 있어 광주(光州)에 갔다. 필암서원(筆巖書院)[32]을 찾아가 참배하고 노사(蘆沙) 기정진(奇正鎭)[33]의 옛 집에 들렀다. 그의 손자 송사(松沙) 기우만(奇宇萬)[34]과 일신(日新) 정의림(鄭義林)[35]은 모두 선생을 한 번 보고 마음을 터놓으며 서로 만나는 것이 늦었음을 말하였다. 선생은 그들과 더불어 며칠 동안 연이어 명분과 의리를 토론하였다.

감역(監役) 김병로(金柄轤)가 편지로 형질의 변화, 음양의 소멸과 생식을 논하였다. 선생은 그를 위해 사물을 끌어다 유형을 비유하고, 이미 그러한 자취를 근원하면서 경설을 참고하여 종합해 상세하게 논한 것이 수 천 자나 되었다. 가을에 집안사람들을 모아 목계(牧溪)의 농운재(隴雲齋)[36]에서 족보를 편수하였다. 그 일이 끝나자 발문을 지어 그 뒤에 기록하였다. 당시 조정에서 명을 내려 백성들의 단발을 강요하였는데, 선생이 탄식하기를 "사람들이 장차 금수가 되겠구나."라고 하며 시를 지어 상심하였다.

기해년(1899) 선생은 나의 부친 모당공(某堂公)[37]을 따라가 신매동(新梅

있다.

32 필암서원(筆岩書院) : 전라남도 장성군 황룡면 필암리에 있다. 김인후(金麟厚)를 제향하고 있다.

33 기정진(奇正鎭) : 1798-1879. 자는 대중(大中), 호는 노사, 시호는 문간(文簡)이다. 본관은 행주(幸州)이고, 현 전라북도 순창군 출신이다. 저술로 30권 17책의 『노사집』이 있다.

34 기우만(奇宇萬) : 1846-1916. 자는 회일(會一), 호는 송사, 본관은 행주(幸州)이다. 기정진의 손자이다. 저술로 54권 26책의 『송사집』이 있다.

35 정의림(鄭義林) : 1845-1910. 자는 계방(季方), 호는 일신, 본관은 광산(光山)이다. 기정진에게 수학하였다.

36 농운재(隴雲齋) : 현 경상남도 산청군 단성면 방목리(放牧里)의 목계정사(牧溪精舍)를 가리킨다. 1588년 산청의 유림들이 두릉사(杜陵祠)를 건립하여 이조(李晁)를 제향하였다. 이 두릉사가 두릉서원 · 목계서원 · 농운재 · 목계정사로 변천하였다.

洞)[38] 처소에서 묵었다. 나와 아우 이병목(李炳穆)은 이를 계기로 선생에게 수학하였는데, 원근의 사람들이 소문을 듣고 모여들어 글 읽는 소리가 고을에 넘쳐났다. 한가할 적에는 제생들로 하여금 상읍례를 행하게 하고, 이어서 강좌를 개설하고 윤독을 시행하였다. 마을사람 중에 이를 보고 느껴[39] 흥기한 자가 많아서 문풍이 생겨난 동네라고 말하였다.

고을의 직현산(直賢山) 끝자락에 산수가 빼어난 곳이 있는데, 때때로 지팡이 짚고 홀로 가서 소요하며 시를 읊조리다 날이 저물어도 돌아올 줄 몰랐다. 그곳의 돌 하나 나무 하나도 선생의 필묵으로 묘사되지 않은 것이 없었다.

관찰사 조시영(曺始永)이 명륜당에 많은 사인들을 모아 향음주례를 행할 적에 선생을 청하는 것이 매우 근실하였다. 선생은 그곳으로 가서 그 예를 도왔는데, 경례(經禮)에 정통한 한 시대의 대유(大儒)로 조공이 인정하였다.

임인년(1902) 나의 부친이 별세하였다. 선생이 애통해하며 말씀하기를 "옛날 종자기(鍾子期)가 죽으니 백아(伯牙)가 거문고 줄을 끊었고, 영(郢) 땅의 사람이 죽으니 장석(匠石)이 도끼를 거두었다.[40] 나는 장차 문필의 일을 그만두겠다."라고 하였다. 이는 대개 평생의 지기에 대한 감회가

---

37 모당공(某堂公) : 이호근(李鎬根, 1859-1902)을 가리킨다. 저술로 6권 2책의 『모당집』이 있다.

38 신매동(新梅洞) : 『모당집』에 의하면 이호근은 1892년 합천 삼가로 이주하였다가, 1898년 산청군 단성현 매동으로 다시 이주하였다.

39 느껴 : 원문의 '함(咸)' 자는 '감(感)' 자의 오류인 듯하다.

40 영(郢)……거두었다 : 『장자』 「서무귀(徐无鬼)」에 의하면, 장석이 도끼를 휘둘러서 영 땅 사람의 코끝에 살짝 묻힌 백토만 교묘하게 떼어 내고 사람은 절대로 다치지 않게 하였다. 송 원군(宋元君)이 그 말을 듣고는 장석을 불러 시연을 청하자, 장석이 "예전에는 잘했지만 지금은 나의 짝이 오래전에 죽어서 더 이상 솜씨를 발휘할 수가 없다."라고 하였다.

여러 친족들보다 특별함이 있어서이다.

갑진년(1904) 여러 벗들을 모아 사천(泗川)의 대관대(大觀臺)[41]에서 계 모임을 가졌는데, 이 대는 구암(龜巖) 이정(李楨)[42] 선생이 소요하던 곳이다. 사천의 인사들은 평소 선생의 성망을 앙모하였기 때문에 특별히 선생을 맞이하여 계의 절목을 확정하고, 그 지시를 따랐다.

을사년(1905) 『기언(記言)』 중간의 일로 이의정(二宜亭)[43]에서 몇 달을 머물렀다. 미수(眉叟)[44]가 남명(南冥)에 대해 사숙의 의리가 있으니, 「답학자서(答學者書)」는 응당 미수 선생의 손에서 나오지 않았을 것이라고 선생은 생각했다.[45] 그 글이 잘못된 판본임을 의심할 것이 없다고 여겨, 마침내 경상좌도 인사 및 연천현(漣川縣) 본손에게 통문을 보내 공의를 넓게 수렴하여 산삭하였다.

이해 일본 사신 이토 히로부미[伊藤博文]가 조선에 와서 조정 대신을 협박하여 보호조약을 체결하였다. 선생은 여러 날 동안 탄식하였고, 시를 지어 창의했다 순절한 여러 공들을 조문하였다. 종제(從弟) 용재공(庸齋公)[46]과 대의를 드러내 밝혀 팔도에 널리 알리기를 논의하여 의병을

---

41 대관대(大觀臺): 현 경상남도 사천시 사천읍 구암리 구계서원(龜溪書院) 안에 있다.

42 이정(李楨): 1512-1571. 자는 강이(剛而), 호는 구암, 본관은 사천(泗川)이다. 송인수(宋麟壽)에게 배우고 후에 이황과 교유하였다. 저술로 6권 3책의 『구암집』이 있다.

43 이의정(二宜亭): 현 경상남도 의령군 대의면 중촌리 곡소 마을에 있다. 허목(許穆)이 병자호란을 피해 이 정자를 짓고 10년 동안 은거하였다.

44 미수(眉叟): 허목(許穆, 1595-1682)을 가리킨다. 자는 문보(文甫)·화보(和甫), 호는 미수, 본관은 양천(陽川)이다. 정구(鄭逑)에게 수학하였으며, 저술로는 67권의 『기언(記言)』 등이 있다.

45 답학자서는……생각했다: 『기언』 별집 권6 「답학자서(答學者書)」란 글에 "만약 조식이 지금 세상에 살아 있다면 나는 또한 만나 뵙고서 그의 됨됨이를 알기를 원한다. 그러나 그와 더불어 벗을 삼으라면 나는 그렇게 하지 않겠다.[若其人在世 吾亦願見而一識其爲人也 然與之友則吾不爲也]"라는 구절이 있다. 이에 대해 조식을 존숭하는 경상우도 학자들은 허목이 직접 쓴 글로 보지 않고, 누군가 두찬해 넣은 것으로 이해하여 산삭을 요구한 일을 가리킨다.

일으키는 글을 완성하였는데, 무익할 뿐 화를 재촉한다는 이유로 말리는 자들이 많았다. 마침내 그 원고를 없애고, 소주(蘇州) 위응물(韋應物)[47]의 "평생 비바람 부는 밤이면, 매양 명분과 절개 지키기 어려움을 생각했네. 한겨울엔 온갖 풀들 다 시드니, 삼동에도 변치 않는 대나무를 손수 심네.[平生風雨夜 每念名節艱 窮冬百草歇 手自種琅玕]"[48]라는 시 한 수를 써서 벽에 걸어두고 항상 눈여겨보았다.

경술년(1910) 나라가 망했다는 소식을 듣고 울분을 스스로 참지 못하고서, 매양 혀를 차며 '왜 이때보다 먼저 태어나지 않았으며, 왜 이때보다 뒤에 태어나지 않았나.[不自我先, 不自我後]'[49]와 '스스로 마땅한 의리를 편안하게 여겨 선왕에게 자신의 의지를 드러내야 한다.[自靖 獻于先王]'[50]는 14자를 읊었다.

신해년(1911) 향교에서 『산청군지(山淸郡誌)』를 편수하였다. 이에 앞서 단성 및 진주 일부 지역이 산청군에 이속되었다. 당시 『산음지(山陰誌)』를 속수하려 할 적에, 고을 인사들이 '이미 한 군에 편입되었으니 군지에 합해야 한다.'라고 하면서 선생을 추대하여 그 일을 주관하게 하였는데,

---

46 용재공(庸齋公) : 이도용(李道容)의 호이다.

47 위응물(韋應物) : 737-791. 당대(唐代)의 시인이다. 소주 자사(蘇州刺史)를 지냈기 때문에 위 소주라 불린다. 왕유(王維)·맹호연(孟浩然)·유종원(柳宗元)과 아울러 '왕맹위유(王孟韋柳)'라 일컫는다.

48 평생……심네 : 이 시는 남송 때 장식(張栻)이 지은 「송양정방(送楊廷芳)」 "平生風雨夕, 每念名節難. 窮冬百草歇, 手自種琅玕. 吾子三十策, 字字起三歎. 豈欲求人知, 正自一心丹[또는 正自方寸殫]. 請哦碩人詩, 匪爲樂考槃."의 일부이다. 위응물의 시라고 한 것은 저자의 오인인 듯하다.

49 왜……않았나 : 『시경』 소아 「정월(正月)」에 나온다. 이 시는 나라가 혼란한 것을 걱정하는 내용이다.

50 스스로……한다 : 은(殷)나라가 점점 망해 가자, 은나라의 종실(宗室)인 미자(微子)가 기자(箕子)와 비간(比干)에게 "스스로 의리에 편안하여 사람마다 스스로 선왕께 의로운 뜻을 바쳐야 한다.[自靖, 人自獻于先王.]"라고 하였다.(『서경』 「미자」)

이읏고 갈라졌던 여론이 잠잠해졌다.[51]

갑인년(1914) 백선생(伯先生)[52]은 남쪽 고을의 여러 사우(士友)들을 창도하여 진주의 연산(硯山)[53]에 도통사(道統祠)[54]를 창건하고 공자·주자·안 문성공(安文成公) 세 분 성현을 봉안하였다. 초야의 인사들이 사적으로 성현의 사당을 만들어 제사를 받들어서는 안 되니 그 일이 자못 바르지 않다고 여기는 자가 있자, 선생은 시의(時義)가 급박하니 정의를 부지하고 이단을 물리치는 것에 대해 옛것에 막혀 상규(常規)를 고수할 수 없음을 극진히 진술하고 글을 지어 널리 깨우쳐 마침내 수그러들게 되었다. 그것은 아마 비방하는 말을 걱정하지 않고 시종 부지런히 힘써 노력을 기울인 것이 실로 많았기 때문이다.

을묘년(1915) 안산사(安山祠)로 화가 정산(定山) 채용신(蔡龍臣)[55]을 맞이하여 사당의 농서공·문렬공·경원공·경무공 네 분 선조의 진영을 그려 단성의 안곡사(安谷祠)에 안치하고, 사림과 석채례를 행하고 해마다 정해진 규정대로 행하였다.

병진년(1916) 백선생이 돌아가셨다. 선생은 몸소 상례의 일을 주관하며 장례에 유감[56]이 없게 하였다. 어지럽게 흩어진 원고 속에 남긴 시문을 수습하여 깨끗이 써서 정리하고 바로잡아 활자로 간행하였다. 또 백선생의 평생 사적과 행실을 기술하여 후손들이 징험할 수 있게 하였다.

기미년(1919) 『일두집(一蠹集)』 중간의 일로 남계서원(灆溪書院)에 갔

51 잠잠해졌다 : 원문 '축침(逐寢)'의 '축(逐)' 자는 '수(遂)' 자의 오류인 듯하다.

52 백선생(伯先生) : 이도추의 형 이도묵(李道默)을 가리킨다.

53 연산(硯山) : 현 경상남도 진주시 대평면 하촌리를 가리킨다.

54 도통사(道統祠) : 원래 경상남도 진주시 대평면 하촌리에 있었는데, 남강댐 공사로 인해 현 경상남도 진주시 내동면 유수리로 옮겼다.

55 채용신(蔡龍臣) : 1850-1941. 초명은 동근(東根), 호는 석지(石芝)·석강(石江)·정산(定山)이다. 초상화·인물화 등을 잘 그린 화가이다.

56 유감 : 원문의 '개(慨)' 자는 '감(憾)' 자의 오류인 듯하다.

다. 그리하여 안의삼동(安義三洞)[57]을 유람하였는데, 승선(承宣) 정승현(鄭承鉉)과 함께 동계(桐溪)[58] 선생의 사당에 참배하고, 모리재(某里齋)[59]에서 이틀을 묵었다. 고산을 존모함[高山之慕][60]과 풍천(風泉)의 유감[風泉之感][61]을 시에 드러낸 것이 많았다.

임술년(1922) 가을 우연히 인후통을 앓다가 병세가 심해져 자리에 누웠다. 날마다 올리는 미음 몇 숟갈 드실 뿐이었는데 그마저도 삼키기를 어려워하였다. 기운과 숨이 미약할지라도 와서 문안하는 사람이 있으면 반드시 꼿꼿이 앉아 응수하며 고달픈 기색을 보이지 않았고, 측간에 가는 일로 식구들을 번거롭게 한 적이 없었다. 돌아가시기 직전에도 능히 지팡이를 짚고 측간에 갔다가 돌아왔는데 편안히 잠드시지 못하다가 절명하였으니, 11월 7일 묘시였다.

부고를 듣고 사우들이 모두 말하기를 "사문이 망했구나."라고 하였다. 다음 달 7일 사월리(沙月里) 죽전동(竹田洞) 선영 아래에 임시로 하관하였다가, 그 뒤 동산(東山) 모좌 언덕에 이장하여 부인 최씨와 합장하였다.

최씨 부인은 본관이 삭녕(朔寧)인 최효흡(崔孝潝)의 딸로, 대사간 최복린(崔卜麟)의 후손이다. 정숙하고 신중하여 능히 군자의 짝이 되었다. 자

57 안의삼동(安義三洞) : 화림동(花林洞)·심진동(尋眞洞)·원학동(猿鶴洞)을 가리킨다.

58 동계(桐溪) : 정온(鄭蘊, 1569-1641)을 가리킨다. 자는 휘원(輝遠), 호는 동계, 본관은 초계(草溪)이다. 정구(鄭逑)에게 수학하였다. 대사간, 대제학, 이조 참판 등을 역임했으며, 저술로 9권 8책의 『동계집』이 있다.

59 모리재(某里齋) : 현 경상남도 거창군 북상면 농산리에 있다. 정온이 낙향한 후 죽을 때까지 은거했던 곳을 기리기 위해 유림들이 건립하였다.

60 고산을 존모함 : 고산은 『시경』 「거할(車舝)」의 "높은 산처럼 우러르고, 큰 길처럼 따라간다.[高山仰之, 景行行止.]"라는 구절에서 온 말로, 숭고한 덕행을 가진 분을 비유한다. 여기서는 청나라와의 화의에 자결을 시도한 정온(鄭蘊)을 가리킨다.

61 풍천(風泉)의 유감 : 풍천은 『시경』 회풍(檜風)의 「비풍(匪風)」과 조풍(曹風)의 「하천(下泉)」을 가리키는 것으로, 이 시들은 모두 주(周)나라 왕실이 쇠미해진 것을 탄식하여 지은 시다. 여기서는 명나라가 청나라에 의해 망한 것을 의미한다.

식이 없어 백선생의 차남 증수(曾洙)를 데려다 아들로 삼았다. 이분이 4남 2녀를 낳았다. 아들은 익상(翊相)·정상(靖相)·한상(翰相)·갑상(甲相)이고, 본관이 수성(隋城 : 水原)인 백운재(白雲宰)와 본관이 진양인 하겸선(河謙善)은 사위이다. 익상의 아들은 병준(炳濬)·병철(炳哲)·병정(炳正)·병동(炳東)인데, 병동은 한상의 후사가 되었다. 정상의 아들은 병문(炳文)·병우(炳瑀)이다. 갑상의 아들은 병수(炳壽)이다. 나머지는 어려서 기록하지 않는다.

선생의 체구는 작달막하고, 얼굴은 둥글고 야무져보였다. 말투는 엄숙하면서도 온화하였고, 흉금은 광활하면서도 원대하였다. 앉아있을 적에는 자리에 편안하여 번민이 끊어진 듯하였으며, 몸을 기울이지도 않고 다리를 뻗지도 않았다. 걸음걸이는 편안하고 의젓하여 느긋하거나 급하지 않아서 빨리 가거나 천천히 가는 것과는 달랐다. 전방을 곧게 주시하여 곁눈질하거나 고개를 돌리지 않았다. 누워있을 적에는 손과 발을 가지런히 모아 한밤의 숙면중일지라도 몸을 함부로 뒤척인 적이 없어서, 숨을 쉬지 않는 것처럼 고요하였다. 어떤 관상장이가 말하기를 "진인(眞人)은 발꿈치로 숨을 쉬는데, 공이 그런 데 가깝습니다. 의당 천수를 누리고 귀한 사람이 되어 높은 품계에 오를 것이나, 정수리가 오목하여 관모를 편안히 쓰고 있기는 어렵겠습니다."라고 하여 항상 끊임없이 단속하여 조금도 비뚤어진 생각이 있지 않게 하였다.

어린 나이에 이미 위기지학이 있음을 알아서 과거공부를 달가워하지 않고, 정자(程子)·주자(朱子)의 서적과 『심경』·『근사록』 등의 여러 책을 취해 읽으면서 사색을 하였는데 침식을 잊을 지경이었다. 백형 남천 선생과 함께 절차탁마하며 학문을 성취하여 화락하게 형제간에 서로 힘써 도우는 즐거움이 있었으니, 사람들이 정씨(程氏) 형제[62]에 견주었다.

선생은 학문을 할 적에 거경(居敬)·치지(致知)로써 번갈아 함양하는 요체를 삼았다. 일찍이 말씀하기를 "경(敬)은 일심(一心)의 주재가 되니, 여러 성인들이 한결같이 전한 지결이 이 한 글자에서 벗어나지 않는다. 그러나 앎을 극진히 하여 이치를 밝히지 않으면 마음을 쓰는 것이 차이가 나서 혹 환하게 빛나는 경지를 보고자하여 영각(靈覺)을 힘써 구하는 데 귀결되는 것으로 흘러가지 않음이 없을 것이다."라고 하였다.

또 다음과 같이 말씀하셨다. "경(敬)이 비록 동(動)·정(靜)을 모두 꿰뚫지만 정(靜)에서 그것을 근본으로 하지 않으면 동(動)에서 그 마음을 자리할 방법이 없게 된다. 용과 뱀이 움츠리는 것과 자벌레가 몸을 굽히는 것은 비록 움츠리고 굽히는 데에 의사가 있는 것은 아니지만, 용과 뱀이 튀어 나오는 것과 자벌레가 몸을 펴는 것은 대개 움츠리는 것과 굽히는 것에 자뢰함이 있기 때문이다. 그 움츠리고 굽히는 것은 튀어나오고 펴는 것의 궁극을 인하여 절로 움츠리고 굽히지 않을 수 없는 것이니, 튀어나오고 펴는 것에 자뢰함이 있다고 말할 수 없다. 그러므로 주자(朱子)가 말씀하기를 '마음이 발하기 전에 함양하면 그 발처에는 자연히 절도에 맞는 것이 많고, 절도에 맞지 않은 것이 적게 된다. 체찰할 적에도 또한 매우 분명하게 살펴야 힘을 쓰기가 쉬울 것이다. 만약 반드시 마음이 발하기를 기다린 뒤에 성찰하고, 성찰한 뒤에 존양을 하면 공부가 지극하지 않은 바가 많을 것이다.'[63]라고 한 것이다."

선생은 한가로이 거처할 적에 눈을 감고 손을 마주잡고 한동안 묵묵히 앉아 있었으며, 남명 선생의 시[64]에 "큰 기둥 같은 높은 산이, 하늘 한

---

62 정씨(程氏) 형제 : 송대의 학자 정호(程顥)·정이(程頤) 형제를 말한다. 여기서는 이도추가 형 이도묵과 함께 정호·정이처럼 형제간에 학문에 매진하고 있음을 비유하고 있다.

63 마음이……것이다 : 『성리대전』 권46 「존양(存養)」에 "大抵心體通有無, 該動靜. 故工夫亦通有無. 該動靜, 方無透漏. 若必待其發而後察, 察而後存, 則工夫之所不至, 多矣. 惟涵養於未發之前, 則其發處自然, 中節者多, 不中節者少. 體察之際, 亦甚明審, 易爲着力."이라고 하였는데, 저자는 이것의 순서를 바꾸어 말하였다.

쪽을 지탱하고 서있네. 잠시라도 내려놓은 적 없으니, 자연스럽지 않음이 없도다.[高山如大柱 撑却一邊天 頃刻未嘗下 亦非不自然]"라고 한 절구를 애송하면서 다음과 같이 말씀하셨다. "이 시는 지경공부(持敬工夫)가 극처에 도달한 것을 비유하여 말한 것이다. 대개 산은 원래 일정한 한 형체가 본래 저절로 그러한 것이다. 이것이 참으로 자연스러운 것이다. 만약 공부를 하는 것으로 말한다면 성인(聖人)보다 아래의 사람들은 중간에 끊어짐이 없을 수 없다. 중간에 끊어지면 자연스러운 것이 아니니다. 그러나 극처에 도달해서 중간의 끊어진 때가 없게 되면 처음에는 저절로 그러하지 않을지라도 또한 저절로 그러하지 않음이 없게 될 것이니, 이른바 '그 공을 이룩하는 데에 이르러서는 마찬가지이다.'[65]라는 말이다."

일찍이 한주(寒洲) 선생에게 주리(主理)의 지결을 들었는데, 곧 의심이 확 풀리며 마음에 합치되는 점이 있었다. 그 『한주전서』가 출간된 뒤에는 침잠해 완미하며 연역하였다. 또 『성리대전』 및 우리나라 여러 명현들의 책을 취해 반복해서 참조한 뒤에 선생의 설을 독실히 믿고서 정성스레 가슴에 새겼다.

학자의 물음에 답하여 말씀하기를 "심(心)이 성(性)·정(情)을 통섭하는데 심의 본체는 성이고, 성의 허령한 점이 심이다. 오로지 성을 말한다면 리일 뿐이다. 리는 어째서 유독 허령한가? 기와 합쳐졌기 때문에 지각이 있어서 이에 심이란 이름이 있게 된 것이다. 그러나 허령하여 지각하는 것은 실로 리이지 기가 아니다. 등불에 비유하면, 불은 리이고 기름은 기이다. 불이 밝은 것은 바로 심이다. 불은 반드시 기름을 얻은 뒤에 밝음이 생겨난다. 그러나 그 밝은 것은 불이지 기름이 아니다. 선유들이 '심·성이 하나의 리이다.'라고 말한 점이 정녕할 뿐만이 아닌데, 요즘

64 남명 선생의 시: 『남명집』에 실려 있는 「우음(偶吟)」을 가리킨다.
65 그……마찬가지다: 『중용장구』 20장 제8절에서 나온 말이다.

사람들은 리로써 심을 말한 것을 설명하면 바로 왕양명(王陽明)의 설이라 배척한다. 이는 왕양명이 이른바 '리'라는 것은 기의 조리를 가리켜 말한 것임을 모르는 것이니, 이는 기를 리로 인식한 것으로 정자·주자가 심과 성을 하나의 리로 논한 것과 크게 같지 않다."라고 하였다.

사칠리기호발(四七理氣互發)을 논한 설은 다음과 같다.

> 사람의 마음은 리와 기가 합쳐진 것이다. 리와 기는 본래 서로 떨어질 수 없으니, 각각 폐지함을 말할 수는 없다. 다만 의리(義理)의 일이 와서 감응하면 심이 따라서 발하되 리가 그 주인이 되기 때문에 리발(理發)이라 하고, 형기(形氣)의 일이 와서 감응하면 심이 따라서 발하되 기가 주인이 되기 때문에 기발(氣發)이라 한다.
>
> 사람이 말을 타는 것으로써 비유해보자. 그 사람이 바야흐로 이 말을 타고 문 안에 있을 때 문밖에서 어떤 사람이 부르는 소리를 마침 듣게 되면, 그 사람이 바로 부르는 소리에 응해 말을 채찍질하여 나갈 것이니, 이는 사람을 주로 하여 나가는 것이 아니겠는가. 사단(四端)이 리발(理發)이 되는 것도 이와 같다. 문밖에서 어떤 말이 우는 소리를 들으면 이 말이 그 소리에 호응하여 사람을 싣고 밖으로 나갈 것이니, 이는 말을 주로 하여 나가는 것이 아니겠는가. 칠정(七情)이 기발(氣發)이 되는 것도 이와 같다.
>
> 그러나 이는 단지 사단과 칠정을 상대적으로 거론하여 그 노맥을 세분하여 말한 것이기 때문에 이런 호발(互發)의 설이 있게 된 것이다. 만약 전체적으로 정(情)을 말하면 단지 리가 발하고 기가 따를 뿐이며, 문밖으로 나가는 것을 범범하게 말한다면 단지 사람이 움직이고 말이 행하는 것일 뿐이다. 만약 그것이 상호 발하는 것이라 말한다면 바로 사람과 말이 머리를 나란히 하고 함께 나가는 것을 의미하니, 이는 근본을 두 가지로 하여 나란히 서서 쌍으로 나가는 격이다.

인물성동이(人物性同異)를 논한 설은 다음과 같다.

리로써 말하면 하늘이 부여한 것과 사람·생물이 품부 받은 것은 어찌 구별되고 많고 적은 구분이 있겠는가. 다만 사람은 기의 바르고 통한 것을 얻었기 때문에 그 성의 본체도 따라서 바르고 통하여 발현된 것이 자연스러워 부족한 곳이 없다. 생물은 기의 치우치고 막힌 것을 얻었기 때문에 그 성의 본체도 따라서 치우치고 막혀서 겨우 조금 발현한 곳이 있기도 하고 혹 발현된 점이 전혀 없기도 한다. 사람은 기의 바르고 통함을 얻었기 때문에 비록 어리석고 불초한 사람이 변하여 지혜롭고 어진 사람이 될 수 있다. 그러나 생물은 기가 치우치고 막힌 것을 얻었기 때문에 비록 한 점 밝은 곳이 있더라도 그것을 미루어 그 전체를 확충할 수 없다. 사람은 기의 바르고 통함을 얻었는데 바르고 통함 또한 분수가 있기 때문에 어질고 지혜로움과 어리석고 불초함이 같지 않다. 생물은 기의 치우치고 막힘을 얻었는데 치우치고 막힘 또한 분수가 있기 때문에 금수와 초목도 같지 않다. 그러나 그 다른 까닭은 단지 기가 가지런하지 않아서 그러한 것이다. 어찌 애초에 얻은 바의 리가 치우치거나 온전함의 다른 것이 있어서이겠는가.

면재(勉齋)[66]가 말하기를 "성(性)은 만물의 한 근원이다. 생명이 있는 부류는 각각 하늘에서 성을 얻는데 조금도 다름이 없다. 다만 기를 품부 받은 것이 고르지 않아, 리가 통하는 데에 열리고 막히고 치우치고 온전함의 차이가 없을 수 없다."[67]라고 하였으며, 북계(北溪)[68]가 말하기를 "사람은 오행의 빼어나고 바른 것을 얻어서 통하기 때문에 인의예지가 순수하여 유독 생물과 다르고, 생물은 기의 편중을 얻고 형체에 구애되기 때문에

---

66 면재(勉齋) : 황간(黃榦, 1152-1221)을 가리킨다. 자는 직경(直卿), 호는 면재, 시호는 문숙(文肅)이며, 민현(閩縣 : 복건성 복주) 사람이다. 주희(朱熹)를 사사하였으며, 백록동서원(白鹿洞書院)에서 강학하였다. 처음엔 스승의 학설을 고수하였으나 후에는 육구연(陸九淵)의 학문과 조화시키려 하였다. 저술로 『육경강의(六經講義)』·『경해(經解)』 등이 있다.

67 성(性)은……없다 : 『면재집(勉齋集)』 권3 「맹자설삼조(孟子說三條)」의 원문 "性者萬物之一原. 有生之類, 各得於天, 固無少異. 但所禀之氣, 則或値其淸濁美惡之不齊. 故理之所賦, 不能無開塞偏正之異."와 약간의 글자 출입이 있다.

68 북계(北溪) : 진순(陳淳, 1159-1223)을 가리킨다. 자는 안경(安卿), 호는 북계, 시호는 문안(文安)이며, 장주(漳州) 용계(龍溪) 사람이다. 황간과 함께 주희의 고제(高弟)로 일컬어진다. 육구연의 심학을 배척하고 주자학을 선양하는 데 힘썼다. 저술로 『북계자의(北溪字義)』 등이 있다.

그 리가 닫히고 막혀 통하지 않는다. 사람과 생물은 리가 되는 것은 마찬가지지만 기에 통하지 않음이 있기 때문에 리도 따라서 통하고 막히는 바가 있는 것이다."[69]라고 하였으니, 이 두 설이 이미 매우 분명하다.

선생은 선현을 존숭하고 도를 보위하는 데 신중하여 선현의 문자를 간행하는 일이 있으면 일찍이 함께 참여하여 신중히 조처하지 않은 적이 없었는데, 조금의 흠이라도 남아 있을까 두려워하였다. 『남명집』을 중간하는 일이 시작되었을 때 여러 사람들의 의론이 분분하였는데, 「신명사도(神明舍圖)」가 제일의 화제였다. 선생은 후산 허유와 반복해서 논변하였는데, 그 대략은 다음과 같다.[70]

이미 집이 있으면 집은 곧 심장과 혈육의 마음을 의미합니다. 혈육은 한계가 있으니, 심장 밖에 다시 심을 말할 수는 없습니다. 옛날 도표의 집 안에는 단지 '태일군(太一君)' 세 글자만 있고, '천덕(天德)'·'왕도(王道)'와 '경총재(敬冢宰)'·'성성(惺惺)' 등은 모두 집 밖에 배정되어 있습니다.

제 생각으로는 '태일군'과 '천덕'·'왕도'는 비록 이름은 다르지만, 실로 실체는 다르지 않은 듯합니다. 지금 집의 안과 밖에 나누어 자리하고 있으나, 집 밖이란 어떤 곳인지 모르겠습니다. 만약 심장 안이 아니라면 '천덕'·'왕도'와 '경'·'성성'은 모두 붙일 수 없을 듯합니다. 만약 '집은 실로 형체가 있는 것이 아니라 절로 내외를 구분할 수 있는 것이 없다'고 말한다면 집 밖의 성곽처럼 생긴 둥근 것은 바로 형체가 있는 심장이니, 즉 이른바 '신명이 사는 집'이라고 한 것입니다. 어찌 우뚝한 심장 안에 또 한겹의 신명사가 있겠습니까.

'국군사사직(國君死社稷)'에 대해서도 제 생각은 또한 의심이 없을 수 없

69 사람은……것이다 : 『북계자의(北溪字義)』 권상 「성(性)」의 원문 "人得五行之秀正而通, 所以仁義禮智粹然獨與物異. 物得氣之偏, 爲形骸所拘, 所以其理閉塞而不通. 人物所以爲理只一般, 只是氣有偏正, 故理隨之而有通塞爾."와 약간의 글자 출입이 있다.

70 독자의 이해를 돕기 위해 「행장」 원문 뒤 120쪽에 「신명사도」를 첨부하였다.

습니다. 대개 의(義)·리(利)에 대해 명확히 분변하고 의지를 세우는 것이 엄준하여 사물에 마음이 흔들리거나 빼앗기지 않는 자만이 이런 의사가 있습니다. 그러나 신명사 속에 있는 혼연한 본체가 어찌 일찍이 이런 기상이 있겠습니까. 다만 공부의 측면에서 말하자면 마음공부는 오직 극치(克治)와 존양(存養)에 달려 있습니다. 극치는 마음이 움직이는 곳에서 하는 것이고, 존양은 고요한 때 하는 것입니다. 마음이 움직이면 작용이 바깥에서 행해지고, 마음이 고요할 경우에는 본체가 안에서 확립됩니다. 그러므로 「신명사명(神明舍銘)」에 "안으로 총재가 주재한다.[內冢宰主]"라고 하였으며, 「신명사도(神明舍圖)」에서 '경(敬)'이 내부에 있는 까닭입니다. 또 「신명사명」에 "낌새가 있자마자 용감하게 물리친다.[動微勇克]"라고 하고, 「신명사도」에 '극치'가 밖에 있는 까닭입니다. 선생께서 이른바 "만약 외로운 군대가 강한 적을 만나면 단지 힘을 다해 목숨을 버릴 각오로 앞으로 나갈 뿐이다."[71]라고 하신 말씀은 극치할 때의 일을 가리킨 것이 아닙니까.

나아가 적군을 다 죽여 물리치고서 임금의 뜰에 돌아와 복명을 하게 되면 그것이 바로 요순의 일월을 드러내는 것입니다. 이때를 당해서는 세 관문[72]이 닫혀서, 지키는 것이 절로 견고하며, 깨끗한 들녘이 끝없이 펼쳐져 외환이 종식된 상태이니, 어찌 임금이 사직에서 죽는 일이 있겠습니까. 그 「신명사명」에 "전일한 데로 되돌아 가니, 시동·연못과 같네."라고 한 것에서 존양이 이미 지극해져서 온전한 본체가 지선(至善)의 경지에 머물러 있음을 볼 수 있습니다. 이는 정명도(程明道)[73] 선생이 이른바 "안정된 성은 확연히 크게 공평하다.[定性也廓然大公]"[74]라는 것, 「태극도설」에서 이른바 "고요함을 주로 하여 사람의 법도를 세웠다.[主靜也立人極]"라는

---

71 만약……뿐이다 : 허유(許愈)의 『후산집(后山集)』 권10 「답영손문목(答永孫問目)」에 "譬如孤軍遇强敵, 只得盡力舍死向前"이라고 하였다.

72 세 관문 : 구관(口關)·이관(耳關)·목관(目關)을 가리킨다.

73 정명도(程明道) : 정호(程顥, 1032-1085)이다. 자는 백순(伯淳), 호는 명도, 시호는 순공(純公)이며, 하남성 낙양 사람이다. 동생 정이(程頤)와 함께 '이정자(二程子)'로 불리고, 주돈이(周敦頤)에게 배워 북송 이학(理學)의 기초를 이룩하였다. 저술로 『정성서(定性書)』 및 후인이 편집한 『이정전서』 등이 있다.

74 안정된……공평하다 : 『이정문집(二程文集)』 권3 「답횡거선생정성서(答橫渠先生定性書)」에 나온다. 정호가 23세 때 장재(張載)의 질문을 받고 인성(人性)에 대해 토론한 편지이다.

것, 『통서』에 이른바 "고요하게 되면 멈추게 되고, 멈추는 것은 인위적으로 하는 것이 아니다.[靜則止 止非爲也]"[75]라는 것입니다. 이는 덕을 완성하는 일이요, 그것을 끝맺는 종조리의 일입니다. 이때에 이르러 만약 "거기에서 죽을 마음이 있다.[有死之之心]"고 한다면, 이는 장재(張載)[76]가 "오히려 외물에 얽매인다.[有累於外物]"[77]라고 한 것과 주돈이(周敦頤)[78]가 "인위적으로 하는 것은 지선의 경지에 머무르는 것이 아니다.[爲不止矣]"[79]라고 한 것이니, 이것이 어찌 「신명사도」와 「신명사명」의 본의이겠습니까.

이와 같이 말한 것이 수 백 마디였다.

선생의 성품은 침착하고 고요하고 화평하였으며, 일찍이 말을 빨리하거나 안색을 갑자기 바꾼 적이 없었다. 여러 사람들과 함께 있을 적에는 정성스럽고 신중하였으며, 뽐내는 마음을 가지고 자고자대하지 않았다. 또 뜻을 굽혀 구차하게 남을 따르지 않았고, 지론은 공평하고 정대하였으며, 당색의 의론에 얽매이지 않았다. 항상 말씀하기를 "당색의 의론은 관계(官界)에서 붕당을 지어 싸우는 누습이니, 초야에 있는 사람이 여기에 무슨 상관이 있겠는가. 하물며 동조자를 모으고 이견을 가진 자를 공격하는 것이 어찌 바른 사람이 할 수 있는 일이겠는가. 요컨대 공정하

---

75 고요하게……아니다 : 『통서』 권하 「몽간(蒙艮)」에 "艮其背, 背非見也. 靜則止, 止非爲也, 爲不止矣. 其道也深乎"라고 하였다.

76 장재(張載) : 1020-1077. 자는 자후(子厚), 호는 횡거 선생(橫渠先生)이며, 북송 봉상(鳳翔) 미현(郿縣) 사람이다. 관중(關中)에서 강학했기 때문에 그의 학문을 관학(關學)이라 부른다.

77 오히려……얽매인다 : 『이정문집(二程文集)』 권3 「답횡거선생정성서(答橫渠先生定性書)」에 의하면 장재는 "안정된 성은 움직이지 않을 수 없어서, 오히려 외물에 얽매입니다.[定性未能不動, 猶累於外物.]"라고 정호에게 질문하였다.

78 주돈이(周敦頤) : 자는 무숙(茂叔), 호는 염계(濂溪)이며, 호남성 도현(道縣) 사람이다. 염학(濂學)의 창시자이다. 저술로 「태극도설」과 『통서』 등이 있다.

79 인위적으로……아니다 : 『통서』 권하 「몽간(蒙艮)」에 "艮其背, 背非見也. 靜則止, 止非爲也, 爲不止矣. 其道也深乎."라고 하였다.

게 듣고 양쪽 의견을 다 살펴보면서 오직 의를 따라야 할 뿐이다."라고 하였다.

선생은 후생을 가르칠 적에는 재주에 따라 성취를 돈독하게 해주고, 등급에 따라 과목을 설치하였다. 항상 등급을 뛰어 넘는 것과 절차를 업신여기는 것을 경계하여, 후생들로 하여금 공부에 매진하게 하되 그 한계를 넉넉하게 하였다.

향교와 서원, 사당, 사문 등에 일이 있어 선생을 초빙함이 이어졌는데 항상 사양하지 않고 기꺼이 그 일을 하였다. 일에 닥쳐 글을 지을 적에는 명백하고 진지한 자세로 지엽적인 것을 깎아버리고, 수식하고 껄끄럽고 부화한 말을 전혀 쓰지 않았다. 그래서 사람들의 이목을 놀라게 하고 눈부시게 하는 자태가 덕이 있는 말 속에 넘쳐났다.

선생의 시는 또한 평이하고 담박하면서도 심원하였다. 정경을 만나 회포를 펼치면 곧장 천기(天機)를 드러내었는데, 도산(陶山)과 주자(朱子)의 규범에 절로 합치되었다. 징군(徵君) 곽면우(郭俛宇)[80]가 항상 "백년 내에 이런 솜씨는 없을 것이다."라고 칭찬하였다.

이름난 산수를 좋아하여 발자취가 거의 온 나라에 미쳤는데, 그때 지은 시들이 여러 사람들의 입에 회자되었다. 주량은 매우 커서, 벗을 만나 마음이 맞으면 혹 헤아릴 수 없을 만큼 마셔도 정신이 혼란하지 않았다.

만년에 조정에서 민심에 귀를 기울이지 않자, 마침내 문을 닫고 책을 꺼내 하루 종일 가만히 앉아 경전과 역사서를 반복해 읽으며 문 밖에 무슨 일이 있는지를 살피지 않았다. 춘관옹(春觀翁) 장석신(張錫藎)[81]이

80 곽면우(郭俛宇) : 곽종석(郭鍾錫, 1846-1919)이다. 자는 명원(鳴遠), 호는 면우, 본관은 현풍(玄風)이다. 이진상에게 수학하였다. 저술로 177권 63책의 『면우집』 등이 있다.

81 장석신(張錫藎) : 1841-1923. 자는 순명(舜鳴), 호는 과재(果齋) 또는 일범(一帆), 본관은 인동(仁同)이며, 현 경상북도 성주(星州)에 거주하였다. 장복추(張福樞)의 문하에서 수학하였다. 저술로 28권 14책의 『과재집』이 있다.

편지에서 말하기를 "하늘이 형으로 하여금 외부의 일에 신경 쓰지 않고 경전을 궁구하는 데 뜻을 오로지 할 수 있게 하여 사문의 한 맥을 부지해 일으켜 이 세상에서 갑자기 없어지지 않게 하려는 것입니다."라고 하였다.

일찍이 여러 사람이 모인 좌중에서 지은 시에 "병풍은 아무 말 없는데 나만 홀로 웅얼웅얼, 허공을 향해 치달리는 생각 남들도 모두 똑같으리.[屛樹無言吾獨異 向空思騁衆皆同]"라고 하였다. 이는 비록 한 때의 농담에서 나왔지만 그 정경을 핍진하게 그려낸 것이 대부분 이와 같았다. 하봉(霞峯) 조호래(趙鎬來)[82]가 말하기를 "월연옹이 귀머거리처럼 웅얼거리는 것은 시를 짓는 데 그 예리함을 쓰려는 것이다."라고 하였다.

유생 김승모(金承謨)는 관서 지방 사람인데, 선생을 찾아와 며칠을 묵으며 예를 갖추는 것이 매우 공손하였다. 스스로 의암(毅庵) 류인석(柳麟錫)[83]에게 배웠다고 말하며, 학문에 힘을 쏟는 것이 자못 고달팠다. 마침내 그는 마음의 병을 얻어, 멀리 유람을 떠나 병을 치료하고자 하였다. 그가 출발에 임하여 마음을 다스리는 방책으로 한 마디 말씀을 청하였다. 선생은 붓을 휘둘러 절구 한 수를 지어 주었는데 "마음을 말뚝에 붙들어 매어도 끝내 적막한 데로 돌아가니, 싹을 뽑으면 어찌 추수를 바라리. 봄이 오면 적막한 산속에, 꽃피고 시냇물이 절로 흐르네.[繫杙終歸寂 揠苗豈望收 春到空山裏 花開水自流]"라고 하였다.

선생은 집이 매우 가난하여 끼니조차 이을 수 없었지만 태연해하며

82 조호래(趙鎬來) : 1854~1920. 자는 태긍(泰兢), 호는 하봉·연재(連齋)이다. 현 경상남도 산청군 단성면 소남 마을에서 태어났다. 허전(許傳)에게 수학하였다. 박치복·곽종석 등과 교유하였다. 저술로 8권 4책의 『하봉집』이 있다.

83 류인석(柳麟錫) : 1842~1915. 자는 여성(汝聖), 호는 의암, 본관은 고흥(高興)이며, 강원도 춘천 출신이다. 조선 말기 의병장을 지냈다. 저술로 10권 5책의 『소의신편(昭義新編)』이 있다.

개의치 않았다. 외사촌 아우 의관(議官)[84] 류진태(柳震台)가 말하기를 "만약 형이 벼슬을 한다면 옥당에 들어갈 수 있지만 한 고을을 다스리게 할 수 없을 것이니, 산업을 경영하는 데 소루함을 말하는 것입니다."라고 하자, 선생이 말씀하기를 "어째서인가?"라고 하였다. 유공이 말하기를 "한갓 선만으로는 정사를 보기에 부족합니다."라고 하니, 선생이 웃으며 말씀하기를 "그대의 말이 지나치다. 옥당의 벼슬자리 또한 어찌 쉽게 얻을 수 있겠는가."라고 하였다. 대개 선생의 말씀은 겸손하게 자처한 데서 나온 말이지만, 유공 또한 선생의 마음을 깊이 안 것은 아니다. 선생을 관각에 두어 그 온축한 바를 펼치게 하였다면 넉넉히 임금의 마음을 열어 드릴 수 있었을 것이다. 큰 계책을 품고 있었지만, 그 도와 시대가 어긋나 뜻을 얻지 못하고 산림에 묻혀 세상을 떠났으니, 아마도 이른바 천명이란 것이리라.

나는 어릴 때부터 선생을 따라 배운 것이 지금까지 십수 년이나 되는데 끝내 고심하며 잘 이끌어 주신 은혜의 만분의 일도 갚지 못하고, 지금 못난 채로 전도되어 죽을 날이 머지않았다. 선생께서 일찍이 내 부친에게 제사지내는 글에서 "그대가 나에게 세 아들을 맡긴 것은 그 의도가 우연한 것이 아니지만, 일이 크게 어긋났네. 그 중에 둘째는 학질의 여파로 학업의 과정을 엄격하게 세울 수 없었으니, 이후로 평범한 속류가 됨을 면치 못할 것이네."라고 하였다.

나는 당시에 그 말씀이 통렬한 줄을 살피지 못하였는데 마음속으로 추급해 생각해보니, 선생은 이미 내가 평범하고 나태하여 스스로 분발하지 못해서 지금처럼 보잘것없는 사람이 될 것을 예견하신 듯하다. 고금의 일을 생각해보니 나도 모르게 감격의 눈물이 얼굴을 적시고 식은

84 의관(議官) : 대한제국 때 중추원의 한 벼슬이다.

땀이 발끝까지 흐른다. 아직 숨이 붙어 살아 있는 내가 선생의 아름다운 언행을 모아서 후배들에게 전해준다면 조금이나마 스승의 은혜에 보답하는 것이 될 수 있을 것이다. 이에 보고 들은 바에 근거하고 남기신 문집을 참조하여 위와 같이 글을 지어, 공의 덕을 드러내는 글을 짓는 후세의 군자가 취사선택하기를 기다린다.

月淵 先生 行狀

李炳和 撰

歲玄黓閹茂, 月淵先生考終于所居之混沌書室。越十四年, 文集成, 其孫翊相、靖相昆季, 以炳和親炙最久, 請狀其行。炳和旣諾之, 而重其事, 且中間喪亂相仍, 遲回未遑, 幾二十年。翊相復申其前囑曰："吾祖之墓, 木已拱矣, 尙闕賁隧之述。將扳控于當世之有言家, 而顧未有以先兄其圖之。" 炳和瞿然謝不敏。仍竊念及門諸子之持文獻可闡媺者, 皆零落殆盡, 在今日知先生詳者, 宜莫吾若, 烏可以僭越終辭。

先生諱道樞, 字擎維, 月淵其號也。李氏系出星州, 高麗 隴西郡公諱長庚爲上祖。歷文烈公 梅雲堂先生諱兆年、侍中敬元公諱褒、大提學慕隱公諱仁立, 至興安府院君 景武公諱濟, 奕世名卿, 史不絶書。景武公無嗣, 弟兵曹判書平簡公諱潑以其第二子諱潤爲後, 奉靖大夫行結成縣監。生諱叔淳副司直。與弟禦侮公諱義淳南下, 卜居于丹城。三傳至諱賀生, 遊吳德溪、崔守愚兩門, 私淑敬義旨訣, 世稱"梅月堂先生。" 系子諱奎, 桐谷先生之孫, 而禦侮公玄孫也。再傳至諱胤玄, 報生致死。以孝綽楔, 號永慕堂, 於先生六世也。曾祖諱伯烈, 以文學風猷, 著於世, 號亦樂齋。祖諱佑震。考諱聖範, 號槐軒。妣晉陽 姜氏 基榮女, 忠烈公 壽男後, 以女士稱。憲廟戊申正月十一日, 擧先生于南沙里第。

幼聰警, 甫解字能屬句。不喜與群兒處, 常侍父兄側。耽讀孜孜, 夜則焚膏繼晷。貧不能給, 自摘山果取油以濟之。嘗夏日課做執槧沈思, 伯嫂文氏進櫻桃一椀曰:"思索良苦, 請以澆渴。" 先生不之省, 悠然看山。頃之乃見, 聞知其由, 爲之遜辭。其專精刻勵類此。成童已博通群經, 傍涉百氏, 聲譽大噪。

丙寅, 性齋 許先生自金官治, 來訪宗從兄景梅軒公。先生時以丱角, 侍側周旋, 擧止有度。許先生心異之, 獎詡甚殷。庚午, 姜夫人見背。時癘疫大熾, 喪威荐疊, 擧家驚惶奔避。先生與伯氏, 不忍離堊次, 槐軒公督命出之。先生不得已移就稍間奴舍, 夙夜號哭不絶, 聲哀動隣比。服闋, 赴漢試。贄謁性齋先生, 轉而西歷開城, 弔忠魂於善竹橋。至平壤, 謁箕子廟, 覽井田遺制而還。丁丑, 同伯氏 南川先生及文嚚嚚 鎭英、許后山 愈、金勿川 鎭祜、郭俛宇 鍾錫, 遊頭流, 登天王峯觀日出。比還, 李寒洲 震相、朴晩醒 致馥、金端磎 麟燮、權幼溪 轍成諸公, 亦以頭流行, 歷訪郭俛宇。留二日, 行鄕飮禮, 寒洲爲賓, 先生贊之。禮畢, 講≪太極圖說≫, 多發難質疑。諸長老咸稱其精於思辨。又分韻賦詩, 一座傳看, 交口讚歎。己卯南遊, 渡鷺梁, 謁忠武祠, 登錦山。遵海而東, 由統營、馬山, 至釜山而復路。

癸未, 約郭俛宇、朴沙村 圭浩、河約軒 龍濟, 遊金剛, 遍搜關東諸勝, 三易月而返。周行凡三千里, 有紀行錄一卷。甲申, 又赴漢師, 候性齋先生, 薰炙十數日, 多承受旨訣。許先生出示其所著≪法服≫篇曰:"吾於此極費心力, 舍註疏而自解得古制, 君可留意也。", 爲製深衣一副而賜之。冬, 丁槐軒公憂, 易戚備至, 以善居喪聞。己丑, 會金勿川于士谷之落水庵, 講≪近思錄≫, 論太極陰陽之分。庚寅, 往星州, 展拜累世先塋, 謁安山影堂, 歷賞伽倻諸古蹟而還。

壬辰, 以門事, 往達營, 見巡相李鑢永。時河渭農 在九佐李公幕府, 見先生≪雨中述懷≫詩, 持以示李公。李公激賞之曰:"近世罕見古詩也。", 禮遇甚隆。先生從河公曰:"遊幕府戶裨鄭在贇亦文雅士也。" 與之鼎坐厤史評文, 李公亦時來見, 餽以酒饌。吏輩咸稱官府盛事。及竣事而還, 門論翕然。

癸巳, 校≪山海集≫于大源禪房, 將圖重刊也。既而往江左, 拜李龍山晩寅, 請跋文, 謁退陶老先生祠, 慨然有生晩欲從末由之歎。遍訪諸名碩于沿路, 李東亭 正鎬、權繼若 有淵、姜國卿 鐄、李大溪 承熙諸公, 皆送之以詩。

乙未, 有事于先祖景武公廟, 往光州。歷謁筆岩書院, 過奇蘆沙舊宅。其肖孫松沙 宇萬、鄭日新 義林, 皆一見輸心, 謂相見之晩。與之連犾數日, 商訂名理。金監役 柄轤書論形質變化、陰陽消息。先生爲之引物比類, 原其已然之跡, 而參之經說, 綜詳周悉, 縷縷凡數千言。秋, 合族, 修譜于牧溪之隴雲齋。役既竣, 爲文以識其後。時有朝令勒臣民薙髮, 先生歎曰 : "人將禽犢矣。", 作詩以傷之。

己亥, 從我先君某堂公, 於新梅洞寓所而館焉。炳和兄弟, 因以稟學, 遠近聞風坌集, 絃誦溢於閭巷。暇則令諸生, 行相揖禮, 仍設講座, 行輪講。里人多觀感而興起, 謂之破天荒洞。

直賢山之趾, 頗有泉石之勝, 有時曳杖孤往, 婆娑嘯咏, 至或日昃而忘返。一石一木, 無不被其翰墨之香也。曺觀察 始永, 會多士于明倫堂, 行鄕飮禮, 請先生甚勤。先生赴而相其禮, 曺公詡以邃於經禮一代鴻儒。

壬寅, 我先君下世。先生痛惜之曰 : "昔, 鍾子期死, 伯牙斷絃、 郢人死, 匠石撤斤。吾將廢筆硯乎。" 蓋生平知己之感, 有別於凡親也。甲辰, 會諸友, 修契于泗川之大觀臺, 臺卽李龜巖先生杖屨之所。而泗之人士, 素慕先生聲望, 故特延之, 商定節目, 聽其指使也。

乙巳, 以≪眉叟記言≫重刊事, 留二宜亭數月。以爲眉翁之於冥爺, 有私淑之義, ≪答學者書≫不應出於先生之手。其爲贋本無疑, 遂爲文通江左及漣川本孫, 廣收公議, 而裁删之。是歲, 日使伊藤博文來脅, 成保護條約。先生歔欷累日, 爲詩遍弔殉義諸公。與從弟庸齋公, 議聲明大義, 宣諭八域, 倡義旅文既成, 而以無益速禍, 尼之者衆。遂毁其藁, 書韋蘇州詩

"平生風雨夜, 每念名節艱。窮冬百草歇, 手自種琅玕。"一絶, 揭諸壁上, 以寓常目。

庚戌, 聞國亡, 掩抑不自勝, 每咄咄誦"不自我先、不自我後", 及"自靖, 獻于先王。"十四字。辛亥, 修郡誌于鄕黌。先是, 丹城及晉州一部, 移屬于山淸。時將續修≪山陰誌≫, 鄕人士以爲旣爲同郡則亦當合誌, 推先生, 尸其事, 尋因物論歧貳逐寢。甲寅, 伯先生倡南鄕諸士友, 創道統祠于晉州之硯山, 妥奉孔子、朱子、安文成三聖賢。有謂草茅人士不可私奉聖祠, 頗不韙之, 先生極陳時義之急, 於扶闢, 不可泥於古而膠守常經, 爲文以布諭, 卒底於爛漫。其不恤訾議, 終始勤勞, 實多致力焉。

乙卯, 邀畵師蔡定山 龍臣於安山祠, 摹隴西公、文烈公、敬元公、景武公四先祖眞影, 揭安于丹城之安谷祠, 與士林行釋菜, 歲爲定規。丙辰, 伯先生沒。先生躬幹禮事, 無慨於送終。搜遺詩文于亂藁中, 淨寫而釐正之, 付諸活印。且述其生平事行, 俾徵諸來後。己未, 以≪一蠹集≫重刊事, 往濫溪書院。因遊三洞, 鄭承宣 承鉉與俱謁桐溪先生祠, 留某里二日。高山之慕、風泉之感, 多發於言志。

壬戌秋, 偶痛咽喉, 寢以御。日所進, 只數匙糜飮, 而亦頗艱嚥。雖氣息奄奄, 而有來問者, 必堅坐應酬不示憊, 未嘗以厠牏煩家人。屬纊前數刻, 能扶杖如厠而還, 就枕未安而絶, 十一月初七日卯時也。訃聞, 士友咸曰: "斯文喪矣。" 以翌月初七日, 權窆于沙月里 竹田洞先塋下, 其後移厝于東山□坐原, 夫人崔氏祔焉。崔氏 朔寧人孝瀹女, 大司諫卜麟後。貞愼克配德。無育, 取伯先生第二子曾洙子之。生四男二女。翊相、靖相、翰相、甲相, 隋城 白雲宰、晉陽 河謙善婿也。翊相男: 炳濬、炳哲、炳正、炳東系翰相後。靖相男: 炳文、炳瑀。甲相男炳壽。餘幼不錄。

先生體幹短小, 面貌團確。語言厲而溫, 衿懷廣而遠。坐而妥貼於席, 若斷腦, 無傾倚、無箕踞。步履安詳, 不以緩急, 而異其疾徐。直視其前, 不轉眄回顧。臥則齊手斂足, 雖中夜熟寐, 未嘗有縱弛肆怠, 寂然若不息。有相者曰: "眞人之息以踵, 公殆庶幾乎。宜享大壽, 而貴躋崇品, 頂圩難於安冠巾。", 而常頻頻檢飭, 不令少有攲斜。

自早年, 已知有爲己之學, 不屑爲擧子業, 取程·朱書、≪心≫、≪近≫等諸篇, 俯讀仰思, 至忘寢息。與伯先生塤唱篪和, 交征幷邁, 怡怡然有天倫强輔之樂, 人擬之以程氏伯叔。

其爲學, 以居敬致知爲交養之要諦。嘗曰:"敬爲一心之主宰, 而千聖單傳之訣, 不外乎這一字。然不致知而明理, 則用心之差, 未或不流於欲見光爍爍地, 而務求靈覺之歸矣。" 又曰:"敬雖該貫動靜, 而非本之於靜, 則無以資之於動。龍蛇之蟄、尺蠖之屈, 雖非有意於蟄屈, 而其奮其伸, 蓋有資於蟄屈。若其蟄與屈, 則因奮伸之極, 而自不能不蟄屈, 不可言有資於奮伸也。故朱子曰:'涵養於未發之前, 則其發處自然, 中節者多、不中節者少。體察之際, 亦甚明審, 易以着力。若必待發而後察, 察而後存, 則工夫之所不至, 多矣。'"

燕居, 或閉眼拱手, 默坐數餉, 愛誦山海詩 "高山如大柱, 撑却一邊天。頃刻未嘗下, 亦非不自然。"四句曰:"此是譬持敬工夫到極處而言。蓋山則其元來一定形體, 本自如此。此固自然。若以用工言, 則下聖人一等, 不能無間斷。間斷則非自然。然到極處, 無間斷時, 則初雖非自然, 亦非不自然, 所謂'及其成功則一也。'"

早聞寒洲先生主理之旨, 便犂然有契于心。及其≪全書≫出, 沈潛玩繹。又取≪性理大全≫及東國諸名賢書, 反復參訂, 然後乃篤信而誠服焉。

其答學子問曰:"心統性情, 而心之體是性、性之靈是心。專言性則理而已。理何以獨靈? 惟與氣合, 故有知覺而於是乎有心之名。然其靈而知覺者, 實理也, 非氣也。譬之燈火, 火是理, 油是氣。火之光明是心也。火必得油而後光明生。然其光明者, 火也, 非油也。先儒言心性一理處, 不啻丁寧, 而今人纔說以理言心, 便斥以陽明之說。而不知陽明之所謂理者, 乃指氣之條理而言, 則此乃認氣爲理, 而與程、朱之論心性一理者, 大不同也。"

其論四七理氣互發則曰:"人之一心, 理氣之合也。理氣本不相離, 不可謂各廢也。但義理之事來感, 則心隨而發, 而理爲之主, 故謂之理發; 形氣之事來感, 則心隨而發, 而氣爲之主, 故爲之氣發也。以人乘馬譬之。此人方乘此馬在門內, 適見門外有人之招, 則此人便應招而策馬以出, 此非主於人而出者乎。四端之爲理發, 亦猶是也。適見門外有馬之嘶, 則此馬便應嘶而載人以出, 此非主於馬而出者乎。七情之爲氣發, 亦猶是也。然此特對擧四七, 細分其路脈而言, 故有此互發之說。若渾淪言情, 則只是理發氣隨而已, 泛言出行, 則只是人動馬行而已。若謂之交互而發, 則乃是齊頭幷出之意, 此便是二本幷立而雙行也。"

其論人物性同異曰:"以理言, 則天之所賦與、人物之所稟受, 初豈有區別多少之分哉。但人得氣之正且通, 故其性之本體, 亦隨而正通, 而其發見者自然, 無不足處; 物得氣之偏且塞, 故其性之本體, 亦隨而偏塞, 而或僅有些子發見處、或全無發見者。正且通焉, 故雖愚不肖, 可變而爲賢智。偏且塞焉, 故雖有一點明處, 更不得推而充其全體也。人得其正且通, 而正通亦有分數, 故賢智與愚不肖不同; 物得其偏且塞, 而偏塞亦有分數, 故禽獸與草木亦不同。然其所以不同者, 特氣之不齊而然矣。豈原初所得之理, 便有偏全之異哉。勉齋曰:'性者, 萬物之一原。有生之類, 各得於天, 固無少異。但氣稟不齊, 理之所賦, 不能無開塞偏全之異。', 北溪曰:'人得五行之秀正而通, 所以仁義禮智粹然, 獨與物異; 物得氣之偏, 爲形骸所拘, 所以其理閉塞而不通。人物所以爲理一般, 而只是氣有不通, 故理隨之而有通塞。', 此說已是大煞分明矣。"

謹於尊衛, 凡有前賢文字之役, 未嘗不與知而兢兢然, 猶恐其些纇之或存。《山海集》重刊之始創也, 群議紛紜, 而《神明舍圖》爲第一話題。先生乃與許后山反復論辯, 其略曰:"旣有屋子, 則屋子乃是方寸血肉之心也。血肉則有限, 方寸外, 不可復謂心也。舊圖之屋子內, 只有太一君三字, 若天德、王道與敬冢宰、惺惺, 皆排定在屋子外。愚意竊恐太一君與天德、王道, 雖有異名, 實非異體。今乃分據在屋之內外, 未知屋外是何地。苟非方寸內, 則恐天德、王道與敬、惺惺, 皆着不得也。若曰:'屋子實非有形, 自無內外之可分', 則是屋子外圓如郛郭者, 便是有形之方寸, 而卽所謂'神明之舍'也。更安有一重神明舍巋然在方寸之內乎。至於國君死社稷, 愚意亦不能無疑。蓋義利之辨、立志之嚴, 不爲事物所撓奪者, 便是有這箇意思。然若神明舍中渾然本體, 何嘗有此等氣像耶。第以用工言之, 心之工夫, 惟在於克治、存養。克治在動處、存養在靜時。動則用行於外、靜則體立於內。故≪銘≫曰:'內冢宰主。', ≪圖≫敬之所以在乎內也。又曰:'動微勇克。', ≪圖≫克治之所以在乎外也。所謂'如孤軍遇强敵, 只得捨死向前'者, 非指此克治時節乎。至於厮殺旣盡、復命丹墀, 則卽見堯、舜日月矣。當此之時, 三關閉塞, 守之自固, 淸野無邊, 外患已息, 更安有國君死社稷之事乎。其曰:'還歸一, 尸而淵。'者, 可見存養之已至, 而渾然全體, 止於至善。此明道所謂'定性也廓然大公'也、≪太極圖說≫所謂'主靜也立人極'也、≪通書≫所謂'靜則止, 止非爲也。', 此是成德之事也、終之之事也。至是而若曰:'有死之之心', 則是張子所謂'猶累於外物'也、周子所謂'爲不止矣。', 是豈此≪圖≫與≪銘≫之本意哉云云。", 凡累百言。

性沈靜和夷, 未嘗有疾言遽色。群居恂謹, 不矜持以自高。又不骫骳而苟循, 持論平正, 不拘於色論。常曰:"色論是宦界傾戞之餘習, 林下之人, 何有於是哉。況黨同伐異, 豈正人之所可爲乎。要當公聽并觀, 義之與比而已。"

敎後生, 因材篤成, 隨品設科。常戒以躐等凌節, 要使趲其工, 而寬其限。凡儒宮、賢祠、斯文有事, 延請相續, 常不辭而樂爲之。趨事爲文, 明白眞摯, 刊落枝葉, 絶無藻繪棘澁浮夸。震耀之態, 盎乎有德之言也。

詩又平談沖遠。遇境舒懷, 直發天機, 而自合於陶、朱軌範。俛宇 郭徵君常稱, "百年內無此手。" 喜名山水, 足跡殆遍國中, 而其風騷諸作, 膾炙人口耳。酒戶甚大, 遇文友會心處, 或至無算而不亂。晩而司聽牢閉, 遂杜門簡出, 竟日凝坐, 繙閱經史, 不省戶外有何事也。張春觀 錫藎有書曰:"天敎兄不問外事, 得專意窮經, 扶竪得斯文一脈, 不遽墜於斯世也。"

嘗於稠會中有詩曰:“屏樹無言吾獨異, 向空思騁衆皆同。” 此雖出於一時之俳諧, 而其逼寫情景, 多類此。趙霞峯 鎬來曰:“月翁之聾化兒, 欲使其利於作詩也。” 金生承謨, 關西人也, 來留數日, 執禮甚恭。自言學於柳毅庵 麟錫, 用力頗苦。遂得心疾, 欲資遠遊而消散之。臨行, 請一言以治心之方。先生走筆成一絶以贈之曰:“繫杙終歸寂, 揠苗豈望收。春到空山裏, 花開水自流。”

家甚窶, 簞瓢或不給, 而晏然不以爲意。表弟柳議官 震台曰:“使兄做仕宦, 則可充之玉堂, 而不能治一縣, 謂疎於營產也。”, 先生曰:“何以?” 柳公曰:“徒善不足爲政。”, 先生笑曰:“若言過矣。玉堂亦豈做得易耶。” 蓋先生之言, 出於謙牧, 而柳公亦未必能深知先生也。使置之館閣, 展其所蘊, 則優可以啓沃乃心。黼黻洪猷, 而乃道與時睽坎坷, 沈淪以沒世, 殆所謂命矣。

夫炳和自童穉時, 從先生問字, 終始十數年, 竟未效苦衷善誘之萬一, 到今醜差顚倒, 垂死將無幾矣。先生嘗祭吾先君文曰:“君之以三子託吾者, 其意不偶然, 而事乃大謬。其仲以長瘧餘祟, 未能嚴立課程, 循此以往, 將不免爲常調俗流。” 炳和于時, 不省其言之爲痛, 心追而思之, 蓋先生已豫見此悠泛懦退, 不自振奮, 以至今日之無狀也。俛仰今昔, 自不覺其感淚之被面, 而惶汗之竟趾也。惟是殘喘尙存, 哀輯先生之懿行嘉言, 俾不泯於來許, 則庶得爲塵剎之報佛矣乎。玆據見聞之所逮, 參以遺集, 纂次如右, 以俟秉管君子裁擇焉。

❖ **원문출전**

李炳和, 『頤堂集』 卷6, 「月淵先生行狀」(국립중앙도서관 청구기호 古3648-62-835)

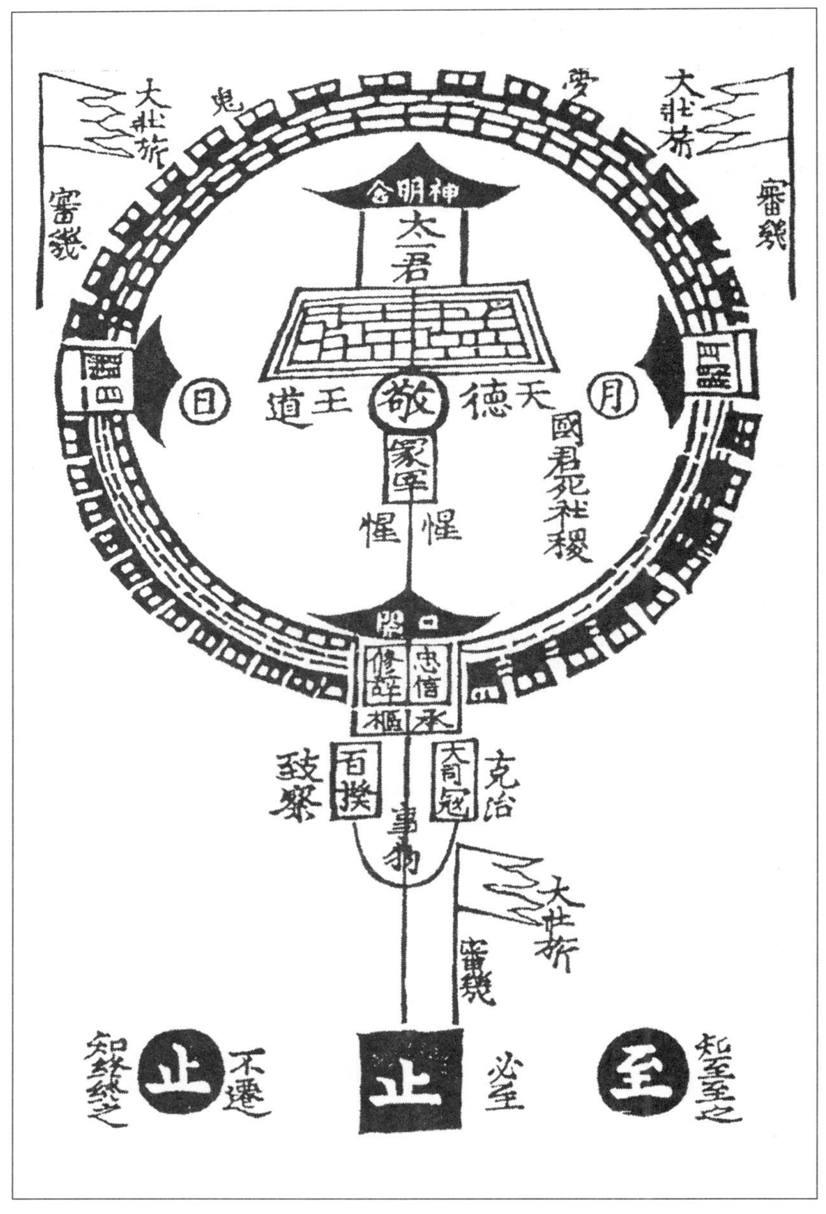
大壯旂
審幾
鬼
夢
神明舍
太一君
日
王道
敬
天德
月
冢宰
國君死社稷
惺惺
口關
忠信
修辭
承樞
百揆
致察
大司寇
克治
事物
知終終之
止
不遷
止
必至
至
知至至之

남명의 지결을 밝히다

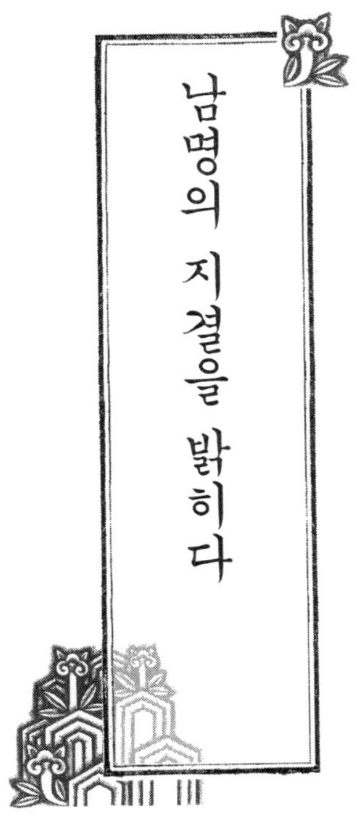

조원순(曺垣淳) : 1850-1903. 자는 형칠(衡七), 호는 복암(復菴), 본관은 창녕(昌寧)이다. 현 경상남도 산청군 삼장면 대포리에서 태어났다.
허전(許傳)과 이진상(李震相)에게서 수학하였다. 조식(曺植)의 10대손으로, 조식의 학문을 선양하는데 노력하였으며 『남명집』 간행을 주도했다. 그가 완간하지 못하고 사망하자, 아들 조용상(曺庸相)이 『남명집』을 완간하였다. 교유인물로는 박치복(朴致馥)·김인섭(金麟燮)·최익현(崔益鉉)·허유(許愈)·최숙민(崔琡民)·곽종석(郭鍾錫) 등이 있다.
저술로 7권 3책의 『복암집』이 있다.

복암(復菴) 조원순(曺垣淳)의 묘갈명 병서

곽종석(郭鍾錫)[1] 지음

복암(復菴) 조군(曺君)은 문정공(文貞公) 남명(南冥) 노선생의 후손이다. 태어나 겨우 돌이 지났는데 부친께서 돌아가셨다. 어려서부터 타고난 자질이 학문하기에 익숙한 사람 같았다. 배우기 시작해서는 무리지어 장난치지 않았으며, 절하고 꿇어앉으며 응답하고 접대함이 절도에 맞았다. 책을 읽으면 반드시 그 의리를 궁구하였는데, 정좌하고 깊이 생각하여 체득해서 인식하는 듯하였다. 장성해서는 사람이 위기지학에 힘을 쏟지 않으면 안 된다는 것과 가학은 전하지 않을 수 없다는 것을 분명히 알았다. 자신을 성찰하고 수양하며 이치를 완미하고 궁구하는 데 있어서, 게으름을 피우거나 여유를 부린 적이 없었다. 어머니를 섬기고 집안일을 주관하는 것에서 일상의 응대하는 일에 이르기까지 업무가 번다하여 수고스럽더라도 한결같이 모두 이치대로 처리하였으며, 언제 어디서든 방심한 적이 없었다.

조군은 학문을 시작할 적에 재주가 둔하고 식견이 비루한 듯하였으나, 뜻을 전일하게 하고 오랫동안 힘을 쏟기를 깨어있을 때나 자고 있을 때에도 그만두지 않았으니, 충만한 듯이 여유가 있었으며 편안한 듯 순조로웠다. 몸소 나아가 마음으로 터득한 점은 대개 남들이 알지 못하는 점이 있었다.

---

1 곽종석(郭鍾錫) : 1846-1919. 자는 명원(鳴遠), 호는 면우(俛宇), 본관은 현풍(玄風)이다. 이진상(李震相)에게 수학하였다. 저술로 177권 63책의 『면우집』 등이 있다.

나는 젊을 적에 조군을 만나 벗하였는데, 그의 선함을 보고 나서는 공경하고 탄복하였다. 세상의 도가 어지러워 사문(斯文)이 장차 땅에 떨어지려 할 적에 사람들은 조군을 의지하여 중류(中流)에 떠 있는 배의 노로 여겼으니, 떠도는 자들은 의지하는 바가 있었다.

지금 조군이 갑자기 세상을 떠나, 그의 아들이 나에게 찾아와 묘갈명을 청하였다. 아! 내가 이 일을 차마 할 수 있겠는가. 그러나 또한 그 부탁을 끝까지 사양할 수 있겠는가.

조군의 처음 휘는 기승(璣承)이었는데, 뒤에 원순(垣淳)으로 고쳤다. 자는 형칠(衡七)이며, 본관은 창녕이다. 5대조 천필(天弼)은 사헌부 지평에 추증되었으며, 고조부 명훈(命勳)은 교관에 추증되었으며, 증조부 용현(龍現)은 지평에 추증되었는데, 모두 행의(行義)로써 추증되었다. 조부는 이진(鯉振)이며 부친은 석영(錫永)으로, 모두 은거하여 벼슬하지 않았다. 외조부는 성산 이씨(星山李氏) 이우병(李佑秉)이다.

조군은 철종 경술년(1850)에 태어나 금상[고종] 계묘년(1903) 거처하던 직방당(直方堂)에서 운명하였다. 처음 공전촌(公田村)[2]에 장사지냈다가, 지금은 삼가군(三嘉郡) 북쪽 칠곡(桼谷) 신좌(申坐) 언덕으로 이장하였다. 부인은 전주 최씨(全州崔氏) 사헌부 장령 최용(崔溶)의 딸이다. 1남 2녀를 두었는데, 아들은 용상(庸相)이며, 딸은 정복현(鄭復鉉)·노보현(盧普鉉)에게 시집갔다.

조군은 평소 거처할 적에 아침 일찍 일어나 의관을 갖추고서, 사당에 배알하고 모친께 문안을 올렸다. 물러나서는 단정히 앉아 도서를 좌우에 두고 공부했는데, 눈으로 읽으며 마음으로 이해했다. 조군은 본디 몸이 여위고 허약하여 고질병이 몸을 떠나지 않았으나, 오히려 자긍심을

---

2 공전촌(公田村): 현 경상남도 산청군 시천면 내공 마을과 외공 마을 지역이다.

나날이 강하게 하였다.

모친을 봉양할 적에는 마음과 몸을 함께 기쁘게 해드렸고, 부녀자를 대할 적에는 온화하면서 엄숙했으며, 사람들을 접대할 적에는 나이가 많고 적거나 신분이 귀하고 천한 것을 가리지 않고 모두 자신의 진심과 기쁜 마음을 극진히 하였다. 곤궁한 자를 도와주고 환난에 처한 자를 구휼할 적에는 항상 미치지 못할 듯이 하였다. 몸가짐은 겸허하고 공손하여 옷의 무게조차 이기지 못하는 듯 유순했으나, 의리상 마땅히 해야 할 일이 있으면 굳세게 실행하여 그의 의지를 꺾을 수 없었다.

일찍이 성재(性齋)[3] 허 문헌공(許文憲公)을 한양으로 가서 찾아뵙고, 학문하고 예를 행하는 방법을 물었다. 얼마 뒤 또 이한주(李寒洲)[4] 선생에게 주리론(主理論)을 들었는데, 마음으로 기뻐하여 독실하게 믿었다.

일찍이 말하기를 "사람은 소인으로 자처해서는 안 된다. 항상 광명정대함으로 자임한다면 저절로 사악하고 왜곡된 일들은 없어질 것이다."라고 하였다. 또 말하기를 "덕은 불경한 데에서 잃게 되며, 학업은 부지런하지 못한 데에서 폐하게 되며, 밝음은 자신을 속이는 데에서 가려지며, 허물은 고치지 않는 데에서 자라나며, 사사로움은 의도를 갖는 데에서 일어나며, 부끄러움은 실상이 없는 데에서 생겨난다."라고 하였으니, 이것이 바로 의지와 도량이 넓고, 조존과 성찰이 주밀했던 점이다.

또 조군은 말하기를 "마음에는 동(動)·정(靜)의 분별이 있으나 리·기는 서로 분리된 적이 없다. 다만 그 체(體)·용(用)의 묘는 이른바 '마음도 태극이 된다.'[5]라고 한 것이 그것이다."라고 하였으며, 또 말하기를 "성

---

3 성재(性齋) : 허전(許傳, 1797~1886)이다. 자는 이로(而老), 시호는 문헌(文憲), 본관은 양천(陽川)이며, 현 경기도 포천 출신이다. 저술로 44권 22책 『성재집』 등이 있다.

4 이한주(李寒洲) : 이진상(李震相, 1818~1886)이다. 자는 여뢰(汝雷), 호는 한주, 본관은 성산(星山)이며, 현 경상북도 성주군 월항면 대산리 한개 마을에서 출생하였다. 숙부 이원조(李源祚)에게 수학하였다. 저술로 43권 22책의 『한주집』이 있다.

(性)은 리의 체이며, 정(情)은 리의 용이다."라고 하였다. 또 말하기를 "옛 성인이 마음을 보존하고 일을 처리할 적에는 오직 리를 보존하고 리를 따를 뿐이었다."라고 하였다. 이것이 바로 조군의 견해가 진실하며 연구가 정미했던 점이다.

또 조군은 일찍이 남명 노선생의 「신명사도(神明舍圖)」와 「신명사명(神明舍銘)」을 주해하여 경의(敬義)와 극기복례(克己復禮)의 지결을 밝혔으며, 남명 노선생의 문집과 『학기유편(學記類編)』의 잘못된 부분을 교감하고 수정하였다. 장차 그 책들을 중간하여 노선생의 심법을 천명하려 하였는데, 오랫동안 힘쓰고도 완성하지 못하고 운명하였다.

조군의 유고 약간 권이 있는데, 그 글은 모두 절실하고 명백하여 족히 후세의 학자들에게 남긴 공이 있으며, 세교에 도움이 될 것이다. 조군의 「봉건론(封建論)」·「균전론(均田論)」과 대초(代草)한 「별지의권유방(別紙擬勸諭榜)」은 또한 세상을 경륜하고 백성을 교화하는 중대한 사무에 관해 논변한 것으로, 나라를 다스리는 요체를 강론하는 자들은 여기에서 아마도 취할 점이 있을 것이다. 이것이 조군의 일생의 대략이다. 여기에 기록한 것보다 훌륭한 것들은 내가 어찌 충분히 알겠는가.

명은 다음과 같다.

드러내지 않았으니 그 덕을 감춘 것이고	有闇其絅
밝은 안목 있었으니 명덕에서 비춘 것	有喇其鑑
벽돌 갈아 거울 만들 듯 학문을 연마하였고	有磚其磨
하수에 잠기듯이 침잠해 공부했네	有河其浸
경의는 우리 유가의 일월이라는 말씀	敬義日月

5 마음도……된다 : 『황극경세서(皇極經世書)』 「관물외편(觀物外篇)」에 "도는 태극이 되고, 마음도 태극이 된다.[道爲太極, 心爲太極.]"라고 하였다.

우리에겐 가문의 교훈이 있다네　我有家謨
옛 성인에게 질정하더라도　質之往聖
오직 리만을 근본으로 삼으리　惟理元符
세인들 거친 학설만 사랑하니　世愛其粗
누가 그 속의 이치를 알리　孰識其裏
군자가 이 세상을 떠나가시니　君子有終
남은 우리들은 어쩌란 말인가　後死奚以

포산(苞山)[6] 곽종석(郭鍾錫)이 지음.

墓碣銘 幷序

郭鍾錫 撰

復菴先生 曺君, 文貞公 南冥老先生之裔孫也。 生甫朞而孤。 在孩提, 天姿若馴於學者。旣上學, 不隊嬉, 拜跪應對如節。讀書必究其義, 靜坐潛惟, 若體認然。旣長, 則斷然知人之不可不力於爲己, 與夫家學之不可以無傳也。省修玩究, 未嘗或怠暇。自事親幹家, 以至日用應酬, 多務而勞, 一皆裁之以理, 隨時隨處, 未嘗放也。其始也, 才若鈍、識若陋者, 而志專力久, 寤寐不舍, 則遂沛然以裕, 而怡然而順。其躬造心得, 蓋有人之所不及知者矣。

余小少得君而友之, 旣觀其善而敬服之矣。 洎世道橫決, 斯文將墜地, 方且倚君爲中流之楫, 而漂漂者庶有仗也。 今君遽已各天矣, 其孤來謁, 余以美道之刻。嗚乎！余其忍爲耶。其忍終辭耶。

君初諱璣承, 後改垣淳。字曰"衡七", 昌寧之世也。五代祖天弼贈持平,

6 포산(苞山): 현 대구광역시 달성군 현풍면의 옛 이름이다.

高祖命勳贈敎官, 曾祖龍現贈持平, 皆以行義也。祖鯉振, 考錫永, 幷幽隱。外祖則星山 李佑秉也。君以英孝王庚戌生, 今上癸卯終于所居之直方堂。始葬于公田, 今改厝于三嘉郡北柰谷負申之原。配全州 崔氏掌令溶女。有一男庸相, 二女適鄭復鉉、盧普鉉。

君平居夙興冠帶, 拜廟省闈。退而端坐, 左右圖書, 心眼相守。素淸羸, 貞疾不去身, 而猶矜持日彊。奉偏慈, 志體養備, 御閨門, 和而嚴, 接人, 無長少貴賤, 咸致其忠歡。周窮恤患, 常若不及。謙虛卑遜, 退然若不勝衣者, 而義有當爲, 毅然而行, 不可奪也。

嘗謁性齋 許文憲公于京師, 問爲學行禮之方。旣又聞主理之論於李寒洲先生, 心悅而篤信之。嘗曰:"人不可自小。常自任以光明正大, 則自無邪曲之事。" 又曰:"德失於不敬、業廢於不勤、明蔽於自欺、過長於不改、私作於有意、恥生於無實", 此則志量之弘而操省之密也。曰:"心有動靜之分, 而理氣未嘗相離。但其體用之妙, 則所謂'心爲太極'是也。" 又曰: "性者理之體, 情者理之用也。" 又曰:"古之聖人, 其宅心處事, 惟存理循理而已", 此則見解之眞而硏究之微也。

又嘗註解老先生≪神明舍圖、銘≫, 明敬義克復之旨, 勘訂老先生文集及≪學記≫之註誤者。將重刊以闡先生之心法, 積勞未竣而沒。

有遺稿若干卷, 其言皆切實明白, 足有功於來學而有裨於世敎。其<封建>、<均田>之論與代草<勸諭之榜>, 又斷斷於經世化民之大務, 講治體者, 尙有取焉。此君之大略也。多於此者, 余何足以知之。

銘曰:"有闇其絅, 有嘯其鑑。有磚其磨, 有河其浸。敬義日月, 我有家謨。質之往聖, 惟理元符。世愛其粗, 孰識其裏。君子有終, 後死奚以。"

俛山 郭鍾錫撰。

❖ **원문출전**

曺垣淳, 『復菴集』卷7, 郭鍾錫 撰, 「墓碣銘幷序」(경상대학교 문천각 古(면우) D3B 조67ㅂ)

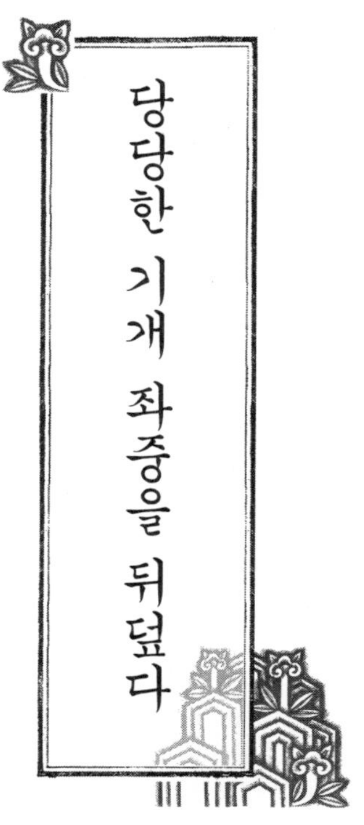

당당한 기개 좌중을 뒤덮다

안익제(安益濟) : 1850-1909. 자는 희겸(羲謙), 호는 서강(西岡)·소농(素農), 본관은 탐진(耽津)이다. 현 경상남도 의령군 부림면(富林面) 설뫼[立山, 雪山里]에 거주하였다. 선공가감역, 사헌부 감찰 등을 지냈다.
저술로 11권 5책의 『서강유고』가 있다.

서강(西岡) 안익제(安益濟)의 묘갈명

안효제(安孝濟)[1] 지음

우리 안씨는 본래 순흥부(順興府)에서 나왔다. 문성공(文成公) 휘 유(裕)가 비조가 되는데, 도학을 창명하여 공묘(孔廟)에 배향되었다. 삼대를 내려와 휘 원륜(元崙)은 공을 세워 탐진(耽津)[2]을 식읍(食邑)으로 하사받았는데, 이로부터 나뉘어져 탐진을 본관으로 하였다. 원륜의 아들 휘 도(堵)는 고려 때 헌납(獻納)을 지냈다. 우리 조정에 굴복하지 않아 두 마음을 품지 않은 것으로 정려가 내려졌는데, 『삼강록(三綱錄)』에 그 일이 실려 있다. 휘 기종(起宗)은 선조 때 벼슬하였고, 임진·계사년의 난리를 당하여 의병을 일으켰다. 이조 참의에 추증되어 철권(鐵券)을 하사받았다.

이후로 6대를 내려와 휘 덕문(德文)은 호가 의암(宜庵)인데, 문사(文辭)로 당세에 이름을 떨쳤다. 아들 휘 종국(宗國)은 애석하게도 일찍 세상을 떠났다. 춘오공(春塢公)의 휘는 휴로(休老)이다. 삼대가 모두 사람들에게 문호(文豪)로 일컬어졌는데, 군에게 실로 고조부, 증조부, 조부가 된다. 부친 휘 집(鏶)은 문행(文行)이 있었다. 모친 벽진 이씨(碧珍李氏)는 집안을 다스리는 데 법도가 있어 종족이 화목하였다.

군의 휘는 익제(益濟), 자는 희겸(羲謙)이며, 만년에 '소농(素農)'이라 자호하였다. - 서강옹(西岡翁)이라고도 한다. - 풍채는 맑고 깨끗하였으며, 용모는

1 안효제(安孝濟) : 1850-1912. 자는 순중(舜仲), 호는 수파(守坡), 본관은 탐진(耽津)이다. 현 경상남도 의령에 거주하였다. 저술로 8권 3책의 『수파집』이 있다.

2 탐진(耽津) : 현 전라남도 강진군이다.

위엄이 있었고, 성품은 효우에 독실하였다. 사부(詞賦)를 전공하였으나 여러 번 시험에 합격하지 못하였다. 아! 운수가 기박하였으나 일생동안 비탄해 하는 말이 조금도 없었다.

군은 만년에 선공 가감역(繕工假監役)을 역임하고, 이윽고 사헌부 감찰에 올랐다. 아! 미관말직은 짧은 베옷 같았다. 사람들 사이에서 담소를 나눌 때 어찌 그리 기개가 당당하였던가. 기상은 온 좌중을 뒤덮어 항상 의기양양하였는데, 그대가 왕도가 시행되는 나라에서 태어나지 못한 것이 애석하다.

영남의 의령땅은 우리 안씨의 세거지로 친족들이 이 마을에 연이어 사는데, 한 집안 형제들 가운데 군이 가장 훌륭하다.

부인 숙인(淑人) 이씨는 부녀자의 덕을 갖추었고, 그의 부친 이건영(李建永)은 왕실 출신이다. 군은 일찍이 부인을 '늙은 맹광(孟光)'[3]이라고 불렀다. 장남은 희상(憙相), 차남은 무상(懋相)이다. 딸은 팔계 정씨(八溪鄭氏)에게 시집갔다. 외손자는 아직 어리므로 기록하지 않는다. 희상은 용성 송씨(龍城宋氏)의 딸에게 장가들었다. 창녕 성씨(昌寧成氏)는 무상(懋相)의 부인이다. 성씨는 4남을 두었는데 바야흐로 후세가 번성하였다.

군은 철종 경술년(1850)에 태어나 기유년(1909)에 세상을 떠났으니, 향년 60세였다. 몸을 깨끗이 하여 온전히 돌아갔으니, 진실로 남들이 미치지 못할 바이다. 돌아간 해 8월에 군의 동쪽 방동(榜洞)[4] 곤좌(坤坐) 묘에 장사지냈다. 나의 말에 과장함이 없으니 묘비에 새긴다.

삼종증조형 통훈대부 홍문관 수찬 효제(孝濟)가 지음.

---

3 맹광(孟光) : 동한(東漢)의 은사(隱士) 양홍(梁鴻)의 부인이다. 몸은 비대하고 피부는 검으며 힘이 센 추녀였으나, 남편을 극진히 공경하여 남편의 밥상을 눈썹 높이로 받쳐 들고 들어왔다는 것으로 유명하다.(『後漢書』「逸民傳」梁鴻)

4 방동(榜洞) : 현 경상남도 의령군 낙서면 방동 마을이다.

墓碣銘

安孝濟 撰

我安本出順興府。文成諱裕爲鼻祖, 倡明道德食孔廡。三傳有諱曰“元崙”, 建功食采于耽津, 自是分爲耽津人。子諱曰“堵”, 麗獻納。不屈我朝, 旌不貳,≪三綱錄≫中載其事。有諱起宗仕穆陵, 當龍蛇亂倡義旅。官贈吏議鐵劵與。

玆後六傳諱德文, 宜庵文辭噪當世。子諱宗國嗟蚤逝。春塢公諱曰“休老”。三世俱號人文豪, 於君實爲祖曾高。考諱曰 “鏶”, 有文行。妣李孺人 碧珍族, 治家有法 宗黨睦。

君諱益濟, 字羲謙, 晩年自號曰“素農【西岡翁】”。風姿瀟灑, 儼其容, 性篤孝友。工詞賦, 屢屈場屋。噫! 數奇, 一生了無悲嘆辭。

晩仕繕工假監役, 尋陞司憲府監察。吁嗟! 冷官猶短褐。稠中談笑何軒昂。氣籠一坐常得得, 惜君乃不生王國。嶺之宜寧我世鄕, 聚族於斯門巷連, 同堂昆季君最賢。

配李淑人壼德備, 父諱建永系璿潢。君嘗稱謂‘老孟光’。長子憙相次懋相。一女適鄭籍八溪。外孫尙乳姑不題。憙娶龍城 宋君女。昌寧 成氏 懋相婦。成出四男方蕃後。

君以哲宗庚戌降, 歿於己酉壽六十。潔身全歸眞莫及。歿年八月干支葬, 郡東榜洞坐坤塋。我辭無華銘繫牲。

三從曾祖兄通訓大夫弘文館修撰孝濟撰。

❖ 원문출전

安益濟, 『西岡遺稿』 卷10 附錄, 安孝濟 撰, 「墓碣銘」(경상대학교 문천각 古 D3B H안69ㅅ)

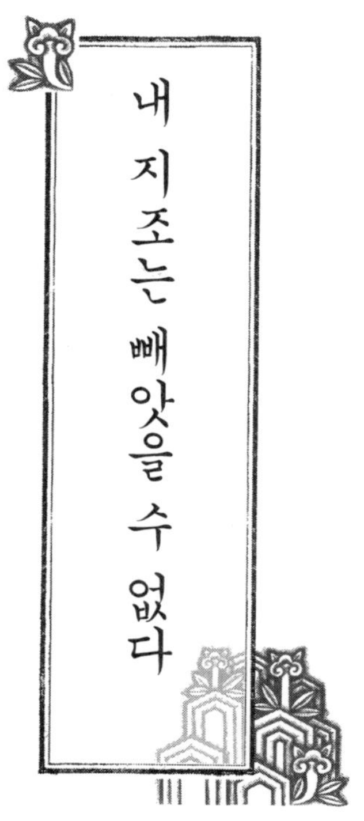

내 지조는 빼앗을 수 없다

안효제(安孝濟) : 1850-1916. 자는 순중(舜仲), 호는 수파(守坡), 본관은 탐진(耽津)이다. 현 경상남도 의령군 부림면 입산리 입산 마을에서 태어났다. 김흥락(金興洛)·이종기(李種杞)에게 수학하였다. 1883년 문과에 급제하였다. 무녀 진령군(眞靈君)을 참수해야 한다는 소를 올려 추자도에 유배되었다. 단발령이 내려지자 러시아 공관으로 가서 단발령을 저지해 달라고 요청하였다. 일제의 은사금을 거절하다가 구금되었다. 경술국치를 당한 뒤 만주로 망명하여 그곳에서 생을 마쳤다.
저술로 8권 3책의 『수파집』이 있다.

수파(守坡) 안효제(安孝濟)의 묘갈명 병서

조긍섭(曺兢燮)[1] 지음

조선조에서 홍문관 수찬 지제교를 지낸 수파(守坡) 안공(安公)이 나라가 망한 지 7년 되던 해(1916)에 중국 안동현(安東縣)[2]에서 돌아가셨다. 친척과 지인들이 공의 영구(靈柩)를 모실 방법을 의논하였는데, 어떤 이가 말하기를 "공이 돌아가셨으니 영구를 고향으로 돌려보내야 할 것입니다."라고 하였다. 이때 난리를 피하고 의분을 떨쳐 서로 따르며 함께 살고 있던 망국의 선비와 백성들이 모두 한 목소리로 말하기를 "어찌 안공 같은 분을 장사지내는데 원수들의 허락을 받아서 할 수 있겠는가. 영구를 고향으로 돌려보낸다면 우리들이 그것을 빼앗을 것입니다."라고 하였다. 이에 다음 해(1917) 2월 17일(신해)에 안동현 서쪽 하심구(河深溝)[3] 신좌(辛坐) 언덕에 장사지냈다.

처음에 길한 장지를 정하여 그 땅을 사려고 하니, 땅주인이 말하기를 "내 들으니 안공은 충신이라고 합니다. 땅값은 받을 수 없습니다."라고 하였다. 장례일에는 중국과 일본의 관리가 모두 와서 조문과 부의(賻儀)를 하고 감격하여 울기까지 하였다. 시장 사람들도 안공을 위하여 가게

1 조긍섭(曺兢燮) : 1873-1933. 자는 중근(仲謹), 호는 암서(巖棲)·심재(深齋)이며 본관은 창녕이다. 현 경상남도 창녕군에서 태어나 거주했으며 현풍 등지에서도 살았다. 저술로 『암서집』·『심재집』이 있다.

2 안동현(安東縣) : 현재 중국 요녕성(遼寧省) 단동시(丹東市) 지역을 가리킨다. 당시에는 동북9성 중 봉천성(奉天省)에 속하였다.

3 하심구(河深溝) : 현재 중국 요녕성 단동시 동항시(東港市) 탕지진(湯池鎭)에 하심구촌(河深溝村)이라는 지역이 있다.

문을 닫았고, 일꾼들은 서로 다투어 수레를 가지고 와서 도왔다.

장례가 끝난 뒤에 공의 아들 철상(喆相)이 빈청(殯廳)을 지키고 있으면서, 종제 위상(渭相)에게 이건승(李建昇)[4] 공이 지은 행장을 가지고 가서 나에게 묘갈명을 받아오게 하였다. 나는 전에 구산(龜山)[5]의 집에서 공을 뵈었는데, 당시에 이미 나라가 망할 조짐이 있었다. 공은 술이 어느 정도 오르자 비분강개하여 꺽꺽 눈물을 떨구며 우셨다. 그리고는 평생하신 일들의 대략을 차례대로 말씀하시고 성의를 다해 내게 부탁하는 것이 있는 듯하였다. 또 말씀하기를 "모 재상과는 내가 진퇴를 함께하였네. 나는 그가 근세의 인물답지 않다고 인정한 적이 있는데, 지금 다 늙어서 갑자기 지조를 바꾸니[6] 나는 그점이 매우 못마땅하네."라고 하며, 자신의 감정을 주체할 수 없는 듯이 하였다. 이 때문에 나는 공이 시종 지조를 변치 않은 분이라는 것을 더욱 믿게 되었다. 그러니 이 일을 어찌 감히 사양하겠는가.

공의 휘는 효제(孝濟), 자는 순중(舜仲)이다. 윗대 조상은 고려 문성공(文成公) 유(裕)[7]인데, 성현을 존숭하고 도를 보위한 공이 있었다. 그로부터 3대를 내려와 문렬공(文烈公) 원린(元璘)이 특별히 탐진(耽津)[8]에 봉해졌는데, 이로부터 탐진 안씨가 되었다. 조선조에는 효행으로 정려를 받

4 이건승(李建昇) : 1858-1924. 자는 보경(保卿), 호는 경재(耕齋), 본관은 전주(全州)이다. 강화도에 거주했다. 이건창(李建昌)의 동생이다. 안효제가 중국 안동현에 우거했을 당시 이웃하며 살았다. 저술로 『경재집』이 있다.

5 구산(龜山) : 현 경상남도 의령군 부림면 손오리의 구산 마을이다.

6 모 재상과는……바꾸니 : 안창제(安昌濟)가 지은 「가장(家狀)」에 의하면, 모 재상은 이용원(李容元, 1833-?)을 가리킨다. 이용원이 을사늑약 이후 일본의 남작 작위를 받자 안효제는 편지를 보내 절교하였다.

7 유(裕) : 안향(安珦, 1243-1306)이다. 조선시대에는 문종과 이름이 같아서 초명이었던 유(裕)로 불렸다.

8 탐진(耽津) : 전라도 강진(康津)의 옛 이름이다.

은 것이 6대 동안 이어졌다.[9] 휘 기종(起宗)[10]은 군공을 세워 이조 참의에 추증되었다. 증조부의 휘는 종수(宗洙), 조부의 휘는 희로(禧老)이다. 부친의 휘는 흠(欽)인데, 시종신(侍從臣)의 아버지로서 70세가 넘어 관례에 따라 부호군의 직첩이 내려졌다. 모친은 숙부인에 추증된 인천 이씨(仁川李氏)인데, 사인(士人) 이민의(李敏儀)의 딸이다.

공은 어렸을 때부터 호탕하고 명랑했으며, 마음가짐과 도량이 남보다 뛰어났다. 고종 계미년(1883) 문과에 합격했고, 다음 해에 권지승문원 부정자(權知承文院副正字)에 임명되었다. 당시 조정에서는 의복 제도를 고치도록 명하였는데, 가볍고 좁은 옷을 만드는 데 중점을 두었다. 공은 소를 올려 쟁론했지만 받아들여지지 않았다. 그러나 의복 제도는 곧 회복되었다.[11] 오랜 뒤에 성균관 전적, 사헌부 지평에 연이어 제수되었다.[12] 김영선(金榮善)이라는 자가 외척의 지시를 받아 의복 제도를 고치자고 요청하였는데, 공이 또 소를 올려 반박하자 잠잠해졌다.

이때 궁궐의 법도가 어지러웠는데, 어떤 노파가 '관묘(關廟)[13]의 신녀(神女)'라고 자칭하면서 기도와 굿으로 총애를 받아 권력을 농단하며 벼슬자리에 임명하는 것을 마음대로 하였는데, 그녀와 연관되어 있는 세력이 매우 깊고 공고하였다. 공은 소를 올려 그 무녀를 참수하기를 청하

---

9 조선조에는……이어졌다 : 안복(安福)이 효자 정려의 포상을 받았는데, 이후 6대에 걸쳐 효행으로 포상 받았다.

10 기종(起宗) : 안기종(安起宗, 1556-1633)이다. 자는 응회(應會), 호는 지헌(止軒)이다. 임진왜란 때 곽재우(郭再祐)와 창의하여 전공을 세워 선무 원종이등공신(宣武原從二等功臣)이 되었다. 저술로 1권 『지헌실기(止軒實記)』가 있다.

11 그러나……회복되었다 : 김택영(金澤榮)의 「전(傳)」에 따르면, 의복제도를 개혁한 뒤에도 많은 신민들이 옛 제도를 사모하여 곧 명령을 거두었다고 한다.

12 오랜 뒤에……제수되었다 : 1888년 4월 3일 사헌부 지평에 제수되었다.

13 관묘(關廟) : 중국 삼국시대의 명장 관우를 모신 사당으로, 관성묘(關聖廟)·관왕묘(關王廟)라고도 한다. 임진왜란 때 파병 온 명나라 군인들에 의해 처음 세워졌고, 고종 때 다시 건립되기도 하였다.

였다.[14] 소가 들어간 뒤에 오랫동안 보류되었지만, 직언의 명성은 이미 조야(朝野)에 진동하였다.

이에 삼사(三司)와 성균관에서 밀지를 받들어 공에게 죄주기를 청하였다. 곧 공의 소를 올렸던 승지 박시순(朴始淳)은 유배되고, 공은 추자도(楸子島)[15]로 안치(安置)되었다.[16] 조병세(趙秉世)[17] 공이 재상이 되자 제일 먼저 공의 사면을 요청하였다. 주상은 사면할 뜻이 없었지만 대신의 말을 어기기 어려워 죄의 실정을 감안하여 임자도(荏子島)[18]로 옮기게 하였다.[19] 얼마 있다가 동학의 무리가 크게 소란을 일으켜 외국 병사가 도성으로 들어왔다. 이에 특별히 공을 사면하고 홍문관 수찬에 제수하였다.[20] 이때 동학의 무리들이 길에서 사람들의 재물을 빼앗았는데, 공이 이르자 늘어서서 절하며 "이분은 충신이다."라고 하였다. 그리고 공이 거처하는 곳에는 들어가지 않도록 서로 경계했다.

곧 홍해 군수(興海郡守)에 제수되었는데, 공은 어버이의 병환 때문에 사양했지만 주상은 허락하지 않았다. 이해에 또 큰 기근이 드니 공이 곧 부임하였다.[21] 이때 정부에서는 쌀 3천석을 풀고 탁지부(度支部)의 관

14 공은……청하였다 : 1893년 7월 6일 무녀 이씨의 처벌을 주장하는 「청참북묘요녀소(請斬北廟妖女疏)」를 올렸다. 문집에 실려 있다.

15 추자도(楸子島) : 현 제주시 추자면에 있는 섬이다.

16 공은……안치(安置)되었다 : 안효제에게 1893년 8월 22일 추자도로 유배형이 내려졌다.

17 조병세(趙秉世) : 1827-1905. 자는 치현(穉顯), 호는 산재(山齋), 시호는 충정(忠正), 본관은 양주(楊州)이다. 1893년 좌의정이 되었고, 1905년 11월 을사늑약을 당하자 지속적으로 늑약의 파기를 주장하다가 음독 자결하였다.

18 임자도(荏子島) : 현 전라남도 신안면에 있는 섬이다.

19 주상은……하였다 : 안효제는 1894년 6월 8일 감등도배(減等島配) 처분을 받았다.

20 이에……제수하였다 : 안효제는 1893년 6월 21일에 방면되고 7월 1일에 홍문관 수찬에 제수되었다.

21 공이 곧 부임하였다 : 안효제는 1893년 9월 16일 홍해 군수에 임명되어 4차례 사직 상소를 올렸는데, 결국 12월 15일 부임하였다.

원을 차출하여 기근이 심한 세 군으로 보냈다. 그리고 백성들에게 원가로 사들이게 하고 보리가 익으면 그 대금을 거두기로 약속했다. 회수할 때 부족한 분량은 군수에게 책임지게 하였는데, 여러 군수들이 두려워하고 미심쩍어하며 아무도 쌀을 사들여 백성들에게 나누어주지 못하였다. 탁지부의 관원 또한 사적으로 쌀 파는 것을 이롭게 여겨, 쌀 실은 배를 개방하려 하지 않았다.

공이 굶주린 백성들에게 말하기를 "모일에 배가 있는 곳에서 진휼미를 받으라."라고 하니, 백성들은 매우 괴이하게 여겼지만 공의 말을 따라 그곳에 갔다. 공이 탁지부의 관원을 보고 쌀 2백 석을 요청하자, 그 관리는 "홍해는 진휼미를 나누어 줄 세 고을에 포함되지 않습니다."라고 하였다. 공이 노하여 "기근이 든 것은 마찬가지요. 조정에서는 이 쌀로 백성들을 살리려고 하는데 당신은 어찌 자기 이익만 챙기려하시오."라고 말하고는, 백성들에게 배에 올라 쌀을 내리게 하였는데 그 수량만큼 쌀을 하역하여 언덕에 쌓아두게 하였다. 그리고 아전을 불러 장부에 '홍해 군수 아무개가 쌀 약간 석을 사들임'이라고 쓰게 하였다. 다 쓰자 인장을 찍고 수결을 하여 탁지부의 관리에게 주니, 그 관리는 경악하여 한 마디도 하지 못했다. 이해에 홍해 백성들은 그에 힘입어 목숨을 보전할 수 있었다.

곧장 관찰사를 찾아뵙고서, 백성들은 빌린 쌀값을 마련할 능력이 없고 또 조정에서 장사꾼의 일을 행해서는 안 된다는 점을 역설하였다. 또 조정에 보고하여 탕감의 은전을 베풀어주기를 청하였다. 관찰사는 짐짓 노기를 띠고서 공에게 응대하지 않았지만, 마음속으로는 공의 현명한 처사에 감복하여 이 사안을 정부에 진달하여 허락을 받아 마침내 공의 말대로 시행되었다.

당시 기강이 날로 무너지자 공은 정사에 관여하는 역신의 목을 벨 것을 청하는 상소를 갖추어 아전을 보내 올리게 하였다.[22] 이때 마침 공의 아우 안창제(安昌濟)[23]가 소를 올려 어떤 일을 논하다가 옥에 갇혔는데, 모진 형벌을 받아 거의 죽을 지경이었다.[24] 그래서 아전은 그 소장을 가지고 돌아왔다. 그러자 공은 사직소를 올려 벼슬을 버리고 돌아왔다.

을미년(1895) 가을 중전이 변란을 당하자,[25] 공은 도성으로 달려가 문상하고 중전의 지위를 회복[26]시킬 것을 청하였다. 당시 대원군이 정사를 맡고 있었는데, 공을 끌어들여 자신을 돕게 하고자 하였다. 그 때문에 공을 붙잡아 두고자 하는 사람이 말하기를 "지금부터 그대는 탄탄대로를 걸어가게 될 것입니다."라고 하니, 공이 웃으며 "발을 한번 헛디뎌 구렁텅이에 빠질까 정히 두렵소."라고 하였다.

오래지 않아 여러 흉악한 자들이 외세를 끼고 주상에게 단발을 권했다. 공은 한 대신[27]과 함께 밀지를 받고,[28] 밤에 러시아 공사관으로 가서 공사 위패(韋貝)[29]를 만나 울면서 보호를 요청하였다.[30] 위패도 또한 감

22 당시……하였다 : 갑신정변(1884)을 일으켰던 박영효(朴泳孝), 서광범(徐光範) 등이 갑오동학농민운동(1894)을 계기로 입국하여 김홍집 내각에 들어가게 되었다. 안효제는 이 두 사람의 처벌을 주장하는 「의걸참이역소(擬乞斬二逆疏)」를 작성하였다. 『수파집』 권2에 실려 있다.

23 안창제(安昌濟) : 1866-1931. 자는 중양(仲陽), 호는 송은(松隱)이다. 안효제의 동생이다. 저술로 3권 1책의 『송은유고』가 있다.

24 이때……지경이었다 : 안창제는 「청불배청국소(請不背淸國疏)」를 올려 청나라와의 관계를 갑자기 끊어서는 안되고 난신적자는 등용해서는 안된다는 주장을 하여 감옥에 갇혔다.

25 을미년……당하자 : 1895년 8월 20일 일본에 의해 자행된 명성황후 시해사건을 말한다.

26 중전의 지위를 회복 : 명성황후는 시해 직후 대원군에 의해 서인으로 강등되었다.

27 한 대신 : 이용원(李容元, 1833-?)을 가리킨다. 안효제가 을사늑약 이후 일본의 남작 작위를 받은 이용원과 절교했기 때문에 실명을 거론하지 않은 듯하다.

28 공은……받고 : 「가장」에 따르면 은밀히 편지를 보내온 사람은 대원군이다.

29 위패(韋貝) : 카를 베베르(Karl Ivanovich Veber, 1841-1910)이다. 러시아 외교관으로 아관파천 이후 조선에 친러 내각 조직을 주도하였다.

동하여 스스로 책임질 듯이 하였다. 그러다가 일이 급격히 변하자 공은 또한 달아나 고향으로 돌아왔다. 이때부터 자취를 숨기고 부모를 봉양하면서 『자치통감강목』을 읽으며 지냈다.

을사조약(1905)이 체결되자 공은 늘 분노하고 탄식하며 술로 하루하루를 보냈다. 경술년(1910) 합방이 되었다는 소식을 듣고 7일 동안 식사를 하지 않았는데, 목숨이 끊어지지 않으니 말씀하기를 "나는 방안에서 굶어 죽을 것이다."라고 하였다.

이때 일본에서 은사금(恩賜金)이라고 칭하면서 내려주는 것이 있었는데, 공에게도 내려왔다. 공은 편지를 보내 물리쳤는데 어투가 매우 엄했다. 순사(巡査)가 와서 공을 잡아가려 하자 공은 난간에서 투신하였는데, 난간의 높이는 몇 길이나 되었다. 순사가 급히 공을 받아 수레에 태워 가서 감옥에 구금하였다. 온갖 수단으로 회유하고 위협하였지만, 공은 엄한 목소리로 말하기를 "나라를 빼앗을 수는 있지만 내 한 치 마음은 빼앗을 수 없다."라고 하였다. 일본인이 벽에 난 구멍으로 음식을 넣어주자, 공은 밥그릇을 끌어당겨 그의 얼굴을 가격하며 말하기를 "내 어찌 너희들이 구멍으로 넣어주는 밥을 먹으면서 살기를 바랄 사람이겠는가?"라고 하였다.

이때 나흘 동안이나 굶었다. 날씨가 또 추웠는데 감옥의 벽에는 구멍이 많았다. 눈바람이 살갗을 에고 뼛속을 스며드는데도 공은 오히려 단정히 앉아 미동도 하지 않았다. 일본인이 서로 놀라며 말하기를 "이 쇠나 돌 같은 사람은 굴복시킬 수 없고, 또 죽일 수도 없다."라고 하고는 공을 석방하였다. 또 공의 아들 철상(喆相)을 가두고서 겁박했는데, 공이 철상에게 편지를 보내 말하기를 "너는 네 아비를 죽이지 말라."[31]라고

30 오래지……요청하였다 : 「가장」에 따르면, 대원군은 밀서를 통해 러시아 측이 단발령을 저지하는 일을 도와 줄 것을 요청한 것으로 보인다.

하였다. 경관이 그 편지를 보고 철상 또한 석방하였다. 그렇지만 날마다 공의 동정을 감시하였다.

이듬해(1911) 봄 감시가 조금 느슨해지자 공은 북쪽으로 3천 리를 가서 중국 임강현(臨江縣)으로 들어갔다. 빙판길과 눈속을 걸어가느라 정강이 털이 다 빠져버렸다. 한 해 남짓 뒤에, 철상이 공을 뵈러 가는 길에서 도적을 만나 죽을 뻔하였다. 공은 그곳이 살수 없는 곳이라 생각하였는데, 마침 본국의 사대부들 중 중국 안동현(安東縣)으로 피난을 하는 사람들이 많아서 이에 이주하여 그곳으로 옮겨갔다.

처음 세를 주고 얻은 집이 낮고 좁아서 견딜 수 없었다. 그러나 공은 넓고 높은 집에서 거처하는 것처럼 태연자약하였고 일찍이 위축된 기색을 보인 적이 없었다. 몇 년 뒤에 병을 얻었는데 점점 심해지자 며느리가 곁에 있다가 울부짖었다. 공은 며느리를 물리치고 여러 벗들을 불러 담소하다가 강개한 마음으로 돌아가셨다. 이때가 실제로는 병진년(1916) 12월 17일이었으니 향년 67세였다. 공이 눈을 감으려 할 적에 번개 같은 이상한 기운이 콧구멍에서 나와 문으로 나갔는데, 보는 이들이 기이하게 여겼다.

부인 안동 권씨(安東權氏)는 권인수(權仁秀)의 딸인데, 정숙한 덕이 있었다. 공보다 먼저 세상을 떠났다. 1남 2녀를 길렀는데, 아들은 철상(喆相)이고 딸은 사인(士人) 김상호(金相浩), 참봉 허석(許鉐)에게 시집갔다. 철상은 교리 정재교(鄭在敎)의 딸에게 장가들었는데, 4남 3녀를 낳았다. 장남은 경덕(炅德)이고, 장녀는 최재문(崔載文)에게 시집갔다. 나머지는 모두 어리다.

---

31 너는……말라 : 이건승이 지은 안효제의 「행장」에 따르면, 안효제는 협박받고 있는 아들 철상에게 편지를 보내 "네가 돈을 받는 날이 곧 네 아비의 목숨이 끊어지는 날이다."라고 하였다.

공은 꼿꼿한 기질로 기개를 자부한 듯 행동했으며 일을 의논할 적에는 영특함을 드러냈다. 마음속에 지향하는 바가 있으면 곧장 스스로 실천하고 다른 것은 돌아보지 않았다. 그러나 공은 널리 뭇사람을 사랑하고 선을 좋아했으며, 자신의 허물 듣기를 기뻐하였다. 화락하고 평이하여 인정에 가까워 집안 내에서의 행실 중에도 일컬을 만한 것이 많았다.

일찍이 서산(西山) 김흥락(金興洛)[32] 선생과 만구(晩求) 이종기(李種杞)[33] 선생을 사사하였는데, 또한 귀로 듣고서 입으로 말하는 구이지학(口耳之學)에 갇히는 것을 달갑게 여기지 않고 오직 신실한 마음과 정직한 행실로써 스스로 유쾌하게 여겼다. 바야흐로 유배지로 갈 적에 화를 면하지 못할 것을 알았다. 친구들도 두렵고 위축되어 전송하는 자가 없었다. 영재(寧齋) 이건창(李建昌)[34]은 평소 강직하기로 이름이 났었는데, 공에게는 미칠 수 없다고 스스로 생각했다. 충정공(忠正公) 조병세(趙秉世)[35]가 말하기를 "내가 재상으로 있으면서 한 일은 안효제의 사면을 요청한 한 가지 일뿐이다."라고 하였으니, 공이 당세에 추중을 받은 것이 이와 같았다.

명은 다음과 같다.

---

32 김흥락(金興洛) : 1827-1899. 자는 계맹(繼孟), 호는 서산, 본관은 의성이다. 김성일(金誠一)의 주손(胄孫)이며 안동에 거주했다. 류치명의 문인이다. 저술로 24권 12책의 『서산집』이 있다.

33 이종기(李種杞) : 1837-1902. 자는 기여(器汝), 호는 만구, 본관은 전의이다. 현 경상북도 고령에 거주했다. 저술로 20권 10책의 『만구집』이 있다.

34 이건창(李建昌) : 1852-1898. 자는 봉조(鳳朝)·봉조(鳳藻), 호는 명미당(明美堂)·영재이며, 본관은 전주이다. 강화도에서 양명학을 가학으로 하는 집안 출신이다. 안효제와 만주 망명 생활을 함께 했던 이건승의 형이자 이건방의 종형이다. 저술로 20권 8책의 『명미당집』이 있다.

35 조병세(趙秉世) : 1827-1905. 자는 치현(穉顯), 호는 산재(山齋), 시호는 충정(忠正), 본관은 양주(楊州)이다. 1893년 좌의정이 되었고, 1905년 11월 을사늑약을 당하자 지속적으로 늑약의 파기를 주장하다가 음독 자결하였다.

어떤 물체가 무너질 적에 有物將壞
바로 좀도둑이 생겨나지 乃生蠹賊
무너진 뒤에 버려두면 旣壞而委
큰 쥐가 먹어 치운다네 碩鼠之食
어떤 사람은 그 독 편히 여기며 孰恬其毒
어떤 사람은 그 달콤함 구걸했지 孰丐其甘
어찌 자신을 돌아보지 않고 胡不自顧
그들의 은혜에 젖어 들었는가 雨露實涵
꿋꿋하도다 안공이여 侃侃安公
강직한 성품을 타고났네 剛賦天得
좋아하는 것 스스로 따르니 自從所好
세상사람 놀라 강직하다 했네 世駭曰直
장독(瘴毒)서린 바닷가 차가운 날씨 瘴海氷天
눈 구덩이로 들이치는 바람은 雪窖風飄
남들이 두려워하는 것이었지만 人所慄慄
공은 이런 상황을 받아들였네 公則是耽
사업에 어찌 반드시 공적을 세우랴 事豈必功
우리들이 힘쓸 바는 오직 의로움 뿐 義惟吾力
하늘을 우러러 후회가 없지만 昊天不悔
임종 땐 눈물 가슴에 가득하네 死淚盈臆
의주의 북쪽 지방에 龍灣之北
높고 높은 산이 있는데 有山巖巖
공이 실로 그 산에 어울리니 公實配之
내 묘갈명 부끄럽지 않으리 我銘不慙

墓碣銘 并序

曺兢燮 撰

朝鮮故弘文館修撰知製教, 守坡 安公, 以國亡之七年, 卒于中華 安東縣。親戚知舊, 謀所以處公柩者, 或曰:"公旣歿, 可以返矣。"於是, 故邦紳士及氓庶, 逃難赴義而相從以處者, 咸一辭言曰:"豈有安公而乞命讎人以葬者。苟返, 吾屬將奪之。"乃用明年二月辛亥, 葬于縣西河深溝負辛之原。

始卜地吉, 將買之, 主者曰:"吾聞安公忠臣。不敢以貨。"及葬, 中、日官吏, 皆來弔賻至感泣。而市者爲之罷, 役夫競相以車來助。

旣葬, 孤子喆相, 方守几筵, 使其從弟渭相, 操李公建昇所爲狀, 徵兢燮以外碑之銘記。昔謁公于龜山之舍, 時國遷已有兆。公酒酣慷然有淚聲。歷述平生事略, 盡意若有所屬。且曰:"某宰, 吾與之同其進退。吾嘗許其非近代人物, 今耄而遽易所守, 吾懲焉。", 若不能自保。余用是益信公能有始終者。其於是役也, 何敢以辭。

公諱孝濟, 字舜仲。上祖高麗 文成公 裕, 有尊聖翼道之功。三傳, 至文烈公 元璘, 別封耽津, 於是, 爲耽津 安氏。入國朝, 有以孝旌者六世。至諱起宗, 以軍功, 贈吏曹參議。曾祖諱宗洙, 祖諱禧老。考諱欽, 以侍從臣父耆老, 例授副護軍。妣贈淑夫人仁川 李氏, 士人敏儀女。

公少豪爽, 意度出人。太上癸未, 擢明經第, 翌年, 權知承文院副正字。時朝, 令更衣制, 務從輕窄。公上疏爭之, 不見納。然制尋復。久之, 連除成均館典籍、司憲府持平。有金榮善者, 受戚里指, 請改服色, 公又疏駁之, 得寢。

當是時, 宮禁淩雜, 有女媪, 自稱"關廟神女", 以祈禳, 竊寵弄權, 得擅除拜, 盤結深固。公上疏, 請斬其女。疏入久留中, 然直聲已動朝野。

於是, 三司、館學, 承奧旨, 請罪公。乃竄捧疏承旨朴始淳, 而安置公于楸子島。及趙公秉世, 入相首請赦公。上無意赦, 然重違大臣言, 量移荏子島。既而, 東匪大訌, 外兵入都。乃特赦公, 除弘文館修撰。時匪徒路掠人物, 公至則羅拜曰："此忠臣也。" 相戒不入公所居。

尋拜興海郡守, 公以親病辭, 上不許。是歲又大饑, 公乃赴任。於是, 政府撥米三千石, 差度支官, 就尤甚者三郡。令民以元價糴之, 約麥熟收其直。欠者責郡守, 諸郡守, 皆畏疑不敢糴與民。差官亦利私糶, 不肯開米船。

公令飢民曰："某日, 受賑于船所。", 民殊怪之, 然且隨公以往。公見差官, 請米二百石, 差官曰："興海不與三郡。" 公怒曰："饑等耳。朝廷以是活民, 君乃欲自利耶。", 乃麾民登船, 取米如其數, 積岸上。呼吏書書契曰："興海郡守某糴米若干石。" 書畢, 具印押, 與差官, 差官愕不敢出一言。是歲, 民賴而得全。

已而, 謁大府帥, 力言民不能辦直, 且朝家不當行商賈事。請報聞以施蕩典。帥故蓄怒以待公不之應, 然心服其賢, 爲申政府得, 卒如公言。

時紀綱日斁, 公具疏請斬逆臣干政者, 遣吏上之。會公弟昌濟, 言事繫獄, 被毒刑垂死。吏以疏還。未久, 公投劾歸。

其年秋, 中宮遇變, 公奔問入都, 且議請復壼位事。時大院君方視政, 欲引公以自助。有爲之留公者曰："從此可一蹴登亨衢矣。", 公笑曰："正恐一跌落坑塹耳。"

頃之, 群凶挾外勢, 勸上剃髮。公與一重臣受密詔, 夜如俄館, 見公使韋貝, 涕泣求保護。俄使亦感動, 若自任者。既而, 事忽變, 公亦逃歸。自此, 屏居養親, 讀 《綱目》 以自遣。

乙巳條約成, 公常憤嘆, 惟以醇酒度日。及庚戌聞合邦報, 絶食七日, 不死則曰："吾其瘦死室中乎。"

時日本有稱恩賜金者, 亦及於公。公以書却之甚嚴。巡查來, 欲執公去, 公自投于檻, 檻高數仞。巡査遽捧之, 輿而去, 拘之獄。誘脅百端, 公厲聲曰："國可奪, 吾寸心, 不可奪也。" 日人從壁穴饋之飯, 公引椀擊其面曰："吾豈食汝穴飯求生者耶?"

於是, 不食四日矣。天又寒, 屋壁多穿。風雪砭肌骨, 公猶端坐不動。

日人相驚曰："是鐵石人不可屈, 且殺之不可。", 因放公。又囚公子喆相劫之, 公書與喆相曰："汝毋死汝父也。" 警官見其書, 乃亦放喆相。然日伺公動靜。

明年春, 伺稍弛, 公乃北走三千里, 入中國 臨江縣。徒行氷雪中, 腓毛盡脫。歲餘, 喆相來覲, 道遇盜, 幾死。公念其地不可居, 會本國士大夫多避地于安東縣, 乃徙而從之。

始僦屋湫隘不可堪。公偃息軒昂若自得, 未嘗有摧沮色。居數年, 得疾轉劇, 子婦在側號泣。公屛之, 邀諸友談笑, 慷慨以卒。實丙辰十二月十七日, 享年六十七。將瞑, 有異氣如電, 從鼻孔出戶, 見者異之。

夫人永嘉 權氏 仁秀女, 有淑德。先公沒。育一男二女, 男卽喆相, 女適士人金相浩、參奉許鉐。喆相娶校理鄭在教女, 生四男三女。男長炅德, 女長適崔載文。餘皆幼。

公骯髒負氣, 議論英發。意有所執, 卽自遂不顧。然汎愛好善, 喜聞過。樂易近人情, 內行多可稱者。

嘗師事金西山 興洛、李晩求 種杞兩先生, 而亦不屑爲檢押口耳學, 惟信心直行, 以自愉快。方赴謫也, 自知不免。親舊畏約, 無相送者。李寧齋 建昌, 素名剛直, 而以公爲不可及。趙忠正公嘗語人曰："吾相業, 惟請赦安孝濟一事而已。", 其見重當世, 如此。

銘曰："有物將壞, 乃生蠹賊。旣壞而委, 碩鼠之食。孰恬其毒, 孰丐其甘。胡不自顧, 雨露實涵。侃侃安公, 剛賦天得。自從所好, 世駭曰'直'。瘴海氷天, 雪窖風颿, 人所慄慄, 公則是耽。事豈必功, 義惟吾力。昊天不悔, 死淚盈臆。龍灣之北, 有山巖巖, 公實配之, 我銘不慙。"

❖ 원문출전

安孝濟, 『守坡集』 卷8 附錄, 曺兢燮 撰, 「墓碣銘幷序」(국립중앙도서관 청구기호 古3648-45-41-1)

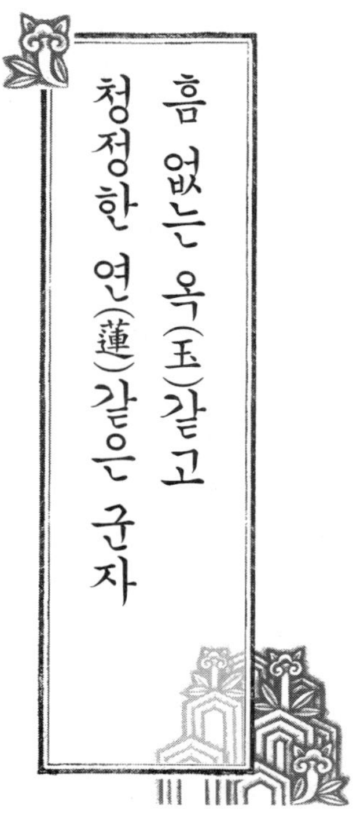

흠 없는 옥(玉)같고 청정한 연(蓮)같은 군자

정면규(鄭冕圭) : 1850-1916. 자는 주윤(周允), 호는 농산(農山), 본관은 초계(草溪)이다. 현 경상남도 합천군 쌍백면 육리(陸里) 묵동(墨洞)에서 태어났다. 종형 정재규(鄭載圭)를 통해 기정진(奇正鎭)을 만나 가르침을 받았으며, 기정진 사후 정재규를 스승으로 섬겼다.

1901년 송병선(宋秉璿) 등이 이이(李珥)의 학설과 어긋난다며 『노사집(蘆沙集)』 훼판을 요구하자 정재규와 함께 반박하였다. 1905년 을사늑약이 체결되자 정재규와 함께 최익현(崔益鉉)을 찾아가 창의를 도모하였는데, 결행되지 못하여 고향으로 돌아와 은거하였다.

교유인물은 곽종석(郭鍾錫)·허유(許愈)·권운환(權雲煥)·권기덕(權基德) 등이 있다. 저술로 15권 8책의 『농산집』이 있다.

농산(農山) 정면규(鄭冕圭)의 묘갈명 병서

권재규(權載奎)[1] 지음

농산 선생(農山先生) 정공(鄭公)은 노백헌(老柏軒)[2] 선생의 사촌 아우로, 가학에 훈도 되고 학문에 정진하여 덕행과 학문이 모두 뛰어났다. 그래서 사람들이 정씨(程氏) 백숙(伯叔)[3]에 견주었다. 아, 성대하도다.

공의 휘는 면규(冕圭), 자는 주윤(周允), 본관은 초계(草溪)이다. 고려시대 광유후(光儒侯) 휘 배걸(倍傑)이 시조이다. 이분이 휘 문(文)을 낳았는데, 정당문학(政堂文學)을 역임하였다. 부자가 함께 문교(文教)를 찬양한 공이 있다. 본조에 들어와 휘 옥윤(玉潤)은 학행으로 천거되어 현감이 되었고, 뒤에 이조 참판에 추증되었으며, 학자들이 '서정 선생(西亭先生)'이라 일컫는다.

4대를 내려와 휘 진철(震哲)은 임진왜란 때 창의한 공훈이 있었으며, 부사(府使)를 지냈다. 이분의 차남 부사과 휘 홍눌(弘訥)은 백부 휘 진선(震善)의 후사가 되었다. 이분이 공의 9세조이다. 이로부터 3대를 내려와 휘 종인(宗仁)은 호가 임연정(臨淵亭)인데, 고요히 은거하며 자신의 지조

---

1 권재규(權載奎) : 1870-1952. 자는 군오(君五), 호는 송산(松山)·이당(而堂), 본관은 안동이다. 권규(權逵)의 후손이며, 경상남도 산청군 단성면 강루리(江樓里) 교동(校洞)에서 태어났다. 저술로 46권 23책의 『이당집』이 있다.

2 노백헌(老柏軒) : 정재규(鄭載圭, 1843-1911)이다. 자는 영오(英五)·후윤(厚允), 호는 노백헌·애산(艾山), 본관은 초계(草溪)이며, 현 경상남도 합천군 쌍백면 육리 묵동에 거주하였다. 기정진에게 수학하였다. 저술로 49권 25책의 『노백헌집』이 있다.

3 정씨(程氏) 백숙(伯叔) : 북송(北宋) 때 유학자 정호(程顥)와 정이(程頤) 형제를 가리킨다. 형 정호는 명도(明道) 선생, 동생 정이는 이천(伊川) 선생으로 불린다.

를 지켰다. 증조부의 휘는 이구(履九)이고, 본생가 증조부의 휘는 이헌(履獻)이다. 조부 휘 언민(彦民)은 호가 구이헌(懼而軒)인데, 맑은 덕행과 두터운 인망이 있었으며, 아들 휘 방찬(邦纘)에게 본생가의 제사를 받들게 하였다. 이분이 곧 공의 부친이다. 모친 밀양 박씨는 기수(基守)의 딸로, 굳은 정조와 맑은 성품으로, 근면하고 근신하며 효성스럽고 자애로웠다.

공은 철종(哲宗) 경술년(1850)에 태어났다. 6세 때 부친을 여의어, 조부 구이공에게 양육되었다. 배우기 시작해서는 매우 총명하고 지혜로웠으며, 과거공부에 매진해서는 종종 사람들을 놀라게 할 만한 글귀를 지었다. 20세를 넘어서는 위기지학에 지향을 두었다. 밤낮으로 노백헌 선생을 종유하여 몸가짐에는 일정한 법도가 있었고, 독서할 적에는 정밀한 사고를 추구하였다.

노백헌 선생은 매번 노사 선생(蘆沙先生)[4]을 찾아가 배우고 집으로 돌아오면 반드시 배운 것을 상세히 탐구하여 깊이 열복하였다. 기묘년(1879) 봄 공은 노백헌 선생을 따라 가서 노사 선생을 뵈었다. 노사 선생은 공과 더불어 이야기하고서 말씀하기를 "기이한 재능을 가졌구나."라고 하였다. 공은 며칠 동안 머물며 가르침을 받았는데 황홀하게 터득함이 있었다. 집으로 돌아와서는 더욱 자신을 격려하며 독실하게 정진하기를 그만두지 않았다. 노사 선생이 세상을 떠난 뒤에 그 도의 전승이 노백헌 선생에게 있음을 알고서는, 노백헌 선생을 종신토록 의지할 곳으로 삼았다.

병신년(1896) 단발령이 내려졌다. 노백헌 선생은 여러 동지들을 모집하여 죽음으로써 지조를 지키며 단발령을 따르지 않으려는 거동을 하기

4 노사 선생(蘆沙先生) : 기정진(奇正鎭, 1798-1879)이다. 자는 대중(大中), 호는 노사, 시호는 문간(文簡), 본관은 행주(幸州)이며, 현 전라북도 순창군 출신이다. 저술로 30권 17책의 『노사집』이 있다.

로 하였는데, 공이 힘써 그 일을 도왔다.[5] 얼마 뒤 단발령이 잠잠해져서 이에 그만두었다. 신축년(1901) 노사 선생의 문집을 중간하였다. 개중에는 문집 속에 리(理)를 논한 것이 선현의 설을 범한 것이 있다는 것으로 통문을 돌려 대중을 선동하는 자도 있었고, 또 논변하는 설을 지어 사람들을 현혹시키는 자가 있어서 사태를 예측할 수 없었다. 그런데도 공은 태연하게 말씀하기를 "예로부터 성현들은 한 때의 굽힘이 있지 않은 분이 없었다. 우리의 도가 성현에게 합치된다면 끝내 굽히게 될지라도 근심하지 말라. 백세의 훗날에는 부절처럼 합치되어 다시 밝아지기를 기대할 수 있을 것이다."라고 하였다.

을사년(1905) 늑약의 변고가 있어서 나라가 없어지려 하였다. 여러 동지들과 노백헌 선생을 모시고 최면암(崔勉菴)[6] 선생을 찾아가 창의를 도모하였다.[7] 나라 안의 유생들에게 통고하여 노성(魯城)[8]의 궐리사(闕里祠)[9]에서 모여 사세를 되돌릴 거사를 하였다. 그런데 회의를 하자 중론이 모아지지 않아, 마침내 통곡하고서 집으로 돌아왔다. 이에 문을 닫고 늑약에 대한 통분을 참으며 자정(自靖)으로써 분수를 삼았다.

신해년(1911) 노백헌 선생이 세상을 떠나자 염습과 초빈(草殯), 장례와 제례를 예(禮)에 어김없이 절차대로 신중히 거행하였다. 노백헌 선생의

5 공이……도왔다 : 「농산정선생행장(農山鄭先生行狀)」에 의하면 당시 병으로 누워 있는 정재규를 대신해 원근의 사우들에게 그의 의론을 알렸다.

6 최면암(崔勉菴) : 최익현(崔益鉉, 1833-1906)이다. 자는 찬겸(贊謙), 호는 면암, 본관은 경주(慶州)이며, 경기도 포천 출신이다. 이항로에게 수학하였다. 저술로 48권 24책의 『면암집』이 있다.

7 창의를 도모하였다 : 1905년 12월 25일 정재규가 정면규 등 10여 명과 함께 최익현을 찾아가 거취를 같이하고 사생을 함께 하기를 계획한 것을 말한다.

8 노성(魯城) : 현 충청남도 논산시 노성면을 가리킨다.

9 궐리사(闕里祠) : 공자의 영정이 봉안된 사당으로, 현 충청남도 논산시 노성면 교촌리에 있다.

유문을 간행하여 세상에 반포하였고, '서사(書舍)[10]는 노백 선생이 도를 강론하던 곳으로 쓸쓸히 비워둘 수 없다.'고 여겨 공이 그곳에 거처하였다. 이에 학자들이 노백헌 선생을 섬기던 것으로 공을 섬겼다. 공도 도를 전수할 책무를 자임하여 한결같은 마음으로 가르침을 게을리하지 않았다.

을묘년(1915) 왜놈들이 묘적법(墓籍法)[11]을 시행하려 하였다. 공이 분연히 말씀하기를 "선조의 분묘를 저 원수들의 문건 속에 기록되게 하는 것을 참을 수 있겠는가."라고 하며 집안사람들을 모아 이치로써 깨우치니, 모두 한마음으로 따랐다. 근방의 사족(士族) 가문도 공의 이러한 처사에 힘입어 화를 면한 집이 많았다. 병진년(1916) 9월 13일 공이 생을 마쳤다. 10월에 문인들과 벗들이 봉서동(鳳棲洞)[12] 뒷산 모좌 언덕에 모여 장사지냈다.

공의 집안에 있을 때의 행실은 순정하고 예절을 갖추었다. 평생 부친을 일찍 여의어 고아가 된 것을 지극한 아픔으로 여겨, 모친을 섬길 적에 모친의 뜻에 순종하였다. 집안이 매우 가난하여 맛있는 음식이 자주 떨어졌지만 반드시 자력으로 봉양하며 구차하게 남에게 요구하지 않았다.

상례를 치를 적에는 슬픔을 극진히 하고, 제사를 받들 적에는 정성스럽게 하였는데, 또한 분수에 지나친 행위를 하지 않았다. 집안을 다스릴 적에 큰 소리와 성난 안색을 드러내지 않았는데도 집안사람들이 저절로

10 서사(書舍) : 현 경상남도 합천군 쌍백면 육리 묵동 마을에 남아 있다. '노백서사'라고 부른다.

11 묘적법(墓籍法) : 일제 강점기에 시행된 묘적계(墓籍屆)로 묘의 잔디를 입혔는지 여부, 인가(人家) 수, 토질, 수목의 종류와 수, 논밭, 도로, 등고선, 묘지 형태, 분묘 여부, 사망자 이름, 성별, 가족관계, 제주(祭主) 이름까지 상세히 기록하였다.

12 봉서동(鳳棲洞) : 현 경상남도 합천군 쌍백면 육리 묵동 봉서재를 가리킨다. 정면규의 묘소는 이 봉서재 너머에 있다.

교화되었다. 처음에 몇 이랑의 토지를 소유하였는데, 팔아서 제부(諸父)의 부채를 상환하였다. 이 때문에 곤궁함이 더욱 심해졌지만 태연한 태도로 개의치 않았다. 종족에 대해서는 절대 마음속으로 비교하여 따지지 않았다. 남들과 교제할 적에는 그의 지향을 볼 뿐 모든 것을 다 구비하기를 요구하지 않았다. 성(性)과 천도(天道)에 대해서는 마음속으로 사색하여 자득하는 것을 선무로 삼았다.

공은 강론하고 논변하며 저술하기를 즐거워하지 않았는데, 일찍이 말씀하기를 "이는 한 번의 생각으로 변별[13]을 명료하게 할 수 있고, 한 때의 말로 안건을 결정할 수 있는 것이 아니다. 모름지기 스스로의 견해가 정밀하고 명료하며 수양한 것이 견고하고 명확해야 의논할 수 있다."라고 하였다. 만년에 벗들과 논변을 통해 한두 마디 설을 주장한 것이 있으니, '대저 기에 나아가서 리를 밝히고, 리를 근본으로 하여 기를 말하면 명확하지 않거나 갖추어지지 않은 폐단이 없을 것이다.'라는 것이다.

초취 부인은 성산 이씨(星山李氏)이고, 재취 부인은 청송 심씨(靑松沈氏)인데, 심씨 부인이 4녀를 낳았다. 아들이 없어서 종제 치규(致圭)의 아들 현질(鉉晊)을 후사로 삼았다. 이우영(李愚榮)·유용근(柳庸根)·하원철(河源澈)·이병길(李炳佶)은 사위이다.

아! 고금의 선비들은, 타고난 자질은 그 정밀하고 순수함을 얻기가 어렵고, 학문을 해서는 긴절하고 박실함을 성취한 이가 드물다. 그러므로 결국 성취한 것은 흠잡을 만한 병폐가 없을 수 없다. 공의 유순하면서 굳세고, 고요하면서도 밝음은 자질의 순수함이다. 앎은 진실을 추구하였고 행실은 돈독함을 구했으며, 마음으로부터 몸에 이르고 이치에 근본하여 일을 제어함은 학문의 실천이다. 그러므로 덕을 이룬 것은 공평하

13 변별: 원문의 '판(辦)' 자는 '변(辨)' 자의 오류인 듯하다.

고 단정하며, 너그럽고 맑아서 마치 흠이 없는 옥(玉)이나 항상 청정한 연(蓮)과 같아 진실로 "군자다운 사람이라 후생들의 모범이 된다."라고 말할 수 있다. 세상에서 구차하고 곤란한 것을 좋아하며 크게 떠벌리기를 힘써 스스로 현인이라 여기는 자들이 어찌 공을 잘 알 수 있겠는가.

어느 날 현질(鉉晊)이 공의 문인 남정우(南廷瑀)[14]가 지은 행장을 받들고 와서 나에게 묘갈명을 청하였다. 나는 30여 년 동안 공을 종유하여, 공을 익숙히 아는 데다 깊이 앙모하였다. 그러나 나는 사람됨과 문장이 졸렬하니, 어찌 그 일을 감당하겠는가. 나는 다만 공이 만년에 명호공(明湖公)[15]과 함께 자유롭게 이야기하다 '세상을 떠난 뒤의 일은 재규에게 맡긴다.'라고 한 말씀을 기억하고 있다. 이 말씀은 비록 농담이었지만 감개하여 슬퍼하는 마음이 없을 수 없다. 이에 행장에 있는 내용을 간추려 서술하고 명을 덧붙인다.

명은 다음과 같다.

노백헌·농산 선생 함께 태어난 것	柏農幷作
하늘이 우연히 내리지 않은 듯하네	天若不偶
끝내 산림에서 늙어 가셨으니	竟老山澤
세상에 어찌 유익함 있었으랴	於世何有
노사 선생은 전한 것 있으니	蘆山有傳
여러 성인의 참된 지결	千聖眞訣
서로 더불어 학문에 정진하여	我邁爾征
한마음으로 그 도를 계승했네	一心紹述

14 남정우(南廷瑀) : 1869-1947. 자는 사형(士珩), 호는 입암(立巖), 본관은 의령이다. 저술로 21권 11책의 『입암집』이 있다.

15 명호공(明湖公) : 권운환(權雲煥, 1853-1918)이다. 자는 순경(舜卿), 호는 명호, 본관은 안동이다. 현 경상남도 산청군 신안면 안봉리 월명산 아래에 거주하였다. 정재규에게 수학하였다. 저술로 19권 10책의 『명호집』이 있다.

서로 의리를 연역하기도 하고	或相演繹
서로 의견을 소통하기도 했지	或相疏瀹
그 도의 실마리를 전하여	能令傳緖
해와 별처럼 환히 빛나게 했네	日星昭赫
세상에 쓰인 사람과 비교해 보면	其視世用
누가 낫고 누가 못하겠는가	孰優孰劣
먼 훗날의 군자들은	百世在後
이 비석에서 질정하리	揭石以質

農山先生 鄭公 墓碣銘 幷序

權載奎 撰

農山先生 鄭公, 以老柏先生從父弟, 擩染征邁, 德學幷峙。人擬之以程氏之伯叔。吁其盛矣。公諱冕圭, 字周允, 系出草溪。肇祖高麗 光儒侯諱倍傑。是生諱文, 政堂文學。父子有贊揚文敎之功。我朝有諱玉潤, 以薦爲縣監, 後贈吏參, 學者稱“西亭先生。”

四傳至諱震哲, 有壬燹義勳, 官府使。第二子副司果諱弘訥, 後伯父諱震善。寔公九世。三傳而諱宗仁, 號臨淵亭, 恬靜自守。曾祖諱履九, 本生諱履獻。祖諱彦民, 號懼而軒, 有淸德厚望, 以其子諱邦纘, 奉本生祀。卽公考。妣密陽 朴基守女, 貞苦淸淑, 勤謹孝慈。

公以哲宗庚戌生。六歲而孤, 養于懼而公。及就學, 甚聰慧, 業功令, 往往有驚人句。旣冠, 有志爲己之學。昕夕從老柏先生遊, 持身有恒度、讀書要精思。老柏先生每遊蘆門而歸, 則必詳叩其所聞, 而深悅之。己卯春, 隨往拜蘆沙先生。先生與語而曰 : “奇才也。” 公留數日承誨, 怳然有得。旣歸, 益自激厲, 慥慥不已。蘆沙先生旣沒, 知斯道之傳在老柏先生, 則以先生爲終身依歸之地。

丙申, 有剃緇令。老柏先生謀集諸同志, 爲守死不從之擧, 公力贊之。未幾令寢, 乃已。辛丑, 重刊蘆沙先生文集。人有以集中論理有犯先賢, 飛文煽衆, 又有辨說以眩人者, 事將不測。公夷然曰:"從古聖賢, 莫不有一時之屈焉。吾道之合乎聖賢, 則不患其終屈也。百世在後, 可執契而待也。"

乙巳, 有勒約之變, 而國將無焉。與諸同志, 陪老柏先生, 往謀崔勉菴先生。通告域中章甫, 會于魯城之闕里祠, 爲旋斡之擧。及會衆議不諧, 遂痛哭而歸。於是, 杜門忍痛, 分以自靖。辛亥, 老柏先生棄世, 斂殯葬祭, 克謹無違禮。校刊遺文, 以行於世, 以爲"書舍先生講道之所, 不可空寂。", 因處焉。於是, 學者, 以所事老柏先生者, 事之。公亦自任其責, 一心不倦。

乙卯, 倭奴將行墓籍法。公奮然曰:"忍以先世墳墓, 輸納于彼券中乎。", 會宗族, 以理諭之, 皆翕然從之。傍近士族家, 亦多賴而免焉。丙辰九月十三日考終。踰月, 門人知舊, 會葬于鳳棲洞後山某坐原。

公內行純備。平生以早孤而身獨爲至痛, 事母夫人, 婉愉順志。貧甚, 甘旨屢乏, 而必要自力, 不苟求於人。居喪致哀, 奉祀以誠, 而亦不爲過高之行。御家不加聲色, 而家人自化。始有數畝田, 斥償諸父債。由是窮益甚, 恬然不爲意。於宗族, 絶無計較心。與人交, 惟視志而不責備。於性與天道, 以心思自得爲務。不喜講辨著述, 嘗曰:"此非一番意想, 所可了辦; 一時口氣, 所能決案。須自我見得精明、養得牢確, 乃可議。" 爲晩因知舊論辨, 而有一二立言者, 則"大抵卽氣而明理、本理而言氣, 無不明不備之弊焉。" 配星山 李氏、青松 沈氏, 沈氏生四女。無男子, 子嗣以從弟致圭子鉉晊。李愚榮、柳庸根、河源澈、李炳佶, 壻也。

嗚呼! 古今儒者, 禀質難得其精粹、爲學鮮有能切實。是以, 究竟成就, 不能無疵病之可議。惟公馴而毅、靜而明, 資之粹也; 知要其眞、行要其篤, 自心而達乎身、本理而制乎事, 學之實也。故其成德也, 平正端的、醞藉明潔, 如玉之無瑕、荷之常淨, 眞可謂"君子人而爲後生之師範也。" 世之好苟難、務夸大, 自以爲賢者, 惡足以知公哉。

日鉉晊奉公門人南廷瑀所撰狀行, 徵載奎以羨門之銘。載奎從公遊三十餘年, 知公熟而仰公深矣。然人文俱拙, 其何敢當。第記公晩年與明湖公縱談, 至身後事, 及於載奎。此雖戲言, 不能無感愴。乃就狀采剟而叙之, 繼以銘。

銘曰:"柏、農幷作, 天若不偶。竟老山澤, 於世何有。蘆山有傳, 千聖眞訣。我邁爾征, 一心紹述。或相演繹, 或相疏瀹。能令傳緖, 日星昭赫。其視世用, 孰優孰劣。百世在後, 揭石以質。"

❖ 원문출전

權載奎,『而堂集卷』卷39,「農山先生鄭公墓碣銘幷序」(경상대학교 문천각 古(계남) D3B 권72ㅇ)

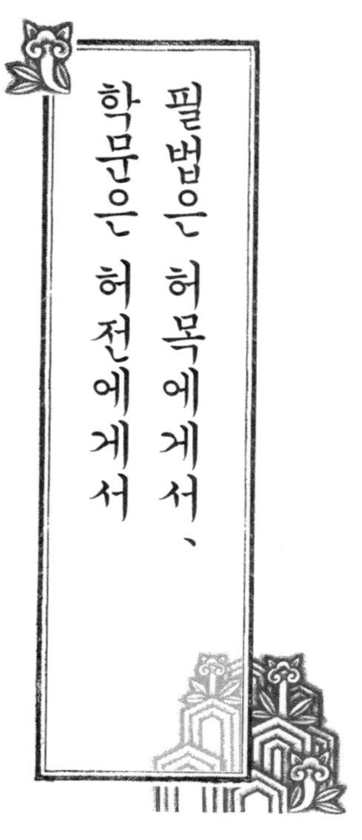

허찬(許巑) : 1850-1932. 자는 태현(泰見), 호는 소와(素窩), 본관은 양천(陽川)이다. 현 경상남도 의령군 대의면 모의리에서 태어났다. 허목(許穆)의 방계후손이고, 허전(許傳)에게 수학하였다. 박치복(朴致馥)·허유(許愈)·김진호(金鎭祜)·장석영(張錫英)·노상직(盧相稷) 등과 교유하였다. 허목의 『경례류찬(經禮類纂)』을 간행하고 『기언(記言)』을 중간하였다. 이택당(麗澤堂) 창건에 동참하였으며, 미연서원(嵋淵書院)을 복원하여 허목의 영정을 봉안하였다.
저술로 10권 4책의 『소와집』이 있다.

소와(素窩) 허찬(許巑)의 묘갈명

김재화(金在華)[1] 지음

소와 처사(素窩處士) 허공(許公)은 임신년(1932) 2월 24일에 의령(宜寧)의 모의리(慕義里) 옛 집에서 향년 83세로 세상을 떠나셨다. 다음 달 삼가(三嘉) 용반산(龍盤山) 선영 아래의 유좌(酉坐)에 장사지냈으니[2] 유언을 따른 것이다. 얼마 뒤 문하의 여러 공들이 함께 모여 공이 남긴 글을 엮어서 간행하려고 하였다. 그러나 서술한 글 가운데 미비한 점이 있었기 때문에 공의 손자 만조(萬祚) 군을 보내 나에게 묘갈명을 부탁하였다.

나는 외딴 곳에서 곤궁하게 지내며 몸에 병도 많아 발자취가 백리 밖에 나가 본 적이 드물었다. 그러므로 공이 우리 고을에서 큰 덕망이 있는 분이라는 소문을 일찍이 들었지만 공이 살아 계실 때 미처 찾아뵙지 못하였다. 그런데도 이제 여러 군자들이 나를 도외시하지 않고 이 일에 참여하게 하였으니, 감사하고 다행스러워 공에 대해 말하지 않을 수 없다.

삼가 살펴보건대, 공의 휘는 찬(巑), 자는 태현(泰見), 호는 소와(素窩)이고, 본관은 양천(陽川)이다. 양천 허씨(陽川許氏)는 고려 공암촌주(孔巖村主) 휘 선문(宣文)을 시조로 삼는다. 조선 중기에 이르러 영의정에 추증

1 김재화(金在華) : 1887-1964. 자는 회여(晦汝), 호는 순재(醇齋), 본관은 청도(淸道)이다. 조긍섭(曺兢燮)에게 수학하였다. 김택영(金澤榮)·이건승(李建昇) 등 당대 문인들과 문장에 대한 활발한 논의를 펼쳤던 인물로, 특히 곽종석에게 '한산두(韓山斗)'라는 평가를 받을 만큼 한유(韓愈)의 고문에 관심이 깊었다. 저술로 25권 13책의 『순재집』이 있다.

2 장사지냈으니 : 허찬의 묘소는 현 경상남도 의령군 대의면 중촌리 산31번지에 있다.

된 휘 교(喬)는 세 아들을 두었는데, 장남 휘 목(穆)[3]이 바로 미수(眉叟) 문정공(文正公)이다. 차남 휘 의(懿)는 현감을 지냈고, 호는 죽천(竹泉)이다. 죽천공이 병자호란을 만나 어머니를 모시고 한양에서 의령(宜寧)으로 피난하였는데, 공과 5세 차이가 난다.[4] 증조부 휘 경(憬)은 부호군을 지냈다. 조부의 휘는 영(砅)이고, 부친의 휘는 우(佑)인데, 대대로 문행이 있었다. 모친 회산 황씨(檜山黃氏)는 상채(尙彩)의 딸이다. 공은 철종 경술년(1850) 12월 16일에 태어났다.

공은 성품이 강직하고 밝고 맑고 간결하였으며, 어린데도 일의 두서를 알았다. 집안이 가난하였지만 배우기를 좋아하였고, 필법은 문정공을 본받아 그 깊은 이치를 제법 터득하였다. 갑자년(1864) 성재(性齋)[5] 허 문헌공(許文憲公)이 김해 부사로 부임하였는데, 일찍이 족친을 방문하다가 의령에 이르러 공이 독서하는 모습과 글씨를 쓰는 것을 보고 훌륭한 그릇이라 여기며 기특해 하였다. 공은 당시 갓 15세였다. 그해 모친상을 당했는데, 상례를 거행하는 것이 성인 같았다.

경진년(1880) 폐백을 갖추어 불권당(不倦堂)[6]으로 성재 선생을 찾아뵙

---

3 목(穆) : 허목(許穆, 1595-1682)이다. 자는 문보(文甫)·화보(和甫), 호는 미수, 본관은 양천(陽川)이다. 시호는 문정공이다. 정구(鄭逑)에게 수학하였으며, 저술로는 67권의 『기언』 등이 있다.

4 5세 차이가 난다 : 허의(許懿)는 허찬의 7세조[懿-翀-憬-澳-檄-砅-佑-巑]이니, 실제 6세 차이가 난다.

5 성재(性齋) : 허전(許傳, 1797-1886)의 호이다. 자는 이로(而老), 본관은 양천이다. 이익(李瀷)·안정복(安鼎福)·황덕길(黃德吉)을 이은 기호(畿湖)의 남인학자로서 퇴계학파를 계승한 류치명(柳致明)과 더불어 학문적으로 쌍벽을 이루었으며, 1864년 김해 부사에 부임하여 영남 지역의 학풍을 진작시켰다. 저술로 45권 23책의 『성재집』과 『사의(士儀)』 등이 있다.

6 불권당(不倦堂) : 1873년 허전이 경연일강관으로 경연에 참여했을 때, 고종이 허전에게 "늙어서도 게을리하지 않으며, 손에서 책을 놓지 않는다[老而不倦, 手不釋卷.]"는 말을 하였다. 1875년 허전은 '게으름은 만사가 폐해지는 원인'이라 하여 경계하는 「불권당기」를 지었고, 자신의 집 당호를 '불권당'이라고 붙였다. 당시 허전은 서울의 서대문 밖에

고 수업을 청하였다. 3년 동안 심학(心學)의 지결(旨訣)을 모두 듣고 집으로 돌아와 일상생활 속에서 실천하며 익혔다. 때때로 동시대의 여러 이름난 학자들을 따라 종유하면서 절차탁마한 것이 많았다. 예를 들면 만성(晚醒) 박치복(朴致馥),[7] 후산(后山) 허유(許愈),[8] 약천(約泉) 김진호(金鎭祜),[9] 회당(晦堂) 장석영(張錫英),[10] 소눌(小訥) 노상직(盧相稷)[11] 등과 같은 여러 공은 그들 중에서도 뛰어난 분들이었다.

병술년(1886) 부친상을 당했는데, 크고 작은 상례의 일을 한결같이 성재 선생의 『사의(士儀)』를 따라 행했다. 젊어서 부친의 명으로 과거공부를 하였는데 능하다는 명성이 있었다. 그러나 부친상을 당한 뒤로 마침내 과거공부를 그만두고 자굴산(闍屈山)[12] 아래의 깊은 골짜기로 들어가 은거하였다. 나물 반찬에 맹물을 마시며 빈한하게 살았지만 날마다 예전에 들은 것을 연역하다가 마음에 합치되는 것이 있으면 종이에 기록

거주하였는데, 그 뒤 과천(1882), 냉천동(1883), 경기도 안산(1886)으로 거주를 옮길 적에도 당호를 계속해서 불권당이라 붙였다.

7 박치복(朴致馥) : 1824-1894. 자는 동경(董卿), 호는 만성(晚醒), 본관은 밀양이다. 경상남도 함안군 안인(安仁)에서 태어났다. 류치명·허전의 문인이다. 저술로 16권 9책의 『만성집』이 있다.

8 허유(許愈) : 1833-1904. 자는 퇴이(退而), 호는 후산·남려(南黎)이다. 본관은 김해이고, 현 경상남도 합천군 가회면 오도리에서 태어났다. 이진상의 문인이다. 저술로 19권 9책의 『후산집』이 있다.

9 김진호(金鎭祜) : 1845-1908. 자는 치수(致受), 호는 물천(勿川)·약천(約泉), 본관은 상산(商山)이다. 허전(許傳)과 이진상(李震相)에게 배웠다. 저술로 16권 9책의 『물천집』이 있다.

10 장석영(張錫英) : 1851-1929. 자는 순화(舜華), 호는 추관(秋觀)·회당, 본관은 인동(仁同)이며, 현 경상북도 칠곡군 약목면 각산리 출신이다. 이진상에게 수학하였다. 1919년 3·1운동 때, 파리장서를 초안하였다. 저술로 43권 21책의 『회당집』이 있다.

11 노상직(盧相稷) : 1855-1931. 자는 치팔(致八), 호는 소눌, 본관은 광주(光州)이며, 현 경상남도 창녕에 거주하였다. 허전(許傳)에게 수학하였으며, 저술로 48권 25책의 『소눌집』이 있다.

12 자굴산(闍屈山) : 현 경상남도 의령군 가례면·칠곡면·대의면에 걸쳐 있는 산이다.

하였다. 후생들을 이끌어 가르칠 적에는 게을리하지 않아, 천하의 즐거움[13]으로 이와 바꿀 것이 없다는 것을 알게 되었다.

공은 이미 문정공을 백조(伯祖)로 삼고, 문헌공을 스승으로 삼았다. 무릇 두 선생을 제향하는 일과 그분들의 문집을 간행하는 일 중에 더러 지난날 겨를이 없어 빠뜨린 것이 있으면 반드시 일을 계획하여 성취할 것을 생각하였다. 예를 들어 『경례류찬(經禮類纂)』·『기언(記言)』의 간행과 이택당(麗澤堂)[14]·이의정(二宜亭)[15]을 건립하고 수리하는 일과 두 선생의 영정을 봉안하는 일에 대해 처음부터 주도하기도 하고 유종의 미를 거두도록 돕기도 하였다. 심지어 기력의 노고를 꺼리지 않고 천 리 길을 왕복하는 일이 여러 번 있었는데 끝내 완성하기에 이르자 사람들이 모두 공에게 공로를 돌렸다. 그러나 공은 스스로 부족하게 여기는 듯하였다. 만년에는 나이와 덕망으로 여러 차례 서원의 강석을 맡았다.

공의 부인은 상주 주씨(尙州周氏) 주도항(周道恒)의 딸로, 신재 선생(愼齋先生)[16]의 후손이다. 혼인을 하기 전에 기이한 병에 걸렸는데, 발병하면 문득 부르짖고 분주히 뛰어다녀 행동거지가 괴이하고 어지러웠다. 공은 혼례를 치른 날 저녁부터 부인이 발병한 것을 알게 되었는데 힘써 선처하여 종신토록 은의(恩義)를 폐하지 않았으니, 사람들은 모두 해내

---

13 천하의 즐거움 : 맹자가 말한 군자의 세 가지 즐거움으로, 곧 첫째 부모가 모두 생존하고 형제가 무고한 것, 둘째 하늘과 사람에게 부끄러움이 없는 것, 셋째 영재(英才)를 교육하는 것이다. (『맹자』「진심 상」)

14 이택당(麗澤堂) : 현 경상남도 산청군 신등면 법물리에 있다. 허전의 영정을 모시기 위해 세운 사당이다.

15 이의정(二宜亭) : 현 경상남도 의령군 대의면 중촌리 곡소 마을에 있는 누정이다. 인조 때 허목(許穆)이 병자호란을 피하여 자굴산 골짜기에 우거하면서 이 정자를 짓고 10년 동안 은거하였다.

16 신재 선생(愼齋先生) : 주세붕(周世鵬, 1495-1554)이다. 자는 경유(景遊), 호는 신재, 본관은 상주(尙州)이다. 1522년 문과에 급제하였다. 1541년 풍기 군수로 나갔다가 1543년 최초의 서원인 백운동서원(白雲洞書院)을 세웠다.

기 어려운 일이라고 생각하였다. 두 아들은 경(坰)과 기(琪)이고, 사위는 참봉 이진기(李鎭箕)이다. 손자와 손녀는 모두 8인인데, 경의 아들은 만규(萬奎)·만조(萬祚)·만주(萬柱)이고, 사위는 윤병룡(尹炳龍)이다. 기의 아들은 만진(萬鎭)이고, 사위는 권우현(權禹鉉)·이순주(李淳柱)·이규홍(李圭弘)이다.

명은 다음과 같다.

공의 도는 부부에서 단서가 비롯되었고	道造端乎夫婦
학문은 사우에게서 유익함을 취했네	學取益於師友
행실은 처한 본분에 편안하였고	其行也旣安於素位
하늘은 수명까지 두터이 주었네	而天又篤之以黃耉
공에게 실상과 명성이 있었으니	斯其所以有實有名
그리하여 사문의 원로가 되었네	而爲斯文之耆舊者乎

계유년(1933) 5월 일 도주(道州 : 清道) 김재화(金在華)가 삼가 지음.

墓碣銘

金在華 撰

素窩處士 許公, 以八十三歲之壬申二月二十四日, 考終于宜寧之慕義里舊第。踰月而葬于三嘉 龍盤山先兆下酉穴, 遵治命也。旣而及門諸公, 相與編纂其遺文, 將付之梓。以敍述文字之有未備也, 遣其孫萬祚君, 屬在華以隧道之辭。在華窮居畏處, 身又多病, 足跡罕及百里之外。是以雖嘗聞公之爲吾黨長德, 而未及納拜於無恙之日。今承諸君子之不外而與聞斯役, 以感以幸, 不可以不言。

謹按, 公諱巑, 字泰見, 素窩, 其號也, 許氏, 本陽川人。以高麗 孔巖村主諱宣文, 爲肇祖。至韓中世, 有贈領議政諱喬, 生三子, 長諱穆, 卽眉叟 文正公。仲諱懿, 縣監, 號竹泉。竹泉公値丙亂, 奉母夫人, 自京避地于宜寧, 於公間五世。曾祖諱憬, 副護軍。祖諱硃, 考諱佑, 世有文行。妣檜山 黃氏, 尙彩女。公以哲宗庚戌十二月十六日生。

剛明淸簡, 幼而見端序。家貧好學, 筆法師文正公, 頗得其深。甲子, 性齋 許文憲公, 莅駕洛, 嘗訪族親, 至宜寧, 見公所讀書及寫字, 甚器異之。公時方成童矣。其年, 丁母憂, 執禮如成人。庚辰, 具贄謁性翁于不倦堂, 請業。三年備聞心學旨訣, 歸而服習於日用。間間從幷世諸名碩, 遊以資其益。如朴晩醒 致馥、許后山 愈、金約泉 鎭祜、張晦堂 錫英、盧小訥 相稷諸公, 其尤也。

丙戌, 丁父憂, 細大一遵性翁《儀》。少以親命治公車業, 有能聲。自是, 遂斷棄之, 遯居闍山下深峽中。茹草飮水, 日紬繹舊聞, 有所契, 則筆之於牘。引接後生, 訓迪不倦, 有以知天下之樂, 無以易此也。

公旣以文正公爲伯祖, 而以文憲公爲師。凡二先生俎豆、文字之役, 有或未遑於往日者, 必思所以經紀而成就之。如《經禮類纂》·《記言》之刊行、麗澤堂·二宜亭之建修、二先生影幀之奉安也, 或倡其始、或贊其終。至或不憚筋力之勞而往還千里者, 數三, 卒以底于成立, 人皆歸功。而自視猶欿然也。晩歲, 以齒德, 屢主儒宮講席。

公娶尙州 周氏, 道恒女愼齋先生之後也。未字而有奇疾, 發輒叫號奔鶩, 擧止怪亂。自合巹之夕而遘其發, 黽勉善處, 終身不廢恩義, 人皆以爲難能也。二男 : 坰、琪, 一女適參奉李鎭箕。孫男女八人, 萬奎、萬祚、萬柱、尹炳龍妻, 長房出。萬鎭、權禹鉉、李淳柱、李圭弘妻, 次房出。

銘曰 : "道造端乎夫婦, 學取益於師友。其行也旣安於素位, 而天又篤之以黃耈。斯其所以有實有名, 而爲斯文之耆舊者乎。"

歲癸酉仲夏日, 道州 金在華謹撰。

❖ **원문출전**

許巑, 『素窩集』 卷10 附錄, 金在華 撰, 「墓碣銘」(경상대학교 문천각 古(계남) D3B 허811)

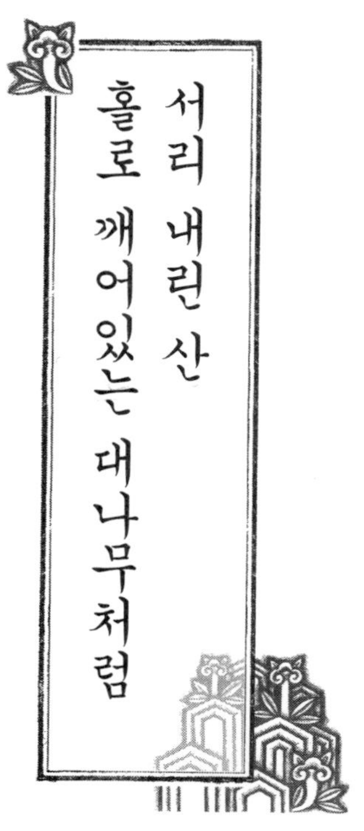

서리 내린 산 홀로 깨어있는 대나무처럼

정은교(鄭誾敎) : 1850-1933. 자는 치학(致學), 호는 죽성(竹醒), 본관은 해주(海州)이다. 현 경상남도 하동군 옥종면에서 태어났으며, 만년에는 진주 가곡(佳谷 : 까꼬실)에 거주하였다. 1864년 충청북도 영동으로 이주한 뒤 박성양(朴性陽)·소휘면(蘇輝冕)에게 수학하였다. 1887년에 영호남 인사들이 송준길(宋浚吉)을 효종의 묘정에 배향해야 한다는 상소를 올릴 때 동참하였다. 1894년 동학란이 일어나자 「척사문(斥邪文)」을 지어 효유하였으며, 1895년 을미사변 후 단발령이 내려지자 창의문을 지어 동지들과 함께 불가함을 주장하였다. 1901년 포천(抱川)으로 가서 최익현(崔益鉉)에게 집지하였다. 1910년 경술국치 이후 가곡의 황학산(黃鶴山) 아래에 후심정(後潯亭)을 짓고 은거하였다.
저술로 6권 3책의 『죽성집』이 있다.

죽성(竹醒) 정은교(鄭誾教)의 묘갈명 병서

권용현(權龍鉉)[1] 지음

대한제국이 망한 지 24년 되던 계유년(1933) 정월 29일, 죽성 처사(竹醒處士) 정공(鄭公)이 향년 84세로 거처하시던 진주의 후심정(後潯亭)에서 돌아가셨다. 모여서 곡하던 사우들이 모두 "조선의 원로가 떠났구나."라고 하였다. 37년 뒤 공의 사손(嗣孫) 태홍(泰泓)이 공의 유집을 간행하려 하면서 나에게 찾아와 교정을 부탁하였다. 그리고 또 가장(家狀)을 가지고 와서 후심정 뒤편 해좌(亥坐) 언덕에 있는 공의 묘소에 세울 묘갈명을 지어달라고 청하였다. 나는 두 가지 청에 대해 사양할 길이 없었다.

공의 휘는 은교(誾教), 자는 치학(致學), 죽성(竹醒)은 자호이다. 나면서부터 체질이 허약하고 어릴 때 양친을 잃었지만, 총명한 데다 의지와 기상이 있어 두 형[2]을 따라 스스로 글을 익혀서 배움을 넓혀나갔다. 조금 자라서는 백형을 따라 충청도[3]로 옮겨가 살았다. 운창(芸牕) 박성양(朴性陽),[4] 인산(仁山) 소휘면(蘇輝冕)[5] 등 제현을 좇아 의문나는 점을 묻

1 권용현(權龍鉉): 1899-1988. 자는 문현(文見), 호는 추연(秋淵), 본관은 안동이다. 경상남도 합천군 초계면 유하리에서 태어나 그곳에 거주하였다. 20세 때 전우(田愚)에게 수학하였다. 만년에 태동서사(泰東書舍)에서 강학하며 후학을 양성하였다. 저술로 44권 15책의 『추연집』이 있다.

2 두 형: 정성교(鄭聲教, 1842-1883)와 정춘교(鄭春教)를 가리킨다.

3 충청도: 정태홍이 지은 「가장」에 의하면 1864년 충청북도 영동으로 이주하였다.

4 박성양(朴性陽): 1809-1890. 자는 계선(季善), 호는 운창, 시호는 문경(文敬), 본관은 반남이다. 이지수(李趾秀)에게 수학하였다. 저술로 15권 6책의 『운창집』이 있다.

5 소휘면(蘇輝冕): 1814-1889. 자는 순여(純汝), 호는 인산, 시호는 문량(文良), 본관은 진주이다. 홍직필(洪直弼)에게 수학하였다. 저술로 17권 8책의 『인산집』이 있다.

고 가르침을 청하여 식견과 지취가 더욱 넓어졌다. 간간이 과거시험을 보았지만 급제하지 못하였다. 얼마 뒤 천거로 경기전 참봉에 임명되었으나, 또한 나아가지 않았다.

갑오년(1894)과 을미년(1895) 사이에 외적의 침략과 내정의 혼란으로 인해 나라에 변란이 많아지니, 개연히 글을 지어서 동지들에게 고하여 존주양이(尊周攘夷)와 위정척사(衛正斥邪)의 의리를 밝혔다. 그 뒤 다시 여러 유자들과 연명으로 소를 올리고 대궐 문 앞에서 부르짖으며 성인을 존숭하고 정도를 보위하여 어지러운 상황을 안정시키기를 청하였다.

당시[1900] 진주부(晉州府)에서 낙육재(樂育齋)[6]를 신설하여 인재들을 양성하였다. 공을 주강(主講)으로 선발하니, 규약을 엄정하게 하여 그들을 인도하였다. 공은 세태의 변화가 날로 심해지는 것을 보고도 힘을 쓸 수가 없게 되니, 오직 은거하며 강학하는 것을 일삼았다.

공은 일찍이 면암(勉菴) 최익현(崔益鉉)[7] 선생의 의로움을 사모하여 귀의하기를 청하였다. 경술년(1910)의 변란[8] 때에는 비분강개하여 더 이상 살고 싶어 하지 않았으며, 그 일을 언급하게 되면 반드시 눈물을 줄줄 흘렸다. 은사금을 꾸짖으며 물리쳤고, 평소 동쪽을 향해서는 앉지도 않아 원수의 나라를 마주하지 않겠다는 뜻을 보였다. 무오년(1918)에 국상[9]을 당하자 북쪽을 바라보며 한참동안 울부짖었고, 세상을 떠날 때까지

6 낙육재(樂育齋) : 조선 시대 영남 선비들을 위해 관찰사가 세운 고등 교육기관으로, 영조 때 경상 감사인 조현명이 대구에 처음 세웠다. 1896년 경상도가 남북으로 분리되자 경남 도청이 있던 진주에 낙육재를 세웠고 1897년 대한제국이 선포된 후 관립학교로 개편돼 낙육고등학교로 개교를 했다.

7 최익현(崔益鉉) : 1833-1906. 자는 찬겸(贊謙), 호는 면암, 본관은 경주이다. 이항로(李恒老)에게 수학하였다. 저술로 46권 23책의 『면암집』이 있다.

8 경술년의 변란 : 1910년 8월 29일 일본의 강압에 의해 대한제국의 통치권을 일본에 양여하는 조약을 맺은 일을 가리킨다.

9 국상 : 당시 태황제이던 고종의 승하를 가리킨다.

상복을 입어 지극히 애통한 심사를 드러내었다. 후심정(後潯亭)을 지은 것은 대개 도정절(陶靖節)[10]에게 크게 느낀 바가 있었기 때문이다.

공은 인륜의 떳떳한 도리를 독실히 실천하였다. 항상 일찍 양친을 여읜 것을 지극한 한으로 여겨, 환갑이 되었을 때 삼년 동안 추상(追喪)[11]을 하였다. 비록 예법에는 없는 것이지만 지극한 효성에서 나온 일이었다. 형을 섬길 때는 매우 공손하여, 늙어서 머리가 하얗게 쇠었어도 화락함이 변치 않았다. 평소 거처할 때는 반드시 온종일 꼿꼿하게 앉아있었는데, 몸이 치우치거나 기댄 적이 없었다. 남들과 말을 할 적에는 자상하고 자애로움이 용모에 드러났다. 그 천성의 인자함과 자기 수양의 독실함에는 이와 같은 점이 있었다.

공은 해주 정씨(海州鄭氏)로, 그 선조 가운데 정도공(貞度公) 정역(鄭易), 충의공(忠毅公) 농포(農圃) 정문부(鄭文孚)가 조선조에서 현달하였다. 충의공의 아들인 집의에 추증된 생원 정대영(鄭大榮)이 처음 진주로 이주하였다. 증조부는 통정대부에 추증된 서정(西汀) 정면의(鄭勉毅), 조부는 가선대부에 추증된 평은(坪隱) 정이선(鄭爾善), 부친은 비서승에 추증된 산포(山圃) 정광윤(鄭匡贇)이며, 외조부는 비서승에 추증된 초계 정씨(草溪鄭氏) 정복초(鄭復初)이다.

부인 평택 임씨(平澤林氏)는 임노헌(林魯憲)의 딸로, 단정하면서도 어진 덕이 있었으며 효성스러운 행실로 내조한 것이 많았다. 2남 3녀를 두었다. 장남 연석(淵錫)은 참봉으로, 공이 돌아가시려 할 때 손가락을 베어 피를 마시게 한 효성이 있었다. 차남 인석(寅錫)은 교관으로, 지조와 행의

10 도정절(陶靖節) : 도잠(陶潛, 365-427)이다. 자는 연명・원량(元亮), 정절은 시호이다. 항상 전원생활을 그리워하여 41세 때에 누이의 죽음을 구실삼아 팽택 현령(彭澤縣令)을 사임하고 귀향한 후 다시는 관직에 나아가지 않았다.

11 추상(追喪) : 부모의 상을 당했을 때 사정이 있어 상주 노릇을 하지 못한 경우, 후에 추급하여 복상(服喪)하는 것을 말한다.

가 있었는데 일찍 죽었다. 사위는 최관모(崔瓘模)·성재주(成載柱)·최강호(崔康鎬)이다. 연석의 장남은 태홍(泰泓)이며, 차남 태승(泰升)은 출계하여 인석의 후사가 되었고, 삼남은 태천(泰仟)이다. 증손 약간 명이 있다.

명은 다음과 같다.

푸른 산에 서리 내리면 대나무가 비로소 깨어나지 青山霜落竹初醒
이는 공의 젊은 시절 지조로서 집의 이름 삼은 것 此公少日言志而自託於扁名
엄한 서리 갑자기 내리면 온갖 꽃이 시들어 지는데 暨嚴霜之忽落紛百卉之凋零
공만 홀로 깨어서 그 정절 더욱 힘썼으니 獨自醒而益勵其貞
위로 백이숙제의 청절을 벗하고자 한 것 期尙友於孤竹之淸
이것이 공의 만년 절개이네 是爲公之晩節
처음 지조 저버리지 않았고 오히려 전형을 남기셨으니 不負其初志而尙有典型
묘갈명에 이 일을 기록할 만하네 可以作揭阡之銘

화산(花山 : 安東) 권용현(權龍鉉)이 지음.

墓碣銘 幷序

權龍鉉 撰

前韓屋社後二十有四年, 癸酉正月二十九日, 竹醒處士 鄭公, 以八十四壽, 歿於所居晉州之後潯亭。士友會哭者, 咸謂“舊邦之耆老, 亡矣。” 粤三十有七年, 嗣孫泰泓將刊其遺文, 就余要釐之。旣又以狀求銘其亭後負亥之阡。余俱無以辭。

公諱閶教, 字致學, 竹醒, 其自署也。生而清羸, 幼失怙恃, 而聰穎有志氣, 隨二兄能自劬書, 以殖於學。稍長, 從伯兄移寓湖中。從朴芸脆 性陽、蘇仁山 輝冕諸賢間, 質疑請益, 識趣益博矣。間遊場屋, 無所遇。旣而, 以薦授慶基殿參奉, 亦不就。

當甲午乙未間, 外侮內訌, 邦家多變, 則慨然發文告同志, 明尊攘斥邪之義。後又與諸儒, 聯疏叫閽, 請尊聖衛正以弭亂。時晉府新設樂育齋以養士。選公主講, 則嚴規約以導率之。見世變日甚, 無可致力, 則惟以隱居講學爲事。

嘗慕崔勉菴先生之義, 託以依歸。及庚戌之變, 悲憤欲無生, 語及, 必涕汪汪下。叱却耆金, 居常未嘗東向坐, 以示不對讎邦。戊午大喪, 北望長號, 戴白終身, 以寓至痛思。後潯之築, 蓋曠感於陶靖節也。

公篤於彝倫。常以早孤爲至恨, 當回甲之歲, 行追喪三年。雖禮之無, 而出於至性。事兄甚謹, 老白首怡怡無替。平居, 必堅坐及日, 體未嘗偏倚。對人言, 慈詳惻怛, 達於面貌。其天性之仁、操守之篤, 有如此。

鄭氏, 海州之世, 而其先有貞度公 易、忠毅公 農圃 文孚, 顯于國朝。忠毅公之子生員贈執義大榮, 始遷于晉。贈通政西汀 勉毅、贈嘉善坪隱 爾善、贈祕丞山圃 匡贇、贈祕丞草溪 鄭復初, 是爲三世若外祖。平澤 林氏 魯憲女, 其齊而有賢, 孝行多內助。二男, 長淵錫參奉, 公臨終有斫指誠。次寅錫教官, 有志行早歿。三女, 適崔瓘模、成載杜、崔康鎬。孫男 : 長即泰泓, 次泰升, 出爲寅錫後, 泰任。曾孫若干人。

銘曰 : "青山霜落竹初醒。此公少日言志而自託於扁名。暨嚴霜之忽落紛百卉之凋零, 獨自醒而益勵其貞, 期尙友於孤竹之淸。是爲公之晩節。不負其初志而尙有典型, 可以作揭阡之銘。"

花山 權龍鉉撰。

❖ **원문출전**

鄭誾教, 『竹醒集』 卷6 附錄, 權龍鉉 撰, 「墓碣銘幷序」(경상대학교 남명학연구소 소장번호 1548-1550)

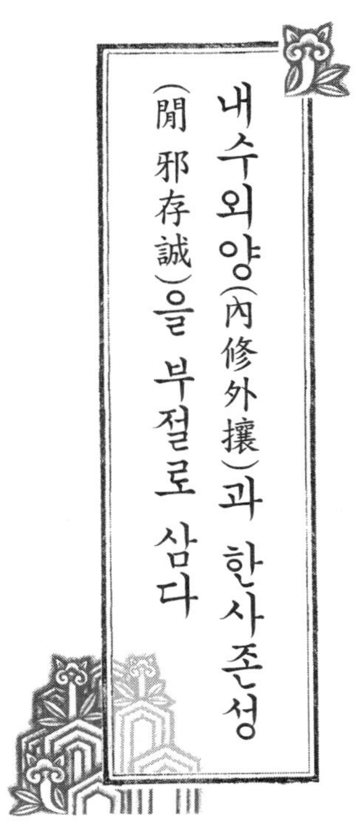

내수외양(內修外攘)과 한사존성(閒邪存誠)을 부절로 삼다

이준구(李準九) : 1851-1924. 자는 성오(聖五), 호는 신암(信菴), 본관은 여주(驪州)이다. 현 경상남도 함안(咸安)에서 거주하였다.
1910년 경술국치 이후 시사를 한탄하며 스승 정재규(鄭載圭)와 함께 가족을 데리고 만주 간도로 이주하려고 하였으나, 정재규의 죽음으로 뜻을 이루지 못하였다. 함안 자양산(紫陽山) 아래에 있는 운곡서당(雲谷書堂)에서 후진을 양성하는 데 힘을 쏟았다. 저술로 5권 2책의 『신암집』이 있다.

신암(信菴) 이준구(李準九)의 행장

이종홍(李鍾弘)[1] 지음

선생의 휘는 준구(準九), 다른 휘는 영구(齡九)이다. 자는 평칙(平則)·성오(聖五)이며, 호는 신암(信菴)·두산(斗山)이다. 이씨의 세계는 여주(驪州)에서 나왔는데, 고려 인용교위(仁勇校尉) 휘 인덕(仁德)이 족보에 드러난 시조이다. 한림학사 휘 고(皐)는 집현제학(集賢提學)으로 물러나 수원(水原)에 은거하며, 호를 망천(忘川)이라 하였다. 본조 태조께서 거듭 불렀으나 나아가지 않았다. 이에 태조께서는 한림학사가 거처하는 곳을 화공에게 그려 오라고 명하고 '팔달산(八達山)'이란 이름을 내렸다. 역대 선왕도 예조의 관원을 보내어 치제(致祭)하였다.

이분이 휘 심(審)을 낳았는데, 이조 참판과 보문각 제학(寶文閣提學)을 지냈다. 이분이 휘 백견(伯堅)을 낳았는데, 현감을 지냈다. 이분이 휘 현손(賢孫)을 낳았는데, 유일로 집의에 천거되었다. 단종이 손위(遜位)하자 남쪽으로 내려가 단성(丹城)에 은거하였다. 이분이 휘 영효(永孝)를 낳았는데, 현감을 지냈다. 이분이 휘 란(鸞)을 낳았는데, 부사직을 지냈으며 또 함안(咸安)으로 이거하였다. 그 후손들은 3세에 걸쳐 음직이 내려졌는데, 만묵당(晩默堂) 휘 경무(景茂)에 이르러 효성과 우애와 학문으로 당대의 사표가 되었으며, 정려가 내려지고 서원에 제향되었다. 두곡(杜谷)

1 이종홍(李鍾弘) : 1879-1936. 자는 도유(道唯), 호 의재(毅齋), 본관은 여주이다. 경상남도 고성군(固城郡) 구만면(九萬面) 출신이다. 어려서 이준구·정재규의 문하에서 수학하였다. 항일운동에 힘을 쏟았는데, 1919년 3·1운동 고성의거(固城義擧)에서 독립선언문을 작성하였으며, 파리장서에 서명하였다. 저술로 9권 4책의 『의재집』이 있다.

휘 익형(益亨)은 한강(寒岡) 정구(鄭逑)[2] 선생을 종유하였고, 북인(北人)들이 현인을 무함하는 논의[3]를 배척하였으며 덕을 감추고 벼슬하지 않았는데, 이분이 만묵당의 부친이다.

4대를 내려와 인설당(忍說堂) 휘 익조(益祚)는 사복시 정(司僕寺正)에 추증되었는데, 효행이 있었다. 고조부 회와(晦窩) 휘 운태(運泰)는 좌승지에 추증되었다. 증조부는 벽화정(辟譁亭) 휘 도신(道新)이다. 대대로 문행이 있었는데 선생이 지은 행장에 상세히 보인다. 조부의 휘는 용필(容必)이다. 부친 휘 종화(鍾和)는 함양(涵養)하고 실천하는 공부에 독실하여 사우들의 추중을 받았으며, 문집이 있다. 모친 순흥 안씨(順興安氏)는 안제순(安悌淳)의 딸이다. 곧고 총명하고 효성스럽고 공경하였으며, 여사(女士)의 행실이 있었다. 이 또한 선생이 지은 행장에 상세하게 기록되어 있다. 선생은 헌종 신해년(1851) 10월 10일 축시에 두곡(杜谷)[4] 옛집에서 태어났다.

어려서부터 영특하였고, 학문을 시작할 무렵 곧 대의를 알았으며, 또 능히 문장을 지었다. 13세에 고을의 서당에 나아가 배웠다. 당시 함안 군수 정주묵(鄭周默)[5]이 사류들의 재주를 시험하였는데, 선생이 유독 칭찬을 받아 명성이 자자하였다. 이명흠(李明欽) 공은 딸을 시집보내었으며, 자식으로 하여금 수학하게 하였다.

선생은 이로부터 경서 · 역사서 · 제자백가의 서적을 두루 섭렵하였다.

---

2 정구(鄭逑) : 1543-1620. 자는 도가(道可), 호는 한강, 본관은 청주(淸州)이다. 이황과 조식에게 수학하였다. 저술로 27권 11책의 『한강집』 등이 있다.

3 북인(北人)들이……논의 : 광해군 때 집권한 대북세력 정인홍(鄭仁弘) · 이이첨(李爾瞻) 등이 이언적(李彦迪)과 이황(李滉)의 문묘 출향(黜享)을 요구하면서 스승 조식(曺植)의 문묘종사를 강력히 요청한 일을 가리킨다.

4 두곡(杜谷) : 현 경상남도 함안군 여항면 외암리 두곡 마을이다.

5 정주묵(鄭周默) : 1830-1907. 자는 덕현(德顯), 본관은 동래(東萊)이다. 1852년 무과에 급제하였으며, 함안 군수를 역임하였다.

여러 번 과거시험에 나아갔으나 또한 평소 달갑게 여기는 바는 아니었다. 일찍이 노백헌(老柏軒) 정재규(鄭載圭)[6] 선생과 도의계(道義契)를 맺었으며, 학문을 강마할 적에는 매우 부지런히 하였다. 과거공부 이외에 유자의 사업이 있음을 알고서, 광려산(匡廬山)[7]으로 들어가 『소학』을 읽으며 말씀하기를 "성인이 되는 바탕은 여기에 달려있다."라고 하였다. 홀로 꼿꼿이 앉아 독서하고 궁구하여 수년의 세월이 지나자, 말하거나 행동하는 것이 오직 『소학』을 법도로 하게 되었다. 연이어 사서(四書)·『심경(心經)』·『근사록(近思錄)』·『주자가례(朱子家禮)』 등 여러 책을 읽었는데, 의심스럽거나 분명하지 못한 부분이 있으면 반복해서 궁구하고 연역하여 반드시 터득하기를 기약하였다. 끝내 터득하지 못한 것은 또한 기록하여 터득하기를 기다렸다. 유림의 덕망 있는 원로들은 선생을 경외하지 않은 이가 없었는데, 선생을 자기 문하에 끌어들이려 하였으나 선생은 묵묵히 답하지 않았다.

면암(勉菴) 최익현(崔益鉉)[8] 선생이 계유년(1873)과 병자년(1876)에 올린 소[9]를 읽고 말씀하기를 "이제 예악과 정벌이 왕가에서 나오지 않은 지가 오래되었다. 한마디 말이라도 비위를 거스르면 멸문의 화가 곧바

6 정재규(鄭載圭) : 1843-1911. 자는 영오(英五)·후윤(厚允), 호는 노백헌·애산(艾山), 본관은 초계(草溪)이며. 경상남도 합천에 거주하였다. 기정진의 문인이다. 저술로 49권 25책의 『노백헌집』이 있다.

7 광려산(匡廬山) : 현 경상남도 함안군 여항면 지역에 있다.

8 최익현(崔益鉉) : 1833-1906. 자는 찬겸(贊謙), 호는 면암, 본관은 경주이다. 1855년 명경과에 급제하여 사헌부 지평, 사간원 정언 등을 역임하였다. 1876년 소를 올려 일본과 맺은 병자수호조약을 반대하였으며, 이 때문에 흑산도로 유배되었다. 1895년 명성황후시해사건과 단발령을 계기로 항일척사운동에 앞장섰다. 저술로 48권 24책의 『면암집』이 있다.

9 계유년(1873)과……소 : 1873년에 승정원 동부승지에 제수된 것을 사퇴하며 대원군의 비정(秕政)을 비판한 상소와 1876년 왜선이 강화도에 들어와 수호 조약을 강요하자 도끼를 들고 대궐에 나아가 올린 척화소(斥和疏)를 가리킨다.

로 닥치니, 육선공(陸宣公)·유원성(劉元城)[10]과 같이 고지식하고 곧은 풍모를 지니지 않았다면 누가 감히 이러한 말로 우리 임금께 아뢰겠는가. 나라를 지키려 목숨을 바쳐서 우리나라의 의리를 떨어지지 않게 한 인물로는 반드시 면암 선생이 아니라고 말할 수 없을 것이다."라고 하였다. 최 선생이 남쪽으로 유람할 적에 신안서사(新安書社)에서 배알하였다. 장문의 편지를 보내어 질의하였으며, 경앙하는 마음을 드러내었다. - 집지하는 내용의 편지는 수습하지 못하였다. -

갑오년(1894) 섬오랑캐가 동쪽으로 건너와 우리 명성황후를 시해하고 우리 전장(典章)을 훼손하여, 오랑캐의 습속으로 중화의 문화를 바꾸려 하였다. 선생이 운오(雲塢) 조성숙(趙性璹)[11]에게 말하기를 "서리가 이미 밟히기 시작했으니 단단하게 얼음이 얼 것인데, 온 나라의 신하와 백성들은 느긋하게 여기고 있습니다. 만약 지금의 기회를 놓치고 도모하지 않는다면, 훗날 비록 관중·제갈량 같은 인물이 10명 있더라도 또한 속수무책으로 죽기만을 기다려야 할 것입니다."라고 하자, 조공은 선생을 자주 칭찬하였다.

을사년(1905) 적신(賊臣)들이 나라를 팔아먹었으나 의로운 함성이 일어나지 않았다. 당시 선생은 외롭게 부친상을 지내는 중이었고, 또 집안에 화재가 일어나 여러 대에 걸쳐 지어진 유고가 모두 불에 타버려 가슴을 치며 애통해하느라 정신과 기력이 쇠하였다. 그런데도 병든 몸을 억지로 움직여 정재규 선생에게 편지를 보내어 세도(世道)를 위해 힘써 달라고 권면하였다. 그 종횡으로 설명한 수십 수백 마디의 말들은 나라를

10 육선공(陸宣公)·유원성(劉元城): 선공은 당나라 때 인물인 육지(陸贄)의 시호이다. 그가 간언한 말들은 후세의 전범이 되었다. 원성은 송나라 때의 학자인 유안세(劉安世)의 호이다. 간의대부(諫議大夫)를 지내며 강직하게 간언하기로 유명하였다.

11 조성숙(趙性璹): 1843-1898. 자는 성집(聖執), 호는 운오, 본관은 함안이다.

걱정하고 백성들을 불쌍히[12] 여기는 마음 아닌 것이 없었다.

경술년(1910) 나라가 망했다는 소식을 듣고서, 여러 날 동안 눈물을 삼키며 마음을 진정시키지 못하였다. 「대림우(大霖雨)」라는 시를 짓고, 또 「난불화(蘭不花)」 몇 수를 지어서 자신의 의지를 드러내었다. 이에 정 선생과 약속하여 백두산 골짜기로 피신을 하려고 자제들을 보내어 간도 땅에 살 곳을 찾아보게 하였다. 정 선생은 다음과 같은 시를 주었다.

하늘의 운수가 전도되었는데 누가 능히 되돌리나	大化顚倒誰能回
길게 한숨 쉬거나 짧게 탄식하며 지낼 뿐이네	長吁短嘆徒爲爾
깊은 산속에 몸을 숨기고 지내는 것만 못하니	不如藏身萬山中
인간세상 어느 곳에 팔소산(八素山)[13]이 있을까	人間何處八素是

선생도 편지로 답하기를 "지금처럼 세상이 어두운 때를 만나서는 직언이 무익합니다. 「북풍(北風)」[14]의 시를 가지고 노형을 위해 세 번 읊조리겠습니다."라고 하였다. 당시 벗들과 종족 중에서 따라나서려고 한 이들이 또한 많았으나, 얼마 뒤 정 선생이 세상을 떠나고 중국의 정세가 또한 변하여 결국 간도로 가지 못하였다. 선생은 마침내 북쪽으로 속리산을 올랐다가 화양동(華陽洞)의 석실(石室)[15]을 찾아갔다. 또 배를 타고 관북(關北)으로 가서 예맥(穢貊)의 근거지를 살펴보았으며, 서쪽으로는 두류산으로 들어가 청학동을 찾았다.

선생은 간재(艮齋) 전우(田愚)[16] 선생이 해도(海島)에 들어가 산다는 소

---

12 불쌍히 : 원문에는 '항(恒)' 자로 되어 있는데, '달(怛)' 자의 오류인 듯하다.

13 팔소산(八素山) : 진(秦)나라 말기에 팔학사(八學士)가 은거했던 산이다.

14 북풍(北風) : 『시경』 패풍(邶風)의 편명으로, 국가가 혼란해질 기미를 알고 뜻을 같이한 사람들끼리 피난할 것을 읊은 내용이다.

15 석실(石室) : 암서재(巖棲齋)를 가리킨다. 송시열(宋時烈)이 은거하여 학문을 닦던 화양동에 있는 재실이다.

식을 듣고, 찾아가 종유하지 못한 것을 한으로 여겼으며 편지를 보내어 자신의 뜻을 전하였다. 이로부터 후학을 인도하면서 의리를 강론하고 밝히는 것을 자신의 임무로 여겼다. 운곡서당(雲谷書堂)에서 주자에게 석채례(釋菜禮)를 올리고 규약을 정하여 제생들과 강론하였으며, 글을 지어 효유하기를 "도는 만세토록 마땅히 행해야 할 것이며, 성현은 나보다 먼저 알고 나보다 먼저 행하여 사람의 도를 극진하게 한 분이다. 후세에 도에 뜻을 둔 사람이 성현을 버리면 표준으로 삼을 것이 없다."라고 하였으며, 또 말하기를 "중임을 담당한 사람은 평탄한 길로 가려고 해야 한다. 한 걸음씩 걸어서 부지런히 노력하여 앞으로 나아간다면, 마침내 안전한 곳에 도달할 것이다. 만약 좌우로 눈을 돌려가며 기이한 경치를 구경만 한다면, 점차 길에서 벗어나 가시덤불 속으로 빠져들어 넘어져 다치지 않을 자는 드물 것이다."라고 하였다.

또 일산(一山) 조병규(趙昺奎),[17] 금계(錦溪) 조석제(趙錫濟),[18] 일헌(一軒) 조병택(趙昺澤),[19] 서천(西川) 조정규(趙貞奎),[20] 우산(芋山) 이훈호(李薰浩)[21] 등과 한천재(寒泉齋)[22]에서 모임을 결성하고 성대한 시대를 그리

16 전우(田愚) : 1841-1922. 자는 자명(子明), 호는 간재, 본관은 담양(潭陽)이다. 임헌회(任憲晦)의 문인이다. 노론 학자들의 학통을 이어, 이이와 송시열의 사상을 신봉하였다. 주리·주기의 양설의 절충적 이론을 세웠으며, 만년에는 전라도의 계화도(界火島)에서 후학을 가르쳤다. 저술로 74권 38책의 『간재집』이 있다.

17 조병규(趙昺奎) : 1846-1931. 자는 응장(應章), 호는 일산, 본관은 함안이며, 현 경상남도 함안에 거주하였다. 저술로 16권 9책의 『일산집』이 있다.

18 조석제(趙錫濟) : 1848-1925. 자는 재안(在安), 호는 금계, 본관은 함안이며, 현 경상남도 함안에 거주하였다. 저술로 5권 2책의 『금계집』이 있다.

19 조병택(趙昺澤) : 1855-1914. 자는 양언(陽彦), 호는 일헌, 본관은 함안이며, 현 경상남도 합천 삼가에 거주하였다. 저술로 9권 4책의 『일헌집』이 있다.

20 조정규(趙貞奎) : 1853-1920. 자는 태문(泰文), 호는 서천, 본관은 함안이며, 현 경상남도 함안에 거주하였다. 저술로 5권 3책의 『서천집』이 있다.

21 이훈호(李薰浩) : 1859-1932. 자는 태규(泰規), 호는 우산, 본관은 재령이며, 현 경상남도 함안에 거주하였다. 저술로 9권 5책의 『우산집』이 있다.

위하는 마음을 위로하였는데, 원근의 학사들 중에서도 찾아와 종유한 이들이 또한 많았다. 그들에게 다음과 같은 시를 지어 주며 격려하였다.

기성(箕聖)[23]이 남긴 우리나라 삼백 고을에서	箕聖遺邦三百州
사문이 당한 액운 그 누가 능히 근심하고 있나	斯文陽九孰能憂
절조가 풍속 따라 변한다고 말하지 말게나	休言節物隨風變
높은 산이 물을 따라 흘러가는 것 보지 못했다네	未見高山逐水流

고을의 인사들이 수선사(守善社)를 양천재(陽川齋)에서 결성하였는데, 선생이 또한 강회에 참석하여 법규로써 아래와 같이 말씀하였다.

본성을 해치는 일은 두 가지가 있습니다. 하나는 '습속에 물드는 것'이고, 다른 하나는 '사욕이 싹트는 것'입니다. 사람이 태어나 조금 지각이 있을 때부터 향리에 거처하여 매일 만나는 사람이 대부분 포악하고 오만하며 상스럽고 도리에 어긋난 사람이라면, 자신도 모르게 그에 빠져들어 동화됩니다. 사욕 또한 따라 일어나 본성을 가리고 점차 고질이 되어, 끝내 본성을 상실한 사람이 되고 맙니다.

본성을 회복하는 공부에도 두 가지 방법이 있습니다. '스승을 좇아 벗을 구하는 것'과 '책을 읽어 이치를 밝히는 것'입니다. 도를 지닌 이가 있으면 본받고 모범으로 삼아 벗끼리 절실하게 권면하고 강론하여 서로 보고서 발전해 나가야 하니, 사우의 공효가 가장 깊고 절실합니다. 그리고 그때그때 정신을 맑게 하여 책상 앞에 앉으면 책 속의 사우들도 가르침을 전해주고 선한 일을 권할 것입니다. 이렇게 한다면 향리의 상스럽고 도리에 어긋난 사람은 소원해지기를 기약하지 않아도 저절로 소원해질 것이며, 사욕이 싹트는 것은 소멸하기를 기약하지 않아도 저절로 사라져서 본연의 성품을

22 한천재(寒泉齋) : 현 경상남도 함안군 산인면 소재의 자양산에 있다. 조성원(趙性源)이 지었다.

23 기성(箕聖) : 기자(箕子)를 높여서 부르는 말이다.

회복할 수 있을 것입니다. 사람들은 집안에 거처할 적에 먼지가 있으면 쓸고 닦아서 깨끗이 할 줄 압니다. 몸이 때로 더럽혀지면 씻을 줄 압니다. 그런데 유독 마음이 막히고 더럽혀진 것에는 열어서 뚫어주고 깨끗하게 씻어줄 줄을 모르니, 참으로 맹자께서 '경중을 모른다.'[24]라고 한 경우입니다. 아, 탄식만 나오는구려!

선생은 일찍이 여막의 개울가에 한 돈대를 정하여 은거할 곳으로 삼으려 하였다. 그 정자의 이름을 '청간정(淸澗亭)'이라 하고, 누대의 이름은 '상금대(爽襟臺)'라고 하였다. 집의 이름은 '첨모헌(瞻慕軒)'이라고 하였는데, 부모님의 묘소와 마주하고 있기 때문이었다. 선생은 몇 달 동안 병으로 누워 있다가 끝내 이 일을 완성하지 못하고 돌아가셨으니, 실제로 갑자년(1924) 11월 7일이었다.

이보다 앞서 선생은 문인들과 벗들이 질의한 글들을 모아서 돌려주면서 정의(情誼)에 따라 영결하였다. 또 나에게 유명을 남기며 말씀하기를 "옥과 비단을 사용하는 것이 예이지만 형세상 그렇게 할 수 없으면 종이를 사용해서 격식을 갖추어야 하니 또한 신중하지 않을 수 없다."라고 하였다. 이듬해 1월 30일(정축)에 발인하여 오도봉(吾道峯)[25] 아래 계좌(癸坐) 언덕에 장사지냈다. 고을의 인사들 중 백건(白巾)을 쓰고 마질(麻絰)을 두르고 전송한 이들이 많았다.

선생은 온화하고 순후하며 정채롭고 밝은 자질을 타고난 데다 부친과 스승 및 벗들이 바른길로 인도해 줌을 입었다. 그리하여 젊어서부터 과거공부를 그만두고 오로지 위기지학에 마음을 쏟았다.

선생은 생각하기를 "마음이란 허령(虛靈)하고 통철(通澈)하여 천리(天理)가 온전히 갖추어져 있으나, 형기(形氣) 속에 들어 있어서 인욕(人欲)의

24 경중을 모른다 : 『맹자』 「고자 하(告子下)」에 나온다.

25 오도봉(吾道峯) : 현 경상남도 함안군 여항면 외암리 양촌 마을에 있다.

사사로움이 없을 수 없다. 천리와 인욕 두 가지는 번갈아가며 생장하거나 소멸하는데 한 생각이 일어나는 사이에 순 임금과 도척(盜跖)[26]으로 나누어진다. 그러니 반드시 경(敬)을 주로 하여 보존하고 이치를 궁구하여 명확히 하여, 허명(虛明)하고 정일(靜一)한 가운데 조용히 함양하고 학문·사변[27]하는 사이에서 정미(精微)함을 분석해야 한다. 그리고 눈에 보이지 않고 귀에 들리기 전에 경계하고 삼가며 두려워하기를 더욱 엄숙하게 하여 털끝만큼도 한쪽으로 치우침이 없는 지경에 이르는 것이 천리를 보존하는 방법이다. 천만가지 마음의 변화에 대응하면서 선악의 구분에 신중히 하는 것을 더욱 정밀히 하여 털끝만큼도 오차가 없는 데에 이르는 것이 인욕을 막는 방법이다. 그렇다면 안으로 천리를 닦고 밖으로 인욕을 물리치며, 사욕을 막고 성심함을 보존하는 것[內修外攘 閑邪存誠]이 실로 천고의 성현이 전수한 심법(心法)이다."라고 하고서, 선생은 '내수외양(內修外攘)·한사존성(閑邪存誠)' 여덟 글자를 적어서 종신토록 차고 다니는 부절로 삼았다. 이로 말미암아 존양(存養)은 날로 더욱 순일해지고, 체인(體認)은 날로 더욱 지극하고, 조예는 날로 더욱 높고 깊어졌다. 이치가 어지러이 얽혀있어 미처 보지 못했던 것과 발분하여도 미처 터득하지 못했던 것들을 거의 융회관통하여 황홀하게 자득함이 있었다.

그 행실에서 드러난 것으로는 다음과 같다. 부모를 섬길 적에 얼굴빛을 온화하게 하고 목소리를 부드럽게 하여 부모님을 곁에서 모시며 뜻을 어긴 적이 없었다. 조모 신 부인(辛夫人)이 연로하고 질병을 앓아 귀

---

26 순 임금과 도척(盜跖): 『맹자』 「진심 상(盡心上)」에 "닭이 울면 일어나 부지런히 선을 행하는 자는 순 임금의 무리요, 닭이 울면 일어나 부지런히 이익만 생각하는 자는 도척의 무리이다.[鷄鳴而起, 孶孶爲善者, 舜之徒也, 鷄鳴而起, 孶孶爲利者, 跖之徒也.]"라고 하였다.

27 학문·사변: 『중용』에 나오는 말로 "널리 배우고 자세히 물으며, 신중하게 생각하고 밝게 분별해야 한다.[博學之, 審問之, 愼思之, 明辨之.]"라는 말을 줄인 것이다.

가 먹은 지 오래되었다. 선생은 책을 읽는 여가에 조모를 곁에서 모시며 귀에 대고 말씀을 드렸는데, 출입할 적에 보고 들은 것을 빠짐없이 아뢰어 즐겁게 해드리지 않음이 없었다.

모친상을 당했을 때 마을에 역병이 돌아 조모가 먼저 돌아가시고, 선생의 부인 이유인(李孺人)도 돌아가셔서 한집안에 빈소가 셋이나 되었다. 곡하며 우는 소리가 서로 마주하였는데, 죽은 이를 장사지내고 살아있는 이를 공양하며 인정과 예제를 모두 지극히 하였다.

부친 만송공(晩松公)을 섬길 적에는 경서와 예서를 강론하며 질의하였고 시구를 수창하였는데, 대개 부자지간이면서 사제지간이었기 때문이다. 만송공이 돌아가실 때 선생은 60세에 가까운 나이였으나, 소상(小祥)과 담제(禫祭) 때의 제수는 한결같이 이전의 상을 지낼 때와 같이하였다. 매일 묘소에 나아가 곡하였는데, 비록 엄동설한이나 장마철에도 그만두지 않았다.

숙모가 일찍 과부가 되었는데 부모를 섬기듯이 모셨고, 어린 자녀들을 거두어 힘을 다해 가르쳐 성취하게 하였다. 종족들과 지낼 적에는 은혜와 예의를 독실하게 하였으며, 친소(親疏)의 구분이 실정에 맞았다. 두곡선당(杜谷先堂)을 지어 화수회(花樹會)를 열었는데, 규약을 정하고 일을 논할 적에 조리가 매우 바르고 한결같았다. 집안 선대 조상의 은덕을 기록하고, 가사(家史) 한 부를 엮어 후세에 전해주었다.

배우는 자들의 물음에 답할 적에는 그 자질의 고하에 따라 가르쳤다. 비록 자질이 같지 않더라도 자신에게 돌이켜 자득하는 것을 궁극의 법도로 삼도록 하였다. 선생이 말씀하기를 "학문하는 방법은 다른 것이 없고, 단지 실질을 힘쓰는 것일 뿐이다. 성의(誠意)·정심(正心)을 말할 적에는 실제로 성의·정심을 해야 하고, 극기(克己)·복례(復禮)를 말할 때는 실제로 극기·복례를 해야 한다. 곧 참되게 쌓아가며 오래도록 노력해야 성현의 경지에 힘써 나아갈 수 있을 것이다."라고 하였고, 또 말씀하기를 "공자 문하의 제자들은 성인의 위의(威儀)를 보고 느껴서 오직 떳떳한 말과 떳떳한 행동을 신중히 했을 뿐, 본성·천도 같은 것들은 언급할 수 있는 바가 아니었다. 그러므로 자공(子貢)과 같은 현인도 본성과 천도를 들어볼 수 없었다. 오늘날 학자들은 단지 본성과 천도를 말할 뿐이니 무슨 일을 할 수 있겠는가."라고 하였다.

또 일찍이 말씀하기를 "책을 읽는 것은 이치를 밝혀 자신을 넉넉하게 만들고자 하는 것이다. 만약 구두를 외우면서 문장의 아름다운 점만 생각한다면, 궤만 사고 구슬은 되돌려주는[28] 격의 사람이 되지 않는 자가 드물 것이다."라고 하였고, 또 일찍이 말씀하기를 "세유(世儒)들은 학문을 할 적에 경의(經義)에 대해서만 고상하게 담론하고 실제의 일을 처리하는 것은 강론하지 않는다. 그래서 한번 변고가 생기면 망연자실하여 스스로 해결하지 못하니, 본체를 밝혀 쓰임에 맞게 하는 학문이 전혀 아니다. 반드시 고금의 일에 두루 통달하여 왕도와 패도, 치세와 난세의 구분을 살펴야 한다. 또 당세의 급무를 참조하고 행동을 어떻게 해야 할지 생각한다면, 3년 안에 능히 백성들을 풍족하게 하고 나아갈 방향을 알게 할 것이다."라고 하였다.

또 일찍이 말씀하기를 "맹자께서는 왕도 정치를 논할 적에 '백성들에게 일정한 산업을 갖도록 해줄 뿐이다.'라고 하였다. 지금 침탈이 크게 행해지고 백성들의 산업에 정해진 제도가 없으니, 어찌 백성들이 굶어 죽고 사방으로 흩어지지 않겠는가. 한번 토지의 경계를 바로잡는 일을

28 궤만……되돌려주는 : 귀중하게 여겨야 할 것을 천히 여기고, 천하게 여겨야 할 것을 귀중하게 여기는 것을 비유한 말이다. 춘추시대 정(鄭)나라 사람이 초(楚)나라 사람에게서 궤[櫝]를 사오면서 그 궤에 장식된 좋은 구슬들은 모두 주인에게 돌려주고 궤만 가져갔다는 고사가 있다. (『韓非子』「外儲」)

이미 시행할 수 없다면, 한민명전법(限民名田法)[29]은 또한 실행하지 않을 수 없다."라고 하였고, 또 일찍이 말씀하기를 "임금이 만물의 이치를 통달하여 일을 성취하는 것은 단지 천리를 밝히고 인심을 바로잡는 것일 뿐이다. 저 서구의 무기와 기술이 비록 천하에서 가장 뛰어나지만 이것은 말단의 것이다. 만약 성인이 태어나 하늘의 법도로 덕이 있는 자에게 명하여 죄 있는 자들을 토벌하게 한다면 반드시 죄인은 이 세상에 용납되지 않을 것이다."라고 하였다.

선생은 근세의 학문이 분열되는 것을 통탄하여 선배의 정론을 삼가 지키며 후학들의 다른 말들에 의혹되지 않았다. 경의를 담론하고 예법을 논할 적에는 반드시 쓸데없는 문구를 생략하고 실행하는 것을 돈독히 하여 언행이 일치하였다. 세태의 변화가 극심해진 것을 근심하여 병기(兵機)·산수(算數)·역사(曆史) 등의 서적도 대략 섭렵하여 심오한 점까지 궁구하였다. 문장은 반드시 불필요한 지엽을 덜어내고 언사를 간략히 하여, 뜻을 전달하는 것을 위주로 하였다. 자획은 반드시 해서(楷書)로 단정하고 깨끗하게 써서 신명(神明)의 덕을 극진히 하였다. 언사는 반드시 간결하며 조리가 있었고, 용모와 행동은 반드시 온화하면서도 장중하였다. 걸음걸이는 반드시 조용했으며, 의관은 반드시 단정히 하였다. 새벽에 일어나 세수하고 머리를 빗는 일로부터 책을 읽거나 일에 응접하는 데에 이르는 데까지 또한 법도를 한결같이 하였으며, 늙어 백발이 되도록 어기지 않았다.

평소 산수를 좋아하여 항상 자양산(紫陽山)과 낙동강을 소요하였는데, 훌쩍 속세를 벗어난 듯한 생각이 있었다. 집안 형편이 어려워 끼니를 자주 걸러 남들이 견디기 어려운 지경에까지 이르렀다. 그런데도 가정

29 한민명전법(限民名田法) : 백성들이 소유할 수 있는 토지를 제한하는 토지제도를 말한다.

에서는 예교(禮教)가 이미 이루어져 엄숙하고 공경하여 사람 소리가 없는 듯하였다.

초취 부인과 재취 부인은 모두 재령 이씨(載寧李氏)이다. 이순모(李純模)는 재취 부인의 부친이다. 두 분 모두 부녀자의 법도를 갖추었으며, 부녀자의 덕에 어긋남이 없었다. 초취 부인은 선생과 합장하였다. 두 분 모두 각각 2남 1녀를 두었다. 아들은 필주(弼胄)·필후(弼厚)·필근(弼根)·필룡(弼龍)이며, 딸은 허찬구(許贊九)·조용숙(趙鏞璹)에게 시집갔다. 필주는 3남 2녀를 두었는데, 아들은 한형(漢衡)·돈형(敦衡)·만형(晩衡)이며, 딸은 남상욱(南相旭)·정진원(鄭震元)에게 시집갔다. 필후는 3남 3녀를 두었는데 아들은 철형(澈衡)·도형(道衡)·동형(東衡)이며, 딸은 이창호(李昌浩)·조천문(趙天文)에게 시집갔고 한 명은 아직 어리다. 필근은 1남 3녀를 두었는데, 아들은 국형(國衡)이며 딸들은 모두 어리다. 필룡은 2녀를 두었는데 모두 어리다. 허찬구는 2녀를 두었는데, 어명철(魚命哲)·이진구(李鎭九)에게 시집갔다. 조용숙은 1남을 두었는데, 홍제(洪濟)이다.

아! 선생이 학덕(學德)과 재행(才行)으로 출사하여 세상에 쓰였다면 반드시 운수가 회복되는 지금의 시세에 도움이 되었을 것인데, 쓸쓸히 텅 빈 산에서 지내며 곤궁하고 굶주리다 세상을 떠났다. 또 남긴 글이 불에 타버려 십 분의 칠이 온전하지 못하다. 하늘은 어째서 선생에게 그 재주를 넉넉히 주고서도 베푸는 것을 인색하게 하였는가. 아, 슬프도다! 나는 선생을 섬긴 지 이미 오래되었는데 평소에 부지런히 가르쳐주시던 말씀이 아직도 귓가에 남아있다. 이에 내가 보고들은 것을 취하여 한두 가지를 적는다. 선생의 큰 덕과 원대한 생각은 어리석은 내가 미칠 수 있는 바가 아니다. 후세의 덕을 아는 자가 이 글에서 채택하면 매우 다행이겠다. 삼가 행장을 짓는다.

문인 이종홍이 지음.

行狀

李鍾弘

先生諱準九, 一諱齡九。字平則, 又曰"聖五", 號信菴, 又曰"斗山"。李氏系驪州, 高麗仁勇校尉諱仁德, 始顯於譜。至翰林學士諱皐, 以集賢提學, 退居水原, 號忘川。聖祖累徵, 不起。命畵所居, 錫名八達山。列聖遣官致祭。是生諱審, 官吏曹參判寶文提學。是生諱伯堅縣監。是生諱賢孫, 逸薦執義。端廟遜位, 南遯丹城。是生諱永孝縣監。是生諱鸞副司直, 又徙咸安。嗣後三世聯蔭, 至晩默堂諱景茂, 孝友問學師表一時, 命旌享院。杜谷諱益亨, 從遊寒岡 鄭先生, 斥北人誣賢之論, 隱德不仕, 其本生父也。四傳, 而忍說堂諱益祚, 贈司僕正, 有孝行。晦窩諱運泰, 贈左承旨。辟譁亭諱道新。世有文行, 詳先生所撰行狀。祖諱容必。父諱鍾和, 篤于涵養踐履, 爲士友推重, 有文集。母順興 安氏 悌淳之女。貞敏孝敬, 有女士行。亦詳先生所撰行狀。以憲廟辛亥十月十日丑時, 生先生于杜谷舊第。

幼而穎悟, 甫上學, 便曉大義, 又能屬文。十三就學州庠。時鄭侯 周默, 試多士藝, 先生獨得其雋, 聲譽大噪。李公 明欽爲女相攸, 使子從學焉。自是, 博蹦經史百家語。累赴場屋, 而亦非雅志所屑也。嘗與老栢軒 鄭先生托道義契, 講磨甚勤。知擧業之外, 自有儒子事, 入匡廬山中, 讀≪小學≫書曰:"作聖之根基, 在是矣。"兀然究讀, 至數年之久, 而出言擧足, 惟≪小學≫是則。 繼讀四子、≪心≫、≪近≫、≪家禮≫諸書, 至有疑晦, 則反覆尋繹, 以必得爲期。其終不得者, 亦籍記而待之。儒門長德, 莫不敬畏, 欲引出其門, 而默然不應。

讀勉菴 崔先生癸丙兩疏曰:"今禮樂征伐, 不出王家者, 久矣。一言有忤, 赤族立至, 非有陸宣公、劉元城戇直之風, 則孰敢以此言, 聞於吾君也。能衛國殉身, 使東方義理不墜者, 未必非此老也。"及崔先生南遊, 納拜於新安書社。爲長牋以質, 抒其景仰之私也。【贊書未收】 甲午, 島夷東渡,殺我國后、毁我典章, 用夷變夏。先生謂趙雲塢 性璹曰 : "霜旣履矣, 堅氷且至, 而擧國臣民泄泄。是事若失今不圖, 則後雖有管、葛十輩, 亦束手以待死。", 趙公亟稱之。乙巳, 賊臣賣國, 義聲不振。時先生惸然在疚, 又遭燼災, 累世文稿蕩殘無餘, 方拊心號痛, 神氣懭慌。而能力疾投書於鄭先生, 勉以世道。其橫竪數十百言, 無非憂傷惻怛之意也。

庚戌, 聞屋社之報, 飮泣累日, 不能定情。作≪大霖雨≫詩, 又作≪蘭不花≫數絶以志。乃與鄭先生約, 欲避地于白頭之峽, 遣子弟, 聿胥于間島之地。鄭先生以詩贈之曰 : "大化顚倒誰能回, 長吁短嘆徒爲爾。不如藏身萬山中, 人間何處八素是。" 先生亦以書答之曰 : "當此明夷之時, 危言無益。以≪北風≫詩爲老兄三復誦之。" 時知舊宗族願從者, 亦衆, 旣而鄭先生捐世, 中州之時事又變, 竟不得遷。遂北登俗離, 搜華陽之石室。又泛關北窺穢貊之窟宅, 西入頭流, 索靑鶴之洞天。

聞田艮齋先生入居海島, 以不得往從爲恨, 馳書以致意也。自是, 引進後學, 以講明義理爲己任。舍菜朱先生於雲谷書堂, 設規約以講諸生, 爲文以諭之曰 : "道者, 萬世所當行者, 而聖賢者, 知之先乎我、行之先乎我, 備盡爲人之道。後之志道者, 舍聖賢, 無以爲標準", 又曰 : "擔重任者, 着眼平路。步一步, 勉勉努力向前, 則終能到達信地。若左右聘目, 耽觀奇異, 則轉入傾仄荊榛之中, 不顚仆敗傷者, 幾希矣。"

又與趙一山 昺奎、趙錦溪 錫濟、趙一軒 昺澤、趙西川 貞奎、李芋山 薰浩結會寒泉, 慰榛苓之思, 遠邇學士遊從者, 亦多。贈詩以勉之曰 : "箕聖遺邦三百州, 斯文陽九孰能憂。休言節物隨風變, 未見高山逐水流。" 鄕人士設守善社於陽川, 亦臨講以規曰 : "害性之事, 有二段。一曰'習俗之染'、一曰'私欲之萌'。人生自稍有知覺, 處於鄕里, 而日與相接者, 多是暴慢鄙倍之人, 駸駸然與之俱化。私欲又從而蔽之, 輾轉沈痼, 終爲喪性之人也。反之之功, 亦有二焉。曰'從師求友'、曰'讀書明理'也。道之所存, 是則是效, 切偲講習, 相觀而善, 則師友之功, 最爲深切。而時時澄神對案, 則卷中師友, 亦垂訓責善。如是則鄕里鄙倍之人, 不期疎而自疎; 私欲之萌, 不期消而自消, 本然之性, 可復矣。人於居室, 有塵芥, 則知掃除之; 身體蒙垢膩, 則知洗濯之。獨於心胸之障蔽滓穢, 不知開通之淸濯之, 眞孟子所謂'不知類'也。嗚呼, 噫噫!"

嘗占一墩於廬澗之上, 爲藏脩之所。命其亭曰"淸澗", 臺曰"爽襟"。軒曰"瞻慕", 以其與先考妣衣履之藏相對也。寢疾數朔, 竟未就而易簀, 實甲子十有一月七日也。先是, 收送門人知舊所質文字, 因情以訣。又托治命於鍾弘曰:"玉帛爲禮, 勢不可得, 用紙備儀, 亦不可不愼也。" 越一月丁丑, 引葬於吾道峯下負癸之阡。鄕人士以白巾麻絰送之者, 多矣。

先生以溫純精明之資, 益之以父師朋友之迪。蚤廢擧業, 專心於爲己之學。以爲心之爲物, 虛靈通澈, 天理全具, 而又囿於形氣之中, 則不能無人欲之私也。二者, 迭爲消長, 而一念之間, 舜、跖分矣。必主敬以存之, 窮理以明之, 從容涵養於虛明靜一之中、剖析精微於學問思辨之間。不睹不聞之前, 而戒愼恐懼者, 愈嚴愈肅, 以至於無一毫之偏倚者, 此所以存天理也; 酬酌萬變, 而謹善惡之分者, 愈精愈密, 以至於無一毫之差謬者, 此所以遏人欲也。然則'內修外攘'、'閑邪存誠', 實千聖相傳之心法也, 書此八字, 爲終身佩服之符。由是, 存養日益純熟、體認日益切至、造詣日益崇深。凡繳繞而未見、憤悱而未得者, 亦庶幾融液洞貫, 怳然有自得者矣。

其見於行, 則事親也, 怡色柔聲, 左右無違。祖母辛夫人, 癃年疾病, 重聽久矣。讀書之暇, 昵侍附耳, 凡出入見聞, 莫不備告, 以供愉樂。其遭內艱也, 癘氣犯染, 辛夫人旣歿, 李孺人亦歿, 一家三殯。哭泣相對, 而葬死供生, 情文兩至。事晩松公也, 講質經禮, 唱酬詩句, 蓋父子而師生也。及其歿, 而先生年近六十矣, 練菜禫肉, 一如前喪。日展哭墓所, 雖祈寒暑雨, 亦不替。叔母早寡, 移孝以事, 收其幼孩, 黽勉敎成。處宗族也, 恩禮篤至, 親疏得情。構杜谷先堂, 爲花樹會, 設約議事, 條理甚整齊。錄宗門先德, 輯世乘一部, 以垂來世。

與學者答問也, 隨其才質之高下誨誘。雖或不同, 而要以反身自得, 爲究竟之法。其言曰:"學問之道無他, 只務實而已。說誠意正心時, 實做誠意正心來; 說克己復禮時, 實做克己復禮來。則眞積力久, 可勉進於聖賢之地矣。", 又嘗曰 : "孔門諸子觀感於聖人威儀之間, 而惟庸言庸行之是謹, 若其性與天道, 則非言語之所可及矣。是故, 雖以子貢之賢, 亦不得聞。今之學者, 只管說性說天, 做得甚事。" 又嘗曰 : "讀書, 欲將以明理而裕身也。若誦其句讀, 以爲詞章之美, 則其不爲買櫝還珠者, 幾希矣。", 又嘗曰 : "世儒爲學, 高談經義, 不講治事。一有事變, 茫不自濟, 殊非明體適用之學也。必博通古今, 審其王伯治亂之分。又參當世急務, 思其作爲何如, 可至三年, 而能足民知方也。"

又嘗曰 : "孟子論王政, 不過曰 : '制民恒產而已'。今兼幷大行, 民產無制, 安得無轉散也。一正經界, 已不可得, 限民名田, 亦不可不行也。", 又嘗曰 : "人君之開物成務, 只明天理、正人心而已。彼歐米之兵甲技藝, 雖甲於天下, 而以是爲弁後之髦。若聖人者作, 而以天敍天秩, 命德討罪, 則必不容於覆載之間也。"

痛近世學問之分裂, 謹守先輩定論, 而不惑於後儒甲乙之言。談經論禮, 必略其虛文, 敦其實行, 做說相須。憂世變之罔極, 略涉於兵機、算數、曆史等書, 以窮其蘊。文章必刊其枝葉, 約其辭氣, 以達志爲主。字畫必楷眞端潔, 以致神明之德。言語必簡而條暢、容止必溫而莊重。步履必安詳、衣冠必整飭。自晨興盥櫛, 以及讀書應事, 亦畫一規矩, 至老白首不違。雅好山水, 常逍遙於紫陽、洛東之間, 迢然有出塵之想。家力剝落, 簞瓢累空, 至人不可堪。而閨門之內, 禮敎已成, 肅穆若無人聲也。

元繼配, 皆載寧 李氏。曰'純模', 繼夫人之父也。幷有壺儀, 配德無違。元夫人墓祔。各育二男一女。弼胄、弼厚、弼根、弼龍, 女適許贊九、趙鏞璹。弼胄三男二女, 漢衡、敦衡、晚衡, 女南相旭、鄭震元。弼厚三男三女, 澈衡、道衡、東衡, 女李昌浩、趙天文, 一女幼。弼根一男三女, 國衡, 女皆幼。弼龍二女皆幼。許贊九二女, 魚命哲、李鎭九。趙鏞璹一男洪濟。

嗚呼! 以先生之德學才行, 出而需世, 則未必無補於剝復往來之地, 而落拓空山, 窮餓以卒。又火巾箱, 七分未完。天於先生, 何豐其禆, 而嗇其施也。嗚呼悲夫! 鍾弘從事旣久, 平日敎迪之勤, 尙焉在耳。乃取見聞所及, 一二書之。若其大者遠者, 則非愚不肖所可及也。後之知德者, 以是裁擇焉, 幸甚。謹狀。

門人李鍾弘狀。

❖ **원문출전**

李準九, 『信菴集』 卷5, 李鍾弘 撰, 「行狀」(경상대학교 문천각 古(우산) D3B 이77ㅅ)

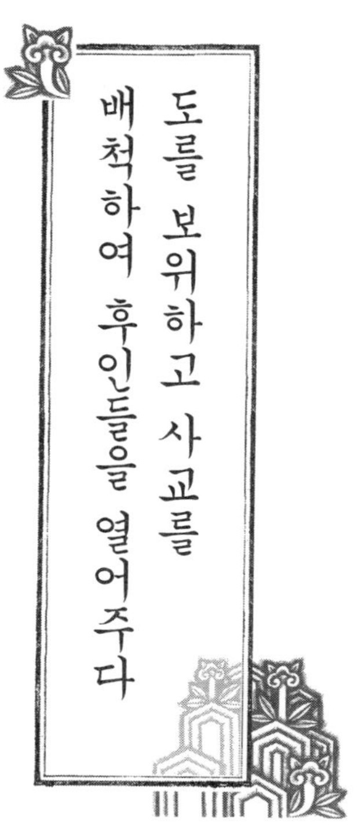

도를 보위하고 사교를 배척하여 후인들을 열어주다

장석영(張錫英) : 1851-1926. 자는 순화(舜華), 호는 회당(晦堂), 일명 장석교(張碩敎)이며, 본관은 인동(仁同)이다. 현 경상북도 칠곡군 약목면 각산리에서 태어났다. 장현광(張顯光)의 후손으로 이진상(李震相)·장복추(張福樞)·허유(許愈)에게 수학하였다. 1905년 일제가 무력으로 위협하여 을사늑약을 강제 체결하고 국권을 박탈하자, 통분하여 일제 침략을 규탄하고 을사늑약의 파기와 을사오적의 처형을 요청하는 「청참오적소(請斬五賊疏)」를 이승희(李承熙)·곽종석(郭鍾錫)과 함께 올렸다. 3·1운동이 일어나자 곽종석·김창숙(金昌淑) 등과 협의하여 파리평화회의에 제출할 독립청원서를 작성하였다.
저술로 45권 22책의 『회당집』이 있다.

회당(晦堂) 장석영(張錫英)의 묘갈명 병서

하겸진(河謙鎭)[1] 지음

근세에 한주(寒洲) 이 선생(李先生)이 영남의 신안(新安)[2]에서 도를 창도하였다. 회당 선생(晦堂先生) 장공(張公)이 맨 먼저 그 문하에 들어가 천인성명(天人性命)의 설을 듣고 기뻐하였으며, 물러나 후산(后山) 허유(許愈), 징군(徵君) 곽종석(郭鍾錫), 이 선생의 아들 대계(大溪) 이승희(李承熙) 등 제현들과 도의지교를 맺고 서로 절차탁마하였다.

광무(光武) 건원(建元) 9년(1905) 시사가 크게 변하자, 선생은 대계 선생과 함께 연명으로 대궐에 나아가 을사오적 처형을 청하는 소[3]를 재차 올렸으나, 비답을 받지 못하였다. 뒤에 또 징군 곽 선생과 함께 해외에서 개최된 파리 만국평화회의에 편지를 보내어 나라의 수치를 씻고자 하였으나, 일이 발각되어 달성(達城)에 다섯 달 동안 구금되었다. 이보다 앞서 후산(后山)이 병으로 세상을 떠났고, 대계(大溪)는 피신하여 요서(遼西) 봉천(奉天)[4]에 이르렀는데 결국 영구로 돌아왔으며, 징군은 옥에서 풀려났으나 이내 세상을 떠났다.

---

1 하겸진(河謙鎭) : 1870-1946. 자는 숙형(叔亨), 호는 회봉(晦峯), 본관은 진양(晉陽)이다. 곽종석(郭鍾錫)에게 수학하였고, 이승희(李承熙)·장석영(張錫英)·송준필(宋浚弼) 등과 교유하였다. 저술로 50권 26책의 『회봉집』과 30권의 『동유학안』이 있다.

2 신안(新安) : 경상북도 성주의 옛 이름이다.

3 을사오적……소 : 1905년 일제가 무력으로 위협하여 을사조약을 강제 체결하고 국권을 박탈하자 통분하여 일제침략을 규탄하고 을사조약의 파기와 을사오적의 처형을 요청하는 「청참오적소(請斬五賊疏)」를 이승희·곽종석과 함께 올렸다.

4 봉천(奉天) : 중국 심양(瀋陽)의 옛 이름이다.

선생 또한 병인년(1926) 6월 8일 세상을 떠났으니, 향년 76세였다. 시경에 말하기를 "인물이 가고 없으니, 나라가 망하겠네."[5]라고 하였으니, 아! 어찌 천명이 아니겠는가. 그해 7월 사림들이 모여 성주(星州) 월곡리(月谷里) 언덕에 장사지냈다. 부인 서흥 김씨(瑞興金氏)는 선생의 묘에 합장하였다.

선생의 휘는 석영(錫英), 자는 순화(舜華), 본관은 인동(仁同)이다. 문강공(文康公) 여헌(旅軒)[6] 선생의 9세손이고, 문목공(文穆公) 청천당(聽天堂) 응일(應一)의 8세손이다. 부친 시표(時杓)의 호는 운고(雲皐)인데, 문과에 급제하여 참판을 지냈다. 모친 정부인 정씨(鄭氏)는 한강(寒岡) 문목공(文穆公)[7]의 후손 사인(士人) 정완(鄭垸)의 딸이다.

선생은 어려서부터 총명하고 기억력이 좋았으며, 말을 하면 사람들을 놀라게 하였다. 성장한 뒤에는 개연히 세상에 쓰이려는 뜻을 두고 과거에 한 번 응시하여 향시에 합격한 뒤, 회시에 나아갔다가 낙방하였다. 이에 천명이 있음을 알고 과거를 포기하고서 다시는 일삼지 않았다. 더욱 마음을 오로지하고서 저술에 크게 힘을 쏟았다. 문장이 이미 성대하게 이루어져서 해박하고 무르익어 능히 작가의 길을 갈 수 있었다.

또 말씀하기를 "글 짓는 일은 종신토록 해야 할 일이 아니다. 돌이켜 진실하게 내면을 향하는 공부를 해야 그 학문이 성취될 것이다."라고 하면서 사부에게 질정하여 의심스러운 것을 없애고, 경훈(經訓)을 참고해서 근거를 갖추었다. 학문을 하는 절도에 대해 말씀하기를 "온 세상에 두루 통하고 고금을 관통하는 이 도리는 변치도 않고 쉬지도 않아 활발

5 인물이……망하겠네 : 『시경』 대아(大雅) 「첨앙(瞻仰)」에 내용이 보인다.

6 여헌(旅軒) : 장현광(張顯光, 1554-1637)이다. 자는 덕회(德晦), 본관은 인동(仁同)이다. 정구(鄭逑)에게 수학하였다. 저술로 21권 10책의 『여헌집』이 있다.

7 한강(寒岡) 문목공(文穆公) : 정구(鄭逑, 1543-1620)이다. 자는 도가(道可), 본관은 청주이다. 조식과 이황의 문하에서 수학하였다. 저술로 27권 11책의 『한강집』이 있다.

하게 유동하고 있다. 다만 그 도리를 보게 될 때 내 눈으로 직접 볼 수 없을까 두려우니, 내가 그 도리를 보게 될 때에는 곧 쾌활할 것이다."라고 하였다.

또 말씀하기를 "학문의 길을 비유하자면 층층의 절벽과 같아서 부여잡고 오를 적에 조금이라도 실수를 하게 되면 곧바로 구렁텅이로 떨어지는 것과 같다. 이와 같이 번거로움을 참고 버티다가 곧장 죽음에 이른 뒤에 그만두어야 바야흐로 대사를 마무리 짓고 끝낼 수 있을 것이다."라고 하였다.

심성리기(心性理氣)에 대해 말하기를 "성(性)은 심(心) 가운데 갖추어진 이치이니, 심(心)과 성(性)은 대대(待對)로써 말할 수 없다. 심을 말하면서 홀로 기(氣)를 가리키는 세상 사람들의 설은 주자가 '심(心)은 음양(陰陽)과 같다.'라고 말한 것만 알고서, 소옹(邵雍)이 '심(心)은 태극(太極)이 된다.'라고 말한 것이 있음을 알지 못하는 것이다. 또 심(心)이 음양(陰陽)과 같다는 것으로써 말을 하면 심(心)에 동정(動靜)이 있는 것은 태극(太極)에 음양(陰陽)이 있는 것과 같으니, 곧 심(心)이 기(氣)가 되는 것은 아니다."라고 하였다.

선생은 중국의 근래 학술이 바르지 않은 것을 근심하여 강남해(康南海),[8] 원총통(袁總統)[9] 및 북경공교회(北京孔教會)에 편지를 보내어 서양을 흠모하여 강상(綱常)이 자멸하는 잘못을 극언하였고, 옳은 듯하지만 그른 양명학의 오류를 힘껏 논변하였다.

나라 안의 학궁(學宮) 중 합포(合浦)의 관해정(觀海亭),[10] 포산(苞山)의

---

8 강남해(康南海) : 강유위(康有爲, 1858-1927)이다. 광동성(廣東省) 남해현(南海縣)에서 태어나 강남해라고 불렀다. 자는 광하(廣廈), 호는 장소(長素)이다.

9 원총통(袁總統) : 원세개(袁世凱, 1859-1916)이다. 자는 위정(慰庭), 호는 용암(容庵)이며, 하남성 항성(項城)에서 태어났다.

10 관해정(觀海亭) : 현 경상남도 창원시 마산합포구 교방동 237번지에 있다.

도동서원(道東書院), 경주의 옥산서원(玉山書院), 예안(禮安)의 도산서원(陶山書院)과 안동의 고산서원(高山書院), 안의의 모리재(某里齋),[11] 의령의 미연서원(眉淵書院) 같은 곳에서 강석을 비워 두고 선생을 맞이하여 제생들을 인도하여 학문을 강론하고 예를 행하였는데, 당시 보고 듣고 사모하여 감화된 자들이 많았다.

저술로는 『의례집전(儀禮集傳)』·『구례홀기(九禮笏記)』·『사례태기(四禮汰記)』·시문집(詩文集) 44권이 있는데, 모두 간행되어 세상에 유통되고 있다. 또 『사례절요(四禮節要)』·『대례관견속집(戴禮管見續集)』 약간 권이 만서정(晩棲亭)[12]에 보관되어 있다.

선생은 타고난 자질이 남달랐으며 확충(擴充)하여 심성을 수양하는 데 방도가 있었다. 기개가 있었으나 모나지 않았고, 남들과 두루 화친하게 지내면서 무리 짓지 않았다. 효제를 근본으로 하고 의리를 본령(本領)으로 삼았다. 선대에는 작록이 이어졌으나 공은 종신토록 벼슬하지 않았다. 눈으로는 천지가 비색(否塞)하여 인류가 침몰하는 것을 보고서 인륜의 기강을 인도해 부지하지는 못했지만, 사려를 다하여 난세를 다스려 바른 데로 되돌리는 일을 이룩한 것을 알 수 있다.

그러나 자정(自靖)하여 자신을 깨끗이 하였고, 도를 강론하여 의지를 밝혔으며, 글을 지어 후세를 기다렸다. 그것이 후일 사문(斯文)의 한 가닥 명맥이 된 점은 또한 사실에 가까울 것이다. 그 공효가 어찌 남들보다 아래이겠는가. 그렇지만 이것을 알지 못하는 자와 더불어 어찌 쉽게 이야기하겠는가.

---

11 모리재(某里齋): 정온(鄭蘊)이 병조호란 뒤에 은거하던 곳으로, 현 경상남도 거창군 북상면 농산리에 있다.

12 만서정(晩棲亭): 장석영이 만년에 지은 강학소로 1926년에 건립되었다. 창건 당시 '만서정'이라고 불렀다가 이후 '녹동서당(甪洞書堂)'이라 편액하였는데, 사후 자손들이 명명한 것으로 추정된다.

선생은 1남 2녀를 두었다. 아들은 우원(右遠)이고, 딸은 신우식(辛雨植)·이흔(李俒)에게 시집갔다. 우원의 아들은 일상(一相)·복상(復相)이다. 신우식의 아들은 용기(容璣)이다. 일상의 아들은 병인(炳仁)이고, 나머지는 어리다.

내가 일찍이 선생에게 지우(知遇)를 받았고 정의가 유독 남들과 다르다는 이유로, 우원이 문인 손후익(孫厚翼)[13]이 지은 행록을 가지고 찾아와 묘도(墓道)에 새길 글을 청하였는데, 나는 감히 사양할 수 없었다.

명은 다음과 같다.

옥산(玉山)[14] 장씨(張氏)의 세계에는	玉山之世
문강공[15]·청천당[16] 선생 계시고	文康聽天
문헌(文獻)의 고을에는	文獻之都
훌륭한 선현들이 배출되었네	胚胎前光
선생이 그곳에서 태어나	先生乃生
그 덕이 선현에 부합되었고	維德之符
대현의 큰 도에 훈도되어	薰陶大方
성리학에 잠심해 연구했네	究心理學
선정(先正)의 학문을 추종하였고	先正其趨
학문이 성취된 뒤엔 시속을 따르지 않았네	學成而不隨
대중들은 구이지학의 논변을 일삼았는데	衆爲口耳之辯
선생은 홀로 고인을 따르는 무리가 되었네	獨追古人爲徒
대궐에 나아가 죽음을 무릅쓰고 소를 올렸으며	天門碎首
해외로 보내는 파리장서에 서명하였네	遙海馳章

13 손후익(孫厚翼) : 1888-1953. 호는 문암(文巖), 본관은 경주(慶州)이다. 장석영의 문인이 되어 운도재(雲陶齋)에서 학문을 익혔다. 저술로 22권 13책의 『문암집』이 있다.

14 옥산(玉山) : 인동(仁同)의 옛 지명이다.

15 문강공 : 장현광(張顯光)을 가리킨다.

16 청천당 : 장응일(張應一)을 가리킨다.

하늘이 우리의 충성을 돌아보지 아니하여 皇穹不照余之忠誠
끝내 오랑캐의 포로 신세가 되었네 終然墮于雉離之罦
공을 아는 자는 하분(河汾) 교수였던 철인[17]과 같다고 하고 知之者識其爲河汾教授之哲匠
공을 알지 못하는 자는 초야에 숨어 비분강개한 분이라 일컫네 不知者稱其爲慷慨山澤之逋
공이 남기신 글을 고찰한다면 乃若考之遺篇
도를 보위하고 사교를 배척하며 則衛道而斥邪
훌륭한 글을 지어 후인들을 열어주었음을 알 수 있으니 立言而牖來
후세의 요부(堯夫)가 될 사람을 기다릴 뿐이네[18] 其惟竢後世之爲堯夫者乎

晦堂先生 張公 墓碣銘 幷序

河謙鎭 撰

近古寒洲 李先生, 倡道于嶺之新安。晦堂先生 張公, 首先登門, 聞天人性命之說而悅之, 退而與許后山 愈、郭徵君 鍾錫、李先生之子大溪 承熙, 諸賢結爲道交, 互相磨切。

及光武 建元之九年, 時事大變, 先生與大溪聯名叩闕門, 再疏請誅五

17 하분(河汾)……철인 : 문중자(文中子)를 가리킨다. 문중자는 수(隋)나라 왕통(王通)의 사시(私諡)이다. 문제(文帝)에게 태평십이책(太平十二策)을 건의했다가 받아들여지지 않자, 황하와 분수(汾水) 사이로 돌아와 1천여 명의 학생들을 가르치면서 이른바 하분(河汾)의 학파를 형성하였다. 방현령(房玄齡)·두여회(杜如晦)·위징(魏徵)·이정(李靖) 등 쟁쟁한 학자가 모두 그의 문하에서 나왔으므로, 당시 사람들이 이들을 하분문하(河汾門下)라고 칭하였다.

18 후세의……뿐이네 : 요부는 송(宋)나라 때의 학자인 소옹(邵雍)의 자이다. 소옹이 『주역』에 의거하여 『황극경세서(皇極經世書)』를 지은 것처럼, 여기서는 후세에 장석영의 도를 계승·발전할 이를 기다린다는 뜻이다.

臣, 不報。後又同徵君, 走書海外公會, 所欲雪國恥, 事發被拘達城五朔。先是, 后山病卒, 大溪逃至遼西奉天, 竟以柩歸, 徵君出獄乃死。

先生亦以丙寅六月八日而終, 享年七十六。《詩》曰:“人之云亡, 邦國殄瘁。”, 嗚呼! 豈非天哉。其年七月, 士林會葬星州 月谷阡。配瑞興 金氏同穴而封。

先生諱錫英, 字舜華, 仁州人。文康公 旅軒先生, 文穆公 聽天堂 應一之九世八世孫。皇考時杓, 號雲皐, 文科參判。妣貞夫人鄭氏, 寒岡 文穆公之後, 士人埦女。

先生自幼聰明强記, 出言已驚人。旣長, 慨然有當世之意, 一擧中發解, 進而屈於南省。於是知有命, 棄不復事。益屈首, 大肆力於著述。文章旣駸駸, 該博濃郁, 自能步趣作家已。

又曰:“此非所以終身也。反求之眞實近裏之工, 其學乃成。”, 質之師傅而無疑、參之經訓而有據。其言爲學節度則曰:“通天地、亘古今, 此道理, 不易不息, 活潑流動。只怕自家眼孔看不得, 看得破時, 直是快活。”又曰:“譬如層厓絶壁, 攀援而上, 纔差失, 便墮坑落塹。似此耐煩捱過, 直到得屬纊便休, 方是了當得大事出場。”

其言心性理氣則曰:“性是心中所具之理, 心性不可對待言。世之言心而單指氣者, 只知朱子‘心猶陰陽’之說, 而不知有邵子所云‘心爲太極’者也。且以心猶陰陽言之, 心之有動靜, 猶太極之有陰陽, 非直以心爲氣也。”

其憂中華近日學術之不正, 則貽書康南海、袁總統, 及北京孔敎會, 極言欽慕西潮, 自滅綱常之非, 而力辨江西似是之謬。域中儒舍, 如合浦之觀海、苞山之道東、慶州之玉山、宣·福之陶山·高山、安陰之某里、宜春之眉淵, 虛席以延之, 輒引諸生, 講學行禮, 一時多觀聽慕化者。

所著有《儀禮集傳》、《九禮笏記》、《四禮汰記》、詩文集四十四卷, 皆刊行于世。又有《四禮節要》、《戴禮管見續集》若干卷, 藏于晩棲亭。

先生姿稟旣異, 而充養有道。介而不角、和而不群。孝弟爲根柢、義理爲本領。家世簪纓而布衣終老。目見天地否而人類胥淪, 雖不能引綱維,盡思慮以成撥亂世反之正之業之可見。 然自靖以潔身、講道以明志、著書以俟後。爲異日斯文一線之命脈, 則殆亦庶幾焉耳矣。其功效, 何下彼哉。雖然此豈易與不知者言哉。

先生一男右遠, 二女壻 : 辛雨植、李俔。孫男 : 一相、復相。辛男容璣。一相男炳仁, 餘幼。

右遠以余嘗受知於先生, 而其誼獨異於人者, 以門人孫厚翼所爲狀錄, 而來屬以隧道之刻, 余不敢辭。

其銘曰 : "玉山之世, 文康、聽天, 文獻之都, 胚胎前光。先生乃生, 維德之符, 薰陶大方, 究心理學。先正其趨, 學成而不隨。衆爲口耳之辯, 獨追古人爲徒。天門碎首, 遙海馳章。皇穹不照余之忠誠, 終然墮于雉離之罦。知之者識其爲河汾教授之哲匠, 不知者稱其爲慷慨山澤之逋。乃若考之遺篇, 則衛道而斥邪, 立言而牖來, 其惟竢後世之爲堯夫者乎。"

❖ 원문출전

河謙鎭, 『晦峯集』 卷46 墓碣銘, 「晦堂先生張公墓碣銘并序」 (경상대학교 문천각 古 D3B H하14ㅎ)

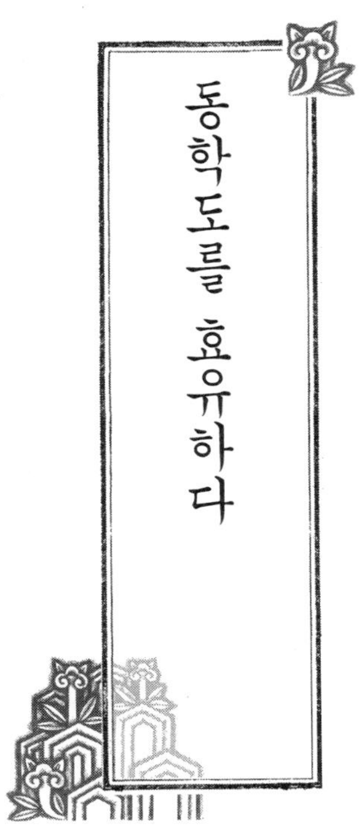

동학도를 효유하다

정택중(鄭宅中) : 1851-1927. 자는 응신(應辰), 호는 국포(菊圃), 본관은 진양(晉陽)이다. 현 경상남도 사천시 곤명면에서 태어나 거주했다. 곤양 향교의 일을 주관하였고, 이택환(李宅煥)과 교유했다.
저술로 『국포유고』가 있다.

국포(菊圃) 정택중(鄭宅中)의 묘갈명

권창현(權昌鉉)[1] 지음

옛 곤양(昆陽) 평촌(坪村)[2] 뒤 풍암산(風巖山) 간좌(艮坐) 언덕에 높다랗게 솟아 있는 무덤은, 국포(菊圃) 처사 정공(鄭公) 휘 택중(宅中) - 자는 응신(應辰) - 이 묻혀 있는 곳이다. 32년이 지난 기해년(1959)에 공의 아들 익균(益均)이 잠재(潛齋) 하우(河寓)[3] 공이 지은 행장을 아들 종선(鍾宣)에게 명하여 내게 가지고 와서 묘소 앞에 세울 묘갈명을 부탁하였는데, 나는 완고히 사양했으나 거절할 수 없었다. 이에 행장을 살펴보고 다음과 같이 묘갈명을 짓는다.

공은 어려서부터 언행이 망령되지 않았고, 기쁘거나 노여워하는 감정 표현이 급작스럽게 드러나지 않았다. 또한 남달리 총명해서 한번 보고 들은 것은 잊은 적[4]이 없었다. 성장하여 독서할 적에는 널리 독서하기를 일삼지 않았고, 오직 일상생활에 절실하고 가까운 이치를 추구하였다. 노인을 봉양하고 조상에게 제사지내며, 집안을 다스리고 다른 사람과 접촉할 적에는 마음을 진실하게 하여 정성스럽게 하였다. 천성이 진솔하여 두드러지게 특이한 행동을 하는 데에 힘쓰지 않았으나, 남들이 저

1 권창현(權昌鉉) : 1900-1976. 자는 회경(晦卿), 호는 심재(心齋), 본관은 안동이다. 권준(權濬)의 후손으로 권재규(權載奎)의 아들이다. 저술로 10권 4책의 『심재집』이 있다.

2 평촌(坪村) : 현 경상남도 사천시 곤명면 추천리에 평촌 마을이다.

3 하우(河寓) : 1872-1963. 자는 광숙(廣叔), 호는 잠재, 본관은 진양이다. 곽종석의 문인이다. 저술로 『잠재유고』가 있다.

4 잊은 적 : 이 구절의 원문은 '망(妄)' 자이나, 권창현의 문집을 참고해서 '망(忘)' 자로 번역하였다.

절로 경외하고 추앙하였다.

고을원이 처음 부임할 적에는 반드시 공에게 먼저 문안하였고, 고을에 어려운 일이 있으면 반드시 공의 자문을 얻어 결정하였다. 인근 마을의 전답이 수로와 멀리 떨어져 있어서 가뭄의 피해를 입는 곳이 많았다. 공이 고을원에게 건의하여 상류의 물을 끌어다 보(洑)를 만들었는데, 물을 공급받는 곳이 19곳에 이르렀다. 은혜를 입은 자들이 매우 감격하여 특별히 음식을 마련해 드렸는데, 공은 거절하였다.

동학란(東學亂) 때 공은 곤욕을 당해 위기에 처했으나, 그들이 토벌되기에 이르자 전날의 감정을 품지 않고 차마하지 못하는 정치[不忍之政]로 처결해 줄 것을 고을원에게 고했다. 고을원은 공에게 동학도를 진무하는 임무를 맡겼는데, 공이 정성을 다해 바른 도리로 효유하여 그들로 하여금 귀순하게 하였다.

성인을 사모하는 성심으로써 오랫동안 향교 일을 맡았는데, 건물을 중수하고 제도를 고치는 일 등 재임 시기에 실행한 것이 많았다. 한결같이 향교의 기강이 점점 해이해진 뒤로 향교 임원을 선발하는 데 그 권한을 관아에서 갖게 되었다. 공은 분연히 동지들과 이 점을 바로잡으려 하다가 관아에 구류되어 욕을 당하게 되었지만 걱정하지 않았다. 나라가 망하자 왜인들이 은사금(恩賜金)을 주었지만, 공은 시를 지어[5] 의리를 밝히며 굳게 그 돈을 물리쳤다.

만년에 회산(晦山) 이택환(李宅煥)[6] 공이 이웃 마을에 우거하였는데, 공을 한번 보고는 마음이 통하는 벗으로 인정하였다. 공은 지속적으로 종유하며 배운 점이 많았는데, 매번 일찍 도가 있는 분께 나아가 강마하

---

5 시를 지어 : 정택중의 『국포유고』에 「상금불수운(賞金不受韻)」이라는 시가 수록되어 있다.

6 이택환(李宅煥) : 1854-1924. 자는 형락(亨洛), 호는 회산, 본관은 성주이다. 정재규(鄭載圭)의 문인이다. 저술로 5권 2책의 『회산집』이 있다.

지 못한 점을 한스러워했다.

공은 철종 신해년(1851)에 태어나 정묘년(1927)에 돌아가셨으니, 향년 77세였다. 공의 선계는 진양 사람인데, 고려 때 통례문 지후(通禮門祗侯)를 지낸 휘 신(侁)이 시조이다. 본조에 와서는 섭사직(攝司直)[7] 중원(中原)과 강계 부사(江界府使) 이례(以禮)가 현달한 선조이다. 증조부는 팔영(八榮), 조부는 창신(昌臣), 부친은 길규(吉樛)인데 호가 강재(剛齋)이며, 모친은 진양 하씨로 하성찬(河聖贊)의 딸이다.

공은 두 분의 부인이 있었다. 초취 부인은 정형주(鄭亨柱)의 딸인데 열행(烈行)으로 소문이 났다. 딸 한 명을 두었는데 정규용(鄭圭鎔)에게 시집갔으며, 또한 효행이 있었다. 재취 부인은 김치영(金致瑩)의 딸인데, 4남 3녀를 두었다. 아들은 익균(益均)·영균(英均)·수균(守均)·대균(大均)이며, 딸은 강신형(姜信馨)·김진환(金鎭煥)·권태섭(權泰燮)에게 시집갔다. 정규용의 아들은 증영(曾榮)이다. 익균의 아들은 종선(鍾宣), 출계한 종대(鍾大), 종백(鍾百)이다. 익균의 딸은 강영수(姜瑛秀)·강달수(姜達秀)에게 시집갔다. 영균의 아들은 종대이고, 딸은 박수길(朴洙吉)·하재석(河再錫)·최대원(崔大元)에게 시집갔다. 수균의 아들은 종한(鍾瀚)·종삼(鍾三)인데, 종삼은 양자 갔다. 수균의 딸은 조춘섭(曺春燮)·남정수(南廷秀)에게 시집갔다. 대균의 아들은 종삼이다.

명은 다음과 같다.

> 아 세도가 떨어져 속이 좁고 천박한 사람들이 많으니
> 嗟世降而人多齷齪與淆漓
> 누가 공처럼 후덕한 인상과 진솔한 자태를 겸할 수 있겠나
> 孰如公之豊偉相兼眞率姿

---

7 섭사직(攝司直) : 부사직(副司直)과 같은 관직으로, 태종 초에 섭사직(攝司直)이라 하였다.

외면은 독선이 없는 듯하여 선입견을 갖지 않았고
外若無苛兀而不設畦畛
내면은 강직 방정함을 지녀 지조를 빼앗을 수 없었네
內實抱剛方而莫奪操持
일을 주관하는 능력이 뛰어났을 뿐만 아니라 矧其晳乎有幹事之能
남을 포용하는 도량 또한 넓고 컸도다 又兼恢乎有容物之量
이것이 온 고을에서 추앙받는 까닭이니 此其見推仰於一鄕
비석에 새겨 후대에 전할 수 있으리 足可鐫貞珉而詔無疆

기해년(1959) 11월에 안동 권창현이 지음.

墓碣銘

權昌鉉 撰

舊昆陽 坪村, 村後風巖山, 有負艮坐, 罣如而崇者, 卽故菊圃處士 鄭公諱宅中、字應辰之藏也。越三十二年己亥, 其孤益均以潛齋 河公 寓所爲狀, 命子鍾宣造余, 而乞羨門之銘, 余固辭, 不獲。乃按狀而序之曰:

公自幼言動不妄, 喜怒不遽。又聰明絶倫, 一耳目未嘗或妄。及長而讀書, 不事淹博, 惟取切近。奉老追遠, 御家接物, 誠意藹然。天性眞率, 不務爲皎皎特異之行, 而人自敬畏推仰。主倅初莅, 必先存問, 凡郡鄕有難事, 必待諮以決。近坊諸野, 水遠多被旱。公議于倅, 引上流築洑, 所注至十九處。蒙惠者, 感極特饋以需, 爲公所拒。

東匪之亂, 公嘗遭困辱幾危, 及見彼將至勦滅, 公不有前憾, 告倅以不忍。倅委公鎭之, 公憚誠義喩, 俾皆歸順。

以慕聖之誠, 久帶校任, 重修更造之事, 多在其時。一自鄕紀漸弛, 校任之選, 官執其柄。公忿然與同志, 期欲矯正, 至於被官拘辱而不恤。屋社之日, 彼有恩金之賜, 公以詩明義, 而牢却之。

晩年, 晦山 李公 宅煥, 來寓鄰閈, 一見公, 許以心契。公源源從逐, 多蒙資益, 每以不得早就有道而磨礱爲恨也。

公以哲宗辛亥生, 卒于丁卯, 壽七十七。其先晉陽人, 高麗通禮門祗侯諱佐爲鼻祖。而本朝攝司直中原, 江界府使以禮, 爲顯祖也。八榮、昌臣、吉杓, 號剛齋, 爲曾祖、祖、考, 而晉陽 河聖贊女爲妣也。

配有前後。鄭亨柱女爲前, 而以烈聞。生一女, 適鄭圭鎔, 亦有孝行。金致瑩女爲後, 而生四男三女。男 : 益均、英均、守均、大均, 女適姜信聲、金鎭煥、權泰燮。圭鎔男曾榮。益均男 : 鍾宣、鍾大出、鍾百。女適姜瑛秀、姜達秀。英均男鍾大, 女適朴洙吉、河再錫、崔大元。守均男 : 鍾瀚、鍾三出。女適曺春燮、南廷秀。大均男鍾三。

銘曰 : "嗟世降而人多齷齪與淆漓, 孰如公之豊偉相兼眞率姿。外若無苛刓而不設畦畛, 內實抱剛方而莫奪操持。矧其哲乎有幹事之能, 又兼恢乎有容物之量。此其見推仰於一鄕, 足可鐫貞珉而詔無疆。"

已亥至月日, 安東 權昌鉉撰。

❖ **원문출전**

鄭宅中, 『菊圃遺稿』 附錄, 權昌鉉 撰, 「墓碣銘」(경상대학교 문천각 古 D3B H정832ㄱ)

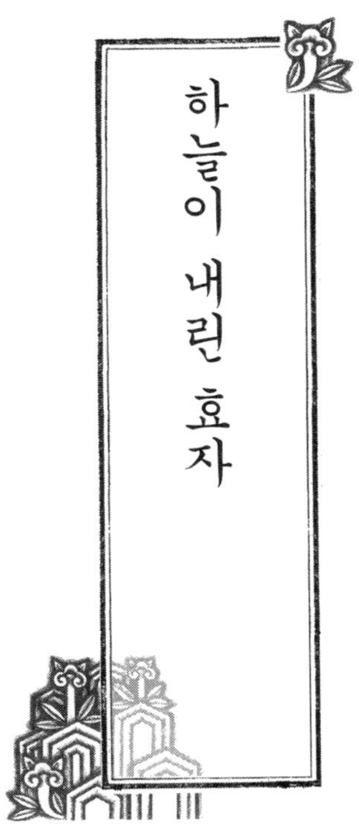

하늘이 내린 효자

하계룡(河啓龍) : 1851-1932. 자는 치현(致見), 호는 단파(丹坡), 본관은 진양(晉陽)이다. 현 경상남도 진주시 대곡면 단목리에 거주하였다.
23세 때 부친의 명으로 한성시에 응시했는데, 돌아오는 길에 회덕(懷德)에 들러 송병선(宋秉璿)에게 배알하였다. 이후 과거시험을 포기하고 학문에 전념하였다. 효성과 우애를 독실하게 실천한 것으로 이름이 났다.
저술로 3권 1책의 『단파유고』가 있다.

단파(丹坡) 하계룡(河啓龍)의 행장

하우식(河祐植)[1] 지음

부군의 휘는 계룡(啓龍), 자는 치현(致見), 호는 단파(丹坡)이다. 고조부 휘 진태(鎭兌)는 호가 행정(杏亭)으로, 효자로 이름나 동몽교관에 추증되었으며 정려가 내려졌다. 문경공(文敬公) 성담(性潭) 송환기(宋煥箕)[2]가 지은 묘지명에 "아, 공의 독실한 효성은 세상에서 견줄 이가 없으리."라고 하였다. 증조부 휘 익범(益範)은 호가 사농와(士農窩)이며, 성담 선생을 스승으로 섬겼는데, 면암(勉菴) 최익현(崔益鉉)[3] 공이 지은 묘갈명에서 '학문은 위기지학을 하며 효성은 하늘로부터 타고 났다.'라고 하였다. 조부의 휘는 경진(慶縉)이며, 부친의 휘는 복원(復源)으로 호는 존암(存菴)이다. 두 분 모두 유림의 중망이 있어 사우들에게 추중되었다.

하씨는 본관이 진주이다. 시조 평장사 휘 공신(拱辰)은 고려 현종(顯宗)을 섬기며 오랑캐 조정에서 절개를 지켰는데,[4] 『고려사』 열전에 자세히

---

1 하우식(河祐植) : 1875-1943. 자는 성락(聖洛), 호는 담산(澹山)·목재(木齋)이며, 본관은 진양(晉陽)이다. 현 경상남도 진주시 대곡면 단목리에 거주하였다. 하계룡의 장남이다. 연재(淵齋) 송병선(宋秉璿)의 문하에서 수학하였다. 저술로 8권 4책의 『담산집』이 있다.

2 송환기(宋煥箕) : 1728-1807. 자는 자동(子東), 호는 심재(心齋)·성담이며, 본관은 은진(恩津)이다. 송시열(宋時烈)의 5대손이다. 1779년 음보(蔭補)로 경연관(經筵官)이 되었으며, 예조 판서, 이조 판서를 거쳐 우찬성(右贊成)에 이르렀다. 저술로 32권 16책의 『성담집』이 있다.

3 최익현(崔益鉉) : 1833-1906. 자는 찬겸(贊謙), 호는 면암, 본관은 경주(慶州)이며, 경기도 포천 출신이다. 이항로(李恒老)에게 수학하였다. 1855년 명경과에 급제하였고, 승정원 동부승지 등을 역임하였다. 저술로 48권 24책의 『면암집』이 있다.

4 절개를 지켰는데 : 거란이 고려를 침범하자 적진에 들어가 현종의 친조(親朝)와 자신의

기록되어 있다. 이후로 벼슬을 지낸 분들이 연이었는데, 진강군(晉康君) 휘 식(湜)과 병조 판서 휘 거원(巨源)이 특히 드러난 분이다. 7대를 내려와 생원 휘 국보(國寶)에 이르러서는 부인 강씨가 절개를 지켜 정려가 내려졌다. 아들 휘 징(憕)은 진사로 문정공(文貞公) 조식(曺植)에게서 경의(敬義)의 학문을 배웠으며, 임천서원(臨川書院)[5]에 향사되었다. 서원의 봉안문에 "남명 선생께서 세상을 떠난 뒤로, 사문의 사람들 의탁함이 있었네."라고 하였으며, 세상 사람들이 '창주 선생(滄洲先生)'이라 일컬었다. 이분의 손자 휘 명(洺)은 생원으로 우암(尤庵) 송시열(宋時烈)과 동춘당(同春堂) 송준길(宋浚吉) 두 선생을 스승으로 섬겼으며, 두 분 선생은 '선학(仙鶴)'이라고 지목하였다. 2대를 내려와 습정재(習靜齋) 휘 응운(應運)은 신축환국과 임인옥사[6]가 일어나자 과거공부를 그만두고 벼슬하지 않았다. 행정공(杏亭公) 휘 진태(鎭兌)가 후손이다. 부친 존암(存菴) 하복원(河復源) 공의 부인은 수원 백씨(水原白氏)로 부총관 백서한(白瑞翰)의 7세손 백낙선(白樂善)의 딸이다. 철종 신해년(1851) 3월 21일 자시에 단동(丹洞 : 丹牧) 옛집에서 부군을 낳았다.

부군은 어려서부터 우스갯소리를 함부로 하지 않았으며 행동거지가 장중하였다. 조금 장성해서는 아이들과 어울려 다니며 장난을 치지 않았으며 항상 부모님 곁에서 지냈다. 비록 대수롭지 않은 말씀이 있더라도 반드시 공경히 들으며 묵묵히 가슴에 새겨들었다. 공부를 시작할 적

볼모를 조건으로 철병(撤兵)을 교섭하여 성공하였다. 이후 거란에서 탈출하려다 발각되어 친국(親鞫)을 당하며 회유를 받았으나 끝내 거절하여 살해되었다.

5 임천서원(臨川書院) : 현 경상남도 진주시 금산면 가방리에 있다. 1869년 서원철폐령으로 훼철된 것을 1928년 복원하였다.

6 신축환국과 임인옥사 : 경종 원년인 신축년(1721)의 환국과 이듬해 임인년(1722)의 옥사를 지칭하는 말로, 경종의 등극을 암암리에 반대하고 이복동생 연잉군의 세제책봉을 주장한 노론세력이 소론의 반격에 의해 대거 숙청되었다.

에 처음에는 노둔한 듯하여 서당의 선생이 유심히 살펴보지 않았다. 부군은 이 사실을 깨닫고 서당 벽 모퉁이를 마주하고 일과를 정해 독서하였는데, 아침부터 저녁까지 먹고 자는 때가 아니면 잠시라도 그만둔 적이 없었다. 이렇게 수년이 지나자 총명함은 점점 진보하고 학업은 일취월장하여 동배들이 모두 부군에게 미칠 수 없다고 여겼다.

부군은 병인년(1866) 물계(勿溪)의 정씨(鄭氏)[7] 집안에 장가들었다. 처가의 종족들이 매우 성대했으며, 또 우리 집안과 여러 대에 걸쳐 인척을 맺어 부군과 인척 관계이면서 비슷한 연배의 사람이 자못 많았으나, 부군이 장중하고 과묵함으로 자신을 단속하여 처가의 여러 사람들이 사위라고 함부로 대하지 못하였다. 좋아한 이들로는 노백헌(老柏軒) 정재규(鄭載圭),[8] 농산(農山) 정면규(鄭冕圭)[9] 등이 있다.

부군은 계유년(1873) 부친의 명으로 한성시를 보러갔다. 돌아올 적에 회덕(懷德) 석남(石南)으로 찾아가 연재(淵齋) 송병선(宋秉璿)[10] 선생을 배알하였으며, 송촌(宋村)[11]으로 들어가 동춘당 선생의 사당에 배알하고서 '도가 이곳에 있구나!'라고 탄식하였다. 갑술년(1874) 여름 지와(芝窩) 정

---

7 물계(勿溪)의 정씨(鄭氏) : 경상남도 합천군 쌍백면 물계 마을은 초계 정씨(草溪鄭氏)의 집성촌이다.

8 정재규(鄭載圭) : 1843-1911. 자는 영오(英五)·후윤(厚允), 호는 노백헌(老柏軒)·애산(艾山), 본관은 초계(草溪)이며. 경상남도 합천에 거주하였다. 기정진의 문인이다. 저술로 49권 25책의 『노백헌집』이 있다.

9 정면규(鄭冕圭) : 1850-1916. 자는 주윤(周允), 호는 농산(農山), 본관은 초계(草溪)이다. 현 경상남도 합천군 쌍백면 육리(陸里) 묵동(墨洞)에서 태어났다. 종형 정재규(鄭載圭)를 따라 학문에 정진하여 기정진(奇正鎭)의 학문을 전수 받았다. 저술로 15권 8책의 『농산집』이 있다.

10 송병선(宋秉璿) : 1836-1905. 자는 화옥(華玉), 호는 동방일사(東方一士)·연재(淵齋), 본관은 은진(恩津)이며, 충청남도 회덕(懷德) 출신이다. 송시열의 9세손으로, 송병순(宋秉珣)의 형이다. 1905년 12월 30일에 국권피탈에 통분하여 자결하였다. 저술로 53권 23책 『연재집』이 있다.

11 송촌(宋村) : 현 대전광역시 대덕구 송촌동이다.

면교(鄭冕教)[12] 공에게 과거공부를 익혔다. 매년 여름이면 항상 찾아가 배웠는데, 정공 또한 부군의 부지런하고 독실함을 사랑하여 매우 장려하며 칭찬하였다. 집안에 거처할 적에는 부모님 모시는 것과 책 읽는 것만 일삼았는데, 정성스럽고 부지런하여 응사접물 할 때 외부로부터 이르는 것을 개의치 않았다.

신사년(1881) 여름 부친이 병에 걸려 낫지 않았는데, 부군은 밤낮으로 정성을 쏟으며 잠시라도 곁을 떠나지 않았다. 탕약은 반드시 직접 달이고 맛을 본 뒤에 올렸으며, 음식을 드리는 일도 여종에게 맡기지 않았다. 대소변을 받아내는 도구는 반드시 직접 올리고 치웠으며, 부친이 움직이거나 눕고 일어날 적에는 반드시 말씀이 있기 전에 뜻에 맞도록 행동하였다. 밤에는 반드시 빗질하여 머리를 정돈하고 새 옷으로 갈아입혔는데, 몸에는 이불을 덮고 머리에는 상투를 틀게 함으로써 이가 생기지 않도록 하였다. 격일로 변을 맛보아 병세를 징험하였는데, 3년 동안 이처럼 하며 잠시라도 해이해진 적이 없었다. 부군의 심신이 피로하고 기력이 쇠한 듯하자, 부친이 어려움을 견디며 애쓰는 모습을 안타깝게 여겨 문밖으로 나가 바람을 쐬게 하였다. 부군은 문 앞 화살 닿을 거리만큼 떨어져 있는 큰 나무 뒤에 가 서서 부친의 동정을 살피다 곧바로 돌아왔다. 인근에 사는 사람들이 그 나무를 '효자목(孝子木)'이라고 불렀다.

또 하루는 가까운 친척 한 사람이 찾아왔다가 약 달이는 것을 대신 봐 주겠다며 부군에게 잠시 눈을 붙이라고 권하였다. 부군이 눈을 붙이고 잠시 뒤에 깨어보니 약이 이미 평상시보다 졸아 있었다. 부군이 후회하며 눈물을 떨구자 그 사람은 몹시 부끄러워하였다. 그 사람은 늙어서

12 정면교(鄭冕教) : 1818-1877. 자는 국교(國喬), 호는 지와(芝窩), 본관은 해주(海州)이다. 농포(農圃) 정문부(鄭文孚)의 후예이며, 진주 금산리 출신이다. 홍직필(洪直弼)의 문인이다. 저술로 2권 2책의 『지와집』이 있다.

도 부군을 일컬을 때마다 반드시 하늘이 낸 효자라고 칭찬하였다.

친척이나 친구들도 효자라고 칭찬하지 않는 이가 없었다. 재실(齋室)에서 문중 모임을 열어 부군을 표창할 방안을 논의하기에 이르렀다. 이장 정모(鄭某)가 행실을 거론하여 관아에 알리려고 하였는데, 부군이 그 소식을 듣고 몹시 놀라 황급히 그 일을 멈추게 했다.

부친의 병이 위독해지자 부군은 손가락을 베어 구명하려 하였다. 종형에게 칼을 빼앗기자 망치로 왼손 약지를 뭉개어 그 피를 마시게 하였는데, 부친은 끝내 소생하지 못하였다. 부군은 가슴을 치고 발을 구르며 목놓아 곡하였는데, 살고 싶지 않은 듯하였다. 상례·장례·제사는 한결같이 예제를 따랐다. 산을 사서 안장하였는데, 그 산에 살고 있던 늙고 모진 과부가 찾아와 집안에서 행패를 부렸다. 다듬잇돌을 안고 대청에서 섬돌 아래로 뛰어내려 몸에 상처가 나 피가 흘렀다. 이로 인해 방에 드러누워 음식을 먹지 않으며 죽기를 자처한 것이 10여 일이나 되었다. 부군이 지성으로 간곡하게 깨우치자, 그 사람은 결국 진심으로 사죄하며 말하기를 "당신은 과연 효자요. 내가 감히 억지를 부릴 수 없겠소."라고 하였다.

모친께서 젊을 때 설사병에 걸려 고질이 되었는데, 연로할수록 점점 심해져 앉고 눕고 먹고 마시는 일은 하나같이 남의 도움이 필요하였다. 부군은 분부하시기 전에 뜻을 헤아려 봉양하였으며, 한결같이 부친의 병시중을 들 때와 같이 모셨다. 모친의 속옷이 더러워지면 손수 깨끗이 빨았는데 남들이 그것을 보지 못하도록 하였다. 밤이 깊으면 반드시 공경히 문밖에서 엿보며 잘 주무시고 계신지 살펴보았는데, 5, 6년을 하루같이 실천하였다.

계사년(1893) 10월 모친께서 졸하였다. 부군이 슬피 울부짖으며 목숨을 끊으려 하였다. 이듬해 갑오년(1894) 가을 동학난이 크게 일어나 고을을 약탈하였다. 조금 명성이 있는 사람이 있으면 성토하며 총으로 쏘아 죽이려고 하였는데, 우리 고을이 더욱 그 화를 입어 고을이 거의 텅 비게 되었다. 부군은 가속들을 다른 곳으로 옮기고, 자신은 모친의 신위를 모신 궤연을 지키며 더욱 애통한 심정을 극진히 하였다. 그러자 인근 고을 사람들이 감동하였고, 동학의 무리들도 다소 무기를 거두었다.

을미년(1895) 단발령이 매우 급박하자, 부군이 탄식하며 말씀하기를 "머리를 깎으면 오랑캐가 된다. 사람으로서 오랑캐가 될 수 있겠는가." 라고 하고서 즉시 온 집안사람들을 근처 골짜기로 피하게 하였다. 병신년(1896) 봄 사과(司果) 정한용(鄭瀚鎔)이 의병을 일으켜 나에게 거듭 편지를 보내어 불렀는데, 부군이 하교하시기를 "네가 정 사과와 인척으로 친분이 있다고 하나 너는 아직 어리고 무능하다. 또 의병을 일으키라는 조정의 명이 있었는지 확실히 듣지 못했다. 사인은 의리를 지키는 데 구차해서는 안 되니, 한번 찾아가 만나보기는 하되 오래 머물러서는 안 될 것이다."라고 하였다.

을사년(1905) 나라에 큰 변고[13]가 일어나고 연재 선생과 면암 선생이 연이어 순국하였다. 부군은 두 분의 위패를 모시고 애통해하였는데, 이에 나에게 명하여 찾아가 곡하게 하고 국운이 기울어가는 애통함과 현인을 우러러 그리워하는 마음을 극진히 하였다.

신해년(1911) 부군의 회갑에 내가 간소한 잔칫상을 차리려고 하였는데, 부군이 물리치며 말씀하기를 "부모님이 돌아가시고 홀로 남아 회갑연을 여는 것은 결코 자식으로서 차마 할 수 있는 바가 아니다. 하물며 지금이 어느 때인데 너희들이 감히 그렇게 하려는 것이냐."라고 하였다. 무오년(1918) 겨울 상황(上皇 : 高宗)께서 승하하셨다는 소식이 신문에 나

13 큰 변고 : 1905년 10월 21일에 체결된 을사늑약을 말한다.

왔다. 부군은 즉시 나와 집안사람들에게 명하여 북쪽 대궐을 향해 곡하고 상복을 입도록 하였다. 사람들 중에 처음에는 의심하는 이가 있었으나 나중에는 모두 흔쾌히 따랐다.

부군은 어릴 적부터 백부를 부친처럼 섬겼다. 백부가 돌아가셨을 적에 어린 자식들이 천연두를 앓고 있어서 친척과 의원이 모두 접촉하지 말라고 당부하였는데, 부군은 그 말을 염두에 두지 않고 빈소에 나아갔다. 최씨에게 시집간 누이에 대해 우애가 돈독하고 지극하였는데, 누이가 과부가 되어 지내는 것을 안타깝게 여겨 자주 찾아가 만났다.

숙종(叔從)[14]이 우거하던 곳에서 재산을 탕진하고 돌아오자, 부군은 집을 마련해주고 밭을 나누어 주었다. 때때로 요구하는 것이 감당하기 어려운 적이 있었지만 또한 안색과 언사에 기미를 드러내지 않으며 환심을 극진히 하였다. 숙종이 돌아가시자 장방(長房)[15]의 제전(祭田)을 그대로 넘겨주어 과부가 된 형수가 생계를 꾸릴 수 있게 하고, 스스로 소종손의 제사를 받들며 더욱 공경히 하였다. 제사의 절차는 한결같이 예제를 따랐으며, 계절마다 반드시 시제(時祭)를 행하였다. 집안의 상을 당할 때마다 부복하여 애통해 하였으며, 항상 초상을 당했을 때처럼 슬퍼하였다. 때때로 선영의 묘지기가 찾아오면 집안으로 불러들여 반드시 술과 음식을 대접하였다.

가까운 집안사람에게는 힘닿는 대로 식량을 빌려주어 생계를 도왔다. 부군은 안산(案山)에 있는 밭 몇 이랑을 사들인 적이 있는데, 집안사람 중에 그곳을 사려고 하는 사람이 있자 밭의 값을 차차 갚으라고 하고 그 사람에게 넘겼다. 집안에서 선영의 산을 소유한 지 30년이 지나 숲이

14 숙종(叔從) : 숙부의 아들인 사촌 형제를 일컫는 말이다.

15 장방(長房) : 제사를 지내야 할 항렬에 있는 사람으로서 서열이 높은 사람을 가리키는 말이다.

우거지고 나무는 목재로 사용할 수 있었지만, 나무를 달라고 청하자 인색하게 굴지 않고 돌려주었다. 집안의 아이들 중 공부를 하고 싶어 하지만 형편이 어려운 자에게는 서적과 지필묵을 제공하는 것 이외에도 그들을 위한 도움을 주었다. 먼 친척 되는 나무꾼이 선산의 소나무를 베다가 산지기에게 걸려 곤욕을 당하고 찾아와 그 일을 말하니, 부군은 즉시 산지기를 불러 꾸짖었다.

기근이 들 때마다 반드시 한 말이나 한 되 정도의 양곡이라도 사람들에게 나누어 주었으며 수고롭게 여기지 않았다. 찾아와 얻어먹는 사람들이 매우 많아서 죽을 쑤어서 함께 나누어 먹었다. 친척 중에 늙어서 집이 없는 사람이 십여 년이 지나도록 머물며 의탁 하였다. 그가 병에 걸려 손쓸 방도가 없게 되었을 때 비록 그의 가까운 친척에게 돌려보내었으나, 또한 장사지내는 일을 도와주었다.

부군은 평생 한 번도 사사로이 청탁을 일삼지 않았다. 또한 한가롭게 벗들과 어울려 다니는 것을 좋아하지 않았으나, 찾아온 이에게는 반드시 일정한 법도로써 대접하였다. 남들의 선하지 못한 행실을 말한 적이 없었으며, 구차하게 남을 칭송하는 바도 없었다. 바르지 못한 사람과 마주할 때는 무덤덤하게 있으며 아무 말도 하지 않았다. 어떤 이는 부군이 지나치게 삼가며 자신의 분수를 지킨다고 의심하였으나, 부군은 그 점에 대해 근심하지 않았다.

집안을 다스릴 적에는 가산을 경영하기를 구하지 않았으나, 항상 절약하여 예상치 못한 변고를 대비하였다. 집에 도둑이 든 적이 있었는데 잃어버린 물건이 적지 않았다. 몇 달 뒤 여종들이 우연히 도둑이 훔쳐간 물건을 가지고 있어서 힐문하니 이웃에 사는 노비에게서 나온 것이었다. 당시 도둑을 다스리는 법이 엄격하여 죄를 지으면 반드시 사형을 당하였다. 이웃들은 모두 도둑을 잡은 것을 통쾌해 하였다. 부군은 즉시 도둑을 집안 재실 창고에 가두었다. 밤이 깊어지자 믿을 만한 종에게 열쇠를 맡겨 도둑을 놓아주게 하였다.

부군은 자신이 사용하는 것은 지극히 검소하게 하였는데, 밥상에는 두 가지 이상의 반찬을 두지 않았으며, 몸에는 명주옷을 걸치지 않았다. 바깥출입을 할 때가 아니면 또한 가죽신을 신는 경우도 드물었다. 내가 일찍이 처가에서 얻은 무명과 명주로 섞어 짠 바지를 입고 외출을 하겠다고 아뢰었는데, 부군이 계집종을 불러 내 상의를 걷어 올리게 하고 "이 바지는 무슨 천으로 만든 것이냐?"라고 물었다. 계집종이 사실대로 대답하자, 부군이 엄하게 나를 꾸짖으며 말씀하기를 "네가 어찌 감히 이처럼 한단 말이냐! 이 옷은 두었다가 늙었을 때나 입는 것이 옳을 것이다."라고 하였다. 내가 일찍이 갓장이에게 두 아들의 갓을 만들게 하였는데, 이미 그 값을 치르고 그 중 하나에 쌍비(雙比)를 꽂았다. 부군이 놀라며 말씀하기를 "쌍비를 꽂은 갓은 귀인이 쓰는 것이니, 어찌 사인이 착용할 만한 것이겠느냐."라고 하고서, 즉시 찢어 부수게 하였다.

내가 약관이 되기 전에 부군이 향시(鄕試) 시험장에 나를 데리고 갔다. 마침 향품관(鄕品官)[16]이 된 사람 중에 아는 사람이 있었는데, 뇌물을 받고 나를 위한 자리를 마련할 수 있었다. 당시 왕세자와 동갑으로 향시에 합격한 이들이 있었는데, 한결같이 은전을 입어 사마시에 합격할 수 있었기 때문이다. 부군이 나에게 말씀하기를 "네 생각은 어떠냐?"라고 하였는데, 나는 감히 그 짓을 못하겠다고 하였다. 이윽고 부군이 웃으며 말씀하기를 "내! 생각도 본디 그랬다."라고 하였는데, 그 사람이 사과하고 탄복하였다.

16 향품관(鄕品官) : 유향품관(留鄕品官)을 말한다. 고을의 민치(民治)·풍헌(風憲) 등에 관한 일을 돕도록 하기 위해 그 고을에 사는 유력한 자를 가려서 좌수(座首)·별감(別監) 등의 직을 주었다.

부군은 평소 거처할 적에 반드시 아침 일찍 일어나 의관을 정제하고서 집안을 두루 둘러보았다. 그리고서 방안에 조용히 앉아 항상 경전을 읽으며 자락하였다. 『이정전서(二程全書)』·『주자대전』·『주자어류』·『성리대전』·『심경』·『근사록』 등의 서적과 우리나라의 율곡(栗谷)·우암(尤庵) 선생의 문집류 1천여 부를 구하여 틈나는 대로 읽으며 옮겨 썼는데, 자획이 단정하고 아름다웠다. 손수 초록한 것이 수십 책이 되었지만 한 글자도 비뚤거나 잘못 적은 것이 없었다.

서재의 여러 물건들은 반드시 깨끗하게 정돈하였으며, 집안에서 사용하는 집기들도 항상 제자리에 두었다. 술을 좋아하는 성품이었으나 조금이라도 취기가 오르면 곧 술잔을 내려놓았으며, 절대로 희롱하는 말을 하거나 헤프게 웃는 경우가 없었다.

부군은 노년이 되어 병을 자주 앓았는데 항상 조용히 거처하며 조섭하고, 보양식을 올리지 못하게 하였다. 이는 대개 부군이 다년간 어버이의 병시중을 들면서도 약물의 효과를 보지 못한 것을 종신토록 한스럽게 여겼기 때문이다.

임신년(1932) 정월 17일 진시(辰時)에 정침에서 돌아가시니 향년 82세였다. 부인 유인(孺人) 정씨(鄭氏)는 팔계 정씨(八溪鄭氏)로 서정 선생(西亭先生) 휘 옥윤(玉潤)의 후손 사인(士人) 휘 상규(尙圭)의 딸이다. 어질고 부녀자의 행실이 있었다. 별도의 행장이 있다. 정사년(1917) 8월 14일에 돌아가시니 향년 70세였다. 고을 서쪽 미천면(美川面) 미곡리(美谷里) 오무곡(梧舞谷) 독산(獨山) 고개 해좌(亥坐) 언덕에 장사지냈다. 부군을 장사지낼 적에는 당시의 금령에 구애되어 같은 산등성이 1백여 보 떨어진 임좌(壬坐) 언덕에 임시로 장사지냈다.

4남 4녀를 낳았는데, 장남은 우식(祐植), 차남은 청식(淸植)이다. 딸은 권재한(權載漢)·허용구(許容九)에게 시집갔다. 나머지 4명은 모두 일찍 죽었다. 우식은 4남 4녀를 두었는데, 아들은 순봉(恂鳳)·순도(恂禱)·순보(恂寶)·순관(恂綰)이며, 딸은 권순장(權淳長)·한승(韓昇)·민영복(閔泳馥)·권옥현(權玉鉉)에게 시집갔다. 청식은 2남 3녀를 두었는데, 아들은 순강(恂綱)·순명(恂明)이며, 딸은 정현국(鄭鉉國)·강회순(姜繪淳)·전용호(田溶昊)에게 시집갔다.

사위 권재한의 아들은 평현(平鉉)·오현(午鉉)·도현(道鉉)·우현(羽鉉)·철현(喆鉉)이며, 딸은 조학제(趙學濟)·황성점(黃性占)·손봉규(孫鳳奎)에게 시집갔다. 허용구의 아들은 남종(南鍾)·남동(南銅)이며, 딸은 이훈(李焄)에게 시집갔다. 증손자 몇 명이 있는데, 효준(孝俊)·효상(孝常)·효락(孝洛)은 순봉의 소생이다. 효현(孝玹)은 순보의 소생이다. 효순(孝淳)·효성(孝晟)은 순강의 소생이다. 효은(孝恩)은 순명의 소생이다.

아, 부군은 체구가 작고 단정하였으며 기상은 순수하고 단아하였다. 미목은 맑고 밝았으며 수염은 아름다웠다. 평소 거처할 적에는 자신을 삼가고 과묵하였는데, 고요한 모습이 소상(塑像)과 같았다. 부군을 바라보는 사람은 자연스레 친애하고 사모하는 마음을 가졌으며, 부군의 진실한 성심을 믿는 사람들은 독행효자로 인정하지 않음이 없었다. 노백헌 선생은 "아우 하모(河某)는 적자지심(赤子之心)을 보전한 사람이다."라고 부군을 칭찬하였으니, 아, 부군에 대해 잘 아신 말씀이리라!

부군의 유고 약간을 집안에 소장하고 있다. 내가 비록 정신이 혼미하여 부군의 모습을 모두 형용하기에는 부족하지만, 자식과 손자들이 부군의 아름다운 풍모를 상고할 방법이 없을까 두려웠다. 그러므로 행장이 번다한 듯하나 줄이지는 않았다. 또한 부연하고 과장하여 부군의 겸허한 덕을 감히 훼손시키는 일도 하지 않았다. 삼가 후세에 부군에 대한 글을 짓는 사람들은 딱하게 여겨 재단해 보시기 바란다.

불초남 하우식(河祐植)이 통곡하며 삼가 행장을 지음.

先考 丹坡府君 行狀

河祐植 撰

府君諱啓龍, 字致見, 號丹坡。高祖諱鎭兌, 號杏亭, 孝子贈童蒙敎官, 旌閭。性潭 宋文敬 煥箕誌其壙曰:“嗟, 公篤孝無傳於世。” 曾祖諱益範, 號士農窩, 師事性潭先生, 勉菴 崔公益鉉以“爲己學, 根天孝。”, 銘其阡。祖諱慶縉, 考諱復源, 號存菴。兩世皆以儒林重望, 爲士友推重。

河氏世籍晉州。始祖平章事諱拱辰, 事高麗 顯宗, 立節虜庭, 詳載≪麗史≫本傳。自後冕佩相承, 而晉康君諱湜, 兵曹判書諱巨源, 尤著。七傳, 至生員諱國寶, 配姜氏以節婦蒙綽楔。子諱憕進士, 得曺文貞公敬義之學, 享臨川書院。其奉安文曰:“南冥旣沒, 斯文有托。”, 世稱‘滄洲先生’。孫生員諱溍, 師事尤、春兩宋先生, 先生目之以‘仙鶴’。再傳, 習靜齋諱應運, 當辛壬之際, 廢擧不仕。杏亭公卽其肖孫也。存菴公配水原 白氏, 副總管瑞翰七世孫樂善之女也。哲宗辛亥三月二十一日子時, 生府君于丹洞舊第。

幼不妄笑語, 擧止凝重。稍長, 不逐群兒遊戲, 常在父母之側。雖尋常敎詔, 必恭聽而默識之。及上學, 初似鈍魯, 塾師不甚督之。府君覺之, 竊向堂壁隅課讀, 自朝至暮, 非寢食時, 未嘗小撤。如是者數年, 聰明漸進, 學業日就, 同輩皆自以爲不如。

丙寅, 委禽于勿溪 鄭氏之門。婦家宗黨, 甚盛, 又與吾家累結姻親, 於府君爲戚屬而年輩者, 頗衆, 而以莊默自持, 諸人不敢以嬌客而慢易之。所好者, 惟老栢軒 載圭、農山 冕圭也。癸酉, 以親命, 赴漢城試。還至懷德之石南, 謁淵齋 宋先生, 入宋村, 謁同春先生祠, 喟然有道在是之歎。甲戌夏, 從芝窩 鄭公 冕敎, 學功令業。每夏以爲常, 鄭公亦愛府君之勤篤, 極奬許之。居家, 惟事親讀書之, 是誠是勤, 而不屑屑於事物之外來者焉。

辛巳夏, 大人公寢疾彌留, 府君晝宵洞屬, 暫不離側。藥必親煎, 嘗而後進, 食飮之進, 不任婢使。便旋厠牏之具, 必親自進退, 轉側起臥, 必先意順適。夜必梳髮疏編, 身着新衣, 以身襯被, 以髮承髻, 以移除蟣蝨之侵痒。間日嘗糞, 以驗欿歇, 如是者三年, 未嘗片刻暫懈。神形殊甚勞悴, 大人公悶其刻苦, 使之出門逍遙。則往立對門一弓許大樹後, 伺望動靜而卽還。居人稱其樹爲"孝子木"。一日, 近族一人來, 請代看煎藥, 而勸府君暫眠。少頃覺之, 則藥已少於常。府君懊悔, 聲淚俱下, 其人慙甚。至老每言, 必稱"天出孝子"。親戚知舊, 莫不稱孝。而至於設宗會於先齋, 論褒彰之方。里尹鄭某, 欲擧實報官, 府君聞而大驚, 亟使止之。及疾革, 欲斷指。刀子爲從兄所奪, 椎破左手第四指, 以血灌口, 而竟不得回春。府君擗踊號哭, 如不欲生。喪葬祭奠, 一遵禮制。旣買山安葬, 而山隻之姊寡而老頑者來, 悖于家。抱砧石, 自廳上直投階下, 破體流血。因頹房絶粒, 以死自處者十餘日。府君, 至誠懇諭, 其人竟謝服曰:"喪制果孝子也。吾不敢强焉"。

母夫人, 早罹泄痢, 因成貞疾, 年卲漸劇, 坐臥食飮, 一皆須人。府君先意承奉, 一如侍大人公疾。而內衣之穢, 手自潔滌, 不使人見之。夜深必恭伺門外, 以驗寢息之常否, 積五六年, 如一日。癸巳十月, 母夫人卒。府君哀號欲絶。其明年甲午秋, 東學大作, 搶掠閭里。稍有名稱者, 聲言欲砲殺, 而吾洞尤被其螫, 幾乎一空。府君暫移家屬, 而自守靈幃, 尤盡哀痛。隣里爲之感動, 匪類亦稍戢。

乙未, 剃禍甚急, 府君歎曰:"剃則夷矣, 人而可夷乎。", 卽擧家移近峽。丙申春, 鄭司果 瀚鎔擧義, 累以書要不肖, 府君敎曰:"汝於鄭, 雖有原陵之親, 年弱無能。且未的聞有擧義之朝命。士子處義不可苟焉, 只可一番往見, 不可久淹也"。乙巳, 國有大變, 淵齋、勉菴二先生相繼殉國。府君皆爲位而痛, 仍命不肖往哭, 以致殄瘁之痛、慕仰之意。辛亥初度, 不肖欲設小酌, 府君却之曰:"孤露晬宴, 切非人子之所可忍爲。況此何時, 而汝輩敢爾乎。" 戊午冬, 上皇凶聞, 出新報。卽命不肖與諸族, 望哭受服如儀。人或始疑, 而終皆翕然從之。

府君自少, 事伯父猶父。及喪, 幼子方痛痘瘡, 親戚若醫者, 皆言當忌,府君不之顧。於崔氏妹, 友愛篤至, 憐其寡居, 頻頻往見。叔從氏自寓中, 蕩敗而還, 具宅分田。而猶時有求索難堪者, 亦未嘗有幾微色辭, 以致其歡。旣沒, 仍留長房祭田, 爲寡嫂之資生, 而自奉祀事尤虔。祭祀之節, 一從禮制, 四時必行正祭。每當喪餘, 俯伏哀痛, 常如袒括。時丘墓直之來者, 招使上堂, 必有酒食之遇。

宗族之近者, 隨力假貸以資其生。嘗買案山田數畝, 而族人有欲之者, 幷貸其直, 而與之族人。墓山之爲家有者三十年, 已密林成材, 而請還, 卽無吝焉。族少之讀字而力不足者, 書籍筆墨之外, 亦爲之資助。疏宗之樵者, 犯松于山, 爲山直所困而來言, 卽招山直, 戒責之。每當飢荒, 必斗分升析, 而不以勞。就食者甚衆, 而饘粥與共之。宗黨之老而無家者, 至十數年留依。及其病不可爲, 雖歸之其至親, 而亦助其送終。

平生一不事干謁。亦不喜閒追逐, 而其來者, 必接之有方。未嘗言人之不善, 亦未嘗苟有所稱譽。至於對不可人, 泊然不與開口。或疑其過於謹拙, 而亦不恤焉。治家, 不求營立, 而常節縮以待不虞。嘗有偸兒入室, 所失不尠。數朔後, 婢輩偶得其贓物, 而詰卽隣家賤隷也。時治盜法嚴, 有犯者, 必死。隣比皆快之。府君卽囚于宗齋庫。夜深, 使信隷持鑰, 放逐之。

自奉極儉薄, 盤無兼饌, 身不近紬。非出入時, 亦罕着鞋。不肖嘗着綿紬雜織袴之得婦家者而告出, 府君呼婢, 使揭上衣, 問:"此何布?" 婢以實對, 府君嚴責之曰:"小子何敢爾也! 留爲老時着, 可也。" 嘗使笠工, 制兩兒笠臺, 已酬其直, 而其一揷雙比。府君驚曰:"雙比, 是貴人笠子, 豈士子所可着乎。", 卽使裂破之。

不肖未弱冠, 府君率往鄕圍。適有所知者, 爲其鄕品官而得關節, 要爲不肖地。時有東宮同庚, 而參解額者, 一付恩典, 得上庠故也。府君謂不肖曰:"汝意云何?", 對以不敢。府君笑曰:"吾意固然。", 其人謝服。

平居, 必早起, 整衣巾, 周視戶內。靜坐一室, 常以經籍自娛。求程、朱全書大全、《語類》、《性理》、《心》、《近》 等書, 及我東栗、尤文集之類千餘部, 隨暇看閱寫字, 字畫端好。手抄數十冊, 而無一字攲側塗點。書房諸具, 必潔淨整正, 以至家用什物, 亦置有常處。性愛酒, 微醺便止, 絶無娛語爛笑。逮年卲善病, 常靜居攝養, 不許薑桂之進。蓋以其侍湯多年, 未得刀圭之效, 爲終身恨故也。

壬申正月十七日辰時, 考終于寢, 春秋八十二歲。配鄭孺人, 八溪人, 西亭先生諱玉潤之后士人諱尙圭之女。賢有行。別有狀。丁巳八月十四日, 享年七十而終。葬在州西美川面 美谷里 梧舞谷 獨山嶝亥坐之原。及府君之葬, 拘於時禁, 權厝于同岡上約百許步之壬坐。生四男四女, 男 : 長祐植、次淸植。女適權載漢、許容九。餘四子, 皆不育。祐植八子, 男 : 恂鳳、恂疇、恂寶、恂綰, 壻 : 權淳長、韓昇、閔泳馥、權玉鉉。淸植五子, 男 : 恂綱、恂明, 壻 : 鄭鉉國、姜繪淳、田溶昊。權壻男 : 平鉉、午鉉、道鉉、羽鉉、喆鉉, 壻 : 趙學濟、黃性占、孫鳳奎。許壻男 : 南鍾、南銅, 女適李君。曾孫男女凡若干, 而孝俊、孝常、孝洛, 恂鳳出也。孝玹, 恂寶出也。孝淳、孝晟, 恂綱出也。孝恩, 恂明出也。

嗚呼, 府君體幹短整, 而神采粹雅。眉目淸炯, 而美鬚髥。端居欽默, 靜若泥塑。望之者, 自然愛慕, 而眞誠所孚, 莫不歸之以篤行孝子。老栢翁, 則嘗稱"某弟, 保得赤子心者也。", 嗚呼, 其眞知言哉! 有遺稿若干篇, 藏于家。不肖衰耗昏忘, 雖不足形容得盡, 而竊懼穉子童孫, 無以攷府君懿範。故似煩而不殺。亦不敢溢而近誣, 以傷府君之謙德。伏惟秉筆君子, 幸垂憐而財察焉。

不肖男祐植泣血謹狀。

❖ 원문출전

河祐植, 『澹山集』 卷7, 「先考丹坡府君行狀」(경상대학교 문천각 古(우천) D3B 하67ㄷ)

도에 살고 도에 죽으리라

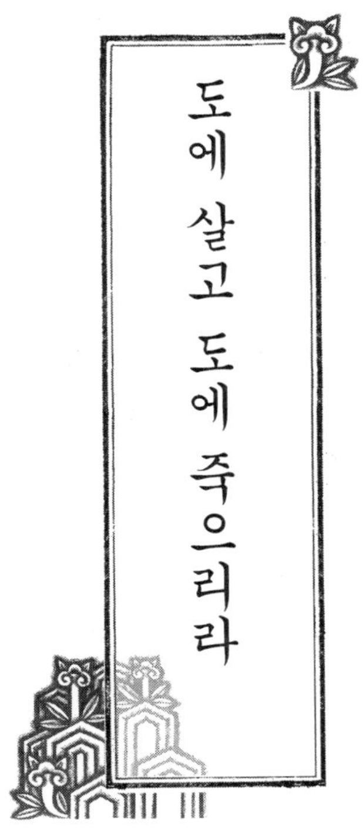

권운환(權雲煥) : 1853-1918. 자는 순경(舜卿), 호는 명호(明湖), 본관은 안동이다. 권준(權濬)의 10대손으로 현 경상남도 산청군 신안면 강루리에 거주했다. 정재규(鄭載圭)를 통해 기정진(奇正鎭)을 만나 가르침을 받았다. 단발령이 내려지자 정재규를 따라 최익현과 의병을 일으키는 데 동참하였다.

저술로 19권 10책의 『명호집』이 있다.

명호(明湖) 권운환(權雲煥)의 묘지명 병서

이교우(李敎宇)[1] 지음

명호 선생이 돌아가신 지 4년 째 되던 신유년(1921)에, 시문집 20권이 간행되어 세상에 전하게 되었다. 그 뒤 송산(松山) 권재규(權載奎)[2]가 선생의 행장을 썼고, 서강(西岡) 유원중(柳遠重)[3]이 선생의 묘갈명을 지었다. 그리고 선생의 아들 재갑(載甲)이 여러 사람들의 의견을 받들어 가지고 와서 나에게 묘지명을 짓게 하였는데, 나는 어려서부터 선생을 섬겨 받은 사랑이 남달랐으니 어찌 감히 사양하겠는가. 삼가 행장을 살펴보고 아래와 같이 서술한다.

일찍이 노백헌(老柏軒) 정 선생(鄭先生)[4]께 들으니 "도는 하늘에서 나오지만 밝아지고 어두워지는 것은 사람에게 달려 있다. 우리나라 도학의 학술이 노사(蘆沙) 기 선생(奇先生)[5]에 이르러 또 한 번 밝아졌지만,

1 이교우(李敎宇) : 1881-1940. 자는 치선(致善), 호는 과재(果齋), 본관은 전의(全義)이다. 정재규(鄭載圭)의 문인이며 단성(丹城)에 거주했다. 저술로 28권 14책의 『과재집』이 있다.

2 권재규(權載奎) : 1870-1952. 자는 군오(君五), 호는 송산·이당(而堂), 본관은 안동이다. 권준(權濬)의 후손이며, 경상남도 산청군 단성면 강루리 교동에서 태어났다. 저술로 46권 23책의 『이당집』이 있다.

3 유원중(柳遠重) : 1861-1943. 자는 희여(希輿), 호는 서강, 본관은 진주이다. 정재규의 문인이다. 저술로 22권 12책의 『서강집』이 있다.

4 정 선생(鄭先生) : 정재규(鄭載圭, 1843-1911)로, 본관은 초계(草溪), 자는 영오(英五)·후윤(厚允), 호는 노백헌·애산(艾山)이다. 경상남도 합천에서 태어나 전라남도 장성 기정진의 문하에 들어갔다. 저술로 49권 25책의 『노백헌집』이 있다.

5 기 선생(奇先生) : 기정진(奇正鎭, 1798-1879)으로, 자는 대중(大中), 호는 노사, 본관은 행주이다. 전라북도 순창 출신으로 1877년 전라남도 장성군 진원면 고산리(高山里)로 이거하여 담대헌(澹對軒)이라는 정사를 지어 많은 문인을 길렀다. 1927년에 고산서원(高

노사의 학문이 강구되지 않으면 세상 유자들의 학설이 정해지지 않을 것이고, 세상 유자들의 학설이 정해지지 않으면 우리나라 선현들의 지취가 밝혀지지 않을 것이다."라고 하셨다. 나는 망령되게 '정 선생의 학문이 강구되지 않으면 기 선생의 도가 장차 한차례 어두워질 것이다.'라고 생각하였으니, 어찌 두려워하지 않을 수 있겠는가.

정 선생의 문하에는 배우는 자들이 많았는데, 그 한덩어리 참된 성심을 표리와 시종으로 삼아 빈천과 우환 속에서 자신을 옥처럼 만들고,[6] 근면하게 노력하여 노둔한 자질로써 도리를 터득하였으며 겉옷 속의 비단 옷처럼 잘 드러나지는 않았지만 대중들 속에서 중망을 받을 만큼 우뚝했던 분은 바로 선생이었으니, 정 선생의 도가 선생을 만나 실추되지 않았다고 말할지라도 괜찮을 것이다.

선생은 어려서부터 행동거지가 장중하여 노성한 사람과 같은 면이 있었다. 14, 5세 때 이미 고인들에게 위기(爲己)·무실(務實)의 학문이 있었음을 알았다. 당시 국가에서 시부(詩賦)로 사류를 등용하니, 사류들이 모두 허탄한 것을 숭상하며 또 자신을 검속하기를 일삼지 않았다. 그러나 선생은 홀로 부의(裒衣)[7]를 입고 대대(大帶)를 착용하고서 단정히 앉아 성현의 글을 읽었는데, 반드시 그 의리를 살피고 그 실질을 실천하려고 하였다. 비웃는 말들이 때때로 들렸지만 마음에 두지 않았다.

山書院)이 건립되어 조성가 등 문인 6인과 함께 봉안되었다. 저술로 30권 17책 『노사집』이 있다.

6 빈천과……만들고 : 장재의 「서명」에 "빈궁과 걱정 속에 처하게 함은, 그대를 옥으로 이루어 주려 함이로다.[貧賤憂戚, 庸玉女於成也.]"라는 구절이 있는데, 옥여(玉女)는 『시경』 대아 「민로(民勞)」에 "왕이 너를 옥으로 만들고자 하시기에 크게 간하는 것이다.[王欲玉女, 是用大諫.]"라는 구절에서 인용한 것으로 보인다. 주자는 "옥은 보배롭게 여기고 아낀다는 뜻이다. 왕이 너를 옥으로 만들어 보배처럼 아끼고자 한다는 말이다.[玉寶愛之意, 言王欲以女爲玉, 而寶愛之.]"라고 풀이하였다.

7 부의(裒衣) : 포의(褒衣)라고도 하며, 예복을 말한다.

정 선생이 그 소문을 듣고 선생을 찾아와 이야기를 나누어 본 뒤, 크게 기특하게 여겨 말씀하기를 "젊은이 중 도에 뜻을 둔 사람이 오늘날에 있던가."라고 하며, 학문하는 방도와 차례를 알려 주었다. 선생은 감복하여 마침내 스승의 예를 갖추었다. 그런 뒤에 기 선생이 경전에 전해지지 않은 학설을 터득하고, 진원(珍原)[8]에서 도를 강론하며 유림의 종장이 되었다는 말을 듣고, 도보로 찾아가 기 선생에게 배알하였다.[9] 묻고 답하는 말들이 매우 간절하여 가르침을 얻은 점이 매우 무거웠다. 이때 선생의 나이 27세였다.

뒤에 또 최면암(崔勉菴)[10] 선생을 한강 북쪽에서 뵈었는데, 화서(華西)[11] 문하의 지결을 들을 수 있었다. 돌아와서는 문을 닫고 학문을 강론하였는데, 사서(四書)·『심경(心經)』·『근사록(近思錄)』·『주자서절요(朱子書節要)』를 근본으로 삼고서 평소 스승에게 들은 말을 참고하여 대조하고 비교하면서 스스로 터득한 것이 많았다.

신안서당(新安書堂)에서 기 선생의 문집을 중간하였는데,[12] 문집 중에 이치를 논한 글들이 선현의 설을 침범했다고 하여 비방하는 통문을 돌려 공격하는 일이 있었고, 이어 간재(艮齋) 전우(田愚)의 논변들이 잇따라

---

8 진원(珍原) : 전라남도 장성의 옛 이름이다.

9 기 선생에게 배알하였다 : 『명호집』 「사상지알록(沙上贄謁錄)」에 따르면, 권운환은 1879년 1월 26일 기정진을 찾아가 만났다.

10 최면암(崔勉菴) : 최익현(崔益鉉, 1833-1906)이다. 자는 찬겸(贊謙), 호는 면암, 본관은 경주(慶州)이며 경기도 포천 출신이다. 이항로의 문인이다. 저술로 48권 24책의 『면암집』이 있다.

11 화서(華西) : 이항로(李恒老, 1792-1868)이다. 자는 이술(而述), 호는 화서, 본관은 벽진이며, 경기도 양평에 살았다. 기정진·이진상과 함께 조선 말기 성리학의 3대 학자로 꼽히며, 화서학파를 형성하였다.

12 신안서당에서……중간하였는데 : 『노사집』은 1883년에 목활자로 처음 간행되었고, 1898년 연보·행장을 추가하여 목활자로 중간되었으며, 1902년 단성의 신안정사(新安精舍)에서 목판으로 간행하였다.

나왔는데[13] 장황하게 부연하여 사람들을 현혹시키기에 충분했다. 선생은 통문을 돌려 공격하는 글에 대해서는 변론할 것이 못된다고 생각했지만, 전우의 논변에 대해서는 한차례 강론하여 답하지 않을 수 없다고 생각해 경전에 근거하여 조목조목 논변하였다.[14] 그 글은 말이 간결하였지만 의리는 훤히 통했으며, 논리는 직설적이었지만 말투는 온건해서 사람들로 하여금 쉽게 이해하여 유감이 없게 하였다.

병신년(1896) 단발령이 내려지자 정 선생이 의병을 일으키려 하였는데 선생은 가서 동참하였다. 얼마 뒤 단발령이 느슨해지자[15] 그만두었다. 이로부터 세도의 변화가 점점 심해져 을사늑약 때에 이르러서는 극에 달했다.

정 선생이 정산(定山)[16]으로 가서 면암과 의거를 도모할 적에 선생도 따라갔다. 면암과 함께 궐리(闕里)로 가서 포고문을 발송하여 전국의 유림들과 창의하고자 했지만 호응하는 사람이 없었다.[17] 이에 아픔을 머금고 돌아왔다.

신해년(1911) 봄 정 선생이 돌아가셨다. 선생은 갈팡질팡하며 마치 어버이를 잃어 돌아갈 곳이 없는 사람처럼 애통해 하였다.

급문한 여러 제자들이 강가에 상양재(上陽齋)[18]를 지어 선생을 거처하

---

13 간재(艮齋)……나왔는데 : 전우(1841-1922)는 기정진의 「외필(猥筆)」과 「납량사의(納凉私議)」에 대한 반론으로 「외필변(猥筆辨)」·「납량사의의목(納凉私議疑目)」을 지었다.

14 논변하였다 : 권운환의 저술 중에 「납량사의기의소차(納凉私議記疑小箚)」, 「납량사의기의추록소차(納凉私議記疑追錄小箚)」, 「외필변소차(猥筆辨小箚)」 등이 있다.

15 느슨해지자 : 아관파천 이후 단발의 강제 시행은 철회되었다.

16 정산(定山) : 충청남도 청양의 옛 이름이다.

17 궐리(闕里)로……없었다 : 궐리는 궐리사를 말하며, 현 충청남도 논산시 노성면 교촌리에 있다. 1905년 12월 25일 궐리사에서 최익현 주도의 강회가 있었다. 이 자리에 모인 많은 이들과 왜적을 성토하고 다음 달 22일에 평택에서 모여 궐기하기로 약속했으나, 왜적의 방해로 성사되지 못했다는 기록이 있다.

18 상양재(上陽齋) : 신안(新安)의 강루(江樓) 서쪽 상양촌에 지은 건물인데, 현재는 경상남

시도록 했다. 선생은 세상일에 마음을 쓰지 않고 오직 옛 서적을 되새기며 남은 날을 보냈으며, 친구들의 자제들 중 와서 가르침을 청하는 자가 있으면 정성껏 지도하여 혹시 한 가닥의 도맥이라도 실추되지 않고 전해지기를 기대했다.

선생은 끝내 무오년(1918) 10월 15일에 거처하던 상양재에서 돌아가셨으니, 춘추 66세였다. 달을 넘겨 서당의 동쪽 산기슭에 장사지냈는데, 의관을 갖추고 모인 사람이 3백여 명이었고, 수질(首絰)을 두른 채 참여하여 종사한 사람이 수십 명이었다. 13년 뒤 경오년(1930)에 서쪽 산기슭 건좌(乾坐) 언덕에 이장하였다.

하늘에서 품부받은 선생의 자질은 강직하고 방정하면서도 섬세하였고, 널리 통달했지만 치밀하였다. 성품이 신중하고 조심스러웠지만 남에게 미치는 풍도가 있었고, 남들과 두루 친하게 지냈지만 자신을 단속하는 지조는 엄격하였다.

선생이 학문할 적에는, 각고의 노력을 기울였고 전일한 마음으로 부지런히 노력하였다. 정밀히 연구할 적에는 백배 천배의 힘으로 밤낮으로 몰두하여 반드시 통달하기를 구한 뒤에야 그만두었다. 선생은 본래 외우고 암송하는 재주는 부족했다. 그래서 경서나 제자서를 질문하고 논란할 적에 민첩하게 사례를 들어 대답하지는 못했지만, 그 지취와 맥락은 가슴 속에 항상 또렷하여 옳고 그름이 자연스럽게 판별되었다.

선생은 아는 것이 분명하고 수양하는 것이 요약되었다. 그래서 발언하여 논설한 것이 친절하고 합당해서 털끝만큼이라도 명료하지 않거나 억지로 끌어다 붙인 곳이 없었다. 예컨대, 태극의 동정(動靜), 인성(人性)과 물성(物性)의 편전(偏全), 심(心)과 명덕(明德), 본연지성(本然之性)과 기

도 산청군 단성면 강루리에 속한다.

질지성(氣質之性) 등 허다한 명리(名理) 등에 대해 논설한 것이 무려 수천 글자인데, 하나같이 성현의 미묘하고 깊은 뜻을 발명하고 여러 학설들의 차이점을 변별해서 사문(師門)에서 전해온 바른 지결을 잃지 않으려 하였다.

평소 날이 밝기 전에 기상해서 옷을 입고 고요히 앉아 근래에 행한 일들에 대해 묵념하면서, 그것이 옳은 것인지 옳지 않은 것인지를 검토했다. 때로는 세상 물정과 사물의 이치를 헤아려보기도 하고, 때로는 경서를 송독하며 그 의미를 완미하기도 하였다.

선생은 스스로 처신하는 것이 매우 겸손하였다. 마을의 미천한 사람일지라도 대우하는 데 소홀함이 없었다. 남들에게 어려운 일이 생겼다는 소식을 들으면 마치 자신이 그 일을 당한 듯 반드시 가서 위로하였다. 만년에 가난이 더욱 심해졌지만 천명으로 편안히 받아들였다. 집안은 텅 비어 적막했으나 처자식들은 모두 자락하는 마음이 있었다. 손님이 오면 멀건 죽으로 대접하면서도 떠나려는 손님을 만류하였다. 경전과 예서에 대해 담론할 적에는 정성스럽게 하여 싫증내지 않았고, 집안의 자질구레한 일은 한마디도 언급하지 않았다.

일찍이 스스로 경계하고 성찰하여 말씀하기를 "우주에 충만하고 만물을 주재하는 이치를 하늘이 내게 부여하여 한 세상에 태어나게 하였고, 부모는 고금을 통털어 매우 드물게 있는 지극한 보배로써 나를 사랑하여 나를 이 세상에 드러나게 하셨다. 그러니 내 몸이 중차대한 것이 어느 정도이겠는가. 내가 스스로를 가볍고 작게 여긴다면 천지와 부모를 저버리는 것이다."라고 하였다.

또 말씀하기를 "마땅히 해야 할 일을 하는 경우는 모든 사람이 죽이려 하면서 핍박할지라도 그 일을 막을 수 없고, 하지 말아야 할 일을 하지 않는 경우는 비록 천승의 지위를 주어 영화롭게 한다고 해도 마음이 움직이지 않는다. 세상의 허다한 일들에는 제일가는 의리가 저절로 있는데, 만약 일처리가 두 번째 의리에서 나온다면 바로 공허한 데로 떨어지게 될 것이다."라고 하였다.

사악한 학설로 사람들을 선동하는 자가 있었는데, 공이 그에게 경계하여 말하기를 "나는 다만 낮에 일하고 밤에 쉬며, 배고프면 먹고 목마르면 마시며, 어버이와 어른을 섬기는 등의 이 한 길을 알 뿐이다. 살아도 이 길에서 살고 죽어도 이 길에서 죽을 것인데, 그 설을 배워서 내일 당장 조화에 동참하고 만국에 위엄을 떨치며 태평을 누릴 수 있다고 할지라도 나는 그것을 배우지 않을 것이다. 하물며 이러한 이치가 절대로 없으니 더 말할 것이 있겠는가."라고 하였다.

일찍이 배우는 자들에게 말하기를 "'지사(志士)는 자신의 시신이 도랑이나 구렁텅이에 나뒹굴 것을 잊지 않고, 용사(勇士)는 자신의 머리가 떨어질 것을 잊지 않는다'[19]고 하니, 이러한 기개가 없으면 책 만권을 독파한들 어디에 쓰겠는가."라고 하였다. 나이가 젊고 재주가 뛰어난 자들이 혹 문장 짓는 일에 힘을 쏟으면, 말씀하기를 "오랑캐의 교리가 왕성해진 뒤로 세상의 수재들을 몰아 모두 그 속으로 들어가게 하였다. 다행이 백에 한 사람이 그 속에 들어가지 않을지라도 다시 문장가들에 의해 심술이 무너지게 되니, 이것이 어찌 영원히 걱정하고 안타깝게 여길 점이 아니겠는가."[20]라고 하였다.

성품이 강개하였고 또 술 마시기를 좋아했다. 어쩌다가 지기를 만나면 끝없이 술잔을 주고받았다. 고금 인물들의 서적을 보다가 마음에 와 닿는 부분이 있으면, 소리 높여 낭독하여 사방이 숙연해졌다.

단발령의 화가 또 일어나니 말씀하기를 "머리카락이 있고 없고에 따

19 지사(志士)는……않는다 : 『맹자』 「등문공 하」 제1장에 나오는 구절이다.
20 오랑캐의……아니겠는가 : 1914년 10월 이교우에게 답한 편지 가운데 있는 내용이다.

라 중화와 이적, 사람과 금수가 나누어진다. 이적의 세상에서 살아가는 것이 어찌 중화의 도를 지키며 죽는 것과 같겠는가."라고 하였다. 몸은 초야에 있었지만 마음은 세상을 잊은 적이 없었다. 당시의 정치가 그릇되어 충성스럽고 어진 신하가 쫓겨났다는 소식을 들으면, 우울하고 비분한 기운이 말과 얼굴빛에 드러났다. 변란이 극심한 지경에까지 이르렀을 때에는, 마음껏 술을 마시고 통곡하기도 하고 혹은 곡기를 끊고 솔잎을 먹기도 하였는데, 찡그리며 살고 싶지 않은 듯이 하였다.

지극한 성품으로 모친을 섬겼는데, 가난이 심했지만 마음을 편하게 해 드리는 도리와 신체를 봉양하는 일 중에 어느 하나라도 갖추지 못한 것이 없었다. 고기잡이, 땔나무하기, 이삭줍기, 김매기, 짚신삼기, 돗자리·옷감짜기, 목공일 등의 비천한 일도 부끄러워하지 않았다. 노년[21]에 상을 당했는데도 오히려 의식과 절차를 엄숙히 준수하니, 정 선생이 걱정하며 몸을 상하는 일이 없게 하라고 충고했다.

백씨[22]는 성격이 급했으나 함께 살면서 사이가 어긋나지 않았으며 40년을 한결같이 지냈다. 백씨의 손자가 태어나서 곧 모친을 잃었는데, 성인이 될 때까지 선생이 몸소 돌보았다. 종제 이환(履煥)은 탁월한 품행이 있었지만 병으로 죽었는데, 선생은 슬퍼하고 가련히 여기며 염습하여 장례를 치르는 데 심력을 다했다.

사람을 가르칠 적에는 나름의 방법이 있었는데, 음미하고 반복하기를 많이 하도록 하며 가르치는 분량은 얼마되지 않았다. 지도 방법이 매우 엄격하였는데 감히 어기는 사람이 없었다. 선생이 저술한 『존지록(存知

21 노년 : 원문의 '연불훼(年不毁)'는 불훼지년(不毁之年), 즉 아무리 부모상이라 하더라도 슬픔을 자제하여 몸이 손상되지 않도록 해야 할 나이라는 뜻으로 60세를 가리킨다. (『禮記』「曲禮 上」)

22 백씨 : 권운환의 형 권정환(權鼎煥)이다. 권운환은 2형제 중 차남이다.

錄)』[23]과 교감하고 교정한 『주자연보통고(朱子年譜通攷)』[24]·『퇴계병명검본(退溪屛銘檢本)』[25] 등 수십 권이 있지만 아직 간행하지 못했다.

선생의 휘는 운환(雲煥), 자는 순경(舜卿)이다. 월명산(月明山)[26] 아래 신안호(新安湖) 가에 살았기 때문에 배우는 자들이 명호 선생(明湖先生)이라고 일컬었다. 권씨는 그 선대가 안동에 살다가, 중세에 몇 집이 단성(丹城)으로 이거하였다. 부친은 병린(秉麟)인데 호가 인헌(忍軒)이다. 정 선생이 지은 부친의 묘갈명에 '독행군자(獨行君子)'라고 기록되어 있다. 어머니는 진양 정씨 정동빈(鄭東贇)의 딸인데, 부녀자의 덕이 있었다. 조부는 규하(奎夏), 증조부는 사균(思匀)이다. 우천 거사(愚川居士) 극유(克有)[27]는 9대조이고, 상암 선생(霜嵒先生) 준(濬)[28]은 10대조이다. 고려 태사(太師) 행(幸)은 안동에 봉호를 받은 시조이다.

선생이 아직 관례를 치르지 않았을 적에 조월고(趙月皐)[29] 선생이 선생을 어질게 여겨 그 아우 성우(性宇)의 딸을 시집보냈다. 선생의 부인은

---

23 존지록(存知錄): 사당에서 제사 지낼 적의 예법에 관해 여러 설을 참고해서 요약하여 정리한 책으로 보인다. 권운환의 문집에는 이 책의 발문이 있을 뿐이다.

24 주자연보통고(朱子年譜通攷): 김현옥(金顯玉, 1844-1910)이 주자연보의 각 연도 아래에다가 관련된 글을 주자대전에서 찾아 부기한 저술이다. 정재규가 처음 교정을 하고 서문을 썼으며, 권운환이 잘못된 부분을 고치고 빠진 부분을 채워 넣었다고 한다.

25 퇴계병명검본(退溪屛銘檢本): 이황이 제자 김성일에게 준 병명으로 「제김사순병명(題金士純屛銘)」이 있는데, 김현옥이 이 글을 검토해서 한 책으로 만들고 경전에서 뽑은 요긴한 말들을 부록하여 『퇴계병명검본』이라는 저술을 완성했다. 이 과정에서 권운환이 많은 도움을 주었다고 한다. 정재규의 서문이 있다.

26 월명산(月明山): 경상남도 산청군 신안면에 있는 해발 320m의 산으로, 남쪽으로 경호강이 흐른다.

27 극유(克有): 권극유(1608-1674)이다. 자는 숙정(叔正)이며, 덕천서원 원장을 지냈다. 유고(遺稿)가 전한다.

28 준(濬): 권준(1578-1642)이다. 자는 도보(道甫)이며, 유고가 전한다.

29 조월고: 조성가(趙性家, 1824-1904)이다. 자는 직교(直敎), 본관은 함안이며, 현 하동군 옥종면 회신리에서 태어났다. 기정진의 제자로 장성의 고산서원에 배향되었다. 저술로 20권 10책의 『월고집』이 있다.

아름답고 유순하고 곧고 한결같았으며 어려운 시절에도 조화롭게 처신하여 선생의 덕업을 완성시키는 데에 도움된 것들이 매우 많았다. 이른바 '집안 내의 재상[內相]'이라는 것이 아니겠는가. 아들이 없어서 족질 재갑(載甲)으로 후사를 이었다. 외동딸은 광산 김씨(光山金氏) 김수(金銖)에 시집갔다. 재갑은 4남을 두었는데, 규현(規鉉) 외에는 아직 어리다. 김수의 아들은 효기(孝基)이다.

명은 다음과 같다.

아름답구나 노사 선생이여	猗歟蘆山
도학의 표적이 되었네	道學之的
누가 그 적전이 되는가	誰嫡其傳
우리 노백헌 선생을 일컫네	曰我老柏
노백헌 선생 문하에서	老柏之門
명호 선생이 나셨네	先生是生
타고난 자질이 매우 완비되었지만	天賦甚完
재주 둔하여 생각을 정밀히 하였네	才遲思精
둔한 까닭에 공력을 배로 쏟았고	遲故功倍
정밀히 공부한 까닭에 앎이 지극하였네	精故知至
처음에는 삐걱거렸으나	始焉戛戛
끝내는 거울처럼 밝게 통달했고	終乃鏡通
처음에는 막히는 부분이 많았지만	始焉棘棘
끝내는 봄날 눈 녹듯이 이해했네	終乃春融
그러나 오히려 텅 빈 듯이 하여	然猶若虛
더욱 연역해가기에 매진했네	益加紬繹
노둔함으로 도를 얻었으니	得道以魯
인에 가까운 것은 질박함에 달려 있는 것	近仁在木
리를 말하고 기를 논하며	曰理曰氣
심을 말하고 성을 논한 설들은	曰心曰性

자기의 설을 자신한 것이 아니고	匪我自信
스승과 성현을 믿을 뿐이었네	信師及聖
가장 탁월하고 훌륭한 부분은	最所卓犖
가난에 대처한 방법이라네	處窮之方
누더기옷을 부끄러워하지 않았고	不恥我縕
거친밥을 싫어하지도 않았네	不厭我糠
또 그보다 큰 것이 있었으니	又有大焉
어버이께 효도한 한가지 절도라네	孝親一節
정성을 다해 봉양하여	殫誠以奉
늙을 때까지 한결같았네	到老如一
당시의 유자들로서	當時儒者
재주와 식견이 참으로 높은 분들도	固多才識
선생의 품덕과 근행에 대해서는	若其質行
모두들 미칠 수 없다고 하였네	咸曰不及
산이 무너지고 도가 시들어서	山頹道萎
사람들 장차 금수가 되려 하네	人將化獸
우리들은 어디로 귀의할까	我安適歸
아득하여 머물 곳이 없구나	茫無宿留
강가에 상양재가 있는데	江上有齋
우리가 은거하기에 좋구나	宜我考槃
와서 가르침 청하는 자 있으면	有來請業
양단을 다 들어 알려 주었네	叩竭兩端
그들에게 그것을 굳게 실천하여	俾之牢著
한 줄기 학맥을 일으켜 세우게 하였네	扶立一脈
천도가 어찌 이리 상서롭지 않아	何天不祥
갑자기 세상을 떠나게 하였는데	遽爾云亡
비록 세상을 떠났다 해도	雖則云亡
그 도는 남긴 책속에 있구나	道在遺冊
간결하면서도 명확하니	而簡而確
후세에 알아줄 이 기다릴 수 있으리	可俟來百

신안 땅의 산기슭에	新安之麓
선생의 무덤 있다네	有閟玄堂
내가 이에 묘지명 지으니	余迺刻辭
영원히 밝게 전해지리라	用昭無疆

明湖 權先生 墓誌銘 幷序

李敎宇 撰

明湖先生旣卒之四年辛酉, 詩文集二十卷, 印行于世。其後, 松山 權載奎狀其行、西岡 柳遠重銘諸碣。而嗣子載甲奉僉意, 使不佞敎宇誌幽堂之石, 敎宇早事先生, 被愛異常, 何敢辭。謹按狀而序之曰:

嘗聞之老柏 鄭先生曰:"道出於天, 而晦明在人。東方道術, 至蘆沙 奇先生, 而又一明, 蘆翁之學不講, 世儒之說不定; 世儒之說不定, 我東先賢之旨不明。" 敎宇妄竊以爲'鄭先生之學不講, 奇先生之道, 將一晦。', 可不懼哉。

鄭先生之門, 學者多矣, 而若其一團眞誠, 爲之表裏始終, 貧賤憂戚以玉成、勤勵刻苦以魯得, 闇闇乎絅裏之章, 而卓卓乎衆中之望者, 先生是已焉, 則雖謂之鄭先生之道, 得先生而不墜, 可也。

先生自幼莊重, 有若老成。年十四五, 已知有古人爲己、務實之學。當是時, 國家以詩賦造士, 士皆崇尙浮虛, 又不事檢束。而先生獨以裒衣大帶端坐, 讀聖賢書 必要見其義、踐其實。雖嘲笑時至, 而不顧也。

鄭先生聞而訪見之與語, 大奇曰:"總角志道, 今世有否。", 告之以爲學路脈次第。先生悅服, 遂定師生之分。因以聞奇先生得不傳之學於遺經, 講道珍原, 爲世儒宗, 徒步往拜之。問對甚切, 得蒙縈重。時年廾有七。

後又謁崔勉菴先生於漢北, 得聞華門旨訣。 歸卽杜門講學, 以四子、

≪心≫、≪近≫、≪朱節≫ 爲主本, 而參以平日所聞於師者, 對櫛比勘, 多所自得焉。

新安書堂, 重刊 ≪奇先生集≫, 有以集中論理文字語犯先賢, 飛文攻斥, 而繼又艮辨出, 傳衍張皇, 足以眩人。先生以謂攻文不足與較, 辨說卽一講論不可無答, 據經證傳, 逐條置辨。辭簡而義晳、理直而言溫, 使人易曉而無憾也。

丙申, 有剃緇之令, 鄭先生將擧義, 先生往與之同事。旣而, 令寢而止。自後, 世變漸劇, 至乙巳勒約而極矣。鄭先生方往定山, 與勉翁圖義, 先生陪從。偕勉翁, 至闕里, 發布告文, 以倡動八域儒紳, 而無應之者。乃茹痛而還。

辛亥春, 鄭先生卒。先生痛若喪父倀倀無所於歸。及門諸子, 爲築上陽齋於江上, 以處先生。先生無意於世, 惟溫燖舊秩以付餘日, 而知舊子弟, 有來請業者, 誠心導迪, 冀或不墜一線之傳。

先生竟以戊午十月十五日, 卒於所居之齋, 春秋六十六。踰月而葬于書堂之東麓, 衣冠會者, 三百餘人, 而以白巾環絰從事者, 數十。後十三年庚午, 移奉于西麓之乾原。

先生稟於天者, 剛正而委曲、疏通而縝密。規模謹拙, 而有及人之風; 趣味諧洽, 而嚴律身之操。

其於學也, 堅忍刻苦, 勤勵專一。硏究鍛鍊之際, 用百千之功, 窮日夜矻矻, 必要通透乃已。素不足於記誦之才。故於問難經子之際, 雖未能敏擧捷應, 而其旨趣脈絡, 則常了然於胸中, 是非自判。

蓋其所知端的、所養簡要。故所發爲論說者, 親切亭當, 無一毫依俙牽補之處。如論太極動靜、人物偏全、心與明德、本然氣質, 許多名理, 無慮數千百言, 而皆所以發聖賢之微奥、辨諸儒之異同, 要不失師門相傳之正訣也。

平居未明而起, 攝衣靜坐默念, 日間所爲, 以驗可否。或打算世情物理, 或諷誦遺經, 玩味其義。

自牧甚卑。雖閭巷微賤, 待之無忽。聞人有患難, 若己當之, 必往慰之。晚年窮益甚, 而安之以命。環堵蕭然, 妻子皆有自樂之意。客至, 稀粥以爲供, 而挽留之。談討經禮, 亹亹不厭, 家間冗瑣, 一無及焉。

嘗自警省曰:“天賦我以充宇宙、宰萬物之理, 使之生於一世; 父母愛我以窮古今、絶罕有之至寶, 欲顯於天下。其身之重且大, 爲何如哉。而我自輕小之, 是負天地父母也。”

又曰:“當爲而爲, 雖萬戮以迫之, 不爲沮也; 不當爲而不爲, 雖千駟以榮之, 不爲動也。世間許多事, 自有第一等義, 若出第二等, 便是落空。”

有以邪說動人者, 卽戒之曰:“吾只知晝作夜息、飢食渴飮、事親事長, 此一路而已。 生亦生於此、死亦死於此, 縱使學彼而明日便可同造化、威萬國、享太平, 吾不爲也。況萬萬無此理乎。”

嘗謂學者曰:“志士不忘在溝壑、勇士不忘喪其元, 無此筋骨, 雖讀破萬卷, 何用。” 年少而才銳者, 或務爲文章則曰:“自夷狄之敎盛, 驅一世才俊, 盡入於其中。幸十一於千百者, 又復爲文章家所作壞, 此豈非無疆憂恤處耶。”

性慷慨又愛飮。或逢知己, 酬以無量。看古今人文字, 有會心者, 高聲朗讀, 四座肅然。

剃禍又起則曰:“髮之有無, 華夷、人獸判焉。夷而生, 孰若華而死乎。” 身雖草茆, 而心未嘗忘世。聞時政闕失, 忠賢放逐, 憂憤之氣, 見於辭色。及變到罔極, 則或放飮而痛哭、或絶粒而餐松, 蹙蹙然如不欲生焉。

有至性事母夫人, 雖貧甚, 而志體之養, 一無不備。鄙賤如漁樵、拾耘、捆織、削刳之事, 不恥爲之。至年不毁而丁憂, 猶嚴執儀節, 鄭先生慮之, 諭以無傷。

伯氏性急, 而同居無釁, 四十年如一日。兄孫甫生失恃親, 自顧復以至成人。從弟履煥, 有至行而病卒, 哀憐斂送, 備殫心力。

敎人有術, 使咀嚼多而卷秩少。觳率甚嚴, 無敢有違越者。所著≪存知錄≫, 及所參訂≪朱子年譜通攷≫、≪退溪屛銘檢本≫, 十數卷, 尙未印行。

先生諱雲煥, 字舜卿。以居在月明山下, 新安湖之上, 學者稱明湖先生。權氏其先安東人, 中世移居丹城。考秉麟, 號忍軒。鄭先生銘其墓曰"篤行君子"。妣晉陽 鄭東贇女, 有婦德。祖奎夏, 曾祖思匀。愚川居士 克有、霜嵒先生 濬, 九世、十世。而高麗太師幸, 其啓封號之祖也。

先生之未冠也, 趙月皐先生賢之, 以其弟性宇子妻之。嘉柔貞一、喫辛調劑, 助成先生德業, 甚多。所謂'內相', 非耶。無男子, 子載甲以族子嗣之。一女適光山 金銖。載甲生四男, 規鉉, 餘幼。銖男孝基。

銘曰:"猗歟蘆山, 道學之的。誰嫡其傳, 曰我老柏。老柏之門, 先生是生。天賦甚完, 才遲思精。遲故功倍, 精故知至。始焉戛戛, 終乃鏡通, 始焉棘棘, 終乃春融。然猶若虛, 益加紬繹。得道以魯, 近仁在木。曰理曰氣、曰心曰性, 匪我自信, 信師及聖。最所卓犖, 處窮之方。不恥我緼、不厭我糠。又有大焉, 孝親一節。殫誠以奉, 到老如一。當時儒者, 固多才識, 若其質行, 咸曰不及。山頹道萎, 人將化獸。我安適歸, 茫無宿留。江上有齋, 宜我考槃。有來請業, 叩竭兩端。俾之牢著, 扶立一脈。何天不祥, 遽爾云亡, 雖則云亡, 道在遺冊。而簡而確, 可俟來百。新安之麓, 有閟玄堂。余迺刻辭, 用昭無疆。"

❖ 원문출전

李教宇, 『果齋集』 卷23 「明湖權先生墓誌銘并序」(경상대학교 문천각 古(물천) D3B 이16ㄱ)

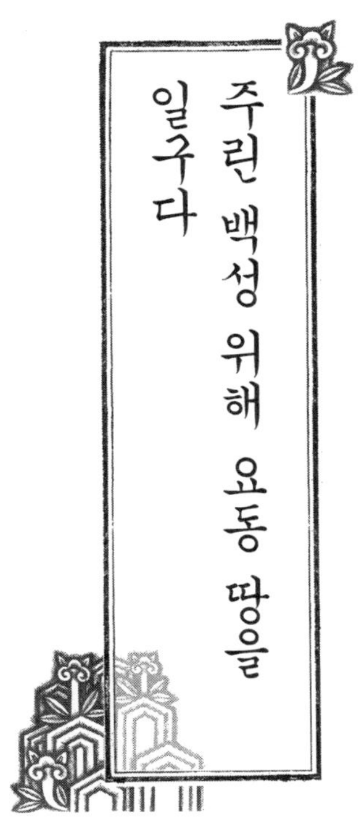

주린 백성 위해 요동 땅을 일구다

조정규(趙貞奎) : 1853-1920. 자는 태문(泰文), 호는 서천(西川), 본관은 함안이다. 현 경상남도 함안군 군북면에서 태어났다. 허전(許傳)에게 수학하였고, 이유선(李有善)·김진호(金鎭祜) 등과 교유하였다. 1890년 『성재집』 간행에 참여하였다. 1910년 나라가 망하자 자고산(紫皐山)에 들어가 독서하였다. 1914년 중국 심양으로 가서 황무지를 개간하였고, 5년 뒤 병을 얻어 귀국하였다.
저술로 5권 3책의 『서천집』이 있다.

서천(西川) 조정규(趙貞奎)의 묘갈명 병서

노상직(盧相稷)[1] 지음

장부가 배우지 않으면 그만이지만 배웠다면 참되고 바른 사업을 해야 한다. 출사해서는 나라를 이롭게 하고 백성을 윤택하게 할 수 있으며, 은거해서는 후학을 진작시키고 계발할 수 있다. 다만 출사하고 출사하지 않음은 시대에 달려 있다. 나라를 이롭게 하고 백성을 윤택하게 함은 벼슬하지 않는 선비가 능히 할 수 있는 바가 아닌 점이 있다. 그렇지만 백성들이 도탄에 빠져 괴로워하는 것을 직접 보고도 그들을 구제할 바를 생각하지 않는다면 그가 학문을 한 뜻이 어디에 있겠는가.

서천(西川) 조태문(趙泰文) 선생은 일찍이 과거시험장에서 명성을 날렸지만 여러 번 낙방하였다. 어느 날 근심스럽게 말씀하기를 "구구하게 명리(名利)를 위해 꾀하는 자는 비루한 자이다."라고 하며, 마침내 책을 가지고 산으로 들어가 성현의 책을 십년 동안 읽었다. 사방에서 명성이 전해지기를 "조자(趙子)는 남의 스승이 될 만하다."라고 하여 부로들이 다투어 자기 자제들을 보내 수업받기를 청하니, 서재에 다 들일 수가 없었다. 이에 경상우도에 유풍이 진작되었다.

경술년(1910) 이래로는 제생들을 사절하고 서쪽으로 마자하(馬訾河)[2]를 건너 삼성(三省)[3]을 두루 돌아보았다. 당시 우리나라 사람들이 고향에

---

1 노상직(盧相稷) : 1855-1931. 자는 치팔(致八), 호는 소눌(小訥), 본관은 광주(光州)이며, 김해 금곡(金谷)에 거주하였다. 허전(許傳)에게 수학하였다. 저술로 48권 25책의 『소눌집』이 있다.

2 마자하(馬訾河) : 압록강을 말한다.

서 편안히 지낼 수 없어 짐을 이고 지고 요하(遼河)로 간 자들이 수만 명이었다. 흩어지고 곤경을 당하여 죽는 일이 계속되자, 공은 눈물을 흘리며 동지들에게 말하기를 "차마 선왕의 백성들로 하여금 낯선 땅에서 땅강아지와 개미의 밥이 되게 할 수 있겠는가."라고 하였다. 이에 돌아와서 가산을 내어 농사지을 사람 30여 명을 모았다. 쟁기와 따비를 매고 당나귀와 송아지를 몰아 기차에 싣고 봉천(奉天)[4]에 이르렀다. 많은 땅을 빌려 경작하자 호응하는 고국의 지사들이 많았다. 그러나 끝내 토지를 개간하여 수확을 얻지 못하고, 공 또한 병에 걸려 귀국하였다. 3개월 만에 세상을 떠나자 요동의 유민들은 그 소식을 듣고 통곡하며 비바람 속에서 장막을 잃은 듯 여겼다. 공에 대해 논한 이가 말하기를 "조자의 학문을 여기에서 징험할 수 있으니, 그것은 체(體)도 있고 용(用)도 있다. 농사일이 성공하고 성공하지 않음은 하늘에 달려 있는 것이다."라고 하였다.

공의 휘는 정규(貞奎), 자는 태문(泰文), 별호는 서천(西川)이며, 함안 조씨(咸安趙氏)이다. 정절공(貞節公) 어계(漁溪) 선생 려(旅)는 장릉(莊陵 : 端宗) 때 생육신 중 한 명이고, 충의공(忠毅公) 대소헌(大笑軒) 선생 종도(宗道)는 소경왕(昭敬王:宣祖) 때 나라를 위해 목숨을 바친 신하인데, 공의 15세조와 10세조이다. 충의공이 영한(英漢)을 낳았는데, 참봉을 지냈고 이조 참판에 추증되었다. 영한의 손자는 위(瑋)로, 부장(部將)을 지냈다. 이분의 4대손·5대손·6대손은 국의(國毅)·주익(柱翊)·희린(熙麟)으로, 공의 증조부·조부·부친이다. 모친 재령 이씨(載寧李氏)는 이유보(李有甫)의 딸이자, 흘봉(屹峰) 이윤망(李贇望)의 현손이다.

---

3 삼성(三省) : 중국 북동부의 요녕성(遼寧省)·길림성(吉林省)·흑룡강성(黑龍江省)을 말한다.

4 봉천(奉天) : 중국 심양(瀋陽)의 옛 이름이다.

공은 철종(哲宗) 계축년(1853) 10월 17일 함안 안도(安道)[5] 유암리(流巖里) 집에서 태어났다. 68세 때 창리(昌里)[6] 정침에서 졸하니, 경신년(1920) 7월 23일이었다. 서산(西山)[7] 구수동(九水洞) 해좌(亥坐) 언덕에 장사지냈는데, 상복을 입은 벗과 문인이 43명이었다. 초취 부인 순흥 안씨(順興安氏)는 안정매(安鼎梅)의 딸이자, 취우(聚友) 안관(安灌)의 후손이다. 묘소는 공의 묘소 왼쪽에 합장하였다. 재취 부인 분성 배씨(盆城裵氏)는 배진수(裵縉綬)의 딸이다. 아우 중규(中奎)의 아들 용원(鏞元)을 후사로 삼았다. 딸 셋을 길러 둘은 허창(許昌)·최기호(崔驥鎬)에게 시집갔고 한 명은 아직 계례를 올리지 않았는데, 모두 배씨 소생이다.

공은 어렸을 때부터 소 한 마리를 먹어치울 만한 기상이 있었고 목소리는 큰 종소리처럼 쩌렁쩌렁 하였다. 놀이를 할 적에는 능히 여러 아이들을 지휘하였다. 9세 때 처음 글을 배웠는데, 얼마 지나지 않아 곧 글의 뜻에 환해졌다. 〈12, 3세 때〉 문장 짓는 솜씨가 크게 향상되어 시문을 지으면 곧 우위를 차지하였다. 백형이 병에 걸리자 손수 쑥을 가지고 날마다 수백 번씩 뜸을 떴는데, 게을리하지 않았다. 15세 때 모친상을 당했는데, 백모와 백형도 모두 역병에 걸려 세상을 떠나자 몸소 밥을 지어 조석으로 상식을 올렸다.

병자년(1876) 창리(昌里)로 이사하였다. 마을이 시장과 가까워 마침내 문을 닫아걸고 독서를 하였다. 경전이 아니면 읽지 않았고, 천 번 읽지 않으면 그만두지 않았다. 수재(修齋) 이유선(李有善)[8]은 고을의 으뜸가는 인물로, 매번 공과 더불어 공부를 하였다. 이유선이 말하기를 "그대는

5 안도(安道) : 현 경상남도 함안군 군북면이다.

6 창리(昌里) : 현 경상남도 함안군 군북면 동촌리 신창 마을이다.

7 서산(西山) : 현 경상남도 함안군 군북면에 있는 백이산이다.

8 이유선(李有善) : 1851-1882. 자는 희진(希進), 호는 수재, 본관은 재령이다. 저술로 5권 2책의 『수재집』이 있다.

훗날의 명복(明復)[9]입니다."라고 하며, "성인 문하에 당시 삼천 제자 있었는데, 큰 뜻을 본 사람 칠조개로 허여하였네.[聖門當日三千侶 大意猶曾許雕開]"[10]라는 시[11]를 지어 주었다. 또 말하기를 "그대의 기운이 왕성한 것은 매우 좋습니다. 그러나 학문은 기질의 변화를 귀하게 여깁니다. 원컨대 침잠하여 정밀한 공부를 하는 데 힘쓰십시오."라고 하자, 공이 마음으로 받아들였다.

기축년(1889)과 경인년(1890) 사이에 박만성(朴晩醒),[12] 김단계(金端磎)[13] 등 제현이 많은 선비들을 창도하여 선사 성재(性齋)[14] 선생의 문집을 간행하였는데, 공도 찾아가 종사하였다. 여러 사람들은 공이 문사가 있고 일을 처리하는 솜씨가 있는 것을 인정하여 함께 일을 하자고 청하였다. 그래서 그들 사이에서 주선하여 문집 간행을 끝마쳤다.

당시 한 시대의 어진 이들이 많이 모여 공은 보고 느낀 점이 있었는데, 물천(勿川) 김진호(金鎭祜)[15]와 가장 잘 지냈다. 시를 지어 마음을 드

---

9 명복(明復) : 북송(北宋) 때의 경학자 손복(孫復)을 가리킨다. 자는 명복, 호는 수양자(睢陽子)이다. 일찍이 태산(泰山)에 은거하면서 제자들에게 『춘추』를 가르쳤다. 호원(胡瑗), 석개(石介)와 함께 '송초삼선생(宋初三先生)'으로 불렸다.

10 성인……허여하였네 : 『논어』 「공야장」 제5장에 공자가 칠조개에게 벼슬을 권하자 칠조개가 아직 자신할 수 없다고 사양하여 공자가 기뻐하였다는 구절에 "정자가 말하기를 '칠조개가 이미 대의(大意)를 보았다. 그러므로 부자(夫子)께서 기뻐하신 것이다.'라고 하였다."라는 주석이 있다.

11 시 : 『수재집(修齋集)』 권1의 「방조태문임별차견회운(訪趙泰文臨別次見懷韻)」이다. 원시는 다음과 같다. "屋後蒼蒼老石臺, 故人風操此看來. 聖門當日三千侶, 大意惟曾許雕開."

12 박만성(朴晩醒) : 박치복(朴致馥, 1824-1894)이다. 자는 훈경(薰卿), 호는 만성, 본관은 밀양이며, 현 경상남도 합천군 삼가에서 살았다. 류치명(柳致明)·허전(許傳)에게 수학하였다. 저술로 16권 9책의 『만성집』이 있다.

13 김단계(金端磎) : 김인섭(金麟燮, 1827-1903)으로, 자는 성부(聖夫), 호는 단계, 본관은 상산(商山)이다. 류치명·허전에게 수학하였다. 저술로 18권 10책의 『단계집』이 있다.

14 성재(性齋) : 허전(許傳, 1797-1886)이다. 자는 이로(而老), 호는 성재, 본관은 양천(陽川)이다. 1835년 문과에 급제하여 여러 관직을 두루 지냈고, 1864년 김해 부사로 부임해 강우지역의 문풍을 진작시켰다. 저술로 45권 23책의 『성재집』 등이 있다.

러내자, 물천이 화답하여 말하기를 "돌아가서는 장차 주자서(朱子書)를 취하여, 십년 동안 굳게 앉아 크게 탐구하리라."[16]라고 하니, 공이 말씀하기를 "바로 저의 마음입니다."라고 하고서 마침내 인산(仁山)으로 들어갔다.

두 아우에게 말씀하기를 "집안이 가난하니 함께 서적을 탐독할 수는 없다. 너희들이 마땅히 농사를 지어야겠다."라고 하였다. 벽에 주자의 「경재잠(敬齋箴)」을 걸어놓고 문에는 "집에 들어가는 것은 문을 말미암고, 성인의 경지에 들어가는 것은 경(敬)을 말미암는다.[入室由門 入聖由敬]"라고 적었다. 항상 말씀하기를 "나는 정숙자(程叔子)[17]를 스승으로 삼고자 한다."라고 하며, 시청언동(視聽言動)에 관한 정자의 「사물잠(四勿箴)」에 크게 힘을 쏟았다.

제생에게 말씀하기를 "상제가 본성을 부여할 수는 있지만 가르칠 수는 없고, 성인이 가르칠 수는 있지만 배우게 할 수는 없다. 배움도 나에게 있고, 배우지 않음도 나에게 있다."라고 하였다. 숭학계(崇學契)를 만들어 해마다 한 번씩 향음주례를 행했다. 손님이 이르면 제생으로 하여금 「녹명(鹿鳴)」·「청청자아(菁菁者莪)」를 노래하게 하고, 자신은 「기욱(淇奧)」·「억(抑)」 등을 암송하였다.[18] 이수재(李修齋)를 위해 숭현계(崇賢

15 김진호(金鎭祜) : 1845-1908. 자는 치수(致受), 호는 물천, 본관은 상산이다. 박치복·허전·이진상에게 수학하였다. 저술로 16권 9책의 『물천집』이 있다.

16 돌아가서는……탐구하리라 : 이 시는 『물천집』 권1의 「조태문정규증여이약자육십사운장편인철기불용여운삼십이자이효기애호지의(趙泰文貞奎贈余以約字六十四韻長篇因掇其不用餘韻三十二字以效其愛好之意)」이다.

17 정숙자(程叔子) : 정이(程頤, 1033-1107)를 가리킨다.

18 손님이……암송하였다 : 『시경』 소아(小雅)의 「녹명」은 임금이 여러 신하와 귀한 손님에게 잔치를 베풀고 사신(使臣)을 송영(送迎)하는 데 쓰인 악가였는데, 그 후에 연례(燕禮)와 향음주(鄕飮酒)에서 쓰였다. 소아의 「청청자아」 역시 빈객을 연향하는 시로, 군자의 덕을 송축한 것이다. 위풍(衛風)의 「기욱」은 무공(武公)의 덕을 찬미한 것으로, 학문을 닦고 몸을 수양하는 군자에 대한 구절이 나온다. 대아(大雅)의 「억」은 위 무공(衛武公)이

契)를 만들고 그의 유문을 간행하였으며, 후사를 세우고 생계를 마련해 주었다.

을미년(1895) 부친상을 당하자 3개월 동안 죽을 먹고 3년 동안 고기[19]를 가까이 하지 않았다. 몸은 상복을 벗지 않았고 입은 곡읍을 그치지 않았다. 예제는 『주자가례』와 『사의(士儀)』를 참고하였다. 삼년상을 마치고 다시 인산으로 들어가자, 경전을 끼고 폐백을 갖추어 찾아오는 자들이 계속 이어졌다. 공은 스승의 도를 자임하고서 배우는 자들이 한 가지 일이라도 법도를 따르지 않음이 있으면 곧바로 그를 일깨워 주었다. 또 백성의 곤궁함을 근심으로 여겼고, 사람을 논할 적에는 반드시 이윤(伊尹)과 제갈량(諸葛亮)을 먼저 꼽았다. 말씀이 시대의 풍조에 미치면 반드시 분연히 기개를 드러내 홍수를 막고 맹수를 몰아내는 듯한 의지를 보였다.

계묘년(1903)에 면우(俛宇) 곽종석(郭鍾錫)[20]을 만나 천하의 대세에 대해 논하였다. 면우가 말하기를 "그대는 국사(國士)이다."라고 하고, 또 공의 글을 보고서 말하기를 "의지와 기상이 높기 때문에 문사도 고상하구나."라고 하였다.

경술년(1910) 7월 서산당(西山堂)에서 통곡하였다.[21] 자고산(紫皐山)[22]

여왕(厲王)을 풍자하고, 또한 스스로를 경계한 시이다.

19 고기: 원문의 '초목지자(草木之滋)'는 상중(喪中)에 먹는 고기를 뜻한다. 『예기(禮記)』「단궁 상(檀弓上)」에 "증자(曾子)가 '상중에 질병이 있으면 고기를 먹고 술을 마시되 반드시 초목지자(草木之滋)를 쓴다.'라고 하였으니, 생강과 계피 같은 것을 말한다."라고 하였다.

20 곽종석(郭鍾錫): 1846-1919. 자는 명원(鳴遠), 호는 면우(俛宇), 본관은 현풍(玄風)이며, 단성(丹城) 출신이다. 이진상(李震相)의 문하에서 수학하였다. 저술로 177권 63책의 『면우집』이 있다.

21 경술년……통곡하였다: 1910년 일본의 강압에 의해 대한제국의 통치권을 일본에 양여하는 조약을 맺은 일을 가리킨다. 서산당은 어계(漁溪) 조려(趙旅)를 제향하던 서산서원(西山書院) 옛터에 지은 서당이다.

으로 들어가 『춘추』를 강론하였다. 일산(一山) 조병규(趙昺奎),[23] 금계(錦溪) 조석제(趙錫濟),[24] 일헌(一軒) 조병택(趙昺澤),[25] 두산(斗山) 이준구(李準九),[26] 우산(芋山) 이훈호(李熏浩),[27] 배문창(裵文昶)[28]-자는 성화(性和)-, 안종창(安鍾彰)[29]-자는 치행(致行)-, 조병규(趙炳奎)-자는 명오(明五)-가 함께 하였다.

피난할 방법을 논하면서 조카 용돈(鏞惇)을 보내 요하(遼河)의 풍토를 살피게 하였다. 계축년(1913) 봄 조일헌(趙一軒), 물와(勿窩) 김상욱(金相頊),[30] 조용훈(趙鏞薰)과 함께 중국으로 갔다. 천진(天津)에 이르러 유채년(劉采年)·이종예(李鍾豫)와 필담으로 "천하는 망할 수 있으나, 우리의 도는 망할 수 없다. 사생(死生)은 논하지 않을 수 있으나, 화이(華夷)는 논하지 않을 수 없다."라고 하였다. 북경(北京)에 이르러 국자감(國子監)에서 선성(先聖)과 선사(先師)를 배알하였다. 돌아오는 길에 한계(韓溪) 이승희(李承熙),[31] 학사 안효제(安孝濟)[32]와 나의 형 대눌(大訥)[33]을 만나 함께 땅

---

22 자고산(紫皐山) : 현 경상남도 함안군 산인면 웅곡리 자양산을 가리킨다.

23 조병규(趙昺奎) : 1846-1931. 자는 응장(應章), 호는 일산, 본관은 함안이며, 현 경상남도 함안에 거주하였다. 저술로 16권 9책의 『일산집』이 있다.

24 조석제(趙錫濟) : 1848-1925. 자는 재안(在安), 호는 금계, 본관은 함안이다. 저술로 5권 2책의 『금계집』이 있다.

25 조병택(趙昺澤) : 1855-1914. 자는 양언(陽彦), 호는 일헌, 본관은 함안이다. 저술로 9권 4책의 『일헌집』이 있다.

26 이준구(李準九) : 1851-1924. 자는 성오(聖五), 호는 신암(信菴)·두산, 본관은 여주(驪州)이다. 정재규(鄭載圭)에게 수학하였다. 저술로 5권 2책의 『신암집』이 있다.

27 이훈호(李熏浩) : 1859-1932. 자는 태규(泰規), 호는 우산, 본관은 재령(載寧)이다. 저술로 9권 5책의 『우산집』이 있다.

28 배문창(裵文昶) : 1864-1928. 자는 성화, 호는 정산(靜山)·정산(定山), 본관은 경주이다. 이만구(李晩求)에게 수학하였다. 저술로 4권 2책의 『정산집』이 있다.

29 안종창(安鍾彰) : 1865-1918. 자는 치행, 호는 희재(希齋), 본관은 광주(廣州)이다. 족숙 안기원(安冀遠)에게 수학하였다. 저술로 7권 4책의 『희재집』이 있다.

30 김상욱(金相頊) : 1857-1936. 자는 인숙(仁叔), 호는 물와, 본관은 상산이다. 저술로 8권 4책의 『물와집』이 있다.

31 이승희(李承熙) : 1847-1916. 일명은 대하(大夏), 자는 계도(啓道), 호는 대계(大溪)·강

을 경작할 것을 약속하였다.

갑인년(1914) 다시 중국으로 들어가 농사를 지었다. 을묘년(1915) 8월 곡부(曲阜)에 이르러 공자의 탄신제에 참석하였는데, 글을 지어 고유하였다. 당시 여러 나라 사람들이 모두 모였는데, 심의(深衣)를 입고 큰 띠를 맨 사람은 오직 공 한 사람뿐이었다. 대제학 공상림(孔祥霖)이 손님을 맞이하는 예로써 대접하고 시초(蓍草) 세 봉지를 선물로 주었다. 공이 시를 지어 사례하기를 "밝고 밝은 밤하늘의 달, 따사로운 양곡(暘谷)의 봄. 봄바람이 백발에 불어오니, 군자가 남의 마음 흥기시키네. 어제 선사에게 배알했는데, 나에게 한 줄기 시초를 내려 주시네. 신명은 참으로 알 수 없지만, 정회(貞悔)[34]의 뜻은 누군가 앎이 있으리."라고 하였다. 또 「황하가(黃河歌)」와 「태산가(泰山歌)」를 지어 그곳에 살고 싶은 마음을 드러내었다.

봉천(奉天)에 머문 것은 전후로 모두 다섯 해이다. 고향으로 돌아와서는 손수 '충효문(忠孝門)'이라는 세 글자를 크게 쓰고, 그 아래에 "자손은 영원히 충효하고, 서로 전하여 자질(子姪)들에게 남기라."라고 적고서 이에 절필하였다.

공의 조모는 나의 백고조 농포공(農圃公)의 손녀이다. 그래서 나와 공은 일찍부터 서로 알고 지냈다. 옛날에 공이 과거시험을 보러 갈 때 나의 집을 지나게 되어 문득 머물러 묵었다. 문장에 대해 이야기하면서 그가

재(剛齋)·한계, 본관은 성산이다. 이진상의 아들이다. 저술로 42권 20책의 『대계집』이 있다.

32 안효제(安孝濟) : 1850-1916. 자는 순중(舜仲), 호는 수파(守坡), 본관은 탐진이다. 경술국치 후 만주로 망명하여 그곳에서 생을 마감했다. 저술로 8권 3책의 『수파집』이 있다.

33 대눌(大訥) : 노상익(盧相益, 1849-1941)이다.

34 정회(貞悔) : 『주역』 「함괘(咸卦) 구사(九四)」에 "정하면 길하여 후회함이 없으리라.[貞, 吉, 悔亡.]"라는 구절에서 나온 말이다.

대단한 실력이 있음을 알았다. 다시 법물(法勿)[35]에서 만났을 때는 또 그가 바른 지향으로 돌아감에 용감하고 내면공부에 독실함을 알았다. 얼마 지나지 않아 해마다 '함주(咸州:咸安)에 조서천(趙西川)이 있는데, 걸출하여 한 시대의 명망이 된다.'라는 이야기를 들었다.

정미년(1907)에 내가 공을 찾아갔는데 만나지 못하여 안도촌(安道村)에 묵었다. 공이 외지에서 내가 왔다는 소식을 듣고 동지 숙유 7, 8명을 불러와서 시를 지으며 즐겼다. 또 마을의 여러 수재들을 불러 나에게 인사시켰는데, 그들의 공손한 행동거지를 보니 묻지 않아도 공에게 배운 사람임을 알 수 있었다. 나는 마음속으로 '서천은 남을 잘 진작시키는 사람이구나.'라고 여겼다.

임자년(1912) 겨울 나는 사하(沙河)[36]에서 국리(菊里)로 와 병든 아들을 돌보고 있었다. 공이 달려와 서로 시문을 논하였다. 나는 공의 웅건함을 인정하였고, 공 또한 나를 유약하다고 배척하지 않았다. 이듬해(1913) 여름 나는 노산(蘆山)에 있었는데, 공이 연계(燕薊)[37]로부터 돌아와 내가 아들의 상을 당한 것을 위로하였다. 그리고 상자를 열어 중국에서 지은 여러 글들을 보여주었다. 나는 마음속으로 장대하다고 여겼는데, 지금도 잊을 수 없다.

신유년(1921) 공의 고제인 이정호(李正浩)·조형규(趙亨奎)가 공의 유고를 가지고 와서 나에게 편집을 부탁하였다. 이듬해(1922) 이광흠(李光欽) -자는 주간(周幹)-과 조형규가 찾아와 말하기를 "선생의 유고가 바야흐로 간행에 들어갑니다."라고 하며, 교감을 부탁하였다. 교감이 끝나자 이정호가 지은 행록과 조형규가 지은 행장을 보여주며 말하기를 "우리 선생

---

35 법물(法勿) : 현 경상남도 산청군 신등면 평지리 법물 마을이다.

36 사하(沙河) : 중국 요녕성 남쪽에 있는 도시이다.

37 연계(燕薊) : 북경을 가리킨다.

님을 영원히 전할 분은 공이십니다."라고 하며 묘갈명을 지어주기를 청하니, 사양할 수가 없었다.

그렇지만 공의 평소 언어와 문자는 지엽적인 것이 없었다. 나는 공이 부모님을 섬긴 것, 제사를 받든 것, 일을 접한 것, 남을 가르친 것, 절도의 상세한 부분에 대해 서술하고자 하였지만, 말이 자질구레해지니 이는 공이 추구한 바가 아니다. 하물며 공의 행의는 남쪽지방 유생들에게 익히 알려져 있으니, 내가 비록 말하지 않더라도 장차 후손에게 두터이 드리워질 것이다. 공의 저서로는 『외언(猥言)』과 『소자학(小子學)』 두 책이 있다. 공이 사서(四書)에서 자득한 것과 가정에서 가르친 것이 환히 실려 있으니, 이는 기록하지 않을 수 없다.

명은 다음과 같다.

하늘이 철인을 내리시니	天挺哲人
아름다운 명성 일찍 성대했네	令名夙蔚
공의 마음 밝고 밝으며	其心皎皎
공의 위의 높고 높았네	其儀仡仡
육경에 정신을 쏟았고	劬神六經
사물잠 마음에 간직했네	服膺四勿
경지가 이미 넓어지니	閫域旣恢
이에 유생들 인도했네	爰竪儒拂
먼 곳에서 찾아온 이를	有來自遠
마음 다해 열어 주었네	盡情開發
지은 글이 상자에 가득해	著書溢篋
글자마다 갈 길을 알려 주었네	字字津筏
갑자기 좋지 못한 때 만나	奄遭不辰
서쪽으로 가는 수레 재촉하였네	催理西軏
백성의 굶주림 슬퍼하여	哀衆失哺
몸소 요동땅을 일구었네	躬治遼墢

관병[38]이 남긴 쟁기가 있었는데　　管邴遺耒
그 풍도 이어 끊이지 않았네　　風韻不歇
도가 떨어짐을 슬퍼하여　　悼道幾墜
공묘에 호소하며 아뢰었네　　聖廟訴謁
선사의 후손이 공경을 더하여　　魯儒加敬
예물을 빠뜨리지 않고 주었네　　禮贐靡闕
혁혁한 함안의 조씨 집안은　　奕奕咸趙
대대로 충의 있는 가문이네　　忠義世閥
자규루[39]에 깃든 어계 선생의 절개　　子規樓古
황석산성[40]처럼 우뚝한 대소헌의 기상　　黃石城屹
공이 머물러 지낸 곳은　　公所棲留
서산의 울창한 산 속이고　　西山蒼鬱
공이 타고난 자질은　　公所稟受
대소헌을 방불케 했네　　笑翁髣髴
공의 지향은 드러났지만　　公志雖著
공의 사업 끝마치지 못했네　　公業未卒
차가운 등불 아래 붓을 잡고서　　寒燈把筆
아직 죽지 않은 벗은 혀만 차네　　後死咄咄

임술년(1922) 백로절(白露節) 광주(光州) 노상직(盧相稷)이 지음.

38 관병(管邴) : 후한(後漢) 때의 관영(管寧)과 병원(邴原)을 말한다. 두 사람 모두 황건적의 난을 피해 요동 땅으로 이주하였다.

39 자규루(子規樓) : 현 강원도 영월군 영월읍 영흥리에 있는 누각으로, 단종이 유배 가서 지내던 곳이다.

40 황석산성(黃石山城) : 현 경상남도 함양군 서하면 봉전리에 있는 산성으로, 임진왜란 때 조종도가 전사한 곳이다.

墓碣銘 幷序

盧相稷 撰

丈夫不學則已, 學則做眞正事業。出可以利國澤民、處可以振發後進。但出不出, 繫乎時。利國澤民, 有非韋布所能得也。雖然, 親見衆生之困於塗炭, 而不思所以拯救之, 烏在其爲學哉。

西川 趙泰文先生, 早負場屋雋聲, 屢不利於有司。一日惕然曰:"區區爲名利計者, 鄙夫也。", 遂攜書入山, 讀聖人賢人之書十年。四方傳誦之曰:"趙子足爲人師。", 父老競送其子弟, 而請業焉, 塾舍不能容。於是, 儒風振江西。自庚戌以來, 謝遣諸生, 西渡馬訾河, 遍遊三省。時東人不能安於鄕土, 負戴至遼河者, 屢萬人。仳離顚沛, 死亡相繼, 公涕泣語同志曰:"忍令先王赤子, 爲殊方螻蟻食乎。" 歸而捐家貲, 募田民三十餘人。負耒耟、驅驢犢, 納之汽輪, 而至奉天。租百千頃而耕之, 鄕國志士應之者衆。竟不得地利, 身且病, 乃歸國。三閱月而卒, 遼之流民, 聞而哭之, 如失帲幪。論者曰:"趙子之學, 於是而驗, 其有體而有用。田業之成不成, 天也。"

公諱貞奎, 泰文, 其表德也, 西川, 其別號也, 趙氏, 咸安人。貞節公 漁溪先生 旅, 爲莊陵生六臣之一, 忠毅公 大笑軒先生 宗道, 爲昭敬王朝死事臣, 於公間十五世、十世也。忠毅生英漢, 參奉贈天官亞卿。亞卿有孫曰"瑋", 部將。四傳、五傳、六傳, 而有國穀、柱翊、熙麟, 曾祖以下三世也。妣載寧 李有甫女, 屹峰 贇望玄孫。公以哲宗癸丑十月十七日, 生于咸安 安道 流巖里第。六十八歲, 卒于昌里正寢, 庚申七月二十三日也。葬西山 九水洞枕亥原, 知舊門人巾絰者, 四十三人。配順興 安氏, 鼎梅女, 聚友 灌后。墓祔左。繼配盆城 裵氏, 縉綬女。以弟中奎之子鏞元, 爲嗣。育三女, 許昌、崔驥鎬妻, 一未笄, 幷裵氏出。

公自幼有食牛氣, 聲如洪鍾。在遊嬉, 能指麾群兒。九歲, 始上學, 未幾, 便曉文義。<十二三> 詞藻敷發, 作詩文, 輒居前列。伯兄有疾, 手執艾, 日灸數百度, 不懈。十五, 丁母憂, 伯母伯兄, 俱犯疫歿, 躬爨奉朝夕奠。丙子, 移昌里。里逼市門, 遂閉戶讀書。非經若傳, 不讀; 不千遍, 不止。李修齋 有善, 鄕之拇擘也, 每相與治業。李曰 : "子是異日明復。", 贈"聖門當日三千侶, 大意猶曾許雕開。"之句。又曰 : "子之氣旺, 甚好。然學貴氣質變化。願加意於沈潛精密。" 公心唯之。

己丑、庚寅之間, 朴晩醒、金端磎諸賢, 倡多士, 刻先師性齋先生文集, 公往從之。咸許其詞彩幹局, 請與共事。因周旋其間, 而竣功焉。時一代賢流, 多會, 公深有觀感, 而與金勿川 鎭祜, 最相好。詩以示志, 勿川和之曰 : "歸時且取紫陽書, 十年堅坐大咀嚼。", 公曰 : "吾志也。", 遂入仁山。語二弟曰 : "家貧, 不可共貪書籍。若等宜服田。" 壁揭 《敬齋箴》, 書于門曰 : "入室由門, 入聖由敬。" 常曰 : "吾欲師程叔子。", 大用力於 《視聽言動四箴》。語諸生曰 : "上帝能降衷, 而不能敎; 聖人能敎之, 而不能使之學。學在我, 不學在我。" 設崇學契, 歲一行鄕飮禮。賓至, 令諸生歌 《鹿鳴》、《菁莪》, 自誦 《淇陝》、《抑戒》 等詩。爲李修齋, 設崇賢契, 刊其遺文, 立嗣, 資爲生。

乙未, 丁父憂, 三月啜粥, 三年不近草木之滋。身不離絰帶、口不絶哭泣。禮制參用 《家禮》、《士儀》。制闋, 復入仁山, 執經束脩者, 踵相接。公以師道自任, 學者有一事不遵規矩, 輒提省之。又以生民困瘁爲憂, 論人必先伊、葛。語及時潮, 必奮然作氣, 有抑洪驅猛之志。癸卯, 見郭俛宇 鍾錫, 論天下大勢。俛宇曰 : "國士也。", 見其文曰 : "志氣高, 故口氣亦高。"

庚戌七月, 痛哭于西山堂。入紫皇山, 講《春秋》。趙一山 昺奎、趙錦溪 錫濟、趙一軒 昺澤、李斗山 準九、李芋山 熏浩、裵文昶 性和、安鍾彰 致行、趙炳奎 明五, 偕焉。論避地之方, 遣從子鏞惇, 觀土風於遼河。癸丑春, 與趙一軒、金勿窩 相頊、趙鏞薰, 入中國。到天津, 與劉釆年、李鍾豫筆談曰 : "天下可亡, 吾道不可亡; 死生可不論, 華夷不可不論。" 至北京, 謁先聖先師于國子監。歸路, 遇李韓溪 承熙、安學士 孝濟, 及余兄大訥, 約共耕作。甲寅, 復入治田事。乙卯八月, 至曲阜, 參夫子誕辰祭, 爲文以告之。時萬國皆會, 而深衣大帶, 惟公一人。大提學孔祥霖, 待以賓禮, 贐三封著。公以詩謝曰:"皎皎銀河月, 溫溫暘谷春。春風吹華髮, 君子能起人。昨日拜先師, 錫余一莖蓍。神明諒不測, 貞悔有誰知。" 又作黃河、泰山歌, 以示欲居之意。留奉天, 前後凡五載。及還, 手書"忠孝門"三大字, 題其下曰:"子孫永世忠孝, 相傳以遺子姪。", 此絶筆也。

公之祖妣, 吾伯高祖農圃公之孫女也。是以, 吾與公早相識。昔公應試, 路出吾居, 故輒止宿。話詞賦, 知其爲巨手段。復會于法勿, 又知其勇於回頭、篤於向裏。未幾, 歲聞之咸州有趙西川, 傑然爲一時之望。丁未, 余訪公, 不遇, 宿安道村。公從外聞余行, 速同志宿儒七八而來, 賦詩爲娛。又招致坊里諸秀, 見我, 其擧止之謹, 不問知爲公所教授者。心自語曰:"西川善作人。" 壬子冬, 余自沙河, 視病子于菊里。公驅馳而來, 互與論詩文。余許公雄健, 公亦不以柔孱而擯之。明年夏, 余在蘆山, 公從燕薊還, 慰余遭子喪。因傾篋, 示中州諸作。余心壯之, 至今不能忘。

辛酉, 公之高第弟子李正浩、趙亨奎, 奉公遺草, 屬余編摩。明年, 李光欽 周幹與亨奎來曰:"先生稿, 方入木。", 乞更勘。勘訖, 示正浩、亨奎狀錄曰:"不朽我先生者, 子也。", 請有銘, 無以辭。雖然公平生言語文字, 無枝葉。吾欲述公事親、奉祭、應事、誨人、節度之詳, 語涉瑣瑣, 非公所取。況公之行, 滿南土, 余雖不言, 將垂重來裔也。公所著有≪猥言≫、≪小子學≫兩書。公所以自得於四子者, 爲教於家庭者, 皦然, 此則不可不書也。

銘曰:"天挺哲人, 令名夙蔚。其心皎皎, 其儀仡仡。劬神六經, 服膺 ≪四勿≫。閫域旣恢, 爰豎儒拂。有來自遠, 盡情開發。著書溢篋, 字字津筏。奄遭不辰, 僱理西軏。哀衆失哺, 躬治遼墢。管、邴遺耒, 風韻不歇。悼道幾墜, 聖廟訴謁。魯儒加敬, 禮贐靡闕。奕奕咸 趙, 忠義世閥。子規樓古, 黃石城屹。公所棲留, 西山蒼鬱, 公所稟受, 笑翁髣髴。公志雖著, 公業未卒。寒燈把筆, 後死咄咄。"

壬戌白露節, 光州 盧相稷撰。

❖ **원문출전**

趙貞奎, 『西川集』 卷5 附錄, 盧相稷 撰, 「墓碣銘幷序」(경상대학교 문천각 古(면우) D3B 조73ㅅ)

예산(禮山)의 뒤를 예강(禮岡)이 잇다

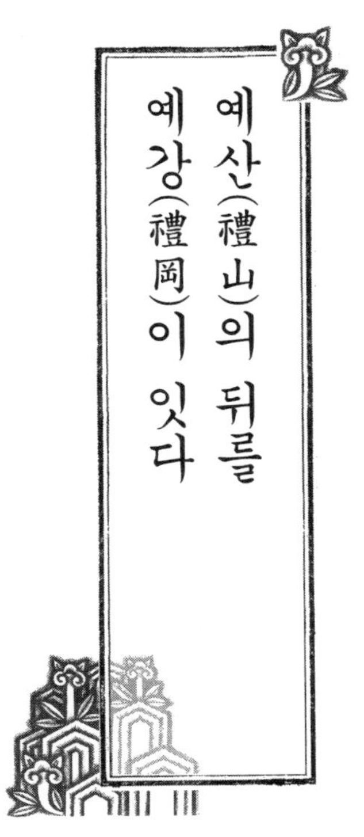

안언호(安彦浩) : 1853-1934. 자는 익천(益天), 호는 예강(禮岡), 본관은 광주(廣州)이다. 현 경상남도 김해시 진례면 시례 마을에 거주하였다. 허전(許傳)에게 수학하였고, 박치복(朴致馥)·이종기(李種杞)·허훈(許薰) 등에게도 학문을 질정하였다. 노상직(盧相稷)·이훈호(李熏浩)·허채(許埰)·김병린(金柄璘) 등과 교유하였다.
김해의 취정재(就正齋) 건립과 산해정(山海亭) 복원을 주도하였다. 『성재집』의 속집과 부록 간행에 참여하였다.
저술로 6권 3책의 『예강집』이 있다.

처사 예강(禮岡) 안언호(安彦浩)의 묘갈명 병서

하겸진(河謙鎭)[1] 지음

나는 젊었을 때부터 남쪽 지방의 인사 가운데 월조평(月朝評)[2]할 만한 사람이 여러 분이라는 것을 익히 들어왔다. 근래 행실을 돈독히 하고 옛것을 좋아하며, 늙어서도 게을리하지 않아 확고하게 지키는 것이 있는 분으로는 반드시 처사 예강(禮岡) 안공(安公)을 일컫는다. 나는 공과 서로 만나보지는 못했지만 마음속으로 몰래 사모한 지 오래되었다.

공이 세상을 떠난 뒤 그의 아들 혁진(赫鎭)[3]이 폐백을 가지고 나를 찾아와서 말하기를 "부군의 장지는 노현(露峴)[4]의 선영이 있는 곳에 있습니다. 안릉[5] 이씨(安陵李氏) 사문 이병주(李秉株)가 이미 행장을 지어주었으니, 묘갈명은 감히 선생께 부탁합니다. 선생께서는 제 청을 거절하지 마십시오."라고 하였다. 이병주 군은 공의 누나의 아들이다. 행장에서

1 하겸진(河謙鎭) : 1870-1946. 자는 숙형(叔亨), 호는 회봉(晦峯)·외재(畏齋), 본관은 진양(晉陽)이다. 27세 때 곽종석(郭鍾錫)의 제자가 되었다. 1919년에는 파리장서사건에, 1926년에는 제2차 유림단사건에 각각 연루되어 옥고를 치렀다. 저술로 『동유학안(東儒學案)』·『해동명장열전(海東名將列傳)』 등이 있다.

2 월조평(月朝評) : 후한(後漢) 영제(靈帝) 때 여남(汝南) 사람 허소(許劭)가 그의 종형 허정(許靖)과 함께 인물을 평하는 데에 명망이 있었다. 그들은 향당 인물들을 의논하기를 좋아하여 매월 그 품제(品題)를 고쳤기 때문에 그때 여남 지방의 풍속에 월조평이 있었다 하였다.

3 혁진(赫鎭) : 안혁진(1882-?)의 자는 진경(進敬)이고, 현 경상남도 김해시 진례면(進禮面) 시례리(詩禮里)에 거주하였다.

4 노현(露峴) : 옛날 김해와 창원을 연결하는 국도에 있는 고개로 노티재라고 불렀다.

5 안릉(安陵) : 재령(載寧)의 옛 이름이다.

갖추어 말하기를 "훌륭한 분[許傳]의 문하에 출입하며 가르침을 깊이 입었다."라고 하였는데, 그 말이 징험이 될 만하니 이에 명을 짓는 것이 마땅하다.

공의 휘는 언호(彦浩), 자는 익천(益天), 예강(禮岡)은 호이다. 안씨(安氏)는 대장군 광주군(廣州君) 방걸(邦傑)에게서 나왔다. 그래서 그 후손이 드디어 광주를 관향으로 삼았다. 후대로 내려와 신호위(神虎衛) 중랑장(中郎將) 국주(國柱)는 고려가 망하자 망복(罔僕)의 의리[6]를 지켰다. 우리 소경왕(昭敬王:宣祖) 때 휘 진(軫)은 통정대부 부호군(副護軍)으로 임진왜란 때 창의하여 녹훈되었다.

증조부의 휘는 희중(禧重), 조부의 휘는 효복(孝馥)이다. 부친 휘 석원(碩遠)은 성균관 생원으로 호는 예산(禮山)이다. 모친은 안릉 이씨(安陵李氏)이다. 부친 생원공은 성품이 엄격하여 법도가 있었다. 공에게 학문을 하라고 가르치면서 반드시 경전과 제자서·역사서에 전심하고서 정자(程子)와 주자(朱子)의 서적에까지 이르도록 하고, 문장으로 이름을 세우지 말게 하였다. 그러나 오직 과거공부는 금지하지 않았으니, 대개 나라에서 사류를 뽑는 것은 이 한 가지 길 뿐이기 때문이었다. 그러므로 생원공이 한성시에서 훌륭한 인재로 뽑힌 것은 실로 공이 책문을 대신 지은 데서 연유한 것인데, 그 책문이 도성 안에 크게 전송(傳誦)되었다. 공은 젊어서 문헌공(文憲公) 허 선생(許先生)[7]을 스승으로 섬겨 그의 지결을

6 망복(罔僕)의 의리: 망국의 신하로서 의리를 지켜 새 왕조의 신복이 되지 않으려는 절조를 말한다. 은(殷)나라가 장차 망하려 할 무렵 기자(箕子)가 "은나라가 망하더라도 나는 남의 신복이 되지 않으리라.[商其淪喪, 我罔爲臣僕.]"라고 한 말에서 유래하였다. (『書經』「微子」)

7 허 선생(許先生): 허전(許傳, 1797-1886)이다. 자는 이로(而老), 호는 성재(性齋), 본관은 양천이다. 이익(李瀷)·안정복(安鼎福)·황덕길(黃德吉)을 이은 기호(畿湖)의 남인학자이며, 1864년 김해 부사에 부임하여 영남 지역의 학풍을 진작시켰다. 저술로 45권 23책의 『성재집』과 『사의(士儀)』 등이 있다.

얻었다. 그러므로 공부할 적에 끊어짐이 있어서는 안 된다는 허 선생의 물음에 대답하기를 "과거공부는 해로움이 없을 수 없으니, 이것으로 제일의 의리를 삼을 수는 없습니다."라고 하였으니, 공의 덕을 알 만하다.

공은 기상이 온화하고 평온하였지만 내면은 실로 곧고 강건하였다. 평생토록 말을 빨리 하거나 안색을 갑자기 바꾸는 일이 없었다. 또한 태만한 모습을 보인다거나 비스듬히 서거나 기대지 않았다. 집안에서는 효도하고 우애하였으며, 정기가 몸 밖으로 드러났다. 당대 훌륭한 덕을 가진 박만성(朴晩醒)[8]·이만구(李晩求)[9]·허방산(許舫山)[10] 같은 여러 분들에게 모두 나아가 질정하였고, 서로 마음을 기울이며 지기(知己)라고 여긴 분으로는 소눌(小訥) 노상직(盧相稷),[11] 우산(芋山) 이훈호(李熏浩),[12] 금주(錦洲) 허채(許埰),[13] 눌재(訥齋) 김병린(金柄璘)[14]이 있다.

8 박만성(朴晩醒) : 박치복(朴致馥, 1824-1894)이다. 자는 훈경(薰卿), 호는 만성, 본관은 밀양이며, 현 경상남도 함안에 거주하였다. 류치명과 허전에게 수학하였으며, 저술로 16권 9책의 『만성집』이 있다.

9 이만구(李晩求) : 이종기(李種杞, 1837-1902)이다. 자는 기여(器汝), 호는 만구·다원거사(茶園居士), 본관은 전의(全義)이며, 현 경상북도 고령에 거주하였다. 저술로 20권 10책의 『만구집』이 있다.

10 허방산(許舫山) : 허훈(許薰, 1836-1907)이다. 자는 순가(舜歌), 호는 방산, 본관은 김해로, 현 경상북도 구미시 임은동에서 출생하였다. 허전에게 수학하였다. 저술로 22권 12책의 『방산집』이 있다.

11 노상직(盧相稷) : 1855-1931. 자는 치팔(致八), 호는 소눌, 본관은 광주(光州)이며, 현 경상남도 창녕에 거주하였다. 허전(許傳)에게 수학하였으며, 저술로 48권 25책의 『소눌집』이 있다.

12 이훈호(李熏浩) : 1859-1932. 자는 태규(泰規), 호는 우산, 본관은 재령(載寧)이다. 현 경상남도 함안군 산인면 갈전리에 거주하였다. 박치회(朴致晦)에게 수학하였다. 저술로 9권 5책의 『우산집』이 있다.

13 허채(許埰) : 1859-1935. 자는 경무(景懋), 호는 금주, 본관은 김해(金海)이다. 1891년 진사에 합격했다. 허전(許傳)·이종기(李種杞)에게 수학하였다. 저술로 15권 8책의 『금주집』이 있다.

14 김병린(金柄璘) : 1861-1940. 자는 겸응(謙膺), 호는 눌재, 본관은 김해(金海)이고, 경상남도 창원시 동면 화목(花木)에 거주하였다. 이종기(李種杞)에게 수학하였고, 안효제(安

공은 철종(哲宗) 계축년(1853)에 태어나 82세(1934)에 세상을 떠났다. 초취 부인 전주 최씨(全州崔氏)는 1남 1녀를 두었는데, 아들은 혁진(赫鎭)이고 딸은 손영호(孫永灝)에게 시집갔다. 재취 부인 벽진 이씨(碧珍李氏)는 아들 수진(壽鎭)을 낳았다. 손자 병목(秉穆)·병석(秉奭)·병익(秉翊)·병덕(秉德)은 혁진의 아들이고, 병제(秉濟)는 수진의 아들이다.

명은 다음과 같다.

광주에 대대로 살던 안씨 집안	廣州之世
김해의 시례 마을에도 살았네	詩禮之坊
예산이 집안 명성 일으키자	禮山有作
예강이 부친의 뒤를 이었네	繼以禮岡
무성하고 방정한 행실	行茂而方
온화하고 강직한 기상	氣和而剛
팔십년 간 부지런히 공부하여	八十矻矻
서책을 손에서 놓지 않았네	不離縹緗
온축한 학덕 팔지 않고서	蘊蓄不市
감추고 있었지만 빛이 났네	用晦而章
공의 후손 번창함이 있어	嗣後有裕
빼어난 자식들 줄을 이었네	庭翠成行
누나의 아들이 행장 지었는데	姊子爲狀
공의 덕행 드러내길 극진히 했네	亦極揄揚
내 이를 취해 명을 짓노니	是取而銘
오래오래 전해지길 바라네	其庶久長

孝濟)·이병희(李炳憙)·조용섭(曺龍燮)·허채(許埰) 등과 교유하였다. 용계서당(龍溪書堂)에서 후학을 양성하였다. 저술로 17권 4책의 『눌재집』 및 『용계아언(龍溪雅言)』 등이 있다.

處士 禮岡 安公 墓碣銘 幷序

河謙鎭 撰

余自少, 習聞南州人士爲月朝之談者數。近時, 篤行好古, 至老靡懈, 確乎其有守, 必稱處士禮岡 安公。余雖不及與公相見, 而心竊慕效, 久矣。

公旣沒, 其孤赫鎭, 以幣來曰:“府君葬, 在露峴先墓之次。安陵 李斯文秉株, 旣狀之, 銘則敢屬之子矣。子無辭余。” 惟李君, 公姊子也。狀中具道, “出入門墻, 深蒙眷誨。”, 其言可徵, 是宜銘。

公諱彦浩, 字益天, 禮岡其號也。安氏, 出於大將軍廣州君 邦傑。其後遂以廣州貫焉。傳至神虎衛中郎將國柱, 麗亡守義罔僕。我昭敬王時, 有諱軫, 通政副護軍, 執徐之亂, 倡義錄勳。

曾祖禧重, 祖孝馥。考碩遠, 成均生員, 號禮山。妣安陵人李氏。生員公性嚴有法度。敎公爲學, 必要專意於經傳、子史, 以及洛、閩之書, 不令以文章立名。惟擧業不之禁也, 蓋以國朝取士, 此一路而已。以是, 生員公之得雋於漢城試, 實由公之代策也, 其文大爲都下傳誦。然公少師事許文憲先生, 得其旨訣。故其對許先生學不爲間斷之問則曰:“擧業不能無害, 是不以爲第一義。”, 可知公德。

氣和易而內實貞剛。平生無疾言遽色。亦不爲怠慢跛倚。孝友行於家, 而神采發於外。一時長德如朴晩醒、李晩求、許舫山數公, 皆其所就正, 而至如相與傾心爲知己, 則盧小訥 相稷、李芋山 熏浩、許錦洲 埰、金訥齋 柄璘也。

生哲宗癸丑月日, 年八十二而終。配全州 崔氏, 男赫鎭, 女適孫永灝。繼配碧珍 李氏, 男壽鎭。孫男:秉穆、秉奭、秉翊、秉德, 赫鎭出, 秉濟, 壽鎭出。

銘曰:“廣州之世, 詩禮之坊。禮山有作, 繼以禮岡。行茂而方, 氣和而剛。八十矻矻, 不離縹緗。蘊蓄不市, 用晦而章。嗣後有裕, 庭翠成行。姊子爲狀, 亦極揄揚。是取而銘, 其庶久長。”

❖ **원문출전**

河謙鎭, 『晦峯遺書』 卷44 墓碣銘, 「處士禮岡安公墓碣銘幷序」(경상대학교 문천각 古 D3B H하14ㅎ)

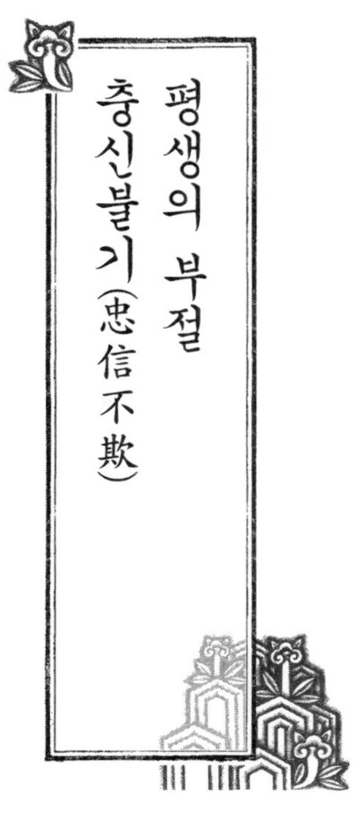

평생의 부절
충신불기(忠信不欺)

김종우(金宗宇) : 1854-1900. 자는 주서(周胥), 호는 정재(正齋), 본관은 경주(慶州)이다. 현 경상남도 산청군 단성면에 거주하였다. 장성해서는 대원사(大源寺)에 들어가 독서하였다. 정양재(正養齋)를 지어 그곳에서 경전과 사서에 침잠하였다. 교유인물로는 하겸진(河謙鎭) 등이 있다.
저술로 2권 1책의 『정재유고』, 『분서악부』 등이 있다.

정재(正齋) 김종우(金宗宇)의 행장

하겸진(河謙鎭)[1] 지음

공의 휘는 종우(宗宇), 자는 주서(周胥)이다. 경주 김씨(慶州金氏)는 신라 왕족에서 세계가 나왔다. 고려 말에 이르러 예의판서(禮儀判書) 휘 충한(沖漢)은 남원(南原)의 두곡(杜谷)에 은둔해 살았는데,[2] 나무에 의지해 집을 짓고 살아서 호를 수은(樹隱)이라고 하였다. 임종할 적에 장례를 검소하게 치르라고 유언을 남겼으며, 두동서원(杜洞書院)[3]에 배향되었다. 아들 셋을 두었는데, 모두 본조(本朝)에서 벼슬하였다. 셋째 아들 휘 작(綽)은 직제학을 지냈다. 직제학의 3세손 휘 이정(利貞)은 이조 좌랑을 지냈는데, 처음으로 진주에 기거[4]하여 자손들이 드디어 진주 사람이 되었다. 조부 휘 재강(在剛)은 수직(壽職)으로 통정대부에 올랐다. 부친 휘 대건(大鍵)은 해주 정씨(海州鄭氏) 정광채(鄭匡采)의 딸에게 장가들었다. 철종(哲宗) 갑인년(1854) 모월 모일[5]에 공을 낳았다.

1 하겸진(河謙鎭) : 1870-1946. 자는 숙형(叔亨), 호는 회봉(晦峯), 본관은 진양(晉陽)이다. 곽종석(郭鍾錫)에게 수학하였고, 이승희(李承熙)·장석영(張錫英)·송준필(宋浚弼) 등과 교유하였다. 저술로 50권 26책의 『회봉집』과 30권의 『동유학안』이 있다.

2 충한은……살았는데 : 현 전라남도 남원시 송동면 두곡리에 두곡서원터와 제각이 남아 있다.

3 두동서원(杜洞書院) : 두곡서원(杜谷書院)을 가리킨다. 현 전라남도 남원시 송두면에 있었던 서원으로, 경주 김씨 일가에서 1766년에 김충한(金沖漢)을 봉안하며 창건하였다. 1864년 서원 철폐령에 따라 훼철되었다.

4 진주에 기거 : 김종우의 아들인 김진동(金進東)의 「행장」에는 진주 백곡리(栢谷里)에 살았다고 기록되어 있다.

5 모월 모일 : 「가장(家狀)」에는 10월 21일 미시(未時)에 금호리(金湖里) 집에서 태어났다

공은 어려서부터 총명하고 지혜로웠다. 겨우 말을 배울 즈음 부친이 공을 시험하고자 하여 농사와 독서 두 가지 일로써 묻기를 "너는 장차 어느 것을 하는 것이 편안할 것이라고 여겨지느냐?"라고 하자, 대답하기를 "독서는 선비의 직분입니다. 다른 것은 알지 못하겠습니다."라고 하였다. 부친이 기뻐하며 말하기를 "너는 능히 나의 의도를 이해하니 가르칠 만하다."라고 하였다.

8세 때 소미(少微)의 『통감절요』[6]를 읽다가 한 고제(漢高帝)가 '나에게도 고깃국 한 그릇을 나눠주면 좋겠다'[7]라고 한 부분에 이르러서 놀라며 말하기를 "사람의 자식 된 자가 차마 이런 말을 내뱉을 수 있는가. 이와 같이 하고서도 어찌 천하를 얻었는가."라고 하자, 부친이 더욱 기특하게 여겼다.

공은 조금 장성하여 책을 가지고 대원사(大源寺) 승방에 들어갔다. 선조의 제삿날이나 질병에 걸린 일이 있지 않으면 절 밖을 한걸음도 나온 적이 없었고, 단정하게 앉아 글 읽는 소리가 3년간 끊이지 않았다. 이에 문사(文詞)가 날로 진보하였다.

고 기록되어 있다.

6 소미(少微)의 통감절요 : 소미는 송(宋)나라 때 처사(處士)로서 소미 선생(少微先生)이란 호(號)를 하사받은 강지(江贄)를 말하고, 자치통감을 줄여 50권의 『통감절요(通鑑節要)』를 만들었다.

7 나에게도……좋겠다 : 유방(劉邦)이 항우(項羽)와 천하를 다툴 적에 항우가 유방의 부친인 태공(太公)을 도마 위에 올려놓고 삶아 죽이려고 하면서 항복하라고 다그치자, 유방이 초 회왕 앞에서 명을 받들 적에 항우와 형제가 되기로 약속한 일을 상기시키면서 "나의 부친은 바로 너의 부친이니, 기필코 너의 부친을 삶으려고 한다면 나에게도 고깃국 한 그릇을 나눠 주면 좋겠다.[吾翁則若翁, 必欲烹而翁, 則幸分我一杯羹.]"라고 하였다. 이에 항우가 노하여 태공을 죽이려고 하자, 항백(項伯)이 "천하를 위하는 자는 집안일을 돌아보지 않는 법이다. 죽여 봤자 이익은 없고 단지 화만 부추길 뿐이다.[爲天下者不顧家. 雖殺之無益, 祇益禍耳.]"라고 충고하니, 항우가 그 말을 따라 죽이지 않았다. (『史記』 卷7 「項羽本紀」)

이윽고 과장(科場)에서 기예를 겨룰 적에 종이와 붓을 잡고 곧바로 천 마디 말을 써내려가는데 폭풍우처럼 빨랐다. 지켜보던 자들이 담장처럼 빙 둘러 서서 모두 탄식하며 미칠 수 없다고 하였다. 그러나 공은 스스로 능하다고 여긴 적이 없었다. 이에 말하기를 "내가 어찌 이런 문사로써 내 자신의 생을 끝마칠 수 있겠는가. 가령 과거에 합격하여 등용된다 하더라도 단지 자신을 그르치고 남을 그르치는 것일 뿐이다."라고 하였다. 그리고는 종전에 지은 높은 점수를 받은 글을 취하여 모두 불 속에 던졌다.

별도로 몇 칸의 서재를 지어 '정양재(正養齋)'이라고 편액하고, 마침내 '정재(正齋)'로 자호하였다. 서재 안에는 다른 물건은 없고 경전과 사서(史書) 몇 상자만 쌓여있었는데, 잠심하여 체인(體認)하면서 침식(寢食)을 잊는 데까지 이르렀다. 배우러 오는 자가 있으면 호 문정공(胡文定公)이 아들에게 준 편지 중에 '충성스럽고 미더우며 자신을 속이지 않는다'라는 말[8]로써 반복하여 깨우치며 말하기를 "이 말은 내가 평생 수용(受用)한 부절이다."라고 하였다.

또 일찍이 말하기를 "나는 어렸을 때부터 갑자기 노하는 것을 걱정했다. 그러다 『대학』 정심장(正心章)을 읽고서 우연히 깨달은 것이 있었는데, 마음은 한 몸의 주재이고 만사의 근본이니 하나라도 치우치는 바가 있어 그 바름을 얻지 못하면 몸과 일이 황폐해진다는 것이다. 이로부터 미리 스스로 경계하고 단속하여 내 마음을 평온하게 한 뒤에 일에 응하니, 점점 득력처(得力處)가 있음을 보았다. 지금은 갑자기 노하는 일이

8 호 문정공(胡文定公)이……말 : 문정은 호안국(胡安國)의 시호이다. 원문의 '충신불기(忠信不欺)'는 호 문정공이 아들 호인(胡寅)에게 준 편지에서 나온 말이다. 원문은 다음과 같다. "……立志, 以明道希文, 自期待. 立心, 以忠信不欺爲主本. 行己, 以端莊淸愼, 見操執. 臨事, 以明敏果斷, 辨是非.……"

없음을 자신한다."라고 하였다. 자제를 가르칠 적에는 반드시 근검(勤儉)으로 선무를 삼고 장난하고 농담하는 것을 깊이 경계하였다.

공은 광무(光武) 경자년(1900) 모월 모일 세상을 떠나니, 향년 47세였다. 부인은 초계 정씨(草溪鄭氏)이다. 외아들은 진동(進東)이다. 두 딸은 박헌강(朴憲剛)·하천원(河千源)에게 시집갔다. 재취 부인 동래 정씨(東萊鄭氏), 진양 하씨(晉陽河氏)는 모두 자식이 없다.

진동이 여러 번 집에 찾아와 나에게 행장을 부탁하였다. 아! 나는 공보다 나이가 15세 적고, 또 지혜도 그만 못하지만 친밀하게 교유한 우의는 옛날 공융(孔融)과 예형(禰衡) 같아서[9] 해를 거르지 않고 서로 만났으며, 만날 때마다 여러 날을 머물렀다. 대개 일찍이 화산정(華山亭)에 함께 머물며 『주자전서』를 모두 읽었고,[10] 또 함께 천왕봉 위에서 일출을 구경하였다.

진동은 공을 깊이 아는 사람으로는 나만한 자가 없다고 여겨 이와 같이 근실하게 요청하니, 내가 감히 사양하지 못하였다. 공의 됨됨이는 키가 작았지만 당차며 재간(才幹)과 국량이 있었으며, 평소에는 말과 웃음이 적었다. 내면의 덕과 행실이 완비되어 칭찬할 만한 점이 많았다. 저술로는 문고 약간 권과 『분서악부(汾西樂府)』, 「대학도(大學圖)」, 「주자서촬요십일도(朱子書撮要十一圖)」가 집안에 보관되어 있다.

진산(晉山:晉陽) 하겸진(河謙鎭)이 삼가 행장을 지음.

---

9 공융(孔融)과 예형(禰衡)과 같아서 : 동한(東漢) 때 공융은 예형의 문재(文才)를 대단히 아낀 나머지, 자신은 40세이고 예형은 겨우 20여 세였지만 망년지교(忘年之交)를 맺었다.

10 화산정(華山亭)에……읽었고 : 「회봉선생연보」에 1898년 5월에 한유(韓愉), 정제용(鄭濟鎔) 등 30여 명과 함께 화산정(華山亭)에서 주자서(朱子書)를 읽었다고 기록되어 있다.

行狀

河謙鎭 撰

公諱宗宇, 字周胥。慶州之金, 胄于新羅。至麗季, 有禮儀判書, 諱沖漢, 遯居南原之杜谷, 因樹爲屋, 號樹隱。臨終遺戒薄葬, 享杜洞書院。有三子皆仕本朝。其季曰"綽", 直提學。提學三世孫利貞, 吏曹佐郎, 始居晉州, 子孫遂爲晉人。大父在剛以壽階通政。皇考大鍵, 娶海州 鄭氏 匡釆女。以哲廟甲寅月日生公。

公始幼聰慧。纔學語, 先公嘗欲試之, 因問耕讀二事, "汝將何安?", 對曰:"讀書爲士職耳。不知其他。" 先公喜曰:"汝能解吾意, 可教也。" 八歲, 受讀少微書, 至漢高帝'幸分我一杯羹', 驚曰:"爲人子, 忍出此言乎。如此而何以得天下。", 先公愈益奇之。

稍長, 携書入大源僧舍。非有先世忌辰與疾病之故, 未嘗出寺門一步, 端坐伊吾不絶聲三年。於是, 文詞日進。旣乃戰藝場屋, 操紙筆, 立就千言, 驟若風雨。觀者環以堵墻, 皆歎息以爲不可及。而公則未嘗自謂能也。乃曰:"吾豈可以此終吾身。藉令用取科第, 適所以自誤誤人。" 因取從前所作其高等身者, 悉投之火中。

別起數椽書屋, 扁以'正養', 遂以正齋自號。齋中無他物, 蓄經史數箱, 潛光體認, 至忘寢食。有來學者, 擧胡文定公與子書中, '忠信不欺'之語, 反復開諭曰:"是吾平生受用之符也。" 又嘗曰:"吾自少以暴怒爲患。及讀≪大學≫正心章, 偶有覺焉, 心者, 一身之主、萬事之本, 一有所偏而不得其正, 則身與事荒矣。自是, 預自戒飭, 使吾心平穩, 然後應事, 漸見有得力處。今則自信其無此矣。" 教子弟, 必以勤儉爲先, 而深戒戲謔事。

公卒以光武庚子月日, 壽四十七。配草溪 鄭氏。一男進東。二女適朴憲剛、河千源。繼配東萊 鄭氏、晉陽 河氏, 幷無育。

進東屢及門, 屬余以狀行。嗟乎! 余少公年十五歲, 亦愚智不相侔, 而交誼之密, 如古孔融、禰衡, 相見無虛歲, 見輒留連累日。蓋嘗同住華亭,盡讀≪朱子全書≫, 又與觀日出於天王峰上。進東以知公之深, 無若余者, 其請如是之勤也, 余不敢辭。公爲人短少精悍有幹局, 平居寡言笑。內行完備, 多可稱。所著有文稿若干卷, ≪汾西樂府≫、≪大學圖≫、≪朱子書撮要十一圖≫藏于家。

晉山 河謙鎭謹狀。

❖ **원문출전**

安孝濟, 『西岡遺稿』 卷10 墓碣銘, 河謙鎭 撰, 「行狀」(경상대학교 문천각 古D3B H안69ㅅ)

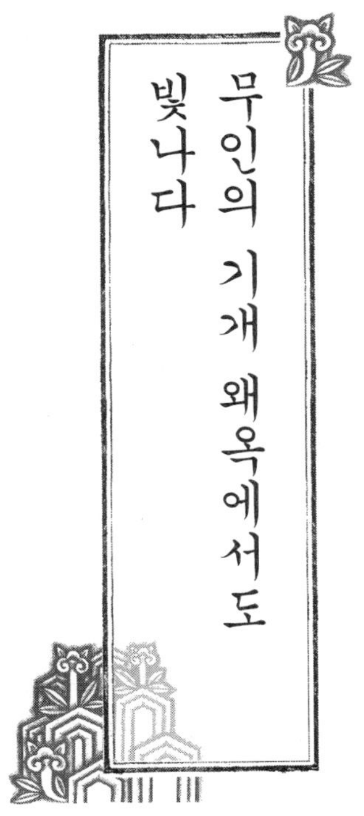

무인의 기개 왜옥에서도 빛나다

하용제(河龍濟) : 1854-1919. 자는 은거(殷巨), 호는 약헌(約軒), 본관은 진양이며, 현 경상남도 산청군 단성면 남사리에 주로 거주했다. 하진(河溍)의 10대손이며, 곽종석(郭鍾錫)에게 배웠다. 1872년 무과에 급제하였고, 여러 벼슬을 지냈다. 파리장서 사건에 연루되어 옥고를 치렀다.
저술로 8권 3책의 『약헌집』이 있다.

약헌(約軒) 하용제(河龍濟)의 행장

장석영(張錫英)[1] 지음

우리 태상왕(太上王:高宗)이 인정(仁政)을 베푸실 적에, 뭇 신하들의 조회를 받으시고 문무백관들에게 자문하였는데, 무신 중에 하겸락(河兼洛)[2] 공이 『육도삼략(六韜三略)』에 깊이 통달했다는 이유로 국태공(國太公:興宣大院君)이 왕에게 천거하였다. 왕은 하공을 석주군방어사(石州軍防禦使)[3]로 임명해서 서쪽의 관문을 지키게 하여 환난에 대비하게 하였다. 하공은 조정으로 돌아온 뒤에 가선대부(嘉善大夫)로 승진하였다. 연로하여 집에 거처할 때에는 행실이 매우 아름다워 조정의 사대부로부터 여항의 논객들에 이르기까지 '이 사람은 무인 가운데 유자이다.[武人之儒家]'라고 칭송하였다.

하공에게는 이름이 용제(龍濟), 자가 은거(殷巨)인 아들이 있었는데, 사람됨이 인자하고 총명하고 검약하였으며, 약헌(約軒)이라고 자호하였다. 그의 행적을 보면 무인이었지만, 그의 마음을 헤아리고 그의 행실을 살펴보면 유자였다.

공은 예릉(睿陵:哲宗) 갑인년(1854) 6월 29일에 태어났다. 17세에 부친

1 장석영(張錫英) : 1851-1929. 자는 순화(舜華), 호는 추관(秋觀)·회당(晦堂), 본관은 인동이며, 현 경상북도 칠곡군 약목면 각산리 출신이다. 이진상(李震相)에게 수학하였다. 저술로 43권 21책의 『회당집』이 있다.

2 하겸락(河兼洛) : 1825-1904. 자는 우석(禹碩), 호는 사헌(思軒), 본관은 진양이며, 현 경상남도 산청군 단성면 남사리 남사 마을에 거주했다. 이우빈(李佑贇)에게 수학하였다. 저술로 4권 2책의 『사헌유집』이 있다.

3 석주군방어사(石州軍防禦使) : 석주는 평안도 강계부(江界府)의 옛 이름이다.

의 명으로 징군(徵君) 곽명원(郭鳴遠)[4] 선생에게 배웠는데 사서(四書)와 『춘추좌씨전』을 수학하였다. 진심으로 열복하여 제자의 직분을 독실히 지켰다. 공이 일찍부터 마음을 다잡고 유가의 규범을 성취할 수 있었던 것은 모두 곽 징군의 힘이었다.

공은 임신년(1872) 무과에 급제했는데, 이는 부모님을 위해 뜻을 굽힌 것이었다. 그러나 즐거워하는 바는 벼슬길에 나아가는 것이 아니었다. 경진년(1880) 모친상을 당해서는 매우 슬퍼하여 거의 죽을 뻔하였다. 곽 징군이 손수 예서(禮書) 한 부를 써 주었는데, 한결같이 그가 명한 것을 따라 상례를 행하는 것이 모두 예에 맞았다.

상이 끝난 뒤에는 곽 징군을 따라 풍악산(楓嶽山:金剛山)으로 유람을 갔다. 내금강·외금강을 두루 관람하며 시를 지어 묘사하였는데, 유람하며 지은 시가 모두 수백 편이나 되었다.

갑신년(1884) 의정부 공사관(議政府公事官)에 제수되었다. 정해년(1887) 수문장(守門將)에 제수되었다가 훈련원의 주부(主簿)·판관(判官)·첨정(僉正)으로 승진되었다. 무자년(1888) 선전관(宣傳官)과 총어영 초관(摠禦營哨官)에 제수되었다. 기축년(1889) 다시 의정부 공사관에 제수되었다.

임진년(1892) 대흥 군수(大興郡守)에 제수되었다가 삼척진(三陟鎭)의 영장(營將)으로 옮겼다. 삼척진의 백성들은 고기잡이를 생업으로 하였는데, 이전에 가혹한 정사가 심해서 이익이 관청으로 귀속되었다. 아전들이 간사한 짓을 해서 백성들을 무함하여 도적질하니, 백성들은 편히 살 수가 없었다. 공이 부임해서 그 폐단을 통렬히 개혁하고, 관청의 노비들 가운데 불필요한 자들은 풀어주어 각자의 생업을 꾸리도록 하였다. 삼척진의 백성들은 비석을 세워 공이 떠나간 뒤에도 추모하였다.

---

4 곽명원(郭鳴遠): 곽종석(郭鍾錫, 1846-1919)이다. 자는 명원, 호는 면우(俛宇), 본관은 현풍이다. 저술로 177권 63책의 『면우집』이 있다.

임기가 끝나자 격포진(格浦鎭)[5]의 첨사(僉使)로 제수되었다. 부임한 지 수개월이 되자 정사가 잘 이루어져서 변경에 일이 없게 되었다. 계사년(1893) 관직에서 물러나 집으로 돌아왔다. 강개하여 탄식하며 말하기를 "나랏일이 날로 그릇되어가 다시는 할 수 있는 일이 없구나. 어버이의 연세가 매우 높아 모실 날이 짧구나."라고 하였다. 이때부터 벼슬에 미련을 두지 않고 부모님을 봉양하는 데 온 마음을 기울였다. 힘써 학문하는 것에 더욱 마음을 쏟아 스스로 수양하고 신칙하는 데 마음을 두었고, 이외의 일체 다른 일에는 관심이 없었다.

갑오년(1894) 동학의 무리들이 크게 소란을 피워 나라 안이 온통 어지러웠다. 조정에 죄를 진 자가 이 틈을 타서 무리를 모아 관청을 불태우고 노략질을 하니, 공은 부모를 모시고 어린 아이들을 데리고 황량한 골짜기로 피난을 갔다. 숱한 고난을 겪었지만 피난하는 중에서도 부모님 봉양에 힘을 다했는데, 침소를 편안히 하고 맛난 음식 올리기를 혹시라도 부족함이 없게 하였다.

신축년(1901) 가을 곽 징군을 따라 금산(錦山)을 유람하며 남해의 장관을 모두 구경했다. 갑진년(1904) 부친상을 당했는데, 공은 당시 연로하여 슬픔으로 몸을 상해서는 안 되는 나이였지만 3년 간 피눈물을 흘려 조문 온 사람 모두를 열복시켰다.

을사년(1905) 늑약이 체결되어 나라가 망하자, 망국의 대부로서 향교의 향사례에서 스스로 빈객을 접대하는 역할을 맡아 상관(喪冠)을 쓰고 소복을 입었으며, 빗질을 하여 상투를 틀지도 않았다. 스스로 미망인으로 자처하여 세상에 숨어 알려지지 않는 것을 일생의 계책으로 삼았다.

무오년(1918) 겨울 상황(上皇:高宗)이 승하하자,[6] 분향소를 만들어 통곡

5 격포진(格浦鎭) : 전라도 부안에 있던 군사 보루이다. 전라북도 부안군 변산면 격포리에 위치했으며, 현재 채석강으로 유명한 곳이다.

하고 삼년복을 입으며 말하기를 "우리들은 오늘 군왕이 없는 사람이 되었다. 부모가 없고 군왕도 없는데 어떻게 살아가랴."라고 하였다.

당시 유자로 자처한 사람이 '복을 입어서는 안 된다는 의견[不服之論]'을 주창하면서 '원수를 위해 어찌 복을 입겠는가.[寇讎何服]'[7]라는 맹자의 말을 인용하였다. 공이 그 말을 듣고 말하기를 "나는 전에 책은 읽지 않으면 안 된다고 말했는데, 종종 치우치고 넘치는 말과 비루하고 패악한 행위가 '글깨나 읽었다'는 자에게서 나와서 듣는 사람들이 내 말을 지나치다고 의심했다. 바로 지금 금수만 못한 자들은 과연 다른 사람이 아니고 바로 그 '글깨나 읽었다'는 자들이다. 천하에 역대로 어찌 군왕이 없는 백성이 있겠는가. 이 군왕은 내 군왕이 아니라고 여겨 복을 입지 않는다면, 그 사람에게는 반드시 별도의 군왕이 있어서 앞으로 그 군왕을 위해 상복을 입을 것이다. 그러니 이와 같은 자는 우리의 무리가 아니다."라고 하였다.

기미년(1919) 봄 팔도의 인민들이 국장에 크게 모였는데, 바다 서쪽 파리에서 만국평화회의가 개최된다는 소식을 듣고 나라를 되찾을 수 있는 기회라고 여겨 드디어 독립의 기치를 세웠다. 만세를 크게 부르짖으니 하루 안에 온 나라가 같은 소리를 내었다. 사류들은 이 일로 파리에 글을 보내 천하에 대의를 밝혔는데, 여기에 연좌되어 일제 감옥에 갇힌 사람들이 매우 많았다.

공은 진양(晉陽)의 감옥에 구금되었는데, 굳세고 의롭고 바르고 곧아서 조금도 꺾이거나 굴복함이 없었다. 옥중에서 지은 칠언 절구시 중에 "처량한 비바람 속에 밤은 새려 하는데, 목전에는 우리나라 회복할 길이

---

6 무오년……승하하자 : 고종은 양력 1919년 1월 21일에 사망했는데, 이는 음력 무오년 12월 20일이다.

7 원수를……입겠는가 : 『맹자』 「이루 하」에 보인다.

없구나.[雨落風凄夜正闌 眼前無地可尋韓]"라는 구절이 있고, 또 "하늘은 언제쯤 재앙 내린 것 후회할까, 우리나라 망하여서 옛 신하를 울리네.[上天悔禍知何日 家國蒼茫泣舊臣]"라고 하였으며, 또 "가소롭다 지난날의 토포사야, 어찌하여 도적떼와 나란히 앉아있는고.[可笑當年討捕使 如何併坐綠林生]"라고 하였다.[8] 그 말들이 모두 충성과 의리에서 감발한 것이어서 사람들이 한 번 읽으면 세 번 탄식하게 하였다.

일제 감옥에서 나온 뒤로도 정신과 풍채가 빛나고 건강해서 평소 모습을 잃지 않았는데, 사람들은 이를 학문의 힘이라 말했다. 그런데 불행히도 이해 11월 8일 병으로 졸하였으니 향년 66세였다. 다음 달 13일(경인)에 진주 읍치 서쪽 자매산(紫梅山) 곤좌(坤坐) 언덕에 장사지냈다.

공의 선대는 본관이 진양이다. 사직(司直)을 지낸 초조(初祖) 휘 진(珍)으로부터 사직을 지낸 보(保), 자금어대(贈紫金魚袋)에 추증된 직의(直漪), 중대광 진천부원군(重大匡晉川府院君) 집(楫)-호는 송헌(松軒)-, 중대광 진산부원군(重大匡晉山府院君) 윤원(允源)-호는 고헌(苦軒)-, 전병 판서(典兵判書) 자종(自宗)-호는 목옹(木翁)- 등으로 이어졌는데, 이분들은 모두 고려시대의 이름난 공경(公卿)들이다.

본조에 들어와서는 대사간을 지낸 결(潔)로부터 대대로 현달한 분들이 많았다. 집의를 지낸 진(溍)은-호는 태계(台溪)- 문장과 풍도와 지절로 세상 사람들의 추앙을 받았으니, 이분이 공의 10세조이다. 증조부 시명(始明)은 무과에 급제하여 영장(營將)을 지냈다. 조부 한조(漢祖)는 무과에 급제했다. 모친 정부인 문화 류씨는 류병두(柳炳斗)의 딸이다. 처 숙부인(淑夫人) 여주 이씨는 이종하(李種夏)의 딸이다. 두 아들을 두었는데 홍규(弘逵)와 상규(祥逵)이며, 상규는 출계했다. 딸은 조현용(趙顯瑢)에게 시집

8 옥중에서……하였다: 여기서 인용된 시는 하용제의 『약헌집(約軒集)』 권2에 있는 「강주누설중음(康州縲絏中吟)」에서 인용된 것이다.

갔다. 홍규의 아들은 종도(種圖)이다.

아, 공의 용모는 단정하고 밝았으며, 재주와 국량은 맑고 명량했으며 지향은 굳세고 곧았다. 웃고 말할 적에는 사람들을 즐겁게 하면서도 경외하게 하였다. 충효의 가문에서 태어나 집안 대대로 전해진 규범을 계승하였고, 현명한 스승의 가르침을 힘써 따랐다. 부모를 효성스럽게 섬기고 자손들은 본보기를 보여 가르쳤으며, 종족들을 대할 때는 화목하도록 했고 벗들과는 화락하게 교유했다. 고을 일을 조처할 적에는 공정하게 하였고, 하인들을 부릴 적에는 관대하였다.

남의 선행을 보면 칭찬하지 못할까 염려했고, 남의 그릇된 점을 보면 조금도 용납하지 않았다. 남들에게 근심스런 일이나 즐거운 일이 있으면 자신의 일처럼 여겼다. 삼가 근신하였고 두루 살펴 한 가지 일이라도 소홀하거나 빼먹는 일이 없었으니, 이는 공이 평생토록 지켜온 절조였다.

어버이의 마음과 신체를 편하게 해드리는 봉양을 극진히 했으며, 일이 있으면 모두 말씀드려서 감히 혼자 처리하는 일이 없었다. 별다른 일이 없을 적에는 잠시라도 어버이 곁을 떠난 적이 없었다. 어버이가 편찮으실 적에는 옷 벗고 눈 붙인 적이 없고, 탕약을 올릴 적에는 남에게 맡기지 않았다. 혹 일이 있어 외출했다가 돌아오면, 밖에서 보고들은 일들이 비록 긴요하지 않거나 지극히 사소한 일일지라도 모두 어버이 앞에서 전부 말씀드렸는데, 정성스럽게 하여 스스로 그만두지 않았다. 이것은 어버이의 심심함을 달래 마음을 위로하고 기쁘게 해드리고자 한 것인데, 이는 어버이를 섬긴 효성이었다.

선조의 기일이 되면 반드시 선조가 살아 계신 듯 정성을 극진히 하였으며, 선조를 위하는 데 관계된 일이면 지극한 정성을 쏟았다. 태계(台溪)의 묘 바로 아래에 제각을 건립하고, 유계(儒契)를 앞장서서 설립하여 유고를 다시 간행하였다. 동학난 뒤에 집안이 바쁘고 안정되지 않았는데, 선공의 뜻으로 여사(餘沙)[9]에 건물을 세워 태계의 신주를 옮겨 모셨다. 옥봉(玉峯)에는 경류재(慶流齋)[10]를 중건하여 원정(元正:河楫)과 고헌(苦軒) 두 선조의 재실을 만들었다. 이는 공이 선조를 받드는 정성이었다.

한방에 지내는 부부 사이에도 언사는 반드시 서로 공경히 하였는데 마치 손님을 존중하듯 하면서 "부부는 서로 동등한 관계이다. 어떤 때는 공경했다가 어떤 때는 설만히 대하는 것은 인륜의 단서를 시작하는 도리가 아니다."라고 하였다. 평소 동틀 무렵에는 반드시 일어나 앉았는데, "사람의 정기는 인방(寅方)에서 생겨나니[人生於寅][11] 일찍 일어나야 생기를 받을 수 있다. 하루의 일은 아침부터 시작하니 늦게 일어나 혼미하고 게을러서는 안 된다."라고 하였다. 자손들이 화려한 옷을 입는 경우가 있으면 반드시 엄히 꾸짖어 말하기를 "사치하다가 검소해지기는 어렵다. 분수에 맞는 옷을 입지 않는 것이 몸의 재앙이다."라고 하였다. 또 일찍이 말씀하기를 "부귀는 사람들이 매우 바라는 것이지만, 이치를 거슬러서 그것을 얻을 경우에 능히 보유한 자가 있지 않았다. 단지 이익을 보면 의리를 생각하는 것이 옳다." 또 일찍이 말씀하기를 "가정과 종족은 선조의 입장에서 보면 모두 같은 자손들이니, 마땅히 선조의 마음으로 마음가짐을 삼아야 할 것이다."라고 하였다. 이는 공이 가정에 거처할 적의 절도였다.

나라가 망할 때를 당해서는 죽지 못한 한을 안고 동강(東岡)의 절개[12]를 지켰다. 해외로 여러 사람이 서명한 글을 보냈을 때는 끝내 연옥(燕

9 여사(餘沙) : 현 경남 산청군 단성면 남사리 남사 마을의 다른 이름이다.

10 경류재(慶流齋) : 현 경상남도 진주시 옥봉동에 경류재 건물이 남아있다.

11 사람은……생겨나니 : 『논어집주』 「위령공」 제10장의 주자 주에 보인다.

12 동강(東岡)의 절개 : 벼슬하지 않고 은거한 것을 비유한 말이다. 후한(後漢) 안제(安帝) 때, 주섭(周燮)이 벼슬에 나아가지 않고 있으므로, 종족(宗族)이 그에게 이르기를 "그대만이 무엇 때문에 동쪽 산등성이[東岡]의 언덕을 지키려 하느냐?"라고 하였다.

獄)에 갇히는 화[13]를 당했지만, 강직하게 정도를 지키고 우리의 대의를 밝혔다. 이는 공이 나라를 사랑한 충성이었다.

몸은 비록 무인(武人)의 군적에 편성되어 있었지만, 문학을 병적으로 좋아하였다. 또한 당대의 이름난 석학들과 교유하며 강마하면서 문자의 묘미를 터득한 바가 있었는데, 그 문장은 전아(典雅)하여 읽을 만한 것이 많았다. 또한 필법에 뛰어났는데, 왕희지(王羲之) 이하 각 대가들의 법첩(法帖)과 구격삼체(九格三體)[14]를 초탈하지 않음이 없었으며, 농운(隴雲)의 유묵에서 진실로 그 바른 법도를 얻었다.[15] 다 쓴 붓 열 단지로 무덤을 만들고[16] 문지방을 철판 조각으로 만들 정도였는데,[17] 명성이 한 시대를 풍미하여 공의 글씨를 얻으려는 자로 문전성시를 이루니 하루도 넉넉히 쉴 겨를이 없었다. 여러 이름난 누각이나 큰 정자의 현판과 금석에 새기는 명(銘) 등을 쓸 적에는 공의 손길이 거의 다 미쳤으니, 당대 문예의 흐름을 주도하던 사류들도 모두 스스로 '인정할 수밖에 없는 독보적

13 연옥(燕獄)에 갇히는 화 : 연옥은 연경(燕京)에 도읍한 원나라의 감옥을 뜻하는 말로 보인다. 송나라의 문천상(文天祥)은 원나라에 맞서 싸우다가 감옥에 갇혀 죽었다. 여기서는 하용제가 일제의 감옥에 갇혔던 것을 가리킨다.

14 구격삼체(九格三體) : 하용제는 곽종석(郭鍾錫)에게 보낸 편지에서 큰 글자를 쓰는 데에는 아홉 가지 격(格)이 있다고 했는데, 추전(推展)·교구(交媾)·진퇴(進退)·경건(勁健)·비일(飛逸)·함축(含畜)·진밀(縝密)·제정(齊整)·고기(古奇)가 그것이다. 세 가지 체[三體]란 고문·전서·예서, 혹은 해서·행서·초서를 가리키는 듯하다.

15 농운(隴雲)의……얻었다 : 농운은 이황이 거처하던 서재의 이름이다. 하용제는 곽종석이 이황의 글씨 16편을 모사한 작품을 보고 「경제농운유묵후(敬題隴雲遺墨後)」라는 글을 지었다.

16 쓰고……만들고 : 중국 수나라 때의 서예가 지영(智永)은 글씨 연습하다 수명을 다한 붓을 단지에 넣어두었는데, 그 양이 열 단지가 되었으며, 나중에 그 붓들을 묻은 뒤 그것을 '퇴필총(退筆冢)'이라 불렀다고 한다. 이 구절의 원문은 '십옹위가(十甕爲家)'인데, '가(家)'는 '총(冢)'의 오류인 듯하다.

17 문지방을……정도였는데 : 지영의 글씨를 얻으려 오는 사람들이 매우 많아 지영이 살고 있던 대문의 문지방이 파손될 정도였는데, 철판 조각으로 그 부분을 덮어 고치니 사람들이 그것을 '철문한(鐵門限)'이라고 불렀다는 고사를 인용한 것이다.

인 존재[放教獨步]'[18]라고 생각했다. 이는 공의 문예와 서예가 평범한 사람보다 뛰어난 점이다.

공의 아들 홍규는 내가 부친의 벗 중에 연로한 사람이라 여겨 공의 유문을 받들고 와서 행장을 청하였는데 내가 수락하였다.

나와 공은 처음에 주문(洲門)[19]의 장례식에서 만나 상례를 치르는 일에 종사했었는데, 지금 생각해보니 마치 어제 있었던 일처럼 떠오른다. 일이 있어 편지를 서로 주고받을 적에는 매번 서로 잊지 못하는 마음을 말하였는데, 나와 공은 모두 늙어 백발이 되었고 세상은 변해 또 상전벽해가 되었다. 동지 여러 사람이 차례로 세상을 떠났는데, 지금 또 공을 위해 행장을 짓는다. 가슴을 치며 세상일을 생각하니 어찌 슬프지 않겠는가.

삼가 그 유문을 받아 정돈하고, 그 원고를 간추려 위와 같이 차례지어 서술했다. 기술할 만한 세세한 행실 중에, 늙은 내가 모두 다 알 수 있는 바가 아닌 점이 있을 것이니, 뒷사람들은 가장을 살펴보고서 알 수 있을 것이다.

숭정(崇禎) 후 5번째 갑자년(1924) 매화 떨어지는 계절에 인주(仁州 : 仁同) 장석영(張錫英)이 지음.

18 인정할……존재 : 소식은 한유의 「송이원귀반곡서(送李愿歸盤谷序)」를 다음과 같이 평가했다. "당나라에는 문장이 없었는데 오직 한퇴지의 '송이원귀반곡서'만이 있을 뿐이다. 나는 평생 이 작품을 본받아 써 보려고 했지만, 매번 붓을 잡았다가도 곧 던져버리고 말았다. 그러고는 스스로 웃으며 말하기를 '그냥 이대로 한퇴지를 독보로 두는 것만 못하구나.[不若且放教退之獨步]'라고 하였다."

19 주문(洲門) : 이진상(李震相, 1818-1886)을 가리킨다.

折衝將軍 行格浦鎭水軍僉節制使 晉山 河公 行狀

張錫英 撰

我太上在宥, 旣受羣臣朝, 咨文武百官, 武臣有河公秉洛, 淡通《韜畧》, 國太公薦于王。拜石州軍防禦使, 鎖鑰西門, 以備陰雨。旣還朝, 進階嘉善大夫。及年老居家, 家行甚美, 自朝廷士大夫, 至閭衖之尙論者, 道是'武人之儒家'也。

公有子曰"龍濟", 字殷巨, 爲人慈明儉約, 自號曰"約軒"。以其迹, 則武人也, 叩其心、察其行, 儒者也。睿陵甲寅六月二十九日生。年十七, 以父命, 從郭徵君 鳴遠先生學, 受四子書及《左氏傳》。心悅誠服, 服勤弟子之職。蓋其早着脚跟, 成就得儒家模範, 皆徵君之力也。

壬申, 登虎榜, 爲親屈。所樂不與也。庚辰, 丁母憂, 哀毁幾滅性。徵君手書禮書一部以與之, 一遵其所命, 所行皆中禮。旣免喪, 從徵君, 遊楓嶽。歷覽內、外金剛, 以詩模寫, 其所經, 凡數百篇。

甲申, 除議政府公事官。丁亥, 除守門將, 陞訓鍊院主簿、判官、僉正。戊子, 除宣傳官、總禦營哨官。己丑, 又除議政府公事官。

壬辰, 除大興郡守, 轉三陟鎭營將。鎭民漁利爲業, 前時苛政甚, 利歸於官。吏緣爲奸, 陷民爲賊, 民不聊生。至則痛革其弊, 放散官隷冗剩者使各營業。鎭民立碑而去思之。

瓜黃, 移拜格浦鎭僉使。居數月政成, 邊境無事。癸巳, 解官歸。慨然歎曰: "國事日非, 無復可爲。親年已高, 事親日短。" 自此無仕進之意, 專意養親。益肆力學, 念自修飭, 於一切外至, 無慕也。

甲午, 東賊大亂, 國中搶攘。有獲罪於公家者, 乘時聚黨, 燒掠公家, 奉老携幼, 辟亂荒谷。備經艱苦, 而雖奔竄之中, 竭力於奉親, 安其寢處、供其甘旨, 無或虧欠焉。

辛丑秋, 從徵君, 遊錦山, 盡南海之大觀。甲辰, 父公憂, 時年不毁, 而泣血三年, 令弔者皆悅。

乙巳, 五約成, 宗社屋, 亡國大夫, 自擯於矍圃之射, 而厭冠素服, 不施纚櫛。自居以未亡之人, 遯世無聞, 作畢生家計。

戊午冬, 上皇陟方, 爲位痛哭, 受三年之衰曰: "吾輩今日, 爲無君之人。無父無君, 何以爲生。"

時有以儒名者, 倡不服之論, 引"寇讎何服"之說。公聞之曰: "余嘗謂書不可不讀, 而往往詖淫之說、鄙悖之行, 出於所謂讀書者, 聽者疑其過。直今鳥獸不如者, 果非他人也。天下萬古, 寧有無君之民。以是君謂非吾君而不服, 則其人必別有其君, 而將服其君之服。如此者非吾徒也。"

己未春, 八域人民, 大會國葬, 聞海西巴里, 有萬國平和之會, 謂有復國之機, 遂建獨立之旗。大呼萬歲, 一日之內, 擧國同聲。爲士流者, 因此而投書巴里, 明大義於天下, 坐此而囚係日獄者萬億計。

公被囚於晉陽獄中, 伉義正直, 無少撓屈。獄中作七絶詩, 有曰: "雨落風凄夜正闌, 眼前無地可尋韓。", 又有曰: "上天悔禍知何日, 家國蒼茫泣舊臣。", 又有曰: "可笑當年討捕使, 如何併坐綠林生。" 其言皆忠義所感, 而使人一讀而三歎也。

自出鬼關, 神彩榮衛, 無損平昔, 人以謂學問之力也。不幸, 於是年十一月八日, 病卒, 得年六十六。明月庚寅, 葬晉治西紫梅山之坤原。

其先晉陽人。自初祖司直諱珍, 歷司直保、贈紫金魚袋直漪、重大匡晉川府院君 楫【號松軒】、重大匡晉山府院君允源【號苦軒】、典兵判書自宗【號木翁】, 是皆勝國時明公鉅卿。本朝, 自大司諫潔, 世赫簪纓。至執義潪【號台溪】, 文章風節, 爲世所推, 是十世祖也。曾祖始明, 武營將。祖漢祖, 武科。母貞夫人, 文化 柳炳斗女。妻淑夫人, 驪州 李鍾夏女。二男: 弘逵、祥逵出。女趙顯瑢。弘逵男鍾圖。

嗚呼, 公容貌端明、才器淸朗、志氣剛直。載笑載言, 令人可樂而畏慕焉。生忠孝之家、承家傳之範、服賢師之訓。事父母以孝、敎子孫以法、敦宗族以睦、接朋友以和。處鄕隣以正、御僮僕以寬。見人有善, 惟恐不稱; 見人不是, 不少假借。人有憂樂, 若己有之。謹愼周詳, 無一事之踈脫,此其平生疏節也。

極志軆之養, 而有事則皆告, 無敢自行。平居未嘗暫離親側。親有疾, 未嘗解帶交睫, 侍湯不令人代。或有事自外還, 則所經耳目, 雖沒緊要至微細, 皆備告親前, 亹亹不自已。欲其銷却閒寂而慰悅親心, 此其事親之孝也。

祖先忌日, 必致如在之誠, 凡係爲先之事, 至誠去做。直台溪墓下, 建祭閣, 倡設儒契, 重刊遺文。東燹之餘, 家室棲遑, 以先公之志, 建築於餘沙, 移奉台溪之廟祏。玉峯重建慶流齋, 爲元正、苦軒兩世墳庵。此其奉先之誠也。

夫婦居室, 言辭必相敬待, 如尊賓曰:“夫婦敵軆。一敬一慢, 非造端之道也。”平居, 昧爽必起坐曰:“人生於寅, 可早起而受生氣。一日之事, 自朝始, 不可晏起昏怠。”子孫有着華美之服, 必切責曰:“由奢入儉難。不稱其服, 身之災也。”又嘗曰:“富與貴, 人所大欲, 逆理而得之, 未有能保有者。只得見利而思義, 可也。”又嘗曰:“人家宗族, 自祖先視之, 均是子孫, 當以祖先之心爲心。”此其居家之節度也。

當宗社已覆, 抱未死之恨、守東岡之節。及連署海外, 竟被燕獄之禍, 而抗直守正, 明吾大義。此其愛國忠也。

身雖編於靺韓之籍, 而文學爲土炭之嗜。又從一時名碩, 交遊講劘, 有所得於文字之妙, 而其文多典雅可讀。又長於筆法, 大王以下, 各家法帖, 九格三軆, 無不脫, 眞得其正於隴雲之遺墨。十襲爲家、鐵葉爲門, 聲名傾一世, 求者如市, 日不暇給。凡名樓巨榭之額、金石鍾鼎之銘, 手澤殆遍焉, 當世揮觚之士, 皆自以謂“放敎獨步”。此其文藝筆翰, 拔出等夷也。

孤弘逵, 以余爲父友之年老者, 奉其遺文, 且謁狀行之文, 余唯。吾與子, 始相見於洲門之葬, 從事於禮儀之席, 而至今思之, 依然如昨日。事有書相往, 每道其不相忘之意, 而吾與子皆老白首, 世變又滄桑矣。同志諸公, 次第零落, 今又爲君, 作狀德文。拊念人世, 寧不悲哉。謹受而梳洗其文, 最其狀而序次如右。細行之可述者, 有非耄言之所可周, 後之人按本狀而可知也。

崇禎五甲子, 梅斷節, 仁州 張錫英述。

❖ 원문출전

河龍濟,『約軒集』卷8 附錄, 張錫英 撰,「折衝將軍行格浦鎭水軍僉節制使晉山河公行狀」(경상대학교 문천각 古(미지) D3B 하66ㅇ)

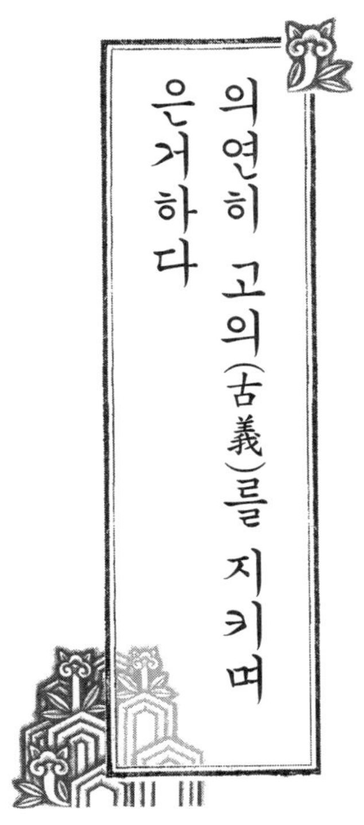

의연히 고의(古義)를 지키며 은거하다

조호래(趙鎬來) : 1854-1920. 자는 태긍(泰兢), 호는 하봉(霞峯)·연재(連齋), 본관은 함안(咸安)이다. 현 경상남도 산청군 단성면 소남리 소남 마을에서 태어났다. 1869년 족조(族祖) 조용택(趙鏞宅)을 따라 한양에 가서 허전(許傳)에게 집지(執贄)하였다. 당시 허전을 만나기 위해 한양에 있던 박치복(朴致馥)에게도 학문을 질정하였다. 1877년 현 경상남도 산청군 단성면 남사리 남사 마을에서 이진상(李震相)을 만나 가르침을 받았다. 1882년 임오군란으로 인해 벼슬길을 단념하고 조원순(曺垣淳)과 함께 조식(曺植)의 문묘종사를 청하였다. 1885년 오산(梧山)의 호곡산방(壺谷山房)으로 이거하여 학칙을 만들어 후학들을 교육하였다. 1893년 뇌룡정(雷龍亭)에서 『남명집』 교정과 중간에 참여하였다. 1914년 진주의 연산(硯山)에 도통사(道統祠 : 현 경상남도 진주시 내동면 유수리 소재)를 창건하여 공자·주자·안향(安珦)의 영정을 봉안하고 유학의 부흥을 꾀하였다. 교유인물로 이상규(李祥奎)·조원순(曺垣淳)·조긍섭(曺兢燮)·이도묵(李道默)·문정욱(文正郁) 등 수많은 강우유림(江右儒林)이 있다.
저술로 8권 4책의 『하봉집』이 있다.

하봉(霞峯) 조호래(趙鎬來)의 묘갈명

조긍섭(曺兢燮)[1] 지음

경상우도의 두류산(頭流山)과 황매산(黃梅山)[2] 사이에 5, 60년간 문풍이 지극히 성대하여 노성한 덕을 갖추고 학식 높은 선비들이 장대하게 이어졌다. 내가 눈으로 보고 귀로 들은 분들로는, 대개 삼가(三嘉)에는 박만성(朴晩醒)[3]·박매옥(朴梅屋)[4]·허후산(許后山)[5]·정노백헌(鄭老栢軒)[6]이 있고, 단성(丹城)에는 김단계(金端磎)[7]·최계남(崔溪南)[8]·박학산(朴鶴山)[9]·곽면우(郭俛宇)[10]·김물천(金勿川)[11]이 있으며, 진주(晉州)에는 조월

---

1 조긍섭(曺兢燮) : 1873-1933. 자는 중근(仲謹), 호는 심재(深齋)·암서(巖棲), 본관은 창녕(昌寧)이다. 저술로 37권 17책의 『암서집』이 있다.

2 황매산(黃梅山) : 경상남도 합천군 대병면과 가회면 및 산청군 차황면에 걸쳐 있는 산이다.

3 박만성(朴晩醒) : 박치복(朴致馥, 1824-1894)이다. 자는 훈경(薰卿), 호는 만성, 본관은 밀양이다. 본래 함안 사람인데 중년 이후 합천 삼가에서 살았다.

4 박매옥(朴梅屋) : 박치회(朴致晦)이다. 호는 매옥이며, 박치복의 아우이다.

5 허후산(許后山) : 허유(許愈, 1833-1904)이다. 자는 퇴이(退而), 호는 후산·남려(南黎), 본관은 김해(金海)이다. 현 경상남도 합천군 가회면 오도리(吾道里)에서 태어났다. 저술로 21권 10책의 『후산집』이 있다.

6 정노백헌(鄭老栢軒) : 정재규(鄭載圭, 1843-1911)이다. 자는 영오(英五)·후윤(厚允), 호는 노백헌·애산(艾山), 본관은 초계(草溪)이며. 현 경상남도 합천군 쌍백면 육리 묵동에 거주하였다. 저술로 49권 25책의 『노백헌집』이 있다.

7 김단계(金端磎) : 김인섭(金麟燮, 1827-1903)이다. 자는 성부(聖夫), 호는 단계, 본관은 상산(商山)이다. 현 경상남도 산청군 신등면 단계리(丹溪里)에 거주하였다. 저술로 18권 10책의 『단계집』이 있다.

8 최계남(崔溪南) : 최숙민(崔琡民, 1837-1905)이다. 자는 원칙(元則), 호는 계남, 본관은 전주이다. 현 경상남도 하동군 옥종면에 거주하였다. 저술로 30권 10책의 『계남집』이 있다.

고(趙月皐)[12]·강두산(姜斗山)[13]·이남천(李南川)[14]·이월연(李月淵)[15]·조복암(曺復庵)[16]이 있는데 모두 사문에서 이름난 사람들이다. 이 여러 군자들은 대체로 허성재(許性齋),[17] 기노사(奇蘆沙),[18] 이한주(李寒洲)[19]를 스

9 박학산(朴鶴山) : 박상태(朴尙台, 1838-1900)이다. 자는 광원(光遠), 호는 학산, 본관은 밀양이다. 현 경상남도 산청군 신등면 단계리에서 태어났다. 저술로 6권 3책의 『학산집』이 있다.

10 곽면우(郭俛宇) : 곽종석(郭鍾錫, 1846-1919)이다. 자는 명원(鳴遠), 호는 면우, 본관은 현풍이다. 현 경상남도 산청군 단성(丹城) 출신이다. 저술로 177권 63책의 『면우집』이 있다.

11 김물천(金勿川) : 김진호(金鎭祜, 1845-1908)이다. 자는 치수(致受), 호는 물천, 본관은 상산이다. 현 경상남도 산청군 신등면 평지리 법물 마을에서 태어나 그곳에 거주하였다. 저술로 16권 9책의 『물천집』이 있다.

12 조월고(趙月皐) : 조성가(趙性家, 1824-1904)이다. 자는 직교(直敎), 호는 월고, 본관은 함안이다. 현 경상남도 하동군 옥종면 회신리(檜新里)에서 태어났다. 저술로 20권 10책의 『월고집』이 있다.

13 강두산(姜斗山) : 강병주(姜柄周, 1839-1909)이다. 자는 학수(學叟), 호는 옥촌(玉村)·두산이며, 본관은 진주이다. 현 경상남도 사천시 곤명면 은사리 옥동 마을에서 태어났다. 저술로 7권 2책의 『두산집』이 있다.

14 이남천(李南川) : 이도묵(李道默, 1843-1916)이다. 자는 치유(致維), 호는 남천, 본관은 성주(星州)이다. 현 경상남도 산청군 단성면 남사리 남사 마을에 거주하였다. 저술로 8권 4책의 『남천집』이 있다.

15 이월연(李月淵) : 이도추(李道樞, 1848-1922)이다. 자는 경유(敬維), 호는 월연이다. 이도묵의 아우이다. 현 경상남도 산청군 단성면 남사리 남사 마을에 거주하였다. 저술로 9권 5책의 『월연집』이 있다.

16 조복암(曺復庵) : 조원순(曺垣淳, 1850-1903)이다. 자는 형칠(衡七), 호는 복암, 본관은 창녕이다. 현 경상남도 산청군 시천면 덕산에 거주하였다. 저술로 7권 3책의 『복암집』이 있다.

17 허성재(許性齋) : 허전(許傳, 1797-1886)이다. 자는 이로(而老), 호는 성재, 시호는 문헌(文憲), 본관은 양천(陽川)이며, 경기도 포천 출신이다. 1835년 문과에 급제한 뒤 우부승지, 병조 참의 등을 역임하였고, 숭록대부(崇祿大夫)에 가자되었다. 저술로 45권 23책의 『성재집』 등이 있다

18 기노사(奇蘆沙) : 기정진(奇正鎭, 1798-1879)이다. 자는 대중(大中), 호는 노사, 시호는 문간(文簡)이다. 본관은 행주(幸州)이고, 현 전라북도 순창군 출신이다. 저술로 30권 17책의 『노사집』이 있다.

19 이한주(李寒洲) : 이진상(李震相, 1818-1886)이다. 자는 여뢰(汝雷), 호는 한주, 본관은

승으로 섬겼는데, 학문의 연원을 논하면 혹 같지 않고, 학문의 조예 또한 각각 다르다. 그러나 같은 시기에 함께 태어나 서로 교유하며 절차탁마한 것은 수백 년 동안 없었던 일이다.

하봉 처사(霞峯處士) 조공(趙公)은 진주의 명망 있는 사인(士人)이다. 여러 공들 가운데 나이가 가장 적었지만 그들 사이에서 빼어난 재주를 유감없이 발휘하였다. 여러 공들도 공을 위해 위아래에서 끌어주고 밀어주었는데 의리에 대해서는 양보하는 바가 없었으니, 어찌 그리 훌륭한가.

20년 사이에 여러 공들이 차례로 세상을 떠나고, 공만 남아 있어서 우뚝하게 한 지역 문단의 맹주가 되었다. 공이 세상을 떠난 뒤로는 옛날의 노성한 덕을 갖추고 학식이 높은 선비들 중 살아 계신 분이 없어서, 풍류와 기개는 당시와 같기를 구할지라도 얻을 수 없었다. 그러니 한 시절의 부침하는 운수가 사람들로 하여금 깊이 감개(感慨)하게 한다.

공은 어려서부터 재능과 기개를 자부하여 과거공부를 하였다. 얼마 뒤 과거공부는 할 것이 못되는 것을 알고서 본원을 가까이 하는 학문을 돌이켜 궁구하였다. 이에 앞서 공의 부친은 아들 7형제를 두었는데, 학사 하나를 지어 "연재(連齋)"라 명명하고서 자식들로 하여금 그곳에서 학업을 익히게 하였다. 공이 이곳의 접장이 되어[20] 형제들을 위해 기강을 단속하고 진작시키며 절차탁마하였다. 그 당시의 의기(意氣)는 힘써 고인의 경지에 오르는 것도 어려움이 없을 듯하였다.

성장한 뒤 사회로 나와서는 사대부들을 종유하여 사우들 사이에 낄 수 있었는데, 앞서 말한 여러 군자 중 박만성(朴晩醒)과 곽면우(郭俛宇)에

성산(星山)이다. 경상북도 성주 출신이다. 숙부 이원조(李源祚)에게 수학하였으며, 1849년 사마시에 합격하였다. 저술로 45권 22책의 『한주집』 및 『이학종요(理學綜要)』 등이 있다.

20 접장이 되어 : 조호래는 조영래(趙瓔來) · 조철래(趙喆來) · 조정래(趙政來) · 조경래(趙慶來) · 조상래(趙相來) · 조성래(趙成來) 7형제 중 맏이였기 때문에 그렇게 표현한 것이다.

게 더욱 경도되었다. 얼마 뒤 또 그들로 인해 허성재·이한주 두 선생을 알현하였는데 본받고 흠모함이 더욱 깊었다.

그러나 온축하여 자신의 식견이 되고 펼쳐서 문장이 된 것으로는 대개 서책에서 자득한 것이 많았다. 책에 대해서는 어느 것인들 읽기를 즐기지 않는 것이 없었는데, 일찍이 깊이 이해하고 정밀히 판별하기를 구하지 않았지만 그 깊고 넓은 식견은 절로 한정할 수 없는 점이 있었다.

공은 평소 노래하고 시 짓기를 좋아하였는데 자못 흥취를 얻으면 그 뒤에는 다시 마음을 거기에 쏟지 않았다. 우연히 남들과 수창할 적에는 단지 그 시정(詩情)을 드러낼 따름이었다. 글을 지을 적에도 수식을 일삼지 않고 생각을 따라 써내려갔다. 만년에는 폐백을 가지고 집에 찾아와 글을 청하는 자들이 많이 있었는데 전거를 유추하고 근본을 살펴 글을 지어 주었다. 그러므로 공은 마음속에 온축된 것을 더욱 펼칠 수 없었다. 시정이 고조되어 흥취가 일어났을 때 지은 것들은 유장하게 고시의 품격이 있었다.

공은 효성과 우애에 돈독하였다. 10세 때 부친이 과거를 보러 한양에 가서 집에 계시지 않았다. 그런데 조부께서 병에 걸리자, 공은 어른처럼 조부를 구완하였다. 부친이 엄격하고 화를 잘 냈지만, 공은 종신토록 온화한 기색과 기미를 보아 간하는 것으로써 부친의 마음을 기쁘게 하지 않은 적이 없었다. 모친께서 수개월 동안 종기를 앓았다. 공은 모친을 보살피면서 지극히 사소하고 귀찮은 일까지도 반드시 몸소 행하며 집안 사람들이 대신하게 하지 않았는데, 당시 공 또한 노쇠한 상황이었다.

공은 두 번의 상을 치르면서 예제를 따라 게을리하지 않았고, 제사 또한 그렇게 하였다. 동생들이 혹 가르침을 따르지 않아 잘못이 있으면 문득 엄하게 꾸짖으면서도 은애로 다독거렸다.

둘째 하주공(荷洲公)[21]은 유자(儒者)들 사이에 명성이 있었는데 고질병에 걸렸다. 공은 그를 위해 재산을 기울여 치료하였다. 동생이 세상을 떠난 뒤에는 제수(弟嫂)와 조카들을 보살피고 구휼하며, 가산을 더해 주었기 때문에 집안 살림이 넉넉하지 못했다. 중년에는 더욱 영락하였는데, 어버이를 섬기고 자식을 기르며 빈객을 영접하고 전송하는 일이 많아 종종 생계를 이어갈 길이 없었지만, 공은 태연하게 대처하며 근심하는 기색을 드러내지 않았다.

공은 자애롭고 선량하고 너그러우며, 마음속에는 기교를 부릴 생각이 전혀 없었다. 남들과 교제할 적에는 거리를 두지 않고, 담소를 나눌 적에는 진솔하여 가까이서 허물없이 지낼 듯하니, 사람들은 혹 공이 지키는 바가 무엇인지 의아해하였다. 세태가 변한 뒤로 공은 은거하여 자정(自靖)하면서 의연하게 옛날의 대의를 지키며 조금도 흔들리지 않았다. 초야에 묻힌 채 방황하며 귀의할 데가 없던 나이든 유생들 중에 공을 중망하여 의지하는 자가 많았다. 그러나 공은 마침내 병에 걸려 세상을 떠났다.

공의 휘는 호래(鎬來), 자는 태긍(泰兢)이며, 본관은 함안(咸安)이다. 정절공(貞節公) 조려(趙旅)[22]와 충의공(忠毅公) 조종도(趙宗道)[23]는 우리 단종(端宗)과 선조(宣祖) 때 생사(生死)의 큰 절개[24]를 세우신 분이다. 증조부의

21 하주공(荷洲公) : 조영래(趙瓔來, 1859-1904)이다. 자는 태현(泰見), 호는 하주, 본관은 함안이다. 현 경상남도 산청군 단성면 소남리 소남 마을에 거주하였다.

22 조려(趙旅) : 1420-1489. 자는 주옹(主翁), 호는 어계(漁溪), 시호는 정절(貞節), 본관은 함안이다.

23 조종도(趙宗道) : 1537-1597. 자는 백유(伯由), 호는 대소헌(大笑軒), 시호는 충의공, 본관은 함안이다.

24 생사(生死)의 큰 절개 : 단종이 세조에게 선위(禪位)하자 조려가 성균관에 있다가 함안으로 돌아와 서산(西山) 아래에 살며 단종을 위해 수절하여 생육신으로 일컬어지는 것과 조종도가 임진왜란 때 함양(咸陽)의 황석산성(黃石山城)에서 왜적을 물리치다 순국한 것을 가리킨다.

휘는 진효(進孝), 조부의 휘는 용간(鏞簡), 부친의 휘는 덕제(德濟)이다. 모친은 재령 이씨(載寧李氏) 이수모(李秀模)의 딸과 반남 박씨(潘南朴氏) 박희동(朴羲東)의 딸인데, 공은 박씨 소생이다. 철종(哲宗) 갑인년(1854) 정월 16일에 태어나 경신년(1920) 11월 13일 향년 67세로 세상을 떠났다. 그해 12월 모일 관전(官田) 해좌(亥坐) 언덕에 장사지냈다. 부인 전주 최씨(全州崔氏)는 사인 최명진(崔鳴鎭)의 딸이다. 자식이 없어서 공의 다섯째 아우 상래(相來)의 아들 현숙(顯琡)을 후사로 삼았다. 공이 세상을 떠난 몇 개월 뒤에 현숙 또한 생을 마쳤다. 그는 아들 넷을 두었는데, 장남은 재형(在亨)이고 나머지는 어리다.

상래 군이 집안사람 현규(顯珪)가 지은 행장을 가지고 나에게 묘갈명을 청하였다. 내가 이미 공의 유집을 교감하였기 때문에 감히 할 수 없다고 사양했는데, 상래 군이 세 번 네 번 청하기를 그치지 않았다. 이에 그를 위해 행장을 살펴서 요약하고 아울러 내가 본 바를 위와 같이 적어 둔다. 그러나 행장의 글이 상세하고 법도가 있어서 전할 만하니, 후대에 공을 알고자 하는 자는 그 글에서 살펴보는 것이 좋겠다.

명은 다음과 같다.

조씨 집안 두 현인 암울한 시대를 만났으나	趙有二賢值時閼
정절공 지조 맑게 하고 충의공 충절 불태웠네	貞節以淸忠毅烈
공은 조상의 미덕을 이어받아 스스로 감발하여	公受餘光能自發
처음엔 과거에 힘썼으나 끝내 산림으로 돌아 왔네	始勵行文終歸潔
선조와 견주어도 다른 행보 없었으니	考前人値無異轍
나의 명은 아첨이 아니라 밝게 드러낸 것이라네	我銘匪諛以昭揭

霞峯 趙公 墓碣銘

曺兢燮 撰

嶺之右頭流、黃梅之間, 五六十年以來, 文風綦盛, 老德宿儒, 磊落相望。余以耳目所睹記, 蓋三嘉有朴晩醒·梅屋、許后山、鄭老柏; 丹城有金端磎、崔溪南、朴鶴山、郭俛宇、金勿川; 晉州有趙月皐、姜斗山、李南川·月淵、曺復庵, 皆斯文之選。而諸君子多師性齋 許氏、蘆沙 奇氏、寒洲 李氏, 論議源流或不同, 所造深淺亦各異。而幷時偕作, 交光接響, 數百年所未有也。

霞峯處士 趙公 晉之望也。在諸公中, 年屬最後, 而翺翔馳驟於其間。諸公亦爲之推挽上下, 義無所相讓, 何其偉也。二十年之中, 諸公者次第喪逝, 獨公尙存, 巍然主一方文字之盟。及公之卒, 而昔之老宿無復在者, 風流氣槪, 求如當日之髣髴而不可得。則一時運會之升沈, 足令人有至感矣。

公少負材氣, 頗治功令業。旣而, 知其不足爲, 而反求近本之學。先是, 大人公有七男子, 作一學舍, 名之曰"連齋", 俾諸子治業。公於是長矣, 爲之總紀而振督之, 淬濯磨礪。意若力追古人無難者。旣出而從士大夫遊, 得編師友, 向所稱諸君子, 而於晩醒、俛宇, 尤傾嚮之。已又因以謁許、李二先生, 觀慕益深。

然至蓄爲記識、抒爲辭采, 則蓋其自得於簡冊者爲多。於書, 無所不喜讀, 未嘗求甚解精鬪, 而其深博亦自有不可涯涘者。雅好爲歌詩, 頗得其趣, 後更不甚留意。遇有酬應, 第輸寫其情思而已。爲文, 亦不事雕刻, 隨意以行之。晩歲, 多有造門陳幣以請者, 類據按本而塞白。故尤不能攄發其所存。至其出於情致興會者, 則渢渢然有古聲也。

公篤於孝友。十歲先公有所適。而王父病, 能扶救如成人。先公嚴峻善怒, 而終身未嘗不以愉色幾諫得其悅。母夫人患瘇數月。凡所調護至微褻者, 必躬爲之, 不以家人代, 時公亦老矣。及持二喪, 率禮不懈, 其於祭祀亦然。諸弟或不率教, 至有過, 輒威督而恩撫之。二弟荷洲公, 有儒聞而値貞疾。爲之傾貲醫治。及不起, 則存恤其孀孤, 有加家, 故不瞻。中歲尤濩落, 事育迎送紛若, 往往無以爲計, 而處之若固然, 不見其有戚戚相者。

公子諒坦易, 心貌間絶無機械想。與人交不設畦畛, 言笑任眞, 若可狎而玩之, 人或疑公所守何如也。自世變以來, 屛居自靖, 毅然持古義不少撓。山澤間遺老之旁皇無所適者, 多倚公以爲重。而公遂病且沒矣。

公諱鎬來, 字泰兢, 其先咸安人。至貞節公 旅、忠毅公 宗道, 當我端宗、宣祖時, 有生死大節。曾祖諱進孝, 祖諱鏞簡, 考諱德濟。妣載寧 李氏 秀模女、潘南 朴氏 羲東女, 公朴氏出也。以哲宗甲寅正月十六日生, 年六十七以卒, 庚申十一月十三日也。以其年十二月某日, 葬于官田負亥之原。配全州 崔氏 士人鳴鎭女。無育, 取弟相來男顯琡爲嗣。公沒數月亦殂。生四男, 長在亨, 餘幼。

相來君以其宗君顯珪所爲狀, 求余銘。余業序公遺集, 辭謝不敢, 而君四三反不置。乃爲之按其狀而最之, 并附余所見如右。然狀文詳悉有法, 自可以傳, 後之求公者, 其於是可也。

銘曰 : "趙有二賢値時閼, 貞節以淸忠毅烈。公受餘光能自發, 始勵行文終歸潔。考前人値無異轍, 我銘匪諛以昭揭。"

❖ **원문출전**

曺兢燮, 『深齋文集』 卷26 墓碣銘, 「霞峯趙公墓碣銘」(국립중앙도서관 청구기호 KDCP 3648)

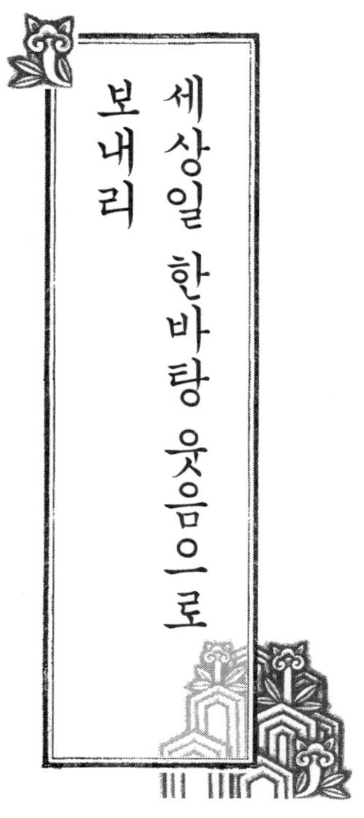

세상일 한바탕 웃음으로 보내리

이택환(李宅煥) : 1854-1924. 자는 형락(亨洛), 호는 회산(晦山), 본관은 성주(星州)이다. 현 경상남도 산청군 신안면에서 태어났다. 이조(李晁)의 후손이고, 최익현(崔益鉉)에게 수학하였다. 1882년 문과에 급제하여 사헌부 지평, 성균관 직강, 사간원 좌정언 등을 지냈다. 1905년 을사늑약이 체결되자 낙향하였다. 기우만(奇宇萬)·정재규(鄭載圭)·조성가(趙性家)·최숙민(崔琡民) 등과 교유하였으며, 정은교(鄭誾教)·조찬규(趙纘奎) 등과 함월정(涵月亭)에서 '무릉팔선(武陵八仙)'을 만들어 어울리기도 하였다. 저술로 5권 2책의 『회산집』이 있다.

회산(晦山) 이택환(李宅煥)의 애사

이도복(李道復)[1] 지음

공의 휘는 택환(宅煥), 자는 형락(亨洛), 호는 회산(晦山)이고, 선조(宣祖) 때의 유현(儒賢)인 동곡 선생(桐谷先生)[2]의 11세손이다. 절제사 휘 관국(觀國)이 공의 8세조인데, 이분에 이르러 내가 속한 파와 분파(分派)가 되었다.[3] 공은 철종(哲宗) 갑인년(1854) 동짓날에 단성(丹城) 송계리(松溪里)[4]에서 태어났다.

자질은 아름답고 성품은 따뜻했으며, 기상은 온화하고 체모는 위중했으며, 재주는 민첩하고 배우기를 좋아하였다. 겨우 약관 무렵에 글솜씨가 노성하여 문예를 일찍이 성취하니, 동년배들이 외우(畏友)로 대우하였다.

28세 때 한양으로 가서 유학하였는데, 판서 김병운(金炳雲)이 공을 한 번 보고는 조정의 대신이 될 그릇임을 알아보고서 과거시험에 응시하게 하였다. 이듬해(1882년) 봄 사부(詞賦)로 증광별시에 급제하여 높은 등수로 뽑혔으니, 학사 정우묵(鄭佑默)[5]과 동방이었다. 주상이 중화전(中和

---

1 이도복(李道復) : 1862-1938. 자는 양래(陽來), 호는 후산(厚山), 본관은 성주(星州)이다. 현 경상남도 산청군 단성면에 거주하였다. 저술로 20권 10책의 『후산집』이 있다.

2 동곡 선생(桐谷先生) : 이조(李晁, 1530-1580)이다. 자는 경승(景升), 호는 동곡, 본관은 성주이며, 현 경상남도 산청에 거주하였다. 조식에게 수학하였고, 오건·최영경·김우옹·하항 등과 교유하였다. 1567년 문과에 급제한 뒤 성균관 학정, 사헌부 감찰 등을 지냈다. 저술로 1권 1책의 『동곡실기』가 있다.

3 내가……되었다 : 이도복은 이조(李晁)의 손자인 이견(李堅)의 둘째 아들 이번국(李藩國)의 6세손이고, 이택환은 이견의 셋째 아들인 이관국의 7세손이다.

4 송계리(松溪里) : 현 경상남도 산청군 생비량면 가계리 송계 마을이다.

5 정우묵(鄭佑默) : 1848-? 자는 천필(天必)이고, 본관은 전주(全州)이다. 1882년 문과에

殿)[6]에서 소대(召對) 할 적에 잠·명 등의 글을 짓게 하였는데, 공은 주상의 칭찬을 크게 받았다. 주상이 특별히 어사주를 내리고 곧장 승문원 부정자에 제수하였다.

마침 외척들이 정권을 마음대로 휘두르고, 조정의 기강이 해이해진 때를 당하여 군졸들이 변란을 일으켜[7] 전후 10년 동안 화의의 논의가 점점 견고해지고, 선왕의 법복이 오랑캐의 복장으로 바뀌었다. 공은 세상에서 할 수 있는 일이 없다는 것을 알고는 '출사하는 것은 어려워해도 물러나는 것은 쉽게 생각하는'[8] 절개를 확고하게 지켰다.

산림에서 유유자적하며 날마다 성현의 글을 강론하였다. 기송사(奇松沙)[9]·정애산(鄭艾山)[10]·조월고(趙月皐)[11]·최계남(崔溪南)[12] 등 제현을 두

급제하였다. 사간원 정언을 거쳐 진주 군수, 궁내부 특진관 등을 지냈다.

6 중화전(中和殿) : 덕수궁 안에 있는 전각으로, 조회를 받던 정전이다. 인조 즉위년에는 즉조당(卽祚堂)이라고 불렀고, 1897년 고종이 정전으로 사용하였기에 태극전(太極殿), 중화전(中和殿)으로 불리기도 하였으나, 1902년 중화전이 중건되면서 즉조당으로 명칭을 바꿨다.

7 군졸들이……일으켜 : 임오군란(壬午軍亂)을 가리킨다. 1882년 8월에 강화도조약 체결 이후 일본의 후원으로 조직한 신식군대인 별기군과 차별 대우, 봉급미 연체와 불량미 지급에 대한 불만 및 분노로 옛 훈련도감 소속의 구식 군인들이 일으킨 병란 및 항쟁이다.

8 출사하는……생각하는 : 벼슬을 사양하면서 미련 없이 과감하게 물러나는 것을 가리킨다. 『예기』「표기(表記)」에 "임금을 섬길 적에, 나아가기는 어렵게 하고 물러나기는 쉽게 한다면 자리에 질서가 잡힐 것이요, 반면에 나아가기는 쉽게 하고 물러나기는 어렵게 한다면 문란해질 것이다. 따라서 군자는 세 번 읍을 한 다음에야 나아가고 한 번 사양하고는 곧바로 물러남으로써 문란해지는 것을 예방한다.[事君難進而易退, 則位有序, 易進而難退, 則亂也. 故君子三揖而進, 一辭而退, 以遠亂也.]"라는 말이 있다.

9 기송사(奇松沙) : 기우만(奇宇萬, 1846-1916)이다. 자는 회일(會一), 호는 송사, 본관은 행주(幸州)이다. 기정진의 손자이다. 저술로 54권 26책의 『송사집』이 있다.

10 정애산(鄭艾山) : 정재규(鄭載圭, 1843-1911)이다. 자는 영오(英五)·후윤(厚允), 호는 노백헌(老柏軒)·애산, 본관은 초계(草溪)이다. 기정진에게 수학하였다. 위정척사론을 주장하였다. 저술로 49권 25책의 『노백헌집』이 있다.

11 조월고(趙月皐) : 조성가(趙性家, 1824-1904)이다. 자는 직교(直敎), 호는 월고, 본관은 함안이다. 기정진에게 수학하였다. 저술로 20권 10책의 『월고집』이 있다.

12 최계남(崔溪南) : 최숙민(崔琡民, 1837-1905)이다. 자는 원칙(元則), 호는 계남, 본관은

루 방문하여 훈도를 받아서 고인의 위기지학을 들을 수 있었다. 날마다 권순경(權舜卿)[13] · 정응선(鄭應善)[14] · 조경지(趙敬之)[15] · 최영호(崔永浩) 등 제공과 서로 구습을 제거하고 명덕을 밝히며 절차탁마하면서 편안히 일생을 마칠 듯이 하였다.

임진년(1892) 가을 조정에서 특별히 유지를 내려 불렀는데, 공은 억지로 조정에 나아가 사간원 정언에 제수되었다. 이윽고 사헌부 지평으로 옮겼다가 곧 체직되어 시강원 직강(侍講院直講)이 되었다. 명을 받들어 태묘(太廟)의 대축관(大祝官) 대열에 참여하였는데, 총애를 입어 표리(表裏) 한 벌을 하사 받았고, 통훈대부의 품계에 올랐다. 다시 사간원 좌정언에 제수되었으나 궁궐 안의 요사한 무녀[16]가 저주를 하고 정권이 중전에게 돌아간 것을 보고서, 드디어 관직을 그만두고 고향으로 내려가 다시 벼슬하기 전으로 돌아갔다.

면암 선생(勉菴先生)[17]의 문하에서 종유하며 배웠는데, 면암 선생은 공을 영남의 고사(高士)로 대우하였다. 한 차례 을사년(1905) 나라의 변란[18]

전주이다. 최식민(崔植民)의 아우이다. 기정진에게 수학하였다. 저술로 30권 10책의 『계남집』이 있다.

13 권순경(權舜卿) : 권운환(權雲煥, 1853-1918)이다. 자는 순경, 호는 명호(明湖), 본관은 안동이다. 현 경상남도 산청군 신안면에 거주하였다. 정재규(鄭載圭) · 조성가(趙性家) · 최익현 · 이항로(李恒老)에게 수학하였다. 저술로 19권 10책의 『명호집』이 있다.

14 정응선(鄭應善) : 정봉기(鄭鳳基)이다. 자는 응선, 호는 회계(晦溪) · 낭선(浪仙), 본관은 연일(延日)이다.

15 조경지(趙敬之) : 조용연(趙鏞淵, 1856-?)이다. 자는 경지, 본관은 함안(咸安)이다.

16 무녀 : 명성황후가 임오군란으로 충주에 숨어 지낼 때 이씨 성을 가진 무당이 환궁할 날을 예언하여 맞추었다. 명성황후는 환궁하여 그 무당을 불러 많은 상을 내리고 동대문 안 북쪽에 북관왕묘(北關王廟)를 만들어 지내게 하였다. 이에 '참된 신령'이란 뜻으로 '진령군(眞靈君)'에 봉하였다. 진령군은 권력을 휘두르며 무당들에게 숭배를 받았다.

17 면암 선생(勉菴先生) : 최익현(崔益鉉, 1833-1906)이다. 자는 찬겸(贊謙), 호는 면암, 본관은 경주(慶州)이다. 현 경기도 포천 출신이며, 이항로에게 수학하였다. 조선 말기의 애국지사이다. 저술로 48권 24책의 『면암집』이 있다.

을 겪은 이래로 세상에 더욱더 뜻이 없어서 나라를 잃은 대부로 자처하며 무릉(武陵)에 자취를 의탁하였다. 무릉 팔선(武陵八仙)[19] 가운데 자신의 호를 소선(笑仙)이라고 한 것은 대개 세간의 온갖 일을 다만 한 바탕 웃음에 부쳐버리겠다는 뜻을 취한 것이다. 산수를 떠돌아다니면서 술을 즐기고 시를 지으며 회포를 풀었다. 여러 동지들과 남해에 배를 타고 유람할 적에 시를 지어 충무공(忠武公) 이순신(李舜臣)의 혼을 위로하였다. 드디어 강개한 마음으로 세상을 마쳤으니, 실로 갑자년(1924) 4월 모일이었다. 곤산(昆山)의 선영 아래에 장사를 지냈다.[20]

공을 위하여 다음과 같이 뇌문을 짓는다.

훌륭하신 우리 회산공이	猗歟我公
남쪽 고을에 우뚝 태어났네	挺生南服
문단의 거장이 되었고	詞林之宗
재주와 행실 탁월했네	才行之卓
일찍 수문[21]에 들어가서	蚤入脩門
급제하여 초탁[22]되었네	上第超擢
학문이 넉넉하여 벼슬했고	學優而仕
벼슬이 넉넉해도 배웠다네	仕優而學
기미 보고 용감히 물러나	見幾勇退

18 나라의 변란 : 을사늑약을 말한다.

19 무릉 팔선 : 무릉은 시대와 동떨어진 자기들만의 세계를 만든 허구적 공간이고, 무릉 팔선은 1915년 6월에 현 경상남도 하동군 옥종면 월횡리의 함월정(涵月亭)에서 8명으로 결성된 모임을 말한다. 팔선은 노선(老仙) 정은교(鄭誾敎)·소선 이택환·낭선(浪仙) 정봉기(鄭鳳基)·취선(醉仙) 조찬규(趙纘奎)·구선(癯仙) 조용대(趙鏞大)·수선(睡仙) 조진규(趙縉奎)·일선(逸仙) 정준석(鄭俊錫)·소선(少仙) 조용건(趙鏞建)이다.

20 곤산(昆山)의……장사를 지냈다 : 곤산은 현 경상남도 사천시 곤양면을 말한다. 이택환의 묘소는 1985년에 현 경상남도 산청군 신안면의 선영으로 이장하였다.

21 수문(脩門) : 초(楚)나라 도읍인 영(郢)의 성문 이름으로, 보통 도성(都城)의 문을 말한다.

22 초탁 : 벼슬의 품계를 뛰어넘어 발탁하는 것을 말한다.

귀향하여 산천에서 지냈네	歸臥林泉
연잎 옷에 혜초를 두르고	荷衣蕙帶
종신토록 태연히 지냈네	卒歲怡然
명망과 실상 다 융성했고	望實俱隆
지위와 덕 모두 온전했네	位德兼全
다행히 나같이 불초한 자가	幸余無似
한 집안에서 같이 태어났네	生幷一門
공과 함께 학업을 닦았는데	共修學業
어려서부터 배워도 성취한 것 없네	童習白紛
공은 포숙아 같은 벗이라지만	維鮑之友
실은 내게 태산 같은 스승이었네	實泰之師
의심이 있으면 서로 물어보고	有疑相質
터득한 게 있으면 알려 주었네	有得相資
공과 주고받은 여러 통의 편지	長牋短幅
책 상자 속에 가득 차 있네	充滿巾笥
생각건대 내 남은 인생 동안	謂將殘年
공에게 기대 부지하려 했는데	賴以扶持
하늘이 공을 남겨두지 않고	天不憖遺
내게 슬픔을 안겨주는 구나	貽我傷悲
상여의 줄을 잡고 곡을 하니	執紼而哭
눈물만 주룩주룩 흐르도다	有淚漣洏

族姪 晦山 亨洛 哀辭

李道復 撰

公諱宅煥, 字亨洛, 號晦山, 穆陵儒賢桐谷先生十一世孫也。節制使觀國, 寔公之八世祖, 而與余分派於是也。公以哲宗甲寅冬至日, 生于丹城之松溪里。質美而性溫、氣和而體重、才敏而好學。年甫弱冠，詞氣老成，文藝夙就，同列待之以畏友。

年二十八，遊學京師，金尚書 炳雲一見，知爲廊廟之器，使之應擧。明年春，以詞賦中增廣別試，擢置上第，與鄭學士 佑默同榜也。上召對中和殿，命述箴銘等文字，大被睿奬。特賜法醞，卽付承文院副正字。

屬當戚畹用事、朝綱解紐，軍卒作變，首尾十年之間，和議漸篤，先王之法服變於夷矣。公自知不可有爲於世，固守"難進易退"之節。

優遊林泉，日講賢聖之書。歷訪奇松沙、鄭艾山、趙月皐、崔溪南諸賢，擩染薰陶，得聞古人爲己之學。日與權舜卿、鄭應善、趙敬之、崔永浩諸公，刮垢磨光，麗澤相資，恬然若將以終其身。

壬辰秋，朝廷特下敦諭召之，公黽勉赴朝，拜司諫院正言。尋遷司憲府持平，旋遞入爲侍講院直講。承命參太廟大祝官，寵賜表裏一襲，陞通訓階。復拜左正言，見宮內妖巫咀呪，政歸於椒房，遂解官歸鄕，還尋初服。

從學於勉菴先生之門，先生以嶺外高士，待之。一自乙巳國變以後，尤無意於世，自處以亡國之大夫，而託跡於武陵。八仙中笑仙，蓋取世間萬事，但付一笑之意也。放浪形骸於山水之間，酣觴賦詩，以泄其懷。與諸同志舟渡南海，作詩弔忠武公魂。遂慷慨以沒，實甲子四月干支也。葬于昆山先塋下。

爲之誄曰："猗歟我公，挺生南服。詞林之宗，才行之卓。蚤入脩門，上第超擢。學優而仕，仕優而學。見幾勇退，歸臥林泉。荷衣蕙帶，卒歲怡然。望實俱隆，位德兼全。幸余無似，生幷一門。共修學業，童習白紛。維鮑之友，實泰之師。有疑相質，有得相資。長牋短幅，充滿巾笥。謂將殘年，賴以扶持，天不憖遺，貽我傷悲。執紼而哭，有淚漣洏。"

❖ **원문출전**

李道復, 『厚山集』 卷13, 哀辭 「族姪晦山亨洛哀辭」(경상대학교 문천각 古(미지) D3B이225ㅎ)

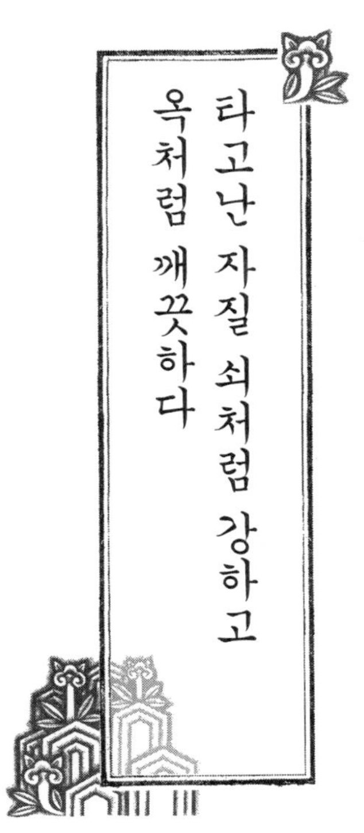

타고난 자질 쇠처럼 강하고 옥처럼 깨끗하다

김기요(金基堯) : 1854-1933. 자는 군필(君弼), 호는 소당(小塘), 본관은 상산(商山)이다. 현 경상남도 산청군 신등면 법물리에서 태어나 평지리에 거주하였다. 고려 때 상산군(商山君)으로 봉해진 김수(金需)가 관향조(貫鄕祖)이고, 고려 말 김후(金後)가 이 마을에 정착한 이후 대대로 법물리에 살게 되었다.

인근의 박치복(朴致馥)·허유(許愈)·곽종석(郭鍾錫) 및 집안의 김인섭(金麟燮)·김진호(金鎭祜) 등과 종유하였다. 옛부터 전해오던 집의 옛터를 내어 이택당(麗澤堂)을 건립할 땅을 마련해 주었고, 이택당에서 박치복 등 이 지역의 학자들과 강학 활동을 하였다. 또 당시 단성향교(丹城鄕校)가 황폐해져 있었는데, 책임을 맡아 3년 만에 향교를 다시 일으켜 세워 문풍을 일신하는 데 크게 기여를 하였다.

저술로 4권 2책의 『소당집』이 있다.

소당(小塘) 김기요(金基堯)의 묘갈명 병서

김상욱(金相頊)[1] 지음

우리 김씨는 본래 신라 왕자의 후손인데, 여러 대를 내려와 휘 수(需)는 고려 때 보윤(甫尹)[2]을 지냈고, 상산군(商山君)에 봉해져 드디어 상산을 관향으로 삼았다. 그 후 시호 정정(貞靖)[3]과 청평(淸平)[4]이 각각 시중(侍中)과 한림학사를 역임하였다. 휘 유화(有和)[5]가 전교시 제학(典敎寺提學)을 지냈는데, 우리 9개파 중 하나이다.

손자 휘 후(後)는 보문제학(寶文提學)을 지냈는데, 덕행과 문장으로 세상에 명성을 떨쳤다. 고려가 망하고 포은(圃隱) 정몽주(鄭夢周)가 살해당하자 만시[6]를 지어 통곡하고는 남쪽 단성(丹城)에 들어가 은둔하였는데, 호가 단구재(丹邱齋)이다. 이분이 휘 장(張)을 낳았는데 좌정언(左正言)을 지냈다. 이분의 막내 아들 휘 정용(貞用)은 승문원 박사(承文院博士)를 지냈고, 이분의 아들 휘 광려(光礪)는 진사이다. 이분의 아들 달생(達生)은 한림학사를 지냈고, 이분의 아들 준(浚)은 진사이다. 형제 8인이 모두

---

1 김상욱(金相頊) : 1857-1936. 자는 인숙(仁叔), 호는 물와, 본관은 상산이다. 저술로 8권 4책의 『물와집』이 있다.

2 보윤(甫尹) : 고려시대 구품 향직 중 팔품의 품계에 해당하는 관직의 하나이다.

3 정정(貞靖) : 김식(金湜)이다. 김수의 손자로 시호가 정정이다.

4 청평(淸平) : 김희일(金希逸)이다. 김식의 아들로 시중을 지냈고 시호는 청평이다.

5 유화(有和) : 제학공파(提學公派)의 파조이다.

6 만시 : 이 시는 『포은집』에는 없고 정종로(鄭宗魯)의 『입재집(立齋集)』 권35 「제주목사 상산 김공 묘갈명(濟州牧使商山金公墓碣銘)」에 수록되어 있는데, "平生性癖似嵇康, 懶弔人喪四十霜. 今日哭公無限痛, 爲扶千古大綱常."이라고 되어 있다.

문학(文學)이 있어서 세상 사람들이 '김씨 팔군자(金氏八君子)'[7]라고 일컬었다.

이분의 아들은 경인(景訒)으로 판관(判官)을 지냈고, 호는 임천(林泉)이다. 이분의 아들 응두(應斗)는 호가 부암(傅巖)이다. 이분의 아들 탕(宕)은 호가 은암(隱菴)이고 숭정처사(崇禎處士)라고 일컬어졌는데, 이분이 공의 7대조이다.

증조부의 휘는 주한(柱漢)이고, 조부의 휘는 이진(履鎭) 호는 매와(梅窩)이며, 부친의 휘는 민(玟)인데, 모두 덕을 숨기고 벼슬하지 않았다. 모친 안동 권씨(安東權氏)는 권호성(權灝成)의 딸이다. 생부의 휘는 우(瑀)인데, 효행이 있었다. 생모 진양 하씨(晉陽河氏)는 하계범(河繼範)의 딸로 철종 갑인년(1854) 윤 7월 4일 대대로 살던 법물리(法勿里) 소당(小唐)의 집에서 공을 낳았다.

공의 휘는 기요(基堯), 자는 군필(君弼), 호는 소당(小塘)이다. 어려서부터 용모가 빼어나고 아름다웠으며, 행동거지가 범상치 않았다. 성품은 차분하고 중후하였고, 장난치며 노는 것을 좋아하지 않았다. 항상 어버이 곁을 떠나지 않았고, 묻는 말에 대답을 조심스럽게 하였으며, 시키는 것이 있으면 감히 잠시도 게을리하지 않았다. 이웃집에 음식이 있으면 종일토록 그 집안으로 들어가지 않았는데, 매와공(梅窩公)이 매우 기특하게 생각하며 장차 가문의 기대가 될 것이라고 여겼다.

공은 8세 때 모친상을 당하였는데, 아침저녁으로 곡을 하며 상식을 올리기를 성인과 같이 하였다. 신사년(1881) 생모상을 당하자, 이전에 모

7 김씨 팔군자(金氏八君子) : 삼족재(三足齋) 김준(金浚), 삼청당(三淸堂) 김징(金澄), 급고재(汲古齋) 김담(金湛), 삼휴당(三休堂) 김렴(金濂), 삼매당(三梅堂) 김하(金瀪), 눌민재(訥敏齋) 김람(金灠), 만각재(晩覺齋) 김숙(金潚), 양한재(養閒齋) 김곤(金滾)이다. 한대기(韓大器)의 『고송집(孤松集)』「김씨팔군자전(金氏八君子傳)」에 이들의 행적이 실려 있다.

친상을 극진하게 하지 못한 것을 한스러워하여 염습(襲殮)과 입관(入棺)하는 모든 절차를 반드시 정성스럽고 신실하게 하여 유감이 없게 하였다.

생부를 섬길 적에 공은 뜻을 받들고 몸을 돌보는 봉양을 극진히 하였고, 출입할 적엔 반드시 말씀드리고 돌아올 때는 기약한 시간을 넘기지 않았다. 여러 달 병을 간호함에 한결같은 마음으로 게을리하지 않았다. 밤낮으로 편안히 거처하지 않으면서 약과 미음은 자신이 직접 달이고, 속옷이나 변기 또한 몸소 씻으며 남에게 맡기지 않았다. 부친상을 당해서는 예제에 지나치도록 슬퍼하였는데, 상을 잘 치르는 것으로써 효자의 아들이 되기에 마땅하다고 일컬어졌다.

매번 부모님의 제삿날이 돌아올 때면 기일 전에 재계(齋戒)하고 소식(素食)하며 친애와 정성을 극진히 하였는데, 심한 병이 아니면 반드시 참석하였고 또한 늙었다는 이유로 게을리하지 않았다. 규문(閨門) 안의 법도는 내외가 엄숙하였으나 은애(恩愛)는 화락하였다. 자질(子姪)들을 가르칠 적에는 자애로우면서 엄격하였는데, 어린아이라도 잘못한 일이 있는 것을 보면 문득 꾸짖어 금하게 하였다. 종족 간에는 반드시 화목을 위주로 하였고, 행실이 고상한 자는 비록 나이가 어리더라도 반드시 공경하였다.

향리에 상을 당해 근심하고 슬퍼하는 사람이 있으면 상민과 천민일지라도 반드시 몸소 조문을 하고 물자로 부조하였다. 선조의 재실을 중건하고 선조의 무덤에 석물을 갖추는 일은 공이 곁에서 도와주지 않음이 없었는데, 시종 게을리하지 않았다.

향교가 쇠퇴하여 유지할 수 없게 되자 마을 사람들은 공을 추대하여 향교의 장으로 삼았다. 공은 정성을 다해 부지런히 종사하여 쓸데없는 비용을 줄이고 검약하기를 힘쓰며 절목을 만들어 조금씩 여분을 남겨, 3년 만에 재용이 넉넉하게 되었고 유풍이 다시 진작되었다. 허 문헌공(許

文憲公)[8]의 장판각을 처음 세우려고 하였을 때, 사람들이 모두 마땅한 땅을 찾기 어려웠는데 공이 자기 옛날 집터를 내주었다.

공은 젊어서 과거공부를 할 적에 재능 있다는 명성이 있었는데, 과거제도가 혼잡함을 보고는 마침내 과거공부를 그만두고 오로지 내면의 심성을 닦는 학문에 힘을 쏟았다. 사서(四書), 『심경』·『근사록』 및 우리나라 현인들의 여러 문집을 골라 심신(心身)·성정(性情)의 가장 절실하고 긴요한 것을 손수 베껴, 잠심하여 완미하고 깊이 궁구하여 마음으로 깨닫고 몸으로 체인하니, 나날이 스스로 터득한 묘리(妙理)가 있었다.

공이 항상 말씀하기를 "배움에 치지(致知)를 귀하게 여기는 것은 장차 그 앎을 행하기 위해서인데, 알면서도 실천하지 않는 것은 모르는 것과 같다. 지금의 학자들은 사장(詞章)의 말단적인 일에 힘을 쏟고 귀로 듣고 입으로 말하는 것만을 일삼는데, 이것은 지식을 과시하고 승리를 쟁취하는 것에 족할 뿐이니, 내 몸과 마음에 무엇이 유익하겠는가."라고 하였다.

당시 박만성(朴晩醒)[9]·허후산(許后山)[10]·곽면우(郭俛宇)[11] 및 집안 어른인 단계(端磎)[12]·물천(勿川)[13] 등 여러 공들은 모두 유림의 사표였는데,

8 허 문헌공(許文憲公) : 허전(許傳, 1797-1886)이다. 자는 이로(而老), 호는 성재, 본관은 양천(陽川)이다. 1835년 문과에 급제하여 여러 관직을 두루 지냈고, 1864년 김해 부사로 부임해 강우지역의 문풍을 진작시켰다. 저술로 45권 23책의 『성재집』 등이 있다.

9 박만성(朴晩醒) : 박치복(朴致馥, 1824-1894)이다. 자는 훈경(薰卿), 본관은 밀양이며, 현 경상남도 합천군 삼가에서 살았다. 류치명(柳致明)·허전(許傳)에게 수학하였다. 저술로 16권 9책의 『만성집』이 있다.

10 허후산(許后山) : 허유(許愈, 1833-1904)이다. 자는 퇴이(退而), 본관은 김해이고, 현 경상남도 합천군 가회면 오도리에서 태어났다. 이진상(李震相)의 문인이다. 저술로 19권 9책의 『후산집』이 있다.

11 곽면우(郭俛宇) : 곽종석(郭鍾錫, 1846-1919)이다. 자는 명원(鳴遠), 본관은 현풍(玄風)이며, 단성(丹城) 출신이다. 이진상의 문하에서 수학하였다. 저술로 177권 63책의 『면우집』이 있다.

12 단계(端磎) : 김인섭(金麟燮, 1827-1903)이다. 자는 성부(聖夫), 호는 단계, 본관은 상산(商山)이다. 류치명·허전에게 수학하였다. 저술로 18권 10책의 『단계집』이 있다.

공은 항상 왕래하며 강론하고 질의하였다. 공이 함께 교유하던 인물은 당시 명성이 높은 사람들이었으나, 돈독히 지조를 지키고 실제로 실천하는 점에서는 모두 공을 추대하여 으뜸으로 여겼다.

계유년(1933) 2월 20일 거처하던 집에서 돌아가셨으니, 향년 80세였다. 다음 달 22일 본리 초천산(初川山) 곤좌(坤坐) 언덕에 장사 지냈는데, 향리에서 조문하러 모인 자들이 수백 인이었다. 초취 부인 진양 정씨(晉陽鄭氏)는 정택수(鄭宅壽)의 딸로 부덕과 아름다운 행실이 있었다. 재취 부인 안동 권씨(安東權氏)는 권기선(權基善)의 딸이다. 공은 1남 3녀를 두었다. 아들은 한종(漢鍾)이고, 딸은 권재옥(權載玉)·양해남(梁海南)·문홍표(文洪杓)에게 시집갔다. 두 딸은 권씨가 낳았다. 한종의 아들은 두영(斗永)이고, 딸은 민무호(閔武鎬)에게 시집갔다. 권재옥의 아들은 주석(疇錫)·인석(寅錫)이다. 양해남의 아들은 동식(東植)이다. 두영의 아들은 어리다.

공은 순수하고 특이한 자질이 있었는데 문학(文學)으로써 성취하였다. 마음가짐은 충신(忠信)과 불기(不欺)를 위주로 하였고 몸가짐은 청신(淸愼)과 과욕(寡欲)을 요점으로 삼아, 눈으로 보고 귀로 듣기 전에는 경계하고 두려워하였으며 깊숙이 혼자 있을 적에도 자신을 돌아보고 성찰하였다. 매일 새벽 일찍 일어나 세수하고 빗질하고서 책상과 궤안을 소제하고 의관을 바르게 하였다. 항상 마음속에는 구사(九思)[14]·구용(九容)[15]

13 물천(勿川) : 김진호(金鎭祜, 1845-1908)이다. 자는 치수(致受), 본관은 상산이다. 박치복·허전·이진상에게 수학하였다. 저술로 16권 9책의 『물천집』이 있다.

14 구사(九思) : 『논어』 「계씨(季氏)」에 나오는 군자의 아홉 가지 생각으로 '볼 때는 밝게 보기를 생각하고, 들을 때는 밝게 듣기를 생각하고, 얼굴빛은 온화하기를 생각하고, 용모는 공손하기를 생각하고, 말할 때는 충실하기를 생각하고, 일할 때는 조심하기를 생각하고, 의심날 때는 묻기를 생각하고, 분노할 때는 어려움을 생각하고, 이득을 보고서는 정의를 생각하라.[視思明, 聽思聰, 色思溫, 貌思恭, 言思忠, 事思敬, 疑思問, 忿思難, 見得思義.]'이다.

15 구용(九容) : 『예기』 「옥조(玉藻)」에 나오는 군자가 수행(修行)하고 처신(處身)함에 있어

을 생각해 게으르고 태만하고 사악하고 편벽된 기운이 몸에 드러나지 않게 하여, 안으로는 일상의 떳떳한 인륜과 밖으로는 수작하고 응대하는 번다한 사물에 대해 정밀하게 생각하고 깊이 궁구하지 않음이 없어서 모두 절도가 있게 하였다.

집안에서는 인애(仁愛)가 가족들에게 넉넉하였고, 향리에서는 신의가 사람들에게 두터웠다. 후생들을 대할 때면 내외와 경중의 구분을 거듭 말하였고, 나아갈 바의 바름을 알게 하여 분발하고 진작시켰다. 이 때문에 법평(法坪) 마을의 젊은이들이 문학과 행실로 그 가업을 대대로 계승하여 사람들이 대부분 그들을 사모하였으니, 또한 공의 심법(心法)은 사후에까지 떨치지 않았다고 말할 수 없을 것이다.

맏아들 한종(漢鍾)이 공이 남긴 글을 수집하여 장차 문집을 만들려고 하면서 바야흐로 묘비를 세우고자 하여 90리 길을 달려 나를 찾아와 비석에 새길 글을 부탁하였다. 삼가 스스로 생각건대, 이 시대에 이런 글을 지을 사람이 있을 것인데 이 늙은이의 보잘것없는 말을 욕되게 구하는 것은 내가 공의 족친(族親)이 되어 공의 알아줌을 받음이 또한 깊고 두텁기 때문일 것이다. 그래서 나는 감히 노쇠하다는 이유로 끝내 사양하지 못하고 삼가 서문을 쓰고서 아래와 같이 명을 짓는다.

하늘이 내린 순수하고 기이한 자질은	天賦粹異
쇠처럼 강하고 옥처럼 깨끗하였네	金剛玉潔
젊어서는 지극한 행실이 있었고	幼有至行

서 마땅히 지켜야 할 아홉 가지 자세로 '걸음걸이의 모양은 무게가 있어야 하고, 손놀림의 모양은 공손해야 하고, 눈의 모양은 단정해야 하고, 입의 모양은 조용해야 하고, 목소리의 모양은 고요해야 하고, 머리 모양은 곧아야 하고, 기상의 모양은 엄숙해야 하고, 서 있는 모양은 덕스러워야 하고, 얼굴빛은 장엄해야 한다.[足容重, 手容恭, 目容端, 口容止, 聲容靜, 頭容直, 氣容肅, 立容德, 色容莊.]'이다.

학술로써 성취한 바가 있었네	濟以學術
공의 행실은 어떠하였나	其行伊何
집안에서 효우하며 친척들과 화목했네	孝友睦恤
공의 학문은 어떠하였나	其學伊何
평이하면서도 절실하였네	平易切實
밤낮으로 독실하게 공부하여	夙夜慥慥
자나깨나 선현을 본받았네	寤寐前哲
존양하는 것 깊고 두터웠으며	持養深厚
내 몸을 지킬 법도가 있었네	有繩有墨
촛불 밝히며 부지런히 경전 읽던 일	炳燭劬經
늙어서도 더욱 독실하게 하였네	老而彌篤
공부가 깊어지고 공력이 오래되자	功深力久
의리는 정밀해지고 인은 무르익었네	義精仁熟
나의 명은 아첨하는 것이 아니라	我銘不諛
무궁한 후세에 보여주는 것이라네	庯示無極
감히 혹 헐뜯는 이 없으리니	無敢或毁
군자가 잠드신 곳이라네	君子攸宅

병자년(1936) 한식절 족친 후생 상욱(相頊)이 삼가 지음.

墓碣銘 幷序

金相頊 撰

我金氏本新羅王子，而屢傳至諱需，高麗甫尹，食采商山，遂以爲貫。其后有謚貞靖、淸平，官侍中、翰林。諱有和典教提學，我九派之一也。有孫諱後寶文提學，以德行文章名於世。麗亡，以詩哭圃隱，南遯于丹城，號丹邱齋。生諱張左正言。其季子諱貞用承文博士, 子諱光礪進士。子諱達生翰林, 子浚進士。昆季八人俱有文學, 世所稱"金氏八君子"也。子景訒判官, 號林泉。子應斗, 號傅巖。子宕, 號隱菴, 以崇禎處士見稱, 寔公七世祖也。

曾祖諱杜漢, 祖諱履鎭, 號梅窩, 考諱玟, 俱隱德不顯。妣安東 權氏, 灝成女。本生考諱瑀, 有孝行。妣晉陽 河氏, 繼範之女, 以我哲廟甲寅閏七月初四日, 生公于法勿里 小唐世第。

公諱基堯, 字君弼, 小塘其號也。自幼儀表秀朗, 動止不凡。性沈重, 不好遊戲。常不離親側, 唯諾必謹, 有所指, 使不敢須臾懈。隣家有飮食, 終日不入其門, 梅窩公甚異之, 將以爲門戶望。

八歲, 遭母夫人憂, 晨昏哭奠如成人。辛巳, 丁本生內艱, 恨前喪之未盡, 凡附附之節, 必誠信無憾。事本生父, 公盡志體之養, 出入必告, 復不過時。累月侍疾, 一心匪懈。晝夜不寧, 藥餌米飮, 身自調煎, 廁牏之屬、屎尿之器, 亦躬滌不委人。及遭大故, 哀毁踰制, 以善居喪, 見稱宜乎爲孝子子也。

每値先忌, 前期齊素, 致愛致慤, 非甚病必參, 亦不以老少懈。處閨門, 外內斬斬, 而恩愛融融。敎子姪, 慈而加嚴, 雖嬰孩見有不是, 輒呵禁之。在宗族, 必以睦爲主, 行高者, 雖少必敬之。

里有死喪憂慼, 雖常賤必躬問, 而以物助之。先齋之重建、先墓之儀衛, 無非公左右之力, 而終始不懈。校宮凋殘不能支, 鄕人推公爲校長。公恪勤從事, 省冗費、務儉約、立節目, 稍存贏餘, 居三年, 財用有裕, 儒風復振。許文憲公藏板, 所始經紀也, 衆皆難其地, 公以自家舊基許之。

公少事功令, 有能聲, 見試法淆雜, 遂廢時文, 專用力於向裏之學。取四子、≪心≫、≪近≫ 書及東賢諸集, 手抄其身心性情之最切要者, 潛玩深究, 心會體認, 日有自得之妙。常曰 : "學以致知爲貴者, 將以行其知也, 知而不行, 與不知同。世之學者, 馳騖於詞章之末、騰倒於口耳之間, 適足以夸耀取勝而已, 於身心, 何益哉。"

時有朴晩醒、許后山、郭俛宇, 及門親端磎、勿川諸公, 皆儒林師表, 公常往來講質。其所與交, 皆一時聞人, 而其操守之篤、踐履之實, 皆推公爲首。

以癸酉二月二十日正終于所居之寢, 享年八十。其翌月二十二日, 葬于本里初川山枕坤之原, 鄕省來會者, 數百人。配晉陽 鄭氏, 宅壽之女, 有婦德懿行。安東 權氏, 基善之女。有一男三女。男漢鍾, 女適權載玉、梁海南、文洪杓。二女權氏出也。漢鍾男斗永, 女適閔武鎬。權男 : 疇錫、寅錫。梁男東植。斗永男幼。

公有粹異之姿, 而濟之以文學。立心以忠信不欺爲主、制行以淸愼寡欲爲要, 戒懼於睹聞之前、省察於幽獨之中。每晨興盥櫛, 掃棐几, 整冠衣。念念在九思、九容, 惰慢邪僻之氣, 不設於身, 內而人倫日用之常、外而事物酬應之繁, 靡不精思深究, 使有節度。

在家而仁愛洽于族、在鄕而信義孚於人。接后生, 申申言內外輕重之分, 使知趨向之正, 奮迅振作。是以, 法坪少年, 以文行世其業, 人多慕之, 抑公之心法, 不可謂不振於身后也。

胤子漢鍾, 蒐集遺文, 將欲鋟之梓, 方擧羨門之役, 跋三舍而謁余, 丐顯刻之文。竊自惟之, 當世有秉斯筆者, 而乃辱徵耄荒之言者, 以其爲族親而受知又深厚也。項不敢以衰朽終辭, 謹序而銘之曰 :

"天賦粹異, 金剛玉潔。幼有至行, 濟以學術。其行伊何, 孝友睦恤。其學伊何, 平易切實。夙夜慥慥, 寤寐前哲。持養深厚, 有繩有墨。炳燭劬經, 老而彌篤。功深力久, 義精仁熟。我銘不諛, 庸示無極。無敢或毁, 君子攸宅。"

丙子寒食節, 族生相項謹撰。

❖ 원문출전

金基堯, 『小塘集』 卷4 附錄, 金相項 撰, 「墓碣銘幷序」(경상대학교 문천각 古(오림) D3B 김19ㅅ)

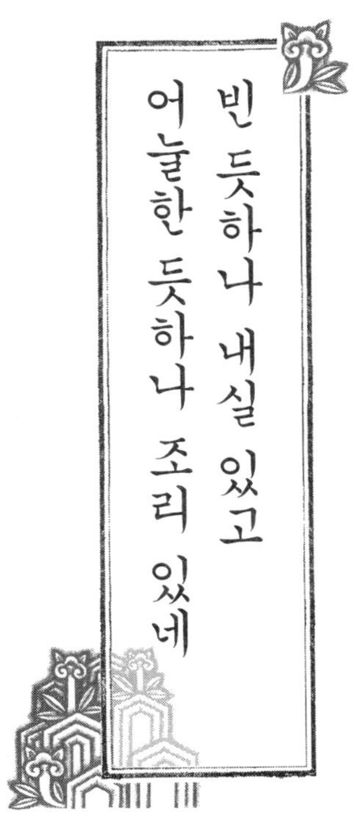

이지영(李之榮) : 1855~1931. 자는 치윤(致允), 호는 눌암(訥菴), 본관은 경주(慶州)이다. 현 경상남도 산청군에 거주하였다. 권재규(權載奎)·권의현(權宜鉉)·이지환(李志煥)·이교우(李敎宇) 등과 교유하였다. 산청군 신안면 신기리에 이제현(李齊賢)의 초상을 모신 도동사(道東祠) 건립을 주도하였다.
저술로 2권 1책의 『눌암집』이 있다.

눌암(訥菴) 이지영(李之榮)의 묘갈명 병서

권도용(權道溶)[1] 지음

단구(丹邱)[2]와 산음(山陰)[3]의 사이에 경주 이씨(慶州李氏)가 터를 잡고 살아온 지 매우 오래 되었는데, 수백 호의 집과 민가가 줄지어 늘어서서 취락을 이루고 있다. 집현산(集賢山)[4] 아래에 덕을 감춘 군자가 있었는데, 이 처사의 휘는 지영(之榮), 자는 치윤(致允)이며, 일찍이 사는 곳에다 '눌암(訥菴)'이라고 써서 자호하였다. 그의 선조는 표암신인(瓢巖神人)[5]으로부터 나왔으며, 익재 선생(益齋先生)[6] 문충공(文忠公)은 훌륭한 공적을 남긴 선조이다.

조선조에 들어와서는 휘 지대(之帶)가 있었는데, 판윤을 지냈다. 고조부의 휘는 중로(仲老), 증조부의 휘는 몽서(夢瑞), 조부의 휘는 혁범(赫範)이다. 부친의 휘는 유두(裕斗)이고, 정선 전씨(旌善全氏) 전은신(全銀信)이 외조부이다.

처사는 예릉(睿陵:哲宗) 을묘년(1855) 9월 7일에 태어났다. 어려서부터

1 권도용(權道溶) : 1877-1963. 자는 호중(浩仲), 호는 추범(秋帆), 본관은 안동이다. 저술로 14책의 『추범문원(秋帆文苑)』이 있다.

2 단구(丹邱) : 현 경상남도 산청군 단성 지역이다.

3 산음(山陰) : 현 경상남도 산청군의 옛 지명이다.

4 집현산(集賢山) : 현 경상남도 진주시 명석면·집현면·미천면과 산청군 신안면·생비량면에 걸쳐 있는 산이다.

5 표암신인(瓢巖神人) : 경주 이씨의 시조 알평(謁平)을 가리키는 말인 듯하다. 현 경상북도 경주시 동천동에 표암이라는 유적이 있는데, 경주 이씨의 시조가 하늘에서 이곳으로 내려왔다는 전설이 있다.

6 익재 선생(益齋先生) : 이제현(李齊賢, 1287-1367)이다. 시호는 문충이다.

단정하고 정성스러웠으며, 조금 자라서는 성인의 풍모가 있었다. 입학한 뒤에는 권면하고 독려하지 않더라도 스스로 과정을 세워 공부하였다. 일찍이 효렴산(孝廉山)[7] 아래 우계서당(愚溪書堂)[8]에 가 배우면서, 친족·사우들과 서로 힘써 강학하였는데, 그의 견해는 때로 동년배들이 미치지 못하는 점이 있었다. 예컨대 송산(松山) 권재규(權載奎),[9] 능재(能齋) 권의현(權宜鉉),[10] 창재(滄齋) 이지환(李志煥),[11] 과재(果齋) 이교우(李敎宇)[12] 등 같은 고을의 여러 군자들과 가장 사이좋게 지내며 시종 우의를 변치 않았다. 송산이 만장에서 말하기를 "난초가 산속에 묻혀 있어도 어찌 향기를 잃겠으며, 옥이 땅속에 묻혀 있어도 저절로 보배로우리."라고 하였으며, 과재의 만장에는 "빈 듯하나 내실 있고, 어눌한 듯하나 조리가 있었네."라는 구절이 있으니, 처사의 잠덕(潛德)을 알 수 있으며, 이는 평소 행실을 한마디 말로써 요약한 것이다.

어버이를 섬기는 일에 있어서는, 살아계실 적에 봉양하는 것과 돌아가셔서 장례를 치르는 것에 반드시 효성스럽고 신중하게 하여 유감이 없었다. 선조를 받들고 손님을 접대하며, 자신을 지키고 자녀를 교육하는 등의 일에 대해서는 모두 본보기가 될 만하였다. 나머지 일들은 이를 미루어 유추할 수 있다.

---

7 효렴산(孝廉山) : 현 경상남도 산청군 차황면에 있는 산이다.

8 우계서당(愚溪書堂) : 현 경상남도 산청군 차황면에 우계당(愚溪堂)이라는 건물이 있다.

9 권재규(權載奎) : 1870-1952. 자는 군오(君五), 호는 송산·이당(而堂)이며 본관은 안동이다. 현 경상남도 산청군 단성면 강루리에서 태어났다. 저술로 46권 23책의 『이당집』이 있다.

10 권의현(權宜鉉) : 1878-? 자는 익삼(益三)이며 본관은 안동이다. 단성(丹城)의 정태(丁台)에 거주했다. 정재규(鄭載圭)의 문인록에 올라 있다.

11 이지환(李志煥) : 1880-? 자는 성언(性彦)이고 본관은 합천(陜川)이다. 단성(丹城)의 청현(靑峴)에 거주했다.

12 이교우(李敎宇) : 1881-1940. 자는 치선(致善), 호는 과재, 본관은 전의이다. 정재규의 문인이며 현 경상남도 산청군 단성에 거주했다. 저술로 28권 14책의 『과재집』이 있다.

중년에는 여러 종족들의 의견을 모아 마을 오른쪽에 도동사(道東祠)[13]를 건립하여 문충공의 초상을 봉안하고, 사림과 함께 채례를 지내서 선조를 높이고 현인을 사모하는 뜻을 드러냈다. 강우(江右) 지역의 문풍이 이로 인해 더욱 진작되었다.[14]

처사는 신미년(1931) 5월 2일에 별세하였으니, 실제로 융희(隆熙) 기원 후 23년이었다. 진주 명석리(鳴石里)의 불당곡(佛堂谷) 술좌(戌坐) 언덕에 장사지냈다. 부인 박씨(朴氏)는 본관이 밀양인데, 남편을 공경한다는 칭송이 있었다. 3남 4녀를 두었는데, 아들은 규태(圭泰)·규석(圭錫)·규만(圭萬)이고, 사위는 이태근(李泰根)·권상용(權相用)·권경환(權景煥)·이교면(李敎冕)이다.

손자와 손녀는 모두 15명인데, 종순(鍾舜)·종원(鍾轅)·종홍(鍾弘)과 이도원(李道源)의 처는 장남 규태의 소생이다. 종대(鍾大)·종수(鍾壽)·종계(鍾桂)와 황명가(黃明可)·한도우(韓道愚)·허경도(許敬道)의 처는 둘째 규석의 소생이다. 종을(鍾乙)·종희(鍾喜)·종우(鍾于)·종신(鍾信)과 권수범(權守範)의 처는 셋째 규만의 소생이다. 증손과 현손 이하는 매우 번창하였으니, 자서(字書)에서 '이(李)'자를 풀이하여 '나무에 열매가 많은 것이다.'[15]라고 한 것이 미덥구나.

종순은 어려서부터 총명하고 문예가 일찍 성취되어 처사가 그를 애지중지하였다. 그래서 항상 말하기를 "이 아이가 우리 집안을 크게 빛낼 것이다."라고 하였다. 처사의 생신에 장수를 기원하는 글 수십 수를 지어 정성껏 써서 책을 만들었는데, 당시의 지인들 중 그에 화답하는 사람

13 도동사(道東祠) : 현 경상남도 산청군 신안면 신기리에 이제현의 영정을 모신 도동영당(道東影堂)을 가리킨다.

14 더욱 진작되었다 : 이 구절의 원문은 '益⊠振興'인데, 마멸자가 있어 분명치 않다.

15 나무에……것이다 : 『이아익(爾雅翼)』에 나오는 내용이다.

이 매우 많았다. 그런데 종순이 갑자기 요절하니 애석하다. 종원이 그 유고를 가지고 우산호장(愚山獝庄)으로 나를 찾아와 처사의 묘갈명을 청했다. 나는 일찍이 처사의 뇌장(誄章)을 지은 적이 있으니 거듭 감격할 만하다.

명은 다음과 같다.

선명히 드러난 행실	的然之行
내면을 들여다보면 흠이 없고	扣中則無
감춘 듯한 덕성	闇然之德
외부와 접촉하면 화락했네	接外則愉
겸손하고 겸손한 군자는	謙謙君子
평소 알아주길 바라지 았았네	雅不求知
부드러우면서 강건했으니	柔而能剛
끝내 학덕을 성취함이 있었네	乃竟有爲
높고 높은 문충공의 사당	嵬嵬影閣
찬란히 빛나고 그윽하며 우뚝한데	照耀泓崝
선조를 존숭하고 현인을 사모하여	尊祖慕賢
두 가지 일에 그 정성 다하였네	兩盡其誠
영령께서는 지각이 있어서	靈應不昧
훤히 알고 왕래하시리	剡剡來往
명석의 처사 묘소에	鳴石之塋
곁에 있는 듯 눈에 선하네	怳若在傍

임인년(1962) 1월 하순에 영가(永嘉:安東) 권도용(權道溶)이 지음.

墓碣銘 幷序

權道溶 撰

丹邱、山陰之間, 東都 李氏, 奠居已久, 百堵仁廬, 羅絡成聚。而集賢山下, 有潛德君子曰: 處士諱之榮, 字致允, 嘗自署所居曰“訥菴”。其先出自瓢巖神人, 而益齋先生 文忠公, 其烈祖也。入韓朝, 有諱之帶, 官判尹。曰“仲老”、曰“夢瑞”、曰“赫範”, 玄祖以下三世。考曰“裕斗”, 旌善全氏 銀信爲外祖。

處士以睿陵乙卯九月七日生。幼而端慤, 稍長, 有成人儀表。及上學, 不待勸督, 自立課程。嘗遊學于孝廉山下愚溪書堂, 與族黨士友相講劘, 其所見解, 時有同列不及者。與鄕隣諸君子, 如權松山 載奎、權能齋 宜鉉、李滄齋 志煥、李果齋 教宇, 最相善, 終始不渝。松山挽曰: “蘭翳何傷馥, 玉埋自在珍。”, 果齋有“若虛而實, 縱訥而辯。”之句, 潛德可知, 其常行以一言約之。

事親則養生送死, 必以誠愼而無憾。至於奉先·接賓、持身·教子, 皆可以爲法。餘外, 由是而推矣。中歲, 收議諸族, 建道東祠于村右, 奉文忠公眞像, 與士林行榮儀, 以伸尊祖慕賢之義。江右文風, 益□振興。

以辛未五月二日觀化, 實隆熙紀元後二十三年也。葬于晉州 鳴石里 佛堂谷 戌坐。孺人朴氏, 籍密陽, 有齊眉之譽。生三男四女, 圭泰、圭錫、圭萬, 男也, 李泰根、權相用、權景煥、李教冕, 女壻。孫男女十五, 鍾舜、鍾轅、鍾弘, 及李道源妻, 長房出。鍾大、鍾壽、鍾桂, 及黃明可、韓道愚、許敬道妻, 仲房出。鍾乙、鍾喜、鍾于、鍾信, 及權守範妻, 季房出也。曾玄以外, 振振蕃衍, 字書釋李曰: “木之多子”者, 信然哉。

鍾舜幼悟, 文藝夙就, 處士愛之。常曰: “此兒豈大吾戶者耶。” 處士之弧辰, 壽言數十首, 精寫成卷, 一時知舊, 和之者甚衆。遽然夭折, 惜也。鍾轅持其卷, 而訪余於愚山猗庄, 乞處士羨道之銘。余曾有誄章, 重可感也。

銘曰: “的然之行, 扣中則無, 闇然之德, 接外則愉。謙謙君子, 雅不求知。柔而能剛, 乃竟有爲。嵬嵬影閣, 照耀泓崝, 尊祖慕賢, 兩盡其誠。靈應不昧, 剡剡來往。鳴石之塋, 怳若在傍。"

壬寅端月下澣, 永嘉 權道溶撰。

❖ 원문출전

李之榮,『訥菴集』卷2 附錄, 權道溶 撰,「墓碣銘幷序」(경상대학교 문천각 古 D2B H이79ㄴ)

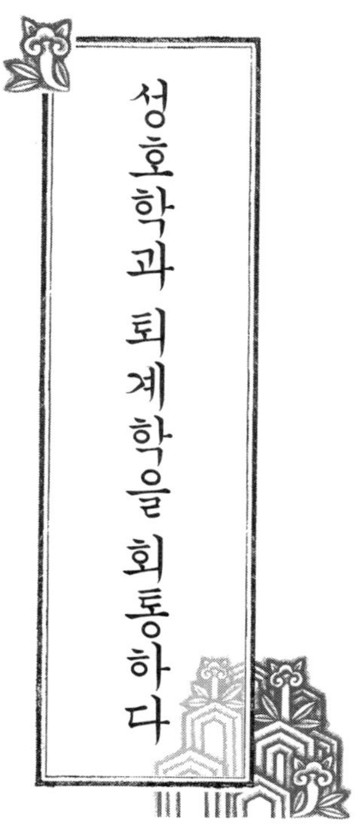

성호학과 퇴계학을 회통하다

노상직(盧相稷) : 1855-1931. 자는 치팔(致八), 호는 소눌(小訥), 본관은 광주(光州)이며, 현 경상남도 김해시 한림면 금곡리에서 태어났다. 11세 때 부친을 따라 허전(許傳)에게 배알한 이후로 허전이 별세할 때까지 찾아가 학업을 닦았으며, 문하의 박치복·김인섭·김진호·조병규 등과 교유하였다.

1910년 경술국치를 당하자 백형 노상익(盧相益)을 따라 요하로 망명하였다가 1913년에 귀국하였다. 이후 밀양에 자암서당(紫岩書堂)을 지어 생도들을 가르쳤다. 1919년 파리장서사건으로 옥고를 치르고 나온 후에는 주로 후학양성에 힘을 쏟았다.

저술로 48권 25책의 『소눌집』이 있다.

소눌(小訥) 노상직(盧相稷)의 묘갈명

안붕언(安朋彥)[1] 지음

선생의 휘는 상직(相稷), 자는 치팔(致八), 호는 소눌(小訥), 성은 노씨(盧氏), 본관은 광주(光州)이다. 창녕(昌寧) 동산서원(東山書院)[2]에 일찍이 세 선생[3]을 제향하였는데, 마지막으로 배향된 분이 국담(菊潭) 선생 해(垓)이다. 이분의 둘째 아들로 이조 판서에 추증된 한석(漢錫)은 창녕에서 김해로 이거하였는데, 호가 해은(海隱)이다. 이분의 아들 문필(文弼)은 호가 금곡(噤谷)인데, 선생의 6세조이다.

증조부 우수(禹壽)와 조부 봉문(奉文)은 모두 효성으로 사헌부 감찰에 추증되었다. 부친 호연(滈淵)은 호가 우당(愚堂)으로, 성재(性齋) 허 문헌(許文憲)[4] 선생을 스승으로 섬겼다. 모친은 이씨(李氏)이다. 생부 필연(泌淵)은 호가 극재(克齋)로, 우당의 형이며 또한 문헌공의 문인이다. 생모 성씨(成氏)는 꿈에 거인을 보고 공을 임신했다. 철종 을묘년(1855) 금곡리(金谷里)[5] 집에서 선생이 태어났는데, 자황색의 기운이 방을 둘러싸고서

1 안붕언(安朋彥) : 1904-1976. 호는 육천(育泉), 본관은 광주(廣州)이다. 저술로 『육천재문초』가 있다.

2 동산서원(東山書院) : 경상남도 창녕군 이방면 동산리 93번지에 있는 동산서당을 가리킨다.

3 세 선생 : 동악(東岳) 노선경(盧善卿), 옥촌(沃村) 노극홍(盧克弘), 월촌(月村) 노세후(盧世厚)이다.

4 허 문헌(許文憲) : 허전(許傳, 1797-1886)이다. 자는 이로(而老), 호는 성재, 본관은 양천(陽川), 시호는 문헌이다. 1835년 문과에 급제하였고, 1864년 김해 부사로 부임해 강우지역의 문풍을 진작시켰다. 저술로 45권 23책의 『성재집』이 있다.

5 금곡리(金谷里) : 현 경상남도 김해시 한림면 금곡리이다.

온종일 흩어지지 않았다.

선생은 5세 때 글을 배우기 시작했고, 9세 때에는 능히 글을 지었다. 고종 을축년(1865) 문헌공이 김해 부사로 부임했을 때 선생은 11세였는데, 이미 사서를 다 읽었다. 생부 극재공을 따라 문헌공에게 집지하고 배우기를 청하였다. 문헌공이 사서 가운데 여러 중요한 의리를 가지고 선생을 시험하고서 크게 기특하게 여기고 사랑하였다. 얼마 뒤 문헌공이 임기를 마치고 돌아가자 선생은 다시 찾아가 수학하였는데, 배울 때 매번 여러 달을 머물렀다. 문헌공이 세상을 떠날 때까지 이와 같이 하여 마침내 문헌공의 학문을 모두 전해 받을 수 있었다.

문헌공이 병술년(1886)에 세상을 떠났는데, 선생은 집안의 상 때문에 달려갈 수 없어서 먼저 행장의 초고를 만들었다. 이듬해 비로소 한양으로 가서 곡을 하였다. 『용어(庸語)』[6]를 교감하여 정리하고 이어서 「연보」를 완성하였다. 이윽고 만성(晩醒) 박치복(朴致馥)[7] 공과 함께 단성(丹城)에서 『성재집(性齋集)』을 간행하였고, 또 백형 시강공(侍講公)[8]과 더불어 방산(舫山) 허훈(許薰),[9] 약천(約泉) 김진호(金鎭祜),[10] 일산(一山) 조병규(趙昺奎),[11] 금주(錦洲) 허채(許埰)[12]와 논의하여 풍뢰정(風雷亭)[13]에서 속집과

---

6 용어(庸語) : 『성재집』의 초고이다.

7 박치복(朴致馥) : 1824-1894. 자는 훈경(薰卿), 호는 만성, 본관은 밀양이며, 현 경상남도 합천군 삼가에 거주하였다. 류치명(柳致明)·허전(許傳)에게 수학하였다. 저술로 16권 9책의 『만성집』이 있다.

8 시강공(侍講公) : 노상익(盧相益, 1849-1941)이다.

9 허훈(許薰) : 1836-1907. 자는 순가(舜歌), 호는 방산, 본관은 김해이다. 허전에게 수학하였다. 저술로 22권 12책의 『방산집』이 있다.

10 김진호(金鎭祜) : 1845-1908. 자는 치수(致受), 호는 약천·물천(勿川), 본관은 상산이다. 박치복·허전·이진상(李震相)에게 수학하였다. 저술로 16권 9책의 『물천집』이 있다.

11 조병규(趙昺奎) : 1846-1931. 자는 응장(應章), 호는 일산, 본관은 함안이며, 현 경상남도 함안에 거주하였다. 저술로 16권 9책의 『일산집』이 있다.

12 허채(許埰) : 1859-1935. 이종기·허전에게 수학하였다. 저술로 8권 15책의 『금주집』이

부록을 간행하였다.

성호(星湖)[14]·하려(下廬)[15] 두 선생의 문집이 아직 간행되지 않아서 성헌(省軒) 이병희(李炳憙)[16] 및 허금주(許錦洲)와 함께 퇴로(退老)[17]에서 『성호집(星湖集)』을 간행하였다. 『하려집(下廬集)』은 선생이 노곡(蘆谷)[18]에서 간행을 시작하였는데, 후에 황수건(黃洙建)이 담당하기를 힘써 청하여 창원(昌原)의 적현(赤峴)[19]으로 옮겨가서 완성하였다. 대개 선생이 사문에 은혜를 갚고 아울러 사문의 연원에 힘을 쏟은 것이 이처럼 정성스러웠다.

선생은 주자를 배우려면 먼저 퇴계를 배워야 한다는 것을 사문에서 전해진 지결로 삼았다. 그래서 일찍이 도산서원에 가서 참배하여 오매불망하던 소원을 이루었다. 그리고 고헌(顧軒) 정래석(鄭來錫),[20] 이재(頤齋) 권연하(權璉夏),[21] 용산(龍山) 이만인(李晩寅),[22] 서산(西山) 김흥락(金興洛),[23] 만구(晩求) 이종기(李種杞),[24] 향산(響山) 이만도(李晩燾)[25] 등 여러

있다.

13 풍뢰정(風雷亭) : 현 경상남도 밀양시 단장면 무릉리 노곡 마을에 있던 노상직의 서재이다.

14 성호(星湖) : 이익(李瀷, 1681-1763)이다. 자는 자신(子新), 호는 성호, 본관은 여주(驪州)이다. 저술로 72권 36책의 『성호전집』이 있다.

15 하려(下廬) : 황덕길(黃德吉, 1750-1827)이다. 자는 이길(耳吉), 호는 하려, 본관은 창원(昌原)이다. 안정복(安鼎福)에게 수학하였다. 저술로 19권 10책의 『하려집』이 있다.

16 이병희(李炳憙) : 1859-1938. 자는 경회(景晦)·응회(應晦), 호는 성헌, 본관은 여주(驪州)이다. 저술로 17권 9책의 『성헌집』이 있다.

17 퇴로(退老) : 현 경상남도 밀양시 부북면 퇴로리이다.

18 노곡(蘆谷) : 현 경상남도 밀양시 단장면 무릉리 노곡 마을이다.

19 적현(赤峴) : 현 경상남도 창원시 성산구 적현동이다.

20 정래석(鄭來錫) : 1808-1893. 자는 치인(致仁), 호는 고헌, 본관은 청주이다. 저술로 8권 4책의 『고헌집』이 있다.

21 권연하(權璉夏) : 1813-1896. 자는 가기(可器), 호는 이재, 본관은 안동이다. 류치명에게 수학하였다. 저술로 17권 9책의 『이재집』이 있다.

22 이만인(李晩寅) : 1834-1897. 초명은 만호(晩濩), 자는 군택(君宅), 호는 용산, 본관은 진보(眞寶)로, 이황의 11세손이다. 저술로 11권 5책의 『용산집』이 있다.

공을 두루 찾아뵈었는데, 학문의 유익함을 얻은 것이 또한 매우 많았다. 대개 선생은 근기 성호학과 영남 퇴계학을 하나의 용광로에 넣어 녹여서 회통하였다. 그러므로 그 대강(大綱)과 대용(大用)을 모두 갖추지 않음이 없어 더욱 우뚝하게 걸출한 학자가 되었다.

선생은 일찍이 거처를 여러 번 옮겼는데, 갑오년(1894)에 시강공을 따라 김해의 집으로 돌아왔다가 다시 시강공을 따라 밀양의 노곡(蘆谷)으로 옮겨 자암초려(紫岩草廬)를 짓고 그곳에서 살았다. 이때부터 사방에서 찾아오는 생도들이 더욱 많아져서 남의 집을 빌려 수용하였다. 문정(門庭)의 성대함이 당대 최고였으니, 내실이 있고 문채가 나는 선비들이 연이어 배출되었다.

경술년(1910) 나라가 망하여 시강공이 요하(遼河)로 피난을 가니, 선생 또한 그곳으로 이주하여 살았다. 이때 수파(守坡) 안효제(安孝濟)[26]와 경재(耕齋) 이건승(李建昇)[27]이 이미 모두 이곳으로 망명하였고, 중국인 온차금(溫次琴)·손명헌(孫銘軒)·전배숙(錢培塾)·장세숙(張世叔) 등도 그들과 이웃하여 몇 년 간 살았다. 노산(蘆山)으로 돌아와서는 다시 자암서당

23 김홍락(金興洛) : 1827-1899. 자는 계맹(繼孟), 호는 서산, 본관은 의성(義城)으로, 김성일(金誠一)의 주손(冑孫)이다. 유치명에게 수학하였다. 저술로 32권 16책의 『서산집』이 있다.

24 이종기(李種杞) : 1837-1902. 자는 기여(器汝), 호는 만구·다원거사(茶園居士), 본관은 전의(全義)이다. 저술로 20권 10책의 『만구집』이 있다.

25 이만도(李晩燾) : 1842-1910. 자는 관필(觀必), 호는 향산, 본관은 진성(眞城)이다. 1895년 을미사변 때 안동에서 의병을 모아 일제에 항거하였고, 1910년 국권을 빼앗기자 24일간 단식하다가 순국하였다. 저술로 27권 14책의 『향산집』이 있다.

26 안효제(安孝濟) : 1850-1916. 자는 순중(舜仲), 호는 수파, 본관은 탐진이다. 경술국치 후 만주로 망명하여 그곳에서 생을 마감했다. 저술로 8권 3책의 『수파집』이 있다.

27 이건승(李建昇) : 1858-1924. 자는 보경(保卿), 호는 경재, 본관은 전주이다. 가학으로 양명학을 배워 강화학파의 학맥을 계승하였다. 저술로 필사본 4책의 『해경당수초(海耕堂收草)』가 있다.

(紫岩書堂)을 짓고 유학을 부지하는 것으로써 자신의 임무를 삼아, 예전처럼 배우는 자들을 열어주고 인도하였다. 선생은 비록 항상 병을 앓고 있었지만 혹시라도 게으른 모습을 보인 적이 없었다. 기미년(1919)에 유림단에서 파리만국회의에 장서를 보내려는 거사가 있자 선생은 즉시 서명하여 응하였는데, 각지에 흩어져 있는 문하생으로서 서명에 동참한 사람이 또한 십수 인에 이르렀다.

양부 우당공은 일찍 세상을 떠났다. 생부 극재공의 상을 당했을 때에는 시강공과 함께 한양의 숙소에서 급히 돌아왔는데, 슬픈 마음으로 지극히 애통해하였다. 시강공에 대해서는 공경히 섬기고 매우 지극하게 대하니, 세상의 공손한 아우 중에 누가 공보다 나을 것인가. 시강공이 가끔 선생의 마음을 헤아리지 못하여도 선생의 지극하게 정성스러운 사랑은 끊어지거나 막힘이 없이 드러났다. 아들이나 조카들이 혹 실수를 하면 법도로써 가르치고 정성으로 타일러서 그들 스스로 새로워질 수 있는 길을 열어 주어 사람으로써 마땅히 지켜야 할 도리를 회복하여 온전히 할 수 있게 하였다.

선생은 처신하는 것이 방정하고 엄격하였는데, 집안에서 거처할 때는 엄하면서도 또한 자애롭고 온화한 기상을 잃은 적이 없었으며, 규문 안에서는 기뻐하고 화목하였다. 남에게 한 가지 선한 점이 있으면 기꺼이 그를 위해 말하였으며, 만약 그것이 실제의 행적이라면 그 사람이 아무리 한미한 사람일지라도 그것이 인멸될까 염려하였다. 그래서 자신의 선조를 드러내고자 하는 세상 사람들이라면 선생의 한마디 말씀을 얻지 못할까 오직 두려워하였다. 그러나 선생은 자신만의 척도가 있어서 사실을 왜곡하여 남들의 요구를 따른 적이 없었다.

선생의 저술로는 『고시록(顧諟錄)』·『주자성리설절요(朱子性理說節要)』·『심의고증(深衣考證)』·『역대국계고(歷代國界考)』·『육관사의(六官私議)』·

『사복고(師服考)』·『주인요편(做人要編)』·『대령인물지(大嶺人物志)』·『병학요선(兵學要選)』·『사서의해(四書疑解)』·『정경권학록(政經勸學錄)』·『국조진문수록(國朝進文蒐錄)』 등 수십 종이 있고, 또한 문집 25책이 있다. 선생의 은미한 말씀과 지극한 논의는 이루 다 기록할 수 없다. 그 중 "하루 동안 사욕이 없으면 하루 동안 성인이 될 수 있고, 한 달 동안 사욕이 없으면 한 달 동안 성인이 될 수 있고, 종신토록 사욕이 없으면 종신토록 성인이 될 수 있다."[28]라고 말씀하신 것은 앞 시대 사람이 말하지 못한 바이다.

신미년(1931) 정월 30일 합포(合浦)[29]의 우거에서 돌아가시니, 향년 77세였다. 부고가 전해지자 원근의 인사들이 모두 말하기를 "사문(斯文)이 망했구나."라고 하였다. 3월 12일(갑인)에 김해 신안(新安)[30]에 장사지냈는데, 모여서 영결한 이가 수천 명이었고 상복을 입은 자가 수백여 명이었다. 13년 후인 갑신년(1944)에 금곡(金谷)의 간좌(艮坐) 언덕으로 이장하였다.

부인은 황씨(黃氏)와 하씨(河氏)로, 5남 5녀를 두었다. 장남 식용(寔容)만 황씨의 소생인데, 시강공의 양자가 되었다. 진사가 되었으며 일찍 죽었다. 차남은 가용(家容)이며, 삼남 정용(定容)은 출계하였고, 사남은 찰용(察容), 오남은 심용(審容)이다. 딸은 박하진(朴河鎭)·손경현(孫璟鉉)·최희영(崔希永)·허박(許珀)·조용찬(趙鏞瓚)에게 시집갔다. 손자와 증손자 및 외손은 너무 많아서 기록하지 않는다.

선생은 자질이 순수하고 행실이 잘 갖추어졌으며, 학문에는 연원이 있어 함양한 것이 깊었고 축적한 것 또한 넉넉하였다. 도가 이룩되고 덕이 확립되었으니, 무엇으로써 더할 수 있겠는가. 아, 선생이 돌아가신

28 하루……있다 : 『소눌집』 권20 잡저(雜著)의 「서벽(書壁)」에 나오는 말이다.
29 합포(合浦) : 현 경상남도 창원시 마산합포구 합포동이다.
30 신안(新安) : 현 경상남도 김해시 생림면 안양리 신안 마을이다.

지 이제 44년이 되었는데, 선현은 세상을 떠나고 남은 아들은 오직 찰용 -자는 계경(季敬)- 한 사람 뿐이다. 돌아보건대 뒤늦게 학문의 길로 들어선 보잘것없는 나는 또한 노쇠한 데다 가르침을 실추하였는데, 선생의 묘갈명을 짓는 일을 맡게 되었으니 사적을 잘 형용할 수 없는 것이 두려운 바이다. 삼가 행장에 근거하여 그 대강만을 서술하고서 명을 짓는다.

명은 다음과 같다.

아 소눌 선생께서는	於惟先生
바른 학문의 종사이셨네	正學宗師
양성한 인재 이미 많았고	成材既衆
또한 많은 책을 남기셨지	亦有書遺
큰 근원은 퇴계에 닿아	大源在陶
한강과 미수로 전해졌으며	由寒而眉
성호·순암·하려·성재로	星順廬性
적통이 서로 전해졌는데	嫡嫡相傳
선생이 이를 계승하여	先生是承
그 크게 온전한 도를 얻었네	得其大全
행동에서 익숙히 하였으니	既熟於爲
하늘이 이루어 준 듯하였고	若成于天
혼탁한 세상에 지조 굳게 지켜	厲操濁世
하늘이 부여한 수명을 다하셨네	以終天年
산속 초당에서 생도들 가르치니	巖堂皐比
온 세상 사람들이 배우길 바랐네	一世企踵
다시 사남서장[31]을 세워서	亦粤泗庄
만년에도 강학을 하셨다네	晩暮攸講
아름다운 법도 맑고 향기로우니	徽猷淸芬
영원토록 어찌 없어지리	終古豈沫

31 사남서장(泗南書庄) : 현 경상남도 밀양시 단장면 사연리 말방 마을에 있었다.

선생을 생각하고 사모하리니	得以想慕
영원히 이곳에 도가 남아있겠지	永於斯在
동쪽은 낙동강의 물가이고	東洛之濱
서쪽은 작약산의 마루이네	西山之巓
아름다운 덕을 밝게 드러내니	載昭德懿
명을 새긴 큰 비석 우뚝하네	豊碑屹然
큰 강이 저 멀리 흘러가서	大江遠注
밤낮으로 도도하게 흐르듯	日夜泱泱
그 은택이 흐르고 흘러서	流厥福澤
만세토록 길이 이어지리라	萬禩以長

小訥 盧先生 墓碣銘

安朋彦 撰

先生諱相稷, 字致八, 號小訥, 姓盧氏, 本貫光州。昌寧 東山書院嘗享三先生, 最後爲菊潭先生 垓。其仲子贈吏判漢錫, 自昌徙金海, 號海隱。子文弼, 號噤谷, 於先生爲六世。曾祖禹壽、祖奉文, 俱以孝贈司憲府監察。考漘淵, 號愚堂, 師事性齋 許文憲先生。妣李氏。本生考泌淵, 號克齋, 於愚堂爲兄, 亦文憲之門人。妣成氏, 夢巨人有身。以哲宗乙卯先生生于金谷里第, 有紫黃氣繞室, 彌日不散。

五歲上學, 九歲能屬文。高宗乙丑, 文憲來宰本府, 時十一歲, 已讀畢四書。從克齋公贄謁以請業。文憲試先生以四書中諸要義, 而大奇愛之。既而, 文憲解歸, 又往從, 其學時則輒留多月。如是, 終文憲之世, 卒得盡傳文憲之學。文憲卒於丙戌, 以有喪, 不得赴, 先擬草行狀。至明年, 始往哭。勘整《庸語》, 踵成年譜。尋同晩醒 朴公 致複,[32] 刊文集于丹城, 又與伯氏侍講公議于許舫山 薰、金約泉 鎭祜、趙一山 昺奎、許錦洲 埰, 刊續附集于風雷亭。星湖、下盧二先生之文, 尙未出, 與李省軒 炳憙及許錦洲, 刊《星湖集》於退老。《下盧集》先生開刊蘆谷, 後以黃洙建之力請擔夯, 移役昌原 赤峴, 竣之。蓋其報效於師門, 而幷致力所自源, 如此其摯也。

先生以欲學朱子先學退陶, 爲師門相傳之旨訣。嘗往謁陶山之祠, 以償其寤寐之願。因徧拜鄭顧軒 來錫、權頤齋 璉夏、李龍山 晩寅、金西山 興洛、李晩求 種杞、李嚮山 晩燾諸公, 所資益, 又甚多。蓋先生鎔冶畿、嶺之學於一爐而會通之。故其宏綱大用, 靡不具有, 尤爲所卓然傑特也。嘗屢徙其居, 甲午從侍講公返海第, 因復從遷密州之蘆谷, 築紫岩草廬, 居之。自是, 從學者四至至益, 假家以爲容。門庭之盛, 一時爲最, 彬彬之士, 接踵而出。

及庚戌國亡, 而侍講公避地遼河, 則先生亦往家焉。時安守坡 孝濟及李耕齋 建昇, 已皆竄逃於是, 而中國人溫次琴、孫銘軒、錢培塾、張世叔輩, 亦與之爲隣居數年。還蘆山, 更築紫岩書堂, 以扶翼斯學爲己任, 開導學者如初。雖常有病, 而未嘗見其或倦也。己未, 自儒林有送長書巴里萬國會議之擧, 而先生卽署姓名應之, 在外諸門下士與焉者, 亦至十數人。

所後愚堂公旣早世。而克齋公之喪, 與侍講公, 自京館奔歸, 尤竇爲至慟。於侍講公, 敬事特摯, 世間悌弟, 孰其過之。而侍講公時或未之諒, 然至衷之愛, 流露無所間隔。子姪輩或有失, 法誨而誠諭之, 開其自新之路, 俾得復全於人理。行己方嚴, 閑家嗃嗃, 而亦未嘗傷其慈和之氣, 閨門之內, 嘗歡喜洽如也。人有一善, 樂爲之道, 苟其實蹟, 雖寒微, 懼或湮滅。以故世之欲闡先者, 惟恐不得先生一言。而先生自有分寸, 未嘗曲筆以徇人。著有《顧諟錄》、《性理說節要》、《深衣考》、《國界考》、《六官

32 複 : 馥의 오류이다.

私議》、《師服考》、《做人要編》、《大嶺人物志》、《兵學要選》、《四書疑解》、《政經勸學錄》、《國朝進文蒐錄》等數十種書, 又有文集二十五冊。先生微言至論, 罄竹難書。至言"一日無欲, 可作一日聖人, 一月無欲, 可作一月聖人, 終身無欲, 可作終身聖人。", 寔前人所未道也。

辛未正月三十日, 啓手足于合蒲寓第, 享年七十七歲。訃聞, 遠近人士咸曰:"斯文喪矣。" 以三月甲寅, 葬金海 新安, 會送至數千, 加麻者數百餘人。後十三年甲申, 遷窆金谷艮原。配黃氏、河氏, 有男女各五人。男寔容, 惟黃出, 出後侍講公。進士早卒。家容、定容出、察容、審容。女適朴河鎭、孫璟鉉、崔希永、許珀、趙鏞瓚。孫曾及外孫, 甚繁不錄。

先生資粹行備, 學有淵源, 涵養之深, 而蓄積亦富。道之成矣、德之立矣, 何可以尙之哉。粤自山頹, 于今四十有四年, 先進凋謝, 喆嗣之存者, 亦惟察容 季敬一人而已。顧以朋彦之晚學微末, 重又衰荒墜失, 而執役墓道, 未能善其形容, 是爲所惶懍。惟謹據狀文, 述其大者而爲銘。

其辭曰:"於惟先生, 正學宗師。成材旣衆, 亦有書遺, 大源在陶, 由寒而眉, 星、順、盧、性, 嫡嫡相傳, 先生是承, 得其大全。旣熟於爲, 若成于天, 厲操濁世, 以終天年。巖堂皐比, 一世企踵。亦粤泗庄, 晩暮攸講。徽猷淸芬, 終古豈沫。得以想慕, 永於斯在。東洛之濱, 西山之巓。載昭德懿, 豊碑屹然。大江遠注, 日夜泱泱, 流厥福澤, 萬禩以長。"

❖ **원문출전**

安朋彦, 『育泉齋文鈔』 墓碣銘, 「小訥盧先生墓碣銘」(경상대학교 810.819 안71ㅇ)

비바람 속에 달려간 효심

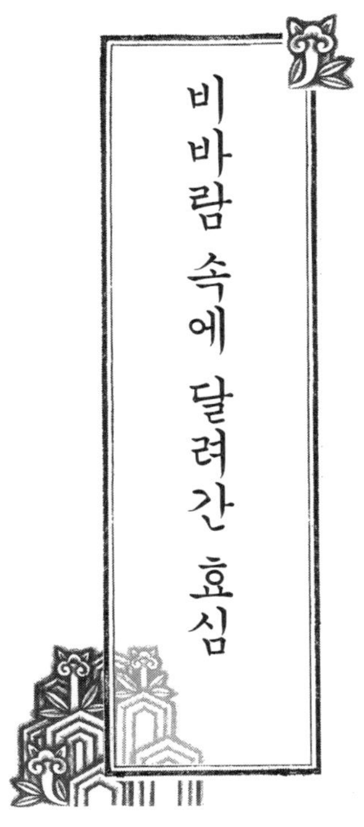

정돈균(鄭敦均) : 1855-1941. 자는 국장(國章), 호는 해사(海史), 본관은 진양이다. 현 경상남도 하동군 옥종면에서 태어나 그곳에서 주로 거주하였다. 하달홍(河達弘)에게 수학하였고, 조성가(趙性家)·최숙민(崔琡民)·하재문(河載文)·허유(許愈)·김진호(金鎭祜)·곽종석(郭鍾錫) 등과 종유했다.
저술로 4권 1책의 『해사유고』가 있다.

해사(海史) 정돈균(鄭敦均)의 묘갈명 병서

김황(金榥)[1] 지음

예전에 나는 원해(遠海)[2] 마을의 처소에서 해사(海史) 정공(鄭公)을 뵈었다.[3] 공은 그때 이미 고령이었지만 오히려 장엄하고 공경한 자세를 힘써 지녀 의관을 단정히 하고서 맞이하고 전송할 적에 예의를 갖추셨다. 나는 마음으로 공을 공경하게 되었는데, 공에게는 학문에서 터득한 점이 반드시 있을 것이라 생각했다. 몇 년 지나지 않아 공이 또한 세상을 떠나셨으니, 영종(令終)[4]에 부족함이 없었음을 알겠다.

그 뒤에 공의 아들 종익(鍾翊)과 공의 손자 을영(乙永)이 차례로 나를 방문하여 친근함을 보였다. 또한 을영 군이 지금 선친의 유지를 받들어 나에게 공의 묘갈명을 부탁하니, 감히 그만둘 수 없을 뿐만 아니라 공을 위해 한마디 말을 하기를 원하던 바였다. 그래서 공의 행장을 살펴보았다.

공은 태어나면서부터 성품이 관대했다. 처음 배울 때부터 부지런히 힘써서 동년배들에게 모범이 되었다. 조금 자라서는 인근 마을에 살던

---

1 김황(金榥) : 1896-1978. 자는 이회(而晦), 호는 중재(重齋), 본관은 의성이며, 현 경상남도 산청에 거주하였다. 김우옹(金宇顒)의 후손이고, 곽종석(郭鍾錫)에게 수학하였다. 저술로 100권 48책의 『중재집』이 있다.

2 원해(遠海) : 현 경상남도 하동군 옥종면 병천리에 있다.

3 예전에……뵈었다 : 정돈균은 현 경상남도 하동군 옥종면 안계리(安溪里)에서 태어나 1901년 원해촌(遠海村)으로 이거했다. 1923년에 수곡(水谷)의 월방촌(月坊村)으로 옮겨 살다가, 1925년 다시 원해촌으로 돌아와 세상을 떠날 때까지 거주했다.

4 영종(令終) : 지조를 지켜 좋은 이름을 남기고 천수를 누리고 별세한 것을 뜻한다.

이름난 석학 월촌(月村) 하달홍(河達弘)[5] 공의 문하에서 배웠고, 월고(月皐) 조성가(趙性家),[6] 계남(溪南) 최숙민(崔琡民),[7] 동료(東寮) 하재문(河載文)[8] 등은 모두 공이 종유한 선배들이다. 공은 행동거지가 일정하고 견해가 뛰어난 것으로 매번 여러 장로들에게 인정과 칭찬을 받았다. 동료의 아들 극재(克齋) 하헌진(河憲鎭)[9]은 공에게 고종 사촌[10]이었는데, 서로 뜻이 맞아 친밀히 강학하였다.

고을을 벗어나서는 후산(后山) 허유(許愈),[11] 물천(勿川) 김진호(金鎭祜),[12] 면우(俛宇) 곽종석(郭鍾錫)[13] 등 여러 선생들을 종유하며 의문점을 질의하고 가르침을 청하여 깊이 계발됨이 많았는데, 끝내 면우 선생에게 귀의하였다. 이는 공이 학문한 이력이다.

공의 선친 형제 중에 맏형이 일찍 세상을 떠나, 막내의 아들인 공이 백형의 양자로 들어갔다. 조부모를 받들어 섬겼는데, 환심을 얻었다. 생

---

5 하달홍(河達弘) : 1809-1877. 자는 윤여(潤汝), 호는 월촌, 본관은 진양이며, 현 경상남도 하동군 옥종면 종화리에 거주했다. 저술로 11권 5책의 『월촌집』이 있다.

6 조성가(趙性家) : 1824-1904. 자는 직교(直敎), 호는 월고, 본관은 함안이며, 현 경상남도 하동군 옥종면에 거주했다. 기정진의 문인이다. 저술로 20권 10책의 『월고집』이 있다.

7 최숙민(崔琡民) : 1837-1905. 자는 원칙(元則), 호는 계남, 본관은 전주이며, 현 경상남도 하동군 옥종면 지역에 거주했다. 기정진의 문인이다. 저술로 30권 10책의 『계남집』이 있다.

8 하재문(河載文) : 1830-1894. 자는 희윤(羲允), 호는 동료, 본관은 진양이며, 현 경상남도 진주시 수곡면에 거주했다. 하세응의 후손이다. 저술로 2권 1책의 『동료집』이 있다.

9 하헌진(河憲鎭) : 1859-1921. 자는 맹여(孟汝), 호는 극재, 본관은 진양이며, 하재문의 아들이다. 저술로 4권 2책의 『극재유집』이 있다.

10 고종 사촌 : 하헌진(河憲鎭)의 모친이 정돈균의 고모이다.

11 허유(許愈) : 1833-1904. 자는 퇴이(退而), 호는 후산·남려(南黎), 본관은 김해이며, 현 경상남도 합천군 가회면 오도리에서 출생했다. 저술로 19권 10책의 『후산집』이 있다.

12 김진호(金鎭祜) : 1845-1908. 자는 치수(致受), 호는 물천, 본관은 상산이며, 현 경상남도 산청군 신등면 평지리에 거주했다. 저술로 21권 11책의 『물천집』이 있다.

13 곽종석(郭鍾錫) : 1846-1919. 자는 명원(鳴遠), 호는 면우, 본관은 현풍이며, 현 경상남도 산청군 단성 출신이다.

부가 돌아가셨을 때 조모 하 부인(河夫人)은 살아계셨는데, 공의 나이 겨우 9세였음에도 이미 상례(喪禮)를 스스로 알았고 또한 조모를 위로하고 설득하여 음식을 올려 권하니, 조모는 이로 인해 안정을 되찾았다.

일찍이 밤에 조모를 곁에서 모시고 있다가 큰 비바람이 몰아쳐 여러 가옥이 무너져 내린 일이 있었다. 조모는 탄식하고 답답한 마음에 말씀하시기를 "이와 같은 난리통에 네 아비의 무덤과 네 생모의 목숨이 잘 보전하여 무탈한지 모르겠구나."라고 하였다. 공은 이 말씀을 듣자마자 몇 십 리나 되는 거리를 달려가서 생모를 문안하였다. 생모는 놀라서 공을 책망하여 말하기를 "너는 자중해야 할 사람인데, 어찌 자신을 아끼지 않느냐."라고 하였다. 이 소식을 들은 사람들은 칭찬하며 비범하게 여겼다.

15세 때 마을의 사노비가 세력을 믿고 방자하게 구는 것을 보고서, 곧장 잡아다가 매질하여 끝내는 복종시켰으니, 공의 기개가 이와 같았다. 그러나 평소에는 우둔한 듯이 신중하고 말이 없어 절대 말로 남들을 억누르지 않았다. 동료공과는 사는 곳이 매우 가까웠는데, 공의 사람됨을 직접 보고 항상 '저 사람은 우둔하지 않다[某也不愚]'[14]는 말로 칭찬했다. 족형 운파(雲坡) 정한균(鄭漢均)과 한 방에 함께 있으면서 만년에 서로 매우 의기투합하였다.[15]

공은 신사년(1941) 2월 30일에 돌아가셨는데, 예릉(睿陵:哲宗) 을묘년(1855)에 태어났으니 향년 87세였다. 사시던 동네는 원해인데, 예전에는 진주 서쪽이었고 지금은 하동에 속한다. 공의 묘는 마동(馬洞)[16] 홍복곡

---

14 저……않다 : 공자가 안회에 대해 '회는 우둔하지 않다[回也不愚]'라고 한 것에서 나온 말이다.

15 족형……의기투합하였다 : 정한균은 원해촌으로 이거하여 무이계(武夷溪) 가에 강학처를 만들었다. 1901년 정돈균이 다시 원해촌으로 이거해서 정한균과 경전을 강론하였다.

16 마동(馬洞) : 현 경상남도 진주시 대평면에 있었던 지명이다.

(洪福谷) 해좌(亥坐) 언덕인데, 또한 진주 땅이다.

공의 선계는 고려 조에 통례문 지후(通禮門祗候)를 지낸 신(侁)[17]에서 나와 대대로 진양의 벌열 가문이 되었다. 중세에 낙진헌(樂眞軒) 인평(仁平)[18]과 석정(石亭) 홍조(弘祚)[19]가 있었는데, 학행과 절의로 『진양지(晉陽誌)』에 수록되었다. 허재(虛齋) 지탁(志倬)은 정입재(鄭立齋)[20]의 문인인데, 공의 증조부이다. 조부는 주빈(周贇)이고, 부친은 택화(宅華)이다. 모친은 태안 박씨(泰安朴氏) 영제(榮濟)의 딸이다. 생부는 택시(宅蓍)이고, 생모는 성씨(成氏)이다.

공의 휘는 돈균(敦均), 자는 국장(國章), 해사(海史)는 별호이다. 전주 최씨(全州崔氏) 의민공(義敏公) 최균(崔均)[21]의 후손 최경진(崔慶鎭)의 딸에게 장가들었는데, 아들이 없어서 운파공의 아들 종익(鍾翊)을 양자로 삼았다. 사위는 넷인데, 하계한(河啓漢)·심상숙(沈相淑)·김영순(金永恂)·이현중(李鉉重)이다. 종익의 아들은 만영(萬永)·을영(乙永)·무영(武永)이고, 딸은 최을환(崔乙煥)·이병준(李炳俊)·박우열(朴雨悅)·하용두(河龍斗)에게 시집갔다. 하계한의 아들은 도환(圖煥)·광환(光煥)·승환(升煥)이고, 딸은 최석환(崔錫煥)에게 시집갔다. 심상숙의 아들은 종섭(鍾燮)·두섭(斗燮)이고, 딸은 양해철(梁海轍)에게 시집갔다. 김영순의 아들은 상락(相洛)

17 신(侁) : 「가장(家狀)」에 의하면 원문의 '선(先)' 자는 '신(侁)' 자의 오류인 듯하다.

18 인평(仁平) : 자는 평보(平甫)이다. 이정(李楨)과 교유했다. 『정씨교재록(鄭氏橋梓錄)』에 남긴 글과 관련 자료가 있다.

19 홍조(弘祚) : 자는 사응(士應)이다. 정인평의 계자(繼子)이다. 기축옥사에 연루되었다. 『정씨교재록』에 남긴 글과 관련 자료가 있다.

20 정입재(鄭立齋) : 정종로(鄭宗魯, 1738-1816)이다. 자는 사앙(士仰), 본관은 진주이다. 현 경상북도 상주에 거주하였다. 정경세(鄭經世)의 후손이고, 이상정(李象靖)에게 수학하였다. 저술로 59권 28책의 『입재집』이 있다.

21 최균(崔均) : 1537-1616. 자는 여평(汝平), 호는 소호(蘇湖), 본관은 전주이다. 임진왜란 때 창의하였다. 시호는 의민이다. 동생 최강(崔堈)의 글과 사적을 함께 엮은 『쌍충록』이 전한다.

이다. 이현중의 아들은 수호(洙浩)·양호(亮浩)·채호(采浩)이고, 딸은 정종우(鄭鍾佑)·정덕근(鄭德根)에게 시집갔다. 내외의 증손·현손 중에는 장성했거나 어린 몇몇 사람들이 있다.

명은 다음과 같다.

집안을 다스릴 적에 경영하기를 급히 하지 않고	爲家而不經營是急
힘쓴 것은 마음을 지키고 잡는 것이었네	所厲者操執也
학문에 종사할 적에 문장 꾸밈을 숭상하지 않고	從學而不詞章之尙
잘한 것은 깊이 본질을 드러낸 것이었네	所善者譚暢也
국량이 뛰어나고	儀宇之脩
풍격이 넉넉해서	風致之贍
완연히 그 모습 보이는 듯하니	宛其如覩
마땅히 이 무덤에 예를 표하리	宜式玆窆

의성(義城) 김황(金榥)이 지음.

墓碣銘 幷序

金榥 撰

昔余拜海史 鄭公於遠海之廬也。公時已大耊矣, 猶能力持莊敬, 衣冠端勑, 迎送有儀。余心敬之, 意其必有所得於學者。旣未幾年, 而公且逝世, 則可知其無歉於令終也。後來得公子鍾翊、孫乙永, 次第見訪, 示以親與。乙永君, 今又以其先人遺意, 屬余銘公墓, 則非惟所不敢已, 亦其所願爲之一言者也。按其狀。

公生而寬偉。自其始學, 能以勤勵, 爲儕流率。稍長, 受學于隣里名碩

月村 河公 達弘之門, 而趙月皐 性家、崔溪南 琡民、河東寮 載文, 幷爲遊從先輩。每以進止有常、見解有造, 被諸長老器詡。而東寮之子, 克齋 憲鎭, 於公中表, 相與同志, 講磨密切。出而從許后山、金勿川、郭俛宇諸先生, 質疑請益, 深得啓發, 而卒以俛翁爲依歸。此其所學之路逕也。

始公先考兄弟, 伯早卒, 公以季之子, 入爲嗣。奉事重闈, 洽得歡心。及生考公卒, 則王母河夫人猶在, 而公年纔九歲, 已能自知哀禮, 亦以慰譬王母, 勸進飱飮, 王母由是安之。嘗夜侍王母側, 値大風雨, 拔壞比屋。王母歎且慰曰: "如此刧亂, 不知汝父靈設、汝母生命, 果保無虞。" 公聽卽馳往省之, 距離間數堠。生母驚責曰: "汝自有所重, 何不自惜。" 聞者嗟異之。

十五歲, 見里中私隷, 挾勢肆頑, 卽拿而撻之, 竟致首服, 其氣槪如此。然而平生愼默如愚, 絶不以辭氣加人。東寮公寓居切近, 親見其爲人, 常以 "某也不愚" 稱之。族兄有雲坡 漢均, 同處一齋, 晩節甚相得也。

公卒在辛巳二月三十日, 距生睿陵乙卯, 得壽八十七。其里遠海, 舊爲晉州西面, 今屬河東。其墓在馬洞 洪福谷亥原, 亦晉地也。

其先系, 出高麗通禮門秖候先, 世爲晉陽閥族。中代, 有樂眞軒 仁平、石亭 弘祚, 以學行節義, 著于鄕誌。虛齋 志倬, 鄭立齋門人, 公之曾祖也。祖周贇, 考宅華。妣泰安 朴氏 榮濟女。生父宅蓍, 母成氏。

公諱敦均, 字國章, 海史其別號也。娶全州 崔慶鎭女, 義敏公 均后, 未有子, 子以鍾翊, 雲坡公之子也。女壻四人: 河啓漢、沈相淑、金永恂、李鉉重。鍾翊男: 萬永、乙永、武永, 女崔乙煥、李炳俊、朴雨悅、河龍斗。啓漢男: 圖煥、光煥、升煥, 女崔錫煥。相淑男: 鍾燮、斗燮, 女梁海轍。永恂男相洛。鉉重男: 洙浩、亮浩、釆浩, 女鄭鍾佑、鄭德根。內外曾玄長幼若干人。

銘曰: "爲家而不經營是急, 所厲者操執也。從學而不詞章之尙, 所善者譚暢也。儀宇之脩, 風致之瞻, 宛其如覩, 宜式玆窆。"

義城 金榥撰。

❖ 원문출전

鄭敦均, 『海史遺稿』 卷3 附錄, 金榥 撰, 「墓碣銘幷序」(경상대학교 문천각 古D3B H정225ㅎ)

행실을 고상히 하며 덕을 감추다

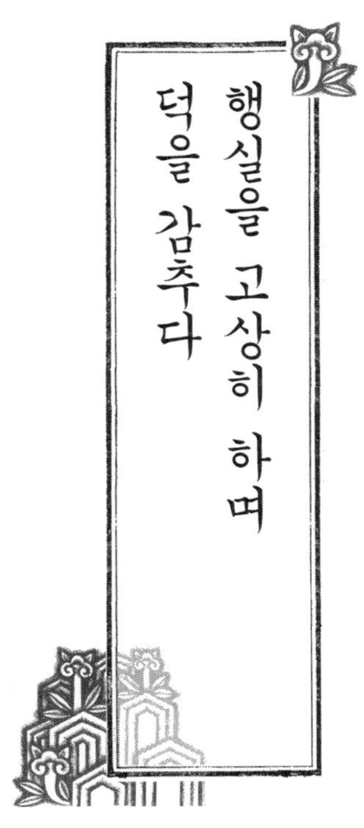

강영지(姜永祉) : 1857-1916. 자는 낙중(洛中), 호는 남호(南湖), 본관은 진양(晉陽)으로, 진주에 거주하였다. 최숙민(崔琡民)에게 수학하고, 기정진(奇正鎭)을 존신(尊信)하여, 두 사람의 문집을 간행할 적에 많은 조력을 기울였다. 이택환(李宅煥), 최제효(崔濟斅) 등과 교유하였다.

저술로 5권 2책의 『남호유고』가 있다.

남호(南湖) 강영지(姜永祉)의 묘갈명 병서

조긍섭(曺兢燮)[1] 지음

계남(溪南) 최숙민(崔琡民)[2] 선생은 학문을 독실하게 하고 생각을 정밀하게 하여 노사(蘆沙) 기씨(奇氏)[3]의 지결을 얻었다. 그에게 어진 제자가 있었으니 남호처사(南湖處士) 강공(姜公)으로, 휘는 영지(永祉), 자는 낙중(洛中)이다. 강씨는 고려 때부터 우리나라의 저명한 성씨였다. 본조에 이르러 휘 석덕(碩德)은 대사헌을 지냈고, 시호는 대민(戴敏)이다. 이분이 휘 희맹(希孟)을 낳았는데, 좌찬성을 지냈고 진산군(晉山君)에 봉해졌으며, 시호는 문량(文良)이다. 이분이 휘 귀손(龜孫)을 낳았는데, 우의정을 지냈고 시호는 숙헌(肅憲)이다. 그 뒤로 명성과 덕망이 있는 분들이 서로 이어졌다.

고조부 휘 주동(柱東)은 호조 참판에 추증되었고, 증조부 휘 태환(泰煥)은 수직으로 가선대부에 올랐으며, 조부 휘 재면(在勉)은 문과에 급제하여 봉화 현감(奉化縣監)을 지냈다. 부친 휘 장회(章會)는 예식원 장례(禮式院掌禮)[4]를 지냈는데, 남의 딱한 사정을 급히 여기고 베풀기를 좋아하여

1 조긍섭(曺兢燮) : 1873-1933. 자는 중근(仲謹), 호는 심재(深齋)·암서(巖棲), 본관은 창녕(昌寧)이다. 저술로 『심재집』이 있다.

2 최숙민(崔琡民) : 1837-1905. 자는 원칙(元則), 호는 계남(溪南), 본관은 전주이다. 최식민(崔植民)의 아우이다. 기정진에게 나아가 수학하였다. 저술로 30권 10책의 『계남집』이 있다.

3 기씨(奇氏) : 기정진(奇正鎭, 1798-1879)으로, 자는 대중(大中), 호는 노사, 본관은 행주(幸州)이다. 1831년 진사에 합격하였다. 조정에서 내린 벼슬을 모두 사양하였다. 저술로 30권 17책의 『노사집』이 있다.

고을 사람들은 '장자(長者)'라고 칭송하였다. 모친은 두 분인데, 창녕 조씨(昌寧曺氏)는 조성원(趙性源)의 딸이고, 연일 정씨(延日鄭氏)는 정환봉(鄭煥鳳)의 딸이다. 정씨가 철종(哲宗) 정사년(1857) 1월 24일에 처사를 낳았다. 처사는 다섯 형제 중에 셋째이다.

처사는 어려서부터 남다른 자질이 있었는데, 글방 선생에게 나아가 배워 가르침을 잘 따랐다. 글방 선생 중에 엄격하기로 이름난 사람이 있었지만 처사는 아주 작은 꾸지람도 들은 적이 없었다. 조금 더 장성해서는 과거공부와 유학 가운데 먼저 힘써야 할 것과 나중에 해야 할 것이 있다는 것을 알았다. 스승[최숙민]을 얻고 나서는 더욱 법도에 맞게 자신을 단속하였다. 무릇 말을 할 때나 몸가짐을 단속하거나, 마음을 보존하거나 일에 응할 적에는 한결같이 자신을 속이지 않고 함부로 하지 않는 것을 위주로 하였다. 이에 사람들은 처사를 배움에서 터득한 것이 그런 것이라고 생각하였지, 처사가 하늘에서 부여받은 것이 이미 그런 줄은 알지 못하였다.

겨우 6세 때 모친이 병이 들자 곧장 약을 맛보고 올렸다. 젊었을 때 어떤 부정한 여인이 처사를 욕보이려고 하자, 처사는 안색을 바르게 하고 그녀를 거절하였다. 부친이 병에 걸렸을 때는 자신의 손가락을 베어 피를 드시게 하였다. 모친의 삼년상을 지내는 동안 고기를 먹지 않았다.

의복과 음식은 화려한 것을 좋아하지 않았다. 형제들이나 규방에서는 처사가 도리에 어긋난 말을 하는 것을 듣지 못하였다. 땅을 양보하여 종자(宗子)에게 돌려주고, 곡식을 갈라서 궁핍하게 지내는 면식 있는 사람을 구휼하였다. 무릇 세상 사람들이 말하는 '행실을 고상히 하고 덕을

4 예식원 장례(禮式院掌禮) : 예식원은 대한제국 때 궁내부(宮內府)의 한 부서로, 외교 문서·궁내의 대외(對外) 교섭·친서(親書)·국서(國書) 등의 번역을 맡아보는 관아이다. 장례는 예식원의 주임(奏任) 벼슬로 궁중의 모든 의례에 관한 일을 맡아보았다.

숨긴 사람'이라고 하는 것은 모두 처사가 넉넉히 행하는 능사였다.

만년에는 선조를 추숭하고 자제들을 교육하며, 후생들을 이끄는 일에 정성을 다하였으니 이것들은 모두 인륜의 중대한 일이었다. 신학문에 대해 더욱 경계하며 말씀하기를 "성인(聖人)이 되느냐 어리석은 사람이 되느냐, 중화(中華)의 문화를 간직하느냐 이적(夷狄)이 되느냐의 구분이 여기에 달려 있다."라고 하였다. 처사는 병진년(1916) 11월 1일에 세상을 떠났다. 당시의 금령(禁令)에 저촉되어 장례기간을 단축하여 대초산(大草山) 갑좌 언덕에 서둘러 장사지냈다.[5]

부인 전주 최씨(全州崔氏)는 최제우(崔濟佑)의 딸이다. 2남 1녀를 낳았는데, 장남은 성수(聖秀)이고, 차남 현수(賢秀)는 계부(季父:姜永謎)의 후사로 나갔다. 딸은 진양 정씨 정희영(鄭熙永)에게 시집갔다. 손자는 몇 사람이 있다. 장손 대명(大明)은 재주와 자질이 있었지만 일찍 죽었다. 내 벗 최제효(崔濟斅)[6] 순약(淳若)은 계남 선생의 맏아들인데, 실제 처사의 행장을 지었다. 성수 군이 그 행장을 가지고 장사지낸 다음 달에 상복을 입은 몸으로 눈 내린 빙판 길을 뚫고서 깊은 산골짜기로 나를 찾아와 묘갈명을 청하였다. 내가 일찍이 『계남집』 속에서 처사의 이름을 알고 있었고, 순약이 지은 행장 내용도 모두 내가 보고 들은 것이었으니 처사의 실상을 징험할 수 있다. 또 성수 군은 지행(志行)이 있어서 군자의 자식이 되기에 걸맞다는 말을 들었다. 이에 그를 위하여 명을 짓는다.

---

5 당시의……장사지냈다 : 최제효가 지은 「행장」에는 '병진년 11월 1일(병인) 해시(亥時)에 세상을 떠났다. 세상이 어지러워 이장할 수 없어, 9일(갑술) 대초산 향경(向庚) 언덕에 부장(報葬 : 급하게 치르는 우제(虞祭))하였다.[卒丙辰十一月一日丙寅亥時也. 因世亂, 不克禮襄, 以九日甲戌, 報葬于大草山向庚之阡.]'라고 하였다.

6 최제효(崔濟斅) : 자는 순약(淳若), 호는 운강(雲岡), 본관은 전주(全州)이다. 최숙민(崔琡民)의 아들이다.

진양 강씨는 그 고을의 이름난 가문으로	晉陽之姜雄厥鄕
높은 관직에 오른 분들 성대히 배출되었네	肉粱朱紫競芬侈
아름다운 자질가진 한 사람 참된 감화를 받아	有美一人被服眞
경전을 연구해서 유가의 법도를 실천했네	咀茹典訓履繩準
손수 주자서절요 다 썼는데 자획이 곧았고	手竟晦書字較如
성(誠)·경(敬)해야 성인 된다고 늘 말씀했네	恒言誠敬乃作聖
몸을 보전하여 생을 떠난 것이 예순 살인데	保躳以終甲子同
비석에 새겨 성명과 수명을 영구히 전하네	刻示永久名與壽

墓碣銘 幷序

曺兢燮 撰

溪南 崔琡民先生, 篤學精思, 得蘆沙 奇氏之傳。厥有賢弟子曰"南湖處士 姜公", 諱永祉, 字洛中。姜氏, 自勝國, 爲東方著姓。至我朝, 有諱碩德, 官大司憲, 謚戴敏。生諱希孟, 左贊成, 封晉山君, 謚文良。生諱龜孫, 右議政, 謚肅憲。其後名德相承。高祖諱柱東, 贈戶曹參判, 曾祖諱泰煥, 壽爵嘉善, 祖諱在勉, 文科, 奉化縣監。考諱章會, 禮式院掌禮, 急人好施, 鄕里稱以長者。妣昌寧 曺氏, 性源女, 延日 鄭氏, 煥鳳女。鄭氏以哲宗丁巳正月二十四日, 生處士。處士有兄弟五人, 而於序居三。

幼有異賦, 及就傅馴甚。塾師有以嚴刻名者, 未嘗以微訶及之。少長, 知功令、儒學之有緩急。旣得師, 愈益自約於規矩。凡出言、持己、存心、應事, 一以不欺、不妄爲主。於是, 人以處士爲得於學者爲然, 而不知其所受乎天者已然。

甫六歲, 母疾, 卽嘗藥。少時, 有不正之色欲褻之, 輒正色以拒。至其父病, 餌指血。母喪三年, 舍肉。衣服、飮食, 不喜華美。兄弟、閨閤, 不聞有違言。讓田以還宗子、割粟以周窮識。凡諸世人所謂"高行陰德"者, 皆處士所優爲之能事也。晚歲，惓惓於追先、教子、接引後生，皆人倫重事。而尤懲於新學曰："聖愚、華夷之分，在此。" 處士卒以丙辰十一月一日。坐時禁，渴葬于大草山負甲之原。

配全州 崔氏，濟佑女。生二男一女，男長聖秀，次賢秀，出後季父。女適晉陽 鄭熙永。孫若干人。長曰"大明"，有才資而夭。余友崔濟斅 淳若，溪南先生胤子也，實爲處士行狀。而聖秀君，以旣葬之後月，曳蕉蒯穿氷雪，訪余于窮峽，而請銘焉。余嘗於≪溪南集≫中，識處士名，而淳若之狀，又皆所得於耳目者，可以徵實。且聞聖秀君，有志行，稱其爲君子子。於是爲之銘曰：

"晉陽之姜雄厥鄕，肉粱朱紫競芬侈。有美一人被服眞，咀茹典訓履繩準。手竟晦書字較如，恒言誠敬乃作聖。保躬以終甲子同，刻示永久名與壽。"

❖ 원문출전

姜永祉，『南湖遺稿』卷5 附錄，曺兢燮 撰，「墓碣銘幷序」(경상대학교 문천각 古(오림) D3B 강64ㄴ)

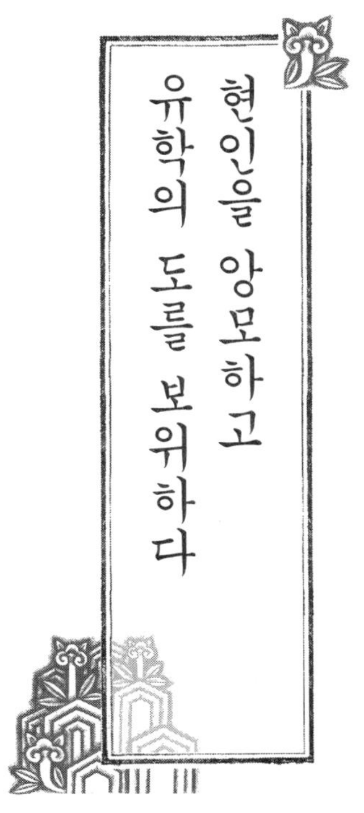

현인을 앙모하고 유학의 도를 보위하다

권상찬(權相纘) : 1857-1929. 자는 경칠(慶七), 호는 우석(于石), 본관은 안동(安東)이며, 현 경상남도 산청군 단성면 입석(立石)에 거주하였다. 1895년 동학란 때 잠시 거창(居昌)으로 옮겼다가 고향으로 돌아왔다. 어릴 적에는 중부 권헌기(權憲璣)에게 수학하였다. 허유(許愈)·곽종석(郭鍾錫)에게 배알하였고, 장복추(張福樞)에게 집지하였다. 김인섭(金麟燮)·정재규(鄭載圭)·김진호(金鎭祜)·조원순(曺垣淳)·이도추(李道樞)·조호래(趙鎬來)·권운환(權雲煥) 등과 교유하였다.

『남명집』 간행, 『주자어류』 판각, 도통사(道統祠) 건립, 경의당(敬義堂) 중건 등에 참여하였고, 덕천서원(德川書院)의 배향문제와 남명 신도비 시비문제를 안정시키려 노력하였다.

저술로 3권 1책의 『우석유고』가 있다.

우석(于石) 권상찬(權相纘)의 행장

권택용(權宅容)[1] 지음

공의 휘는 상찬(相纘), 자는 경칠(慶七), 성은 권씨(權氏)이다. 호는 우석(于石)인데, 이는 『주역』 예괘(豫卦) 육이효(六二爻)의 효사에 "절개가 돌과 같다.[介于石]"[2]라고 하는 의미를 취한 것이다.

우리 권씨는 본래 신라 왕족 출신[3]인데, 고려 초 태사공(太師公) 휘 행(幸)이 처음으로 성(姓)을 얻어 안동(安東)을 식읍으로 삼았다. 9대를 내려와 휘 수홍(守洪)은 상서 좌복야(尙書左僕射)를 지냈다. 또 3대를 내려와 휘 한공(漢功)은 우정승을 지냈고, 시호는 문탄(文坦)이며, 문장으로 현달하였고, 세상 사람들이 "일재 선생(一齋先生)"이라 일컬었다. 이분이 화원군(花原君) 휘 중달(仲達)을 낳았는데, 시호는 충헌(忠憲)이다. 고려를 거쳐 본조에 이르기까지 벼슬이 끊이지 않아, 서애(西厓) 류 선생(柳先生)[4]이 말씀하신 "명망 있는 종족과 큰 벌열[名宗巨閥]"[5]이 바로 이를 가

1 권택용(權宅容) : 1903-1987. 자는 안선(安善), 호는 척와(惕窩), 본관은 안동이며, 현 경상남도 산청군 단성에 거주하였다. 저술로 4권 4책의 『척와유고』가 있다.

2 절개가 돌과 같다 : 『주역』 「예괘(豫卦)」에 "육이는 절개가 돌과 같아 하루를 마치지 않고 떠나가니, 정정(貞正)하고 길하다.[六二, 介于石, 不終日, 貞吉.]"라고 하였다.

3 신라 왕족 출신 : 신라 왕실의 후손으로 본래 이름은 김행(金幸)이다. 오늘날 안동 지방의 수령으로 있었는데, 930년 왕건(王建)이 후백제군을 무찌를 적에 참여하여 큰 공을 세웠다. 이로 인해 권씨(權氏) 성을 하사받았다.

4 류 선생(柳先生) : 류성룡(柳成龍, 1542-1607)이다. 자는 이현(而見), 호는 서애, 시호는 문충(文忠), 본관은 풍산(豐山)이다. 이황에게 수학하였다. 저술로 20권 11책의 『서애집』이 있다.

5 명망……벌열 : 『서애집』 권19 비갈(碑碣) 「고려태사권공묘표(高麗太師權公墓表)」에 나

리킨다.

명종 때에 이르러 휘 규(逵)는 징사(徵士)로써 능참봉에 제수되었으나 나아가지 않았고, 퇴계(退溪)·남명(南冥) 두 선생과 도의지교를 맺었으며, 배우는 사람들이 "안분당 선생(安分堂先生)"이라 일컬었다. 이분이 휘 문임(文任)을 낳았는데, 문과에 급제하여 예문관 검열을 지냈고, 호는 원당(源塘)이며, 남명 선생에게 수학하였다. 부자가 모두 문산서원(文山書院)[6]에 배향되었다.

이후로는 벼슬이 비록 예전보다 조금 낮았지만 학문과 행의는 대대로 끊이지 않았다. 휘 홍(洚)은 효성으로써 찰방에 천거되었는데, 문경공(文敬公) 갈암(葛庵) 이공(李公)[7]이 지은 묘표에 "독행군자(篤行君子)"라고 하였다. 그 뒤 휘 중후(重垕)는 무과에 급제하여 권관(權管)을 지냈는데, 이분이 공의 5대조이다. 고조부의 휘는 집(倜)이고, 호는 계옹(溪翁)이며, 실기(實紀)가 있다. 증조부의 휘는 성락(成洛)이고, 호는 석고(石皐)이며, 괴천(槐泉) 류문룡(柳汶龍)[8]·용강(龍岡) 이병렬(李秉烈)[9]과 친하게 지냈다. 조부의 휘는 여추(輿樞)이고, 호는 와실(蝸室)이다. 부친의 휘는 헌필(憲弼)이고, 호는 신독정(愼獨亭)이다. 모친 순천 박씨(順天朴氏)는 용담(龍潭) 박이장(朴而章)의 후손 박규형(朴奎衡)의 딸로, 철종 8년(丁巳, 1857) 6월

온다.

6 문산서원(文山書院) : 현 경상남도 산청군 단성면 입석리 증촌에 있다. 1843년 창건되었다.

7 이공(李公) : 이현일(李玄逸, 1627-1704)을 가리킨다. 자는 익승(翼升), 호는 갈암, 시호는 문경이며, 본관은 재령(載寧)이다. 이황의 학통을 계승한 대표적인 산림으로 꼽힌다.

8 류문룡(柳汶龍) : 1753-1821. 자는 문현(文見), 호는 괴천, 본관은 진주이다. 정박(鄭墣)·권중헌(權中憲·류운우(柳雲羽)·손병로(孫秉魯)·노광리(盧光履) 등과 학문적으로 교유하였다. 저술로 3권 2책의 『괴천집』이 있다.

9 이병렬(李秉烈) : 1749-1808. 자는 사경(士敬), 호는 용강, 본관은 성주(星州)이다. 현 경상남도 산청군 단성(丹城)에 거주하였다. 저술로 『용강집』이 있다.

17일 단성현 입석(立石)[10] 집에서 공을 낳았다.

공은 위의가 단아하고 용모가 깨끗하며, 체격은 보통 사람과 비슷하였다. 아름다운 수염과 형형한 눈빛은 바라보면 맑고 고아하여 속기(俗氣)가 없었으며, 정신과 풍격이 거동하는 사이에서 은은히 저절로 드러났다. 언사는 정성스럽고 곡진하여 자상한 어머니가 인애하는 것과 가까운 듯하였고, 항상 정도(正道)로써 재량했기 때문에 끝내 일에 실수가 없었다.

공은 어릴 적부터 중부(仲父) 석범 선생(石帆先生)[11]의 문하에서 수학하였다. 언행과 경서를 익히고 배우는 태도는 다른 사람들이 오직 공을 본받았는데, 공이 힘써 문호를 더욱 창대하게 하였다. 21세 때 부친상을 당했는데, 지나치게 슬퍼하여 몸을 상한 것이 예제를 넘어섰다. 당시 조부 와실공(蝸室公)은 연로한 데다 자식을 잃은 아픔[12]을 오직 술에 의지해 근심을 잊고 있었다. 빈객들이 많이 찾아왔는데, 공은 조부 섬기기를 더욱 삼가며 주선하기를 게을리하지 않았고, 여가가 날 때마다 독서하였다.

이에 앞서 부친 신독공(愼獨公)이 마을 뒤에 석남재(石南齋)를 지어 자질(子姪)들이 학업을 익히는 곳으로 삼았다. 공은 부친상을 당한 뒤로부터 항상 이 석남재에 거주하면서 과문(科文)을 학습하거나 근체시를 익혔고, 여러 경서(經書)와 사서(史書)를 두루 섭렵하여 과장(科場)의 유림들 사이에서도 명성이 있었다. 그러나 시사가 점점 어그러지고 과거시험도 공정하지 못하자, 공은 마침내 과거시험에 나아가지 않고 오직 스

10 입석(立石) : 현 경상남도 산청군 단성면 입석리를 가리킨다.

11 석범 선생(石帆先生) : 권헌기(權憲璣, 1835-1893)이다. 자는 여순(汝舜), 호는 석범, 본관은 안동이다. 저술로 3권 1책의 『석범집』이 있다.

12 자식을 잃은 아픔 : 원문의 '상명(喪明)'은 자하(子夏)가 자식을 잃어 슬퍼하며 통곡한 나머지 시력을 잃은 데서 유래하였다.

승을 따르고 벗을 사귀며 산수를 보고 즐기는 것으로 일을 삼았다.

계미년(1883) 안음(安陰)의 각산(角山)에 우거하여 몇 년 동안 소요하며 세상사를 잊었다. 병술년(1886) 모친상을 당하였다. 무자년(1888) 조부의 상을 당하였다. 해를 연이은 상사(喪事)에도 공은 예식을 정성스럽게 준수하였다.

갑오년(1895) 동학란(東學亂)이 일어나 또 제창(濟昌)[13]으로 이거하였는데, 사우들과 절차탁마하는 즐거움이 있었다. 단발령이 내려졌다는 소식을 듣고 시를 지었는데, "만약 내 한 몸에서 논한다면, 머리에 비해 머리카락은 가볍다네. 오직 그 의리가 있는 곳을 따지자면, 머리카락이 중하고 머리는 도리어 가볍다네.[若論一身上 比頭髮是輕 惟其義在處 髮重頭還輕]"라고 하였다. 이를 통해 공의 지취가 확고하였음을 알 수 있다.

병신년(1896) 고향의 옛집으로 돌아왔다. 당시 세도가 더욱 변해 어떤 일도 할 수가 없어서, 이에 산수에 자취를 숨기고 시와 술에 흥취를 의탁하여 유유자적하며 생을 마쳤다. 이것이 공의 평생 동안 이력의 대개이다.

세분하여 말하면 다음과 같다. 공은 약관이 된 후에 부친을 잃어서, 항상 오래도록 봉양하지 못한 것을 한스러워하였다. 그래서 회갑이 되자 눈물을 흘리며 시를 짓기를 "풍수의 탄식[14]만 60년이니, 평생토록 어버이 봉양을 저버렸네.[風樹感多六十春 平生孤負養吾親]"라고 하였다. 또 장지를 구하지 못해 부모님의 시신을 안치하지 못하고 여러 번 장지를 옮겼는데, 혹 지관들에게 속임을 당하더라도 대수롭지 않게 여겼다.

공은 세상을 떠나기 며칠 전에 나를 불러 입으로 사실들을 일러주며

13 제창(濟昌): 현 경상남도 거창(居昌)을 가리킨다.

14 풍수의 탄식: 『한시외전(韓詩外傳)』의 "나무가 고요하고자 하나 바람이 그치지 않고, 자식이 어버이를 봉양하고자 하나 어버이는 기다려주지 않는다.[樹欲靜而風不止, 子欲養而親不待也.]"에서 나온 말로, 어버이가 돌아가셔서 자식이 봉양할 수 없을 뜻한다.

돌아가신 부친의 행록을 기록하게 하였다. 대개 공의 병이 낫지 않은 지 몇 달째인데 이때에 와서는 이미 붓을 잡을 수 없었다. 맹자가 이른바 "큰 효는 종신토록 부모를 사모하는 것이다."[15]라고 하였으니, 공의 효성이 거의 거기에 가까운 듯하다.

종제(從弟)들의 나이는 모두 공보다 10여 세 적었는데, 공은 평소 그들을 붕우처럼 대우하였다. 늙어가면서 경전의 의리를 강론하고 산천을 완상하기를 함께 하지 않음이 없었으니, 화락하게 사가(謝家)의 풍모[16]가 있었다.

공은 자손들을 가르칠 적에는 온화함과 엄숙함을 아울러 시행하였고, 가정 안에서는 엄숙하기보다는 온화함이 많았다. 이는 공이 평소 집에 거처할 때의 행실이다.

정축년(1877) 가을 덕천(德川)에서 허후산(許后山)[17]·곽면우(郭俛宇)[18] 두 선생을 알현하였다. 그리고서 두류산(頭流山) 정상에 올라, 10여 일 동안 모시고 유람하면서 보고 느낀 바가 많았다.

공이 제창에 우거할 적에 사미헌(四未軒) 장 선생(張先生)[19]에게 찾아가

---

15 큰……것이다 : 『맹자』「만장 상」 제1장에 "큰 효는 종신토록 부모를 사모하나니, 50세까지 부모를 사모한 자는 나는 대순(大舜)에게서 보았노라.[大孝, 終身慕父母, 五十而慕者, 子於大舜, 見之矣.]"라고 하였다.

16 사가(謝家)의 풍모 : 사가는 중국 진(晉)나라의 사안(謝安)을 가리킨다. 그는 사현(謝玄)을 비롯한 많은 자질들을 애지중지하였다. 여기서는 권상찬이 자질들과 화락하게 지내는 것을 사안에 견주어 말한 것이다.

17 허후산(許后山) : 허유(許愈, 1833-1904)이다. 자는 퇴이(退而), 호는 후산·남려(南黎), 본관은 김해이며, 현 경상남도 합천군 삼가에 거주하였다. 허전·이진상에게 수학하였다. 저술로 21권 10책의 『후산집』이 있다.

18 곽면우(郭俛宇) : 곽종석(郭鍾錫, 1846-1919)이다. 자는 명원(鳴遠), 호는 면우, 본관은 현풍(玄風)이며, 현 경상남도 산청군 단성(丹城) 출신이다. 이진상의 문하에서 수학하였다. 저술로 177권 63책의 『면우집』이 있다.

19 장 선생(張先生) : 장복추(張福樞, 1815-1900)이다. 자는 경하(景遐), 호는 사미헌, 본관은 인동(仁同)이다. 어릴 때부터 조부 장주(張儔)에게 수학하였다. 1890년 향리에 녹리서

집지하였다. 장 선생이 『숙흥야매잠집설(夙興夜寐箴集說)』[20]을 주면서 말씀하기를 "우리 유학의 심학(心學)은 모두 여기에 들어 있으니, 그대는 이를 힘쓰게."라고 하였다. 공은 물러나 교재(僑齋) 이방헌(李邦憲)[21]과 경서를 연역하기를 게을리하지 않았다. 공이 고향으로 돌아와서는 사람들과 종유하고 왕래한 것이 당시에 가장 성대하였다. 예컨대 단계(端磎) 김인섭(金麟燮)[22] · 애산(艾山) 정재규(鄭載圭)[23] · 약천(約泉) 김진호(金鎭祜)[24] · 복암(復菴) 조원순(曺垣淳)[25] · 월연(月淵) 이도추(李道樞)[26] · 하봉(霞峯) 조호래(趙鎬來)[27] · 명호(明湖) 권운환(權雲煥)[28] 같은 분들은 공이 스승으로

당(甪里書堂)을 세워 학문과 후진 양성에 전념하였다. 저술로 11권 6책의 『사미헌집』이 있다.

20 숙흥야매잠집설(夙興夜寐箴集說) : 『성학십도(聖學十圖)』의 「숙흥야매잠」에 관련된 주해(注解)들을 모아 체계적으로 집약하고 정리한 책이다.

21 이방헌(李邦憲) : 『공산집(恭山集)』 권6 「교재이공묘표(僑齋李公墓表)」에 의거하면 이만상(李萬相, 1857-1899)으로, 자가 방헌이며, 호는 교재이다. 장복추에게 수학하였다. 권상찬이 그의 제문을 지었다.

22 김인섭(金麟燮) : 1827-1903. 자는 성부(聖夫), 호는 단계(端磎), 본관은 상산(商山)이다. 허전의 수제자로 성재집을 교정하였으며, 현 경상남도 진주시 집현면에 대암정사(大嵒精舍)를 짓고 후학을 양성하였다. 저술로 18권 10책의 『단계집』 등이 있다.

23 정재규(鄭載圭) : 1843-1911. 자는 영오(英五) · 후윤(厚允), 호는 노백헌 · 애산(艾山), 본관은 초계(草溪)이며. 경상남도 합천에 거주하였다. 기정진의 문인이다. 저술로 49권 25책의 『노백헌집』이 있다.

24 김진호(金鎭祜) : 1845-1908. 자는 치수(致受), 호는 물천(勿川) · 약천, 본관은 상산(商山)이다. 허전(許傳)과 이진상(李震相)에게 수학하였다. 저술로 16권 9책의 『물천집』이 있다.

25 조원순(曺垣淳) : 1850-1903. 자는 형칠(衡七), 호는 복암, 본관은 창녕(昌寧)이다. 현 경상북도 성주군 월항면 대산리 한개 마을에 거주하였다. 저술로 7권 3책의 『복암집』이 있다.

26 이도추(李道樞) : 1848-1922. 자는 경유(敬維), 호는 월연, 현 경상남도 산청군 단성면 남사리 남사 마을에 거주하였다. 저술로 9권 5책의 『월연집』이 있다.

27 조호래(趙鎬來) : 1854-1920. 자는 태긍(泰兢), 호는 하봉 · 연재(連齋)이다. 현 경상남도 산청군 단성면 소남 마을에서 태어났다. 허전(許傳)에게 수학하였다. 저술로 8권 4책의 『하봉집』이 있다.

28 권운환(權雲煥) : 1853-1918. 자는 순경(舜卿), 호는 명호, 본관은 안동이며, 현 경상남

대하거나 벗으로 대하거나, 도를 논하거나 시를 주고받으면서 서로 종유하기를 그치지 않았다. 당시 그분들이 차례로 세상을 떠나자, 공은 매양 그분들을 추념하며 당시의 일을 거듭 말씀하시며 그치지 않았다. 이는 공이 사우를 종유한 즐거움이다.

경자년(1900) 가을 『남명집』 중간(重刊)의 일로 경상좌도에 가서 의논하였는데, 여러 고을을 두루 방문하고서 돌아왔다. 병진년(1916) 남쪽으로 금산(錦山)을 유람하였다. 임술년(1922) 서쪽으로 화개(花開)를 유람하였다. 안음(安陰)의 삼동(三洞)[29] 같은 경우에는 이미 젊었을 적에 살던 곳이고, 한양의 번화함과 계룡산의 웅건함은 모두 공이 노년에 지나가며 완상한 곳이다. 이는 공이 산수를 감상한 지취이다.

공은 일찍이 종가에 후손이 없음을 걱정하여, 종제들과 곡식을 거두어 이자를 취하여 농토를 산 뒤 집안사람의 아들로 후사를 세울 것을 청하였다. 손님이 찾아오면 가산이 있고 없음을 살피지 않고 대접하였다. 이 때문에 가산이 만년에 많이 기울었지만, 공은 또한 마음에 두지 않았다.

공은 현인을 앙모하고 유학의 도를 보위하는 일에 더욱 독실하였다. 예컨대 『남명집』 간행, 『주자어류』 판각, 진주(晉州) 연산(硯山)의 사우(祠宇) 건립[30]과 같은 것은 모두 처음부터 끝까지 그 일에 참여하여 힘쓴

도 산청군 신안면 월명산 아래에 거주하였다. 정재규에게 수학하였다. 19권 10책의 『명호집』이 있다.

29 안음(安陰)의 삼동(三洞) : 덕유산을 뿌리로 남쪽으로 양 산맥이 내리뻗어 세 고을을 형성하였는데, 중앙의 심진동(尋眞洞), 동편의 원학동(猿鶴洞), 서편의 화림동(花林洞)을 가리킨다.

30 연산(硯山)의 사우(祠宇) 건립 : 1914년 진양(晉陽)의 연산(硯山)에 도통사(道統祠)를 창건하고, 공자(孔子)·주자(朱子)·안향(安珦)의 영정을 모셨다. 이는 원래 경상남도 진주시 대평면 하촌리에 있었는데, 남강댐 공사로 인해 현 경상남도 진주시 내동면 유수리로 옮겼다.

것이 많았다. 경의당(敬義堂)을 중건할 적에는 진사 하재화(河載華)[31]와 함께 하였다. 위패를 모셔 배향하는 일에 이르러 논의가 일치되지 않았고,[32] 또 본손들이 비석을 넘어뜨린 변고[33]가 있었다. 공은 마음속으로 아파하여 양쪽을 빨리 안정시키려 하였으나, 불행하게도 일을 마무리하지 못하고 의지만 품은 채 기사년(1929) 5월 30일 세상을 떠났다. 사림이 모여 입석리 문산(文山)에 장사지냈는데, 이후 하동(河東) 화촌(花村)[34] 건좌 언덕에 이장하였다.

부인 창녕 성씨(昌寧成氏)는 판서 성만용(成萬庸)의 후손 성진덕(成鎭德)의 딸로, 옛날 부녀자의 풍모를 지녔다. 공이 사우들 사이에서 명성을 얻은 것은 부인의 내조에 도움을 받은 것이 많았다. 부인은 공보다 11년 먼저 세상을 떠났다. 외아들 태정(泰珽)을 낳았다. 태정은 1남 2녀를 낳았다. 아들은 영집(寧執)이고, 두 딸은 하동 정씨 정재용(鄭在鎔)과 합천 이씨 이병훈(李炳纁)에게 시집갔다.

아, 공은 학문과 예의의 전통이 있는 집에서 태어나 지향은 천고를 저울질하기에 충분하였고, 식견은 온갖 사물을 망라하기에 충분하였으며, 행실은 한 고을사람들을 면려하기에 충분하였다. 그러나 세상에 한 번도 펼쳐 볼 수 없었으니, 어찌 유독 운수가 그렇게 한 것이 아니겠는

---

31 하재화(河載華): 1860-1937. 자는 복영(復榮), 호는 여인헌(與人軒)이다. 하수일(河受一)의 후손이다. 『독립청원서』 및 신간회 활동으로 항일독립운동에 참여하였다. 철폐되었던 덕천서원 복원에 앞장섰다.

32 논의가 일치되지 않았고: 경의당 중건의 중심역할을 한 하재화가 방조(傍祖)인 하항(河沆)을 포함한 최영경(崔永慶)·정구(鄭逑)·오건(吳健)·김우옹(金宇顒) 등을 배향하자고 제의하였는데, 본손은 최영경을 대신해 조식(曺植) 도학의 정통성을 계승한 오건과 정구를 배향해야 하고, 그렇지 않으면 조식만 배향해야 한다고 주장한 일을 가리킨다.

33 비석을 넘어뜨린 변고: 1926년 허목(許穆)이 지은 남명의 신도비명[일명 덕산비(德山碑)]이 새겨진 비석을 본손들이 절단하여 땅에 파묻은 일을 가리킨다.

34 화촌(花村): 현 경상남도 하동군 양보면 지례리(知禮里) 화촌 마을을 가리킨다.

가. 볼 만한 것으로 가정에서의 효성과 우애, 빈객과 벗을 응접하는 예절, 학궁에서 선현을 사모한 정성은 또한 저절로 후세에 길이 남을 것이다. 평소 거처할 적에 겉으로 겸손하고 공손한 듯하였지만 안으로는 호방하고 고매함을 충만히 하였는데, 항상 관대하고 엄격함을 적절히 유지하였다.

임술년(1922) 적벽(赤壁)[35]을 유람할 적에 원근의 명현들이 찾아와 많이 모였다. 시를 짓고 나서 각자의 소견으로 고하를 품평하였다. 석전(石田) 황원(黃瑗)[36]이 공의 시를 일등으로 삼았는데 공도 웃으며 사양하지 않았으니, 공의 풍치와 기상의 일면을 여기서도 볼 수 있다.

항상 세상의 유자(儒者)들이 실상 없이 명성을 도모하는 것을 병통으로 여겨 입으로 리기(理氣)를 논하려 하지 않았다. 사람들이 그 이유를 물으면 문득 말씀하기를 "리가 없는 기가 있지 않고, 또한 기가 없는 리가 있지 않으니, 주자께서 어찌 우리를 속이겠는가."라고 하였다. 당시 세상 사람들이 분개간(分開看)을 주로하고 리기를 나누어 두 가지 물(物)로 삼는 경우가 많았기 때문에, 공이 이와 같이 말씀한 것이다.

태정(泰珽)씨가 공이 평소 남긴 시문을 수습하고서 세상에 간행하고자 하여, 문장가에게 묘비문을 청하려하며 나에게 말하기를 "당신께서는 저의 부친에게 문중의 조카일 뿐만 아니라 평소에 훈도 된 것이 또한 많을 것이니, 상세히 기술하여 행장을 지을 수 있을 것입니다."라고 하였다.

그리하여 내가 삼가 생각건대, 나의 부친이 상우정(尙友亭)을 지었을

---

35 적벽(赤壁): 현 경상남도 산청군 단성면 원지의 경호강 가의 절벽을 가리킨다.

36 황원(黃瑗): 1870-1944. 현 전라남도 광양시 봉강면 석사리 서석 마을에서 태어났다. 황현(黃玹)의 아우이다. 김택영(金澤榮)·정인보(鄭寅普)·조긍섭(曺兢燮)·장지연 등과 교유하였다. 항일운동을 지원하였다.

때 마침 공과 나란히 이웃하여 살면서 늘 함께하지 않음이 없었는데, 경사(經史)를 토론하거나 백성을 걱정하기를 삼년 동안 한결같이 하였다. 나는 매양 공을 곁에서 모시며 공의 덕에 훈도되고 평소의 말씀에 감복하였다. 공이 별세한 지 몇 해 되지 않아 나의 부친 또한 세상을 떠났다. 지금 생각해보니 이미 고사(故事)가 되었다. 또 세상의 풍속이 더욱 떨어져 염치를 모두 잃어가니 어떻게 저승에서 공을 불러 퇴폐해진 풍속을 조금이라도 진작시킬 수 있으랴. 마침내 참람함을 잊고 위와 같이 기술하니 후대의 훌륭한 글을 지을 군자가 혹 취할 바가 있기를 기다린다.

정축년(1937) 9월 상순 종질 택용(宅容)이 삼가 지음.

行狀

權宅容 撰

公諱相纘, 字慶七, 姓權氏。號曰“于石”, 蓋取≪易≫<豫>六二“介于石”之意也。 我權本新羅宗姓, 麗初太師公諱幸始得姓, 以安東爲食邑。至九世諱守洪尙書左僕射。又三世諱漢功右政丞謚文坦, 以文章顯, 世稱“一齋先生”。生諱仲達 花原君謚忠憲。歷麗以及本朝, 冠冕不絶, 西厓 柳先生所稱“名宗巨閥”者, 是也。

至明宗時, 有諱逵, 不就寢郎之徵, 與退溪、南冥爲道義交, 學者稱“安分堂先生”。生諱文任, 文檢閱, 號源塘, 受業于南冥。父子腏享文山書院。自是之後, 仕宦雖少遜於前, 而學問行誼, 世世不絶。諱浲以孝薦察訪, 葛庵 李文敬公表其墓曰:“篤行君子”。後有諱重垕, 武權管, 乃公之五代祖也。高祖諱偮, 號溪翁, 有實紀。曾祖諱成洛, 號石皐, 與柳槐泉 汶龍、李

龍岡 秉烈友善。祖諱輿樞，號蝸室。考諱憲弼，號愼獨亭。妣順天 朴氏，龍潭 而章后奎衡女，以哲宗八年丁巳六月十七日，生公于丹城 立石舊第。

儀表端潔，體不踰中人。美鬚髯炯眉目，望之，淸雅絶俗，而精神風格，隱然自露於顧眄之間。辭氣款曲，若近於煦煦之仁，而常裁之以正，故終不失於事也。自齠齔，受學於仲父石帆先生之門。言動誦習，惟公是效，公勉以益昌門戶。年二十一丁父憂，哀毁踰制。時蝸室公年老喪明，惟藉麯蘗以忘憂。多致賓客，公事之加謹，周旋不怠，暇輒讀書。先是，愼獨公構石南齋於村後，爲子姪肄業之所。公自遭天喪後，常居是齋，或習功令、或習近體，群經諸史，涉閱略盡，有名於場屋儒林之間。而時事漸乖，科試不公，公遂不赴擧，惟以從師取友、看山玩水爲事。

歲癸未，僑居于安陰 角山，數載逍遙以忘世。丙戌，丁內艱。戊子，遭承重喪。連年喪變，恪遵禮式。甲午，東燹，又移於濟昌，有師友資益之樂。聞斷髮令下，有詩曰："若論一身上，比頭髮是輕。惟其義在處，髮重頭還輕。" 可見其志之確矣。丙申，撤還故莊。時則世道益變，不可以有爲，乃遯跡於林泉，托興於詩酒，優游以卒歲。此其平生履歷之大槪也。

若細分而言之。其喪親也，在弱冠後，而常以奉養未久爲恨。至回甲，泫然流涕，有詩曰："風樹感多六十春，平生孤負養吾親。" 又以葬不得地，體魄靡寧，累遷不止，或爲地師所欺，而亦不恤也。沒之前數日，招宅容，口授事實，俾以記其先公行錄。蓋公之病，沈綿數月，至此已不能操筆也。孟子所謂"終身慕父母"者，庶幾近之矣。從弟等年，皆下十餘歲，平居待之如友朋。及其老也，講論經義，玩賞流峙，無不同之，融融然有謝家之風。其敎子孫也，和嚴幷施，而閨門之內，和多於嚴。此則其居家平常之行也。

丁丑秋，謁許后山、郭俛宇兩先生於德川。因登頭流絶頂，陪遊旬餘，多所觀感。其寓濟昌也，贄謁四未軒先生 張公。張公授以≪夙夜箴集說≫曰："吾儒心學，盡在於此，子其勉之。" 公退而與李僑齋 邦憲，溫繹不懈。及其還鄕，所從遊往來，極一時之盛。如金端磎 麟燮、鄭艾山 載圭、金約泉 鎭祜、曺復菴 垣淳、李月淵 道樞、趙霞峯 鎬來、權明湖 雲煥，或師之、或友之；或論道、或唱酬，徵逐無已。時及其次第淪沒，公每追思之，娓娓說當日事，不休。此則其師友遊從之樂也。

庚子秋，以≪南冥集≫重刊事，往議江左，周訪數郡而歸。丙辰，南遊錦山。壬戌，西遊花開。若安陰之三洞，已是少時所起居，而漢京之繁華、鷄龍之雄健，皆暮年所玩歷者。此則其山水寓賞之趣也。

嘗憂宗家無後，與從弟等，出穀取息，買置田莊，請族人子以立後。客至則不顧家之有無，以供之。坐是家業晩多剝落，公亦不慊於意。尤篤於慕賢衛道。如≪南冥集≫刊役、≪朱子語類≫梓鋟、晉州 硯山立祠，皆始終參涉，多所宣力。其重建敬義堂也，與河進士 載華共之。及其妥靈以配享事，論議不一，又有本孫踣碑之變。公痛傷於心，亟欲妥帖兩間，不幸事未成，而齎志以沒，乃己巳五月三十日也。士林會葬文山，後移於河東 花村乾坐之原。配昌寧 成氏，判書萬庸后鎭德女，有古女士風。公之得名於士友間，多藉其內助。先公十一年而卒。生一男泰珽。泰珽生一男二女。男寧執，女適河東 鄭在鎔、陜川 李炳纁。

嗚呼，公生於詩禮古家，志足以衡千古、識足以羅萬類、行足以勵一鄕。而未得一施於世，豈獨身運之致然哉。所可見者，家庭孝友之風、賓友應接之禮、儒宮寓慕之誠，亦自不朽於後世。平居，外若謙恭，而內實豪邁，常持闊狹。壬戌赤壁之遊也，遠近名碩多來集，詩已成，各以所見，論品高下。黃石田 瑗推公詩爲第一，公亦笑而不辭，亦可見公風致氣像之一端也。常病世儒之無實圖名，不肯開口論理氣。而人有問者，輒曰："未有無理之氣，亦未有無氣之理，朱子豈欺我哉。" 世多主分開、判理氣爲二物，故公之言如此。

泰珽氏收拾公平日咳唾之遺，欲梓行於世，而將請誌碣於秉筆家，謂宅容曰："汝於先君，不但爲門子姪，擩染於平素者亦多，可備述爲狀。" 仍竊念，家君之構尙友亭也，適與公隣比，呼吸起居，未嘗不同，或討論經史、或憂及生靈，三年如一日。不肖每侍傍側，薰德宇、服雅言。公沒未幾歲，而家君又沒。在今思之，已成故事。且世俗愈下，廉恥都喪，安得起公於九原, 少振其頹風也。遂忘僭而記述之如右, 以俟立言君子, 或有所裁云爾。

丁丑季秋上浣, 從姪宅容謹撰。

❖ **원문출전**

權相纘, 『于石遺稿』 卷3 附錄, 權宅容 撰, 「行狀」(경상대학교 문천각 古(오림) D3B 권51ㅇ)

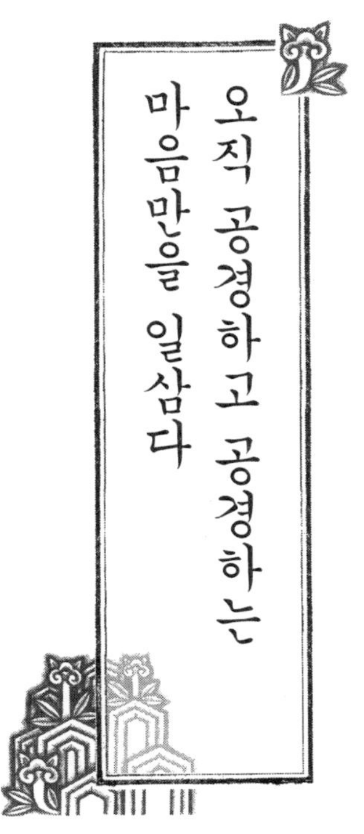

오직 공경하고 공경하는 마음만을 일삼다

안유상(安有商) : 1857-1929. 자는 여형(汝衡), 호는 도천(陶川), 본관은 순흥(順興)이다. 현 경상남도 함안군 가야면 신음리에서 태어났다. 11세 때 족조(族祖) 안정택(安鼎宅)에게 수학하였고, 후에 이진상(李震相)의 문하에서 수학하였다. 1905년 을사늑약이 체결되자 적신(賊臣)을 처단할 것을 상소하였고, 1910년 경술국치를 당해서는 통분함을 이기지 못하고 중국으로 망명하려 하였으나 뜻을 이루지 못하였다. 이에 산속으로 들어가 『춘추』 등을 강론하며 후학양성에 힘썼다.
저술로 7권 2책의 『도천집』이 있다.

도천(陶川) 안유상(安有商)의 묘갈명 병서

조긍섭(曺兢燮)[1] 지음

공의 휘는 유상(有商), 자는 여형(汝衡), 자호는 도천(陶川)이다. 그래서 배우는 자들이 '도천(陶川) 선생'이라고 일컬었다. 공의 선조는 순흥(順興)을 관향으로 삼았다. 고려시대 근재(謹齋) 선생 휘 축(軸)은 찬성사(贊成事)를 지냈고 시호는 문정(文貞)인데, 그 후 3대 동안 모두 아름다운 시호를 얻었다. 휘 관(灌)은 호가 취우정(聚友亭)으로, 기묘사화를 당하자 남쪽으로 내려와 함안에 살았는데, 관직이 제수되어도 나아가지 않았다. 찰방을 지낸 휘 의로(義老), 참봉을 지낸 휘 구(球)를 지나 초당(草堂) 휘 우진(宇鎭)과 안분정(安分亭) 휘 치로(致魯) 부자는 모두 문집이 있다. 공의 증조부는 휘 상천(相天)이고, 조부는 휘 정옥(鼎鈺)인데 호가 낙포(樂圃)이다. 부친은 휘 효중(孝中)이고, 모친은 전주 최씨(全州崔氏) 최필대(崔必垈)의 딸로, 철종 정사년(1857) 4월 11일 공을 낳았다.

공은 어릴 적부터 행동거지가 평범한 아이들과 같지 않았다. 8세 때 심의(深衣)를 입은 사람을 보고 모친에게 청하여 심의를 만들어 입었다. 역사서를 읽을 때 죽이고 정벌하고 싸우고 약탈하는 일이 많은 것을 보고 스승에게 다른 책으로 바꾸고 싶다고 청하자, 스승이 기뻐하며 『소학』을 가르쳤다.

---

1 조긍섭(曺兢燮) : 1873-1933. 자는 중근(仲謹), 호는 암서(巖棲)·심재(深齋), 본관은 창녕이다. 곽종석(郭鍾錫)·장복추(張福樞)·김흥락(金興洛)의 문하에서 수학하였다. 저술로 37권 19책의 『암서집』이 있다.

14세 때 부친상을 당하여 곡읍하는 것이 예절에 지나치자 조부가 타이르기를 "우리 집안은 대대로 유학을 일삼았다. 너는 힘써 공부하여 모친을 위로해야 할 것이니, 곡읍만 해서는 안 될 것이다."라고 하였다. 공은 그 말씀을 듣고서 마음에 느낀 점이 있는 듯하여 더욱 학업에 힘을 쏟았다.

조부가 연로하여 공이 집안일을 두루 돌보았다. 조부가 돌아가시자 계부 수암공(修庵公)[2]을 부친처럼 섬겼다. 모친의 명으로 아우에게 집안일을 맡기고 한양에 가서 몇 년 동안 공부를 하였다. 그러나 과거시험의 문란함이 심한 것을 보고 마침내 고향으로 돌아와 다시는 벼슬길에 뜻을 두지 않았다.

공은 방 한 칸을 청소하고 정복심(程復心)[3]의 「심학도(心學圖)」를 걸어놓고 잠심하여 체인하고 궁구하였다. 공이 심통성정(心統性情)을 논하기를 "성(性)은 마음에 갖추어져 있고, 정(情)은 성에서 발한다. 성은 아직 동하지 않은 것이고, 정은 이미 동한 것이다. 아직 동하지 않은 것이나 이미 동한 것이나 모두 마음에 통섭된다. 비유하자면 물에는 근원과 지류가 있지만 모두 물이라고 말하며, 나무에는 뿌리와 가지가 있지만 모두 나무라고 말하는 것과 같으니, 이것을 '통(統)'이라고 말하는 것이다. 명의(名義)와 계분(界分)으로써 말하면, 하늘로부터 품부 받은 것을 성(性)이라 하고, 발하여 작용하는 것을 정(情)이라 하고, 주재하는 것을 심(心)이라 한다. 그것을 통합해도 하나의 물(物)이 아니고, 그것을 나누어도 두 개의 물이 아니다."라고 하였다. 이 설은 비록 도(道)·기(器)와 능(能)·소(所)의 분변에 있어서는 분명하지 않은 점이 있는 듯하다. 그

2 수암공(修庵公) : 안택중(安宅中)이다.

3 정복심(程復心) : 1257-1340. 자는 자현(子見), 호는 임은(林隱)이며, 강서성 무원(婺源) 사람이다. 원나라 때 학자로 『사서장도(四書章圖)』를 지었다.

러나 "성은 마음에 갖추어져 있다.[性具於心]", "성정은 모두 마음에 통섭된다.[皆統於心]"라고 한 말의 한 '어(於)' 자는 경계가 이미 분명하다. 그리고 공이 말한 "그것을 통합해도 하나의 물이 아니고, 그것을 나누어도 두 개의 물이 아니다."라고 하는 설은 또한 주자(朱子)의 "하나이면서도 둘이고, 둘이면서도 하나이다."[4]라는 본지에 부합하니, 공의 소견은 요즘 사람들이 한만하게 보아 명확하게 구분하지 못하는 것과는 같지 않다.

공이 마음을 다스리는 공부에 대해 논하기를 "한 번 생각하는 사이에 성인과 광인, 인간과 금수가 나누어지니 반드시 고요할 적에는 마음을 보존하고 움직일 적에는 기미를 잘 살펴야 한다. 성색취미(聲色臭味)를 말미암아 발하는 것은 극복하고, 인의예지(仁義禮智)를 말미암아 발하는 것은 확충하여, 이 마음으로 하여금 항상 한 마음을 위주로 하여 다른 데로 달아남이 없게 한다면 천리가 늘 보존되고 온갖 변화에 대응하여 절도에 맞지 않음이 없을 것이다."라고 하였다. 이는 비록 일상적인 말에 가깝지만 자신이 체험한 것을 통해 드러내려 한 것이지, 단지 자기가 들은 것을 암송하기만 한 것이 아니다.

그러므로 공이 일상에서 드러내 보인 것은 다음과 같다. 옷차림을 바르게 하고 단정히 앉아 종일토록 근엄하게 있었지만 사람들은 공의 피로한 모습을 보지 못하였고, 양식이 자주 떨어져도 일찍이 근심하는 모습이 없었다. 온화하고 겸손한 몸가짐을 지녀 자신이 현명하고 지혜롭다 하여 남보다 앞서지 않았지만 일에 임해서는 탁월하여 선견지명이 있었다. 남들과 다른 과격한 행동은 하지 않았지만 또한 세속을 그대로 따르지도 않았다. 남들을 정성스럽게 가르쳐 인도하였기 때문에 현명한

4 하나이면서도……하나이다 : 『주자어류(朱子語類)』 권5 성리2(性理二) 「성정심의등명의(性情心意等名義)」에 나오는 말이다.

자나 어리석은 자 할 것 없이 모두 공의 지극한 정성에 감복하였다. 그러니 공과 같은 분은 어찌 진실로 말과 행실이 서로 돌아보며 충신(忠信)하여 자신을 속이지 않는 군자가 아니겠는가.

공이 모친을 섬길 때 병환을 살피고 상례를 치르는 것은 모두 남들이 하기 어려운 바였으며, 나라가 망했을 때는 의리를 지켜 자정(自靖)하여 또한 그 중도를 얻었다. 경의당(敬義堂)의 도강(都講)을 맡고[5] 『백호집(白湖集)』의 교감을 담당한 것은 여러 사람의 부탁에 의한 것이니 또한 부응하기에 힘써 거절하지 않았다. 병이 들었을 때에도 누운 자리에서 제생들에게 경서 가르치기를 게을리하지 않았다.

어느 날 갑자기 공의 기운이 가라앉아 곁에 있던 사람들이 놀라서 공을 부르자, 눈을 뜨며 겨우 말씀하시기를 "내가 바야흐로 서천(西川)과 함께 시를 짓고 있었는데 '유의사(由義死)' 세 글자를 겨우 얻자 여러분들이 불러서 깨어났다."라고 하였다. 서천은 조정규(趙貞奎)[6] 공으로, 공보다 먼저 세상을 떠났다. 그리고는 자리를 바르게 하고 돌아가셨으니, 기사년(1929) 3월 20일이다. 향년 73세였다. 남산(南山)[7] 성지(聖旨) 고개 을좌(乙坐) 언덕에 장사지냈는데, 초취 부인의 묘소 곁에 모신 것이다. 장사지내는 날 모인 사람이 1천여 명이었고, 상복을 입은 사람이 거의 40명이었다. 초취 부인은 진양 강씨(晉陽姜氏) 강익흠(姜益欽)의 딸이고, 후취 부인은 함안 조씨(咸安趙氏) 조성섭(趙性燮)의 딸이다. 3남 4녀를 두었는

---

5 경의당(敬義堂)의……맡고 : 경의당은 덕천서원(德川書院)의 강당이다. 덕천서원은 서원철폐령 때 훼철되었는데, 지방 사림의 공의로 1918년 경의당이 중건되었다. 『가장』에 의하면 안유상이 경의당의 강장을 맡은 것은 1922년이다.

6 조정규(趙貞奎) : 1853-1920. 자는 태문(泰文), 호는 서천(西川), 본관은 함안이다. 허전(許傳)에게 수학하였다. 1890년 『성재집』 간행에 참여하였다. 1914년 중국 심양으로 가서 황무지를 개간하였다. 저술로 5권 3책의 『서천집』이 있다.

7 남산(南山) : 현 경상남도 함안군 군북면 장지리·유현리 일대이다.

데, 아들은 철준(哲濬)·극준(克濬)·용준(用濬)이고, 딸은 참봉 정연석(鄭淵錫), 사인 최동석(崔東奭), 이창호(李昶湖), 이병곤(李秉昆)에게 시집갔다. 철준의 아들은 병학(秉學)이고, 딸은 조용성(趙鏞聲)에게 시집갔으며 나머지는 어리다. 극준은 2녀를 두었는데 어리다. 용준은 2남 1녀를 두었는데 어리다. 정연석의 아들은 태홍(泰泓)·태승(泰升)·태천(泰仟)이고 딸은 최종렬(崔宗烈)에게 시집갔다. 최동석의 아들은 규윤(圭尹)·규상(圭相)이고 딸은 어리다. 이창호는 2남을 두었는데 어리다.

공은 일찍이 고을의 벗들과 함께 나를 두 차례 찾아와 외람되이 시[8]를 지어 주셨다. 또한 편지를 보내 공의 족제 상정(商正)을 부탁하였는데, 그 뜻이 매우 정성스러웠다. 공이 나에게 베풀어 준 것이 매우 커서 매양 한번 찾아가 가르침을 받으려 하였는데 뜻을 이루지 못했다. 내가 남쪽 지방을 유람할 때 공이 사는 마을에 이르니 공의 상은 이미 소상을 치른 뒤였다. 만시[9]를 지어 곡을 하였다. 공의 아들이 탈상한 뒤 묘소에 비석을 세우기 위해 이병주(李秉株) 군이 지은 행장을 가지고 찾아와 묘갈명을 지어주기를 청하여 감히 사양하지 못하였다.

명은 다음과 같다.

> 작은 절개에 구애되지 않던 광자와 정직한 어리석은 사람　肆狂直愚
> 그런 옛날 병폐마저 없어진 지금 세상에[10]　古疾亦亡

---

8 시 : 『도천집』 권2의 「류조중근긍섭장(留曺仲謹兢燮庄)」이다.

9 만시 : 『암서집』 권6의 「만안도천유상(挽安陶川有商)」이다.

10 작은……세상에 : 『논어』 「양화」에 "공자께서 말씀하셨다. 옛날에는 백성들이 세 가지 병폐가 있었는데, 지금에는 그것마저도 없어졌구나! 옛날의 뜻이 지나치게 높은 사람[狂]은 작은 절개에 구애되지 않았는데[肆], 지금의 뜻이 지나치게 높은 사람은 방탕하기만 하고[蕩], 옛날의 자신을 지키는 것이 너무 엄격한 사람[矜]은 행동에 모가 있었는데[廉], 지금의 자신을 지키는 것이 너무 엄격한 사람은 사납기만 하고[忿戾], 옛날의 어리석은 사람[愚]은 정직했었는데[直], 지금의 어리석은 사람은 간사하기만[詐] 하다."라는 말에

삼가고 온후하고 정성스럽고 공손해야 謹厚慤愿
이에 근본에 가까워지는데 乃爲近本
하물며 공은 오직 공경하고 공경하여 矧惟欽欽
스스로 그 마음을 일삼았네 自事其心
도를 멀리서 찾고 겉치레를 하면 求遠衒外
지혜와 힘이 단지 황폐해질 뿐 知力徒弊
공은 그런 마음으로 이런 습속을 바꾸었으니 以彼易玆
그 계책을 이루 헤아릴 수가 없네 其計不貲
아름답도다 문채나는 덕이여 可懿匪德
이를 기록해 후세에 보이노라 用視無極

창산(昌山) 조긍섭(曺兢燮)이 지음.

墓碣銘 幷序

曺兢燮 撰

公諱有商, 字汝衡, 自號陶川。故學子稱“陶川先生”。安氏之先, 出順興。高麗中有謹齋先生, 諱軸, 官贊成, 諡文貞, 自後連三世, 皆得美諡。至諱瓘, 號聚友亭, 値己卯禍, 南下咸安, 除官不出。歷察訪義老、參奉球, 至草堂 宇鎭、安分亭 致魯, 兩世俱有集。曾祖諱相天, 祖諱鼎鈺, 號樂圃。考諱孝中, 妣全州 崔氏 必垈女, 以哲廟丁巳四月十一日生公。

自幼動止, 不類凡兒。八歲, 見服深衣者, 請於母而製服之。讀通史, 見多殺伐爭奪事, 請師願易佗書, 師喜而授≪小學≫。十四, 丁外艱, 哭泣過節, 王父公諭之曰 : “吾家世儒業。汝當力學以慰親, 毋徒哭泣爲也。” 公

서 나온 것이다.

聞則若有感, 益委身於學。以王父年高, 旁攝家務。及王父公沒, 事季父修庵公如所生。以母命, 付弟家事, 遊京師數年。見選途殽甚, 遂歸不復意進取。

掃一室, 揭程氏≪心學圖≫, 潛心體究。其論心統性情曰: "性具於心, 情發於性。性是未動, 情是已動。未動、已動, 皆統於心。譬之, 水有源流, 皆謂之水; 木有根枝, 皆謂之木, 是之謂統。以其名義界分而言, 則稟受者曰'性', 發用者曰'情', 主宰者曰'心'。統之而非一物, 分之而非二物。" 此雖於道器能所之辨, 若有所未瞭者。 然其曰"性具於心"、曰"皆統於心", 一'於'字, 界限已分明。而其曰"統之非一物, 分之非二物。", 又有合於朱子"一而二, 二而一"之旨, 則公之所見, 非如今人之漫無星寸也。

其論治心之學曰: "一念之頃, 聖狂人獸, 判焉, 必須靜存動察。其由聲色臭味發者, 克之; 由仁義禮智而發者, 擴之, 使此心, 常主一無適, 則天理常存, 酬酢萬變, 無不中節矣。" 此雖近於常談, 而要發於體驗之餘, 非第誦說其所聞而已。故其見於日用, 則正冠端坐, 終日儼然, 人不見其疲萎之貌, 簞瓢屢空, 而未嘗有慽慽之容。溫謙自持, 不以賢知先人, 而臨事超然, 有先見之明。不爲異衆激切之行, 亦不爲隨俗流徇之態。與人諄諄誘誨, 以故人無賢愚, 皆服其至誠。若公者, 豈不誠言行相顧、忠信不欺之君子哉。

公事母夫人, 救癠持喪, 皆所難能, 而當鼎革之日, 處義自靖, 亦得其中。至敬義堂都講之任、≪白湖集≫校勘之役, 衆以見屬, 則亦勉副而不辭。及寢疾, 猶口授諸生經書不倦。一日忽氣沈, 左右驚呼之, 開目强應曰: "吾方與西川賦詩, 纔得'由義死'三字, 被呼而覺。" 西川者, 趙公 貞奎, 先是亡矣。因正席而終, 己巳三月二十日也。享年七十三。葬南山 聖旨嶝乙坐之原, 從前夫人兆也。葬之日, 會者千餘人, 加麻者近四十人。前娶晉陽 姜氏 益欽女, 後娶咸安 趙氏 性夑女。有三男四女, 男: 哲濬、克濬、用濬, 女適參奉鄭淵錫、士人崔東奭、李祀浩、李秉昆。 哲濬男秉學, 女適趙鏞聲, 餘幼。 克濬二女幼。 用濬二男一女幼。 鄭淵錫男: 泰泓、泰升、泰任, 女崔宗烈。崔東奭男 : 圭尹、圭相, 一女幼。李昶浩二男幼。

公嘗與鄕友, 再訪余, 辱贈以詩。又嘗書屬其族弟商正, 意甚惓惓。其賜不佞甚大, 每擬一造薰德, 而未就。及余南遊, 至公里, 則公之喪, 已練矣。爲詩哭之。嗣孤旣免喪, 將碣于墓, 以李君 秉株之狀, 來徵銘, 不敢辭。

銘曰 : "肆狂直愚, 古疾亦亡, 謹厚愨愿, 乃爲近本, 矧惟欽欽, 自事其心。求遠衒外, 知力徒弊。以彼易玆, 其計不貲。可懿匪德, 用視無極。"

昌山 曺兢燮撰。

❖ 원문출전

安有商, 『陶川集』 卷7 附錄, 曺兢燮 撰, 「墓碣銘幷序」(경상대학교 문천각 古(오림) D3B 안67ㄷ)

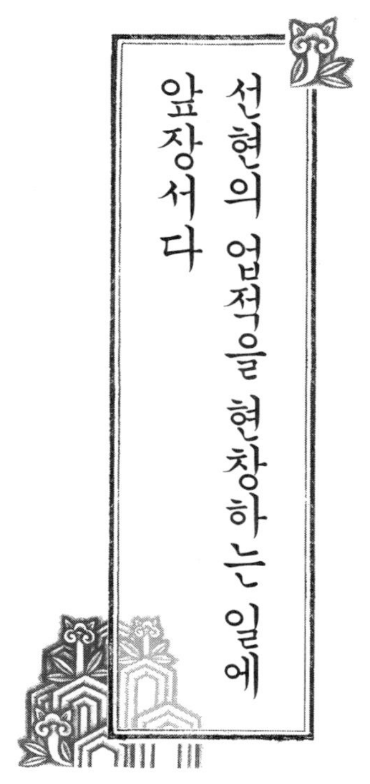

선현의 업적을 현창하는 일에 앞장서다

강기팔(姜起八) : 1858-1920. 자는 문일(文一), 호는 계려(稽黎), 본관은 진주(晉州)이다. 현 경상남도 산청군 산청읍 정곡리에서 태어났다.
장복추(張福樞)·곽종석(郭鍾錫)·허유(許愈)·정재규(鄭載圭)·김진호(金鎭祜) 등과 종유하였다.
선현의 업적을 현창하는 일에 앞장섰으며, 덕계 선생의 묘비 건립을 주선하였고, 지역에서 『주자어류』를 간행할 적에 주도적으로 참여하였다.
강기팔이 선대의 시문유고를 정리하여 『호상지미록(湖上趾美錄)』을 만들었는데, 사후 아들 강종혁이 그의 유고를 정리하여 『호상지미록』 권5-7에 붙여 간행하였다.

계려(稽黎) 강기팔(姜起八)의 묘지명

김황(金榥)[1] 지음

회계산(會稽山)[2] 아래 경호강(鏡湖江) 가에 은거하여 행의를 갖춘 분이 있었는데, 바로 처사 강공(姜公)이다. 휘는 기팔(起八), 자는 문일(文一)이며, 계려(稽黎)는 그의 별호이다. 공의 집안은 유학의 명망으로 고을에서 드러났다. 선대의 덕과 연원의 아름다움을 상고해 보면 당암(戇菴) 강익문(姜翼文), 경호(鏡湖) 강대연(姜大延), 죽봉(竹峯) 강휘정(姜徽鼎), 역락정(亦樂亭) 강명기(姜命基) 같은 분들이 있는데, 이분들은 직계로 이어진 조상이다. 그리고 오덕계(吳德溪)[3]·노옥계(盧玉溪)[4]·김동강(金東岡)[5] 등 여러 선생들은 모두 선대 외가 인척들이다.

공이 종유하면서 사우로 삼은 사람으로는 사미헌(四未軒) 장 징사(張徵士),[6] 유석(幼石) 곽 빙군(郭聘君),[7] 후산(后山) 허유(許愈),[8] 노백헌(老柏軒)

---

1 김황(金榥): 1896-1978. 일명 우림(佑林), 자는 이회(而晦), 호는 중재(重齋), 본관은 의성(義城)이다. 경상남도 의령(宜寧) 어촌리에서 출생하였다. 곽종석(郭鍾錫)의 문하에서 수학하였고 그 학통을 계승하였다. 1928년 산청군 내당촌으로 이사하여 강학활동을 하였다. 저술로 『쇄기(鎖記)』·『사례수용(四禮受用)』·『동사략(東史略)』·『익붕당총초(益朋堂叢鈔)』 등이 있다.

2 회계산(會稽山): 경상남도 산청군 산청읍 부리에 있는 산이다.

3 오덕계(吳德溪): 오건(吳建, 1521-1574)이다. 자는 자강(子强), 본관은 함양이다. 조식·이황에게 수학하였다. 1558년 문과에 급제한 뒤 의정부 사인, 이조 좌랑 등을 역임하였다. 저술로 10권 5책의 『덕계집』이 있다.

4 노옥계(盧玉溪): 노진(盧禛, 1518-1578)이다. 자는 자응(子膺), 본관은 풍천(豐川)이며, 현 경상남도 함양에 거주하였다. 저술로 11권 6책의 『옥계집』이 있다.

5 김동강(金東岡): 김우옹(金宇顒, 1540-1603)이다. 자는 숙부(肅夫), 본관은 의성(義城)이다. 조식에게 수학하였으며, 저술로는 21권 11책의 『동강집』 등이 있다.

정재규(鄭載圭),[9] 물천(勿川) 김진호(金鎭祜)[10] 같은 분들인데, 또한 모두 당대의 이름난 석학들이었다. 아! 성인께서 '노나라에 군자가 없었다면 이 사람이 어디에서 이러한 덕을 취했겠는가?'[11]라고 말씀하시지 않았던가. 공을 보면 어찌 이 말씀을 믿지 않겠는가.

공은 젊어서 과거공부를 일삼았는데, 얼마 뒤 세상의 도가 벼슬에 나아갈 만하지 않음을 보고는 마침내 과거공부를 폐지하고 일삼지 않았으며, 위기지학으로 돌이켜 유자의 학문에 종사하였다. 집에 거처할 적엔 효도와 우애를 돈독히 행하였다. 부모님은 모두 성품이 엄격하여 조금도 관용을 베풀지 않았는데, 공은 일마다 받들어 순종하며 하나라도 부모님의 뜻을 거역함이 없었다. 부모님의 병을 돌볼 적에는 의복의 띠를 풀지 않았고, 밤에 눈을 붙이지 않은 적이 여러 날이었다. 세 동생이 있었는데 전답을 나눌 적에 기름진 땅을 동생에게 떼어주고 자신은 척박한 땅을 차지하였으니, 모두 일반 사람들이 하기 쉬운 일이 아니었다.

---

6 장 징사(張徵士) : 장복추(張福樞, 1815-1900)이다. 자는 경하(景遐), 호는 사미헌(四未軒), 본관은 인동(仁同)이다. 어릴 때부터 조부에게 수학하였다. 1890년 향리에 녹리서당(甪里書堂)을 세워 학문과 후진 양성에 전념하였다. 저술로 11권 6책의 『사미헌집』이 있다.

7 곽 빙군(郭聘君) : 곽종석(郭鍾錫, 1846-1919)이다. 자는 명원(鳴遠), 호는 면우・유석(幼石)이다. 본관은 현풍(玄風)이다. 이진상(李震相)에게 수학하였다. 저술로 177권 63책의 『면우집』 등이 있다.

8 허유(許愈) : 1833-1904. 자는 퇴이(退而), 호는 후산(后山), 본관은 김해(金海)이다. 현 경상남도 합천군 삼가면 오도리(吾道里)에 출생하였다. 이진상에게 수학하였다. 저술로 19권 10책의 『후산집』이 있다.

9 정재규(鄭載圭) : 1843-1911. 자는 영오(英五)・후윤(厚允), 호는 노백헌(老柏軒), 본관은 초계(草溪)이다. 기정진의 문하에 나아가 배웠으며, 「외필변변(猥筆辨辨)」 등을 지어 스승 기정진의 학설을 반박하던 논의에 대해 변론하였다. 저술로 49권 25책의 『노백헌집』이 있다.

10 물천(勿川) 김진호(金鎭祜) : 1845-1908. 자는 치수(致受), 본관은 상산(商山)이다. 허전(許傳)과 이진상(李震相)에게 배웠다. 저술로 16권 9책의 『물천집』이 있다.

11 노나라에……취했겠는가 : 『논어(論語)』 「공야장(公冶章)」에 보인다.

공은 선대의 유문(遺文) 가운데 시간이 오래되어 빠지고 흩어진 것을 바야흐로 널리 수집하고 채록하여 윗대의 문집을 간행하고서 세상에 유포하고, 그 나머지 또한 모두 정밀하게 손을 보고 소중하게 보관하여 훗날 간행할 수 있도록 만들어 놓았다. 조상의 무덤에 묘비가 갖추어지지 않거나 제전(祭田)이 부족한 경우는 한결같이 모두 경영하여 배치하였으며, 옛터에 선대의 정자를 중건하였다. 세보(世譜)를 이어서 편수하는 일을 몸소 책임지고 감당하였는데, 해를 넘겨서야 일을 마쳤다.

외부적으로 유림 사회에 정성을 바친 것으로는 『주자어류』를 중간한 것과 같은 일이 있는데, 특별히 많은 돈을 내어서 한 몫을 하였다. 덕계선생(德溪先生)의 묘에 그때까지 비석이 없었는데, 공이 본손(本孫)들과 도모하여 속히 그 일을 주선하였다. 또 고을과 도내 사림들을 이끌고 춘래대(春來臺)[12]에서 유계를 마련하였는데, 결국 그곳에 정자를 짓고 채례를 지내는 사당을 마련하여 본보기로 삼을 장소를 드러내었으니, 이것이 공이 유림 사회에서 한 역할의 대략이다.

공은 어진 이를 친히 여기고 사류들에게 자기를 낮추는 데에 더욱 특별한 성품이 있었다. 손님이나 벗이 많이 찾아와도 술상을 차리도록 하고는 시를 지었고, 만류하여 지체해도 정성스럽게 대하였으며, 오래 머물러도 싫어하지 않았다. 이 때문에 당시 사우들 중 이 지역을 지나가는 사람들은 도주(道主)[13]처럼 보지 않는 이가 없었다. 공이 세상을 떠났

---

12 춘래대(春來臺) : 현 경상남도 산청군 금서면 지막리에 있다.

13 도주(道主) : 동도주(東道主)와 같은 뜻으로, 빈객을 접대하는 주인이란 뜻이다. 춘추시대 진(晉)과 진(秦)이 군대를 연합하여 정(鄭)을 포위했을 때, 정 문공(鄭文公)이 촉지무(燭之武)를 보내서 진 목공(秦穆公)을 달래어 말하기를 "만일 우리 정나라를 그대로 두어 동방 길의 주인으로 삼아서 사자의 왕래에 부족한 것들을 공급하게 한다면 군주께서도 해로울 것이 없습니다.[若舍鄭以爲東道主, 行李之往來, 共其乏困, 君亦無所害.]"라고 한 데서 나온 말이다. (『春秋左氏傳』 僖公30年)

어도 여전히 그 풍도를 서로 칭송하며 아련히 잊을 수 없는 듯이 하였다.

세상 사람들은 경박한 것을 좇아 편벽되고 약삭빠르고 거칠어져, 하나라도 능히 고인보다 낫다고 하면서 옛날의 도는 참으로 쓸모없는 것처럼 여긴다. 그렇다면 공과 같은 분은 아직도 오늘날 많이 있겠는가. 있기는 할 것이다. 그러나 그런 것을 능히 알고 애모할 자가 과연 얼마나 되겠는가. 슬프구나.

공의 맏아들 종혁(鍾爀) 군이 바야흐로 공의 유업(遺業)을 힘써 좇았는데, 공의 시문을 수집하고서 공이 정리하여 보관하던 세고인 『호상지미록(湖上趾美錄)』의 뒤에 붙여 간행하였다. 또 공의 평생 사적과 행실을 갖추어 나에게 묘지명을 지어 달라고 부탁하였는데, 그것은 내가 동강(東岡)의 후손이고 또 공과 함께 곽 선생의 문인이 되기 때문이었으니 정의상 감히 적임자가 아니라고 사양할 수 없었다. 그래서 삼가 그 대략을 쓰고서 다시 아래와 같이 명을 짓는다.

강씨는 본관이 진양으로 은열공이 시조이며	姜出晉陽祖殷烈
중간에 산음으로 이거해 유림의 명문이 되었네	中移山陰誇儒閥
복(鍑), 필택(必宅), 지호(趾皡) 세 분은	曰鍑必宅暨趾皡
공의 증조부, 조부, 부친이시네	三世曾祖祖若考
부친 여든까지 사시어 동지중추부사가 되었고	考壽大耋爵同樞
모친 하양 허씨는 부인의 덕을 갖추었네	河陽之許配德俱
공은 철종 무오년(1858)에 태어나	睿陵戊午公降生
경신년[14]에 세상을 떠났으니 향년 63세였네	六十三歲白猿驚
일두 선생 후예인 정씨에게 장가들었고	齊聘鄭氏蠹翁裔
네 딸 중 장녀는 김석태에게 시집갔네	四女長適金錫泰

14 경신년 : 원문의 '백원(白猿)'에서 백(白)은 천간의 경(庚)과 신(辛)에 해당하고, 원(猿)은 십이지의 신(申)에 해당하므로, 경신년이 된다. 강기팔은 이해(1920)에 세상을 떠났다.

이병수와 이상룡	李炳秀與李相龍
심동섭 군은 모두 사위이네	沈君東燮甥館同
양자로 삼은 종혁은 동생의 아들이고	弟子爲子卽鍾爀
내외의 어린 손자들 다 기록하지 않네	內外幼孫枚不籍
월동(月洞) 선영의 갑좌 언덕은	月洞甲原從先兆
공의 혼이 돌아와 영원히 잠드신 곳이네	公乎歸魄唯永葆

문소(聞韶)[15] 김황이 삼가 지음.

墓誌銘

金榥 撰

有隱居行誼於會稽山下鏡湖之上者曰“處士姜公”。諱起八, 字文一, 而稽黎其別號也。公之家故, 以儒望著郡邑。考其世德淵源之懿, 有若戇菴翼文、鏡湖 大延、竹峯 徽鼎、亦樂亭 命基, 寔爲直系相承之祖。而吳德溪、盧玉溪、金東岡諸先生, 幷在外先血屬之親。

至公所自從遊而師友之者, 則如四未軒 張徵士、幼石 郭聘君、許后山 愈、鄭老柏軒 載圭、金勿川 鎭祜, 亦皆一代之名碩也。吁! 聖人不云乎, “魯無君子, 斯焉取斯。” 觀於公, 詎不諒哉。

公少業科文, 旣而, 見世道之不可進取, 遂廢不擧, 反而從事於儒者之學。居家, 敦行孝友。父母皆性嚴, 不少假而公隨事承順, 一無忤志。養疾, 衣不解帶, 夜不交睫者, 累日。有三弟, 當分田, 割與沃腴, 而自占以瘠磽, 皆常人所難能也。

先世遺文之歷久滯散者, 方蒐廣采, 上焉付梓以行于世, 其餘亦皆精繕

15 문소(聞韶) : 현 경상북도 의성(義城)의 옛 이름이다.

珍藏, 以爲後圖。祖墓之有儀衛未具, 祭田不足者, 壹皆營劃排置, 重建先亭于故墟。續修世譜, 躬任勘釐, 閱歲而見功。外之效誠儒門, 如≪朱子語類≫之重刊也, 另出厚鏹, 以供其一股。德溪先生墓道, 尙闕顯刻, 公謀諸本孫而亟爲之役。又倡鄕道士林, 修契于春來臺, 卒乃起亭舍棠, 用表矜式之體, 此其大較也。

其於親賢下士, 尤有特性。賓朋萃至, 命觴賦詩, 留連款洽, 久而不厭, 以故當時士友之行過是邦者, 莫不視爲道主。及公之歿, 猶能相誦其風致, 而悄然若未可忘也。世趨澆薄, 便辟儇厲, 一能勝乎古人, 而古之道, 眞若無所用矣。然則如公者, 其尙復多有於今日耶, 有之矣。其能知而愛慕之者, 果幾何矣。悲夫。

公嗣子鍾爀君, 方力追遺緖, 旣收輯公詩文, 以附于公所繕藏世稿名曰"≪湖上趾美錄≫"者之下而刊行之。且具其平生事行之實, 而屬余爲墓誌之銘, 以余爲東岡之裔, 而又與公同爲郭先生門人也, 則誼不敢以匪人辭。謹就書其大者而重以銘曰: "姜出晉陽祖殷烈, 中移山陰詩儒閥。曰'鑊'、'必宅'曁'趾皥', 三世曾祖祖若考。考壽大耋爵同樞, 河陽之許配德俱。睿陵戊午公降生, 六十三歲白猿驚。齊聘鄭氏蠹翁裔, 四女長適金錫泰。李炳秀與李相龍, 沈君東燮甥館同。弟子爲子卽鍾爀, 內外幼孫枚不籍。月洞甲原從先兆, 公乎歸魄唯永葆。

聞韶 金榥撰

❖ **원문출전**

姜起八, 『湖上趾美錄』 卷7 附錄, 金榥 撰, 「墓誌銘」(경상대학교 문천각 古(오림) D2B 강19ㅎ)

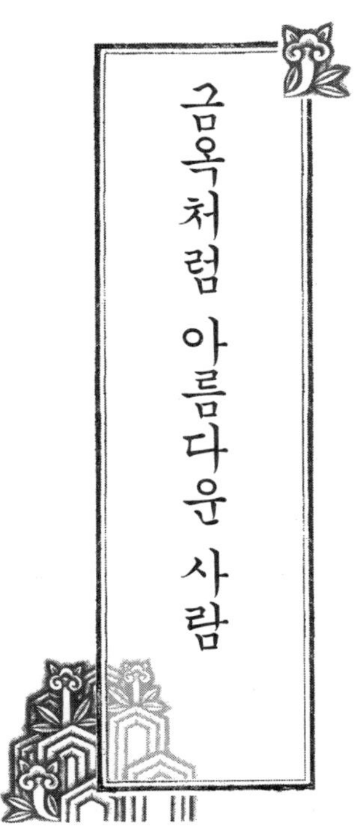

금옥처럼 아름다운 사람

이호근(李鎬根) : 1859-1902. 자는 회주(晦周), 호는 모당(某堂), 본관은 성주(星州)이며, 현 경상남도 산청군 단성면 남사리 남사 마을에 거주하였다. 허전(許傳)·박규상(朴奎祥)·박상태(朴尙台)에게 수학하였고, 곽종석(郭鍾錫)·박치복(朴致馥)·허유(許愈)·김진호(金鎭祜) 등과 교유하였다.
덕행으로 천거되어 의금부 도사 직함을 받았지만 부임하지 않았다.
저술로 6권 2책의 『모당집』이 있다.

모당(某堂) 이호근(李鎬根)의 묘갈명 병서

조긍섭(曺兢燮)[1] 지음

내가 계사년(1893)과 갑오년(1894) 사이에 진주 서쪽을 다니며 문사들과 많이 교유하였는데, 남사(南泗)의 이씨 형제[2]를 만나 성대한 벗이 되었다. 형제는 여러 서적을 두루 통달하여 아는 것이 많은 사람으로 일컬어졌다. 어떻게 그런 칭호를 얻었는지 물어보니, 10세조로부터 내려온 종자(宗子) 집안에 보관된 서적이 매우 많기 때문이라고 하였다. 내가 그 주인이 누구인지 물어보니, 이름은 호근(鎬根)이고 자는 회주(晦周)로, 박학하고 고상하며 돈후한 군자라고 하였다. 이슥고 묵고 있던 집에서 출발해 공을 찾아가서 반나절 동안 만나뵈었는데, 내가 들은 것과 어긋나지 않음을 알았다.

몇 년 뒤 내가 삼산(三山)[3]의 사우들을 따라 공이 계신 목계(木溪)[4]의 우거에 들리니, 공은 단정히 앉아 손에 책 한 권을 들고 있다가 얼른 일어나 손님에게 읍을 하고 자리로 인도하였다. 술을 마시고 음식을 먹으며 웃고 말하고 맞이하고 보내는 사이에 마음씀씀이가 온화하면서도 정성스러웠다. 8년 뒤에 나는 또 공의 고향집에 들렀는데, 그때는 공이

---

1 조긍섭((曺兢燮) : 1873-1933. 자는 중근(仲謹), 호는 심재(深齋)·암서(巖棲), 본관은 창녕(昌寧)이다. 저술로 『심재집』이 있다.

2 남사(南泗)의 이씨 형제 : 남사는 현 경상남도 산청군 단성면 남사리 남사 마을이다. 남사(南沙)라고도 쓴다. 그곳에 살던 이도묵(李道默)·이도추(李道樞) 형제를 가리킨다.

3 삼산(三山) : 현 경상남도 합천군 대병면 장단리에 허굴산(墟堀山)·금성산(金城山)·악견산(岳堅山)의 세 산으로 둘러싸인 일대이다.

4 목계(木溪) : 현 경상남도 산청군 단성면 방목리에 있는 시냇가를 말하는 듯하다.

이미 돌아가셔서 소상(小祥)을 지낸 뒤였으므로, 내가 만시[5]를 지어 곡을 하였다. 또 16년 뒤에 공의 둘째 아들 병화(炳和)[6]가 가장(家狀)을 가지고 산 속으로 나를 찾아와 공의 묘갈명을 청하였다. 그로 인해 지난 20여 년 간을 생각해보니 세상의 변화는 극에 달하였고, 선인(善人)과 군자는 날로 세상을 떠나 남은 사람들은 또한 흔들리며 의지할 곳이 없었다. 그러니 공과 같은 분을 또한 어찌 그리워하지 않으랴. 이 때문에 감히 청을 사양할 수 없었다.

공은 어려서부터 단정하고 총명하여 노숙한 사람들이 번갈아 칭찬하였다. 부친상을 당했을 적에 나이가 아직도 어린 데다 또 병을 앓아 파리했지만 능히 예로써 처신하고 정성으로 사람을 감동시켰다. 모친을 섬길 적에는 더욱 삼가서 모친을 즐겁게 해드리는 데 힘썼다. 아우와 누이 세 사람을 시집·장가보낼 적에 모두 마음과 노력을 다하였다. 여동생이 불행히도 일찍 죽었는데, 상을 치르는 도구를 모두 몸소 마련하여 후회가 없도록 하였다. 두 아우에게는 기름진 땅과 온전한 기물을 양보하였고, 근심스럽고 즐겁고 풍요롭고 곤궁함을 아우들과 함께 하였다. 선영을 돌볼 제전(祭田)과 의물(儀物)을 모두 갖추어 두었고, 또 선대의 전고를 널리 구해 모아서 내외 두 편으로 만들고 '가사(家史)'라고 이름을 붙였다.

살던 곳에 동약(洞約)이 있었지만 오래되어 해이해지고 폐지되었다. 그 때문에 동약을 다듬고 회복시켜 동민들에게 권하여 익히게 하였다. 친척들과 벗은 물론 아래로 유랑하는 걸인에 이르기까지 사정에 따라

---

5 만시 : 『암서집(巖棲集)』 권2의 「만이모당호근(挽李某堂鎬根)」이다.

6 병화(炳和) : 이병화(1889-1955)이다. 자는 탁여(卓汝), 호는 이당(頤堂)이다. 현 경상남도 산청군 단성면 남사 마을에 거주하였다. 삼종조인 이도추(李道樞)에게 수학하였다. 저술로 6권 3책의 『이당집』이 있다.

은혜를 베풀지 않은 적이 없었으며, 더욱이 문사와 학생들에게는 정성과 근면을 극진히 하였다. 산골짜기의 우거에 있을 적에 산수가 빼어난 곳이 제법 있었다. 찾아온 사람들 중에는 노숙한 학자와 고상한 벗들이 많았는데, 그들과 함께 소요하고 읊조리며 세상 밖에 어떤 일이 벌어지고 있는지를 묻지 않았다.

공은 체력은 약하였지만 기상은 강건하였으며, 행실은 고결하고 국량은 넓었다. 평소 교유한 사우(師友) 및 서로 알고 지내는 사람들이 '금옥처럼 아름다운 사람'이라고 한 마디씩 하지 않는 사람이 없었고, 한 가지 흠을 지목해서 서로 헐뜯는 자가 없었다. 풍부하고 정밀한 공의 학식에 이르러서는 속유들이 미칠 바가 아니었다. 그러나 평상시에는 자기의 재주를 감추는 데 힘써 남들에게 자랑하지 않았다. 그러므로 공이 마음속에 보존하고 있는 것을 아는 사람이 적었다.

젊어서부터 영리(榮利)에 담박하여, 세상에서 도를 굽혀 벼슬길에 나아가기를 구하는 사람을 보면 매우 부끄럽게 여겼다. 일찍이 향시에 응시했는데, 회시에서 낙방하였다. 만년에 의금부 도사의 직함을 얻었으나 부임하지는 않았다. '모당거사(某堂居士)'라고 자호하였다. 공은 고종 임인년(1902) 8월 19일에 세상을 떠났으니, 향년은 44세에 그쳤다. 병이 위중해지자 눈물을 줄줄 흘리며 "늙으신 어머니를 어찌할꼬?"라고 하였다. 처음에는 불모동(弗謀洞)의 선영 곁에 장사지냈다가 10년 뒤에 탕산(碭山)[7] 병좌(丙坐) 언덕에 이장하였다.

이씨(李氏)의 본관은 성주(星州)이다. 먼 조상의 휘 장경(長庚)이 고려 농서군공(隴西郡公)에 봉해졌다. 문렬공(文烈公) 조년(兆年), 경원공(敬元公) 포(褒)로부터 우리 태조의 부마 경무공(景武公) 제(濟)에 이르기까지

7 탕산(碭山) : 현 경상남도 산청군 단성면에 있는 산이다.

이름이 국사에 끊이지 않았다. 그 뒤로 매월당(梅月堂) 휘 하생(賀生),[8] 영모당(永慕堂) 휘 윤현(胤玄)[9]이 모두 행의(行義)와 문학(文學)으로 집안의 명성을 대대로 이어갔다.

고조부 휘 백렬(伯烈)은 호가 역락재(亦樂齋)이고, 증조부의 휘는 우겸(佑謙), 조부의 휘는 상범(象範)이다. 부친의 휘는 도연(道淵),[10] 호는 경매헌(景梅軒)이고, 모친 함안 조씨(咸安趙氏)는 사인 조성천(趙性天)의 딸이다. 부인 해주 정씨(海州鄭氏)는 감역 정택교(鄭宅教)의 딸로 3남 2녀를 두었다.

장남 병곤(炳坤)은 참봉을 지냈고, 차남은 병화(炳和), 삼남은 병목(炳穆)이다. 장녀는 허만책(許萬策)에게 차녀는 이영재(李永栽)에게 시집갔다. 병곤은 5남을 두었는데, 장남은 용규(鏞圭), 차남은 석규(錫圭), 삼남은 현규(玄圭)이고, 허만책의 아들은 용구(溶九), 왕구(汪九)이며, 나머지는 어리다.

명은 다음과 같다.

몸은 옷도 감당하지 못했지만	體不勝衣
정신만은 크게 드날렸다네	神則孔揚
행실은 그르고 속되지 않아	行不詭俗
명성이 날로 세상에 떨쳤네	聲則日彰

8 이하생(李賀生) : 1553-1619. 자는 극윤(克胤), 호는 매월당이다. 오건(吳健)·최영경(崔永慶)에게 수학하였다.

9 이윤현(李胤玄) : 1670-1694. 자는 시로(時老), 호는 영모당이다. 이하생(李賀生)의 증손이다. 『진양속지』 권6 「효행」에 의하면 18세에 천연두를 피해 부친을 모시고 산골 마을로 갔는데, 부친을 해치려는 도적을 몸으로 막아내다가 이때의 부상으로 8년 뒤 세상을 떠났으며, 1706년에 효성으로 정려가 내려졌다고 한다.

10 이도연(李道淵) : 1834-1877. 자는 희안(希顔), 호는 경매헌이며, 현 경상남도 산청군 단성면 남사 마을에 거주하였다.

이는 진실로 공자께서 말씀하신 달(達)[11]이니	是固夫子之所謂達者
우리들이 영원히 슬퍼하는 것이 당연하네	宜乎吾黨之永傷

창산(昌山) 조긍섭(曺兢燮)이 삼가 지음.

墓碣銘 幷序

曺兢燮 撰

兢燮於癸巳甲午間, 客晉西, 多與文士遊, 而得於南泗 李氏兄弟爲盛類。能博貫羣籍, 以多聞稱。問其何從得之, 則有十世之宗子家藏書甚富。問其主, 則曰:“名鎬根, 字晦周, 博雅敦厚君子也。” 旣而從旅次, 獲遂半日之款, 知其不謬於所聞。

後數年, 從三山士友, 過其木溪之寓莊, 則端坐手一編, 遽起揖客而筵之。酒食笑語迎送之間, 意油油如也。後八年而又過其故里, 於是, 喪而練矣, 爲詩以哭之。又十六年, 仲子炳和乃以家狀 見余於山中, 而請銘其墓。因念二十餘年之間, 世變旣極, 善人君子日以凋喪, 其存者, 又搖搖然無所依泊。如公者, 又安得而不思。是以不敢辭。

公自幼端好穎悟, 老宿交譽。及遭父憂, 年尙少, 又有淸羸之疾, 而能以禮自持、以誠動人。事母甚謹, 務得其歡。嫁娶弟妹三人, 皆盡其心力。女弟不幸早死, 其送終之具, 皆躬爲之辦, 以底無悔。讓二弟田園器用之腴且完者, 而憂樂豊約, 與之共。先墓之祭田儀物皆備, 而又嘗博求先世

---

11 달(達):『논어』「안연(顔淵)」제20장에 “무릇 달(達)이라는 것은 질박하고 정직하고 의를 좋아하며, 남의 말을 살피고 얼굴빛을 관찰하며, 생각해서 자신을 낮추는 것이니, 나라에 있어서도 반드시 달이 되며, 집안에 있어서도 반드시 달이 되는 것이다.[夫達也者, 質直而好義, 察言而觀色, 慮以下人, 在邦必達, 在家必達.]”라고 하였다.

掌故, 彙爲內外二編, 名曰"家史"。

所居有洞約, 久而弛廢。爲之修復而勸簡之。親戚知舊, 下至流丐, 無不隨事有恩意, 而尤於文士學子, 致其誠勤。其在峽寓, 頗有泉石之勝。過從者, 多宿儒高朋, 與之徜徉吟哢, 不問世外有何事也。

公體弱而氣剛、行潔而量宏。自平生師友及所與相識者, 無不一辭稱"金玉其人。", 莫有指一疵相訾者。至其學識之贍且密, 則有非俗儒之所及者。然平居務自韜晦, 不以張於人。故人或鮮知其所存。

自少淡於榮利, 見世之枉道求進者, 深以爲恥。嘗一應鄕貢, 見屈於南省。晩得金吾郞之銜, 而不以居。自號"某堂居士"云。公以太上壬寅八月十九日卒, 得年止四十四。疾革泫然曰 : "如老母何?" 始厝于弗謀洞先兆傍, 後十年遷葬于碭山負丙之原。

李氏本貫星州。遠祖諱長庚, 高麗 隴西郡公。傳文烈公 兆年、敬元公 褒, 至我太祖駙馬景武公 濟, 名不絶史。其後有梅月堂諱賀生、永慕堂諱胤玄, 皆以行義文學世其家。高祖曰"伯烈", 號亦樂齋, 曾祖曰"佑謙", 祖曰"象範"。考曰"道淵", 號景梅軒, 妣咸安 趙氏, 士人性天女。配海州鄭氏, 監役宅教女, 有三男二女。男 : 長炳坤參奉、次炳和、炳穆。二女 : 長適許萬策、次適李永栽。炳坤五男 : 長鏞圭、次錫圭、玄圭, 許男 : 溶九、汪九, 餘幼。

銘曰 : "體不勝衣, 神則孔揚。行不詭俗, 聲則日彰。是固夫子之所謂"達"者, 宜乎吾黨之永傷。"

昌山 曺兢燮謹撰。

❖ **원문출전**

李鎬根, 『某堂集』 卷6 附錄, 曺兢燮 撰, 「墓碣銘幷序」(경상대학교 문천각 古(오림) D3B 이95ㅁ)

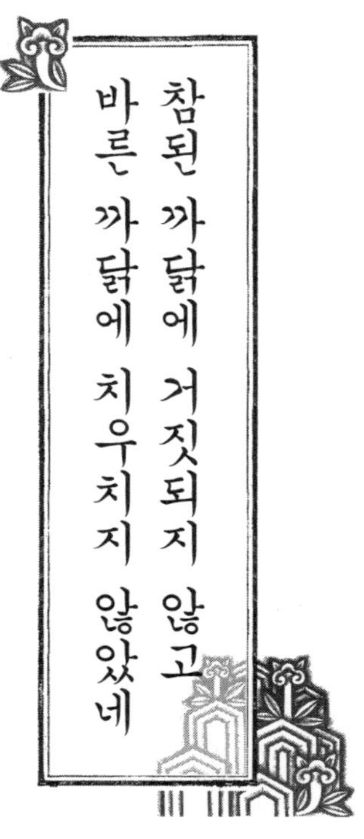

하헌진(河憲鎭) : 1859-1921. 자는 맹여(孟汝), 호는 극재(克齋), 본관은 진양(晉陽)이며, 현 경상남도 진주시 수곡면 사곡(士谷)에 거주하였다.
17세 때까지는 부친을 따라 모한재(慕寒齋)에서 강학하던 하달홍(河達弘)의 문하에서 학문에 정진하였고, 조성가(趙性家) · 최숙민(崔琡民)에게 학문을 질정하기도 하였다. 1876년 곽종석(郭鍾錫)에게 수학하였고, 박치복(朴致馥) · 허유(許愈) · 이승희(李承熙) · 김진호(金鎭祜) 등 영남의 제현들을 종유하였다. 『주자대전(朱子大全)』의 「극재기(克齋記)」를 좌우명으로 삼았다.
신명사도(神明舍圖)와 경(敬) · 의(義) 두 글자를 손수 그리고 써서 걸어두는 등 하수일(河受一) → 하세응(河世應) → 하필청(河必清)으로 이어지는 남명연원가 후손으로서 남명의 학문을 계승하고자 노력하였다.
을사늑약(1905)이 체결되자 출입을 삼갔으며, 파리장서(巴里長書)에 서명하지 못한 것을 안타까워하며 더욱 학문에 정진하다가 세상을 떠났다.
저술로 4권 2책의 『극재유집』이 있다.

극재(克齋) 하헌진(河憲鎭)의 묘갈명 병서

하겸진(河謙鎭)[1] 지음

아! 우리 족형 극재(克齋) 선생은 63세로 신유년(1921) 9월 11일 세상을 떠났다. 다음 달 선생의 외아들 영두(泳斗)가 영구를 받들어 구태(九台)[2] 선영 아래에 임시로 장사지냈다가, 10년 뒤 파남산(巴南山)[3]에 이장하였다. 또 이로부터 3년 뒤 내가 감히 비석에 선생의 성(姓)과 휘(諱), 대대로 전해진 미덕, 행실을 나열하여 다음과 같이 쓴다.

선생의 성은 하씨(河氏), 휘는 헌진(憲鎭), 자는 맹여(孟汝)이며, 송정(松亭)[4] 선생의 11세손이다. 송정의 후손들은 대를 이어 문장과 아름다운 덕이 있었는데 진사 지명당(知命堂)[5] 휘 세응(世應), 전적(典籍) 태와(台窩)[6]

1 하겸진(河謙鎭) : 1870-1946. 자는 숙형(叔亨), 호는 회봉(晦峯), 본관은 진양(晉陽)이다. 곽종석(郭鍾錫)에게 수학하였고, 이승희(李承熙)·장석영(張錫英)·송준필(宋浚弼) 등과 교유하였다. 저술로 50권 26책의 『회봉집』과 30권의 『동유학안』이 있다.

2 구태(九台) : 현 경상남도 진주시 수곡면에 있는 구태 마을을 가리킨다.

3 파남산(巴南山) : 현 경상남도 진주시 수곡면 사곡리(士谷里)에 있다.

4 송정(松亭) : 하수일(河受一, 1553-1612)의 호이다. 자는 태이(太易), 본관은 진양(晉陽)이며, 현 경상남도 진주시 수곡면(水谷面) 출신이다. 하항(河沆)에게 수학하였으며, 저술로 8권 4책의 『송정집』이 있다.

5 지명당(知命堂) : 하세응(河世應, 1671-1727)의 호이다. 자는 응서(應瑞), 본관은 진양이고, 현 경상남도 진주시 수곡면 출신이다. 이만부(李萬敷)·이광정(李光庭)과 교유였다. 조지서(趙之瑞)를 모신 신당서원(新塘書院)의 편액을 청하여, 사액 되었다. 1610년 조식의 문인 손천우(孫天佑)·하응도(河應圖)·김대명(金大鳴)·이정(李瀞)·유종지(柳宗智)·하수일(河受一)을 진주의 대각서원(大覺書院)에 배향하는 데 앞장섰다. 1699년 생원에 합격하였다. 저술로 3권 3책의 『지명당집』이 있다.

6 태와(台窩) : 하필청(河必清, 1701-1758)의 호이다. 자는 천기(千期), 본관은 진양이다. 1738년 문과급제한 뒤 성균관 전적, 승문원 정자, 찰방 등을 역임하였다. 조정이 당쟁으

휘 필청(必淸)이 세상에 더욱 저명하였다. 부친은 동료거사(東寮居士) 휘 재문(載文)[7]이고, 모친은 진양 정씨(晉陽鄭氏)이다. 생부는 유담(幼潭) 휘 재도(載圖)로, 성산 이씨(星山李氏)에게 장가들어 철종(哲宗) 11년(기미, 1859) 1월 21일 선생을 낳았다. 선생은 7세 때 동료공의 양자가 되었다. 동료공의 성품은 준엄하였고, 정씨 부인은 정숙하고 유순하여 부녀자의 덕이 있었다.

선생은 어릴 적부터 귀로 듣고 눈으로 보며 가르침을 받아 덕스런 국량이 저절로 이루어졌고, 쇄소응대의 예절은 법도를 벗어나지 않았다. 동료공이 사적으로 정씨 부인에게 말하기를 "아이의 생부가 자애로워 옛날의 도를 가르쳐서 아이가 이미 우리의 마음을 아니, 우리는 이 아이를 자애할 뿐 가르침을 일삼을 것이 없소."라고 하였다.

12, 3세 때 동료공이 선생을 데리고 사림산(士林山)[8] 밑 안계(安溪)[9] 마을로 이주하였다. 안계에는 '모한재(慕寒齋)'[10]가 있다. 이 당시 월촌(月村) 하달홍(河達弘)[11] 공이 지역의 후배들을 가르치고 인도하였는데, 그 중에 월고(月皐) 조성가(趙性家),[12] 계남(溪南) 최숙민(崔琡民)[13] 등도 배우고 있

로 시끄러워 낙향하고서 학문에 전념하였다. 저술로 3권 1책의 『태와집』이 있다.

7 재문(載文) : 하재문(河載文, 1830-1894)이다. 자는 희윤(羲允), 호는 동료, 본관은 진양(晉陽)이다. 이진상(李震相)과 하달홍(河達弘)에게 수학하였다. 조성가(趙性家)·박치복(朴致馥)·김인섭(金麟燮)·허유(許愈) 등과 교유하였다.

8 사림산(士林山) : 경상남도 하동군 옥종면 월횡리와 안계리에 걸쳐 있는 산이다. 본래 이름은 가사산(佳士山)으로, 산의 형상이 아름다운 선비의 모습을 닮았다는 뜻이다.

9 안계(安溪) : 경상남도 하동군 옥종면 안계리 안계 마을을 가리킨다.

10 모한재(慕寒齋) : 경상남도 하동군 옥종면 안계리에 있다. 하홍도(河弘度, 1593-1666)가 학문을 닦으며 후학들을 가르치던 곳이다. 주자의 한천정사(寒泉精舍)를 사모한다는 뜻으로 '모한재'라 하였다.

11 하달홍(河達弘) : 1809-1877. 자는 윤여(潤汝), 호는 월촌(月村)·무명정(無名亭), 본관은 진양(晉陽)이며, 현 경상남도 하동군 옥종면 종화리에 거주하였다. 하홍도(河弘度)를 사숙하였으며, 그의 문집 발간을 주도하였다. 모한재에서 하재문·조성가·강병주(姜柄周)·하응로(河應魯) 등과 학문을 강론하였다. 저술로 11권 5책의 『월촌집』이 있다.

었다. 여러 공들이 모두 선생을 중시하여 감히 다시는 어린아이로 대하지 않았다.

약관(弱冠)이 지나서 사곡(士谷)의 옛 집으로 돌아왔다. 거처하는 곳은 생가와 다른 집이었지만 담장이 이어져 있어서 매양 양부모를 혼정신성한 뒤에는 하루에 세 번 생가에 가서 어버이를 모셨다. 물러나서는 자신의 방에 들어가 책상 앞에 단정히 앉아 사서·육경으로부터 정자·주자의 책에 이르기까지 돌려 가며 숙독하고 반복하여 자기의 말처럼 암송하였다. 그 성명(性命)과 리기(理氣), 일본(一本)과 만수(萬殊), 체용(體用)과 동정(動靜)에 대해 또한 모두 잠심해서 궁구하여 그 설을 깨달았다.

간혹 허 참봉(許參奉)[14]·곽 징군(郭徵君)[15] 두 공을 종유하며, 선생은 그 의심나는 의리를 질정하고 그 요령을 얻기를 힘썼다. 점차 나이가 들수록 힘을 쓴 날이 더욱 오래되어 몸으로 징험하는 것은 점점 정밀해

---

12 조성가(趙性家) : 1824-1904. 자는 직교(直敎), 호는 월고(月皐), 본관은 함안이며, 현 경상남도 하동군 옥종면 회신리(檜新里)에서 태어났다. 하달홍(河達弘)의 권유로 기정진(奇正鎭)을 찾아가 제자가 되었다. 동문으로는 최숙민(崔琡民)·정재규(鄭載圭)·기우만(奇宇萬) 등, 지역 내로는 정규원(鄭奎元)·정태원(鄭泰元)·박치복(朴致馥)·권병태(權秉太) 등, 지역 외로는 송병선(宋秉璿)·최익현(崔益鉉)·송병순(宋秉珣) 등과 교유하였다.

13 최숙민(崔琡民) : 1837-1905. 자는 원칙(元則), 호는 계남(溪南), 본관은 전주이며, 현 경상남도 하동군 옥종에 거주하였다. 기정진에게 수학하였다. 저술로 30권 10책의 『계남집』이 있다.

14 허 참봉(許參奉) : 허유(許愈, 1833-1904)를 가리킨다. 자는 퇴이(退而), 호는 후산(后山)·남려(南黎), 본관은 김해(金海)이며, 경상남도 삼가(三嘉)에서 태어나 그곳에 거주하였다. 이진상(李震相)에게 수학하였다. 박치복(朴致馥)·김인섭(金麟燮)·정재규(鄭載圭)·곽종석(郭鍾錫)·이승희(李承熙)·하겸락(河兼洛)·조성가(趙性家) 등과 교유하였다. 저술로 21권 10책의 『후산집』과 8권 2책의 『후산집 속집』이 있다. 원문에 '참봉'이라 한 것은 허유가 1903년 유일(遺逸)로 경기전 참봉에 제수되었기 때문이다.

15 곽 징군(郭徵君) : 곽종석(郭鍾錫, 1846-1919)을 가리킨다. 자는 명원(鳴遠), 호는 면우(俛宇), 본관은 현풍(玄風)이다. 경상남도 단성(丹城) 출신이다. 이진상에게 수학하였다. 저술로 177권 63책의 『면우집』이 있다. 원문의 '징군(徵君)'은 임금의 부름을 받은 덕행과 학문이 겸비된 선비를 가리키는 말인데, 징사(徵士)라고도 한다.

지고, 지름길로 나아가는 것은 매우 익숙해졌다. 이에 태극(太極)은 내 마음 밖에 있지 않고, 천덕(天德)은 근독(謹獨)에 달려 있을 뿐임을 알고서, 마침내 들어앉아 자신을 수양하였다.

일상의 떳떳한 인륜에 대해서는 모든 시행하고 조처하는 것이 조리가 있어 저절로 규범을 이룸이 있었다. 집안의 풍도는 정숙하였으며, 처와 자식들은 화목하고 공경하였다. 제때에 맞춰 제사지내고, 빈객들을 대접하였다. 친족 간에 이간시키는 말이 없었고, 노복들도 순종하며 각자의 직분을 솔선하였다.

무신년(1908)과 기유(1909)년 사이에 의병들이[16] 마을을 노략질하였는데, 모질고 독하다고 일컬어지는 자들도 선생 댁의 문에는 들어가지 말라고 서로 경계하였다. 대개 선생이 몸소 공경으로써 실천하여 말하지 않고서도 능히 사람들을 교화하고 외복 시킨 것에 이와 같은 점이 있어서였다.

선생은 동지돈녕부사(同知敦寧府事) 안동 권씨 권병구(權秉耇)의 딸에게 장가들어 1남 3녀를 낳았다. 아들은 영두(泳斗)이고, 딸은 조용건(趙鏞建)·권현용(權顯容)·정연준(鄭然準)에게 시집갔다. 영두의 아들은 우근(宇根)·윤근(潤根)·성근(聖根)·철근(喆根)이고, 정도화(鄭道和)·김엽동(金燁東)은 사위이다. 내외 손자와 증손자는 모두 수십 명이다.

나는 선생보다 11살 적다. 나는 항상 선생을 보며 사표로 삼았는데 선생은 도리어 나를 훌륭한 도반(道伴)으로 여겼다. 선생은 강학하고 예(禮)를 살피거나 일을 처리하다가 혼란스러울 적에는 혹 글을 지어 반드시 나로 하여금 교정하게 하였다. 나의 견해가 모자라고 우매할지라도

16 무신년과……의병들이 : 한말(韓末)의 의병들은 서학당(西學堂)·활빈당(活貧黨) 등으로 이름을 바꾸어 대일항쟁을 계속하였는데 이 가운데 일부가 비적의 무리로 전향하기도 하였다. 원문의 '병비(兵匪)'는 이들을 가리키는 듯하다.

선생은 마음을 비우고 용납하였기 때문에 사양하지 않았다. 선생께서 돌아가신 뒤, 나는 또 선생의 시문 『극재고(克齋稿)』를 편차하여 영두로 하여금 집에 소장하게 하였다.

명은 다음과 같다.

용모는 밝고 수염도 길렀으며	貌明而髥
기운은 상서롭고 온화했네	氣祥而和
참된 까닭에 거짓되지 않았고	眞故不僞
바른 까닭에 치우치지 않았네	正故不頗
마음은 명경지수처럼 맑고	止水之明
자태는 백옥처럼 깨끗했네	皎玉之瑳
내 생각에 선생은 자연의 이치를 체득하여	謂體自然
말씀이 혹 고원하기도 하였네	言或爲過
선생은 거의 도의 경지에 나아갔으니	其殆庶幾
내 아부하기를 좋아하여 하는 말이 아니라네	我非好阿

克齋先生 墓碣銘 幷序

河謙鎭 撰

嗚呼! 吾族兄克齋先生, 年六十三, 卒於辛酉九月十一日。踰月, 其孤泳斗奉柩, 權厝九台先塋之次, 後十年, 改卜葬巴南山中。又後三年, 謙鎭乃敢列書先生姓諱世德行治于石曰:“先生姓河氏, 諱憲鎭, 字孟汝, 松亭先生十一世孫也。松亭之後, 連世有文章令德, 進士知命堂諱世應, 典籍台窩諱必清, 尤著稱于世。皇考東寮居士諱載文, 妣鄭氏 晉陽人。生考幼潭諱載圖, 娶星山人李氏, 以哲宗十一年己未正月二十一日, 生先生。年七歲, 東寮公取以子之。東寮公性嚴峻, 鄭孺人貞婉有婦德。

先生自幼耳濡目染, 德器自成, 應唯灑掃, 不離法度。東寮公私謂鄭孺人曰:‘父慈而教古之道也, 而兒已喩吾意, 吾則有慈而已, 無所事教也。’

十二三, 東寮公挈公移寓士林山下安溪。安溪有曰“慕寒齋”者。是時, 月村 河公 達弘教迪一方後輩, 於其中, 趙月皐 性家、崔溪南 琡民亦與焉。諸公咸器重公, 不敢復以兒少蓄之。

既冠, 還士谷舊莊。所居與本庭異室而連墻, 每定省之餘, 往侍本親日三。退適私室, 端拱對案, 自四子、六經, 以及洛、閩諸書, 循環熟復, 如誦己言。其於性命理氣、一本萬殊、體用動靜, 亦皆潛究暗硏, 而知其說焉。

間從許參奉、郭徵君二公, 先生質其疑義, 務以得其要領。及至年漸老, 用力之日益久, 而體驗漸密、路徑慕熟。乃知太極不外吾心、天德只在謹獨, 遂乃退然自修。於日用之常, 凡所施措井然, 自有成規。門庭靜肅, 妻孥雍敬。祭祀以時, 賓客有供。宗戚無間言, 婢僕聽順, 各率其職。雖戊申己酉間, 兵匪之摽掠閭里, 號稱頑獷者, 亦相戒勿入其門。蓋其躬率以敬, 不言而能化服人, 有如此。

先生娶同敦寧安東 權秉耉之女, 生一男三女。男泳斗, 女嫁趙鏞建、權顯容、鄭然準。泳斗生宇根、潤根、聖根、喆根, 鄭道和、金燁東壻也。內外孫曾, 摠十數人。

謙鎭少先生十一歲。常視公爲師表, 而公反以余爲强輔。凡有講學觀禮, 及處事糾紛, 或乃著爲文章, 必使余訂正。雖以余之寡昧, 而以先生虛受有容, 故不辭也。先生歿後, 余又編次其詩文≪克齋稿≫者, 俾泳斗藏于家。”

銘曰:“貌明而髥, 氣祥而和。眞故不僞, 正故不頗。止水之明, 皎玉之瑳。謂體自然, 言或爲過。其殆庶幾, 我非好阿。”

❖ **원문출전**

河謙鎭, 『晦峯先生遺書』 卷43 墓碣銘, 「克齋先生墓碣銘幷序」(국립중앙도서관 청구기호 古3648-88-62)

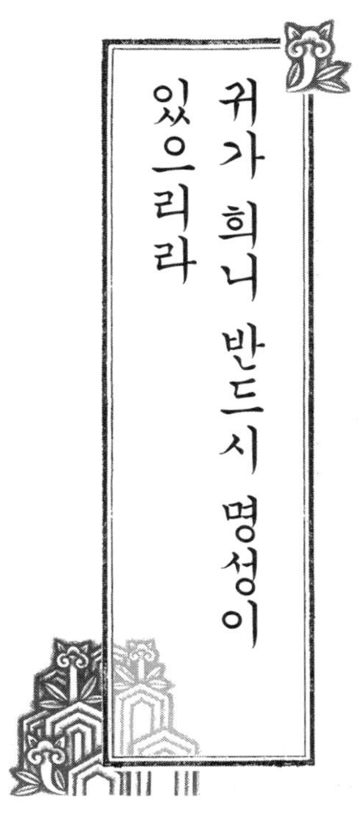

귀가 희니 반드시 명성이 있으리라

이훈호(李熏浩) : 1859-1932. 자는 태규(泰規), 호는 우산(芋山), 본관은 재령(載寧)이다. 현 경상남도 함안군 산인면 갈전리에 거주하였다. 박치회(朴致晦)에게 수학하였다. 조병규(趙昺奎)·조석제(趙錫濟)·이준구(李準九)·조정규(趙貞奎)·조병택(趙昺澤) 등과 교유하였다. 곽종석(郭鍾錫)·김도화(金道和) 등에게 학문과 문장을 인정받았다. 『남명집』을 중간(重刊)할 적에 「학기류편」에 대해 산정(刪定)하는 것을 반대하였다. 진주 용강서당에서 『백호집(白湖集)』을 교정하였다.
저술로 9권 5책의 『우산집』이 있다.

우산(芋山) 이훈호(李熏浩)의 묘지명 병서

김병린(金柄璘)[1] 지음

임신년(1932) 3월 13일(기유)에 우산(芋山) 이공(李公) 태규(泰規)가 세상을 떠났다. 다음 달 칠원군(漆原郡) 장암리(藏巖里)[2] 유좌(酉坐) 언덕에 장사지냈다. 이듬해 가을 그의 문인 이병주(李秉株) 군이 공의 행실을 기록한 행장을 가지고 나를 찾아와 비석에 새길 명을 요청하였는데, 감히 지을 수 없다고 사양하였다. 그러자 이군이 말하기를 "지금 시대에 우옹(芋翁)에 대해 아는 사람은 그대만 한 분이 없습니다. 또한 우옹은 일찍이 만구(晩求) 이 선생(李先生)[3]을 존신(尊信)하였으니, 추향(趨向)을 또한 알 수 있습니다. 그러니 의리상 어찌 사양할 수 있겠습니까."라고 하였다. 이에 어쩔 수 없이 행장을 받아 살펴보았다.

공의 휘는 훈호(熏浩), 자는 태규(泰規), 호는 우산(芋山)이다. 선계가 월성(月城)에서 나왔는데 뒤에 재령(載寧)을 관향으로 삼은 것은 이우칭(李禹偁)이 재령군에 봉해졌기 때문이다. 고려가 망하자 모은 선생(茅隱

---

1 김병린(金柄璘) : 1861-1940. 자는 겸응(謙膺), 호는 눌재(訥齋), 본관은 김해(金海)이고, 경상남도 창원시(昌原市) 동면(東面) 화목(花木)에 거주하였다. 이종기(李種杞)에게 수학하였고, 안효제(安孝濟)・이병희(李炳憙)・조용섭(曺龍燮)・허채(許埰) 등과 교유하였다. 용계서당(龍溪書堂)에서 후학을 양성하였다. 저술로 17권 4책의 『눌재집』 및 『용계아언(龍溪雅言)』 등이 있다.

2 장암리(藏巖里) : 현 경상남도 함안군 칠원면 장암리이다.

3 이 선생(李先生) : 이종기(李種杞, 1837-1902)로, 자는 기여(器汝), 호는 만구・다원거사(茶園居士), 본관은 전의(全義)이며, 현 경상북도 고령에 거주하였다. 저술로 20권 10책의 『만구집』이 있다.

先生) 이오(李午)[4]가 자정(自靖)하여 망복(罔僕)의 의리[5]를 지켰으며, 2대를 내려와서 율간 선생(栗澗先生) 휘 중현(仲賢)[6]에 이르러 경학으로 부제학을 지냈다. 이로부터 현달한 관원들이 이어져 대대로 아름다운 명성이 있었다. 증조부의 휘는 유성(有成)이고, 조부의 휘는 수영(壽英)이다. 부친의 휘는 선흠(善欽), 호는 미은(薇隱)이고, 문행(文行)이 있었다. 모친 함안 조씨(咸安趙氏)는 조한현(趙漢賢)의 딸로 간송(澗松)[7] 선생의 후손이다. 부녀자의 법도가 매우 아름다웠다.

공은 태어난 지 6개월 만에 부친을 여의고 편모슬하에서 자랐다. 4형제 가운데 공은 막내이다. 어려서부터 단정하고 재예가 있었다. 예닐곱 살 무렵 형들을 따라 조모와 모친을 배알하고, 물러나 중형에게 글을 배웠다. 책을 펴면 글의 뜻을 능히 말하니 중형이 아주 기특하게 여기며 말하기를 "너는 귀가 희니[8] 나중에 반드시 명성이 있을 것이다."라고 하

4 이오(李午) : 호는 모은, 본관은 재령(載寧), 거주지는 함안이다. 정몽주(鄭夢周)·이색(李穡)의 문하에서 수학하였다. 공양왕(恭讓王) 때 진사시에 합격했으나 벼슬하지 않았다. 고려가 망하자 두문동(杜門洞)에 들어갔으며, 이후 함안군의 모곡리(茅谷里)에 은거하였다. 자신은 고려의 유민(遺民)임을 나타내기 위해 사는 곳 주위에 담장을 쌓아 담장 밖은 신왕조의 토지이지만 담 안은 고려 유민의 거주지인 '고려동(高麗洞)'임을 표방하며 고려에 대한 절의를 지켰다.

5 망복(罔僕)의 의리 : 망국(亡國)의 신하로서 의리를 지켜 새 왕조의 신복(臣僕)이 되지 않는 것을 말한다.

6 중현(仲賢) : 이중현(1449-1508)이다. 자는 준성(遵聖), 호는 율간(栗澗), 본관은 재령(載寧)이고, 경상남도 함안(咸安)에 거주하였다. 이오(李午)의 손자이다. 1476년 문과에 급제하였다. 관직은 사간원 정언, 홍문관 부제학 등을 지냈으며, 양양 부사(襄陽府使)로 있을 때의 공적으로 품계는 가선대부에까지 이르렀다.

7 간송(澗松) : 조임도(趙任道, 1585-1664)의 호이다. 자는 덕용(德勇), 호는 간송, 본관은 함안이다. 김중청(金中淸)·고응척(高應陟)·장현광(張顯光) 등에게 수학하였다. 저술로 7권 4책의 『간송집』이 있다.

8 귀가 희니 : 구양수(歐陽脩)처럼 귀가 희어 문명을 날리겠다는 뜻이다. 『동파지림(東坡志林)』에 송대(宋代)의 문장가 구양수가 소년 시절에 어느 중이 관상을 보고는, 귀가 얼굴보다 희어서 이름을 천하에 날리겠다고 하였다.

였다. 15세 즈음에 경사와 제자서를 두루 읽었고, 글을 지으면 옛 사람의 문투가 있었다.

관례를 치르고 나서 매옥(梅屋) 박치회(朴致晦)[9] 공을 따라 몇 개월 동안 강론하고 토론하였는데, 박공이 자주 칭찬하였다. 과거시험장에 나아갔으나 시험관이 공정하지 않은 것을 보고 과거공부를 그만두었다. 그리고 책을 안고 산으로 들어가서 육경과 당송(唐宋) 대가들의 문장을 취해 꿋꿋하게 앉아 몇 년 동안의 공부를 하니, 문장이 날로 진보되었다.

임자년(1912) 여름 일산(一山) 조병규(趙昺奎),[10] 금계(錦溪) 조석제(趙錫濟),[11] 신암(信菴) 이준구(李準九),[12] 서천(西川) 조정규(趙貞奎),[13] 일헌(一軒) 조병택(趙昺澤)[14] 등이 공에게 한천서사(寒泉書社)[15]에서 모여 도를 강론하고 문장을 의론하자고 요청하였다. 겨울에 또 조서천과 함께 『주역』을 읽었는데, 은미하고 오묘한 의미를 침잠해 연구하여 조예가 더욱 깊어졌다. 이에 학업을 청하는 사람들이 자리를 꽉 메웠으며, 글을 청하는

9 박치회(朴致晦) : 1829-1893. 자는 계장(季章), 호는 매옥, 본관은 밀양이다. 박치복의 아우이다. 저술로 3권 2책의 『매옥집』이 있다.

10 조병규(趙昺奎) : 1846-1931. 자는 응장(應章), 호는 일산, 본관은 함안이며, 현 경상남도 함안군 입곡리에 거주하였다. 허전(許傳)에게 수학하였으며, 『성재집(性齋集)』 간행 및 『남명집』 교정에 참여하였다. 저술로 16권 9책의 『일산집』이 있다.

11 조석제(趙錫濟) : 1848-1925. 자는 재안(在安), 호는 금계, 본관은 함안(咸安)이다. 현 경상남도 함안군 여항면(餘航面)에 거주하였다. 저술로 5권 2책의 『금계집』이다.

12 이준구(李準九) : 1851-1924. 자는 평칙(平則), 호는 신암, 본관은 여주(驪州), 현 경상남도 함안에 거주하였다. 저술로 5권 2책의 『신암집』이 있다.

13 조정규(趙貞奎) : 1853-1920. 자는 태문(泰文), 호는 서천, 본관은 함안(咸安), 현 경상남조 함안군 군북리에 거주하였다. 허전에게 수학하였다. 1890년 『성재집』 간행에 참여하였다. 1914년 중국 심양으로 가서 황무지를 개간하였다. 저술로 5권 3책의 『서천집』이 있다.

14 조병택(趙昺澤) : 1855-1914. 자는 양언(陽彦), 호는 일헌, 본관은 함안(咸安)이다. 저술로 9권 4책의 『일헌집』이 있다.

15 한천서사(寒泉書社) : 조성원(趙性源, 1838-1891)이 함안의 자양산 속에 지은 한천재(寒泉齋)를 말한다. 조성원의 자는 효언(孝彦), 호는 자암(紫岩), 허전에게 수학하였다.

사람이 계속 이어졌다.

을축년(1925)에 사문(斯文) 김대림(金大林)[16]이 『하헌집(夏軒集)』[17]을 간행하려고 기호(畿湖) 지역의 유자들을 용강서당(龍江書堂)[18]에 모았는데, 공이 교정에 참여하였다. 아울러 연보를 정리하였는데, 분명하게 조처하여 의심이 없었다. 임술년(1922)에 한양에 갔는데, 선왕이 거처하던 궁궐 터를 지나면서 「맥수가(麥秀歌)」·「서리(黍離)」의 비통한 심정[19]을 서술하였다. 이 여행에 개성(開城)과 평양(平壤)을 두루 유람하였는데, 모두 옛일에 감격하여 지은 여러 편의 시가 있다.

공은 일찍이 부친의 모습을 기억하지 못하는 것을 지극한 아픔으로 여겼는데, 뒤에 모친상을 당하자 너무 애통해한 나머지 몸을 상해 거의 죽을 지경에 이르렀다. 또한 천륜에 돈독하였는데, 세 형이 돌아가신 뒤로 항상 비통한 마음을 품고 고아가 된 여러 조카들을 자기 자식처럼 돌보았다. 선친의 기일이 되면 반드시 음식을 갖추어 제전(祭奠)을 도왔

---

16 김대림(金大林) : 자는 양극(養克), 호는 노호(蘆湖), 본관은 의성이다. 용강서당(龍江書堂)의 창건과 『백호집(白湖集)』의 간행 및 보급에 힘을 쏟았다.

17 하헌집(夏軒集) : 윤휴(尹鑴, 1617-1680)의 문집이다. 윤후의 사후에 아들 윤하제(尹夏濟) 등에 의해 유고가 40여 권으로 정리되었으나 간행되지 못하고, 조선이 망한 뒤인 1924년 즈음에 후손들이 유고를 내놓았다. 이에 김우옹(金宇顒)의 후손 김대림 등의 주관하에 영호남 유림의 교정을 거쳐 30권 17책으로 편차한 뒤 진주 용강서당(龍江書堂)에서 『백호집(白湖集)』을 간행하였다.

18 용강서당(龍江書堂) : 1902년 동강(東岡) 김우옹(金宇顒)을 기리기 위해 창건한 것으로, 현 경상남도 진주시 지수면 압사리에 있다. 김우옹의 문집 판각 및 『백호집』 판각 일부를 소장하고 있다.

19 맥수가(麥秀歌)……심정 : 망국의 옛 터를 지나면서 부르는 슬픈 노래이다. 「맥수가」는 조국이 멸망한 것을 슬퍼한 노래로, 은(殷)나라 기자(箕子)가 주(周)나라에 조회하러 가는 길에 은허(殷墟)를 지나다가 차마 아낙네처럼 울지는 못하고 시를 지어 불렀다는 노래이다. 「서리」는 『시경』 왕풍(王風)의 편명이다. 동주(東周)의 대부(大夫)가 행역을 나가는 길에 이미 멸망한 서주(西周)의 옛 도읍인 호경(鎬京)을 지나가다가 옛 궁실과 종묘가 폐허로 변한 채 메기장과 잡초만이 우거진 것을 보고 비감에 젖어 탄식하며 부른 노래이다.

고, 토지를 내놓아 세시에 지내는 제사의 미비한 제수를 준비하게 하였는데, 집안의 궁핍함은 돌아보지 않았다.

후생을 대할 적에는 부모에게 효도하고 어른을 공경할 것을 면려하였고, 친구를 대접할 적에는 곡진히 정성을 기울여 충정이 성대하였다. 만년에 중풍을 앓아 일상생활에 다른 사람의 도움이 필요하였다. 그런데도 경전을 읽으러 유생이 찾아오면 평상시처럼 담론하였다.

공은 철종(哲宗) 기미년(1859)에 태어났으며, 향년 74세였다. 부인 회산황씨(檜山黃氏)는 황지범(黃祉範)의 딸이다. 공보다 먼저 세상을 떠났는데 공의 묘와 합장하였다. 아들은 병덕(秉德)이고, 사위는 조준규(趙駿奎)·배철모(裵鐵模)이다. 병덕의 아들은 호섭(昊燮)과 곤섭(昆燮)이고, 딸은 배종률(裵鍾律)에게 시집갔다. 조준규의 아들은 용하(鏞夏)이고, 배철모의 아들은 쾌문(快文)과 쾌출(快出)이다.

공은 남들보다 뛰어나고 통명(通明)한 재주에다 인내하고 근면하는 공부를 더하였다. 경전을 연구할 적에는 반드시 정미한 뜻을 끝까지 탐구하여 찾았으며, 글을 지을 적에는 진부함을 답습하지 않았다. 그 때문에 경서 해석의 견해는 융회관통(融會貫通)하였으며, 문사와 이치는 굳세고 강건하였다. 공을 논하는 사람은 공의 문장이 옛날 작가들의 궤범에 비견된다고 칭찬하였다. 김척암(金拓菴)[20]·곽면우(郭俛宇)[21] 같은 동시대 선배들도 모두 장려하고 허여하였다. 몇 권의 유고가 있는데 바야흐로

20 김척암(金拓菴) : 김도화(金道和, 1825-1912)이다. 자는 달민(達民), 호는 척암, 본관은 의성(義城)이며, 현 경상북도 안동시 일직면 귀미리(龜尾里)에 거주하였다. 류치명(柳致明)에게 수학하였으며, 유일(遺逸)로 천거되어 의금부 도사에 임명되었다. 1895년 을미사변과 단발령에 항거하여 안동 의병장에 추대되었고, 1896년 태봉전투에 참전하였다. 저술로 36권 19책의 『척암집』이 있다.

21 곽면우(郭俛宇) : 곽종석(郭鍾錫, 1846-1919)이다. 자는 명원(鳴遠), 호는 면우(俛宇), 본관은 현풍이다. 이진상의 문인이다. 저술로 『면우집』이 있다.

간행하려 한다고 한다.

명은 다음과 같다.

그윽한 향의 난초 골짜기에 있으니	幽蘭在谷
누가 그 난초를 캐 갈 것이며	云誰採矣
오동나무가 졸참나무 사이에 있으니	焦桐在楢
누가 그 나무를 사랑하리오	云誰愛矣
훌륭한 인물이 재야에 있는데	碩人于野
재주는 나라를 빛낼 수 있건만	才堪華國
끝내 불우하게 생을 마쳤으니	終焉坎壈
아	于嗟乎
시운이 어쩌면 이리 꽉 막혔나	時何屯塞

분성(盆城:金海) 김병린(金柄璘)이 지음.

墓誌銘 幷序

金柄璘 撰

壬申三月十三日己酉, 芋山 李公 泰規卒。粤翌月, 葬于漆原 藏巖里向震之原。明年秋, 其門人李君 秉株, 狀其行, 謁玄石之銘於柄璘, 辭以不敢。則君曰 : "當今, 知芋翁, 莫吾子若。且芋翁嘗尊信晩求 李先生, 趨向亦可知。義何可辭。" 乃不獲已, 受而按之。

公諱熏浩, 泰規、芋山, 其字若號也。系出月城, 後貫載寧, 以禹偁之封邑也。麗亡, 茅隱先生 午, 自靖守罔僕義, 再傳至栗澗先生諱仲賢, 以經學官副提學。自是簪組相繼, 世有芳聞。曰"有成"、曰"壽英", 曾祖、祖。

考曰“善欽”, 號薇隱, 有文行。妣咸安 趙氏 漢賢女, 澗松先生之後也。壼範甚嫩。

公生纔六月而孤, 鞠於母夫人。昆弟四人, 公其季也。自幼端而藝。未齠齔, 隨諸兄, 省王母母, 退則受學于仲兄。開卷能言文義, 仲兄甚奇之曰: “汝耳白, 後必有聞。” 甫成童, 通經史諸子, 屬文, 有古人口氣。

旣冠, 從梅屋 朴公 致晦, 數月講討, 朴公亟加歎賞。赴試圍, 見有司不公, 棄擧業。抱書入山, 取六經及唐、宋諸大家文, 堅坐着歲年之功, 文章日以肆。

壬子夏, 趙一山【禹奎】、趙錦溪【錫濟】、李信菴【準九】、趙西川【貞奎】、趙一軒【禹澤】, 要公盍簪于寒泉書社講道論文。冬又與西川讀 《周易》, 潛究微妙, 所造益深。於是, 請業者塡席、乞文者踵門。

乙丑, 金斯文 大林刊 《夏軒集》, 會畿湖章甫于龍江, 公與之參校。并梳洗年譜, 昭晳無疑。壬戌, 上漢師, 過先王宮室舊墟, 述 《麥秀》、《黍離》之悲。是行, 周覽松京、箕都, 俱有感古諸作。

公嘗以不記父面爲至痛, 後丁母憂, 致哀毁幾滅。又篤於天倫, 自三兄之亡, 常懷悲痛, 撫諸孤若己子。當先忌, 必具羞以助奠, 納土田, 供歲祭之未備, 而家窶則不恤也。對後生, 勉以孝悌, 接故舊, 委曲輸款, 衷情藹然。晩傯風痺, 起居須人。有經生來者, 談論如常時。

公生以哲廟己未, 壽爲七十四。配檜山 黃氏 祉範女。先公卒, 祔公墓。男秉德, 女趙駿奎、裵鐵模。秉德男: 昊燮、昆燮, 女裵鍾律。駿奎男鏞夏, 鐵模男: 快文、快出。

公以出群通明之才, 加耐久勤勵之學。劬經, 必窮索精微; 摛文, 不蹈襲陳腐。故見解融釋、辭致勁健。論公者, 多以公之文, 擬之於古作者軌範。并世先達如金拓菴、郭俛宇諸賢, 皆奬詡之、推許之也。有遺稿若干卷, 方登諸木云。

銘曰: “幽蘭在谷, 云誰採矣, 焦桐在樀, 云誰愛矣。碩人于野, 才堪華國, 終焉坎壈, 于嗟乎, 時何屯塞。”

<u>盆城</u> <u>金柄璘</u>撰。

❖ 원문출전

李熏浩, 『芋山集』 卷9 附錄, 金柄璘 撰, 「墓誌銘幷序」(경상대학교 문천각 古(면우) D3B 이97ㅇ)

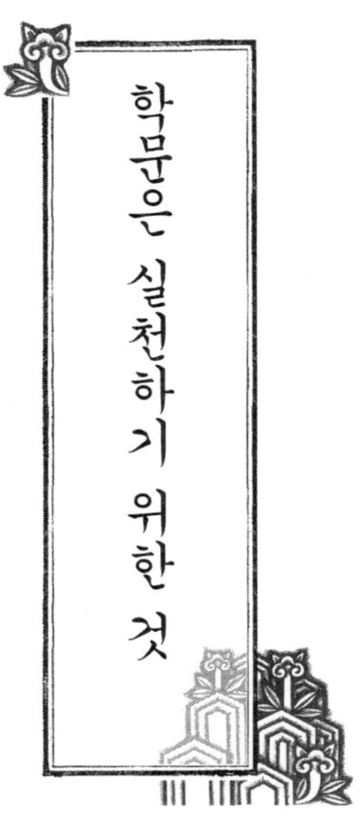

학문은 실천하기 위한 것

문진호(文晉鎬) : 1860-1901. 자는 국원(國元), 호는 석전(石田), 본관은 강성(江城)이다. 현 경상남도 하동군 북천면 직전리에 거주하였다. 조성가(趙性家)·최숙민(崔琡民)·기우만(奇宇萬)·이택환(李宅煥)·최경병(崔璦秉) 등과 교유하며 학문을 강마하였다.
저술로 3권 1책의 『석전유고』가 있다.

석전(石田) 문진호(文晉鎬)의 묘갈명 병서

권재규(權載奎)[1] 지음

석전(石田) 문공(文公)이 돌아가신 지 41년 되던 해에 공의 아들 영제(永濟)가 공의 벗인 고암(顧菴) 권상연(權相淵)[2]이 지은 행장을 가지고 나에게 찾아와 묘갈명 지을 일을 논의하였다. 나는 공과 평소에 친분은 없었지만 지금 행장을 받고서 그것을 읽어보니 공은 대개 군자유(君子儒)로서 족히 후세에 사범(師範)이 될 만한 분이었다. 내가 비록 늙어서 글짓기를 그만두었지만 어찌 사양할 수 있겠는가. 이에 행장을 보고 다음과 같이 서술한다.

공의 휘는 진호(晉鎬), 자는 국원(國元), 본관은 강성(江城)이다. 신라 무성공(武成公) 휘 다성(多省)이 득성조(得姓祖)이고, 고려 강성백(江城伯) 휘 득준(得俊)이 득관조(得貫祖)이다. 강성백의 현손으로 삼우당(三憂堂) 선생 휘 익점(益漸)이 있는데, 바른 학문과 높은 절개는 정포은(鄭圃隱)과 같았으며, 또 백성들에게 옷을 해 입고 이불을 만들어 덮을 수 있게 한 공로가 있어서 우리 세종 때 영의정에 추증되었으며 충선공(忠宣公)이라는 시호가 내려졌다.

여러 대를 내려와 휘 후(後)는 자가 행선(行先), 호는 연강재(練江齋)로, 한강(寒岡) 정 선생(鄭先生)을 좇아 배웠는데 사림의 존숭을 받았으며 군

1 권재규(權載奎) : 1870-1952. 자는 군오(君五), 호는 송산(松山)·이당(而堂), 본관은 안동이다. 정재규(鄭載圭)에게 수학하였다. 저술로 46권 24책의 『이당집』이 있다.

2 권상연(權相淵) : 1871-? 자는 천약(天若), 호는 고암, 본관은 안동이다. 현 경상남도 산청군 신등면 단계리에 거주하였다.

자감 정에 추증되었다. 2대를 내려와 휘 헌상(憲商)은 호가 직하재(稷下齋)로, 중추부사를 지냈으며 처음으로 하동(河東) 직전(稷田)에 와서 살았다. 이분이 공의 6세조이다.

증조부 휘 종익(宗益)은 호가 회당(晦堂)이고, 조부 휘 경삼(景參)은 호가 벽암(碧巖)이다. 부친 휘 재백(在伯)은 호가 신묵재(愼默齋)로, 후덕하여 중망을 받았다. 초취 부인은 진양 하씨(晉陽河氏) 하횡(河鐄)의 딸이고, 후취 부인은 진양 강씨(晉陽姜氏) 강사윤(姜師贇)의 딸인데, 공은 강씨의 소생이다.

공은 용모가 빼어나고 밝았으며 어릴 때부터 능히 독서하는 법을 알아서 학업이 날로 성취되었다. 약관에 양친의 상을 연달아 당했고 중형 또한 세상을 떠났는데, 백형도 일찍 세상을 떠나 몇 년간을 슬퍼하다가 이로 인해 불치병이 생겨 학문에 힘을 쏟을 수 없었다. 30세 이후에 점차 사우들과 종유하면서 속학(俗學) 이외에 옛사람의 위기지학(爲己之學)이 있음을 알고 분연히 말하기를 "정성이 부족할 뿐이지, 어찌 질병 때문에 배움을 그만두는 자가 있겠는가."라고 하였다. 이에 다시 사서(四書) 중에서 자신에게 절실한 부분을 취해 각 구절의 의미와 각 장의 요지를 완미하였는데, 환히 알지 못하면 그냥 넘어가지 않았다.

또 『심경(心經)』·『근사록(近思錄)』 및 『이정전서(二程全書)』·『주자전서(朱子全書)』 읽기를 좋아하여 침식을 잊을 지경에 이르렀다. 일찍이 말씀하기를 "학문은 자기가 배운 것을 실천하고자 하는 것이다. 실천하지 않으면 부질없을 뿐이다."라고 하고서, 마침내 안으로는 심술(心術)의 은미한 것에서부터 밖으로는 일상의 응사접물(應事接物)하는 데에 이르기까지 자세히 살피고 엄하게 견지하여 한결같이 고인의 법도를 따르고자 하였다.

월고(月皐) 조성가(趙性家)[3] 공, 계남(溪南) 최숙민(崔琡民)[4] 공, 송사(松

沙) 기우만(奇宇萬)[5] 공을 좇아 묻고 배웠으며, 회산(晦山) 이택환(李宅煥),[6] 수당(修堂) 최경병(崔璚秉),[7] 고암(顧菴) 권상연(權相淵) 등과 친밀하게 지내며 절차탁마하였는데, 이때부터 조예가 날로 진보되었다. 또 배우지 못한 사람을 인도하여 독서할 범위를 정해주고 곤학계(困學契)를 개설하여 수시로 서로 모여 그 근면함과 태만함을 점검하게 하였다. 그러자 한 지방의 유교(儒教)가 거의 실마리를 찾을 수 있게 되었다. 그런데 공이 갑자기 고종 신축년(1901) 11월 29일 세상을 떠나시니, 향년이 겨우 42세였다. 원근의 사우들이 모두 공이 일찍 세상을 떠난 것을 안타까워하였다.

공은 집안에서의 행실이 매우 잘 갖추어져서 어버이를 섬길 때 어버이의 환심을 깊이 얻었다. 백형이 세상을 떠나서 문중에 종손이 없게 되자 조카를 데려다 후사를 잇게 하였는데, 훌륭한 사람을 택해 스승으로 삼아 그를 인도하기를 엄격히 하였다. 과부가 된 형수를 봉양할 때는 정성과 공경을 지극히 하였다. 아우와는 한결같은 마음으로 학문에 매진하여 집안의 명성을 실추시킴이 없기를 기약하였다. 신의로써 남에게 미덥게 하여 고을과 이웃에 의심이 나거나 난해한 일이 있는 자는 공에게 나아가 물어보고 결정하였으며, 군색하거나 위급한 일이 있는 자는

---

3 조성가(趙性家) : 1824-1904. 자는 직교(直教), 호는 월고, 본관은 함안이다. 기정진(奇正鎭)에게 수학하였다. 저술로 20권 10책의 『월고집』이 있다.

4 최숙민(崔琡民) : 1837-1905. 자는 원칙(元則), 호는 계남, 본관은 전주이다. 최식민(崔植民)의 아우이다. 기정진에게 수학하였다. 저술로 30권 10책의 『계남집』이 있다.

5 기우만(奇宇萬) : 1846-1916. 자는 회일(會一), 호는 송사, 본관은 행주(幸州)로, 전라남도 화순 출신이다. 호남의 거유 기정진의 손자이다. 저술로 54권 26책의 『송사집』이 있다.

6 이택환(李宅煥) : 1854-1924. 자는 형락(亨洛), 호는 회산, 본관은 성산(星山)이다. 정재규(鄭載圭)에게 수학하였다. 저술로 5권 2책의 『회산집』이 있다.

7 최경병(崔璚秉) : 1865-1939. 자는 영호(永好), 호는 수당(修堂), 본관은 전주이다. 최숙민에게 수학하였다. 저술로 8권 4책의 『수당집』이 있다.

공에게 나아가 살림을 넉넉하게 할 바를 논의하였다.

초취 부인 재령 이씨(載寧李氏)는 후사가 없고, 재취 부인 연일 정씨(延日鄭氏)는 1남 3녀를 두었다. 아들은 영제(永濟)이고, 하상태(河相泰)·조의환(曺義煥)·이수원(李壽元)은 사위이다. 영제는 4남 3녀를 두었고, 하상태는 2남 3녀를 두었고, 조의환은 3남 3녀를 두었고, 이수원은 2남 2녀를 두었다. 공이 거주하던 골짜기의 이명산(理明山)[8] 아래 신좌(辛坐) 언덕이 공의 묘소이다.

명은 다음과 같다.

선비들 참으로 많고 많지만	士固林林
위기지학 하는 이 드물다네	蓋鮮爲己
글짓기에 정신을 피폐하게 하고	弊精詞華
구이지학에만 운명을 맡긴다네	寄命口耳
그 성취하기를 궁구하지만	究厥所就
광대처럼 흉내만 내다 그치네	俳優而止
이런 시대에 한 선비가 있어서	爰有一士
독실하게 내면공부를 하였다네	慥慥向裡
학문은 이치를 밝히고자 했으며	學要明理
이치는 반드시 실천하고자 했네	理要必履
병 때문에 공부를 그만두지 않았고	不爲病沮
세태 때문에 느슨하게 하지 않았네	不以世弛
의지를 분발하여 한창 진보하다	勵志方進
중도에 갑자기 세상을 떠나셨네	中途遽已
아침에 도 들으면 저녁에 죽어도 좋다고	朝聞夕可
성인 공자께서는 말씀하셨지	聖人云爾
수명의 길고 짧음 어찌 논하랴	脩短奚論
공을 위해 탄식할 필요 없으리	無爲公唏

8 이명산(理明山) : 경상남도 하동군 북천면·양보면 및 사천시 곤양면에 걸쳐 있는 산이다.

신사년(1941) 3월 모일 안동(安東) 권재규(權載奎)가 지음.

墓碣銘 幷序

權載奎 撰

石田 文公就幽之四十一年, 嗣子永濟, 以公知己權顧菴 相淵所爲狀, 造不佞, 謀所以銘其阡者。不佞于公未嘗有雅, 今得狀文讀之, 公蓋君子儒而足爲師範於後世者也。不佞雖老廢文墨, 烏可辭諸。乃按狀而序之曰。

公諱晉鎬, 字國元, 江城人。新羅 武成公諱多省, 其得姓之祖, 而高麗 江城伯諱得俊 始貫之祖也。江城伯之玄孫有三憂堂先生諱益漸, 正學高節, 與鄭圃隱同, 而又有衣被生民之功, 我世宗朝贈領議政, 謚忠宣公。累傳, 至諱後, 字行先, 號練江齋, 從寒岡 鄭先生學, 爲士林宗仰, 贈軍資監正。再傳, 諱憲商, 號稷下齋, 中樞府事, 始家河東之稷田。寔公六世祖。曾祖諱宗益, 號晦堂, 祖諱景參, 號碧巖。考諱在伯, 號愼默齋, 有厚德重望。晉陽 河鑅女, 晉陽 姜師贇女, 前後妣, 公姜氏出也。

骨相秀朗, 自幼能知讀書, 學業日就。弱冠, 連喪二親, 仲氏又沒, 而伯氏早世, 哀號累年, 因成貞疾, 未能力學。三十後, 稍從士友間, 知俗學之外有古人爲己之學, 奮然曰:“誠不足耳, 安有以疾而廢學者乎。” 乃復取四子書切己, 玩味句義章旨, 不明不措。又好讀≪心≫、≪近≫及程、朱全書, 至忘寢食。嘗謂:“學問欲其踐履也。不踐履, 則徒然耳。”, 遂自內而心術之微, 以至日用應接之著, 精察嚴持, 必要一循塗轍。從月皐 趙公、溪南 崔公、松沙 奇公, 以資考問, 與李晦山 宅煥、崔修堂 琡秉、權顧菴, 密切硺磨, 自是造詣日進。又引失學人, 定讀書起止, 設困學契, 以時相聚, 考其勤慢。一方儒教, 幾將就緖。而公遽以高宗辛丑十一月二十九日卒, 壽僅四十二。遠近士友, 咸惜其早世。

公內行甚備, 事二親, 深得其歡心。伯氏沒, 而宗𠼰無主, 取從子以繼, 而擇人爲師, 嚴其導迪。奉寡嫂, 誠敬備至。與季氏一心征邁, 期以無墜家聲。信義孚人, 鄕隣之有疑難者, 就公咨決; 有窘急者, 就公謀裕焉。配載寧 李氏, 無育, 延日 鄭氏, 生男一女三。男卽永濟, 河相泰、曺義煥、李壽元, 婿也。永濟四男三女, 河二男三女, 曺三男三女, 李二男二女。所居內洞理明山下負辛原, 其藏也。

銘曰："士固林林, 蓋鮮爲己。弊精詞華, 寄命口耳。究厥所就, 俳優而止。爰有一士, 慥慥向裡。學要明理, 理要必履。不爲病沮, 不以世弛。勵志方進, 中途遽已。朝聞夕可, 聖人云爾。脩短奚論, 無爲公唏。"

辛巳三月日, 安東 權載奎撰。

❖ **원문출전**

文晉鎬, 『石田遺稿』 卷3 附錄, 權載奎 撰, 「墓碣銘幷序」(경상대학교 문천각 古(우산) D3B 문79ㅅ)

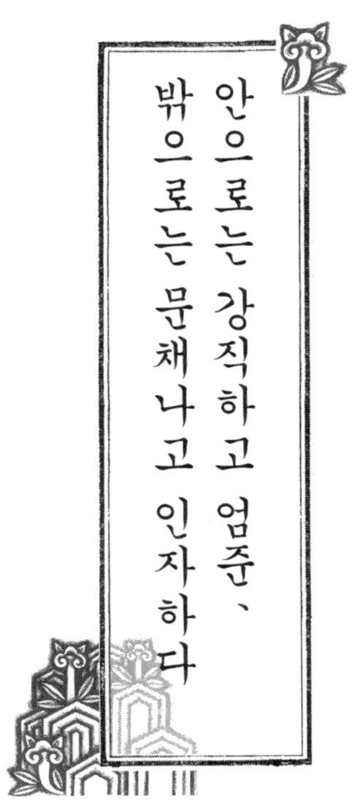

안으로는 강직하고 엄준、 밖으로는 문채나고 인자하다

정규영(鄭奎榮) : 1860-1921. 자는 치형(致亨), 호는 한재(韓齋), 본관은 진양(晉陽)이다. 현 경상남도 하동군 금남면 대치리[大峴里]에서 태어났다. 1897년 한양으로 가서 허전(許傳)에게 집지하였다.

1884년 선공감 가감역에 제수되었으나 사양하고 고향으로 돌아왔다. 1885년 독서를 하면서 산수를 벗삼아 생을 마치고자 황매산(黃梅山) 골짜기로 이주하였다. 그러나 상처(喪妻)한 뒤 고향으로 다시 돌아왔다. 1901년 곽종석(郭鍾錫) 등 이름난 학자들이 방문하여 더불어 남해를 유람하였다. 당시 곽종석이 그를 "성정이 맑고 깨끗해 아취가 뛰어나다.[沖澹雅遠]"라고 평하였다. 1902년 거창으로 곽종석을 방문하여 사단칠정을 질정하였다. 1903년 우천정(愚泉亭)을 짓고 독서하며 산수를 즐겼고, 1907년 통정대부 비서감 승을 제수받았다. 마을에 있던 오산재(鰲山齋)와 우천정에 서당을 열고 강병주(姜柄周)를 초빙해 마을의 자제들을 교육하였다. 1909년 4월 현산학교(峴山學校)를 설립하여 교육사업을 벌였으며, 파리장서(巴里長書)에 서명하였다.

저술로 8권 2책의 『한재집』이 있다.

한재(韓齋) 정규영(鄭奎榮)의 묘갈명 병서

송준필(宋浚弼)[1] 지음

호남(湖南)의 광양군(光陽郡) 의암(衣巖)[2] 신좌(申坐) 언덕[3]은 고 통정대부 비서감 승(秘書監丞) 정공(鄭公) 휘 규영(奎榮) 공의 유택이다. 공의 맏아들 재완(在涴)이 나의 벗 참봉 정재성(鄭載星)이 지은 행장을 가지고 멀리 북쪽 황학산(黃鶴山)[4] 밑으로 달려와 나에게 묘갈명을 청하였다. 나는 좌도 지역에 살아 공의 면모를 알지 못하지만 명성을 듣고 의리에 감복한 지 오래되었으니, 어찌 차마 사양할 수 있겠는가.

공의 위의는 단정하고 목소리는 우렁찼다. 관대하고 온유한 기상을 지녔지만 강직하고 꼿꼿한 면모를 갖추었으며, 크고 넓은 도량을 지녔지만 순수하고 신실한 자세로 처신하니 원대한 뜻을 가진 사람으로 기약하지 않는 이가 없었다. 집안에서 학문에 힘쓸 적에는 날마다 무릎을 꿇고 단정히 앉아 있었으며,[5] 보고 듣는 것이 총명하였다. 풍채는 온화하

1 송준필(宋浚弼) : 1869-1943. 자는 순좌(舜佐), 호는 공산(恭山), 본관은 야성(冶城)이다. 현 경상북도 성주(星州)에 거주하였는데 만년에 현 경상북도 김천(金泉)으로 이주하였다. 장복추(張福樞)·김흥락(金興洛)에게 수학하였다. 곽종석(郭鍾錫)·장석영(張錫英) 등과 교유하였다. 저술로 『육례수략(六禮修略)』·『공산집(恭山集)』 등이 있다.

2 의암(衣巖) : 현 전라남도 광양시 옥곡면 신금리 의암 마을을 가리킨다.

3 호남의……언덕 : 현 경상남도 하동군 금남면 대치리 반송정(盤松亭) 선영 아래에 장사 지냈는데, 후에 이 위치로 이장하였다.

4 황학산(黃鶴山) : 현 경상북도 김천시 봉산면 태화리 소재 황학산 일대를 가리키는 듯하다.

5 단정히 앉아 있었으며 : 원문에 '소좌(小坐)'라고 되어 있는데, 소(小) 자를 정(正) 자나 위(危) 자의 뜻으로 번역하였다.

였고 자세가 엄숙하여 사람들이 바라보고 외경하였다. 이는 공의 자질의 아름다움이다.

일찍 과거공부에 종사하여 명성이 시험장에 퍼졌으나 곧 벼슬길이 어지럽다는 이유로 과거시험을 포기하였다. 성재(性齋) 허 문헌공(許文憲公)[6]에게 집지하며 경학과 예학을 질정하였는데 자주 칭찬을 받았다. 또 일찍이 사제간이었던 주로(洲老)[7]와 면옹(俛翁)[8]을 종유하면서 심학(心學)이 전해진 묘리를 들을 수 있었는데, 면옹과 더욱 친밀하여 계발의 유익함이 많았다. 이로부터 내면 공부에 의지를 전일하게 하여 견해는 날로 정밀함과 소상함을 더하였고, 실천은 날로 견고함을 더하였다. 이는 공이 추향을 바르게 한 것이다.

공은 어린 아이 때부터 식견이 있어서 어버이를 섬길 적에 반드시 부모님 말씀을 받들어 순종하고 어김이 없었다. 평소 행동하는 것에 특별한 절도가 많았는데, 후산(后山) 허유(許愈)[9]가 지은 『효행록』을 살펴보면 알 수 있다.[10] 일찍 부모를 여의어 큰형수 하씨(河氏)에게 양육되었

6 허 문헌공(許文憲公) : 허전(許傳, 1797-1886)을 가리킨다. 자는 이로(而老), 호는 성재, 본관은 양천(陽川), 시호는 문헌이다. 이익(李瀷)-안정복(安鼎福)-황덕길(黃德吉)을 이은 근기 남인학자로서 퇴계학파를 계승한 류치명(柳致明)과 학문적 쌍벽을 이루었으며, 1864년 김해 부사에 부임하여 영남 지역의 유도를 일으켰다. 저술로는 45권 23책의 『성재집』 및 『사의(士儀)』 등이 있다.

7 주로(洲老) : 한주(寒洲) 이진상(李震相, 1818-1886)을 가리킨다. 자는 여뢰(汝雷), 호는 한주, 본관은 성산(星山)이며, 현 경상북도 성주 출신이다. 숙부 이원조(李源祚)에게 수학하였으며, 1849년 사마시에 합격하였다. 저술로 45권 22책의 『한주집』 및 『이학종요(理學綜要)』 등이 있다.

8 면옹(俛翁) : 면우(俛宇) 곽종석(郭鍾錫, 1846-1919)을 가리킨다. 자는 명원(鳴遠), 호는 면우, 본관은 현풍(玄風)이며, 현 경상남도 산청군 단성(丹城) 출신이다. 이진상에게 수학하였다. 저술로 177권 63책의 『면우집』이 있다.

9 허유(許愈) : 1833-1904. 자는 퇴이(退而), 호는 후산·남려(南黎), 본관은 김해이며, 현 경상남도 합천군 삼가에 거주하였다. 허전·이진상에게 수학하였으며, 저술로 27권 10책의 『후산집』이 있다.

다. 하씨가 세상을 떠나자 공은 모친상을 당한 것 같이 애통해하며 기년복을 입었다. 형제간에 우애가 매우 돈독하였는데, 아우들이 장성하여 분가할 적에 옥토를 골라 나누어 주었다. 내외간의 예의를 엄정히 하고 선조를 받드는 예절을 삼가며 화목으로 집안사람들을 인도하여, 촌수가 가깝거나 먼 사람 및 멀리 살거나 가까이 사는 사람을 막론하고 모두 그들의 환심을 얻었다. 이는 공이 인륜을 돈독히 한 것의 지극함이다.

자신을 봉양할 적에는 근검절약을 위주로 하여 식사 때 반찬을 두 가지 이상 올리지 않았고, 마구간에는 좋은 말이 없었다. 그러나 남들의 궁핍한 사정을 보면 유랑하며 걸식하는 천한 사람일지라도 반드시 힘을 다해 구제해주었다. 교제할 적에는 정성을 한결같이 하여 가식이 없었다. 사람들에게 과실이 있으면 바른 말로 꾸짖지 않음이 없었는데, 사람들은 그것이 성의에서 나온 것임을 알았다. 그러므로 감복하여 원망하지 않는 자가 많았다. 이는 공이 사람들을 대우한 정성이다.

처음에 재주와 덕행으로 선공감 가감역(繕工監假監役)에 제수되었는데, 스스로 학문이 넉넉하지 못하고 나이가 차지 않았다는 이유로 머뭇거리며 감히 나아가지 않았다. 만년에 선생에 대해 조정에 진달한 자가 있어서 통정대부 비서감 승에 올랐는데, 당시 을사늑약이 체결되어 나라 안이 크게 혼란하였다. 마침내 문을 닫고 자정(自靖)하면서 산수 속에 은거하여 소요하고, 책 속에서 경세제민의 의미를 찾았다. 그리고 세간의 모든 궁통(窮通)과 득실(得失) 보기를 개의할 것이 없는 듯이 하였다. 그러나 홀로 가슴속에 나라가 망해가는 비탄한 마음[11]을 품고 있어서

10 효행록을……있다 : 정규영의 부친이 임종 때 삼종형인 정원항에게 정규영의 효행을 기록해 줄 것을 부탁하였는데, 정원항이 허유에게 글을 부탁하였다. 허유는 『효행실록』에 정규영의 효행을 공자의 제자 중 효자로 이름난 민자건(閔子騫)에 비유하였다.

11 나라가……마음 : 원문의 풍천(風泉)은 『시경』 회풍(檜風) 「비풍(匪風)」과 조풍(曹風) 「하천(下泉)」을 합친 말이다. 「비풍」은 주(周)나라 왕실이 쇠미하니 현인이 근심하고 탄식하

왕왕 시를 수창할 적에 드러내었다. 이는 공의 출처의 대의이다.

우곡(愚谷)의 남쪽에 정사[12]를 짓고 소나무 대나무 국화 매화를 심었다. 날마다 그 안에 거처하며 사색하기도 하고 독서하기도 하면서 경전의 교훈을 가지고 일상생활에서 미루어 그러한 이유를 알아내고 마땅히 행해야 할 바를 실천하였다. 그의 논의는 공평정직하고 절실하며 그의 문장은 넉넉하고 간결하고 엄격하였으니, 남에게 들은 것을 그대로 말하는 속유가 낮은 식견으로 고상한 이치를 엿보고 경솔하게 자신을 크게 여기지만 끝내 자득함이 없는 것과 같지 않았다. 이는 공이 학문한 방도이다.

마을에 오산재(鰲山齋)가 있었다. 스승을 모셔와 자제들을 가르쳤는데, 반드시 의리를 먼저 행한 뒤에 문예를 익히게 하였다. 매월 초하루에는 강회를 열어 의젓하게 맨 윗자리에 앉아서 강설에 부지런히 힘써 사람들로 하여금 깨우치기 쉽게 하였다. 원근에서 배우러온 사람들이 다투어 구습을 씻고 그의 문하에 출입하기를 원하였다. 이는 공이 학생들을 가르친 업적이다.

아! 시대의 운세가 날로 막히고 법도 있는 선생들이 세상을 뜨니 동남지방의 인물들은 참으로 미미해졌다. 그러니 공처럼 자질과 행실이 돈독하고 문학이 아름다운 분은 진실로 쉽게 얻을 수 없는 점이 있는데, 세상에 크게 드러나 그 온축한 바를 펼치지 못한 점이 애석하다. 천수 또한 길지 못해 사우에게 얻은 것을 가지고 만년의 공부를 확충할 수 없었다. 이는 참으로 당시 종유한 인사들이 모두 애석히 여기는 바이며,

여 지은 것이고, 「하천」은 차가운 샘물에 풀이 해를 당한 것과 같이 주나라가 망하여 주변 약소국이 피해를 입게 되었다는 내용이다. 여기서는 대한제국이 일본제국주의에게 망해가는 현실의 아픔을 표현한 것이다.

12 우곡(愚谷)의 남쪽에 정사: 우천정(愚泉亭)을 가리킨다.

후세의 식견을 가진 사람의 유감 또한 어찌 다함이 있겠는가.

공의 자는 치형(致亨), 호는 한재(韓齋)이다. 정씨(鄭氏)는 진양(晉陽)의 큰 성씨이다. 윗대 조상으로 문하시중 거중(居中), 평장사 국유(國孺), 병부 상서 은열공(殷烈公) 신열(臣烈)은 모두 고려조에 현달하였다. 휘 현구(玄球)는 우리 성종(成宗) 때에 이르러 문과에 급제하여 황주 목사(黃州牧使)를 지냈다. 휘 대수(大壽)는 참의에 추증되었고, 처음으로 곤남(昆南)[13]의 금오산(金鰲山)[14] 아래에 거주하였다.

5대조 휘 태귀(泰龜)는 효행으로 동몽교관에 추증되었으며, 고조부 휘 달진(達晉)도 효행으로 호조 좌랑에 추증되었는데, 모두 정려가 내려졌다. 증조부의 휘는 익헌(益獻)이고, 호는 경재(警齋)이다. 조부의 휘는 재환(載煥)이다. 부친의 휘는 원휘(元暉)이고, 호는 수은(睡隱)이다. 모친 진양 하씨는 하진흡(河鎭洽)의 딸인데 효열로 정려가 내려졌다. 계비 진양 정씨는 정택묵(鄭宅默)의 딸이다.

공은 철종 경신년(1860) 윤3월 18일에 태어나 신유년(1921) 2월 13일 세상을 떠났으니, 향년 62세였다. 초취 부인 함안 조씨는 충의공(忠毅公) 조종도(趙宗道)의 후손 조용주(趙鏞周)의 딸이다. 재취 부인 팔계 정씨(八溪鄭氏)는 정방숙(鄭邦淑)의 딸이다. 2남 4녀를 두었다. 장남 재완(在涴)은 조씨 소생으로 출계하여 백부의 후사가 되었고, 차남은 재기(在淇)이다. 딸은 강도현(姜道鉉)·이회근(李晦根)·정원현(鄭元鉉)·이인근(李人根)에게 시집갔는데 모두 정씨 소생이다.

명은 다음과 같다.

13 곤남(昆南) : 현 경상남도 사천시 곤양면 일대를 가리키는 말이다.

14 금오산(金鰲山) : 현 경상남도 하동군 진교면에 있다. 소오산·병요산으로도 불린다.

안으로 지킨 것은	守於內者
강직하고 엄준했으며	直而恂
밖으로 드러낸 것은	著於外者
문채나고 인자하였네	文而仁
아!	嗚呼
대부 중의 순유(純儒)로다	大夫之純

신사년(1941)[15] 4월[16] 야성(冶城)[17] 송준필(宋浚弼)이 삼가 지음.

墓碣銘 幷序

宋浚弼 撰

湖之光陽郡 衣巖負申之原, 故通政大夫秘書監丞鄭公諱奎榮之藏也。其胤子在涴, 以吾友鄭寢郎 載星所爲狀, 北走黃鶴之遙, 請余以銘于阡者。余居左, 未及識公之面, 而聞名服義則夙矣, 其忍辭諸。

公儀表端正、聲音洪暢。有寬和之像, 而濟之以剛毅; 有宏闊之量, 而行之以醇實, 莫不以遠大期之。及其家居懋學, 日斂膝小坐, 視聽聰明。符采沖腴儼然, 人望而敬之。此則公資稟之美也。

早業程文, 聲望傾場屋, 旋以名路淆雜棄之。贄謁性齋 許文憲公, 質以

15 신사년 : 원문의 '중광(重光)'은 천간(天干) 신(辛)의 고갑자이고, '대황락(大荒落)'은 십이지(十二支) 사(巳)의 고갑자이다.

16 4월 : 원문의 '청화절(淸和節)'은 음력 4월을 가리키는 말이다. 중국 진(晉)나라 시인 사령운(謝靈運)의 시에 "첫여름 4월이라 맑고도 온화하니, 향기로운 풀들도 쉼 없이 돋네.[首夏猶淸和, 芳草亦未歇.]"라고 한데서 유래하였다.

17 야성(冶城) : 현 경상남도 합천군 야로면의 별칭이다. 고려 때 송맹영(宋孟英)이 야성군에 봉해진 이후 후손들이 본관으로 하였다.

經禮, 亟蒙奬詡。又嘗從洲老、俛翁師弟之間, 得聞心學傳受之妙, 而俛翁尤親密, 多啓發之益。自是專意向裏, 見解日益精昭、踐履日益堅固。此則公趨向之正也。

自孩提有識, 事父母, 必承順無違。平日所行, 多特節, 許后山 愈所撰《孝行錄》, 可按而知也。早失恃, 鞠于邱嫂河氏。河氏歿, 哀痛如喪妣, 而加服朞。友弟尤篤, 長而析箸, 擇沃腴以與之。嚴內外之禮、謹奉先之節, 惇睦以率宗人, 親疏遠近, 咸得其懽心。此則公敦倫之至也。

自奉主儉約, 食不貳膳, 廐無良馬。而見人窮乏, 雖流丐下賤, 必盡力以濟之。交際一以悃愊, 無矯飾。人有過失, 未嘗不正言折之, 而知其出於誠意。故多感服而無怨忤者。此則公待人之誠也。

始以才行, 除繕工監假監役, 自以學未優、年未及, 逡巡不敢進。晩有陳達者, 陞通政秘書監丞, 則時已脅約成, 而域內大亂矣。遂斂戶自靖, 感行休於泉石、寓經濟於圖書。視世間一切窮通得喪, 若無足以介懷。而獨有風泉之悲, 往往呈露於歌詠酬酌之際。此則公出處之義也。

置精舍於愚谷之陽, 列植松竹菊梅。日處其中, 仰思俯讀, 將經訓推諸日用, 知其所以然、行其所當然。其論平正切實、其文紆餘簡嚴, 非若口耳之士, 處下闚高, 輕自大而卒無得也。此則公爲學之道也。

里有鰲山齋。延師敎諸子, 必先行義, 而後文藝。每月朔行講, 儼臨首席, 講說亹亹, 使人易曉。遠近學者, 爭自灑濯, 願出於其門。此則公敎授之業也。

嗚呼! 世運日否, 法門先敗, 東南人物正渺然。如公質行之篤、文學之嫩, 實有未易得者, 而惜其不大顯庸於世以展布其所蓄。年壽又不長, 不得以所獲於師友者, 以充其晩暮之工。是固當時從遊之士所共悼惜, 而後世有識之憾, 亦詎有窮已哉。

公字致亨, 號韓齋。鄭氏 晉陽大姓。上祖門下侍中居中, 平章事國孺, 兵部尙書殷烈公 臣烈, 幷顯于麗。至諱玄球, 我康靖王朝, 文牧黃州。諱大壽, 贈參議, 始居昆南之金鰲山下。五代祖諱泰龜, 孝贈童蒙敎官, 高祖諱達晉, 亦以孝贈戶曹佐郎, 幷旌閭。曾祖諱益獻, 號警齋。祖諱載煥。考諱元暉, 號睡隱。妣晉陽 河氏 鎭洽女, 以孝烈蒙旌。繼妣晉城 鄭氏 宅默女。公以哲廟庚申閏三月十八日生, 歿于辛酉二月十三日, 享年六十二。配咸安 趙氏 忠毅公 宗道后鏞周女。八溪 鄭氏邦淑女。二男四女。男在淲, 趙氏出, 出爲伯父后, 在淇。女適姜道鉉、李晦根、鄭元鉉、李人根, 鄭氏出也。

銘曰 : "守於內者, 直而恂, 著於外者, 文而仁。嗚呼! 大夫之純。"

重光大荒落淸和節, 冶城 宋浚弼謹撰。

❖ **원문출전**

鄭奎榮, 『韓齋集』 卷8 附錄, 宋浚弼 撰, 「墓碣銘幷序」(경상대학교 문천각 古(복제) D3B H정17ㅎ)

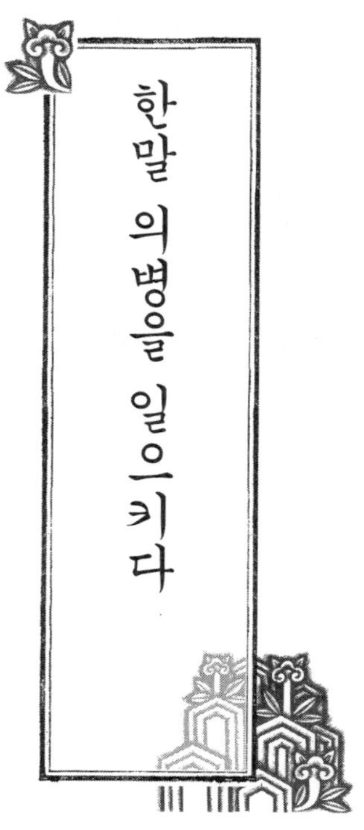

한말 의병을 일으키다

노응규(盧應奎) : 1861-1907. 자는 성오(聖五), 호는 신암(愼菴), 본관은 광주(光州)이다. 현 경상남도 거창군 고제면(高梯面) 괘암리(卦岩里) 집에서 태어나 함양군 안의면 본당리(本堂里) 죽전동(竹田洞)에 거주하였다. 성재 허전의 문하에서 수학하였다. 1895년 명성황후가 시해되고 단발령이 공포되자, 1896년 1월 안의에서 의병을 일으켜 진주성을 장악하였다. 그러나 일본군과 정한용(鄭漢鎔)에 의해 진주성이 함락되었고, 그 여파로 부친과 형이 살해당했다. 1897년 10월 직접 입궐하여 「지부자현소(持斧自見疏)」를 올려 고종의 비답을 받았고, 여러 관료들의 도움으로 부형의 장사를 지냈다. 규장각 주사, 중추원 의관 등을 역임하였는데, 1905년 을사늑약이 체결되자 비분강개하여 관직을 버렸다. 1906년 충청북도 황간에서 다시 거병하여 무장투쟁하다 체포되었고, 1907년 2월 옥중에서 세상을 떠났다.
저술로 불분권 1책의 『신암유고』가 있다.

신암(愼菴) 노응규(盧應奎)의 연보략[1]

노응규 의사의 자는 성오(聖五), 호는 신암(愼菴), 본관은 광주(光州)이다. 부친은 노이선(盧以善), 모친은 초계 정씨(草溪鄭氏) 정도원(鄭道元)의 딸이다. 의사는 1861년 거창군 고제면(高梯面) 괘암리(卦岩里) 집에서 태어나 함양군 안의면 본당리(本堂里) 죽전동(竹田洞)에 거주하였다. 어려서는 성재 허전의 문하에서 수학하였다.

1895년 명성황후가 시해되고 단발령이 공포되자, 의사는 1896년 1월 안의에서 거병하여 진주성을 점거하고 왜적을 토벌하였다. 창의한 지 열흘 사이에 수천 인의 의병이 모여들었는데, 이에 진주부민들은 정한용(鄭漢鎔)을 진주의병장으로 추대하여 의진을 구성하고, 의사의 진에 합세하였다. 그 후 3월 7일 정한용이 의사를 배반[2]하면서 관군에 진주성이 함락되고 의병이 해산되자, 의사는 장차 상경하여 처벌을 기다리고자 하였다. 삼가(三嘉)로 피신한 의사는 정한용·정재일(鄭在一) 등이 의사를 잡아 가두고자 하여 삼가의 옥에 갇혔지만, 다행히 사림의 반발로 풀려났다.

이후 3월 8일 의사는 동지 10여 명과 함께 거창 대아점(大雅店)으로 가서 자고 이튿날 새벽 무촌(武村)에 도착하였다. 그때 최두원(崔斗元)·

---

1 신암 노응규의 연보략: 노응규에 대한 기타 전기 자료가 없어 『신암유고』 「연보」를 요약하였다.

2 정한용이……배반: 노응규의 진주 의병 세력이 날로 확장되자 관군과 합세한 일제는 진주 의병진의 세력 약화를 위해 성 밖에 주둔하고 있던 정한용을 매수하여, 노응규에게 병력을 분산하여 서울로 진격할 것을 제의하였다. 정한용의 제의에 노응규는 진주 의병진을 분산하였고, 이때를 틈타 관군은 대규모의 병력으로 진주성을 공격하였다.

서광진(徐光振) 등으로부터 전날 밤 안의 향리들에 의해 부형이 살해되었다는 소식을 듣고는, 안의로 들어가지 않고 몸을 피해 거창의 전척동(翦尺洞) 정호선(鄭縞善)의 집으로 갔다. 여기저기로 옮겨 다녔지만 일이 여의치 않아 곧 한양으로 갔다. 그리고 재령(載寧)까지 갔다가 다시 전라도로 내려와 진도·보길도 등 여러 섬을 전전하다, 광주 일곡동(日谷洞)의 친척 집에서 여름을 보내면서 전라도 장성의 기우만(奇宇萬)을 만나기도 하였다. 그해 7월 순창 방축동(防築洞)의 이석표(李錫杓)의 집에 머물렀다.

다음 해 1897년 4월 의사는 상경하였다. 진주관찰사 이항의(李恒儀)가 내부(內部)에 초계(草溪)의 사인(士人) 노대용(盧大容)이 의사를 위한 상소를 올리기 위해 통문을 돌렸다고 보고하였고, 이에 경성의 역도들이 사방으로 흩어져 상소하려는 유생들을 축출해 버렸다는 소식을 듣고는 인심이 흉흉하여 경성에 오래 머물 수가 없자, 교하(交河)[3]의 판서 민영달(閔泳達)의 집으로 향하였다. 의사는 여기에서 여름을 보냈다.

이후 10월 1일 의사는 도끼를 가지고 입궐하여 「지부자현소(持斧自見疏)」를 올렸다. 보국(輔國) 민영준(閔泳駿)이 이 사실을 고종에게 보고하자, 고종은 소를 받아들이고 이튿날 비답을 내렸다. 5일 판서 신기선(申箕善)과 보국 조병식(趙秉式)의 입품(入稟)으로 의사의 부형 살해에 대한 복수와 가산을 찾을 수 있도록 조처하라는 고종의 허락을 받고서, 의사는 먼저 부형의 장례를 치르러 거창군 고제면 괘암 마을에 도착하였다. 이후 12월 20일 초계읍 아막촌(衙幕村) 임자 언덕에 장사지냈다.

다시 상경한 의사는 12월 31일 판서 신기선에게 가서 주선을 부탁하였다. 1898년 4월 3일 법무대신 이유인(李裕寅)이 고종에게 아뢰어 최춘

3 교하(交河): 현 경기도 파주시 교하읍 교하면이다.

근(崔春根)·하문명(河文明)·김경선(金景善) 등 의사의 부형을 죽인 무리에 대해 법부에서 실상을 조사하고 형을 적용하라는 허락을 받았다. 이에 살해 주범으로서 한양에 있던 최춘근을 체포하여 압송하고, 하문명·김경선도 체포하여 안의 감옥서로 압송하고 처벌을 시행하였다.

1902년 2월 10일 의사는 규장각 주사(奎章閣主事)에 임명되었고, 11월 중추원 의관(中樞院議官) 등을 역임하다가 1905년(光武9, 45세) 을사늑약이 이루어지자 비분강개하여 사직하였다.

1906년 11월 의사는 충청북도 황간군 상촌면 물한리(勿閑里) 직평(稷坪) 마을에서 다시 의병을 일으켜 황간 의병장으로 활동하다, 이듬해 1월 21일 상촌면 거리(巨里)에서 체포되어 충청북도 청산면 경무분서(警務分署)에 투옥되었고, 음력 12월 8일 경성 경무감옥서(警務監獄署)로 이송되어 심문을 받았다. 일체의 음식을 사절하다가 1907년 2월 16일 옥중에서 세상을 떠났다. 충청남도 서천군 종천면 종천리(鍾川里) 고량산(皷樑山) 간좌 언덕에 장사지냈다.

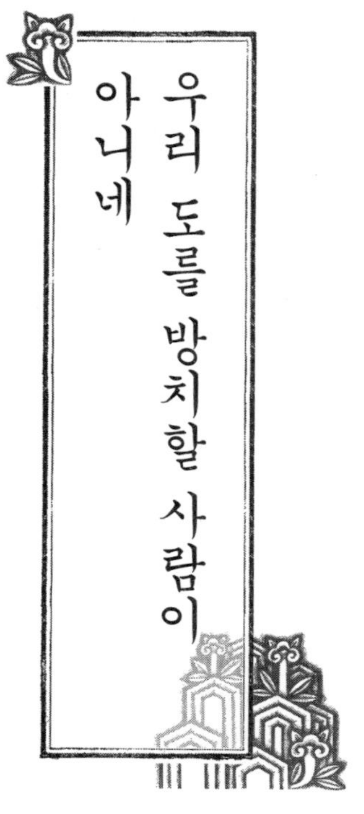

우리 도를 방치할 사람이 아니네

문용(文鏞) : 1861-1926. 자는 사헌(士憲), 호는 겸산(謙山), 본관은 남평이며, 현 경상남도 합천군 대병면에서 태어났다. 허유(許愈)·곽종석(郭鍾錫)에게 배웠고, 송호곤(宋鎬坤)·송호문(宋鎬文)·송호언(宋鎬彦) 등과 교유했다. 파리장서(巴里長書) 사건에 연루되어 구금되었다. 「심군설(心君說)」을 지어 자신의 성리설을 드러내었다. 저술로 7권 4책의 『겸산집』이 있다.

겸산(謙山) 문용(文鏞)의 묘갈명 병서

하겸진(河謙鎭)[1] 지음

아, 이곳은 겸산(謙山) 처사 문공(文公) 사헌(士憲)의 무덤이다. 공은 병인년(1926) 봄 2월 2일 병석에서 일어나지 못하여, 3월 7일에 살던 삼가현(三嘉縣) 오동리(吾東里)[2]의 임좌(壬坐) 언덕에 장사지냈다. 상을 당한 뒤로부터 장례를 치를 동안에 공의 동지 항재(恒齋) 송직부(宋直夫)[3]가 공을 위해 행장을 지었다. 2년이 지난 정묘년(1927)에 공의 아들 존호(存浩)가 행장을 가지고 와서 나에게 묘갈명을 청했다. 아, 내가 어찌 차마 공의 묘갈명 짓는데 주저하는 마음이 있겠는가.

나와 공은 동시대에 태어났지만 처음에는 50년간 서로 얼굴을 알지 못했다. 공은 소년 시절부터 후산(后山) 허공(許公),[4] 면우(俛宇) 곽공(郭公)[5]을 따라다니며 배웠는데, 이 두 분 선생이 자주 나에게 "사헌은 우리

---

1 하겸진(河謙鎭) : 1870-1946. 자는 숙형(叔亨), 호는 회봉(晦峯), 본관은 진양이다. 현 경상남도 진주시 수곡면에 거주했다. 저술로 50권 26책의 『회봉집』이 있다.

2 삼가현(三嘉縣) 오동리(吾東里) : 현 경상남도 합천군 대병면 성리 의룡산 자락의 오동골로, 이곳에 남평 문씨 집성촌이 있다.

3 송직부(宋直夫) : 송호곤(宋鎬坤, 1865-1929)이다. 자는 직부, 호는 항재, 본관은 은진, 경상남도 합천군 삼가에 거주했다. 문용의 행장을 지었다. 저술로 16권 8책의 『정산집(靖山集)』이 있다.

4 허공(許公) : 허유(許愈, 1833-1904)이다. 자는 퇴이(退而), 호는 후산·남려(南黎), 본관은 김해이다. 현 경상남도 합천군 가회면 오도리에서 출생했다. 저술로 19권 10책의 『후산집』이 있다.

5 곽공(郭公) : 곽종석(郭鍾錫, 1846-1919)이다. 자는 명원(鳴遠), 호는 면우, 본관은 현풍이다. 단성(丹城) 출신이다. 저술로 177권 63책의 『면우집』이 있다.

도를 방치할 사람이 아니다."라고 말씀하셨다. 나는 이 때문에 공의 이름과 행실이 이미 숙성했음을 알았다.

무오년(1918)과 기미년(1919) 사이에 공은 특별히 내 서실을 방문하였는데, 한번 보고서 마치 교분이 오래되어 서로 깊이 사귄 것 같았다. 헤어질 적에 공이 나를 돌아보며 말하기를 "내 나이가 비록 그대 보다 많지만 그대는 나를 늙었다고 말하지 말게. 내 힘이 그래도 스스로 강건하니 그대가 내게 은혜를 베풀어 나와 함께 한다면, 동쪽으로는 금강산(金剛山)에 이르고 남쪽으로는 한라산(漢拏山)에 오르는 일을 장차 그대와 함께 하고 싶네."라고 하였다. 나는 공과 함께 유람할 수 있음을 다행으로 여기고 허락했다. 얼마 뒤 세상 일이 크게 변해서 파리장서(巴里長書)를 보낸 사건이 일어났다. 나는 성주 감옥에 구속되었고, 공은 합천 감옥에 구금되어 이 일이 끝내 성사되지 못했다. 또 뒤에 거창의 가조(加祚)산속에서 공을 만났는데, 공의 수염과 두발이 풍성하고 풍만한 얼굴이 윤택하고 화사한 것을 보니 예전 모습 그대로였다. 이때 공의 나이가 이미 61세였다.

공은 평소 거처할 적에 용모와 거동을 바르게 하고 방안 깊숙이 들어앉아있었는데, 몸을 조금도 책상에 기대지 않았다. 벼루함 등 여러 집기들을 가지런히 정돈하여 항상 같은 곳에 두었다. 갓과 의복은 정결함을 추구했으나 또한 화려한 것은 입지 않았고 때가 타지 않으면 바꿔 입지도 않았다. 술을 매우 좋아했지만 조금 취하면 더 이상 마시지 않아 만취한 적이 없었다.

집 뒤에는 푸른 소나무가 울창하게 드리웠고, 문 앞에는 수양버들 가지가 수없이 늘어져 있었으며, 난초·국화·파초·매화의 그림자가 문지방에 그늘을 드리우거나 비쳤는데, 이들에 모두 하나하나 이름을 붙여두었다. 악견산(嶽堅山)·금성산(錦城山)·허굴산(巘崛山)[6]이 모두 집 좌우에 있었는데, 이를 '가수삼산(嘉樹三山)'이라고 부른다.

서호(西湖)·용문(龍門)[7]·황폭(黃瀑)[8] 등 명승이 또한 십리도 채 되지 않는 곳에 있었다. 독서하다가 피로함을 느끼면 지팡이를 짚고 훌쩍 홀로 가서 종일토록 술마시며 시를 지었는데, 마치 자득함이 있어서 고단한 신세를 잊은 듯했다.

공은 천성이 낙천적이라 다른 사람과 다툼이 없었다. 마을의 규약을 엄정히 하고 집안의 법도를 바르게 하는 일에 대해서는, 선대의 업적을 애호하며 조리가 매우 분명하였는데, 마음과 힘을 극진히 다했다. 집안의 남녀노소가 순순히 공경하며 따라서 이간하는 말이 없었다. 후배들을 가르칠 적에는 중화와 이적, 사악함과 정직함을 통렬히 분별하여 이단에서 구제한 바가 많았다.

리기(理氣)를 논할 적에는 리기가 한 물건이라는 그릇된 설을 매우 배척하였고, 심(心)을 논할 적에는 리(理)를 주로 삼았다. 일찍이 「심군설(心君說)」을 지었는데, 그 대략에 "나라에는 인군(人君)이 있고 집안에는 엄군(嚴君)이 있으며 일신에는 심군(心君)이 있다. '군(君)'이란 지극히 존귀하여 맞설 것이 없는 명칭이다. 왜 심군이라고 부르는가. 성(性)과 정(情)을 통솔하여 일신을 주재하기 때문이다. 주재하는 방도는 다른 것이 없다. 경(敬)에 마음을 전일하게 할 뿐이다."라고 하였다. 이는 대체로 공이 스승에게 전해들은 것인데, 스스로 논설을 지은 것이 이와 같았다.

공의 휘는 창석(昌錫)이었는데 뒤에 용(鏞)으로 개명했고, 사헌(士憲)은 자이다. 공의 선조는 남평(南平) 사람이다. 신라·고려시대에는 십수 대

6 악견산(嶽堅山)·금성산(錦城山)·허굴산(虛崛山): 현 경상남도 합천군 대병면에 있는 세 산이다.

7 용문(龍門): 현 경상남도 합천군 용주면 황강 가에 용문이라는 지명이 있다.

8 황폭(黃瀑): 현 경상남도 합천군 용주면 황계리에 황계폭포가 있다.

동안 고관이 나와 공훈을 세운 이가 많았다. 휘 여령(汝寧)은 본조에서 벼슬하여 지제교 겸 예문관 검열을 지냈다. 검열의 4대손 덕수(德粹)는 현감을 지냈으며 호는 고사(孤査)이고 효성으로 정려가 내려졌다. 조부는 주영(周永)이고 부친은 재욱(在郁)인데, 모두 현달하지 못했다. 모친은 청주 곽씨(淸州郭氏)이다. 재욱의 아우 재화(在和)가 강진 안씨(康津安氏)를 아내로 맞았는데, 이분이 실제로 공을 낳았다. 공은 재욱의 후사로 들어갔다.

공은 철종 신유년(1861) 8월 27일에 태어났는데, 별세했을 때의 나이는 66세였다. 『겸산집』 10권과 『예의만록(禮疑謾錄)』이 집안에 소장되어 있다. 부인 이씨는 본관이 인천(仁川)이다. 아들은 존호(存浩)이고 딸은 김주국(金柱國)에게 시집갔다.

명은 다음과 같다.

연로하여 쇠약하고	老而衰
쇠약하여 게을러지는 것	衰而倦
사람들 모두 같네	人所同
공은 어찌 수양을 하여	是何修
학문이 더욱 넉넉해지고	學益腴
용모는 더욱 풍성해졌는가	貌加豊
아련히 초야에 살며 드러내지 않고	翳然不露山澤之中
스승이 전해 준 것 지켰으니	而固守師傳
앞 사람의 공적보다 더 훌륭하리	將多于前功
행실은 집안에 두루 미쳤고	行滿于家
좋은 명성으로 아름답게 생을 마쳤네	令聞令終
돌을 쪼개 이 명을 새겨	伐石繫詩
영원토록 밝게 드러내네	昭示無窮

진산(晉山:晉陽) 하겸진(河謙鎭)이 지음.

墓碣銘

河謙鎭 撰

嗚呼, 此謙山處士 文公 士憲之墓也。公以丙寅春二月二日, 不起疾, 三月七日, 葬所居三嘉縣 吾東里之負壬原。自喪及葬, 公執友宋恒齋 直夫, 爲之志焉。越二年丁卯, 其孤存浩, 奉其狀, 請銘於余。嗟乎, 余何忍有愛於銘公哉。

始余與公生幷世, 五十年不相識面。公自束髮從學后山 許公、俛宇 郭公, 是二先生者, 數爲余言 "士憲不置。" 余是以聞知公名行已熟。戊午、己未間, 公特來訪余書室, 一見如交舊深相結。臨別顧言余曰 : "吾齒雖先於子, 子無謂我老也。吾力猶能自强, 子能惠而與我, 則東至金剛, 南浮漢挐, 將惟子所欲矣。" 余幸其夤緣附驥也, 許諾之。已而時狀大變, 巴里事發。余拘星州, 公繫陜川獄, 此事竟不諧。又後相遇居昌之伽祚山中, 見公鬚髮彪彪然, 豊貌渥丹, 無減昔日, 是時公年已六十一也。

公平居正容儀深坐, 體不少倚几案。硯盒諸什物, 排整有常。所冠服要精潔, 亦不用華靡, 不垢則不易。雖甚愛酒, 纔醺而止, 未嘗爲困。

屋後蒼松翳鬱、門前垂楊千條, 蘭菊蕉梅, 蔭映階戺, 皆有品題。嶽堅、錦城、嘘崛之山, 皆在其左右, 是名爲'嘉樹三山'者也。西湖、龍門、黃瀑之勝, 亦相去無十里。讀書氣倦手一杖, 飄然獨往, 觴詠竟日, 若有以自得, 而忘身世之孤蹇也。

公天性樂易, 與物無競。至其嚴里約、正家範, 愛護先蹟, 條理甚明, 而心力俱罄。一家之中, 老幼男婦, 和敬聽順, 無有間言。敎誨後輩, 痛分別華夷邪正, 多所救拔。

論理則深斥理氣一物之非, 而言心則以理爲主。嘗作≪心君說≫, 其略曰 : "國有人君、家有嚴君、身有心君。君者, 至尊無對之名也。何以曰 '心君'。統性情而主宰乎一身也。主宰之道, 無他。一於敬而已。" 此蓋其得聞於師門, 而自立言者, 如此。

公諱昌錫, 後改曰"鏞", 士憲字也。其先南平人。羅、麗時連十數世, 累累多公相勳業。至諱汝寧, 仕本朝, 知製敎藝文檢閱。檢閱四世孫德粹, 官縣監, 號孤査, 以孝旌閭。大父周永, 父在郁, 皆不顯。妣淸州 郭氏。在郁之弟在和, 配康津 安氏, 實生公。入爲在郁后。公生哲廟辛酉八月二十七日, 死時六十六。有≪謙山集≫十卷、≪禮疑謾錄≫, 藏于家。妻李氏, 仁川人。男曰"存浩", 女適金柱國。

銘曰:"老而衰, 衰而倦, 人所同。是何修, 學益腴, 貌加豊。翳然不露山澤之中, 而固守師傳, 將多于前功。行滿于家, 令聞令終。伐石繫詩, 昭示無窮。"

晉山 河謙鎭撰。

❖ **원문출전**

文鏞, 『謙山集』 卷7 附錄, 河謙鎭 撰, 「墓碣銘」(경상대학교 문천각 古(오림) D3B 문66ㄱ)

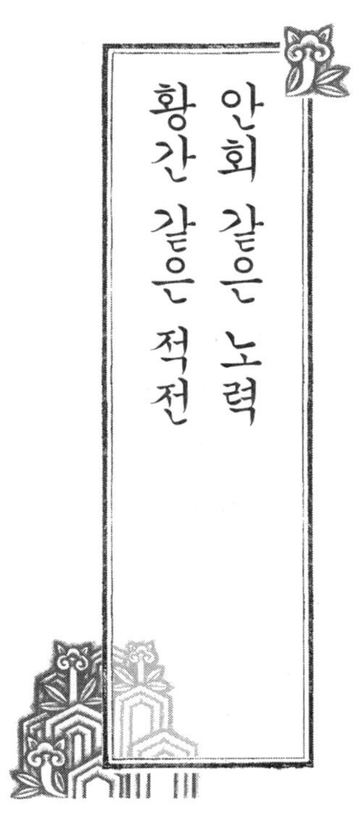

안회 같은 노력 황간 같은 적전

김병린(金柄璘) : 1861-1940. 자는 겸응(謙膺), 호는 눌재(訥齋), 본관은 김해(金海)이고, 현 경상남도 창원시(昌原市) 의창구 동읍 화양리 곡목(曲木 : 일명 花木) 마을 출신이다. 이종기(李種杞)에게 수학하였다.
7세 때 서당에서 공부를 시작하였다. 31세 때 향시에 응시하였는데 문란한 과거제도를 보고서 과거에 뜻을 두지 않고 학문 연구에 힘썼다. 안효제(安孝濟)·이병희(李炳憙)·조용섭(曺龍燮) 등과 교유하며 성리학에 매진하였다. 세상이 혼란스러워지자 동지들과 중국으로 갈 계획을 세웠으나 뜻을 이루지 못하였다. 1910년 경술국치를 당하자 출입을 삼가고, 용계서당(龍溪書堂)에서 후학양성과 학문에 전념하다 세상을 떠났다.
저술로 19권 4책의 『눌재집』·『용계아언(龍溪雅言)』 등이 있다.

눌재(訥齋) 김병린(金柄璘)의 묘갈명

안붕언(安朋彦)[1] 지음

경진년(1940) 2월 3일 눌재(訥齋) 김 선생(金先生)이 용계서사(龍溪書社)에서 세상을 떠났다. 그로부터 21년 뒤 맏아들 종하(鍾河)가 비로소 행장을 지었는데, 내가 그 글을 바탕으로 선생을 위해 묘갈명을 짓는다.

공자께서 유교를 창도하신 뒤에, 맹자와 순자가 이를 계승하였는데 모두 우뚝하게 큰 스승이 되었다. 한(漢)나라 · 당(唐)나라의 경사(經師)들은 쇠미해진 유학을 부지하고 잔결된 경전을 보충한 공이 매우 많았고, 이학(理學)은 송나라 · 명나라의 여러 학자들에게서 극성하였다.

우리나라의 경우에는 공자의 학문을 숭상할 줄 안 뒤로부터 이씨 조선에 이르기까지 큰 학자가 배출된 것이 자못 성대하였다. 그러나 세대가 멀어지고 지역이 달라서 그 진유(眞儒)가 나온 것은 시대가 내려올수록 더욱 적다.

선생은 말세에 태어나 그 학문의 목적은 성인이 되는 데 두었고, 말미암아 나아가는 방법은 한결같이 주자로 준칙을 삼았으며, 그 자질이 순수하여 온전하게 절로 이룩한 점은 명도(明道)[2]에 가까웠다. 효우는 행실에서 이루어졌기 때문에 온 집안이 화목하였고, 충서는 남에게 미쳤기 때문에 향리의 사람들이 감화되었다. 비록 변화가 많은 세상을 만나 등

---

1 안붕언(安朋彦) : ?-1976. 호는 육천(育泉), 본관은 광주(廣州)이다. 현 대전광역시 서구 정림동에 거주하였다. 김병린(金柄璘)에게 수학하였다.

2 명도(明道) : 정호(程顥, 1032-1085)를 가리킨다. 자는 백순(伯淳), 호는 명도, 하남(河南) 사람이다. 아우 정이(程頤)와 함께 이정자(二程子)로 불린다.

용되어 재주를 시험해보지 못했지만 세상 사람들이 태산북두처럼 존경하고 앙모하니, 대개 근대에 찾아보기 드문 분이다.

선생은 옛것을 돈독히 하기를 급급하게 하면서도 저술을 느긋이 하였으며, 자신을 검속하기를 힘쓰면서도 변설을 어눌하게 하였다. 그러나 시와 고문을 지을 적에는 자기의 의도를 곧장 서술하였지만 저절로 법도에 합치되었는데, 모두 옛날 작가들이 사사로이 기록할 때처럼 신속하였다.

간혹 학자들과 더불어 리기(理氣), 심성(心性), 선지후행(先知後行), 이일분수(理一分殊)의 분변에 대해 논급할 적에는 말이 매우 상세하였다. 구이지학(口耳之學) 하는 말류의 무리들이 본원을 알지 못하고서 한갓 문사만 꾸미기를 힘쓰고 스스로 실득이 없으면서 표절로 글을 지어, 아름다운 명성을 망령되이 취하면서도 의심하지 않는 마음을 가진 유폐를 더욱 징계하면서 간절하게 말했는데 매우 개탄하지 않은 적이 없었다.

남긴 저술을 수습하여 이정(釐正)한 유집이 모두 9책이다. 또 좋은 글을 뽑아 1책으로 만든 『용계아언(龍溪雅言)』은 이미 간행되었다. 훗날 학문에 뜻을 둔 자가 만약 선생의 성취가 얼마나 큰지를 안다면 또한 그 말씀이 얼마나 귀한지도 알 것이다.

선생의 휘는 병린(柄璘)으로 애초의 휘는 병린(柄麟)이며, 자는 겸응(謙膺), 호는 눌재(訥齋) 또는 용계병수(龍溪病叟)이다. 그 선조는 가락국(駕洛國)에서 나왔다. 이씨 조선에 들어와 휘 귀(龜)는 호가 금산(琴山)인데 예문관 검열을 역임하고 의정부 참찬에 이르렀다. 이분이 선생의 16세조이다. 증조부의 휘는 시보(時普), 호는 회와(悔窩)이다. 조부의 휘는 만주(萬胄)이고, 호는 화계(花溪)이다. 부친의 휘는 찬원(璨元)이고, 호는 염산(廉山)이다. 모친은 벽진 이씨(碧珍李氏)와 광주 안씨(廣州安氏)이다.

선생은 철종 신유년(1861) 2월 20일(무인) 신시에 창원(昌原) 화목(花木)

마을[3]에서 태어났다. 7세 때 비로소 배우기 시작하였다. 8세 때 모친 이씨의 상을 당하였다. 계모 안씨는 성품이 준엄하여 처음에 선생을 포용하지 않았다. 선생이 받들어 순종하고 극진히 효도하자, 안씨가 나중에는 마침내 선생을 편안히 대하였다. 안씨가 장수하다 별세하였는데, 선생은 슬퍼하며 상례를 극진히 하였다. 당시 선생의 나이 또한 68세인지라, 사람들은 선생이 상례를 견디지 못할까 많이 걱정하였는데 끝내 별탈이 없었다.

애초 만구(晩求) 이 선생(李先生)[4]은 낙동강 서쪽[5]에서 강학하며 주자와 퇴계(退溪) 이 선생의 통서(統緖)를 전하였다. 선생은 〈만구 선생에게 편지를 보내 집지한 뒤〉 한참 뒤에 이 선생을 찾아뵈었다.[6] 이 선생은 평소 선생을 바닷가에 은거한 고상한 선비로 일컬었는데, 이때에 이르러서는 사문의 책임을 맡으라고 하였다.

선생의 신체는 그다지 크지 않지만 정미롭고 순수한 기상이 외모에까지 넘쳐났다. 하루 종일 단정히 앉아 있으며, 게으른 모습이 없었다. 일찍이 말씀하기를 "나는 16, 7세 때 유학에 뜻을 둔 이래로 감히 조금도 나태한 마음을 갖고서 내 힘이 미칠 수 있는 바를 스스로 저버리지 않았다. 그러나 이는 내가 그 일이 험난한 줄 스스로 몰랐기 때문이다."라고 하였다. 대개 선생이 공부한 것을 궁구해보면 하루의 일처럼 항상 그러하였다. 문을 닫고 자정(自靖)하며 곤궁하고 검약하게 거처하였는데, 사

3 화목(花木) 마을 : 현 경상남도 창원시 동읍 화양리(花陽里) 곡목(曲木) 마을을 가리킨다.

4 이 선생(李先生) : 이종기(李種杞, 1837-1902)이다. 자는 기여(器汝), 호는 만구·다원거사(茶園居士), 본관은 전의(全義)이며, 현 경상북도 고령에 거주하였다. 가학의 연원으로 인해 류치명(柳致明)과 이상정(李象靖)을 사숙하였다. 허전(許傳)과 교유하였다. 저술로 25권 14책의 『만구집』이 있다.

5 낙동강 서쪽 : 현 경상북도 고령군 다산면(茶山面) 상곡(上谷) 마을을 가리킨다.

6 선생을 …… 찾아뵈었다 : 「행장」에 의하면 김병린은 임진년(1892) 이종기에게 편지를 보내 집지한 뒤 병신년(1896) 서락서당(西洛書堂)으로 찾아뵈었다.

방의 학자들이 다투어 귀의하여 수업을 청하였다. 선생은 사도(師道)로써 자처하고자 하지 않았지만 가르침을 게을리하지 않고 모두 자신의 도량을 따라 유익함을 얻게 하였는데, 성취한 자가 매우 많았다.

선생이 말씀하기를 "유학은 실로 평이하고 명백하니, 묘처는 평범한 데에 있다. 의리를 정밀히 하여 신묘한 경지로 들어가는 것은 처음에 쇄소응대로부터 시작하지 않음이 없다."라고 한 것이 있고, 또 말씀하기를 "'마음이 발하기 전에 중도를 구한다'라고 한 한마디 말은 매우 의미가 있다고 생각된다. 천하의 이치는 이를 말미암아 나오지 않음이 없으니, 대본은 실로 여기에 있다. 그 근본을 궁구해 터득하면 각각의 만 가지로 다르고 만 가지로 변하는 경우가 또한 모두 처지에 따라 환히 드러나서 널리 응하면서도 세부적으로는 합당하게 될 것이다."라고 한 것이 있으니, 이는 모두 경험한 바의 실상에서 나온 것이지 구차하게 말씀만 한 것이 아니다.

임종 할 무렵 부축해 일으켜 세우라고 명하고서 다시 자리를 바르게 하고 누워 고통스런 모습 없이 운명하였으니, 춘추 80세였다. 처음 구룡산(九龍山)[7] 기슭에 장사지냈다가 그 후 신축년(1961) 김해 이북면(二北面) 어병산(御屛山)[8] 기슭 병좌(丙坐) 언덕에 이장하였다. 부인 노씨(盧氏)는 부녀자의 도리를 잘 갖추었다. 외동딸은 권유범(權裕範)에게 시집갔고, 조카 김종하(金鍾河)를 후사로 삼았다. 손자는 7명인데, 성술(成述)·성희(成憙)·성철(成喆)·성태(成泰)·성현(成玄)·성건(成鍵)·성완(成完)이다. 장손녀는 조동명(趙東明)에게 시집갔다. 나머지는 집에 있다. 외손자는 태수(太壽)·팔수(八壽)이다.

나는 오랫동안 선생께 가르침을 받았지만, 학문의 수준은 선생의 털

---

7 구룡산(九龍山) : 현 경상남도 창원시 동읍에 있다. 염산(廉山)이라고도 한다.
8 어병산(御屛山) : 현 경상남도 김해시 한림면에 있다.

끝에도 미치지 못한다. 또 문사가 얕고 고루하여 선생의 덕을 형용하는 것이 만분의 일에도 미치지 못하니, 아! 더욱 한스러울 뿐이다.

명은 다음과 같다.

국학이 공자를 으뜸으로 하여	邦學宗孔
집집마다 주자를 사표로 삼았네	戶言師朱
그러나 진유가 된 분은	若爲之眞
세상에서 찾아보기 드무네	曠世罕徒
아름답도다. 우리 선생이시여	猗我先生
자태는 순수하고 의지는 확고했네	姿粹志碻
학문을 시작하면서부터 바로	發軔伊始
성인의 학문으로 들어섰네	便途聖學
옛것을 좋아해 부지런히 구하여	方其敏求
안회처럼 각고의 노력으로 우뚝하였네	如顔苦卓
마침내 성취함에 이르러서는	逮其卒成
황간(黃榦)[9] 같은 적전이 되었네	若黃得嫡
융합되어 정신이 모인 것은	融然神會
지금이나 옛날이나 차이가 없으리	今古不隔
세상에 쓰이지 못하여	世莫效用
곤궁하게 은거하며 도를 즐겼네	窮居亦樂
효도하고 우애하는 것	孝乎友于
한결같이 끝까지 실천했네	一以窮踐
말을 하지 않아도 신실하여	不言而信
세속이 절로 선에 교화되었네	俗自化善
안색을 엄히 하고[10] 스승을 자처한 적 없지만	未嘗抗顔

9 황간(黃榦) : 1152-1221. 주자의 문인이자 사위로, 주자의 적통을 계승하였다. 자는 직경(直卿), 호는 면재(勉齋), 시호는 문숙(文肅)이며, 민현(閩縣) 사람이다. 저술로 『중용총론(中庸總論)』·『면재문집』 등이 있다.

10 안색을 엄히 하고 : 당(唐)나라 유종원(柳宗元)의 「답위중립논사도서(答韋中立論師道

사람들이 귀의하여 심복하였네 衆歸服心
재주에 따라 국량을 성취시켜 隨材成器
옥을 다듬고 쇠를 녹이듯 하였네 鍊玉鎔金
명성과 풍도 오래 전할 만하니 聲光可久
백세 뒤에도 여전히 전해지리 百世在下
이 비석에 학덕을 새겨 貞珉是刻
후세 사람들에게 알리노라 以詔來者

경자년(1960) 9월 모일 제자 안붕언(安朋彦)이 삼가 지음.

墓碣銘

安朋彦 撰

歲庚辰二月三日, 訥齋 金先生, 捐龍溪書社。後二十一年, 胤子鍾河乃始爲狀, 朋彦因爲之書諸墓道曰:“儒自孔子刱教, 而後孟、荀繼之, 皆卓卓大師。漢、唐經師扶微補殘之功足多, 而理學極于宋、明諸子。吾邦則自知崇孔學以來, 至李氏 朝鮮, 而大儒輩出, 亦頗爲盛矣。然世遠域異, 得其眞者, 愈降愈少。

先生生于季世, 其學之所的, 在於爲聖, 而所由以進, 一以紫陽爲準, 至其姿質之粹而渾然天成者, 則於明道爲近之。孝友成于行, 故一家雍睦; 忠恕及于人, 故鄕里感化。雖遭世多變, 未試於用, 而世尊仰之如泰、斗, 蓋近古所罕有也。

先生急敦古而緩著述、務躬檢而詘辨說。然爲詩古文, 直敍已意, 而自

書)」에 “한유(韓愈)가 사설(師說)을 짓고 나서 안색을 엄하게 하고 배우는 이들의 스승이 되었다.[作師說, 因抗顔而爲師.]”라는 말이 있다.

合典則, 皆駸駸於古作者所嘗私自爲錄。 而間與學者論及者於理氣、心性、先後、一異之辨, 言之甚詳。尤懲口耳末流之徒, 不知本原而徒騖詞華、自無實得而剽竊爲書, 妄取美名居之不疑之流弊, 而剴切爲言, 未嘗不深致慨焉。

遺著之收錄而釐整者, 全有九冊。而就更選定爲一冊曰“≪龍溪雅言≫”者, 已經印行。後之有志於學者, 如知先生成就之大爲何如矣, 則亦知其言之可貴爲又何如也。

先生諱柄璘, 初諱柄麟, 字謙膺, 號訥齋, 又號龍溪病叟。其先出駕洛。在李氏 朝鮮有諱龜, 號琴山, 歷翰林, 至參贊。至先生十六世。曾祖諱時普, 號悔窩。祖萬胄, 號花溪。考琛元, 號廉山。妣李氏、安氏。

先生生以哲廟辛酉二月二十日戊寅申時, 生于昌原 花木里。七世始上學。八歲喪李孺人。安孺人性峻嚴, 初不能容。先生承順盡孝, 後竟安之。安孺人既老壽, 及丁憂, 哀毁盡禮。時先生亦年六十八, 人多恐不勝喪而卒無恙。初李晩求先生, 講學西洛之上, 傳朱、李之緖。先生久後, 乃往見李先生。素以海上高蹈稱先生, 至是責以斯文之任。

先生體幹, 不甚頎碩, 而精純之氣, 達於外貌。終日端坐, 無倦容。嘗言‘吾自十六七歲時, 便有志斯學以來, 迄不敢少有懈怠, 以自遺吾力之所及焉者。然此吾不自知其爲難。’ 蓋究其爲工, 則恒是一日事也。杜門自靖, 窮約以處, 而四方學者, 爭歸請業。先生不欲以師道自居, 而敎之不倦, 令皆隨量獲益, 成就者甚衆。

其言有曰: ‘斯學實平易明白, 妙處在乎尋常。精義入神, 未始不自灑掃應對始。’, 又有曰: ‘求中於未發之前一語, 儘覺有味。天下之理, 無不由是而出, 而大本實在乎斯也。究得其本, 則品節之萬殊萬變, 亦皆隨處洞然、泛應曲當。’, 此皆出其所驗之實, 而非苟爲云也。

臨終命扶起, 更正席而臥, 無痛苦狀以歿, 春秋八十。 初葬九龍山麓, 後辛丑移葬于金海 二北面 御屛山麓丙坐原。配盧氏, 婦道甚備。一女適權裕範, 立姪鍾河爲嗣。孫男七人: 成述、成憙、成喆、成泰、成玄、成鍵、成完。女長適趙東明。餘在室。權男：太壽、八壽。

朋彦久蒙教誨, 而問學之至, 未能逮先生毫末。又文辭譾陋, 所爲形容德徽者, 萬不盡一, 嗚乎! 益可恨已。"

銘曰："邦學宗孔, 戶言師朱。若爲之眞, 曠世罕徒。猗我先生, 姿粹志碻。發軔伊始, 便途聖學。方其敏求, 如顔苦卓。逮其卒成, 若黃得嫡。融然神會, 今古不隔。世莫效用, 窮居亦樂。孝乎友于, 一以窮踐。不言而信, 俗自化善。未嘗抗顔, 衆歸服心。隨材成器, 鍊玉鎔金。聲光可久, 百世在下。貞珉是刻, 以詔來者。"

庚子九月日, 弟子安朋彦謹撰。

❖ 원문출전

金柄璘,『訥齋集』附錄 卷2, 安朋彦 撰,「墓碣銘」(경상대학교 문천각 古(오림) D3B 김44ㄴ)

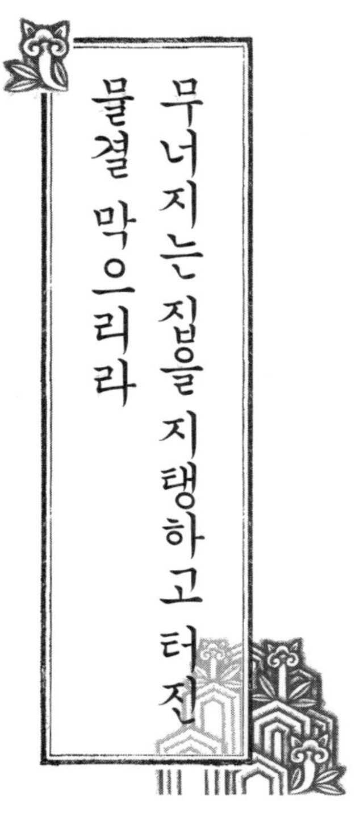

조재학(曺在學) : 1861-1943. 자는 공습(公習), 호는 오당(迂堂), 본관은 창녕(昌寧)이다. 현 경상남도 의령군 화정면에 거주하였다. 최익현(崔益鉉)·송병선(宋秉璿) 등에게 수학하였다.

최익현의 의병활동에 적극 가담하였으나 실패하였다. 대마도(對馬島)에 유배된 최익현을 방문하였으며, 1913년 임병찬(林炳瓚) 등과 독립의군부(獨立義軍府)를 조직하였다. 1914년 고종의 밀명을 받았다가 탄로나 울릉도로 유배되었다. 1919년 3·1운동에 가담하고 파리장서에 서명하였다. 1921년 조선고사연구회를 발기하고 동지를 규합하다가 잡혀 옥고를 치렀다. 석방된 뒤 봉소암(鳳巢庵)을 지어 후진을 양성하며 지냈다. 광복을 2년 앞두고 세상을 떠났다.

저술로 4권 2책의 『오당유고』가 있다.

오당(迂堂) 조재학(曺在學)의 묘갈명 병서

권재규(權載奎)[1] 지음

세도(世道)가 떨어질수록 인정은 야박해지고 변고가 많을수록 좌절은 극심해진다. 그 사이에서 살아가는 선비는 대체로 두려워하고 움츠린 채, 한 가닥 기력도 내지 못하고 구차하게 자신을 지킬 계책을 마련한다. 만약 그 가운데 고매한 뜻과 우뚝한 기상으로 급급하게 위험에 닥친 사람을 구제하고 어지러운 시대를 안정시키고자 하여, 돈이 있고 없음을 따지지 않으며 자기에게 화가 될지 복이 될지 생각하지 않고, 몸을 던져 홀로 가서 죽음에 이르더라도 그만 두지 않는 사람이 있다면, 비록 목적한 바를 성취하지는 못하더라도 어찌 이 세상에 거의 보기 드문 뜻이 장대하고 남다른 선비가 아니겠는가. 내가 살펴보니 오당 처사(迂堂處士) 조공(曺公)이 아마도 그런 사람일 것이다.

공의 휘는 재학(在學), 자는 공습(公習), 본관은 창녕(昌寧)이다. 신라 태사 휘 계룡(繼龍)이 시조이다. 본조에 들어와 휘 충가(忠可)가 현감을 지냈는데, 처음으로 의령(宜寧)에 살았다. 여러 대를 내려와 참봉 계헌(季憲)에 이르러 상정리(上井里)[2]에 터를 잡았으니, 이분이 공의 10대조이다. 증조부의 휘는 이원(理源)이고, 조부의 휘는 경은(敬殷) 호는 경와(耕窩),

1 권재규(權載奎) : 1870-1952. 자는 군오(君五), 호는 송산(松山)·이당(而堂), 본관은 안동이다. 권규(權逵)의 후손이며, 경상남도 산청군 단성면 강루리(江樓里) 교동(校洞)에서 태어났다. 조카 권봉현(權鳳鉉)이 월고의 손녀에게 장가갔다. 저술로 46권 23책의 『이당집』이 있다.

2 상정리(上井里) : 현 경상남도 의령군 화정면 상정리이다.

부친의 휘는 용환(龍煥) 호는 석남(石南)이다. 석남에게 형이 있는데 휘는 익환(益煥)이고 호는 춘호(春湖)이니, 바로 공의 생부이다. 증조부로부터 생부까지 모두 유행(儒行)이 있었다. 모친 청송 심씨(靑松沈氏)는 심유한(沈有漢)의 딸이고, 생모 성산 이씨(星山李氏)는 이식범(李植範)의 딸이다.

공은 태어나면서부터 준수하고 영특하였다. 장성해서는 과거공부를 익혔다. 부계(扶溪) 전병순(田秉淳)[3] 공이 니구평(尼丘坪) 남쪽에서 강학하고 있다[4]는 소문을 듣고, 찾아가 가르침을 청하여 위기지학을 배웠는데, 이때부터 과거공부에 대한 마음이 없어졌다. 임오년(1882) 포천(抱川)으로 가서 제자의 예를 갖추어 면암(勉菴) 최 선생(崔先生)[5]에게 배알하고는 화서학파(華西學派)의 지결을 전해 받았다. 이듬해(1883) 영평(永平)에 이르러 김중암(金重菴)[6] 선생을 배알하였고, 그 다음으로 용계(龍溪) 류기일(柳基一)[7]을 방문하였다. 무자년(1888) 원계(遠溪)[8]에서 연재(淵齋)

3 전병순(田秉淳) : 1816-1890. 자는 이숙(彝叔), 호는 부계·겸와(謙窩), 본관은 담양(潭陽)이다. 홍직필(洪直弼)의 문인으로 조병덕(趙秉德)·전우(田愚) 등과 교유하였다. 홍직필의 권유로 벼슬할 기회를 가졌으나 사양하고 성리설(性理說)·심설(心說)에 몰두하였다. 저술로 8권 5책의 『부계집』이 있다.

4 니구평(尼丘坪)……있다 : 전병순은 홍직필(洪直弼)의 문하에서 수학할 때를 제외하고 거의 평생을 경상남도 함양군 서상면 옥산리의 니구평으로 불리는 덕유산 자락에 부계정사(扶溪精舍)를 지어 학문과 강학을 하였다.

5 최 선생(崔先生) : 최익현(崔益鉉, 1833-1906)이다. 자는 찬겸(贊謙), 호는 면암, 본관은 경주이다. 1855년 명경과에 급제하여 사헌부 지평, 사간원 정언 등의 관직을 역임하였다. 1876년 소를 올려 일본과 맺은 병자수호조약을 반대하였으며, 이로 인해 흑산도로 유배되었다. 1895년 을미사변의 발발과 단발령을 계기로 항일척사운동에 앞장섰다. 저술로 48권 24책의 『면암집』이 있다.

6 김중암(金重菴) : 김평묵(金平默, 1819-1891)이다. 자는 치장(穉章), 호는 중암, 본관은 청풍(淸風)이다. 이항로(李恒老)의 문하에서 수학하였다. 저술로 『중암집』이 있다.

7 류기일(柳基一) : 1845-1904. 자는 성존(聖存), 호는 용계(龍溪)·용서(龍西), 본관은 문화(文化)이고, 출신지는 경기도 포천이다. 이항로(李恒老)에게 수학하였다. 1876년 유인석(柳麟錫)·윤정구(尹貞求) 등 화서학파 48인과 함께 개항에 반대하는 상소를 올리는 등 위정척사운동을 전개하였다. 그 후 일제 침략으로 나라가 어지러워지자 향적산(香積山) 아래에 은거하면서 후진을 양성하였다. 저술로 『척양록(斥洋錄)』 및 11책의 『용서고

송 선생(宋先生)[9]에게 제자의 예를 갖추어 배알하였다.

갑진년(1904)과 을사년(1905) 사이에 국사가 차마 말도 못할 지경이었는데, 을사 5조약과 정미 7조약[10]이 이루어지는 데 이르렀다. 면암 선생은 고종의 부름을 받들고 한양으로 갔는데, 공이 면암 선생을 모시고 따라가 일을 주선하였다. 얼마 뒤 연재 선생이 도의를 위해 순절했다는 소식을 듣고 즉시 달려가 곡하였다. 그때 공은 윤철규(尹喆奎)가 저지른 간흉한 죄[11]에 대해 극진히 말하며 여러 문인들과 한양에 가서 규탄하고자 하였지만 응하는 사람이 없었다.

면암 선생은 태인(泰仁)의 종석산(鍾石山)에 있으면서 바야흐로 의병 일으키기를 도모하였다. 공이 그곳으로 가니 면암 선생은 공에게 경상우도 지역의 동지들을 규합해 줄 것을 부탁하였다. 공은 명을 받들고 두루 돌아다니다가 문득 순창(淳昌)에서 의병이 패했다는 소식을 듣고 달려가니, 면암 선생과 12인[12]의 동지가 모두 경부로 압송되었다. 얼마

(龍西稿)』가 있다.

8 원계(遠溪) : 충청남도 옥천군에 있다.

9 송 선생(宋先生) : 송병선(宋秉璿, 1836-1905)이다. 자는 화옥(華玉), 호는 동방일사(東方一士)·연재(淵齋), 본관은 은진(恩津)이며, 충청남도 회덕(懷德) 출신이다. 송시열의 9세손으로, 송병순(宋秉珣)의 형이다. 1905년 12월 30일에 국권피탈에 통분하여 자결하였다. 저술로 53권 23책 『연재집』이 있다.

10 정미 7조약 : 1907년 일본이 한국을 강점하기 위한 예비 조처로서 체결한 7개 항목의 조약으로, 한국 군대의 해산, 사법권의 위임, 일본인 차관(次官)의 채용, 경찰권의 위임 등을 주요 내용으로 담고 있다.

11 윤철규(尹喆奎)가……죄 : 1905년 11월 을사조약으로 국권이 박탈되자 송병선은 두 차례의 「청토흉적소(請討凶賊疏)」를 올렸다. 그러나 이에 대한 비답이 없어 상경하여 고종을 알현하고 십조봉사(十條封事)를 올렸다. 을사조약에 대한 반대운동을 계속 전개하려 하였으나 칙명을 받들어 송병선을 보호한다는 경무사 윤철규에게 속아 납치되어 고향으로 강제 이송당하였다.

12 12인 : 임병찬(林炳瓚)·고석진(高石鎭)·김기술(金箕述)·문달환(文達煥)·임현주(林顯周)·유종규(柳種奎)·조우식(趙愚植)·조영선(趙泳善)·최제학(崔濟學)·나기덕(羅基德)·이용길(李容吉)·유해용(柳海瑢)이다.

뒤 면암 선생이 바다 건너 대마도에 구금되자, 공은 험난한 길을 건너가 문안을 드렸다. 면암 선생이 시를 지어 주었는데,[13] 시에 담긴 뜻이 매우 원대하였다. 면암 선생은 그곳에서 세상을 떠났다.[14] 공은 부음을 듣고 곧장 부산에 가서 영구를 맞이하여 정산(定山)[15]의 우거하던 곳으로 돌아왔다.

정미년(1907) 면암 선생의 문집을 간행하고 위패를 모시자는 의견이 나오자, 공이 저지하며 말씀하기를 "원수를 갚지 못했으니 선생의 장례를 치르는 것도 불가한데, 더구나 이런 일을 할 수 있겠습니까? 또한 저들이 선생을 원수같이 보고 있으니 어찌 훗날의 근심이 없으리라 보장하겠습니까?"라고 하였지만, 모두 듣지 않았다. 문집 간행하는 일을 마치기도 전에 저들에게 저지당하였다.

갑인년(1914) 4월 한양에 올라갔는데, 고종이 의대(衣帶)에 밀명을 쓴 것을 전해주는 사람이 있었다. 공이 마음속으로 기뻐하며 이를 계기로 거사를 도모하려고 하였지만 곧 발각되어 진주경찰서에 구금되었다. 또 울릉도에 압송되었다가 다음 해 가을에 돌아왔다. 기미년(1919) 2월 고종(高宗)의 인산(因山)에 가서 곡하였는데, 류준근(柳濬根)[16]·백관형(白觀亨)·

---

13 시를 지어 주었는데 : 『면암집』 권3 「연보」에 시가 실려 있는데, 내용은 다음과 같다. "오랜 세월 사귄 벗이 우정도 깊어서, 배를 타고 먼 길 오니 음산한 가을일세. 깊고 깊은 한 줄기 물 원천에서 솟아나나니, 그 당시에 주고받던 마음 힘써 따르게.[契託蓬麻歲月深, 乘桴遠役趁秋陰. 淵淵一水源頭活, 勉副當年援受心.]"

14 그곳에서……떠났다 : 최익현은 1906년 윤4월 13일 태인에서 의병을 일으켜, 15일 순창의 귀암사(龜巖寺)에 주둔하고, 16일 곡성에 가서 호남의 각 고을에 고한 뒤 17일 순창으로 돌아왔다. 20일 전주 관찰사 한진창(韓鎭昌)과 순창 군수 이건용(李建鎔)이 왜병을 이끌고 와 공격하자 의병이 무너졌다. 23일 체포되어 일본군 헌병사령부에 구금되었다. 7월 대마도로 압송·구금되었다가, 11월 17일에 순국하였다.

15 정산(定山) : 충청남도 청양의 옛 이름이다. 최익현의 묘소는 현 충청남도 예산군 관음리에 있다.

16 류준근(柳濬根) : 1860-1920. 자는 순경(舜卿), 호는 벽서(碧棲)·우록(友鹿), 본관은 전

어대선(魚大善)·고석진(高石鎭)[17] 등 동지들을 만나 함께 강개한 마음으로 시사를 논하였다. 어떤 사람은 순종(純宗)에게 소를 올려 일본은 불공대천(不共戴天)의 원수라는 의리를 극언하기도 하였고, 어떤 사람은 독립선언문을 발표하기도 하였다. 그 뒤 또 한양에 가서 이상규(李相珪) 등 여러 사람들과 조선고사연구회(朝鮮古史硏究會)를 발기하였으니, 대개 동지들을 규합하여 기회를 기다리고자 한 것이었지만 끝내 성공하지 못하였다.

이에 정묘년(1927) 염창강(濂滄江)[18] 가에 초가를 짓고 '봉소암(鳳巢庵)'이라고 편액하고서, 꽃을 재배하며 과실을 심고, 빈한하게 지내며 책을 보면서 죽을 날을 기다렸다. 계미년(1943) 5월 14일 세상을 떠났으니, 향년 83세였다. 임종할 때 좋은 소식이 있는가 자주 물었으니, 대개 그의 한결같은 열정은 죽음에 이르러서도 변하지 않은 것이다. 석 달이 지나서 봉소암 동쪽 간좌(艮坐) 언덕에 장사를 지냈다.

공의 체격은 단단하고 듬직하며 성품은 강직하고 의연하였다. 무릇 일을 논의할 적에는 줏대 없이 남들의 의견을 추종하지 않았고, 때에 따라 바꾸지 않았다. 일찍이 종묘사직이 망하고 인륜의 기강이 없어졌으며, 사기(士氣)가 위축되고 학술이 편파적인 것을 애통해하였다. 그 연

주(全州), 충청남도 보령 출신이다. 최익현의 문인이다. 1905년 을사늑약이 체결되자 을사오적과 일본의 침략행위를 공박하여 투옥되었다. 1906년 민종식(閔宗植)의 휘하에 들어가 홍주성을 함락하였는데, 홍주성이 함락될 때 일본군에게 잡혀 대마도로 유배되었다. 1919년 순종의 복위운동을 꾀하던 중 일본경찰에 잡혔다. 그해 파리장서에 서명하였다. 저술로 『마도일기(馬島日記)』가 있다.

17 고석진(高石鎭) : 1856-1924. 전라북도 고창 출신이다. 1906년 최익현의 태인의거(泰仁義擧) 때 참모로서 최제학(崔濟學)·최학령(崔學領)·이용길(李容吉) 등의 의사들과 함께 각 지방을 돌아다니며 군사를 모집하고 무기를 준비하는 데 활약하였다. 1910년 임병찬이 밀명을 받고 다시 의병을 일으켰을 때도 참모관으로서 활약하였다. 1919년 파리장서에 서명하였다.

18 염창강(濂滄江) : 현 경상남도 의령군 남쪽을 흐르는 남강의 다른 이름이다.

유를 궁구하고 분석이 적절하였는데, 왕왕 사기(辭氣)와 기상이 함께 펼쳐지기도 하였다.

우리나라의 선배 가운데 문렬공(文烈公) 조 선생(趙先生)[19]을 가장 존모하였는데, 학문이 고명하고 실천이 독실하며 출처가 정대하고 뜻을 세움이 우뚝하므로 삼대의 인물이라고 해도 불가할 것이 없다고 여겼다. 당시 유자들이 리기(理氣)에 대해 말하는 것을 기뻐하지 않았는데, "공자 문하의 70 제자들이 육예(六藝)에 통달하였지만 성(性)과 천도(天道)에 대해 들을 수 있었던 사람은 거의 없었다. 그런데 지금 사람들은 어찌면 그리도 쉽게 말하는가? 주자의 뜻을 곡해하여 서로 배격하며 용납하지 못할 듯이 하니, 참으로 한심스럽다."라고 하였다.

또 다음과 같이 말씀하셨다. "나라의 기강이 이 지경에 이르렀는데도 사인(士人)들은 초야에 은둔하는 뜻을 굳게 지키며 남들을 가르치는 일이나 일삼으면서 '그 지위에 있지 않으면 그 정사를 도모하지 않는다.'[20]고 하니, '일이 나라의 존망에 관계되면 벼슬하지 않는 사람도 그에 대해 말한다.'는 교훈을 듣지 못했단 말인가. 공자께서는 그 상도(常道)를 말씀하셨고, 주자께서는 그 변통을 말씀하였으니, 단지 그 상도만 알고 그 변통을 알지 못한다면 옳겠는가."

평소 거처할 적에는 일찍 일어나 의관을 갖추고서 가묘에 배알한 뒤 물러나 책상 앞에 앉아 독서하였으며, 한밤중에도 일어나 앉아서 경서

---

19 조 선생(趙先生) : 조헌(趙憲, 1544-1592)이다. 자는 여식(汝式), 호는 중봉(重峯), 본관은 배천(白川), 시호는 문렬이다. 이이(李珥)・성혼(成渾)의 문인이다. 1567년 문과에 급제하였다. 임진왜란 때 문인들과 의병 1,600여 명을 모아 청주성을 수복하였다. 그러나 충청도순찰사 윤국형(尹國馨)의 방해로 의병이 해산당해 남은 700여 명을 이끌고 금산으로 가 전라도로 진격하려던 고바야가와 타카카게[小早川隆景]의 왜군과 전투를 벌인 끝에 중과부적으로 모두 전사하였다.

20 그 지위에……않는다 : 『논어』 「태백」 제14장에 나온다.

와 제자백가를 두루 외웠다. 젊어서부터 『남화경(南華經)』[21]과 『사기』 읽는 것을 좋아하였고, 논(論)이나 책(策)을 지으면 종종 고인의 경지에 근접했다. 고서를 널리 섭렵하였고, 의학·병법·농업에 관한 서적들은 두루 미루어보고 요약해 기록하지 않은 것이 없었다.

공은 천성이 효성스럽고 우애가 있었다. 친부모와 양부모 네 분의 상이 7, 8년 동안 이어졌지만 상례를 거행하는 엄숙함은 한결같았다. 형제 5인은 화목하여 이간질하는 말이 없었다. 병이 든 친족이 있을 경우에는 어른 아이를 가리지 않고 전염병인지 아닌지를 묻지 않고 힘을 다해 구원하였다. 벗이 죽으면 반드시 염하는 것을 지켜보고 상여줄을 잡았다. 대개 성품과 기개가 엄격하고 대쪽 같았지만 인애하는 마음은 남보다 뛰어난 점이 있었던 것이다.

빈곤함 속에 도의를 지키며 검소하게 지내면서 세상의 영화에 대해 일체 담박하게 대하였다. 그러나 예스럽고 기이한 글씨와 그림, 화훼와 수석을 유독 좋아하여 만약 힘써 구할 수 있으면 반드시 그것을 구하였다. 공이 살던 곳에 있던 이름난 산이나 옛 도읍, 열사의 사당이나 의인(義人)의 무덤은 천리를 꺼리지 않고 홀로 가서 그를 위해 감개한 마음을 다 풀어냈다.

부인 진양 강씨(晉陽姜氏)는 도정(都正) 강봉위(姜鳳渭)의 딸이다. 다섯 자식을 두었는데, 장남 경현(璟鉉)은 일찍 죽었고, 차남은 구현(玖鉉), 삼남은 정현(井鉉)이며, 딸은 허만형(許萬珩)·정순철(鄭淳哲)에게 시집갔다. 경현의 아들은 아무개이고, 구현의 아들은 만열(萬洌)과 만희(萬禧)이고, 정현의 아들은 만일(萬鎰)·만호(萬鎬)·만용(萬鎔)이다. 정현이 과재(果齋) 이교우(李教宇)[22]가 지은 행장을 가지고 나를 찾아와 묘갈명을 지어

21 남화경(南華經): 중국 당나라의 현종이 『장자』를 높이 평가하여 내린 이름이다.

22 이교우(李教宇): 1881-1940. 자는 치선(致善), 호는 과재(果齋), 본관은 전의(全義)이다.

주기를 요청하였는데, 대개 내가 어렸을 때부터 교우를 맺어서 공을 깊이 안다는 이유에서이다.

대체로 공은 얽매이지 않는 자질로 일찍부터 도를 갖춘 분의 문하에서 수학하여, 리기(理氣)의 주종관계에 대한 구분과 화이(華夷)의 인간과 금수에 대한 분별에 대해 아는 것이 분명하였고 지키는 것이 확고하였다. 불행히 나라가 망하고 도가 없어진 때를 만나 초야의 미천한 신분으로 만에 하나라도 국가를 부지하고자 생각하였으니, 그 의지와 절개가 우뚝하게 뛰어남이 어떠하겠는가? 생각건대 이와 같았기 때문에 말은 과격함이 없을 수 없었고, 일은 분수에 넘침이 없을 수 없었다. 만약 이런 까닭으로 유자가 중용을 지키는 바른 도리가 아니라고 말하면서 틀에 박힌 사고로 공을 평가한다면, 아, 공을 제대로 아는 것이 아니다. 공은 몇 권의 유고를 남겼다.

명은 다음과 같다.

거대한 집이 무너질 적에	大廈之顚
한 나무로 지탱할 수 있으며	一木可支
아홉 물길이 터졌을 적에	九河之決
한 치 둑으로 막을 수 있으랴	寸堤可治
그러나 우리의 측은지심은	然吾惻隱
끝없이 드넓고 드넓어서	浩浩無涯
경황없이 허둥지둥 할 적에	遑遑汲汲
무슨 일인들 하지 않으리	何事不爲
집 무너지면 내가 지탱할 것이고	顚我支之
아홉 물길 터지면 내가 막으리라	決我治之

정재규(鄭載圭)의 문인이며, 현 경상남도 산청군 단성(丹城)에 거주했다. 저술로 28권 14책의 『과재집』이 있다.

형세가 지극히 위중해	勢之極重
아무런 도움 되지 못했지만	縱莫能裨
괴롭게 끓는 이 피는	惟此苦血
천지신명이 알아주리라	天鑑神知
나라 안의 동지 가운데	海內同志
대장부가 몇이나 되었던가	幾多男兒
필경 우리나라 보존된 것	畢竟有韓
대개 이들의 덕택이었네	蓋是之資
공은 잠시를 기다리지 못했으니[23]	公不少竢
그를 위해 한 번 탄식하노라	爲之一噫

處士 迂堂 曺公 墓碣銘 幷序

權載奎 撰

自夫世益降而澆漓甚、變益多而摧折極。士之生乎其間者，大率畏約斂拙，不能出一氣力，而區區爲自守計。若其有高邁之志、卓犖之氣，汲汲欲拯溺靖亂，不計資之有無、不恤己之禍福，挺身獨往，至死不已，則雖未能有就，亦豈非士之魁偉奇特，絶無而僅有者耶。以余觀之，迂堂處士 曺公，殆其人歟。

公諱在學，字公習，昌寧人。新羅太師諱繼龍爲始祖。我朝有諱忠可，縣監，始居宜寧。累傳至參奉季憲，卜地上井，寔公十世。曾祖理源，祖敬殷，號耕窩，考龍煥，號石南。石南有兄，益煥，號春湖，卽公生考。皆有儒行。妣靑松 沈有漢女，星山 李植範女，本生也。

公生而峻茂英慧。及長業時文。聞扶溪 田公 秉淳，講學於尼丘之陽，

23 공은……못했으니 : 조재학이 광복을 2년 앞두고 세상을 떠난 것을 말한다.

往而請敎, 得爲己之訓, 自是無意擧業。壬午, 贄謁勉菴 崔先生於抱川, 受華門旨訣。明年, 至永平, 拜金重菴先生, 歷訪柳龍溪 基一。戊子, 贄謁淵齋 宋先生於遠溪。

甲辰乙巳年間, 國事有不忍言者, 而至於五七脅約成矣。勉翁承召赴京, 公陪從周旋。旣而, 聞淵翁殉道, 卽往哭。極言尹喆奎奸譎之罪, 要與諸門人上京以叫, 而無應之者。勉翁在泰仁之鍾石山中, 方謀義擧。公往造之, 翁託以糾合嶺右諸同志。公奉命周行, 忽聞淳昌敗報馳往, 則翁及十二士, 皆被囚京部矣。未幾, 翁渡海而拘囚於馬島, 公涉險往候。翁贈之以詩, 寄意甚遠。翁卒于彼所。公承實, 卽赴抵釜山, 迎柩而還定山寓所。

丁未, 刊集妥影之議出, 公止之曰:"讐不復, 葬猶不可, 況是役乎? 且彼讐視先生, 安保無後慮。", 皆不聽。役未畢而爲彼收禁。

甲寅四月, 上京, 人有以衣帶詔傳者。公得之心喜, 方欲藉而有爲, 旋發覺, 被拘폴署。又押囚鬱陵島, 明年秋還。己未二月, 往哭高宗因山, 逢柳濬根、白觀亨、魚大善、高石鎭諸同志, 相與慷慨論時事。或上疏純宗, 極言不共戴之義, 或發表獨立宣言。其後又上京, 與李相珪諸人, 發起朝鮮古史硏究會, 蓋欲糾合同志, 以待事機, 而竟無成矣。

乃於丁卯年間, 構一茅於滄滄江上, 扁以鳳巢庵, 栽花種果, 飮水看書, 以待死期。癸未五月十四日歿, 壽八十三。臨歿, 頻問有好消息, 蓋其一團熱血, 至死未化也。越三月, 葬于庵東負艮原。

公體幹勁偉, 性氣剛毅。凡論議事, 爲不隨衆低仰、不臨時回互。嘗痛宗社淪喪、倫綱殄滅, 士氣萎靡、學術偏頗。究論厥由, 昭晳剴切, 往往聲氣俱張。

我東前輩, 最尊慕趙文烈先生, 以爲學問踐履之高明篤實、出處樹立之正大磊落, 雖謂之三代上人物, 未爲不可。不喜世儒之說理說氣曰:"聖門七十子能通六藝, 而得聞性與天道者, 無幾。今人何言之易也? 曲解朱旨, 互相排擠, 若不相容, 甚可寒心。"

又曰:"國紀至此, 而士皆固守林樊, 惟敎授是事, 以爲不在其位, 不謀其政", 獨不聞"事係存亡, 韋布亦言"之訓耶。孔子言其常、朱子言其變, 祇知其常而不知其變, 可乎。"

平居早起, 冠帶謁廟, 退對几案, 中夜起坐, 輪誦經子。自少喜讀≪南華≫、≪太史≫, 試作論策, 往往逼古。博涉墳典, 如黃岐、孫吳、種樹之書, 無不旁推而略記。

公天性孝友。所後所生四喪, 連七八年, 而執禮之嚴如一日。兄弟五人, 怡怡無間。族戚有病者, 不擇尊幼、不問染否, 極力救之。朋友死, 必爲之視斂而相紼。蓋性氣雖峭簡, 而仁愛之情, 有過於人也。固窮昭儉, 世間芬華, 一切澹泊。而偏嗜書畫花石之古奇者, 苟力可以致, 則必致之。名山、古都、烈祠、義塚之在域中者, 不憚千里獨往, 爲之消散感慨。

配晉陽 姜氏, 都正鳳渭女。擧五子, 男璟鉉早卒, 玖鉉、井鉉, 女適許萬珩、鄭淳哲。長房男某, 二房男 : 萬冽、萬禧, 三房男 : 萬鎰、萬鎬、萬鎔。井鉉以李果齋 敎宇狀, 謁余以墓道之銘, 蓋以余自少託交, 知公之深也。

蓋公以不羈之資, 早遊有道之門, 於理氣主僕之分、華夷人獸之辨, 知之明而守之確矣。不幸遭此國亡道滅之時, 以草茅之微, 思欲扶持於萬一, 其志節之卓犖, 爲何如哉? 惟其如是, 故言不能無過激、事不能無過分矣。若以此而謂非儒者中行之道, 規規然議公, 則嗚乎, 非所以知公者也。有遺草若干卷。

銘曰 : "大廈之顚, 一木可支, 九河之決, 寸堤可治。然吾惻隱, 浩浩無涯, 遑遑汲汲, 何事不爲。顚我支之, 決我治之。勢之極重, 縱莫能裨, 惟此苦血, 天鑑神知。海內同志, 幾多男兒。畢竟有韓, 蓋是之資。公不少竢, 爲之一噫。"

❖ **원문출전**

權載奎, 『而堂集』 卷42 墓碣銘, 「處士迂堂曺公墓碣銘幷序」(경상대학교 문천각 古(계남) D3B 권72ㅇ)

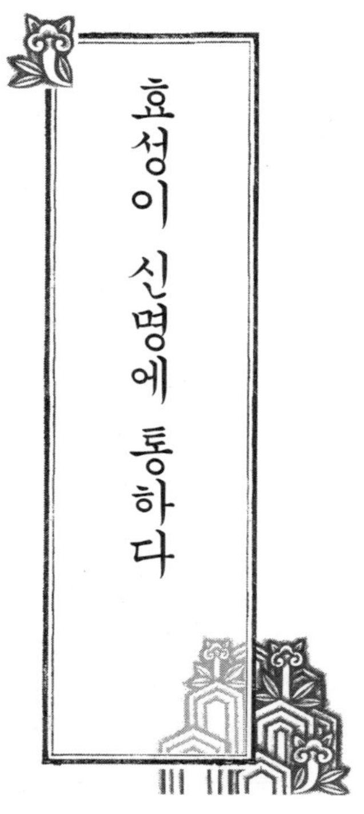

효성이 신명에 통하다

송호문(宋鎬文) : 1862-1907. 자는 자삼(子三), 호는 수재(受齋), 본관은 은진(恩津)으로, 현 경상남도 합천군 대병면 유전리에 거주하였다. 외숙 윤주하(尹胄夏)에게 수학하였고, 허유(許愈)·정재규(鄭載圭)·곽종석(郭鍾錫) 등과 종유하였다. 『중용』 공부에 몰두하였고, 이황(李滉)의 학문 방법론에 많은 관심을 가져 그의 문집을 항상 곁에 두고 읽었다. 외숙의 영향으로 이진상(李震相)의 주리론을 계승하였다. 신천서실(新川書室)을 지어 교유하는 문사들과 시를 짓고 학문을 강론하는 장소로 삼았다.
저술로 11권 6책의 『유하연방집(柳下聯芳集)』이 있다.

수재(受齋) 송호문(宋鎬文)의 묘갈명 병서

곽종석(郭鍾錫)[1] 지음

은진 송씨(恩津宋氏) 송자삼(宋子三) 군은 나보다 나이가 어린 벗이다. 문학과 행의로 추중되어 벗들 가운데서 큰 기대를 받았다. 그런데 지금 불행히도 단명하였으니, 아! 슬프도다. 그의 아들 원구(元求)가 초췌한 모습으로 먼길을 걸어서 병석에 있는 나를 찾아왔다. 그가 울면서 말하기를 "저희 부친께서 이미 세상을 떠나셨는데, 부친을 잘 아는 사람으로는 어르신 같은 분이 없습니다. 바라건대 한마디 말씀을 얻어 비석에 새겨서 후세 사람들로 하여금 옛날에 우리 부친이 계셨다는 것을 알게 하고 싶습니다."라고 하였다. 아! 내가 차마 그 글을 지을 수 있겠는가. 그러나 또한 차마 그 부탁을 거절할 수 있겠는가.

송군은 철종 임술년(1862)에 태어나 광무 정미년(1907)에 졸하였다. 묘소는 송군이 살던 삼가현(三嘉縣) 북쪽 유전리(柳田里)[2]의 산등성이 간좌(艮坐) 언덕으로, 향년이 겨우 46세였다. 송군은 어릴 때부터 재주와 성품이 남들보다 뛰어났고, 그 자질은 마치 도리에 익숙한 사람 같았다. 겨우 글을 배우기 시작했을 무렵 일찍 일어나고 늦게 잠들며, 외고 익히기를 잠시도 게을리하지 않았다. 어버이를 사랑하고 어른에게 공손하여 실수하는 것을 보지 못하였다.

---

1 곽종석(郭鍾錫) : 1846-1919. 자는 명원(鳴遠), 호는 면우(俛宇), 본관은 현풍(玄風)이며, 현 경상남도 산청군 단성(丹城) 출신이다. 이진상(李震相)의 문하에서 수학하였다. 저술로 177권 63책의 『면우집』이 있다.

2 유전리(柳田里) : 현 경상남도 합천군 대병면 유전리이다.

약관이 되어서는 문사(文詞)가 빛나고 지기(志氣)가 더욱 순일하였는데, 아우 호언(鎬彥)-자는 자경(子敬)-과 한 쌍의 옥처럼 아름다워 명성이 날로 퍼졌다. 외숙 윤충여(尹忠汝)[3] 선생에게 배워 위기지학(爲己之學)의 지결을 들었다. 어려운 부분을 질문하고 사색하고 연역하여 반드시 그 요점을 궁구하였으며, 가슴속에 간직하고 몸소 징험하여 깊이 기뻐하고 독실히 믿었다.

송군이 공부하는 것은 일상의 실제에서 벗어나지 않았는데, 정연하게 순서가 있어 눈으로 보아서 알고 발로 실천하는 지(地)와 행(行)이 함께 진전되었다. 구이지학(口耳之學)을 하지 않고 남에게 자신을 드러내지 않아서, 남모르게 자신을 수양한 실질은 대개 남들이 미처 알지 못하는 바가 많았다. 송군은 경서·역사서·제자백가서에 두루 통달하고 깊이 익숙하지 않음이 없었는데, 『중용(中庸)』에 더욱 힘을 쏟아 1만 번을 읽고서도 오히려 부족한 듯 여겼다. 일찍이 말하기를 "퇴계(退溪) 선생께서 '내가 『심경(心經)』을 얻고서 신명처럼 공경하였다.'[4]라고 하셨는데, 내가 『중용』에 대해서 또한 그러하다."라고 하였다.

송군의 부친은 일찍 실명을 하였고 만년에는 말씀을 못하고 몸이 마비되어 평생 침상을 벗어나지 못하였다. 송군은 정성과 힘을 다해 부친을 봉양하여 감히 한나절도 곁을 떠나지 않았다. 탕약을 달이고 맛난 음식 준비하기를 반드시 몸소 하였고, 침과 콧물 및 대소변은 닦아내고 씻어내기를 반드시 청결하게 하였다. 몸을 주무르거나 긁는 것, 눕히고 일으키는 것, 부축하는 것, 수저로 음식을 올리는 것, 옷을 입히고 버선

3 윤충여(尹忠汝): 윤주하(尹冑夏, 1846-1906)이다. 자는 충여, 호는 교우(膠宇), 본관은 파평(坡平)으로, 현 경상남도 거창군 남하면에서 태어나 합천군에 거주하였다. 이진상(李震相)의 문인으로, 주문팔현(洲門八賢)의 한 사람이다. 저술로 20권 10책의 『교우집』이 있다.

4 내가……공경하였다: 『퇴계집』 권41 잡저 「심경후론(心經後論)」에 나오는 말이다.

을 신기는 것 등 시중을 들 적에는 반드시 부친의 뜻을 먼저 헤아려서 받들었는데, 아들이나 조카들이 대신하고자 해도 허락하지 않았다. 친척 가운데 선한 말이나 아름다운 행동을 한 사람이 있으면 반드시 부친에게 고하였고, 부친이 좋아하는 벗이 있으면 반드시 맛난 음식을 마련하여 그들을 맞이하였다.

오직 어버이를 기쁘게 해드리기에 힘썼는데, 부친이 오랜 병환으로 울화가 쌓여 때때로 화를 내어 감당할 수 없는 경우가 있었다. 그때마다 송군과 아우 자경(子敬)은 문밖에 엎드려서 눈물을 흘리며 죄를 청하였다. 물러나지 않고 음식을 먹지 않으면서 밤낮으로 빌기를 게을리하지 않아 부친의 안색이 누그러져 평소 모습으로 돌아왔다. 상례를 치를 때에는 슬픔을 극진히 하고 예제를 다하여 마음과 격식을 잘 갖추었다. 제사를 지내는 날에는 깨끗이 청소하고 재계하고 엄숙히 하여 마치 영령이 앞에 살아 계신 듯이 하였다.

형제간에 화락하여 침식을 함께 하였으며, 문장을 품평하고 의리를 강론할 적에도 즐거워하되 게을리하지 않았으니, 간곡하게 서로 도움을 주는 유익한 벗으로서 함께 산 것이다. 규문(閨門) 안에서는 마치 손님을 대하듯 엄숙하였고, 종족을 대접할 적에는 기뻐하면서도 진심을 다하였고, 고을 사람들을 만날 적에는 온화하면서도 공경하였고, 노비들을 부릴 적에는 가엾게 여겨 너그럽게 대하였다. 이 때문에 사람들은 노소·귀천·친소(親疎)·현불초(賢不肖)를 막론하고 모두 송군을 사랑해 마지않았으니, 한마디로 군자다운 사람이라 하겠다.

송군의 휘는 호문(鎬文), 자삼(子三)은 자이다. 자호는 수재(受齋)인데, "겸손하면 유익함을 받는다.[謙受益]"[5]라는 뜻에서 취하였다. 고려 때 판

5 겸손하면……받는다:『서경』「대우모」에 "덕만이 하늘을 감동시켜 아무리 멀어도 이르지 않음이 없으니, 자만하면 손해를 부르고 겸손하면 이익을 받는 것이 천도입니다.[惟德,

원사(判院事) 대원(大原)이 시조이다. 본조에 들어와 쌍청당(雙淸堂) 유(愉), 임정(林亭) 형(珩), 율촌(栗村) 익(翊), 집의 존양재(存養齋) 정렴(挺濂), 송풍재(松風齋) 지식(之栻), 진사 일지헌(逸志軒) 시징(時徵)은 모두 맑은 덕행과 훌륭한 인망을 드러내었고, 사우연원의 성대함이 있었다. 진사 시징의 현손 의명(義明)이 송군의 증조부이다. 조부는 희락(羲洛), 부친은 인용(仁用), 외조부는 파평 윤씨(坡平尹氏) 흠도(欽道)이다. 송군은 함안 조씨(咸安趙氏) 사인 조성렴(趙性濂)의 딸에게 장가들어 두 아들 원구(元求)·형구(亨求)를 두었다. 원구는 1남 3녀를 두었는데, 어리다.

근세 이래 도를 배웠다고 자처하는 이들이 많지 않은 것은 아니다. 그러나 아는 것이 많지만 정미한 것을 택하여 그것을 지켜서 무지한 사람처럼 아는 바가 없는 듯이 하고, 행하는 것이 독실하지만 은미한 것을 분변하여 그것을 살펴서 만족하지 못한 것처럼 미처 행하지 못한 듯이 하고, 묵묵히 깨우치고 온몸으로 이해하며, 탐구하는 것이 부지런하고 움직이는 것이 넉넉한 경우를 나는 자삼에게서 보았는데, 자삼을 이제 다시 볼 수가 없다. 그를 위해 명을 지어 애도한다.

명은 다음과 같다.

효성은 족히 신명에 통하였고	孝足通神
학문은 도청도설한 것 아니었네	學匪說塗
가려도 도가 드러나듯 은은하였고[6]	隱隱絅章
질장구 속이 가득 차듯 신실하였네[7]	盈盈缶孚

動天, 無遠弗屆, 滿招損, 謙受益, 時乃天道.]"라고 하였다.

6 가려도……은은하였고 : 『중용』 제33장에 "『시경』에 이르기를 '비단옷을 입고 홑옷을 덧입는다.'라고 하였으니, 그 문채가 드러남을 싫어해서이다. 그러므로 군자의 도는 어두운 듯하지만 날마다 드러나고, 소인의 도는 분명해 보이지만 날마다 없어지는 것이다. [詩曰 : "衣錦尙絅.", 惡其文之著也. 故君子之道, 闇然而日章, 小人之道, 的然而日亡.]"라고 하였다.

겸손하여 자만하지 않았으니	受而不滿
지위가 낮다고 어찌 넘어설 수 있으랴[8]	卑其可踰
마땅히 세상의 모범이 되어서	宜式于世
야박한 이 도탑게 하고 거친 이 교화할텐데	敦薄化麤
어찌 오래 살게 하지 않았나	胡不黃耇
금옥과 같은 우리 송군을	金玉爾軀
어찌 나로 하여금 명을 짓게 하는가	俾余忍銘
하늘의 뜻이여 하늘의 뜻이여	天乎天乎

宋子三 墓碣銘 幷序 ○戊申

郭鍾錫 撰

恩津 宋君 子三, 余少友也。文學行誼, 推以爲儕中長望。今不幸短命矣, 嗚乎! 痛矣。其孤元求, 纍然徒步, 來視余於病臥。泣且言曰:“吾父已九原矣, 知吾父, 莫丈人如也。幸乞一言刻之阡, 俾來者, 庶幾知往昔之有吾父也。” 噫! 余可忍爲耶。又可忍辭耶。

君以哲廟壬戌生, 卒于光武丁未。爲墓于所居三嘉縣北柳田之岡向某之原, 在世厪四十六年。自幼才性過人, 其資若馴於道者。甫上學, 蚤起晏寢, 誦習不怠晷刻。愛親悌長, 不見有過失。屆弱冠, 文詞煒蔚, 志氣益醇, 與弟鎬彦 子敬, 聯璧韡華, 聲譽日達。從內舅尹忠汝先生學, 聞爲己之旨。質難思繹, 必求其要, 膺服體驗, 深悅而篤信之。其用工也, 不離乎日用之間, 而循循有序, 足目幷進。不口耳、不表襮, 其闇然自修之實, 蓋

7 질장구……신실하였네:『주역』「비괘(比卦) 초육(初六)」에 “신실함이 있는 것이 질장구의 속이 가득 차 있는 것과 같으면 끝내 다른 길함이 오리라.[有孚盈缶, 終, 來有他吉.]”라고 하였다.

8 지위가……있으랴:『주역』「겸괘(謙卦) 단(彖)」에 “겸은 높고 빛나며 낮되 넘을 수가 없으니, 군자의 끝마침이다.[謙, 尊而光, 卑而不可踰, 君子之終也.]”라고 하였다.

多人之所不及知者矣。其於經史百家, 無不淹貫涵熟, 尤致力於≪中庸≫之書, 讀之萬遍, 而猶若飢渴也。嘗曰:"退陶夫子言'吾得≪心經≫, 敬之如神明。', 吾於此書亦云。"

其父公早患失明, 晩而瘖痿, 平生不離于牀笫。君養之竭誠與力, 不敢一晌去側。藥餌甘旨, 調煎必親, 唾洟糞穢, 刷滌必潔。抑搔之、臥起之、扶持之、匙筯之、衣襪之, 動息必須先意以承之, 子姪欲代之而不許也。親戚之有善言美行者, 必以告, 執友之相歡者, 必具雞黍以邀之。惟以悅親爲務, 父公久病積鬱, 時發火怒, 有不能堪者。君與子敬, 俯伏戶外, 涕泣請罪。不敢退、不敢食, 夜以繼日不懈, 父公色降, 乃復初。其居喪, 致哀盡禮, 克備情文。祭之日, 灑掃齊肅, 如見所祭。兄弟怡怡, 寢食與共, 評文講理, 樂而不倦, 切切乎其益友之相處也。閨門之內, 嚴若賓接, 待宗族, 懽而忠; 居鄕黨, 和而敬; 御下隷, 恤而恕。以此人無長幼貴賤親疎賢不肖, 咸愛慕君不已, 一辭稱君子人也。

君諱鎬文, 子三字也。自號曰"受齋", 取"謙受益"之義也。高麗判院事大原爲鼻祖。入本朝來, 有雙清堂 愉、林亭 珩、栗村 翊、存養齋執義挺濂、松風齋 之栻、逸志軒進士時徵, 幷著淸德雅望, 有淵源師友之盛。進士玄孫義明, 君之曾大父也。大父羲洛, 父仁用, 外祖坡平人 尹欽道也。君娶咸安 趙氏士人性濂女, 有二男:元求、亨求。元求一男三女, 幼。

近世而來自命以學道者, 不爲不多。惟其識博而擇精以守之, 褎然若無所識也; 行篤而辨微以察之, 歉然若不及行也, 默喩而體會、求勤而動裕者, 吾見子三矣, 子三今不可見矣。爲之銘以哀之曰:"孝足通神, 學匪說途。隱隱絅章, 盈盈缶孚。受而不滿, 卑其可踰。宜式于世, 敦薄化麤。胡不黃耇, 金玉爾軀。俾余忍銘, 天乎天乎。"

❖ **원문출전**

郭鍾錫, 『俛宇集』 卷157 墓碣銘, 「宋子三墓碣銘幷序○戊申」(경상대학교 문천각 古(면우) D3B 곽75ㅁ)

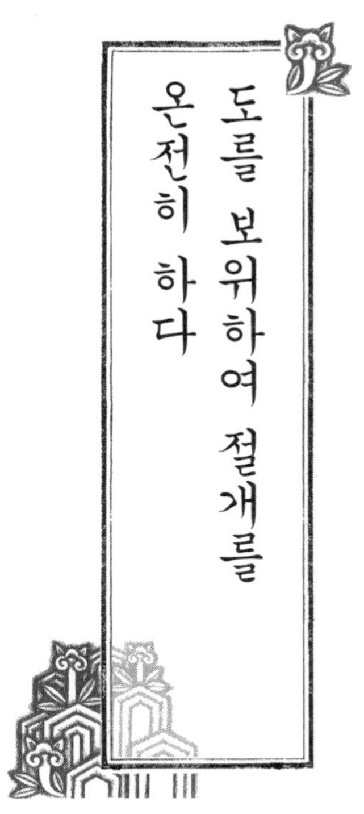

도를 보위하여 절개를 온전히 하다

이도복(李道復) : 1862-1938. 자는 양래(陽來), 호는 후산(厚山)이며, 본관은 성주(星州)이다. 현 경상남도 산청군 신안면 신안리에 거주하였다. 1882년 송병선(宋秉璿)에게 수학하였고, 1891년 최익현(崔益鉉)을 찾아가 수학하였다. 1905년 을사늑약이 체결되자 동지들과 더불어 비분강개한 마음으로 왜적을 토벌할 뜻을 세웠으나 이루지 못하였다. 송병순(宋秉珣)과 함께 『연재집(淵齋集)』을 교감하여 간행하였다. 만년에는 마이산(馬耳山)으로 들어가 은거하였다.

저술로 20권 10책의 『후산집』이 있다.

후산(厚山) 이도복(李道復)의 묘갈명 병서

송종국(宋鍾國) 지음

후산(厚山) 선생 이공(李公)은 근세 유문(儒門)의 석덕(碩德)으로, 식견이 넓고 행실이 고상하여 당시 교유한 제현들은 공의 참되게 알고 진실하게 실천한 학문에 대해 모두 감복하였다. 공의 휘는 도복(道復), 자는 양래(陽來), 호는 후산(厚山)이며, 본관은 성주(星州)이다. 고려 때 농서군공(隴西郡公) 휘 장경(長庚)이 시조이다.

이분이 휘 조년(兆年)을 낳았는데, 정당문학(政堂文學)을 지냈고 성산군(星山君)에 봉해졌으며 시호는 문렬(文烈)이다. 학자들이 매운당(梅雲堂) 선생이라 일컬었고, 영봉서원(迎鳳書院)[1]에 제향되었다. 이분이 휘 포(襃)를 낳았는데, 문하시중을 지냈고 시호는 경원(敬元)이다. 2대를 내려와 휘 제(濟)는 우리 태조를 도와 개국공신에 책봉되어 기린각(麒麟閣)에 영정이 걸렸다. 홍안군(興安君)에 봉해졌고 시호는 경무(景武)로, 태조의 묘정에 배향되었다. 4대를 내려와 휘 조(晁)는 호가 동곡(桐谷)으로, 남명(南冥) 조 선생(曺先生)의 문하에서 수학하였으며 도학이 당대의 으뜸이었다. 명경과에 급제하여 성균관 학유가 되었고 이조 좌랑을 지냈으며, 목계서원(牧溪書院)[2]에 제향되었다. 이분이 공의 10대조이다.

고조부는 휘 계승(啓昇)이고, 증조부 휘 민렬(民烈)은 덕망이 성대하

1 영봉서원(迎鳳書院) : 현 경상북도 성주군 벽진면 해평리에 있었던 서원으로, 뒤에 천곡서원(川谷書院)으로 개칭하였다.

2 목계서원(牧溪書院) : 현 경상남도 산청군 단성면 방목리에 있는 목계정사이다.

여 사우들이 추중하였다. 조부는 휘 우근(佑謹)이고, 부친 휘 동범(東範)은 호가 월암(月菴)인데 유행(儒行)이 있었다. 모친은 해주 정씨(海州鄭氏)로, 명암 처사(明菴處士) 정식(鄭栻)의 증손인 부호군 정복의(鄭福毅)의 딸이다.

공은 철종 임술년(1862) 5월 28일에 태어났다. 타고난 자질이 강직하고 굳세었으며 도량이 높고 엄정하였으니, 사람들이 증조부의 풍도를 쏙 빼닮았다고 일컬었다. 겨우 6세 때 글을 배우기 시작하였다. 배운 내용을 잘 알지 못해서 부친 월암공에게 꾸지람을 듣자, 어느 날 밤 몰래 증조부의 빈소 곁으로 들어가 울면서 재예가 있게 해달라고 빌었다.

임오년(1882) 연재(淵齋) 송 문충공(宋文忠公)[3]에게 집지하여 학문을 하는 방도를 들었는데, 이때부터 더욱 각고의 노력을 하였다. 애산(艾山) 정공(鄭公)[4]이 공을 한 번 보고는 그 재주와 지향을 기특하게 여겼고, 만성(晩醒) 박공(朴公)[5] 또한 공이 지은 글을 보고 그 뛰어남을 매우 칭찬하였다. 독서할 집을 짓고 그 편액을 '계포당(鷄抱堂)'이라고 하였다. 모친에게 문안인사를 드리고 나면 물러나서 늘 책을 읽었다. 무자년(1888) 봄 원계(遠溪)[6]에 가서 머물며 연재 선생에게 『논어』를 배웠다. 그리고는 포천(抱川)[7]으로 가서 면암(勉菴) 최 선생(崔先生)[8]에게 집지하였다. 선생

3 송 문충공(宋文忠公) : 송병선(宋秉璿, 1836-1905)이다. 자는 화옥(華玉), 호는 연재, 본관은 은진(恩津), 시호는 문충으로, 대전시 회덕(懷德) 출신이다. 학행으로 천거받아 좨주(祭酒)에 기용된 뒤 서연관·경연관·대사헌을 지냈다. 망국의 울분을 참지 못하고 음독자결했다. 저술로 53권 24책의 『연재집』이 있다.

4 정공(鄭公) : 정재규(鄭載圭, 1843-1911)이다. 자는 영오(英五)·후윤(厚允), 호는 노백헌(老柏軒)·애산, 본관은 초계(草溪)이며, 현 경상남도 합천군 삼가(三嘉) 출신이다. 기정진(奇正鎭)에게 수학하였으며, 저술로 49권 25책의 『노백헌집』이 있다.

5 박공(朴公) : 박치복(朴致馥, 1824-1894)이다. 자는 훈경(薰卿), 호는 만성, 본관은 밀양이며, 현 경상남도 함안에 거주하였다. 류치명(柳致明)과 허전에게 수학하였으며, 저술로 16권 9책의 『만성집』이 있다.

6 원계(遠溪) : 현 충청북도 영동군 학산면 범화리 모지내이다.

은 '몸을 닦고 천명을 기다린다.[修身俟命]'라는 네 글자를 써서 공을 면려하였다. 중암(重菴) 김공(金公)[9]을 찾아뵈었는데, 김공 또한 공에 대해 기대하고 허여함이 매우 두터웠다.

계사년(1893) 부친 월암공의 병을 간호할 때 옷을 벗지 않고 잠도 자지 않았으며, 병세가 위중해지자 손가락을 베어 피를 마시게 하였다. 부친이 돌아가시자 애통해하여 거의 죽을 지경에 이르렀고, 상례와 장례는 한결같이 『주자가례』를 따랐다. 삼년상이 끝나자 자양(紫陽)[10]으로 우산(愚山) 한공(韓公)[11]을 찾아가 인물성동이(人物性同異)에 대해 논하였는데, 한공이 공의 높은 견해에 탄복하였다.

경자년(1900) 모친상을 당하였는데, 상제를 지키는 것이 부친상 때와 같았다. 여러 아우들과 항상 화락하였고, 종족들과는 돈독하기를 힘썼고, 남들과 사귈 때에는 선한 말을 들으면 반드시 공경함을 표하였으며, 올바른 사람이 아니면 그가 자신을 더럽힐 듯 여겼다. 조상을 추모하는데 독실하여 흩어진 선조의 문집을 모아서 세상에 전하였고, 묘소의 석물이 갖추어지지 않은 곳은 비석을 새겨서 세웠다. 또 현인을 존숭하고

---

7 포천(抱川) : 현 경기도 포천시이다.

8 최 선생(崔先生) : 최익현(崔益鉉, 1833-1906)이다. 자는 찬겸(贊謙), 호는 면암, 본관은 경주이다. 이항로(李恒老)에게 수학하였다. 1905년 을사조약이 체결되자 8도 사민에게 포고문을 내어 항일투쟁을 호소하였다. 이듬해 의병을 모집한 후 순창에서 관군·일본군과 싸웠으나 패전하여 대마도에 유배되었다. 그곳에서 단식을 계속하다가 유소(遺疏)를 남긴 후 굶어죽었다. 저술로 46권 23책의 『면암집』이 있다.

9 김공(金公) : 김평묵(金平默, 1819-1891)이다. 자는 치장(穉章), 호는 중암, 본관은 청풍(淸風)으로, 경기도 포천에 거주하였다. 이항로·홍직필(洪直弼)에게 수학하였다. 저술로 54권 28책의 『중암집』이 있다.

10 자양(紫陽) : 현 경상남도 산청군 단성면 자양리 자양 마을이다.

11 한공(韓公) : 한유(韓愉, 1868-1911)이다. 자는 희녕(希寗), 호는 우산, 본관은 청주로, 산청 백곡(柏谷)에 거주하였다. 조성가(趙性家)·전우(田愚)의 문인이다. 저술로 31권 16책의 『우산집』이 있다.

도를 보위하는 일에 힘을 쏟아, 우리나라 제현의 유문 가운데 간행되지 못한 것은 또한 모두 교정을 보아 간행하였다.

을사년(1905) 늑약이 성립되자 학사 정승현(鄭承鉉)을 대신하여 소를 올렸는데,[12] 구절마다 가슴속의 피 끓는 마음을 담아 의리가 삼엄하였다. 한양에서 귀향하던 날 길에서 면우(俛宇) 곽공(郭公)[13]을 만났는데, 공은 『춘추(春秋)』의 공명정대한 의리에 대해 통렬히 말하였다. 연재 선생이 임금 뵙기를 청했다는 소식을 듣고 대궐문 밖까지 모시고 갔지만 가로막혀 들어갈 수 없었다. 시사(時事)에 분개하고 근심하여 「서호문답(西湖問答)」을 지었다. 면암의 의병들이 수감되자 담당 왜인에게 글[14]을 보냈는데, 그 말이 매우 강개하였다.

세상이 변한 이래로 만동묘(萬東廟)에 제사지내는 의식 절차가 폐지된 것이 또한 오래되었다. 공은 심석(心石) 송 선생(宋先生)[15] 및 영호남의 여러 선비들과 함께 계를 만들어 제사를 지낼 계획을 세웠다. 심석 선생이 '황묘의 배신, 소화의 유민[皇廟陪臣 小華遺民]'이라고 써서 공에게 주었다.

무오년(1918) 고종 황제의 국상을 당하자 분연히 자신의 몸을 돌아보지 않고 살고 싶지 않은 듯이 하였다. 눈물을 흘리며 한양으로 달려가

12 을사년……올렸는데 : 을사늑약이 체결되자 송병선이 소를 올려 오적(五賊)을 성토하였다는 소식을 듣고 길을 나서 함양의 정승현을 방문하였는데, 그의 부탁으로 대신 소를 짓게 되었다. 소는 『후산집』 권4의 「청토오적소(請討五賊疏)」이다.

13 곽공(郭公) : 곽종석(郭鍾錫, 1846-1919)이다. 자는 명원(鳴遠), 호는 면우, 본관은 현풍(玄風)이며, 단성(丹城) 출신이다. 이진상의 문하에서 수학하였다. 저술로 177권 63책의 『면우집』이 있다.

14 글 : 『후산집』 권8의 「조문일본주무대인 을사재경시(條問日本主務大人 乙巳在京時)」이다.

15 송 선생(宋先生) : 송병순(宋秉珣, 1839-1912)이다. 자는 동옥(東玉), 호는 심석, 본관은 은진(恩津)이다. 송병선(宋秉璿)의 아우이다. 저술로 35권 15책의 『심석재집』이 있다.

글을 지어 번화가에서 왜적을 성토하여 어진 이와 뜻있는 선비로 하여금 슬픈 마음을 끝이 없게 하였다. 〈을축년(1925)〉 초나라 백성들이 소왕(昭王)을 제사지낸 의리[16]로써 많은 선비들로 하여금 태조가 머물렀던 마이산(馬耳山)[17]에 회덕전(懷德殿)을 창건해 태조·태종의 위판을 모시도록 하여 풍천(風泉)의 감회[18]를 부쳤다.

나라가 망하던 날 국가의 기강이 무너진 것을 애통해하고 도맥의 통서가 끊어진 것을 근심하여, 훌쩍 멀리 떠나갈 마음을 먹고 북쪽으로 봉천(奉天)[19]과 웅기(雄基)[20]를 유람하고서 마침내 호남의 마이산[馬山] 속 깊은 골짜기로 들어갔다. 자취를 감출 것을 맹세하고서 경서를 읽으며 자정(自靖)하였다.

공이 평생토록 힘쓴 것은 단지 정자(程子)·주자(朱子)·석담(石潭)[21]·우암(尤庵)이 서로 전한 지결에 있었는데, 태극·음양·심성·리기의 근원에 대해 깊이 궁구하지 않음이 없었다. 기노사(奇蘆沙)[22]의 『외필(猥筆)』·『납량사의(納凉私議)』 등 여러 편의 글이 율곡의 설을 핍박하였는데, 공이 시비를 조정하고서 시를 짓자 간재(艮齋) 전공(田公)[23]이 또한 칭찬해마지

16 초나라……의리 : 당나라 때 초나라 지방 유민(遺民)들이 사사로이 초 소왕(楚昭王)을 향사하였으므로, 한유(韓愈)의 시에 "아직도 국민들이 옛 임금의 덕 사모하여, 한 칸의 띳집에서 소왕을 제사하누나.[猶有國人戀舊德, 一間茅屋祭昭王.]"라고 하였다.

17 마이산(馬耳山) : 전라북도 진안군 마령면 동촌리에 있는 산이다. 태조 이성계가 이곳에서 기도를 하여 조선을 건국하였다는 고사가 있다.

18 풍천(風泉)의 감회 : 풍천은 『시경』의 편명인 「비풍(匪風)」과 「하천(下泉)」이다. 모두 제후의 대부가 주나라 왕실이 쇠미해진 것을 탄식해 읊은 시인데, 망한 왕조를 그리는 뜻으로 쓰인다.

19 봉천(奉天) : 중국 요녕성 심양(瀋陽)이다.

20 웅기(雄基) : 함경북도 경흥군에 있는 항구 도시이다.

21 석담(石潭) : 이이(李珥, 1536-1584)의 호이다.

22 기노사(奇蘆沙) : 기정진(奇正鎭, 1798-1879)이다. 자는 대중(大中), 호는 노사, 본관은 행주(幸州), 현 전라북도 순창 출신이다. 저술로 30권 17책의 『노사집』이 있다.

23 전공(田公) : 전우(田愚, 1841-1922)이다. 자는 자명(子明), 호는 구산(臼山)·추담(秋潭)·

않았다. 김택영(金澤榮)[24]의 『한사경(韓史綮)』이 역사를 왜곡한 것[25]에 대해 동강(東江) 김공(金公)[26]과 논의하고 확정하여 잘못된 점을 논변하였다.

공의 논저로는 『서어절요(書語節要)』·「중용도(中庸圖)」·「이학통변(理學統辨)」·『기정동감(紀政東鑑)』·『농서세기(隴西世紀)』·『삼현기년(三賢紀年)』·「치종록(致宗錄)」·『존화록(尊華錄)』 등이 있다. 세도가 잘못된 데로 돌아감을 탄식하고서 후학들을 가르쳤는데, 우선 그 문로(門路)를 바르게 하여 각자의 자질에 따라 인도하니, 문하의 유생들 중에는 내면과 외면이 모두 잘 닦여져 성취된 이가 많았다.

무인년(1938) 윤7월 8일 내산(萊山)[27]의 침당에서 세상을 떠났으니, 향년 77세였다. 부고가 전해지자 영호남의 인사들이 애도하는 글을 지어 조문하기를 마치 친척의 상을 당한 듯이 하였다. 장수군(長水郡) 산서면(山西面) 고둔치(高屯峙) 간좌(艮坐) 언덕에 장사지냈다.

간재, 본관은 담양(潭陽)으로, 전주 출신이다. 임헌회(任憲晦)에게 수학하였다. 나라가 어지러워지자 도학(道學)을 일으켜 국권을 회복하겠다고 결심하여 작은 섬을 옮겨 다니며 학문에 전념하였다. 저술로 52책의 『간재집』이 있다.

24 김택영(金澤榮) : 1850-1927. 자는 우림(于霖), 호는 창강(滄江), 본관은 화개(花開)로, 경기도 개성 출신이다. 1866년 17세의 나이로 성균 초시에 합격했고, 20대 전후에 이건창(李建昌)과 교유를 가지면서 문명(文名)을 얻기 시작했다. 을사늑약으로 국가의 장래를 통탄하다가 1908년 중국으로 망명하였다. 저술로 『소호당집』·『창강고』 등이 있다.

25 한사경(韓史綮)이……것 : 『한사경』은 김택영이 중국으로 망명한 뒤 1918년 중국 통주(通州)에서 6권으로 간행한 역사서로, 조선 건국에서 1910년까지의 역사를 기록하였다. 조선왕조의 역사 가운데 잘못되었다고 생각되는 사실을 일종의 사론(史論)의 형식으로 철저하게 비난하였다. 예를 들면 태종의 서얼차대법, 성종의 개가금지법, 세조의 단종폐출, 영조의 세자처형, 순조 이래의 외척세도정치 등이다. 특히 조선 태조가 고려의 신하로서 왕위를 찬탈한 것으로 표현하여 국내 유림의 심한 반발을 받아 저자는 사적(史賊)으로 몰리기도 하였다.

26 김공(金公) : 김영한(金甯漢, 1878-1950)이다. 자는 기오(箕五), 호는 동강(東江), 본관은 안동(安東)이다. 1898년 희릉 참봉으로 출사하여 여러 관직을 거쳐 비서원 승(秘書院丞)에 이르렀으나 을사늑약이 체결되자 벼슬을 그만두고 물러나 문장가로서 일생을 마쳤다. 저술로 28권 14책의 『급우재집(及愚齋集)』이 있다.

27 내산(萊山) : 현 전라북도 진안군 성수면 도통리의 내동산(萊東山)인 듯하다.

공은 두 번 장가를 들었는데, 초취 부인 해주 정씨(海州鄭氏)는 정성교(鄭性敎)의 딸로, 자식이 없었다. 후취 부인 밀양 박씨(密陽朴氏)는 박정식(朴正湜)의 딸로, 정숙하고 부덕이 있었으며 다섯 명의 자식을 두었다. 아들은 면수(冕洙)·곤수(袞洙)·필수(韠洙)이고, 이교덕(李敎德)·유태규(柳泰圭)는 사위이다. 종상(鍾相)·위상(渭相)은 면수의 아들이고, 규상(珪相)·우상(禹相)은 곤수의 아들이고, 경상(炅相)·길상(吉相)은 필수의 아들이다. 나머지는 다 기록하지 않는다.

아, 공의 지극한 행실과 고고한 절개는 저와 같이 높았지만 또한 그 재주와 그 학문은 때를 만남이 좋지 않아 온축한 바를 펼치지 못하고 끝내 초야에서 늙었으니, 사람들이 모두 "애석하구나."라고 하였다. 또 "사문의 종사(宗師)로서 정도를 가지고 도를 보호하고 지켜 절개를 온전히 하였다."라고 하였으니, 도가 높아 명성이 멀리 퍼져 사방에서 찾아오는 사람들을 열어준 공적은 공에게 있어서는 충분한 일이 된다고 말할 수 있겠다. 공이 이런 평가에 있어 무슨 유감이 있겠는가.

공의 아들 면수(冕洙)가 단운(丹雲) 민공(閔公)[28]이 지은 행장을 가지고 와서 나에게 묘갈명을 지어달라고 청하였다. 대개 공의 학문의 깊고 넓음, 본체와 작용, 성대한 덕에 대해서는 내가 일찍부터 들은 바였고, 효자가 어버이를 생각하는 정성에 감격하여, 감히 글재주가 없다는 이유로 거절할 수 없어서 명을 짓는다.

명은 다음과 같다.

이 공의 지취와 기절을 생각해 봄이여	惟是公之志氣兮
지극히 맑고 높으며 견고하고 굳세었도다	至淸高而堅確

28 민공(閔公) : 민병승(閔丙承, 1866-?)으로, 본관은 여흥(驪興)이다.

이 공의 포부를 생각해 봄이여　　惟是公之抱負兮
극도로 정미하고 광박하였도다　　極精微而廣博
효제하고 충신하고 독행함이여　　孝悌忠信篤行兮
천리를 밝히고 인도를 바로잡았네　　明天理而正人道
격물 치지와 성의 정심의 실학이여　　格致誠正實學兮
먼저 궁행실천하고 집안 법도 가지런히 했네　　先躬行而齊家度
덕을 온전히 하여 세상 피해 숨음이 있음이여　　有此全德遯世兮
단지 제때를 만나지 못함이 한스럽다네　　只恨遭遇非其時
넉넉한 은택 남겨 후손에게 전함이여　　留其餘祿遺后昆兮
명을 지어 유택에 새겨 천추에 드러내네　　銘以闡幽示千秋

임오년(1942) 2월 하순 상례원 상례 은진(恩津) 송종국(宋鍾國)이 삼가 지음.

墓碣銘 幷序

宋鍾國 撰

厚山先生 李公, 以近世儒門碩德, 識博行高, 當時交遊諸賢, 咸服其眞知實踐之學焉。公諱道復, 字陽來, 號曰"厚山", 其先星州人也。以高麗隴西郡公諱長庚, 爲鼻祖。是生諱兆年, 官政堂文學, 封星山君, 諡文烈。學者稱梅雲堂先生, 俎豆於迎鳳院。生諱褒, 門下侍中, 諡敬元。二傳, 諱濟, 佐我太祖, 策開國元勳, 圖形麟閣。封興安君, 諡景武, 配食廟庭。四傳, 諱晁, 號桐谷, 樞衣於南冥 曺先生之門, 道學冠於世。登明經科, 隸成均館學諭, 吏曹佐郎, 享牧溪院。於公爲十代祖。諱啓昇, 諱民烈, 德望蔚然, 士友推重。諱佑謹, 諱東範, 號月菴, 有儒行, 高祖曾祖若爾。妣海州 鄭氏, 明菴處士 栻曾孫副護軍福毅之女。

公生于哲宗壬戌五月二十八日。天資剛毅, 氣宇峻整, 人稱克肖其曾王考風度。甫六歲, 上學。以受書之不通, 誚責于月菴公, 一夕竊入其曾王父喪殯之側, 泣乞才藝。壬午, 贄謁淵齋 宋文忠公, 得聞爲學之方, 自是益加刻勵。艾山 鄭公一見, 奇其才志, 晩醒 朴公, 亦覽公所著, 極稱其迢秀。而構其讀書之室, 顔其楣曰“鷄抱堂”。問寢北堂, 則退輒不釋卷。戊子春, 往留遠溪, 受讀≪魯論≫於淵齋先生。仍臻抱川, 定分勉庵 崔先生。先生書“修身俟命”四字, 以勉之。歷拜重菴 金公, 公亦期許甚重。

癸巳, 侍月菴公疾也, 衣不解帶、目不交睫, 至於危革, 裂指進血。遭其艱摧, 痛幾滅性, 喪葬一遵≪文公家禮≫。服闋, 訪愚山 韓公於紫陽, 論人物性同異, 韓公歎其高見。庚子, 丁內憂, 守制如前喪。與群弟, 常湛樂, 處宗族, 務敦睦, 與人交, 聞善必致款, 而如匪其人, 視之若浼。篤於追遠, 先集之散佚, 蒐聚而傳世; 墓儀之未具, 鐫石而竪之。又致力於尊賢衛道之事, 我東諸賢遺文之未刊者, 亦皆校讐而揄揚之。

乙巳, 僞約之成也, 代鄭學士 承鉉疏, 而句句腔血, 義理森嚴。路逢俛宇 郭公於自京下鄉之日, 公痛辯≪春秋≫正大之義。聞淵翁請對, 陪行闕外, 禁不得入。憤悶時事, 著≪西湖問答≫。勉翁之義旅被囚也, 以書主務倭人, 辭甚慷慨。自世變以來, 萬東廟儀節廢, 亦已久。公與心石 宋先生及嶺、湖僉彦, 修契爲祀典之計。心石書“皇廟陪臣, 小華遺民”而贈之。

戊午, 大喪, 奮不顧身, 如不欲生。馳涓京師, 作文討賊於揚街, 而使仁人志士, 傷悲無窮焉。用荊民祭昭之義, 使多士創建懷德殿於馬耳山駐蹕之地, 奉太祖、太宗位版, 以寓風泉之感。既在屋社之日, 痛國家之倫喪、憂道脈之統絶, 翩然有高飛遠走之志, 北遊奉天、雄基, 遂入湖南之駬山隱谷。矢心遯跡, 而爲抱經自靖。

公之生平用工, 只在洛、閩、潭、巴相傳之旨, 而於太極、陰陽、心性、理氣之源, 靡不推究。奇蘆沙≪猥筆≫、≪納凉私議≫諸文字語, 逼栗翁, 調停是非而有詩, 艮齋 田公, 亦奬詡不已。金澤榮≪韓史≫之誣也, 與東江 金公, 商確辨其誣。公之所論著者, ≪書語節要≫、≪中庸圖≫、≪理學統辨》、《紀政東鑑》、《隴西世紀》、《三賢紀年》、《致宗錄》、《尊華錄》等篇。嘆世道之異歸, 而訓進後學, 先正其門路, 隨其材而導之, 及門之士, 彬彬多成就焉。

戊寅閏七月八日, 考終于萊山寢堂, 享年七十七。訃車之至, 嶺、湖人士, 挽誄弔奠, 如喪親戚。葬于長水郡 山西面 高屯峙坐艮之原。公齊爲再醮, 元配海州 鄭氏, 性敎女, 無育。繼配密陽 朴氏, 正湜女, 貞淑有婦德, 育五男女。男 : 冕洙、袞洙、韠洙, 李敎德、柳泰圭, 壻也。男 : 鍾相、渭相, 長房出, 珪相、禹相, 次房出, 炅相、吉相, 季房出。餘不盡錄。

嗚呼, 公之至行疏節, 如彼卓卓, 而且之才之學, 遭時不利, 未得展布所蘊, 終老於林泉, 人皆曰 : "惜之。" 而曰 : "宗師有正, 保守完節。", 道高流芳, 以開方來之功, 足可謂爲公爲足矣。公於是詎有何憾焉。公之哲嗣冕洙, 以丹雲 閔公之狀, 請銘于余。蓋斯翁之學文淵海、體用、盛德, 雷耳者夙, 而仍感其孝子思親之誠, 不敢以不文辭, 系之以銘。

銘曰 : "惟是公之志氣兮, 至淸高而堅確。 惟是公之抱負兮, 極精微而廣博。孝悌忠信篤行兮, 明天理而正人道。格致誠正實學兮, 先躬行而齊家度。有此全德遯世兮, 只恨遭遇非其時。留其餘祿遺后昆兮, 銘以闡幽示千秋。"

壬午仲春下澣 相禮院相禮 恩津 宋鍾國謹撰。

❖ 원문출전

李道復, 『厚山集』 附錄, 宋鍾國 撰, 「墓碣銘幷序」(경상대학교 문천각 古(미지) D3B 이225ㅎ)

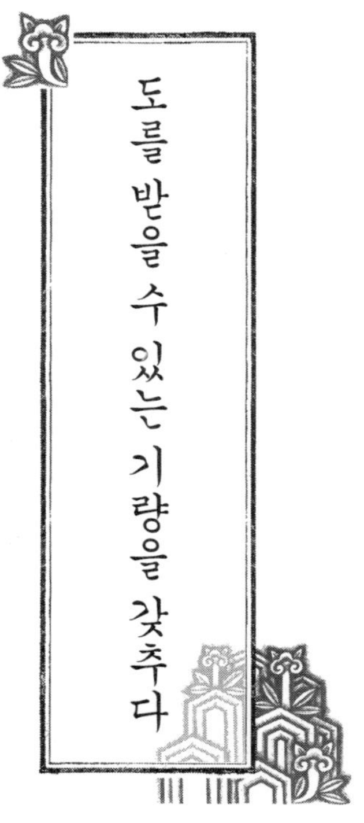

도를 받을 수 있는 기량을 갖추다

남정섭(南廷燮) : 1863-1913. 자는 장헌(章憲), 호는 소와(素窩), 본관은 의령(宜寧)이다. 현 경상남도 의령군 유곡면 칠곡리 판곡 마을에서 태어났다.

정재규(鄭載圭)에게 수학하였다. 이두훈(李斗勳)·정면규(鄭冕圭) 등과 교유하였다. 정재규가 세상을 떠난 후 그의 학문을 계승하며 지역의 동문들과 강학하였다. 단성의 신안정사에서 『노사집』을 간행할 때 일을 맡아 보았다.

저술로 7권 4책의 『소와집』이 있다.

소와(素窩) 남정섭(南廷燮)의 묘갈명 병서

정면규(鄭冕圭)[1] 지음

나의 선형 노백헌(老柏軒) 선생[2]이 돌아가신 지 3년 째 되던 계축년(1913) 같은 동문의 벗 소와(素窩) 남군(南君)이 또 갑자기 세상을 떠났다. 세상이 급박하게 변하기 때문에 우두방(牛頭坊)[3] 곤좌 언덕에 부장(報葬)[4] 하였는데, 나이는 겨우 51세였다.

아우 남정우(南廷瑀)[5]가 공의 가장을 갖추어 나를 찾아와 오래 오래 전할 묘갈명을 부탁하였다. 아! 내가 어찌 차마 군의 묘갈명을 쓰겠는가. 우리의 도가 고립되고 위급한데, 이런 재앙을 막을 자는 군이 아니고 누구였겠는가. 그러니 내가 어찌 차마 군의 묘갈명을 쓰겠는가. 비록 그렇지만 군과 함께 보낸 날들이 어제의 일처럼 또렷하니, 또 어찌 차마 내 한마디 말이 없겠는가.

---

1 정면규(鄭冕圭) : 1850-1916. 자는 주윤(周允), 호는 농산(農山), 본관은 초계(草溪)이다. 현 경상남도 합천군 쌍백면 육리(陸里) 묵동(墨洞)에서 태어났다. 종형 정재규(鄭載圭)를 따라 학문에 정진하여 기정진(奇正鎭)의 학문을 전수 받았다. 저술로 15권 8책의 『농산집』이 있다.

2 노백헌(老柏軒) 선생 : 정재규(鄭載圭, 1843-1911)이다. 자는 영오(英五)·후윤(厚允), 본관은 초계(草溪)이며, 경상남도 합천에 거주하였다. 기정진의 문인이다. 저술로 49권 25책의 『노백헌집』이 있다.

3 우두방(牛頭坊) : 현 경상남도 의령군 유곡면 판곡 마을 근처를 가리키는 듯하다.

4 부장(報葬) : 본래 세상을 떠난 뒤 다음 달 장례를 지내는데, 어떤 사정으로 인해 서둘러 장사지내는 것을 말한다.

5 남정우(南廷瑀) : 1869-1947. 자는 사형(士珩), 호는 입암(立巖), 본관은 의령이다. 저술로 21권 11책의 『입암집』이 있다.

군의 휘는 정섭(廷燮), 자는 장헌(章憲), 소와(素窩)는 그의 호이다. 군의 부친은 노주 처사(蘆洲處士) 휘 구원(龜元)인데, 관대하고 중후하며 덕이 있었다. 생모 청주 한씨(淸州韓氏)는 한천손(韓千遜)의 딸로 지금도 살아 계신다. 성산 이씨(星山李氏) 이인한(李寅漢)의 딸에게 장가들었다. 아들 적희(迪熙)는 아직 관례를 치르지 않았다. 두 딸은 함안 조씨(咸安趙氏) 조용문(趙鏞汶)과 재령 이씨(載寧李氏) 이관호(李瓘浩)에게 시집갔다. 외손들은 모두 어리다. 노백헌 선생이 일찍이 노주공의 묘지명을 지었는데, 윗대 선조의 계보가 그 글에 상세하다.

군은 도에 가까운 자질로 속되지 않은 지취(志趣)를 품고 있었다. 어려서부터 독서하며 자신보다 나은 사람을 보면 문득 분발하여 그와 같이 되기를 생각하였다. 몸가짐과 처사는 명백하고 솔직하여 절대 머뭇거리거나 구차한 사심을 개입하지 않았다. 윤리에 돈독하고 명분을 삼갔다. 선을 보면 반드시 실천하고자 하였고, 의로운 일을 들으면 반드시 실행하고자 하였다. 덕을 숭상하고 옛것을 좋아한 것은 타고난 천성이 그러하였다.

군이 귀의할 곳을 얻어 진정한 학문을 듣고 정미한 본지를 받들게 되어서는, 탐구하고 깊이 사색하는 공부에 침잠하였고 평상시 실천할 적에는 그 이치를 살폈다. 부지런히 공부를 하면서 도를 구하다가 얻지 못한 사람처럼 하였다. 매번 홀로 책상에 앉아 있을 때를 보면 묵묵히 한나절 소리를 내지 않기도 하고, 혹 낭랑하게 글을 읽으며 여러 차례 쉬지 않기도 하였다. 사람들은 군이 어떤 마음가짐을 가지고 있는지 헤아리지 못하였지만, 참으로 그 묘리를 홀로 터득한 것이 있었다.

군은 동방의 선현들 중 퇴계 선생을 가장 존모하였는데, 일찍이 말하기를 "퇴계 선생의 정미한 말씀은 노사(蘆沙)[6]가 얻어 더욱 드러내었으니, 내가 노옹의 후생이 된 것은 크게 다행스러운 일이다."라고 하였다.

군의 저술로는 「전간재납량사의기의변(田艮齋納涼私議記疑辨)」·「태극동정심성정일관설(太極動靜心性情一貫說)」 등 몇 편이 있는데, 이를 보면 군의 학문적 조예를 알 수 있다.

내가 인정하는 사람들은 대체로 드물지만 유독 호걸의 선비로 허여하는 사람이 바로 군이다. 기억하건대 오래전 내가 군을 만났을 때 군의 나이는 약관을 조금 넘었었다. 군이 말하기를 "과문(科文)만을 공부하면 글은 텅 빈 그릇이 될 것이고, 당여(黨與)와 색목(色目)만을 다투면 도는 인위적으로 만든 것이 될 것입니다. 선비로서 이 관문을 통과하지 못하면 학문에 진보하기 어렵습니다."라고 하였으니 군의 천부적 소견이 이와 같았다. 그러므로 사우를 기다리지 않고서도 학문을 강마하여 취사선택이 이미 정해졌으며, 한 번 지론을 들으면 흐르는 강물처럼 성대하게 나아갔다.

노백헌 선생이 일찍이 나에게 눈짓을 하며 말씀하기를 "그의 소견이 명쾌하면서도 또 의지가 확고하니 도를 받을 수 있는 기량을 다 갖춘 인물이다."라고 하였고, 또 말씀하기를 "그가 날로 진보하는 것이 이와 같으니 우리 도가 민멸되지 않을 것이다."라고 하였다. 스승이 자기를 알아주는 것을 만나는 일은 예로부터 어려운 일이었으니, 군과 같은 경우는 스승의 알아줌을 만난 사람인가, 만나지 못한 사람인가. 애석하구나. 군의 수명이 덕에 걸맞지 않아, 이 학문을 전하는 것을 크게 하지 못했도다.

군에 대해서는 정우(廷瑀)가 지은 가장에 상세하게 있으니, 단지 내가

6 노사(蘆沙) : 기정진(奇正鎭, 1798-1879)이다. 자는 대중(大中), 본관은 행주이다. 현 전라남도 장성군 진원면 진원리에 담대헌(澹對軒)을 지어 많은 문인을 길렀다. 1927년에 고산서원(高山書院)이 건립되어 조성가 등 문인 6인과 함께 봉안되었다. 저술로 30권 17책의 『노사집』이 있다.

알고 있는 것을 거론하여 서문을 쓰고 명을 짓는다.

명은 다음과 같다.

성인이 학문을 일으켰지만	聖雖學作
귀히 여길 바는 타고난 자질이라네[7]	所貴者資
나는 정자가 지은 이 묘비명을 읽다가	我讀程銘
세상을 돌아보며 탄식을 하였네	瞻世興咨
오직 소와(素窩) 그대에게만	於惟素君
하늘이 순수한 자질 부여하였네	天賦孔醇
공부할 적엔 습속을 병통으로 여겨	工時痼俗
나의 생각을 두지 않았네	非我思存
누구를 따라서 배웠던가	俟誰適從
담대헌[8]의 학문을 전해 받았네	澹軒傳鉢
어찌 어진 이들 없었겠는가마는	豈無多賢
공은 맹세코 다른 마음 품지 않았네	矢靡他忒
양기를 부지하고 음기를 억제하며	陰陽扶抑
도를 장수로 기를 졸개로 여겼네	道器帥卒
통쾌하면서도 상세하고 절실하게	痛快詳切
스승의 지결을 현창하였네	以彰師訣
공부의 조예가 깊어지는 것은	工夫深造
만년에 달렸다고 말했지	謂在晩途
병든 몸으로 공부하느라	病與俱吟
눈을 감기 전까지 변치 않았네	未瞑不渝
우두방(牛頭坊)에 있는 공의 무덤에	牛頭之阡
비석 세워 길이 전할 만하네	片石可語

7 성인이……자질이었네 : 정호(程顥)가 벗 이중통(李仲通)을 위해 지은 묘비명에 "聖雖學作兮, 所貴者資."라고 한 구절이 나온다.

8 담대헌(澹對軒) : 노사 기정진이 학문을 강론하던 곳이다. 후에 고산서원(高山書院)이라는 편액을 걸었다.

백세토록 안목 있는 사람들　　百世有眼
의심하는 마음 없기를 바라네　　庶無貳沮

素窩 南君 墓碣銘 幷序

鄭冕圭 撰

我先兄老栢軒先生, 旣歿之三年, 癸丑同社友素窩 南君, 又忽焉。以世變所迫, 報葬于牛頭坊坤坐之原, 得年僅五十一。弟廷瑀具事行, 謀余以萬年之託。嗚呼! 余忍銘君耶。吾道孤危, 捍禦者誰歟。而余忍銘君耶。雖然平昔如昨, 又何忍無吾一言。

君諱廷燮, 字章憲, 素窩其號也。君之考曰"蘆洲處士", 諱龜元, 寬厚有德。所生母曰"淸州韓氏" 千遜女, 今在堂。娶星山 李氏 寅漢女。生一男迪熙, 未冠。二女咸安 趙鏞汶、載寧 李瓘浩。外孫男女皆幼。老柏翁嘗撰蘆洲公銘, 以上姓系詳焉。

君以近道之資, 抱不俗之調。自幼讀書見勝己者, 則輒奮然思齊。操躬處事, 明白坦直, 絶不以依違苟且之私間之。篤於倫理、謹於名分。見善必欲爲、聞義必欲行。尙德好古, 天稟然矣。及其得依歸之地, 而聞眞正之學、承精微之旨, 則沈潛乎探賾之工、照察乎踐履之際。皇皇汲汲, 若望道而未見者。 每見其獨坐對案, 或默然半日不出聲、或朗然讀累回不已。人不測其何意, 而固有以獨得其妙者矣。

於東方先賢, 最尊慕退陶, 嘗曰: "退陶微言, 得蘆翁而益彰, 吾之爲蘆翁後生, 大幸也。" 其所著有≪凉議辨辨≫、≪太極動靜心性情一貫說≫數篇, 此可以見君所造矣。

余保人蓋寡, 獨許以豪傑之士者, 君也。記昔與余相見君, 年可弱冠有餘。君之言曰:“功令馳而書爲虛器、黨目鬨而道爲人造, 士而不透過此關, 難矣。”, 其天見如此。故不待師友磨礱, 而取舍已定, 一聞至論, 沛然如流。

柏翁嘗目送之曰:“明快中, 又堅確, 儘可受之器。”, 又曰:“長進如此, 吾道庶不泯矣。” 遇師之知己, 自古爲難, 若君其遇乎不遇乎? 惜乎, 其壽不稱德, 以大斯學之傳也。君之詳在廷瑀所狀, 特擧余所藏者, 序而銘之。

銘曰:“聖雖學作, 所貴者資。我讀程銘, 曠世興咨。於惟素君, 天賦孔醇。工時痼俗, 非我思存。俟誰適從, 澹軒傳鉢。豈無多賢, 矢靡他忒。陰陽扶抑, 道器帥卒。痛快詳切, 以彰師訣。工夫深造, 謂在晩途。病與俱吟, 未瞑不渝。牛頭之阡, 片石可語。百世有眼, 庶無貳沮。”

❖ **원문출전**

鄭冕圭, 『農山集』 卷13 墓碣銘, 「素窩南君墓碣銘并序」(경상대학교 문천각 古 D3B H정34ㄴ)

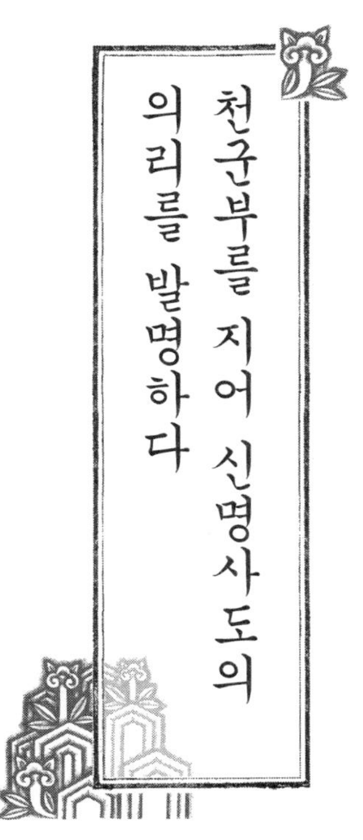

천군부를 지어 신명사도의 의리를 발명하다

송호완(宋鎬完) : 1863~1919. 자는 우약(愚若), 호는 의재(毅齋), 본관은 은진이며, 현 경상남도 합천군 대병면에 거주했다. 곽종석(郭鍾錫)에게 배우고, 장복추(張福樞) · 정재규(鄭載圭) · 김진호(金鎭祜) · 윤주하(尹胄夏) · 이종기(李種杞) · 이승희(李承熙) · 김흥락(金興洛) · 김도화(金道和) 등과 교유했다. 1905년 논산 궐리사(闕里祠) 모임에 참석하여 고유문을 지었다.
저술로 4권 8책의 『의재집』이 있다.

의재(毅齋) 송호완(宋鎬完)의 묘지명 병서

김재식(金在植)[1] 지음

의재(毅齋) 선생 송공(宋公)의 무덤은 삼가현(三嘉縣) 신지(神旨)[2] 비곡(飛谷)[3]의 간좌(艮坐) 언덕에 있다. 공의 봉사손 종덕(種德)이 그의 족조 정산자(靖山子) 호곤(鎬坤)[4] 씨가 지은 행장 한 편을 가지고 집으로 찾아와 묘지명을 나에게 부탁했다. 나는 본디 그 임무를 감당할 수 없지만 또한 어찌 깊은 우정을 스스로 저버릴 수 있겠는가.

삼가 살펴보건대, 공의 휘는 호완(鎬完), 자는 우약(愚若), 호는 의재(毅齋)이며, 은진 송씨(恩津宋氏)이다. 시조 휘 대원(大原)은 고려 때 판원사(判院事)를 지냈다. 증손 명의(明誼)에 이르러 사헌부(司憲府) 집단(執端)을 지냈는데, 문충공(文忠公) 정포은(鄭圃隱)[5]과 서로 잘 지냈다. 또 2대를 내려와 유(愉)는 호가 쌍청당(雙淸堂)인데, 덕을 숨기고 행실을 높게 하여 세상의 추중을 받았다. 이후 역대로 번창하고 높은 벼슬아치들이 이어져 우리나라의 명망있는 가문이 되었다.

고조부의 휘는 유욱(有郁), 증조부의 휘는 덕명(德明), 조부의 휘는 흥락(興洛), 부친의 휘는 근례(根禮)이다. 모친은 의성 김씨(義城金氏)이다.

---

1 김재식(金在植) : 1873-1940. 자는 중연(仲衍), 호는 수재(修齋)·물계(勿溪), 본관은 상산(商山)이다. 저술로 1책의 『수재집』이 있다.

2 신지(神旨) : 현 경상남도 거창군 신지면 지역이다.

3 비곡(飛谷) : 현 경상남도 거창군 신지면 와룡리에 비곡 마을이 있다.

4 호곤(鎬坤) : 송호곤(宋鎬坤, 1865-1929)이다. 자는 직부(直夫), 호는 정산, 본관은 은진(恩津)이다. 저술로 16권 8책의 『정산집』이 있다.

5 정포은(鄭圃隱) : 정몽주(鄭夢周, 1337-1392)이다.

본생가 부친의 휘는 근배(根培)이고, 신창 맹씨(新昌孟氏) 맹봉렬(孟鳳烈)이 본생가의 외조부이다. 공은 철종 계해년(1863) 삼가현 병목(幷目)[6]의 소소리(昭昭里)에서 태어나 기미년(1919)에 졸했으니, 향년 57세였다.

공은 용모가 훤칠하고, 성품이 온화하고 선량했다. 어린 아이의 자세[幼儀]를 배운 뒤로부터는 책읽기를 좋아하여 과제를 부과하기를 기다리지 않았다. 집안이 가난하여 부모님이 혹 논밭에서 어떤 일을 시킬 적에는 반드시 경전을 가지고 가서 땅에다 획을 그어가며 문자를 익혔다. 겨울밤에 공부할 적에는 고드름을 떼어다 눈을 비볐고 고추를 씹으며 졸음을 몰아냈다. 이때부터 명성이 사우들에게 알려졌다. 허후산(許后山)[7] 선생 및 장사미헌(張四未軒),[8] 정노백헌(鄭老柏軒),[9] 김물천(金勿川),[10] 윤교우(尹膠宇),[11] 이만구(李晩求),[12] 이강재(李剛齋)[13] 등 여러 공들과 같

6 병목(幷目) : 현 경상남도 합천군 대병면 지역이다.

7 허후산(許后山) : 허유(許愈, 1833-1904)이다. 자는 퇴이(退而), 호는 후산·남려(南黎), 본관은 김해이다. 현 경상남도 합천군 가회면 오도리에서 출생하였다. 이진상(李震相)에게 수학하였다. 저술로 19권 10책의 『후산집』이 있다.

8 장사미헌(張四未軒) : 장복추(張福樞, 1815-1900)이다. 자는 경하(景遐), 호는 사미헌, 본관은 인동(仁同)이다. 장현광(張顯光)의 후손이다. 현 경상북도 칠곡군 기산면 각산리에 녹리서당(甪里書堂)을 세워 강학하였다. 저술로 11권 6책의 『사미헌집』이 있다.

9 정노백헌(鄭老柏軒) : 정재규(鄭載圭, 1843-1911)이다. 자는 영오(英五)·후윤(厚允), 호는 노백헌·애산(艾山), 본관은 초계(草溪)이다. 현 경상남도 합천군에 거주했다. 기정진(奇正鎭)의 문하에서 수학했다. 저술로 49권 25책의 『노백헌집』이 있다.

10 김물천(金勿川) : 김진호(金鎭祜, 1845-1908)이다. 자는 치수(致受), 호는 물천(勿川), 본관은 상산(商山)이다. 현 경상남도 산청군 신등면 평지리 법물 마을에서 태어났다. 박치복(朴致馥)·허전(許傳)·이진상(李震相) 등에게 수학했다. 저술로 21권 11책의 『물천집』이 있다.

11 윤교우(尹膠宇) : 윤주하(尹冑夏, 1846-1906)이다. 자는 충여(忠汝), 호는 교우, 본관은 파평이다. 현 경상남도 합천군에 거주했다. 이진상(李震相)·장복추(張福樞)에게 수학했다. 저술로 30권 12책의 『교우집』이 있다.

12 이만구(李晩求) : 이종기(李種杞, 1837-1902)이다. 자는 기여(器汝), 호는 만구·다원거사(茶園居士), 본관은 전의(全義)이다. 현 경상북도 고령에 거주했다. 저술로 20권 10책의 『만구집』이 있다.

은 당세의 어질고 덕있는 분들과 넓게 교유하면서, 내외와 경중의 분별을 알고, 출처와 상변(常變)의 의리를 논하였다.

무술년(1898) 면우(俛宇) 곽 선생(郭先生)[14]을 배알하였는데, 심학(心學)의 요지를 듣고 『중용(中庸)』, 『근사록(近思錄)』, 『통서(通書)』 등을 배웠다. 일찍이 김서산(金西山)[15]을 배알하고 허령지각(虛靈知覺)에 관해 강론하였다. 도산(陶山)에 들어가 퇴계 선생의 사당에 참배하고, 발길을 돌려 척암(拓菴) 김공(金公)[16]을 방문하였는데, 김공은 주재설(主宰說)로써 면려하였다.

을사오적(乙巳五賊)이 왜적들을 불러들여 우리 황상을 위협하자 조정과 재야가 크게 혼란스러워졌다. 공이 대궐로 가서 규탄하려 했지만 뜻을 이루지 못했다. 공이 노성(魯城)의 궐리사(闕里祠) 모임[17]에 갔을 적에, 여러 공들이 공에게 앞선 성현에게 고하는 고유문[18]을 짓게 하였다.

그 대략에 "슬픕니다! 우리 후생들은 성현의 옷을 입고 성현의 글을

---

13 이강재(李剛齋) : 이승희(李承熙, 1847-1916)이다. 자는 계도(啓道), 호는 강재·대계(大溪)·한계(寒溪), 본관은 성산이다. 이진상의 아들이다. 저술로 42권 20책의 『대계집』이 있다.

14 곽 선생(郭先生) : 곽종석(郭鍾錫, 1846-1919)이다. 자는 명원(鳴遠), 호는 면우(俛宇), 본관은 현풍이다. 이진상에게 수학했다. 저술로 177권 63책의 『면우집』이 있다.

15 김서산(金西山) : 김흥락(金興洛, 1827-1899)이다. 자는 계맹(繼孟), 호는 서산(西山), 본관은 의성이다. 현 경상북도 안동 출신이다. 류치명(柳致明)에게 수학했다. 저술로 24권 12책의 『서산집』이 있다.

16 김공(金公) : 김도화(金道和, 1825-1912)이다. 자는 달민(達民), 호는 척암, 본관은 의성이다. 현 경상북도 안동시 일직면 귀미리에서 태어났다. 류치명에게 수학했다. 저술로 26권 14책의 『척암집』이 있다.

17 노성(魯城)의……모임 : 궐리사는 현 충청남도 논산시 노성면 교촌리에 있는 사당으로 공자의 영정이 봉안되어 있다. 1905년 12월 25일 이곳에서 최익현(崔益鉉) 주도의 강회가 있었는데, 이 자리에서 왜적을 성토하고 다음 달 궐기하기로 했으나 왜적의 방해로 성사되지는 못했다.

18 고유문 : 『의재집(毅齋集)』 권7에 「노성궐리사고선성문(魯城闕里祠告先聖文)」을 말한다.

읽어, 난신적자를 누구나 목 벨 수 있다는 의리를 알고 있습니다. 또한 떳떳한 본성을 지니고 있는 백성이라면, 차라리 중화(中華)의 귀신이 될지언정 이적(夷狄)의 백성이 되기를 바라지 않으며, 차라리 도를 지키며 죽을지언정 의를 저버리고 살기를 원하지 않는다는 것을 알고 있습니다."라고 하였고, 또 "군왕은 나라의 사직에서 죽고 신하는 군왕을 위해 죽으며 자식은 부모를 위해 죽습니다. 군왕은 군왕답게, 신하는 신하답게, 아버지는 아버지답게, 자식은 자식답게 처신하라는 도리를 천하의 후세 사람들에게 남긴 말씀이 있습니다."라고 하였는데, 여러 공들이 벅찬 마음으로 귀담아 들으며 감탄하지 않은 이가 없었다.

기미년(1919) 다전(茶田)으로 면우 선생을 위문하고서 파리평화회의에 관한 일도 함께 논의했다.[19] 공은 집으로 돌아온 뒤 오래지 않아 자리를 바로하고 세상을 떠나셨으니, 바로 그해 3월 5일이었다. 부고가 원근의 사우들에게 알려지자 모두들 "군자가 돌아가셨구나."라고 말하였다.

공은 평산 신씨(平山申氏) 신석주(申錫柱)의 딸에게 장가를 들었는데, 부녀자의 덕이 있었다. 공보다 먼저 졸했고, 세 자녀를 두었다. 인영(仁永)은 어질었지만 일찍 졸했고, 지영(智永)은 양자로 갔다. 사위는 전주 이씨 이순집(李淳集)이다. 지영은 아들 종덕(種德)을 인영의 후사로 삼았다.

아, 공은 타고난 자질이 돈독하게 정성스럽고 넉넉하게 후덕했으며, 품은 회포는 환히 밝고 관대하게 넓었으며, 고고한 성품은 담박하고 고요하였다. 번거로운 세상일을 마음에 두지 않고 오직 글을 좋아했는데, 부지런히 힘쓰기를 50여 년간 매일같이 하여 덕스러운 국량이 일찍 완성되었다. 또 사우들에게서 유익한 가르침을 받아 그것으로써 부형을 섬겼으며, 효도와 공경이 모두 지극하여 그것으로써 자제들을 가르쳤다.

19 기미년……논의했다 : 1919년 2월 고종의 인산 때, 곽종석은 파리평화회의에 유림의 독립청원서를 보낼 것을 발의했다.

고을의 손님과 벗들을 대할 때에는 상대방의 마음을 기쁘게 하여 감동시키지 않음이 없었으니, 진실로 실천이 독실하고 지조가 확실하여 남을 충분히 감동시킬 사람이 아니라면 이와 같을 수 있겠는가.

공의 저술로 시문과 잡저 등 10여 권이 있는데, 「천군부(天君賦)」 한 편은 남명(南冥) 조부자(曺夫子)가 지은 「신명사도(神明舍圖)」의 남은 뜻을 충분히 발명한 것이다. 훗날 공을 알고자 하는 자가 이 글을 읽는다면, 공의 학식을 알 수 있을 것이니 무슨 군더더기 말이 필요하겠는가.

다만 생각건대, 공은 나보다 10세 연상으로 나를 아우처럼 여겨 인자하게 살펴주심이 남들보다 더했으며, 나 또한 공을 평생 가르침 받을 분으로 생각하고 있었다. 구천에서 공을 다시 일으키기 어려움을 탄식하며, 공의 풍모를 추구할 수 없음을 개탄한다. 뒤에 공의 묘지명을 보는 자들 중에는 거의 내 마음을 아는 사람이 있을 것이다.

명은 다음과 같다.

넓고도 굳세었으니	弘而毅
군자의 학문이요	君子之學
효성스럽고 공손함은	孝且悌
군자의 덕성이었네	君子之德
천년이 지난 뒤에도	千秋在後
군자 묻힌 곳을 아는 이 있으리	尙有以識君子之宅

상산(商山) 김재식(金在植)이 삼가 지음.

墓誌銘 幷序

金在植 撰

毅齋先生 宋公之藏, 在三嘉 神旨 飛谷艮坐之原。 祀孫種德奉其族祖靖山子 鎬坤氏之所撰事行一通, 踵在植之門, 責以玄窾之誌。 在植固不敢爲役, 而亦何自外於事契之重哉。

謹按, 公諱鎬完, 字愚若, 毅齋其號, 宋姓之恩津氏也。始祖諱大原, 高麗判院事。至曾孫明誼, 司憲執端, 與鄭圃隱 文忠公相善。又二世有愉, 號雙淸堂, 隱德高行, 爲世推重。自後, 歷世蕃昌, 簪組相仍, 爲東邦望族。曰“有郁”, 曰“德明”, 曰“興洛”, 曰“根禮”, 公之高、曾、祖、考也。妣義城 金氏女。本生父諱根培, 新昌 孟鳳烈本生外祖也。哲宗癸亥, 公生于三嘉 幷木 昭昭里, 距卒年己未, 壽五十七。

公容儀豊偉, 性度溫良。自學幼儀, 好讀書, 不待課讀。家貧, 父母或指使於畎畝間, 必帶經而往, 畫指于地以習字。冬夜誦習, 摘氷以拭眸、嚼椒以攪睡。自是, 名譽聞於士友。遂廣交當世賢有德者, 如許后山先生、張四未、鄭柏軒、金勿川、尹膠宇、李晩求、李剛齋諸公, 知內外輕重之分、論出處常變之義。

戊戌, 謁俛宇郭先生, 聞心學之訣, 受≪中庸≫、≪近思錄≫、≪通書≫等書。嘗謁金西山, 講虛靈知覺。入陶山, 拜夫子廟, 轉訪拓菴 金公, 金公勉以主宰說。

乙巳五賊, 招寇脅我皇上, 朝野大亂。欲叫閽, 不果。赴魯城 闕里祠之會, 諸公命公作告先聖文。略曰 : “哀我後生, 服先聖服、讀先聖書, 與聞‘亂臣賊子人人得誅’之義。彝性所執, 知寧爲中華之鬼, 不願爲夷狄之民; 寧守道而死, 不願不義而生。”, 且曰 : “君死於國、臣死於君、子死於父。使君君臣臣父父子子之道, 有辭於天下後世。” 諸公莫不聳聽而感歎。

己未, 弔俛宇先生於茶上, 與論巴黎平和會事。還家未幾, 正席以逝, 乃三月初五日也。訃聞遠近士友, 皆曰 : “君子亡矣。”

公娶平山 申氏 錫柱女, 有婦德。先公沒, 生三子。仁永, 賢而早卒, 智永出后。女壻全州 李淳集。智永以子種德, 承仁永后。

嗚呼, 公賦質敦慤而豊厚、襟懷通朗而寬曠、雅性澹泊而寧靜。 不以世累嬰懷, 惟文字是嗜, 仡仡孳孳, 五十餘年如一日, 德器早成。又受益於師友, 以之事父兄, 而孝敬備至, 以之敎子弟。接鄕黨賓友, 而無不心悅而誠服, 苟非踐履之篤, 操執之確, 有足動得人者, 能如是哉。

公之所述, 有詩文雜著十餘卷, 而≪天君賦≫一篇, 尤足以發明南冥 曺夫子≪神明圖≫之餘意。後之求公者讀此, 可以知公學識矣, 何贅之有。

第念, 公長余十歲, 視余猶弟, 仁眷加等, 余亦擬爲平生受敎之地。歎九原之難作、慨風徽之莫追。後之觀公銘者, 庶有以知余之心否。

銘曰 : "弘而毅, 君子之學, 孝且悌, 君子之德。千秋在後, 尙有以識君子之宅。

商山 金在植謹撰。

❖ **원문출전**

宋鎬完,『毅齋集』附錄, 金在植 撰,「墓誌銘幷序」(경상대학교 문천각 古(면우) D3B 송95ㅇ)

찾아보기

ㅈ

ㅎ

저자 프로필

최석기(崔錫起)

성균관대학교 한문교육과 졸업. 동 대학교 문학박사
현 경상대학교 한문학과 교수

김현진(金炫鎭)

경상대학교 한문학과 졸업. 동 대학교 박사과정 수료
현 경상대학교 한문학과 외래강사

구경아(丘京阿)

안동대학교 국학부 한문학전공 졸업. 경상대학교 한문학과 박사과정 수료
현 경상대학교 한문학과 외래강사

강현진(姜顯陳)

경상대학교 한문학과 졸업. 동 대학교 박사과정 수료

강지옥(姜志沃)

경상대학교 한문학과 졸업. 동 대학교 박사과정 수료

구진성(具珍成)

경상대학교 한문학과 졸업. 동 대학교 박사과정 수료

19세기 경상우도 학자들 中

2014년 12월 26일 초판 1쇄 펴냄

지은이 최석기 외
펴낸이 김흥국
펴낸곳 도서출판 보고사

책임편집 이순민
표지디자인 윤인희

등록 1990년 12월 13일 제6-0429호
주소 서울특별시 성북구 보문동7가 11번지 2층
전화 922-5120~1(편집), 922-2246(영업)
팩스 922-6990
메일 kanapub3@chol.com
http : //www.bogosabooks.co.kr

ISBN 979-11-5516-322-1
978-89-8433-479-3 94810(세트)

정가 28,000원